U0920338

青岛出版集团 | 青岛出版社

图书在版编目（CIP）数据

败给温柔/江萝萝著. —青岛:青岛出版社,2022.7
ISBN 978-7-5552-2769-4

Ⅰ.①败… Ⅱ.①江… Ⅲ.①长篇小说—中国—当代 Ⅳ.①I247.5

中国版本图书馆CIP数据核字（2022）第015494号

BAI GEI WENROU

书　　名　败给温柔
作　　者　江萝萝
出版发行　青岛出版社
社　　址　青岛市崂山区海尔路182号
本社网址　http://www.qdpub.com
邮购电话　18613853563
责任编辑　龚雅琴
校　　对　李晓晓
装帧设计　千　千
照　　排　梁　霞
印　　刷　北京润田金辉印刷有限公司
出版日期　2022年7月第1版　2024年5月第2次印刷
开　　本　16开（640mm×920mm）
印　　张　37.5
字　　数　627千
书　　号　ISBN 978-7-5552-2769-4
定　　价　65.00元（全2册）

编校印装质量、盗版监督服务电话　4006532017　0532-68068050

“从第一次见面，你就一直在帮助我，难道那时候就想跟我谈恋爱吗？”

“那时候……还真没想过。”

“我还以为你会说对我一见钟情呢。”

“是命中注定。”

“你怎么突然回来了？”司嫿一边串瓶子一边说，手法越来越熟练。

“不欢迎我吗？”言隽拿着一个玻璃瓶问，语气愉悦。

司嫿摇头道：“怎么会？”

她只是好奇，

怎么每次需要他的时候，

他都会出现，那么及时。

目 录㊤㊥

目　录 ㊦㊥

我对你的爱不像炙热的太阳，而是像月光，温柔坠落。

第 一 章

需要帮忙吗？

夜幕降临，司婳抱着设计稿回到樱园，路上多次点开微信对话框。

她两个小时前给贺延霄发了消息，他一直没回。

她问：“阿延，今天周六，你回来吗？”

贺延霄事务繁忙，经常出差，她也是今早才从贺延霄妹妹的口中得知，贺延霄已经回榕城了。

但她不确定贺延霄今天是否会回家。

司婳在玄关处换鞋。

管理樱园的蒋妈听到动静，抱着一只金渐层英短猫走出来，见到她，立即停在离她一米多的地方问：“司小姐回来啦？晚上吃饭了吗？”

蒋妈平易近人，脸上挂着和蔼的笑容。司婳住进樱园后，跟她关系不错。

“在外面吃过了。Coco 怎么了？”司婳的目光落在蒋妈怀中的猫上。毛茸茸的 Coco 蜷缩在蒋妈的臂弯里，懒洋洋的。

“白天带它去医院做检查，刚才给它洗了澡，这小家伙一点儿都不配合。”蒋妈笑道。

调皮的 Coco 从蒋妈的怀里钻出来，跳到地毯上。司婳下意识地退后，避开小猫，拿着设计稿匆匆上楼。

司婳对猫毛过敏，Coco 却是贺延霄养在身边五年且极其爱护的猫。她和 Coco 若要共存，唯一的方式就是她主动避开。

Coco有专属房间和活动区域，而且保姆每天将家里打扫得一尘不染，司婳几乎不会与猫毛接触。虽然她偶尔会不小心碰到Coco，但过敏反应不是特别强烈。一人一猫就这么相安无事地生活在同一屋檐下。

司婳回到卧室修整一番，等到晚上八点，仍未收到贺延霄的回复。她握着手机叹了口气，将手机随手放下，起身去了浴室。

盥洗池前，司婳对着镜子绾起乌黑的长发，脱下宽松的裙子，露出婀娜的身材。白净的双脚踏进浴缸，温热的水汽扑面而来。

司婳泡在水中，洗去满身疲惫。

舒适的水温令人精神放松，她缓缓闭上眼，背靠浴缸。

嘟——

伴随着振动声，手机铃声响了，司婳光洁的手臂钻出水面，伸向一旁。

几分钟后，穿好衣服的司婳拿着手机下楼了，准备出门。

匆忙之中，她裸露的脚踝不慎碰到了缩在楼梯下的Coco，但她来不及清洗脚踝就出去了。

霓虹灯灯光闪烁，车水马龙的街道热闹喧嚣。

司婳打车赶去榕城的一处私人场所，凭借贺延霄留下的副卡认证身份，顺利进去了。侍者随后引她到了包间门外。

十几分钟前，她接到贺云汐的电话。贺云汐说贺延霄喝得酩酊大醉，让她去接人。

十分担忧的司婳毫不犹豫地刷卡进入包间，才发现里面不止贺家兄妹，还有四男两女。他们纷纷看向这个突然闯进来的人，面露不悦之色，只有贺云汐起身迎接司婳："婳婳，你来啦！"

司婳冲她点头，避开其他人异样的眼光，径直走向沙发。

靠在沙发上的男人眯着眼睛，模样沉静，看见司婳后毫无反应。

"我哥喝醉了。"贺云汐在旁边解释道。

宽敞的包间内随即响起一道刻薄的声音："云汐，今天我们聚会，你叫不相干的人来做什么？"

"张婧，婳婳是我哥的女朋友！"贺云汐立刻为司婳正名。

那个女人勾起红唇嗤笑一声，嘲讽的意味十分明显。

跟贺延霄在一起三年，司婳很少见这群人，只知道他们是一个圈子里的，性格不一，有成熟稳重的，也有骄纵刁钻的，还有高高在上得仿佛与平常人不在同一个世界的。

司婳很少跟他们接触，也不想给贺延霄惹麻烦，此时自然懒得争辩。

“阿延，我们回家吧！”司婳扶着贺延霄的胳膊道。

贺云汐赶紧过来帮忙。

其他人对司婳并不热情，其实是因为贺延霄对司婳的态度并不好。比如，今天的酒局是贺延霄组织的，他却没叫上这个名义上的女朋友。

贺延霄让众人知道司婳的存在后，就很少把她带到人前。在他们看来，司婳与贺延霄长久不了，他们根本不需要对她热情，更何况……认识贺延霄比较久的人都知道，司婳的脸才是贺延霄看中的地方。

等候在门口的司机帮司婳把贺延霄扶上车。

司婳正在跟贺云汐道别时，张婧的声音突然从背后传来：“想飞上枝头变凤凰？痴心妄想。”

贺云汐气得想回头找张婧算账。

司婳一把抓住贺云汐的手腕，扭头盯着张婧，那一瞬，眼神寒气逼人。

司婳说：“张小姐，我给你留面子，也希望你长点儿脑子！”

不想再面对那些面目丑陋的人，司婳果断地带着贺云汐上车，随后关闭门窗，隔绝外面不堪的话语。

张婧气得嘴都歪了，道：“她那句话是什么意思？她在骂我？她凭什么？要不是长了一张相似的脸，她一个穷学生能站在这里？”

“好了好了，你少说两句，反正那个人快回来了，等着看好戏吧。”另一个人安抚了张婧暴躁的情绪。

很快，张婧的脸上露出了幸灾乐祸的笑容。

车缓缓启动，躺在后座的男人眉头紧锁。司婳赶紧降下车窗，让风吹散他身上熏人的酒气。

车行驶了一段距离，坐在副驾驶座上的贺云汐频频回头，最终道：“婳婳，对不起啊！张婧嘴巴毒，你别把那些话放在心上。”

司婳摇头道：“没事，我不在意。”

司婳与贺云汐是大学同学，当初司婳就是因为贺云汐才跟贺延霄结缘的。跟贺延霄在一起的时候，司婳刚上大三。

后来，贺延霄带司婳见过他的朋友一次。那时的司婳大学毕业了一年，还没来得及在自己的专业领域做出成绩。在那些人看来，她跟贺延霄永远不平等。

但司嫿不认命。

车驶入樱园，贺云汐早已离开。

司嫿侧头盯着靠在座椅上的男人，眉头微微皱了起来。

往日贺延霄也有不少应酬，但一般不会让人把自己灌醉，今天的酒局不算闹腾，他怎么喝醉了？

司嫿将贺延霄从大门带到卧室，费了不少劲。

贺延霄的房间呈灰、白两色，就像他本人一样淡漠疏离。

司嫿勉强将他放到床上，刚站直身子就被贺延霄往下一拽，扑入他的怀中。他坚硬的胸膛撞得她鼻尖生疼。

随后，贺延霄忽然捏住她的下巴，看向她的眼睛。

好似觉得哪里不对，贺延霄迫使她微微转头，目光紧锁在她的侧脸上，十分专注。

司嫿不知道他这是什么意思，慌得面红耳赤。

他慢慢靠近她，二人的气息交织在一起。

司嫿羞涩地闭上眼，他喷洒在她脸颊上的温热气息逐渐浓烈。就在二人的双唇即将贴近的那刻，敲门声打破暧昧的气氛。

司嫿在回来的路上就叮嘱蒋妈准备醒酒汤了，这会儿汤刚好送到。

贺延霄的自制力不错，他不需要别人多说什么，动作利索地喝了汤。

他有洁癖，清醒些后难以忍受身上的酒味，脱下衣服进了浴室。

司嫿站在镜子前，看到下巴上留下了两道红指印，对着镜子轻轻地揉了揉。直到这时她才觉得脚踝那片有些痒，低头一看，被Coco蹭过的地方起了红点。

“倒霉……”

她的皮肤又过敏了。

但她跟Coco既然住在同一屋檐下，这样的事难免会发生，除非她搬出去。

她还没毕业时，虽然跟贺延霄是情侣，但他们一个月都见不了几面。大学毕业后，她从学生宿舍搬出去，跟朋友合租。

有一次，贺延霄心情好，亲自送她回家。她鼓起勇气请贺延霄进屋，只为与他多待片刻。可贺延霄见到空间狭窄的单人间后，连门都未进，直接让她搬进樱园。

司婳刚开始有些犹豫。本来就有人在背后议论她，如果她直接住进贺延霄的家，那更说不清了。

后来，贺云汐说服了她。

他们是成年人，更是男女朋友，住在一起很正常。

司婳没有别的目的，只是想离喜欢的人近一些。

抱着住进樱园后说不定每天都能见到他的想法，司婳兴高采烈地搬了进去。

但是，她的美梦很快就碎了。

司婳从蒋妈的口中得知，贺延霄经常不在家。

在之后的一年时间里，这句话也得到了证实。

司婳收回思绪，赶紧回自己的卧室拿药。

她的房间是纯白色的，墙上挂着几个大小不一的画框以增添色彩。

从住进樱园起，她跟贺延霄就住在各自的卧室里。外面的人说话难听，但她跟贺延霄的确没有发展到那一步。

司婳的朋友知道后都说，这证明男方十分尊重、爱护她。司婳听了，心里甜甜的。她相信时间能消除二人之间的隔阂。

擦了药，司婳将棉签扔进垃圾桶，收好药膏，却发现手机不在身边。

她回想一番，觉得手机大概是落在贺延霄的房间里了。

她过去拿手机时贺延霄还没从浴室里出来，两部手机躺在床上。

司婳一并拿起两部手机，正准备将贺延霄的手机搁到桌上时，屏幕忽然亮了，弹出一条短信：

“我回来了，阿延。”

备注只有一个字：樱。

女人的直觉告诉司婳，发短信的人跟贺延霄关系匪浅，不然不可能以这么熟稔的口吻将自己的行踪告诉贺延霄，还称呼贺延霄为“阿延”。

但司婳相信贺延霄。

贺延霄不是花花公子，司婳跟他在一起三年，从来没听说他跟其他女人暧昧不清。这也是她深信贺延霄对自己是真心的的原因。虽然贺延霄对她不够热情，可她是贺延霄在亲人和朋友面前亲口承认的女朋友啊，这足以证明她是特别的。

浴室的门开了，司婳赶紧放下手机。

穿着灰色浴袍的男人出现在司婳眼前。她则因为无意间看到了别人的信息，有些不好意思，甚至局促。

“今天怎么喝了这么多酒？遇到什么事了吗？”她随口找了个话题。

“没事。”他用简单的两个字堵住司婳接下来所有关心的话。

“那我……”

柔和的女声传入耳间，贺延霄的目光从她的脸上扫过，他打断道：“早些休息吧！”

多么委婉的逐客令。

“好吧。”

走出房门，司婳沉沉地叹气。每次她想跟贺延霄沟通，都会被他回避的态度逼退，无功而返。贺延霄总是一副高深莫测的模样，她就算想深入了解他的生活，都好难好难。

第二天一大早，司婳难得地在餐桌上看见了贺延霄。男人穿戴整齐，在家也很严谨。

司婳晃晃脑袋，甩掉困扰她一整晚的消极想法，扬起笑脸：“阿延，你明天有空吗？”

“怎么了？”贺延霄抬头问。

“明天是我们工作室周年庆，有个小聚会，我想邀请你一起参加。”她小心翼翼地观察贺延霄的表情，放在身前的手无意识地握紧了。

工作室的人不多，都是她的朋友，她想让贺延霄融入自己的生活。

“有事。”贺延霄言简意赅，拒绝得十分明确。

“真可惜。”司婳嘀咕，也不敢跟他撒娇。

约会在贺延霄看来很浪费时间，即便她努力跟贺延霄创造更多属于两个人的记忆，但总敌不过他忙碌的工作。

她离开桌边，趿着拖鞋走了两步，忽然被贺延霄叫住：“脚是怎么回事？”

他关注到她的脚，这让司婳有些开心。她犹豫了一下，道：“挠了两下。”

话音刚落，蒋妈从另一边端着碗过来，问：“司小姐，你过敏了？是不是碰到Coco了？”

司婳没否认。

“自己擦点儿药。”贺延霄满不在意地挪开视线，完全没提让她过敏的猫。

八月。

司婳穿了条清新淡雅的米色连衣裙，脚上穿着一双低跟凉鞋，脚踝四周泛红的印记还没完全消除。

“婳婳，我这边堵车，可能要迟到，你帮我跟他们说一声。”

“好。”

“还有，咱们昨天商量的那个方案……”

司婳戴着蓝牙耳机，在电话里跟朋友柯佳云讨论工作事宜。

柯佳云是她的大学室友，一个名副其实的“白富美”，很有个性，毕业后创办了一家服装设计工作室。司婳参与其中。

今天工作室团建，两个人在路上还在打电话讨论方案。

司婳准时到达聚餐地点，早来的同事热情地跟她打招呼。等她走近后，眼尖的同事一眼发现不对：“婳婳，你的脚又过敏了？”

又。

其实司婳过敏的次数并不多，只是大家每天一起工作，相处的时间长了，他们隐约有了一种她经常过敏的错觉。

“让你男朋友把猫送走吧，人难道不比猫重要？”

他们听司婳提起过贺延霄的猫，见司婳多次过敏，有些生气。

“不都说某些宠物对主人意义非凡吗？他养了Coco五年，而我才跟他在一起三年就让他把心爱的宠物送走，恐怕不太合适……”

其实司婳也有忍受不了的时候，试着跟贺延霄提了几句。贺延霄却慵懒地倚在沙发上，用满不在意的口吻道：“不过是只猫。”

司婳觉得他真正的意思是“不过是只猫，你一个人就别跟一只猫计较了”。

“婳婳，真不是我说你，你一个名校毕业的大学生，年轻漂亮有实力，何必跟一个从来不见人影，还不会照顾你的男人在一起？”朋友打心眼里替司婳感到不值。

司婳五官精致、青春靓丽，大一报到的时候穿着黄白拼色的短裙、戴着遮阳帽出现，第二天就有男生在校园网上发帖寻人。

司婳气质明艳但不张扬，追她的人非常多。不过，她都没有答应，因为不喜欢那些男生。

大三那年，司婳终于遇到喜欢的人了。她初恋了。

但她的初恋对象跟同龄人的有所不同，对方是社会人士，很忙，没在司婳的同学、朋友面前露过脸。

如今，司婳已经跟贺延霄谈恋爱三年了，司婳的朋友都佩服司婳的执着。

同事的劝告传入耳中，司婳微微垂眸，脸上挂着始终如一的微笑。她从不在外人面前责备男朋友哪里不对，甚至为他辩解："他……挺好的。"

对司婳来说，贺延霄是不同的。

高考后，她违背父亲的意愿填报设计学院，一心想着远离父亲，摆脱他对自己的控制。

她从大一开始勤工俭学，坚持自己的理想和爱好。那时候，她只是个十八九岁的少女，没正式踏入社会，遭了不少罪。

一位学姐介绍她去某个活动现场当礼仪小姐，她因为身高、长相惹眼被心怀不轨的男人盯上。那个男人尾随她进入换衣间。

她发现后慌张地跑了，意外地撞进了贺延霄的怀中。

二人视线相撞，在那双目光深沉的眼睛中，司婳看清了自己的模样。

这就是他们的初遇。

贺延霄一通电话便帮她解决了一个大麻烦，形象在她的心里变得十分高大。

英雄救美的戏码最容易打动人心，从那之后，她再也忘不掉那双眼睛，觉得他专注的眼神里仿佛带着浓浓的情感。

工作室聚餐结束，司婳到家时已是傍晚。

进门时，司婳在玄关处发现了贺延霄的鞋，心中一喜，提着从外面带回来的酥记甜点赶忙上楼。

谁能想到雷厉风行的贺延霄会对某种甜点情有独钟？

这是她跟贺延霄在一起第二年时发现的秘密。之后，她每次跟他约会前都会特意去买，因为贺延霄每次吃到酥记甜点后，心情似乎就会变好。

她的室友说女孩子要矜持，不能太主动。

道理她懂，心却无法控制。她每次见到他，都掩饰不了自己的情绪。

她对待感情执着又专一，第一次喜欢一个人，发自内心地想对他好。

只要对方有回应，她就能坚持下去。

司婳从卧室找到书房，却没发现他的踪影，之后才听蒋妈说："贺先生下午回来过一趟，不久前又出去了。"

贺延霄行踪不定，行程几乎排满了。司婳没有多想，只能等他回来。

她拎着甜点回房途中，脑中灵光一闪，转头蹑手蹑脚地进了贺延霄的房间，将盒子摆在桌上，准备给他一个惊喜。

灰色调的卧室一如既往地雅致、冷清，司婳放下东西准备离开，余光发现搭在床头的衣服几乎快要落地。大约是贺延霄走得太急，随手将衣服扔在床边，衣摆触地了。

司婳弯腰去捡衣服，将其拿近时，一股清新的香水味扑鼻而来。

手指拎着衣摆，司婳低头一嗅，不禁蹙眉，心情低落起来。

贺延霄洁身自好，哪怕出去应酬也很少跟异性不清不楚，更不会在衣服上留下别的女人的香水味。而她现在竟能闻到香水残留的清香，不知他跟香水的主人待了多久，衣服上才会沾到……

她有些恍惚，拎着那件衣服在床边站了很久才将它放回去，离开卧室。

她平时看着温和，并不代表没脾气；表面比较能忍，内心却对香水的事耿耿于怀。

她继续等待，想问个清楚，那人却迟迟没有回来。直到眼皮子忍不住上下打架，她终于睡了过去。

第二天司婳起得早，还想着昨晚的事，迈着沉重的步伐缓缓下楼。蒋妈跟她打了个招呼。

司婳无意间抬头，被蒋妈臂弯间的衣服吸引了，道："这件衣服……"

"哦，昨晚先生让我把衣服扔掉。我趁先生没起床，正准备拿去处理呢。"蒋妈一边解释一边叹气，摸着衣服舍不得扔，"多好的衣服，扔掉还怪可惜的。"

"他回来了？什么时候回来的？"司婳抓住重点，问道。

蒋妈努力回想，道："好像是十一点多，挺晚的。"

十一点多，那时司婳已经睡着了，不过连做梦都惦记着那股香水味。

其实她是个很没有安全感的人，只是因为贺延霄从不与异性暧昧，身边只有她一个才对他十分信任。一旦她发现异样，打破对贺延霄的固有认知，这份信任就会变得岌岌可危。

贺延霄近两日的行为，包括那个她从未听过的“樱”发来的短信，都让她心中警铃大作。

不多时，楼梯间传来脚步声，司婳不用看就知道是谁。

贺延霄准时来到餐桌前。司婳偷偷打量他一眼，他似乎和平常一样。

她假装不经意地问起昨天的事，贺延霄敷衍地道：“应酬而已。公司的事，你不懂。”

或许，只有一年工作经验的女孩儿跟在职场上闯荡多年的成功男士间很难有共同语言。

司婳跟异性接触得不多，与异性相处的经验大多是从贺延霄的身上得来的。她想尽办法也没能改变两个人之间的相处模式，常常为此懊恼。

“虽然我没有接触过你们那个行业，但我的学习能力还行，你跟我讲一讲，即便我不会，也总能听懂些。”司婳眼底的不悦一闪即逝。

“没那个必要。”

贺延霄冷淡的回复让司婳难以接话。

他似乎察觉到了司婳的不悦，看了她一眼，道：“每个人选择的行业不同，钻研自己擅长的就行。”

这是个不算台阶的台阶，司婳顺着下了，但笼罩在心头的乌云久久不散。

隔天她就收到贺延霄送来的礼物，是前段时间她看时尚杂志时提过一句的限量款包包。她没想到贺延霄会记得。

有时候，司婳真的不懂这个男人。

如果他喜欢她，为什么对她这么冷淡？

如果他不喜欢她，为什么要给她女朋友的身份，将她一个人留在身边，而且会在发现她难过的时候送礼物来哄她？

礼物其实不重要，她看重的是贺延霄的心意。他愿意送东西哄她，这说明他是在意她的。擅长捕捉细节的司婳忍不住露出笑容，把原本生出的疑惑强压在心底。

她怎么能这么小气，闻到一次香水味就怀疑贺延霄？他不是把衣服扔了吗？那件事或许只是意外。

司婳这么安慰自己，不再为此纠结，摸着那份珍贵的礼物，迅速整理好自己的情绪，恢复积极的状态。

正当司婳拿出手机准备打电话向贺延霄道谢时，贺云汐先一步打来电话，道：“婳婳，奶奶住院了。”

“什么？”

得知医院地址后，司婳急急忙忙赶了过去。

在许多人眼中，她跟贺延霄门不当户不对，只有贺云汐、贺老太太真心支持他们。慈祥的贺老太太对待司婳像孙女一样。

因为从小到大身边的亲人不多，司婳格外珍惜那份来自贺老太太的温暖。

赶去医院的路上，司婳一直尝试联系贺延霄，却没得到回应。

她终于找到病房，守候在那里的只有贺云汐。

“奶奶怎么样？”司婳来得匆忙，额上沁出一层汗。

“不要着急，医生检查过，奶奶的身体没有大碍。”贺云汐叹了口气，“不好意思，当时我脑子里挺乱的，给大哥打电话没人接，就想到了你。”

司婳轻轻摇头：“那我现在方便进去看奶奶吗？”

“可以看，但奶奶刚睡下。”

司婳点点头，轻手轻脚地进了屋，见老人平静地睡在病床上，松了口气，随后去了隔壁的会客厅，跟贺云汐一起等贺延霄。

贺延霄没来，司婳倒是等来一个看她不顺眼的人——贺夫人，贺延霄的母亲。

“我们贺家的长辈有专人照顾，就不麻烦司小姐了。”贺夫人一来医院就对司婳下逐客令。

贺夫人总是一副高高在上的样子，没把司婳放在眼里，只因顾及身份才没有像张婧那样骂人。

司婳怕贺延霄夹在中间难做，一般会主动避开矛盾。确定贺老太太无恙后，她也懒得在这跟贺夫人纠缠，跟贺云汐道别后就走了。

电梯降至一楼，明亮的大厅里人来人往，有人欢喜地出院，有人满面愁云。司婳站在大厅外等了一会儿，迟迟不见空车，便漫无目的地往前走去。

她忍不住拿出手机，见贺延霄依旧没回消息，不禁有些失落。

司婳想起贺夫人，当初贺延霄带她见家人的画面浮现在眼前。她还记得贺延霄在贺夫人表示反对时，当着众人的面拉着她的手坚定地道：“我就要她！”

那段记忆令她深受感动，也是她坚持到现在的原因。

他们在一起几年，她只当贺延霄在感情中不善言辞，一次次说服自己学会体贴，结果却不尽如人意。

司婳站在街头，深深地吸了一口气，转过头，不经意间瞥见一抹熟悉的身影。

司婳定睛一看，马路对面走过去一男一女。男人的背影像极了贺延霄，而他身旁的女人一身白色长裙。

司婳不受控制地跟了上去，跟对方的距离不断拉近。偏偏这时一辆大车从前方驶过，挡住司婳的视线。等车开走后，那两道身影已经消失了。

司婳不禁揉揉眼睛，怀疑自己因为胡思乱想产生了幻觉。

司婳漫无目的地向前走，意外地发现了一个小公园。

公园正门两侧的石柱上雕刻着复杂的纹路，进去后便是一个水池，水池中间有一座假山，周围是绿色的草坪。

这是一座许愿池，池水呈淡蓝色，被人抛入其中的许愿币清晰可见，是公园最吸引人的风景。许愿池旁边就有扫码换币的机器。

司婳觉得自己最近疑心重，抱着尝试的心态兑换了两枚许愿币，将其捧在手心，随后双手合十，作揖许愿。

她在心中默念愿望，随后缓缓地睁开眼，正要扬手将许愿币投入池中，一枚许愿币忽然从手中滑落，沿着地面滚动，掉进了石缝中。

司婳立即蹲下身去捡，却怎么也拿不出来。

这真遗憾，因为她的第二个愿望跟贺延霄有关。

手中只剩一枚许愿币了，司婳虔诚地将它握在手心停顿几秒钟，凭直觉抛入池中，恰巧撞到了一枚漂浮在水面上的许愿币。两枚许愿币一起沉入池底。

她不禁莞尔一笑。

此时，一个身着蓝色衬衣的男人正驻足池边，茶色的瞳仁中映入笑靥如花的少女。

咔嚓——

男人举起相机，将画面定格。

手机铃声响了，司婳接了电话后匆匆转身，返回医院。

说来也巧，她走了没多久，贺老太太就醒了。听说司婳来过医院，贺老太太假装看不见儿媳的冷脸，非让孙女打电话把司婳叫回来。

“奶奶。”

司婳刚踏进 VIP（贵宾）病房，听到声音的贺老太太便笑着朝她招手：“婳婳，快过来。”

贺夫人大概是不想见司婳，此时并不在病房内。贺云汐坐在一旁给贺老太太削苹果。贺老太太这会儿精神不错，看着不像生病了。

抛开郁闷的情绪，司婳来到病床前，问：“奶奶，您现在感觉怎么样？身体还有哪里不舒服吗？”

“人老了身体就会出毛病，不碍事。”贺老太太笑着摆手，坦然地接受了身体的变化。

“医生说先住院观察几天，之后再复查，结果没问题的话，奶奶就能回家了。”贺云汐在旁边道。

司婳点了点头。

贺家最想要的就是保证老人身体健康。贺老太太自知年迈体弱，容易生病，一直很配合医生的安排。

贺老太太每回见到司婳都会问起她的近况：“最近跟延霄怎么样？”

“我们挺好的。”

司婳跟贺延霄最近的状态有些不对劲，但要细究到底出了什么问题，她又说不上来。她只当是自己胡思乱想，不想让一心撮合他们的老人跟着操心，便这么回答了。

“奶奶，你问婳婳没用，她就会护着大哥。”贺云汐为司婳打抱不平，“刚才我、婳婳都给大哥打了好多个电话，大哥一个都没接。下次您见了大哥，真该好好说说他。”

这话逗得贺老太太和司婳同时笑了。

相较于哥哥，贺云汐更在乎司婳这个朋友。每次司婳和贺延霄遇到问题，贺云汐从不说是司婳的错，反而要帮司婳“教训”大哥。

贺老太太应了孙女的要求，又说想跟司婳单独聊聊，打发孙女去医院外头买东西。

病房里只剩下两人了。贺老太太忽然握住司婳的手，轻拍她的手背道：“延霄工作忙，你是个好孩子，多多体谅他。”没等司婳回答，贺老太太话锋一转，“不过该教育的时候还是要教育，等他回来，奶奶一定训他一顿，让他给你赔礼道歉！”

话都让她说了，司婳只能笑着点头。

“算起来，你跟延霄认识五年了吧？”因为孙女跟司婳是大学同学，贺老太太从孙女的口中听过不少司婳的事。

“对的，五年了。”他们认识五年，在一起三年。

“有没有想过结婚？”贺老太太笑着看向司婳，不想错过她的反应。

“奶奶……”这猝不及防的问题令司婳有些吃惊。

男朋友的长辈当着她的面提婚姻大事，她有些羞涩。

“这屋子里就咱们两个，你实话实说吧，奶奶又不会笑话你。”

“这种事情，顺其自然就好。”司婳轻轻咬唇，目光低垂，不敢直视老人那充满探究的目光。

他们刚谈恋爱的时候，她确实憧憬过美好的未来，最近却没有想这些了，甚至不知道自己跟贺延霄的感情能维持多久。

姜还是老的辣，贺老太太将她的表情尽收眼底，瞬间明白了什么。

活了大半辈子，贺老太太见过形形色色的人，几乎一眼就能辨别对方是否可靠。所以，她第一次见到司婳这个干净漂亮的女娃娃时，就打从心里喜欢司婳。只是她的孙子个性深沉，难以捉摸，对司婳的态度模棱两可，今年二十七岁了还不提成家的事。贺老太太为此一直无法安心。

最近，贺老太太听说有个不该出现的人出现了，就更为这对小情侣的未来操心了。可惜这份担忧贺老太太无法向司婳明说，只能暗地里提点她几句，希望这个孩子能抓住贺延霄的心。

“奶奶不会看错，你是个好孩子，又真心喜欢延霄，如果你们能结婚，奶奶会很欣慰的。”老人的脸上笑出褶皱，她继续道，“延霄性子冷淡，你主动些也无妨，他身边就你一个女人，自然是要跟你结婚的。”

听她这么说，司婳内心翻涌的不安情绪得到了安抚。

贺延霄虽然性子冷淡，但他们刚认识的时候也经历过不少令人难忘的事，在她的心里掀起惊涛骇浪，促使他们的感情发展到这一步。

他们初遇时的“英雄救美”事件发生后，司婳虽然不知道那人的名字，却在纸上画下了那双眼睛。她觉得遗憾，或许再也见不到那个人了。

丰富的校园生活淡化了司婳的情感，只是她偶尔翻到那张纸时，她和那个男人对视的一幕仍然会在脑海中浮现。

就在司婳快要忘记贺延霄时，一双无形的手将他推到了她面前。

那时，贺延霄到学校替妹妹贺云汐办事，正好又遇见了司婳。

他们第二次见面时，她依然狼狈，前一秒在电话里跟父亲争论，后一秒被大雨淋成落汤鸡。就在她心酸且无助的时候，那个男人优雅地撑着雨伞来到她身边，为她挡住了头顶的大雨。

那一刻，司婳清楚地感觉到被人护在羽翼之下有多幸福，好不容易平静的心又躁动起来。

贺延霄在学校里陪她站了许久，直到夜幕降临，暴雨停歇。时间消磨掉司婳悲伤的情绪，她多次感受到男人炙热的目光。

司婳脸皮薄，都不好意思抬头看他一眼。

二人一直没说话，最终司婳忍不住了，问：“你不回家吗？”

“跟父母意见不合，不想回去。”贺延霄回答道。

原来他也跟父母起了争执。这么看来，他们还真是同病相怜。

她在心里默默叹气，耳边忽然传来男人的声音：“你呢？”

没想到对方会反问，司婳抱紧手中的设计稿，第一次跟还算不上熟悉的男人吐露心声：“我爸爸想让我学画画，成为画家。”耳边仿佛回响起父亲反对的声音，她心里发堵，闷闷地道，“他说我不听话，任性地选择设计专业，以后一定会后悔。”

为了梦想，她远离亲人，独自撑过这段时间，真的不容易。而此刻，司婳的耳边响起一道坚定的声音。他鼓励她道：“那你就要坚持做出成绩，用实力堵住那些反对者的嘴！”

司婳猛地抬头，错愕地望着贺延霄，没想到一个看着这么冷漠的人会说出这么暖心的话。他面容沉静，带着安定人心的力量，令人信服。司婳不自觉地弯起唇角，点点头。

临走时，贺延霄将唯一的雨伞留给她，还夸奖了她的设计方案。

那时司婳来到新环境不久，忙于学习、做兼职，跟同学、室友的关系都还不够亲近。贺延霄是第一个支持她做自己并且称赞她的设计方案的人。

认同你的人，即便只有一个，你的世界也会因此变得不一样。

这也是贺延霄在司婳的心中如此特别的原因。

直到下午，“失踪人口”贺延霄终于出现了，主动给司婳回了电话，问她有什么事。

司婳连忙将贺老太太住院的事告知贺延霄，最后让他不要担心：“医生说检查结果没什么问题，再观察几天就可以出院了。”

了解事情的经过后，贺延霄淡定地“嗯”了一声，道：“那我现在去医院一趟。”

“那你还回家吗？”

“不一定。”

“……”

司嫱感觉贺延霄似乎在回避自己，但拿不出证据。

贺延霄去医院看望奶奶，就算守夜也是天经地义的，她总不能把人强行叫回家。最终她还是决定做个善解人意的女朋友，没有缠着他追问其他事。

傍晚时，贺延霄让司机开车去医院，进病房没多久就被贺老太太撵了出去。贺老太太道：“你都是奔三的人了，如今事业有成，该想想成家的事了。”

贺延霄不愿跟人提及婚姻这个话题，很快离开了医院。

上车后，贺延霄一言不发，司机试探性地问道：“贺先生，去哪儿？”

后知后觉的贺延霄缓缓抬头，迟疑地道：“樱……”

他话还没说完就收到好友发来的短信。贺延霄轻揉额头，跟司机报出地址，参加一场饭局。

今晚的饭局只有他跟秦续两个人。

秦续提前让人在桌上摆满酒，任由他挑。贺延霄坐在沙发上没动，不想喝酒。

“你上次自己把自己灌醉，兄弟今天特意为你准备这么多，你又不喝了？”秦续推开酒瓶，觉得有些扫兴。

“找我来有什么事？”

“请你喝酒啊，这不是明摆着的吗？”

贺延霄睨了他一眼，秦续连忙投降道：“行了，我承认，是有事。”

贺延霄轻挑眉毛，示意他继续说。

“那天你突然打电话叫我们去喝酒，是因为收到那个人回国的消息了吧？”秦续试探性地问，连名字都未点明。

贺延霄不承认，也不反驳。

不经意地朝屏风的方向瞥了一眼，秦续继续说：“既然那个人已经回来了，司嫱的利用价值就没了，你打算什么时候让她离开？”

“你什么时候管起这些事来了？”贺延霄微眯双眼，犀利的目光像是能把人看穿。

秦续挠了一下头：“外面那些人不知道，但咱俩可是穿一条裤子长大的，你跟司嫱在一起不就是因为那个谁吗？如果那个人回来了，你肯定坐不住。我这个做兄弟的，不得帮帮你？”

原本正将酒瓶按在桌上打转的贺延霄听完，似乎察觉到什么，不动声色地将酒瓶放回原处，不接秦续的话，只道："无聊，走了。"

他说走就走，秦续跟着起身，想留他却留不住，只能厚着脸皮把人送到了门口。

到了门口，秦续还不死心，刚要开口，贺延霄便冷冷地提醒道："适可而止。"

秦续心头一颤，猜想贺延霄那么聪明，应该是发觉自己的行为不太正常了，或者说是发现屋内还有其他人了，所以才会离开。

等出了门，声音传不进去了，秦续才正色道："延霄，做兄弟多年，我跟你说真的。司婳什么都不知道，跟在你身边三年，你最好早点儿想清楚要怎么解决这件事，否则……我怕你后悔！"

贺延霄嗤笑一声，道："我贺延霄从不做让自己后悔的事！"

今天见的几个人接二连三地踩中他的雷点，贺延霄实在心情不佳，上车后直接让司机开车回樱园。

贺延霄离开后，秦续回到包间，对屏风后的人道："刚才的话都听见了？出来吧！"

几秒后，一道倩影缓缓地从屏风后走出来。她身着白裙，一头乌发，清丽婉约的面容像朵刚出水的芙蓉。

"以后别再让我干这种事了。"秦续坐下，给自己倒了杯酒。

这个女人就是贺延霄的前任女友季樱，跟贺延霄在一起的时间远不止三年。他们几个人是校友，秦续欠季樱一个人情，这次算还债。

"秦续，谢谢你，我只是想知道阿延的心是否跟当初一样，不会为难你的。"季樱的声音柔柔的，似乎没有攻击性。

秦续最不擅长对付这类女性，打了个寒战，冲季樱摆手："我不想掺和你们的事，但司婳的确无辜。即便你想跟延霄复合，也尽量别伤害她。"

听秦续这么说，季樱心里产生了一丝危机感。无论是秦续对司婳的评价，还是贺延霄闭口不提的态度，都证明司婳给他们的印象很不错。

夜晚的樱园远离城市的喧嚣，司婳坐在书桌前专心致志地修改设计稿。窗外有风吹过，司婳起身关上半扇窗户，站在窗口揉了揉肩膀，随后转身下楼，准备去拿东西，趁机放松一下。

她刚到楼下，眼前突然出现一个熟悉的身影。贺延霄回到樱园时已经快晚上九点了，正沉默地站在走廊边，身姿挺拔。

“你回来了，去医院见奶奶了吗？”司婳奔向他，十分惊喜。

“见了。”贺延霄一边说一边仔细地看着那张脸。

她的眉眼跟他这两日见到的那个人有些相似，却又大有不同。她们都性格温顺，爱笑，给人的感觉却不一样。司婳的笑容带着淡淡的暖意，而另一个女人，更容易让他产生怜惜之情。

司婳小跑到他面前，闻见一股烟味，不着痕迹地退后了一小步。

目光停留在她的脸上，贺延霄并未注意到她的动作，脑海中浮现出白天那个娇弱的女人扑到他的怀中诉衷肠的模样。

忽然想验证什么，贺延霄俯下身，用手指抬起她的脸。

在这段感情里，贺延霄一直是强势的一方，每次亲近的动作都简单粗暴，而沉浸在恋爱的甜蜜中的司婳是羞涩、享受的。

但现在，在他即将吻上她的那刻，司婳忽然转过头，眉头紧皱，摆出拒绝的姿态。

这个动作令贺延霄心生不悦。他微眯眼睛，问：“不想让我亲？”

“你知道的，我闻不惯烟味。”从小到大，只要闻到烟味，她就忍不住觉得恶心。

贺延霄没有烟瘾，她大多数时间是闻不到烟味的。

他只有心情烦躁的时候才会抽烟……

“行！”贺延霄收回手，眼里的情愫迅速消失。

司婳欲言又止，耳畔传来贺延霄低沉的声音：“奶奶住院，你最近没事就去医院陪陪她。”

“嗯，我知道。”司婳有些不自在地移开视线，耳朵微微发烫。

贺延霄提到贺老太太，司婳不免想起今日老人在医院说的关于结婚的事。她记得贺老太太说过，见到贺延霄的时候会提点他。

耳边回响起贺老太太鼓励的话，司婳主动抓住他的胳膊，仰起小脸问：“你最近工作多吗？如果不是很忙的话，我们一起去医院看奶奶吧。”

她明亮的眸中满是期待，男人一眼就能看出来。

贺延霄微微低头，在她的身上闻到一股沐浴后的清香，心头的躁意慢慢消失了。他点了点头，“嗯”了一声。

得到回应后，司婳高高兴兴地回到自己的卧室，跟突然打通了任督二脉似的顺利地完成了设计稿，随后一夜好眠。

之后的两天，司婳见到贺延霄的次数突然变多了，无论是早上起床后还是晚上睡觉前，他们都能打个照面，还会一起去医院看望贺老太太。贺老太太对两个晚辈的状态乐见其成，言语间总是让贺延霄多多照顾司婳。

司婳没什么亲人，这两年从贺老太太这里得到不少被长辈呵护的感觉，在某种程度上，对贺老太太产生了依赖感。

“最近我看你跟延霄出双入对，感情好着呢！”

“奶奶！”司婳搀扶老人在医院里散步时，贺老太太又提起这些事，司婳不禁面红耳赤。

“这有什么好害羞的？我都是半截身体入土的老太婆了，心里就盼着孙子能早点儿成家。你们年轻人不着急，奶奶可等不了那么久。”贺老太太继续道。

“奶奶，别说这些丧气话，您的身体好着呢！”

老人直白又殷切，司婳几乎招架不住。幸亏贺延霄打来一通电话，把她解救出来。

贺老太太：“延霄找你？那快去吧！”

得知孙儿找司婳有事，贺老太太赶紧放司婳离开。

送贺老太太回病房时，司婳跟贺夫人打了个照面，只喊了一声“贺夫人”，没假装亲近。

司婳离开后，贺夫人进了病房。

“妈，您是铁了心想让延霄娶司婳？”病房里没外人，贺夫人开门见山，“咱们贺家在榕城有头有脸，随便挑个门当户对的也比那个小丫头好啊！”

“你挑的，延霄肯要吗？”贺老太太冷哼一声，“他脾气犟，你们越打压他，他反抗得越激烈。当初他把婳婳带到贺家，指明了要她，这意思还不够明确吗？”

“他不过是在跟我们赌气！”贺夫人不信自己的儿子会对司婳动心。

在贺延霄羽翼未丰时，他们使手段赶走了贺延霄喜欢的女孩儿。后来，贺延霄刚凭本事在公司站稳脚跟，就立刻把司婳带回家给他们看。贺夫人一直觉得，司婳只是贺延霄气他们的工具。

贺老太太摆摆手，表示不想再跟她争论，躺在床上闭目养神：“他跟婳婳在一起总比去见那个女人好。”

贺老太太活了大半辈子，看透了，不那么在乎家世背景，只希望孙子能看清自己的心，不要错失司婳这个好女孩儿。

贺延霄找司婳是想请她吃饭。最近司婳很听话，经常去医院陪贺老太太。他觉得自己于情于理都该做些事奖励司婳。

这家法式餐厅在榕城的口碑极好，环境优美，位于大楼高层，靠窗的位置能让人观赏美丽的榕城夜景。

前来赴约的司婳有些着急，加上天气燥热，额上沁出一层薄薄的汗。

“阿延。”

每次见到他，她总会先这么叫他一声。

轻柔的女声传入耳中，引得贺延霄回头。

女孩儿将长发扎成马尾，脚上穿着平底运动鞋，乍一看就是个青春靓丽的女大学生。

察觉到贺延霄打量的目光，司婳局促地抬手拨了拨额前的碎发：“不好意思，来得太急了。”

司婳是从医院直接赶过来的，来不及打扮，只在路上重新抹了口红。她皮肤细腻，脸上都是胶原蛋白，不化妆也精致到无可挑剔。

贺延霄淡淡地道：“没关系，晚点儿也没事。”

司婳有些诧异。她听贺延霄训斥过不守时的助理，一直觉得贺延霄是个极具时间观念的人，所以每次约会都提前到场。现在贺延霄却对她说“晚点儿也没事”，这证明她是特别的吗？

这么一想，司婳心情大好，整个人放松下来，自然而然地对他撒娇道：“等人的感觉不好，你每次找我，我都想以最快的速度来到你面前。”

听她这么说，贺延霄有些高兴，用纸巾为她轻轻拭掉了额上的汗。

一个冷漠的人忽然变得温柔，还是自己喜欢的男人，司婳承认自己招架不住，心跳加速。

侍者上前点餐时，贺延霄把决定权交给司婳，用纵容的语气说：“想吃什么？自己点。”

“嗯嗯！”司婳看过菜单，按照自己的喜好点了两样，在贺延霄选择牛排后，不等侍者询问便替贺延霄回答“七分熟”。

“我没点错吧？”她乖乖地坐在对面，等侍者离开后才问。

“没错。”贺延霄道。

每个人吃东西时都有自己的习惯，司婳足够了解他，刚才问那个问题，分明是在让他夸奖她。

他看着司婳，感慨这个姑娘无论是坐姿还是吃相，都不会让人感觉小家子气。最初接触司婳的时候，他总是通过她的脸去寻找另一个人的影子。现在他已经想不起来，她到底是原本就这样，还是说，因为跟在他身边三年，见了世面才变成这样的了。

约会的确是个增进感情的好方式，这顿饭，司婳吃得很香。

离开餐厅时，司婳习惯性地去牵他的手："明天奶奶出院，要一起去接她吗？"

"可以。"这次，贺延霄没有迟疑。

司婳立即欣喜地道："太好了，奶奶一定很开心！"

平时贺延霄忙得不见人影，司婳听老人家念叨过几回，知道老人家有多想见孙子。

今天诸事顺利，司婳一直很开心，如果没有在电梯口遇到张婧就更好了……

"延霄、司小姐，好巧！"

上次贺延霄醉酒，张婧言语嚣张。这回贺延霄清醒，张婧有所收敛，一脸假笑。只是在擦肩而过时，司婳清楚地听到张婧对她说："司小姐看起来心情不错，希望你能一直这么高兴。"

张婧每次见到司婳都阴阳怪气的，司婳觉得张婧大概是喜欢贺延霄，毕竟这种年轻有为、容貌俊朗还没什么绯闻的男人，在他们的圈子里并不多见。

第二天，因为要去接贺老太太出院，司婳特意跟工作室请假，早晨一起床就开始纠结要穿什么衣服。

贺延霄喜欢她穿得素净些，看起来清新，而贺老太太前两天让她多穿些颜色鲜艳的衣服，那样更像个充满活力的年轻人。司婳最终选了件水蓝色的长裙，还把前两日新买的珍珠耳环拿了出来。

司婳看了看时间，有些晚了，拿着耳环边走边戴。

一声猫叫让司婳心中警铃大作。

Coco不知道怎么跑到了她这边，吓了她一跳。追着猫上楼的蒋妈赶紧把Coco抱起来，以免它碰到司婳："司小姐对不起！我刚才没留神，让Coco跑过来了。"

蒋妈连连道歉，司婳无心追究，摆了摆手："没事没事。"

等司婳回过神来，手里的耳环已经不见了。司婳沿着楼梯找了个遍，愣是没找着。

"在找什么？"贺延霄已经穿戴整齐，准备出门。

"一只珍珠耳环，刚才不小心掉了。"

"丢了再买就是了。"

"可……"那对珍珠耳环她很喜欢，而且新买的耳环还没戴就丢了，她有点儿不高兴。

"来不及了，走吧！"贺延霄并没有等人的习惯和耐心，催促她出门。

贺老太太强留两人在贺家吃饭，直到晚上才放两人离开。

回家后，司婳不死心，又在那一片找了几遍，连蒋妈都说要帮忙。司婳不太喜欢麻烦别人，而且已经不抱希望了，道："算了，不知道掉在哪个角落，可能真的找不到了，别麻烦了。"

司婳的话被路过的贺延霄听见。他不知道什么时候走到司婳身后，声音略沉，问："很喜欢？"

"前两天跟云汐逛街时买的，还没戴过呢！"

店里只剩下一对，被她买走了，最后她却没戴上。

没得到的东西总是令人念念不忘。

她的抱怨更像在撒娇，贺延霄听后心头一动。

司婳本以为这件事就此过去了，没想到隔天贺云汐就打电话来跟她分享好消息："婳婳，我哥对你也太好了！"

"嗯？"

贺云汐突然这么说，司婳觉得很奇怪。

贺云汐兴冲冲地道："我哥听说你上次买的珍珠耳环掉了，特意来问我是在哪儿买的。"

司婳惊讶地问："真的吗？可那是最后一对。"

"是啊！我就告诉他没有了，他还让我帮忙另外挑一款！"贺云汐发来一张图片，"这是我在珠宝杂志上看到的，真正的限量款，你觉得怎么样？你要是喜欢，我就跟我哥说。"

司婳在心里吐槽：贺云汐很有做双面间谍的潜质！

跟贺云汐沟通后，司婳就等着贺延霄送礼。

果然，一周后，贺延霄亲自将一个首饰盒子摆在她面前。

她有些紧张，假装不知道里面是什么东西，问："是给我的礼物吗？"

贺延霄轻轻点头："打开看看。"

她小心翼翼地捧起盒子，纤细的手指稍稍用力，慢慢地将盒子打开。看清楚里面的东西后，司婳笑不出来了。盒子里装的不是她期盼已久的珍珠耳环，而是一条项链。

见她不说话，贺延霄问："不喜欢？"

“没有，项链太漂亮了，我忍不住多看两眼……”司婳随口道，声音逐渐变小。

司婳有些失落，但转念一想，贺延霄从未承诺要送她珍珠耳环，她没理由挑剔对方送来的礼物。无论盒子里装的是什么，都是贺延霄的心意。

司婳调整好心态，问：“怎么突然送我这个？”

“送女朋友东西需要理由吗？”贺延霄取出项链为她戴上，双臂横在她的脸颊两侧，好像情人拥抱的姿势。

司婳的脸上浮现一层淡淡的红晕。

贺延霄微眯着眼，扫过空荡荡的耳垂，眼神黯淡。司婳并不知道男人的想法，得到什么，就珍惜什么。虽然她收到的不是耳环，但项链也是很珍贵的。

她戴着新项链去上班。路上遇到同事打趣她，她大方地承认项链是男朋友送的礼物。

女孩子大多喜欢首饰，看见司婳的新项链会夸赞几句。

司婳心情很好，笑着打开电脑，继续做未完成的工作。

临近中午，工作室来了一位客人，自称很欣赏司婳的设计方案，指名要见她。

司婳当然高兴，在休息室里整理仪容后，去会议室见了这位顾客。

会议室里只有一个一身洁白长裙的女人。

“你好，请问是季小姐吗？”司婳记得顾客的姓氏，问道。

“你好，我叫季樱。”

女人缓缓回头，面带微笑地看着司婳，将耳边的长发撩到耳后，明亮的珍珠耳环在灯光下闪闪发光。这对珍珠耳环正是司婳前不久跟贺云汐一起选的限量款。

见完顾客，司婳心事重重。

平日跟司婳交好的柯佳云有些担忧，问：“婳婳，怎么了？没谈好？”

“没事。”司婳摇头，坐在电脑桌前出神。

其实司婳跟季樱聊得挺好的，一直在聊工作。可是，季樱名字中的“樱”字、那对限量款的珍珠耳环，让司婳不得不多想。

这是巧合吗？

她没了创作的心思，一下班就无精打采地回了樱园，见蒋妈在厨房里忙碌，道："蒋妈，我来帮你吧！"

"不用，您去歇着。"

"没事，今天我下厨，我了解阿延的口味。"

司婳坚持要做，蒋妈拗不过她，站在旁边帮她。司婳从不摆谱，蒋妈在她面前很放松。

"蒋妈，你来樱园工作多久了？"

"快三年了。"蒋妈回忆道，"现在想来也是我运气好。"

刚到樱园工作的时候蒋妈就见识到了家里有多冷清。贺延霄把 Coco 交给她照顾后，平时几乎不回家。蒋妈既不用每天跟雇主打交道，又能拿到高额的薪资，巴不得一直在这个岗位上做下去。

"三年……"司婳问，"你比我更熟悉这里，知道这儿为什么叫樱园吗？"

"这……"蒋妈摇头，"院子里不是种着樱花树吗？大概是因为这个吧！"

"可能是吧。"司婳淡淡地道。

一个小时后，司婳煲的营养汤出炉了，味道鲜美，蒋妈尝了赞不绝口："司小姐长得漂亮，性格又好，做饭还这么好吃，以后谁娶了你，可是有福了。"话音刚落，蒋妈又自打嘴巴，"瞧我这张嘴，司小姐跟贺先生郎才女貌，以后肯定是要结婚的。"

司婳没接话，心思早就飘去别处了。

夜幕降临，贺延霄还未出现。

"司小姐，要不您先用餐，别等了……"在这里工作三年的蒋妈知道，贺延霄不回来是常有的事。

贺延霄一直不常回这边，但最近频繁出现，让司婳产生了一种他每天都会回家的错觉。

错觉被现实打破，司婳等得有些失落，连汤都没了滋味。她一遍又一遍地在手机里输入贺延霄的电话号码，但最终没有拨打电话。

百无聊赖的夜晚，司婳躺在舒适的吊椅上感受晚风，没过多久就出了好多汗。她站起身，准备收拾东西去洗漱。

她路过走廊，立在房门口的人影吓了她一跳。

她定睛一看，发现是贺延霄。

"阿延！"她敏锐地嗅到了酒味。这股味道虽然淡淡的，但也证明贺延霄回家前喝过酒。

"你喝酒了？"

"应酬。"贺延霄言简意赅。

“那你先回房间休息一下，等我。”司婳匆匆下楼。

贺延霄目送她离开，直到看不见她了才轻轻合上眼。

他想起了下午秦续告诉他的消息——季樱自作主张去了司婳的工作室，两个人不知道谈了什么。

贺延霄下意识的反应竟然是逃避。他跟秦续在外面待了很长一段时间，直到现在才回家。

如果司婳问季樱是谁，他该怎么回答？

没过多久，楼道间重新响起脚步声。贺延霄睁开眼，灯光下那道倩影不断靠近自己，随之而来的还有她身上散发出的温暖的气息。

“阿延，喝蜂蜜水！”司婳双手捧着杯子递给他。

一般贺延霄出去应酬，喝多了后会选择方便快捷的解酒药。但如果司婳在家，她会送上蜂蜜水或牛奶，笑眯眯地叮嘱他在工作之余照顾好身体。

“蜂蜜能促进酒精分解，快喝吧！”

贺延霄接过杯子，将蜂蜜水一饮而尽。

司婳从他的手中接过空杯子，露出满意的笑容，心里话脱口而出：“以后你不能回家的时候，能不能提前告诉我？”

贺延霄淡淡地“嗯”了一声，盯着她许久，想从她的眼睛里看出她的想法。司婳却没有任何异样之处。

或许，她还不知道季樱的事。

贺延霄微微握拳，新计划浮上心头。

他主动道：“过几天我要去景城，你也一起去吧。”

“我？去景城干吗？”司婳摸了摸耳朵。

“我在那边有工作，你可以过去玩几天。”贺延霄道。

“你的意思是……旅游？我跟你一起？”她着重强调了最后几个字，眼睛睁得大大的。

男人勾起嘴角，故意逗她：“如果你不想……”

“没有没有，我想去！”司婳情不自禁地跳了一下，眉飞色舞，像是得到了糖果的孩子，“我们什么时候去？我现在就去收拾东西，明天就请假！”

虽然没能经常跟贺延霄吃饭、看电影，但如果能跟他一起旅行，司婳也是极为高兴的。

二人出发当天，贺延霄的助理跟他们同行。

这次旅行虽然跟司婳想象中的二人世界有些出入，但他们能依偎在一起看窗外的蓝天、白云，奔赴同一个目的地，司婳已经知足了。

来之前，她在网上看了很多旅行攻略，排除一部分贺延霄绝对不可能做的事情后，挑了一个网红打卡点。

听完司婳的计划，贺云汐在电话里吐槽道："网红打卡点我在网上都看遍了。"

司婳不以为然："虽然很多人去过，但我没去过啊！"

所有没有亲自体验过的，于司婳而言都是新奇的。

"你不是说以前学画画的时候去过很多地方吗？"

"那不一样。"以前父亲带她出去采风，只是看风景、画图，几乎没空带她去那些人群聚集的地方看热闹。而且，身边的人不一样，她看到的风景也会变得不同。

司婳的计划比较理想化。贺云汐连连拍额头，有些担忧："我哥肯定不懂你的心意。"

司婳不禁抿唇，道："好不容易出来旅游，我总不能把他拉去什么高档餐厅吃烛光晚餐、去大剧院看音乐剧吧？"

那些文雅的事情他们已经做过了，这次如果不做点儿有新鲜感的事，那还有什么意思？

跟贺云汐聊完后，司婳又把附近的景区图片找了出来。

他们的酒店附近就有一个旅游景点，而那里最闻名的是一座情人桥。这座桥长九十九米，桥面宽阔，周围有很多商家摆摊卖东西。

情人桥的特别之处就在于，两端设有特殊的感应门，无论是单人还是双人，只要踏上去，必须在桥上待够十三分十四秒才能刷卡离开。

司婳觉得这座桥挺有意思的。如果她跟贺延霄携手走过九十九米的情人桥，这段记忆肯定终生难忘。

这就是司婳想要的有新鲜感的约会。

等贺延霄回到酒店，司婳试探性地将自己的计划透露给对方："我找了几个不错的地方，可以去逛逛……"随后将照片发给贺延霄。

"你决定就好。"贺延霄收到照片，粗略地扫了一眼，大概明白了她的想法。她是要去旅游景点。

司婳循序渐进，接着提到了那座情人桥。

贺延霄并未深究女孩儿的心思，无论她说要去哪儿，他都应允。

"怎么觉得你最近怪怪的？好像突然有了很多时间，还愿意陪我出来玩。"

司婳突然凑近，歪着脑袋继续问，“阿延，你不会是做了什么亏心事吧？”

司婳笑吟吟地望着他，半开玩笑的语气惊得贺延霄眉头一挑。

“别多想。”

“你这么严肃干吗？”司婳撇撇嘴，轻轻地在他的手心拍了一下，眨眨眼，“那就说好了，明天一起去！”

然而第二天上午，贺延霄告知司婳，合作方临时有事，签约时间延后了。这意味着他们约会的时间要往后延。

对方忙于工作，司婳也不好意思催促，于是善解人意地道：“那你尽量早点啊！”

“你先出去逛，想买什么直接刷卡。”贺延霄取出一张卡，放在她身边。

司婳没说什么，随手将卡装进包里。其实她从未用过他的卡，也从未主动向他索要过钱财。但既然贺延霄要给，司婳就收了，不想因为这件事跟他争论。

司机已经在酒店楼下等候了。

贺延霄上车之际，身后传来一个柔柔的声音：“阿延！”

贺延霄回过头，季樱手提行李箱出现在他眼前。

近期不是旅游旺季，司婳提前买好两张情人桥的通行卡，在附近逛了几圈，用手机拍了不少照片。

时间一分一秒地过去，司婳开始频繁地看手机，嘟囔：“怎么还不打电话来？”

她怕打扰贺延霄工作，想等贺延霄主动联系自己，结果天都快黑了还没等到他。

天色逐渐变暗，四周的路灯也慢慢亮了起来，然而可能是为了营造浪漫的氛围，路灯的光线十分昏暗。

司婳揉了揉眼睛，视线开始变得模糊。

她有夜盲症，晚上会尽量避开光线昏暗的地方，今天是个意外。她不知道这边的灯光这么暗，更没想到贺延霄到现在还没出现。

情人桥就在前方，司婳盯着毫无反应的手机，突然觉得委屈。

他又被工作绊住脚了吗？他忙到连一条消息都没时间发给她吗？

其实这不是贺延霄第一次放司婳的鸽子，但她每次都善解人意地原谅了他。

司嫗站在热闹的人群间，感觉全身凉透了。

那两张通行卡被她用力地握在手心。司嫗咬咬牙，将手机放回包里。今天她不要打电话给贺延霄了。

不就是一座桥吗？她花钱买了票，一个人也得走完！

司嫗的不理智情绪占了上风。她拿着两张卡，毅然踏上了情人桥。

但她很快就后悔了。

为了营造气氛，桥上的灯光是暖橙色的，十分朦胧。但对司嫗来说，简直是两眼一抹黑。

九十九米不长不短，但她还需要在上面待上十三分十四秒……

她打开手机照明，漫无目的地打量四周，却看不太清，只能沿着路边往前走。

身边突然冒出一对追逐打闹的情侣，司嫗下意识地伸手去挡，手机和卡都不小心掉在了地上。

“喂，你们……”

手机屏幕立刻黑了，闯祸的人早已经跑远。

期待许久的约会被放鸽子，被困在桥上出不去，眼睛也不好使，司嫗感觉自己倒霉透顶。

司嫗蹲下身，用手在地上摸，寻找手机跟通行卡。手脏了，她却顾不了这么多。司嫗心中的委屈与愤懑无处宣泄，觉得宽敞的桥上好似没有她的容身之处。

本该十分浪漫的十三分十四秒变成折磨人心的漫长时光。她最终找到了手机，但仍蹲在地上久久不起，只觉身体沉沉的，想蜷缩起来寻找安全感。

司嫗无声地落下泪来。

就在这时，一张纸巾递到了司嫗面前。司嫗闻到了一股淡淡的清香，是纸巾携带的香气。

伴随纸巾而来的是一道极具磁性且十分温柔的男声：“需要帮忙吗？”

第二章
光线暗，走慢点儿

司嫱没想到，在她最委屈的时候，得到的温暖会来自一个陌生人。

那道声音仿佛带有魔力，驱散司嫱周身的寒意，让她感觉自己并不是孤独地存活于世的。

“不用了，谢谢你。”司嫱小声道谢，没有随便接陌生人的东西。

她突然觉得尴尬，独自蹲在这里还真是挺狼狈的。

司嫱握着手机和通行卡起身，却因为刚才蹲久了，脚麻了……

司嫱挪动一下就痛得厉害，“嘶”了一声，几乎站不稳，下意识地伸手去扶旁边的东西，猝不及防地抱住一条温暖的手臂。

“对……对不起！”

司嫱尴尬得要死，上一秒拒绝别人的帮助，下一秒差点儿撞到人家的怀里。

她虽然还没缓过来，也看不清周围的事物，但还是立刻收回手，显然对陌生人有防备心。

男人温柔的声音再次传来：“抱歉，我并无恶意，只是刚才看见有人蹲在这里，以为对方需要帮助。”

司嫱别扭地道：“是我抱歉，不好意思啊，我先走了！”

司嫱转身，刚要往前走，就被一道声音制止：“小心，前面有石头。”

桥上的石头是用来装饰的工具。司嫱站在原地不敢乱动，只道：“谢谢你啊！”

男人微微转头，柔和的目光落在女孩儿的眉眼上。在这片灯光下，他能清楚地看见司婳的一举一动，甚至她的小表情。

他曾在许愿池边见过她一次，如今是他们第二次偶遇了。

见她神色懊恼，男人缓缓勾起唇角，耐心地问："所以，现在还需要帮忙吗？"

司婳没回答，径自往前走。她一边磕磕绊绊地走一边在心里吐槽，从桥头到桥尾，明明两分钟就能走完，硬是被逼得要待十三分十四秒，不知是哪个设计师设计了这么"复杂"的路，还把光线弄得这么暗，导致她在桥上行走时跟闯关似的，指不定哪一秒就会踩中"陷阱"。

虽然眼睛看不清，但耳朵灵敏的她还是听见身后隐约传来笑声。司婳知道，是那个向她伸出手的男人在笑。

踢到坚硬的石头好几次后，司婳紧张得手心出汗，终于向旁边的人求助，道："那个……能不能帮帮我？"

半分钟后，司婳小心翼翼地拽着男人的衣袖，踉踉跄跄地跟在他身后。两个人保持着一定的距离。

他们一步步往桥的另一头走，那边的灯光渐渐变亮，司婳总算看清了男人的身形。

他很高，身材颀长。司婳靠近他时，能在他的身上闻到淡淡的香味，十分清新，让人感觉很舒服。

司婳仰起头，想看看对方的脸，却未能如愿。

她出神片刻，听到有人提示道："现在可以出去了。"他说完侧过身，让司婳先走。

司婳将通行卡插入感应器，顺利地从桥上下来了："太好了！"

她回头去寻找帮助自己的人，面前却出现了四五个年轻的男女。视线被遮挡，司婳等了半天，都没有见到那个人。

桥上那十三分十四秒仿佛一场梦，她回到明亮的世界，却连好心人的模样都未看清，唯有手里的纸巾告诉她，确实有一个陌生人对她释放了善意。他将纸巾递给她时说："女孩子的手，应该一尘不染、干干净净的。"

离开景区，司婳直接打车回酒店。

她没去隔壁房间敲门找人，只是默默地把自己的东西收拾好，准备买回程的机票。

司婳打开手机，收到了柯佳云发来的消息："婳婳，什么时候回来啊？工作室不能没有你！”

司婳的同事正准备新季度的设计稿，司婳是他们之中最有创意的设计师。司婳不在，他们没办法敲定设计方案。

司婳当即查看航班，确定明天飞往榕城的班机还有座位后直接回复道：“我明天就回。”

这天晚上，司婳早早地洗漱完，上了床，尽管辗转难眠，也没有打开手机。

酒店的长廊上，贺延霄的助理向他汇报了司婳平安回到酒店的消息。贺延霄松了口气，把玩着一个黑色后壳的手机。

这是贺延霄的另一个手机。

只有小部分人知道他有另一个号码，而司婳不在其中。

今天中午，季樱突然拖着行李箱出现，令他始料未及。当时司婳就在酒店，随时可能出来，所以贺延霄让季樱上了自己的车，载人离开。

他让季樱报出酒店地址，季樱却问：“你在担心什么？你害怕我去找她，告诉她，我们的过去吗？”

“你也知道，那是过去的事。”贺延霄目视前方，表情镇定，继续道，“快说吧，我还有事。”

“是要去找她吗？”季樱将手伸进贺延霄的西裤口袋，拿到了贺延霄的手机，要跟他打赌，“如果她主动联系你，你就去；如果她没有给你打电话，就说明她一个人也行。”

贺延霄没说话，默认了跟她的赌约。

以前，司婳找不到他的时候总会打电话来询问。所以这次，贺延霄觉得司婳一定会给他打电话。

可是，他猜错了。

季樱看准时机从背后搂住贺延霄的腰，将脸贴在他的背上哭诉道：“阿延，不能失去你的人……是我。”声音中满含思念与不舍。

贺延霄不得不承认，自己确实动了恻隐之心。

季樱是他年少时喜欢的第一个人。当年他没有足够的能力维持这段感情，才使得季樱离开。

在那之后，他认识了司婳。他之前总在司婳的身上找季樱的影子，现在季樱突然回来了，他不得不认清现实——季樱不在的这些年里，他已经习惯了司婳的存在。

他对司嫿，并不像秦续说的那样全是利用。至少，他现在不愿意跟司嫿分手。

只是当年他跟季樱会分开，错不在季樱。贺延霄也无法对季樱狠心。

“季樱，时间能改变许多事，你要学会向前看。”

“我做不到。”季樱哭道，“你修建樱园，把Coco养在身边，这些事情我都知道。”

她喜欢樱花，贺延霄便在樱园种樱花树；Coco是她留下的猫，贺延霄便一直将它留在身边。

“阿延，你承认吧，你心里还有我。”

她笃定的话语重重地敲击在贺延霄的心上。

直到助理告知司嫿已经回了酒店，贺延霄才从季樱那边脱身。

现在司嫿关着门，不接他的电话，估计是生气了。

他没理由乱闯，只能把吃闭门羹的气撒在助理的身上，道：“下次订一间房。”

“是！”助理连连点头。

老板以前一直吩咐他订两间房，他以为这次也一样，没想到……看来司小姐在老板心里的地位越来越高了。

在司嫿的房间前徘徊了几分钟后，贺延霄最终回到自己的房间休息。在他看来，司嫿虽然偶尔会有小脾气，但睡一觉起来就能恢复。

他觉得，这次也一样。

第二天，贺延霄主动去找司嫿，却见司嫿正在收拾行李。

“你在做什么？”贺延霄的眼神瞬间变得严肃。

“收拾东西，回榕城。”她答道。

“我这边的事情还没结束。”贺延霄皱眉道。

“但我的旅行已经结束了！”司嫿没看他，蹲在地上将行李箱的拉链拉好，随后竖起行李箱。

“别闹，昨天的事是我考虑不周。”贺延霄朝她走过去，夺过行李箱。

“什么考虑不周，是你从来就没有考虑过我吧？”司嫿试图将行李箱抢回来，奈何对方力气太大，司嫿只能放弃。

她随意地坐到床边，不去看贺延霄。

“我们还没有按照你的计划约会呢。”贺延霄试图以此打动她。

司嫿直接道：“不用了，我要回去工作。”

这种事情不是第一次发生了，她一次次地包容他，不是为了让他变本加厉地欺负自己。

见司婳态度坚决，贺延霄又劝道："你想回去也可以，再等一天。明天我跟你一起回去。"

现在他绝对不能让司婳离开自己身边。

司婳单方面地跟贺延霄冷战，而往日端着架子的男人放下了身段，在酒店里守了她一天。

司婳很无语。他不是还有工作吗，守着她做什么？

"婳婳，我知道你在想什么，余下的工作我可以在酒店里完成。"

司婳搞不懂，他多留自己一天有什么意义呢？

但此刻她不想也懒得跟他争论，将 iPad（平板电脑）从行李箱里拿了出来，坐在沙发上玩了起来。

贺延霄不知什么时候走到她身后，意外地发现她正在看别人的画。

"你喜欢 Susan 的画？"

Susan 是一个有名的女画家，可惜天妒英才，红颜早逝。她留下的画作堪称绝妙，一幅真迹能被拍出天价。

贺延霄本不关注这些，只是司婳曾在他的耳边提过此人，便记下了。

听贺延霄说起这个，司婳忘记两个人在冷战，手指触碰屏幕，轻声道："她的画……很好，可惜现在只能在照片里看到了。"

次日，司婳如愿回到榕城。

她跟贺延霄的问题还没解决，贺延霄少见地主动哄人。

某天回到家中，司婳收到了一大堆价格昂贵的礼物。她越看，眉头皱得越紧。

刚跟贺延霄在一起的时候，她会像其他女孩子一样期待约会，想跟他一起做许多事，但大多因为他爽约没做成。那时她藏不住情绪，贺延霄一眼就能将她看穿，总是送东西哄她，当成道歉。而司婳次次都原谅了他。

但是，她会原谅他并不是因为那些礼物，而是不想放弃这段来之不易的感情。可惜贺延霄不懂。

如今他故技重施，司婳却不想再体谅下去了。

现在，她都认不清爱情原本是什么模样了。

从景城回来后，司婳被柯佳云拉回去工作。

休息时间，工作室的同事开始互相灌心灵鸡汤，司婳正觉得好笑，柯佳云突然在门口道：“婳婳，有人找你。”

司婳抬起头，问：“谁？”

“她说自己叫张婧，是你的朋友。”

“张婧？”司婳很惊讶，甚至怀疑自己幻听了，“才不是朋友……”

张婧只是一个因爱生妒的疯女人。

不过，既然对方找上门，司婳无论如何还是要跟对方见一面的。

司婳本想三言两语把人打发走，没承想张婧不吵不闹，也不给她脸色看，反倒笑得十分夸张：“司小姐，我今天来是想跟你分享一个秘密。”

在司婳的注视下，张婧缓缓地道：“贺延霄的初恋叫季樱。”

季樱家境普通，凭借优越的成绩和美丽的外貌在学校颇受欢迎。她跟贺延霄在一起后，大家都说他们郎才女貌，天生一对。可他们踏入社会后，矛盾爆发了。

“贺家人因为看不上季樱的家世，将他们强行分开。”

那时贺延霄还没有掌控贺家，贺夫人用手段将季樱送走了。贺延霄因此消沉了一段时间。大家都感叹他太深情了。

从贺家搬出去后，贺延霄故意跟母亲作对，把居住的地方命名为“樱园”，还将季樱养过的小猫留在身边。

“就在季樱离开的那年，你出现了。”张婧盯着司婳的脸道，“你没发现你跟季樱有时候挺像的吗？这两年，你们连穿衣风格都越来越相近了。”

年少时喜欢的人最难忘，贺延霄跟季樱携手走过了最单纯的青春时光。而司婳遇到的贺延霄，是遭遇过打击、因为季樱而被迫成长的男人。

下午，司婳以身体不适为由请假，失魂落魄地回到樱园，耳边反复回荡着张婧说的那些话。

她无法相信那些话。

这怎么可能呢？她跟贺延霄认识五年了。到头来，她只是他为了报复贺家、应对外界的压力而留在身边的替身？

不！

这段时间，司婳明显感觉贺延霄更主动了，觉得自己不能因为别人的话而乱下定论。如果贺延霄真的如张婧所言只是利用自己，那么为什么在季樱回来后，还跟自己保持情侣关系？

当然，司婳也无法说服自己忽略这件事。她需要一个真相。

然而就在她打算去找贺延霄问清究竟时，却得知他去国外出差了。

司婳拿起手机，还未理清纷乱的思绪，已经拨打了电话。

对方很快接通，好像比司婳更加紧张。

司婳道："我有些事想问你。"

"着急吗？"手机里传来快要登机的语音播报，贺延霄三言两语结束对话，"快登机了，有急事去找云汐或秦续，有什么话回头再说。"

司婳望着屏幕出神，手指无意识地在屏幕上滑动。

她上次跟贺延霄提要求后，贺延霄当真开始向她汇报行程了。放在以前，司婳肯定很高兴，这证明对方把她的话放在心里了。可自从见过张婧后，她一直无法安心。

她终究对他缺少信任。

次日，她在确定贺延霄已经下了飞机后，又给他打了一个电话。

他接通电话后，司婳隐约听到对面传来一个女性的声音，委婉地问："现在不方便吗？我好像听到有人在跟你说话。"

贺延霄似乎察觉到她的意图，笑出了声，语气竟有些宠溺："上次你不是说我随便买来的礼物没有诚意？我就让人专门为你设计了一套首饰，这次亲自拿回来送给你。"

司婳咬唇，有些感动。当一个男人发自内心地想对一个女人好的时候，很少有女人招架得住。如果早一些，她肯定会因此高兴得蹦起来。

"之前你想说的是什么事？"贺延霄忽然想起她之前说的话，问。

"哦……我想问，你很喜欢 Coco 吗？刚才它跑出来，吓了我一跳。"

"它又碰到你了？"贺延霄问。

"没有。"司婳闷闷地道，随后转移话题，"没什么事了，你安心出差，我等你回来。"

那些话终究被司婳憋了回去。

她想过了，隔着电话讨论这件事并不是明智的选择。无论真相如何，她都要跟贺延霄当面谈。

挂断电话后，贺延霄从设计师的手中接过一个礼盒，里面摆放着耳坠、项链、手链，作为装饰的珍珠颗颗饱满。这套珠宝若是放在市面上售卖，价格不菲。

摩挲着珠宝，贺延霄沉声道："这套珠宝属于私人定制款，我不希望以后见到复制品。"

设计师笑道："贺先生，我们签过合约，一定会按合同办事。"

贺延霄带着珠宝回到酒店，打了个电话给秦续。

正与人喝酒的秦续接到电话，瞬间清醒几分："你说啥？让我去把你家的猫弄走？真的假的？那不是季樱留给你的吗？

"行，你贺总都亲口提了，我这个做兄弟的肯定帮你。"

秦续对着电话唠叨起来："说真的，我觉得司婳比季樱好，年轻貌美、单纯，还向着你……也就咱俩关系好，如果是别人，我还不乐意劝呢！

"喂？喂？"

贺延霄直接把电话挂了。

秦续对着手机"啧"了一声。

季樱没回来的时候，所有人都认为贺延霄对初恋念念不忘；季樱回来了，贺延霄反倒意识到司婳在他心里的分量了。

秦续起身往外走。刚进来的张婧撞见这一幕，问："续哥这是去哪儿？不玩了？"

"玩什么玩？我还得去给延霄收拾烂摊子。"

"什么意思？"

"他家那猫啊，挠了人，留不得了。"秦续意有所指。

张婧心中警铃大作。

前几天张婧从秦续的口中得知，贺延霄似乎没有跟季樱复合的打算，不仅舍不得跟司婳分手，还给司婳送了许多礼物。

这两个女人，张婧都十分讨厌，巴不得她们都被贺延霄甩了。但现在，张婧更见不得司婳得意。

当年季樱夺走贺延霄就算了，后来司婳靠着一张与季樱相似的脸得到贺延霄，凭什么？

于是张婧找到司婳，告诉司婳关于季樱的事，本以为司婳会跟贺延霄大吵一架，打算等两个人闹翻后看好戏，没承想贺延霄竟然要送走 Coco。

Coco 可是季樱的猫，这代表着什么……不言而喻。

秦续是当天晚上去的樱园。

蒋妈端上为客人准备的茶水，司婳也从楼上下来了。

"打扰了。"秦续见到司婳后仍然坐在沙发上，随性惯了。

脸上挂着得体的笑，司婳问："秦先生，这么晚了，请问有什么事？"

秦续夸张地一拍手，直接演上了："延霄打电话给我，让我赶紧把Coco领走，怕它伤到司小姐。"

"……"

秦续是个公子哥，司婳一向不喜欢跟他打交道，只是因为他是贺延霄的朋友，与他见面时才能维持表面的友好。

"秦先生是不是听错了？我跟Coco一起生活了好久，它要是想伤害我，早就伤害了。再说了，Coco是阿延的爱宠，你可不能随便唬我。"司婳不相信自己的那通电话真的能让贺延霄决定将猫送走。

"我怎么敢？确实是延霄亲自打电话跟我说的，不信你自己问他。"秦续道。

"那倒不用，你们关系那么好，你用不着撒谎。"司婳微微一笑，"不过，这不是阿延的前女友送的吗？他真的舍得？"

"你怎么知道？"秦续心里"咯噔"一声。

瞬间，司婳脸上的假笑消失了。她道："看来……是真的啊！"

司婳本想等贺延霄回来之后再问清楚，结果秦续送上门来。

她随口一试，秦续就露馅了。

秦续紧张起来，没想到司婳会故意套自己的话："司小姐，这其中恐怕有误会，我这人嘴笨说不清。你别着急，等延霄回来，他会给你一个交代的。"秦续怕自己多说多错，一分钟也不想多待，灰溜溜地离开了。

而另一边，还是不安分的张婧私下联系季樱，原本是情敌的两个女人在这一刻站到了同一阵线。

季樱问张婧："你为什么要帮我？"

张婧冷笑道："比起你，我更讨厌司婳。"

真实的原因，张婧当然不会告诉季樱。

其实在张婧看来，季樱跟司婳在某些方面相似，但又有很大的不同。

季樱当年跟贺延霄在一起时，会小心翼翼地讨好他们这群人，极力融入其中。张婧有时候会暗地里与其他人联合起来戏弄季樱。季樱非但不敢告状，反而在贺延霄面前装出一副跟他们关系很好的样子。

而司婳一开始对他们示好，在感觉到他们的敌意后迅速与他们划清界限，好像不把他们放在眼里。面对那些冷嘲热讽，司婳一笑置之。

张婧看不惯司婳，觉得她故作清高，非要把她那层假面剥下来不可。

张婧将自己知道的事情添油加醋地描述一番，想借此激发季樱的求胜心，随后问："季樱，你有把握吗？"

“当然。”季樱反复查看着新收到的电子邮件，露出势在必得的目光。

曾经失去的，季樱想亲手拿回来。

有张婧帮忙传递消息，季樱准确地得知了贺延霄回国的航班信息，提前去机场等待。

季樱并没有直接凑到贺延霄面前，而是假装不经意地与他偶遇。

贺延霄在看到那道熟悉的身影时微微皱眉。季樱淡淡地朝他笑了笑，随后转身走向另外两个人。

贺延霄松了口气，原来这是巧合。

“贺总，司机已经到机场外了。”助理联系到司机，推着行李箱跟在贺延霄身后，忍不住回头多看了季樱几眼。

上次在景城跟老板相遇的也是这个女人。

助理不禁想：难道自己这个多年来洁身自好的老板也无法抵挡诱惑？

贺延霄直接回了樱园。

正在打扫卫生的蒋妈赶紧放下手中的活出门迎接：“贺先生，您回来了。”

贺延霄目不斜视，进入大门，意外地发现了跟在蒋妈身后的Coco，问：“这猫怎么还在？”

“那天秦先生说要把猫带走，司小姐不让。”蒋妈哪里清楚主人家的事，看到什么就老实地回答什么。

贺延霄当即调出秦绫的号码，给秦绫打了个电话：“猫是怎么回事？”

“这……呃……中途发生了一个小小的意外。”为了自己的人身安全，秦绫早已跑到千里之外继续逍遥，“司媔好像知道了季樱的事，我不敢跟她多说。”

“所以你连我也瞒着？”

“我不是想瞒着你，这不是看你忙，打算在你回来后再告诉你吗？”

贺延霄冷哼一声，道：“以后再找你算账！”说完挂了电话。

秦绫忍不住打了个哆嗦。

见贺延霄挂了电话，蒋妈上前一步，试探性地道：“贺先生，过两天我想请个假。我的小孙子马上就满一岁了，儿子、儿媳妇都让我回去给孩子过生日。”

“可以。”

“说起来司小姐的生日也快到了，我早些回来，还能赶上给司小姐庆生呢。”蒋妈忽然想起这件事，随口提了一句。

听到蒋妈的话，贺延霄心头一动，将那套准备送出去的珠宝收了起来。

“婳婳，你现在还不下班吗？”柯佳云端着见了底的保温杯过来接了半杯水，见司婳还在公司，问道。

最近几天，司婳都在工作室里加班到很晚。

“你先走吧，我等会儿就下班。”司婳仰头回了一句，目光重新移到屏幕上，望着已经锁屏的电脑继续发呆。

从知道季樱的存在开始，司婳便觉得心里沉甸甸的，仿佛压着块大石头，整个人都喘不过气来。

她努力地回想贺延霄是从什么时候开始对她热情的，好像就是他收到季樱回国的短信的那天。

贺延霄这样是出于不舍还是愧疚？

她知道贺延霄今天回来，但不想问他，只想躲起来，不愿意面对那所谓的真相。可无论她躲到什么时候，终究是要回家的。

夜深了，司婳才慢条斯理地整理办公桌，提着包离开工作室。

她回到家，看到了坐在沙发上等待自己的贺延霄。

司婳环顾四周，家里很安静，蒋妈不在，Coco也不见踪影。

明亮的灯光照在他的身上，司婳完全无法忽视他的存在。

一时不知道怎么开口，司婳放慢脚步，走得很轻很轻。她竟然想就这么悄悄地上楼，不让他发觉。

就在她即将上台阶时，背后忽然传来一道冰冷的声音：“你怎么这么晚才回？”

“工作有点儿忙，要加班。”

这句话贺延霄常说，不过会说得更简洁、果断些。

“一份工作而已，你没必要把自己弄得这么累，缺钱就跟我说。”贺延霄从沙发上站起身，阔步迈向楼梯，打算跟她一起上楼。

“你每天为工作而忙碌，我不过加班两个小时，算起来比你轻松一些。”司婳微微仰头，双眼直勾勾地盯着他。

贺延霄微眯双眼，反驳道：“这不一样。”

“同样是自己的事业，有什么不一样的？”司婳嘴角微弯，表面在笑，眼神却很淡。

司婳还是不会伪装。旁人一眼就能看清她的情绪是好是坏，贺延霄更能清楚地分辨出她的笑容跟从前不同。

“我已经把 Coco 送走了。”贺延霄将手搭在楼梯的扶杆上，在上面轻轻点了两下。

“为什么要送走？”司婳虽然有些诧异，但又觉得在意料之中。

“这不是你希望的吗？”贺延霄扫了她一眼，微微一笑。

“我希望？”司婳忽然觉得好笑，“我从害怕猫靠近，到后来强忍不适，与一只随时会让自己过敏的猫住在同一屋檐下，已经一年了。”

一年，不是一天，不是一个月。

“如果是因为我希望，你才把它送走的，那为什么是现在？”司婳向前一步，几乎将自己抵在他的胸前，一向平和的目光渐渐变得锐利，“到底是我希望，还是你心虚？”

“我为什么心虚？”出入过各种场合，见识过大风浪的贺延霄面不改色，垂眸凝视着她问。

“因为 Coco 是季樱送给你的，所以，哪怕我对猫毛过敏，你也要将它留在身边。”司婳紧盯着他，替他回答。

贺延霄的眼神微微一变，旁人几乎难以察觉。

在她点明后，两个人同时保持沉默。

二人对视超过半分钟后，贺延霄轻轻叹气：“你都知道了。”

“季樱只是过去。”贺延霄站在原地，面对司婳质疑的眼神毫不闪躲，反倒主动出击，“在你之前有过一段感情，不算不可饶恕的罪过吧？”

“的确。”司婳眨眨眼。

他们靠得太近，司婳似乎能感受到一股压力，往后退了一步，随后质问道：“可你当初为什么会选择我？”

她可以不计较对方的过去，但如果这段感情从一开始就不纯粹，她也没法说服自己当什么事情都没发生过。

“现在追究这个，有意义吗？”贺延霄不懂，自己最近做的一切都摆明了向着她，她何必追问曾经的事？

“答不出来吗？”司婳倔强地望着他，索要答案。

“我只是觉得没意义。”贺延霄将一只手搭在她的肩膀上，微微用力，让她清楚地感知到自己的存在，道，“如果我对过去念念不忘，又何必执意将你留在身边？我没有左拥右抱的嗜好，难道你宁肯相信别人的话，也不信我？”

“……”司嫱咬着唇瓣，牙齿压得唇色发白。

有那么一刻，她觉得难以呼吸。

三年了，她全心全意地对待这段感情，不可能因为知道贺延霄有个前女友就潇洒地离开。但那些逐渐浮现的真相犹如打在脸上的巴掌，让她感觉很疼。

“无论你听谁说过什么，都只需要记住一点，现在你才是我的女朋友。”贺延霄轻轻抚摸着司嫱的脸颊，低下头，薄唇在她的耳边擦过，低声蛊惑道，“嫱嫱，我们重新开始，好吗？”

这是贺延霄第一次用这种温柔的语气跟她说这些话。

司嫱没有立即回应，内心却已经动摇了。

她那欲言又止的模样落入贺延霄的眼中，他轻轻地勾起唇角，露出势在必得的笑容：“好了，这个话题到此为止，你只需要记住自己的身份就好，不要被旁人的闲言碎语干扰。”

“我可以相信你吗？”司嫱强忍眼泪，问道。

“当然可以。”贺延霄动作轻柔地抚摸着她的脸。

司嫱别开头，不再看他的眼睛，心里空落落的，十分迷茫、无措。

这时蒋妈及时出现，送上特意为司嫱准备的晚餐。

这一顿饭，司嫱食之无味，小脸皱着，心里依然别扭。

之后，贺延霄跟往日一样进书房办公。

两个人分别待在属于自己的地盘上，相安无事。

贺延霄坐在书房许久，蒋妈送来一杯牛奶，放在指定的地点后便准备离开。

贺延霄突然问：“她呢？”他没有指名道姓，但对象很明确。

“司小姐已经休息了。”蒋妈低眉顺眼。

贺延霄摆手让蒋妈离开。

他原本工作时习惯喝咖啡，司嫱来到这里后，咖啡变成了牛奶。往日司嫱在家，必定亲自将牛奶送来，之后就站在旁边看他，一副不忍打扰又不舍得离开的模样，乖巧又听话。司嫱以为他目不斜视地盯着电脑，其实她的许多小动作都被他看在眼里。

看来，司嫱确实是闹脾气了。

一分钟后，牛奶杯见底，贺延霄将杯子放在桌上，拿起手机拨通一个电话。

很快，秦续的声音从手机里传出来："怎么样？你家那个小姑娘跟你闹了没？"

贺延霄没说话。

"肯定闹了。我教你的办法管用吗？"秦续一副调侃的语气，明显抱着看戏的心态。

"然后呢？"

"哈哈哈，果然奏效了！"秦续扬扬得意，"女人越吃醋，闹得越凶，说明越在乎你。像司婳那种女孩儿，只要你肯多说几句好话哄一哄，她保准会原谅你，过几天就把那些事给忘了。"

"废话少说。"贺延霄的耐心逐渐消失。

"行，接下来你就……"哄女孩儿的方法，秦续信手拈来，"还有最重要的一点，男欢女爱是增进男女感情的最好方式。"

其实，秦续给贺延霄出主意，何尝不是想从中得到一些恶趣味？不过，贺延霄居然愿意为司婳做这些，看来司婳的待遇比季樱之前好啊。

秦续知道，当贺延霄将司婳当成季樱的替身带在身边时，贺延霄和司婳的感情就注定无法纯粹。不过，司婳比季樱看着顺眼，秦续乐意给兄弟支着儿哄司婳。

处理完公事，贺延霄关掉电脑，将杯子送回去，让蒋妈重新准备一杯牛奶，随后自己去了阳台。

他站在阳台上，点燃一根烟。今夜无月，乌云密布，窗外黑漆漆的一片，好似要下雨。晚风吹过，窗帘轻轻摆动。

季樱没回来时，贺延霄的确对她无法忘怀，毕竟他们当年分开是因为外界的干扰，而非感情破裂。只不过，人心易变，五年的时间足以让他习惯另一个人的存在，季樱回来后反倒让他心中的那份不甘消失了。

现在的季樱跟当初已然不同，他能分辨出哪个女人更合自己的心意。

作为一个合格的商人，贺延霄做决定时一切从自身利益出发。如今他面对司婳比面对季樱更舒心，自然要选司婳。

平心而论，即便刚开始他动机不纯，但这几年绝对没有对不起司婳。哪怕有一天他们要分开，也绝不该是司婳说了算。至少在他对她仍有兴趣时，一切都该按他的计划进行。

“贺先生，牛奶已经备好了。”

“嗯。”

贺延霄端着牛奶来到司婳的卧室前，敲了敲门。

过了一会儿，门被打开了。司婳身穿睡衣，手拿白色毛巾从浴室走出来，湿淋淋的长发披在身后。

待看清来人，她整个人顿住了，没说话。

“准备休息了？”贺延霄将牛奶递给她。

司婳视线低垂，看着牛奶，只觉得心口发堵。她千方百计地增进感情都没能得到的体贴待遇，最后竟因前女友的出现而获得了。

见她不动，贺延霄把杯子稍稍往前递了一下。

“谢谢。”

司婳最终还是从他的手中接过牛奶，却没有立即喝，而是转身走向屋内，将牛奶放在桌上，也不管站在门口的贺延霄怎么想，拿起吹风机走进卫生间。

她一边用吹风机吹头发，一边用白皙的手指拨弄头发。

不知何时，贺延霄来到她身后，高大的身影映在明亮的镜子中央。

“我帮你。”贺延霄伸出手，握住吹风机的手柄。

猝不及防的触碰令她的身体微微一颤。

司婳不喜欢男人刻意展现出的温柔举动，内心深处有股抗拒的力量油然而生。

她道：“不用了。”

她想将吹风机拿回来，对方却不肯，执意替她吹头发。他大概从未做过这些事，手法很生疏。

司婳望着镜子里的自己，下颌不自然地紧绷着，眉头越皱越紧。

她忍耐许久，贺延霄终于折腾完。她心里的结始终未解，微妙的气氛令她尴尬到脚趾都蜷缩起来了。

她想速速离开，不料刚转身就被贺延霄搂住了腰。

贺延霄忽然低头吻她，手不安分地在司婳纤细的腰上摩挲，随后在背上游走。二人拉扯间，她宽松的睡衣往下滑，露出香肩，气氛极为暧昧。

“不要！”司婳突然想起了什么，受惊般伸手推他。

“婳婳，这些本就是情侣该做的。”贺延霄伸出手，安抚似的托起她的下巴，迫使她面对自己。

“我不想这样。”司婳当即离他远了些，逃出卫生间，仿佛身后有猛兽追赶一般。这一切太突然了，她丝毫感觉不到愉快，又怎么肯配合？

摔门声传来，男人深沉的目光追出去，唇角微挑。

她竟然开始反抗他了。

被抛下的贺延霄非但不恼，反而觉得最近的司婳甚是有趣，在原地站了一会儿才离开。

夜半时分，司婳躺在床上辗转难眠。她迷迷糊糊地闭上眼，脑子里立刻浮现出最近发生的一切，心里堵得慌，连呼吸都不顺畅。

她打开床头灯起身下床，坐到书桌旁，取出钢笔和一沓花形的便利贴在上面写下日期，卷成圈后放进玻璃瓶里。

贺氏集团。负责行程的助理敲响办公室的门，站得笔直，道："贺总，司小姐的生日就在三天后，请问要怎么安排？"

作为助理，他早已摸清贺延霄的习惯。每逢节日，他都会提醒贺延霄，等贺延霄下达命令后，购买适合赠予司婳的礼物。

贺延霄对女朋友并不吝啬，只是从情感方面来说，未免有些不用心……当然，这些助理只会默默地想。

助理以为今年也是如此，下一秒却听贺延霄说："找个口碑不错的餐厅，布置一下，一切都要精心安排。"

"好的。"助理虽然诧异，但也不敢提出疑问，立刻安排人去办。

坐在办公桌前，贺延霄拿起文件又放下，犹豫再三，拿起手机给秦续打了个电话。

"女孩儿过生日，怎么安排？"贺延霄开门见山地问。

"哟……"秦续拉长语调，调侃道，"这次认真了？"

"我要听方案。"贺延霄敲响桌面，提醒秦续不要浪费时间。

"这个简单，你找个地方好好布置一番，鲜花、红酒、烛光晚餐，保管把人感动得一塌糊涂。最后，你们找个浪漫的地方，顺理成章地……"秦续身边有很多女人，哄人的方式层出不穷，这是普通但奏效的一种。

只可惜秦续忘了，他接触过的女人虽多，但大多属于同一类。很显然，司婳不在其中。司婳求的是一颗真心，华丽的仪式虽然能锦上添花，但如果初心不纯，再完美的约会方案也无法打动人心。

挂断电话后，贺延霄眉头紧锁。秦续说的这些太普通了，连他都想得到。无奈时间紧迫，贺延霄除了这么做，也没宽裕的时间准备其他的。

他将手肘撑在桌面上，揉了揉额头，顿时觉得心烦意乱。

办公室的门被人敲响，助理道："贺总，总部新签的设计师到了。"

贺延霄恢复沉着稳重的模样，道："进来吧。"

助理打开门，季樱迈着优雅的步伐走进办公室，面带微笑："贺总。"

贺延霄的眼中闪过一丝微不可察的厌烦之色。

他让助理先出去，办公室内只剩下他与季樱两个人。

季樱改了口，道："阿延，我们又见面了。"

"怎么是你？"贺延霄握着笔，笔尖戳着文件。

"我也没想到这么巧，被贺氏聘用了。"季樱学习设计多年，在国外小有名气，如今回到国内自然有公司聘请。

她选择贺氏，可谓用心良苦。

她绕过办公桌走到贺延霄身旁，一只手搭在贺延霄的肩膀上，娇软的身子倚在贺延霄身侧："阿延，这说明我们缘分未尽。"

季樱身上的幽香萦绕在鼻尖，贺延霄失神片刻。

"当初我们经历了不少磨难，如今，我可以名正言顺地陪在你身边了。"季樱说着倾身靠近他的唇。

她努力地试探贺延霄的底线，贺延霄既没有拒绝，也没有主动。但季樱吻他的时候，已经无法再让他心动。

不多时，贺延霄将她推开："之前的事，我应该跟你说得很明白了。"

季樱面容一僵，很快露出得体的笑容，站直了道："说起来，是贺氏抛出了橄榄枝，而非我主动寻求。阿延，你不必担心。"

除了刚回国那段时间纠缠过他，季樱很少出现在他面前。如今她以贺氏聘用的设计师的身份来到这里，贺延霄偏偏还寻不到辞退她的理由。

"上次你说过，往事不必再提，那么应该不会因介意我们以前的关系，而让我错失这份工作吧？"季樱话锋一转，仿佛刚才的事情不曾发生。

"你是凭实力被贺氏聘用的，自然与我无关。"贺延霄轻描淡写地与她划清界限。

"好……我明白了。"季樱的眼里露出一抹苦涩之意。

没过多久，季樱从办公室出来，无意中听到贺延霄的助理打电话预约餐厅，部分关键词让她瞬间联想到什么，随后匆匆离开。

午后，阳光温暖明媚，趴在桌上的少女却像枯萎的花朵一样，提不起精神。

柯佳云观察司婳许久，走过去问："婳婳，你最近没休息好？"

这两天司婳心事重重，工作也毫无进展。柯佳云很担心她，道："我记得过几天就是你的生日，要不给你放两天假，你回去放松放松？"

"不，我要工作。"司婳想用工作转移注意力，可惜事与愿违。

"你就别犟了，咱们的工作跟其他工作不同，质量与时间并不成正比。"创作是需要灵感的。

最后，柯佳云执意给司婳放了两天假，让司婳出去放松。司婳接受了她的好意，提前回到樱园。

蒋妈已经请假离开了，司婳一个人待着，只觉得闷。

手机振动起来，是贺云汐打电话来了。

司婳接通电话，一道轻快的声音传来："婳婳，你的生日快到了，有什么安排呀？"

"暂时没想好。"

这几天发生了太多事，司婳对生日的期待降低了。

"好吧，我就是问一下。"贺云汐似乎是来打探消息的。

司婳忽然想起了什么，急忙道："等等，我想问你个事。"

"什么？你说。"

"你知道……季樱吗？"

"……"时间流逝，电话那头的人沉默良久，缓缓地道，"婳婳，你怎么突然提到她了？"

"你知道的，对吧？"刚才贺云汐沉默的时候，司婳就明白了。

"婳婳，是不是发生什么事了？"贺云汐的语气变得急切，"我大哥跟那个女人没什么关系，你别乱想啊！"

"我记得你以前跟我说过，他跟前女友已经彻底没联系了……"

谈恋爱的时候当然会好奇这些，司婳不好意思直接问贺延霄，就私下找贺云汐旁敲侧击，因此得知贺延霄只有一个前任。但那时候贺云汐表现得十分随意，三言两语地带过话题："我哥就一个前女友，早就断了。"

司婳刚开始接触贺延霄时，对贺延霄的印象更多来自贺云汐。

贺云汐总是夸赞自己的哥哥年少有为，各方面都好，慢慢地让贺延霄那飘忽的形象在司婳的心里扎了根，变得鲜活。

之后的事情就那么顺理成章地发生了，但贺云汐从未提过，司婳居然跟季樱有几分相似……

司婳倒不是怪谁，只是心里有些硌硬，好像全世界都知道贺延霄有个感情深厚的前女友，唯独司婳不知道。

“我哥认识你的时候就跟季樱分开了，我说的都是真的！”贺云汐生怕司婳不信，最后音调都拔高了几个度。

“我没有怀疑这个。”

司婳认识贺延霄的时候，季樱已经出国，他们自然是分开了。

“婳婳，你别多想，现在你才是我哥名正言顺的女朋友！”贺云汐道，“我哥看着冷，但心里肯定是有你的，不然怎么会把你带来我家呢？”

隔着电话，贺云汐也说不太清，只想早点儿结束这个敏感的话题，便道：“你的生日快到了，刚才奶奶还跟我说，要给你挑个礼物呢。”

“替我谢谢奶奶，但不用破费了。”司婳知道贺云汐想转移话题。

后来她们又说了些别的，贺云汐草草结束了这段对话。

挂掉电话后，贺云汐长长地舒了口气，转头看向旁边闭目养神的贺老太太：“奶奶，我哥不会真的还忘不掉季樱吧？”

“以后不要再提起那个女人。”贺老太太没睁眼，语气有些厌弃。

“好吧。”贺云汐噘嘴。她这个妹妹夹在亲人和朋友之间可真难做。

当初见自家大哥对司婳有些在意，贺云汐便以为大哥就喜欢司婳、季樱这种类型的女生，因此极力撮合他们，怎么现在情况变得这么复杂了？

贺云汐摇了摇头，想不通。

另一边，司婳往沙发上一躺，闭目养神。

所有人的话都验证了一点：贺延霄在跟季樱拉开距离。

再过三天就是司婳二十三岁的生日。她跟贺延霄认识后，每年过生日都会收到他的礼物，但他本人不一定在她身边。

虽然司婳正跟贺延霄怄气，但心里始终怀有一丝期待，期待他今年回樱园陪她一起过生日。

她觉得自己总这么闹别扭也不行，最关键的是贺延霄接下来怎么做。毕竟人活在这世上，应该往前看，而不是被过去缠住。

晚上，司婳亲自下厨做了几道菜，等贺延霄回来一起吃。

最近贺延霄每天都回家，两个人之间的话题却变少了许多。以往都是司婳主动找话，她一旦沉默下来，贺延霄也说不出其他话。即使他有心哄人，但身上那股骄傲劲儿不允许他无下限地服软。

二人沉默半晌，他突然问：“都几天了，还跟我较劲儿？”

“不是。”她不是较劲儿，也不是不能原谅他，只是因为他对往事闭口不提的态度过于敷衍，让她很没有安全感。

贺延霄自然不懂她的想法，只当是女孩子胡乱发脾气。

他问：“你的生日快到了，有没有想要的东西？”

“今年你能陪我过生日吗？”

“当然！”

听到贺延霄的回答，司婳目露欣喜之色，问：“那我们怎么过？”

“到时候自然会告诉你。”贺延霄将她的表情收入眼底，语气变得漫不经心。

司婳轻轻咬唇，有些惊讶，也有些高兴。

他是为自己准备了惊喜吗？

“好。”她压住自己的好奇心，点点头，开始期待起来。

天空乌云密布，淅淅沥沥的雨声响起。雨滴落在地面上溅起水花，行人有的撑起雨伞，有的躲到屋檐下。

思路被雨声打乱，司婳放下画笔，将画架和颜料收起来，未完成的画也被搁置。

被迫休假的这两天，她尝试用各种方式调整状态，心情刚有好转，又碰上了阴雨天。

她讨厌阴雨天。

司婳去了大厅。刚从老家回来的蒋妈面带喜色，闲暇时跟她唠叨：“我那个小孙子可机灵了……”

司婳静静地听着，脑海中闪过几个画面——一家三口原本其乐融融，家里不管在哪儿都充斥着欢声笑语，但不知从什么时候起，笑声逐渐消失，只听见哭泣声。

见司婳表情不对，蒋妈赶紧岔开话题道：“司小姐，我记得明天就是你的生日了吧？”

蒋妈的话打断了司婳的思绪。

“对。”司婳回过神，抱着柔软的枕头靠到沙发上，有些心不在焉。

“我刚从老家回来，也没准备什么，只能提前祝司小姐生日快乐了。明天，我给您煮一碗长寿面如何？”

蒋妈搓着手指，仔细观察司婳的一举一动，就怕惹她不快。

“谢谢蒋妈。”

司嫿情绪低落，蒋妈察觉到了，问：“司小姐心情不好？”

司嫿轻轻扯起嘴角，摇了摇头：“没，只是不太喜欢阴雨天罢了。”

司嫿不习惯跟身边的人倾诉自己的烦恼，因为别人无法感同身受，有时候还会嘲讽她矫情。这些事，她经历过，吃一堑长一智，后来就学会把事放在心底，等待时间去化解。

整个晚上，雨声未停。司嫿又失眠了，凌晨还未入睡。

她打开手机，有些“夜猫子”陆陆续续给她发来生日祝福，有在大学里熟识的朋友、工作中的同事，还有几个认识多年的好友。最终，司嫿的视线落在一个联系人上。

她想了想，输入文字：“我爸最近还好吗？”

对方很快回复道：“叔叔一切安好。”

因为违背父亲的意愿选择了现在的工作，她跟父亲这几年都在赌气。父亲怪孩子不听话，女儿怨长辈不理解自己。

他们虽然是血浓于水的父女，但司嫿每年只在春节时回家一趟，其余时间连电话都很少跟父亲打。

她一直让老家的邻居帮忙照看父亲，告知她父亲的情况。

凌晨两点，司嫿放下手机，关上灯，重新躺到床上，勉强睡着了。

第二天一早，司嫿又收到几条消息。其中，柯佳云发来一张照片，是同事给司嫿准备的礼物。

中午，司嫿去了工作室一趟，陪同事们吃了蛋糕。司嫿被众人的笑声感染，心情也愉悦几分。

贺延霄那边还没消息，她竟然不觉得意外。这几年，她已经不再对他抱有期待了，觉得恋爱不过如此。

公司这边的庆祝活动快要结束时，司嫿才接到贺延霄打来的电话，他问：“在哪儿？”

“工作室。”司嫿拿着手机远离热闹的人群。

“我现在过来接你？”贺延霄那边比较安静。

“还有一会儿，同事们在给我庆生。”这大概是她第一次在接到贺延霄的电话后，没有第一时间奔向他。

贺延霄有些烦躁：“嫿嫿，今天应该属于我们两个人。”

“可你上午没说。”司嫿反驳。

最初司嫿也是想把所有时间留给贺延霄的，但后来发现给她制造惊喜的只有这群同事，白天便来了这边。

“行，再给你半个小时，能结束吗？”

司婳沉默几秒，缓缓地道：“可以。”

大家是借午休时间给她庆生的，下午还要上班，半个小时应该够了。

即将挂断电话时，柯佳云的呼喊声传来：“婳婳，快过来拍照。”

“嗯，就来。”司婳回了一句，直接将电话挂了。

工作室外，黑色轿车已经到了。贺延霄坐在车里，面色不悦，前面的司机感受到压抑的气息，大气都不敢出。

半晌，贺延霄打开车门，到外面点燃一根烟。

近日司婳的态度着实令他心里不爽快，起初他还觉得新鲜有趣，但渐渐就有些烦躁了。

半个小时后，司婳准时从大门里走出来，上了车。

她坐到贺延霄身边，两个人之间隔着一些距离。

车缓缓开动，一只大手攀在她的肩头，强硬地把她揽到身旁。

感受到司婳挣扎的动作，贺延霄垂下眼睑，道：“别动。”

他们靠得很近，贺延霄没有错过她脸上细微的表情，问：“还在气？”

“没有。”她一口否定，身体的本能反应却足以证明一切。

司婳抵不过贺延霄的力气，放弃挣扎，只是脸上不见笑意。

贺延霄轻抚她的背，信心十足地道：“今晚的一切，你会喜欢的。”

司婳扯了扯嘴角，勉强露出笑容。

不知不觉间，车已经抵达目的地，贺延霄牵着她的手下车。

司婳抬头，看到私人影院的标志时有些诧异。贺延霄从不跟她出去看电影，因为觉得花两个小时坐在那里是一件非常浪费时间的事，今天居然带她来了这儿……

“你要带我看电影？”

“你不是一直想看？”捕捉到司婳诧异的眼神，贺延霄微勾唇角，带她走了进去。

私人影厅内有独立的房间，风格不一，贺延霄选了面积最大的那间。

这跟司婳想象的不一样。

两个人待在房间里看电影，跟在家里的影厅里看电影有什么区别？她喜欢的是许多人坐在电影厅里一起看电影的那种氛围……

但这到底是贺延霄为她准备的惊喜，虽然跟她想象中的不太一样，她也不会当面驳了贺延霄的面子。

司婳坐在沙发上，贺延霄坐在她身边，问："想看什么？"

"都行。"司婳拿着遥控器随意调换影片，迟迟没有选定。

贺延霄想起秦续叮嘱的话，从她手中拿走遥控器，道："既然无法选择，我来挑。"

司婳点点头。

贺延霄一拿到遥控器就切换到恐怖片的页面，余光扫了眼旁边的司婳，见她怔怔地望着屏幕，觉得有些不对。

但贺延霄没有多想，随手选了第一个。

房间内的立体音效感很强，阴森森的声音仿佛就是从耳边传来的，令人毛骨悚然。

贺延霄操控按钮，关掉灯光。房间突然暗下来，司婳眼前一片漆黑，惊慌地抓了一下，刚好碰到贺延霄的胳膊。

"我……不太能看恐怖片。"

她以前跟朋友去电影院看电影，都会选色调鲜明的影片，这样她才能看清楚。而贺延霄刚才选中的恐怖片，画面一直都暗暗的，司婳看着很模糊。显然，贺延霄曲解了她的意思，道："如果害怕，可以抱着我。"

司婳："……"

由于这个"美丽"的误会，司婳"听"完了一部恐怖电影，耳边只有主角、配角的尖叫声，根本没被吓到。

两场电影结束，贺延霄没有看到想象中的画面，有些失望。

傍晚，他们离开私人影院，去了下一个地方。

电梯直达特定的楼层，服务生守在门口，引着他们往里面走。

司婳不动声色地打量四周的环境。明亮的水晶灯悬挂在屋顶上，层层花瓣折射出五彩斑斓的光，西式布景十分奢华，四周的墙壁上用奇异的鲜花制成生日的英文单词，明眼人都知道，这个场合是用来庆生的。

看得出来，贺延霄这次带她出来，比以前用心了许多。

司婳被他牵着走到一个被布置得浪漫雅致的方形长桌旁，桌子中央摆着一个精美的礼盒。

"那是什么？"司婳微微抬起手，想去触碰。

他拦住她，故作神秘地道："等到合适的时间，你就知道了。"

两人面对面坐下，在浪漫的氛围中，气氛逐渐变得融洽，司婳露出浅浅的笑容。

贺延霄的手机屏幕亮起来数次，一直有人打电话过来，可他没接，直到屏幕上弹出了一条短信。

“等会儿，我打个电话。”贺延霄交代一句，迅速走向另一侧。

回想起贺延霄的反应，司婳轻轻地放下刀叉，小心翼翼地接近贺延霄。她站在离贺延霄一米的地方，借身边的东西把自己的身子隐藏起来。

贺延霄没有察觉她来了，听着电话那头的声音，眉头越皱越紧，神态有些焦急。不久，贺延霄急匆匆地回来，司婳已经挺胸抬头端坐在椅子上了。他急切地道：“婳婳，我有事需要离开一会儿。”

“又有工作吗？”她语气很轻，脸色微微发白。

“一个朋友出了意外。”贺延霄握着手机，迫不及待地想要离开。

他为了另一个女人对她撒谎……

司婳扯起嘴角，不留情面地道：“是季樱吧？”

贺延霄哑口无言。

气氛死一般地沉寂。

“抱歉，这件事情有些复杂，等我回来给你解释。”怕她生气，贺延霄保证道，“我会尽快赶过来的。”

贺延霄转身欲走，司婳追上去抓住他的胳膊，声音颤抖：“今天是我的生日，你可不可以不要走？”

如果贺延霄选择离开，就代表她最终还是输给了季樱。

“婳婳……”贺延霄的心像是被狠狠地扎了一下，“桌上的盒子里装着我为你定制的礼物，独一无二。”

此时，贺延霄的手机里不断地弹出短信，一些字眼刺伤了他的眼睛。贺延霄将司婳的手指一根根掰开，道：“婳婳，我回来后会给你一个解释的，相信我。”

那道高大的身影逐渐消失，司婳的视线变得模糊，但她依旧倔强地站在那里，手紧紧地握成拳。

她努力经营的感情最终成为握不住的沙，那个曾经对爱情充满期待的女孩儿，眼里的光芒逐渐熄灭。

礼盒终于被打开，珍珠色泽分明、光彩照人。这套珍珠首饰足以令绝大多数女人心动，但现在……司婳只觉得刺眼。

司婳握紧项链，用力地一扯，颗颗晶莹的珍珠散落在地。清脆的声音在司婳的耳中无限放大，她用双手紧紧地捂住耳朵，直到声音消失。

她很固执，喜欢一个人的时候，觉得他千般好万般好。她可以不计较一个人的过去，但绝对无法容忍自己的另一半跟她在一起的时候，心里还藏着另一个女人。

司婳捂着胸口，什么都没拿就跑了出去，一心逃离这个令人压抑的环境。原本等在外面的司机发现司婳的身影，高声喊道："司小姐。"

大雨滂沱，司机拿着雨伞追过来。司婳受惊般地闯入雨帘，在街上奔跑，心里有个声音响起，让她远离关于贺延霄的一切。

她脱了高跟鞋，不顾一切地向前跑，身后那道追赶她的声音逐渐消失。四周光线昏暗，司婳眼前一片模糊，脚趾踢到了什么，一下摔倒在地，手掌如同被撕裂般疼痛不已。

路旁，一辆蓝色的车停了下来。

雨水冲刷着玻璃车窗，一头时髦金发的男人双手枕在脑后，道："要我说，咱就不该来榕城，多没意思，遇到这种鬼天气，车还出了问题。"过了一会儿又道，"小爷是不是被坑了？这破车也值七位数？"

自言自语半天得不到回应，裴域扭头一瞧，坐在旁边的男人正望着窗外，不知道在看什么。

"隽哥，你在看啥？"裴域搓了搓手，跟着望过去，外面除了被风吹得沙沙作响的树，不见其他。

那个一直没说话的男人开口道："第三次。"

"啊？"裴域没有听懂，摸了摸头发。

男人淡笑着收回目光，拿起放在后面的外套，打开车门道："把伞给我。"

摔倒的时候司婳下意识地伸出手，掌心擦破了皮，浑身湿透了。偏偏这里光线暗，她看不太清。

她今天穿着裙子，包也落在酒店里了，真是糟糕透顶。

落叶轻轻拍打了一下她的手腕，最终滑落在地。她呆滞地望着地面，什么也没能抓住。司婳闭上眼，任凭雨水打湿全身。

不知什么时候，雨"停"了……

雨滴顺着脸颊滑落，司婳缓缓睁开眼，一把雨伞笼罩在头顶，替她遮挡雨水与夜里的寒意。

“需要帮忙吗？”男人视线低垂，心上划过一丝道不明的情绪。

司婳愣愣地望着眼前的人。她看不清他的模样，但那个声音……十分耳熟。

司婳此刻没心思细想，恍惚间拎着自己的高跟鞋继续往前走。可她刚走了两步，又不幸踩中松动的石板，被挤压出的污泥溅到了她的裙摆。

她彻底崩溃了，不顾旁边是否还有人，放声大哭，将心里的委屈全部发泄出来。她用双手捂着脸，蹲在地上，把头埋进去，止不住地哭泣，哭到喉咙里涌现出一股恶心的感觉。

司婳吸了吸鼻子，肩膀耸动，哭声弱了几分。

脑子里混沌不清，不知多了过久，她才扶着路旁的树干站起身来。

为她撑伞的人竟还未离开。

眼前还是一片模糊，司婳抬手想擦拭眼睛，却发觉手上脏兮兮的，又将手放下，垂在身侧。

男人及时递来一张纸巾，在司婳因为防备陌生人而下意识地后退时解释道：“我们之前见过，在桥上。”

“是你……”司婳轻声呢喃，脑子里空白了片刻，不懂怎么每次摔倒都会被这人撞见。

“擦擦手吧。”男人不动声色地将雨伞朝她那边移，以免她继续淋雨。

干净的纸巾放在她的掌心，司婳渐渐收拢手指，机械地动手擦拭。她的手原本就被路上的石子划破了，现在这样擦拭反而让伤口出了血。

心里的苦放大了痛感，她痛得倒吸了一口凉气。

借着昏黄的路灯灯光看清司婳的表情，男人微抬手臂，又顾及二人不熟，没有碰触她，道：“附近有个小诊所，可以处理伤口。”他记得刚才路过了一家诊所，就在前面那个路口附近，距这儿大约两百米。

男人极有耐心，用哄孩子般的口吻对她说话，让她有种被温柔地呵护着的感觉。

艺术家的手极其珍贵，司婳一直很爱惜自己的双手，这次受伤只是意外。虽然伤口不深，但司婳也怕留下后患，便点点头。

她全身湿透了，衣服紧贴着身体，很不舒服，还未开口，身旁的人便递来一件衣服，道：“不介意的话，可以披上我的外套。”

“你平时……都这么乐于助人吗？”司婳攥着纸巾的手不自觉地收紧，心里的疑问脱口而出。

男人微微一怔，摇头轻笑道：“我好像不会经常遇到在路上摔倒的人。”

一句轻描淡写的玩笑话打破尴尬的气氛，司婳微微松了口气，心里的紧张感少了一些。

她本就穿得单薄，如今全身湿透，恐怕不好见人，便没有拒绝好心人的帮助，道：“谢谢您。”

宽大的外套上带着一股清新的香味，跟男人身上的气息一模一样。

司婳跟在男人身旁，对方有意放慢脚步，二人并肩而行。

怕再次摔倒，司婳走得小心翼翼。

“这里光线暗，走慢点儿就好。”男人轻声提醒道。

他还记得她在光线暗的环境下看不清？

雨声淅沥，马路上偶尔有车辆飞驰而过。司婳悄悄抬头看他，余光扫到男人紧握着雨伞的手，不禁自嘲起来。她还真是凄惨，在被爱人无情地背叛后，为她遮风挡雨的竟是仅有两面之缘的陌生人。

对方配合她的速度放慢脚步，两人的步伐格外一致，短短的路途花了不少时间。

来到光线充足的区域，司婳总算松了一口气，不由得加快脚步走向诊所。

“到了。”

司婳回头，视线猝不及防地撞上一双眼睛。他们离得太近，司婳立刻移开视线，连人脸都未曾看清。

穿着白大褂的中年医生坐在门内，里头的病床上还坐着一位输液的患者。司婳向医生伸出手，露出伤口：“不小心摔了一跤。”

医生听后立即指引他们进店，用碘酒为她清理伤口，随后拿来一支药膏摆在桌上，叮嘱道：“消毒后擦药，尽量别碰水，注意保持创面干净，避免伤口感染。”

她点点头，将手背搁在膝盖上，掌心向上，挤出药膏用棉签抹在伤口上。

伤口不深，她很快就处理好了，要结账时表情一僵，忽然想起自己身无分文……

司婳面露难色，现在能求助的只有那个人。她站起来，稍稍靠近旁边的男人，试探性地问道：“可不可以借我一些钱？抱歉，这个要求有点儿无礼，但我的手机和钱包都落在其他地方了，所以……”

在她慌乱地解释时，男人已经爽快地扫码替她付了医药费。

司婳十分感激：“谢谢你！请问先生怎么称呼？您留一个联系方式给我吧，我拿到手机后立即转账给您。”

“我看起来很老吗？”男人细心地将药盒装进袋中。

“啊？”她不明白为什么他会这么问，一时不知如何接话。

“我既不是你的上司，也不是你的长辈，你何必对我用敬称？”男人将袋子递给她。

司婳接过袋子，听到头顶传来声音：“我姓言。至于名字，如果下次有缘再见，我就告诉你。”男人唇边绽放出一抹笑容，眼神温柔。

“言先生……”借着明亮的灯光，司婳仔细地看着他的脸，“你怎么会认得我？”

“大概是我记性好。”

又或者是，他对某个特别的人，过目难忘。

两人走到马路边，男人仍然撑着伞。

司婳想将外套脱下来还给他，他却阻止了她：“衣服应该留给更需要它的人。”

的确，她浑身湿透，比他更需要这件衣服。司婳飞速转动脑子，提议道：“我的东西就在附近的酒店，要不然你跟我一起过去？我好把钱和衣服还给你。”

“也好。”男人轻轻点头。

正巧有出租车经过，司婳遥遥招手，出租车缓缓停下。

从诊所到酒店不过几分钟的路程，很快，车停在那家酒店前。

司婳以最快的速度赶回原来的房间。珍珠依旧散落在原地，哪怕价格昂贵，也没人敢动。难堪的记忆涌上心头，司婳强忍着心中的不适，避开落在地上的珍珠，拿起包和手机匆匆逃离。

等她赶到楼下大厅，原本该在休息区的男人却不见踪影。

“你好，请问有看到一位穿着蓝色衬衣的先生吗？”司婳询问前台的工作人员。

工作人员递给她一张折叠好的纸：“这是刚才那位先生留给您的。”

司婳打开纸张，里面写着一串数字和一句话：抱歉，有事先走了。

男人的字迹遒劲有力，落款是一个“言”字。

司婳抚摩着那行黑色的字，觉得缘分的确很奇妙，这个与自己仅有两面之缘的男人，无论是言语还是行动，都让她感到温暖。

浓浓的愁绪在眼底弥漫开来，司婳很快被拉回残忍的现实，脑海中不断回放贺延霄弃她而去的画面，心脏剧烈地疼痛起来。她咬咬牙，等情绪平复后慢慢睁开眼，眼底多了抹决然和坚毅。

她打车回到樱园，踏进那扇门，那股令人窒息的压迫感铺天盖地而来。司婳忍不住浑身颤抖，迅速跑上楼，换掉身上湿透的衣服后就开始收拾东西。

她在这里住了一年，东西不少，但大多是衣服和贺延霄送的首饰。司婳随意挑了几件当季的衣服，把最珍贵的设计稿放进行李箱。贺延霄送的东西，她一样都没拿。

提前联系好的车已经抵达樱园，司婳提着行李箱下楼，临走时，将那件不属于樱园的外套搭在胳膊上一起带走。

她站在玄关处回头看了看，那份可笑的真心、自以为是的爱情，在她的世界支离破碎……

随后，她拿起手机，红着眼圈打出一行字："我们分手。"

这次，她不是为了试探他，也不是为了刺激他，而是终于下定决心否定了之前的一切，包括自己坚持三年的爱情。

贺延霄从酒店赶到季樱家时，屋里一片狼藉，东西散乱地堆着，瓷器碎片躺在地上。

"季樱。"

趴在沙发上的女人哭泣不止，哪怕他已经走到她身边了，也不肯转过头来见人。

"那个人呢？"

季樱不说话，依旧趴在沙发上哭。

贺延霄试图将她拉起来，季樱下意识地用双手挡住脸。这不同寻常的反应令他瞬间想起从前的画面……她被嗜赌的父亲打了后就会这样。

贺延霄强行拉开她遮挡的手。果然，原本白皙的脸蛋上有一个巴掌印，嘴角还残留着一丝血迹，可见施暴者下手多重。

当年，贺延霄是跟季樱在一起一段时间后才发现了她的秘密。

季樱的父亲好赌又嗜酒，季樱的母亲看他实在不争气，狠心扔下女儿跟别的男人远走高飞。季父赢钱后，有时会给女儿一个笑脸，顺便给些零花钱，但如果输了，就会喝得烂醉，把所有的怨气撒在女儿的身上。

那时的贺延霄没有像某些人一样嫌弃季樱的家世，反而对这个不幸的女孩儿充满怜惜。

后来，季父知道女儿“攀上高枝”，便借此向贺延霄索要钱财，一而再再而三地找上门。贺家没了耐性，在季父犯事的时候报了警，将他送进监狱吃了几年牢饭。

被送进去之前，季父要求见女儿一面，趁机请求她让贺家帮忙把他弄出去。当时的季樱因为害怕而闭口不言，季父恶狠狠地咒骂她，放狠话称出来之后要她好看。

如今，季樱刚回来就被已经出狱的季父找到了。

“我……我到现在都记得他当时看我的眼神，那么恐怖……做梦都会被吓醒。”季樱哆嗦着扑进贺延霄的怀中，“怎么办，阿延，我难道真的逃不出他的掌控吗？”

“五年前，就是他毁了我的人生，毁了我们的爱情。”当初要不是有这么一个父亲，季樱大概不会被贺家的人厌恶至此。

“我真的……真的害怕极了。”她哭道，“我以为自己好不容易摆脱了过去，没想到现在比过去还要糟糕。我不仅失去了你，那个人还想害我……”

抱着这样不幸的季樱，贺延霄觉得时间仿佛回到了五年前。他无法把季樱推开，僵着手臂，理智和感情互相对抗。他知道自己现在喜欢的人是司婳，但无法对季樱置之不理，毕竟他曾经亲眼见识过季父有多疯狂。

贺延霄一面觉得愧疚，一面安慰自己，等季樱的情绪稍微缓和后，就立即回去找司婳道歉。

季樱情绪稳定些后，去洗手间洗了个脸，出来时眼眶依旧通红，脸上的痕迹也清晰可见。

“这样的人，在监狱里关一辈子也不为过。”贺延霄冷笑一声，恢复了在商场上杀伐果决的冷漠模样。

“他……毕竟是我的父亲。”季樱语气微颤。

“你当他是父亲，他可没把你当女儿。”贺延霄盯着她的眼睛，认真地道，“季樱，你该坚强些。”

季樱咬着唇。

“这个地方已经被他发现了，不安全。你这两天先去别的地方住。”贺延霄建议道。

“阿延，我……”季樱挪动脚步，缓缓地靠近他。

这次贺延霄及时后退，避免她扑过来：“到此为止吧。”

季樱仰头，十分错愕，眼泪再次涌了出来：“我那么努力……那么努力才回到这里，你却说，你不爱我了……阿延，不要对我那么狠心。”她掩面抽泣，无法接受这样的结局。

“今晚他应该不会再来，你自己注意点儿，我先走了。”今天是司婳的生日，还剩几个小时，他要回去弥补司婳。

“阿延！”她穿着白裙，脸上毫无血色。

雨后的空气十分潮湿，寒风吹得人身心不畅。

贺延霄从季樱那里出来时已经有些晚了，拿出手机查看消息，浑身散发出阴冷的气息。

他终于看到了司婳发来的分手短信，第一反应是她这次被气得不轻。

这次的确是他不对，他能理解她愤怒中的行为。

轿车急速驶回樱园，贺延霄匆匆上楼，敲门几次没收到回应。

回忆起那则信息，贺延霄推开门，里面空无一人。他随即叫来蒋妈：“司小姐回来了吗？”

“回来了呀，直接上楼回房间了。”蒋妈后来不在大厅，不知道司婳已经离开了。

回想起刚才推开房门所见的场景，贺延霄猛地反应过来，大步上楼，一把将门推开，这才发现房间里的东西被清理过。

平时司婳整理设计稿的地方空了，一直放在角落的行李箱也不翼而飞。贺延霄当即拿起手机联系司婳，但电话已经打不通了。

跟过来的蒋妈也察觉到情况不对劲，贺延霄立刻道：“蒋妈，打给司婳。”

然而，冰冷的客服语音传达着一个信息：蒋妈能打通对方的电话，对方却不肯接。

贺延霄的脸色瞬间变得阴沉，暴涨的怒意几乎将他的理智淹没。蒋妈连大气都不敢出。

司婳离开樱园后，再也没有出现在他们的视线内，也没有回家。贺延霄找到工作室，柯佳云告诉他司婳休假未归。

两天后，贺延霄仍打不通司婳的电话，不得不让贺云汐出面帮忙，但也没什么用。

贺延霄在好友的帮助下查到了司婳入住的酒店，叫人跟着她，打算守株待兔。

黑色的轿车一直跟着司婳。见司婳走进酒店附近的公园，贺延霄立即下车，跟着进去。

司婳是抱着寻找灵感的心思来这儿的。这几日她心情郁结，虽然一直拿着画笔，却完全没有灵感。她心里空落落的，晚上有时候从梦中惊醒，脸上还挂着泪痕；白天也没精神，整个人的状态都不对，偏偏找不到治疗自己的方法。

不得不承认，与贺延霄分手的事对她影响甚深，她没办法正视那段充满欺骗的感情，想转移注意力，将精力集中在工作上，却无法做出让人满意的作品。

司婳漫无目的地前行，走到一棵叶子枯黄的大树下。秋风拂面，纷飞的黄叶落在她的肩上。心不在焉的她没发现身后有人正一步一步朝她靠近。

“婳婳——”

一道声音从身后传来，司婳浑身一震，几乎不用回头就能确定那人的身份，拔腿就走。

贺延霄赶紧跟上去，试图挽回，司婳却对他说的话充耳不闻。

经此一事，酒店的位置已经暴露，贺延霄三天两头出现在司婳身边，令她头痛不已。柯佳云在得知司婳分手的事情后，极力邀请司婳暂时搬进自己家中。司婳犹豫片刻，接受了朋友的好意。

两人约好时间，柯佳云亲自开车去接司婳，司婳手上那件男士外套格外惹眼。

“这是……？”柯佳云误以为那是贺延霄的衣服。

“是一个好心人留下的，等找到机会，我再把衣服还回去。”司婳简单解释，慢条斯理地将衣服折叠好，放入袋中。

作为服装设计师，司婳一眼就看出这件衣服做工精致，是某世界一流时尚品牌的高级定制款服装。

那位言先生留下了姓氏和一串数字，司婳回到酒店却发现那张纸被湿衣服晕染了，末尾几个数字看不清了。

司婳在景城和榕城都碰见了言先生，但据她所知，榕城并没有姓言的知名大户，那位言先生可能只是途经此地。或许，他们能否再见真的只能看缘分了。

“只要不是那个狗男人的就好。”柯佳云愤怒地道。

柯佳云是见证过这段感情的人，司婳遭受的委屈她都看在眼里，现在司婳跟贺延霄分手了，她简直拍手叫好。

但很快，柯佳云察觉到司婳的情况比想象中更糟糕。她有时候半夜起床，会发现司婳一个人坐在阳台上以泪洗面。

司婳不是她们寝室里最早谈恋爱的，却是唯一一个用心经营感情的，哪怕与贺延霄经常见不了面，也坚持了三年。

柯佳云还记得司婳刚谈恋爱那会儿，笨拙地学习如何喜欢一个人，从不跟其他异性越界相处。

只可惜，司婳遇到了一个不太好的男人。

最近几天，贺云汐给司婳打了无数通电话。司婳犹豫了很久，终于……选择接听。

二人约了时间见面。

“这么急联系我，有什么事吗？”司婳的手指在饮料杯上绕圈，视线随着指尖移动。

“就是你跟我大哥的事啊，听说你们要分手，我吓了一跳。”贺云汐表情夸张，“这到底是怎么回事？婳婳，你要冷静啊！”

“我很冷静，分手是我考虑很久后做的决定。”司婳表面云淡风轻。

“但是你们在一起三年了，你不是很喜欢我大哥吗？现在干吗分手？”贺云汐觉得疑惑。她知道贺延霄在司婳生日那天惹恼了司婳，却不清楚他们分手的具体原因。

“大概……他遇到了更适合他的人，我成全他们。”话虽这么说，但司婳心里还是难受。她是个会被情感左右的普通人，心里难免生怨。

这次见面，二人心思各异。司婳一再表明自己的态度，贺老太太却不舍得，让孙女好好游说司婳，希望司婳原谅贺延霄。贺云汐想方设法替贺延霄说好话，司婳依旧不为所动。

最后连贺老太太都亲自找来，对司婳道：“好孩子，受了什么委屈就跟奶奶说，奶奶替你做主。”

“不用了，奶奶，谢谢您的好意。”面对这个曾经给过她家人般呵护的老人，司婳的态度缓和了许多，但分手的决心依旧没有动摇。

尊重老人，并不代表她要放低自己的标准，改变自己的原则。

无奈贺老太太仿佛认定了司婳，不肯罢休。

司婳被贺老太太和贺云汐搅得心神不宁，更加不想出门了。

“婳婳，你这样下去是不行的。”柯佳云递给司婳一杯温水。

司婳捧着水，手里暖暖的，心里却一片凄苦。仅仅半个月的时间，司婳整个人消瘦一圈，性子也静了许多。

她喝了几口水，摩挲着杯子，忽然道：“我要去见他一面。”

“你还要去找他？”柯佳云不太赞同。

“事情总要解决，逃避是没有用的。”就算司婳避而不见，往事也会困扰她，让她从白天到夜晚都无法安生。

接到司婳的电话，贺延霄第一次提前赴约。

但他到达约定地点时，司婳已经坐在那里了。

几天不见，司婳清瘦了许多，脸色微白，单薄的身子仿佛风一吹就会倒下。

“你终于肯见我了。”贺延霄面带喜色。

见到他，司婳挺直腰杆，平静甚至冷淡地道：“今天我来是想当面跟你说清楚，我们已经分手了，希望贺先生今后不要再打扰我和我的朋友。云汐和奶奶那边，也希望贺先生能帮忙说明一下。”

“你在跟我赌气。”贺延霄望着她，笃定地道。

“不，我是认真的。”司婳的眉梢爬上冷意，“你跟我耗下去没什么意义，不如遵从本心。”

贺延霄坚定地道：“婳婳，我喜欢的人是你。”

“虚伪。”

他们认识五年，在一起三年，原本她并不想把表面那层遮羞布撕破，但贺延霄一而再再而三地出现，打扰她的生活，让她忍无可忍。

“婳婳，听我解释，那天季樱被坏人打了，情况危急，我是迫不得已才离开的。”

“什么坏人需要你亲自出面才能制伏？”她盯着贺延霄的眼睛，唇边浮现一抹讥讽之意。

“季樱一个人孤苦无依，刚回国就遇上这种事，具体情况很复杂，我不得已才……”心头涌上一股无力感，贺延霄蹙起眉头。

“不得已……”司婳念着那三个字，回想起贺延霄“迫不得已”做的那些事，日积月累的痛苦骤然被放大数十倍，顷刻爆发。

司婳愤怒地道：“你不喜欢我，为什么要跟我在一起？为什么要让我傻傻地演一出独角戏？但凡你告诉我，你的心里装着别人，我都绝对不会顶着你女朋友这个头衔跟你耗上三年。我叫司婳，喜欢鲜艳的色彩，不想扎着马尾、穿着白色的长裙伪装成另一个人。”

司婳的话深深地刺痛了贺延霄的心脏，他极力想抓住什么，司婳却离他越来越远。他安抚她道：“婳婳，你忘了吗？我们有过很快乐的时光。”

“是吗？我不记得了。”

现在，司婳的脑子里只有贺延霄为另一个女人弃自己而去的画面。

“那你脖子上的项链呢？那是我送给你的，你还记得吗？”贺延霄慌忙寻找她还未彻底割舍这段感情的证明。

司婳脸色一变，伸手捏紧脖子上的项链。

“婳婳，这就是最好的证明，承认吧，你舍不得分手。”贺延霄似乎觉得自己找到了最佳的证据，摆出一副胜券在握的姿态。

司婳当即摘下脖子上的那条银色项链，丢在桌上，忍住眼泪道：“东西还你，从今以后，我们桥归桥、路归路。”

她从未想过自己努力经营的爱情从始至终都只是一个谎言。

她亲手奉上一颗真心，却被他踩得粉碎。

现在，她不稀罕他了。

贺延霄伸手抓住她的手腕，不肯放手。

司婳态度强硬地掰开他的手指：“请贺先生自重！”随后大步离开。

他们恋爱三年，快乐的日子少，连分手时都不欢而散。

离开令人觉得压抑的环境，司婳站在街头，抬头遥望着湛蓝的天空，眼前逐渐起雾。

她忽然想，要是能逃离这座令人悲伤的城市就好了。

司婳默默地做着离开榕城的计划。

离开前，她必须向工作室的老板柯佳云辞职。

柯佳云不想失去这个得力干将，极力挽留，道：“你最近心情不好，我可以给你放长假，让你去外面散散心。”

司婳虽然觉得抱歉，但还是放下了那封辞职信：“这封辞职信我还是先留下吧。说实话，我也不确定自己什么时候能够调整好心态。”

灵感是开启艺术创作之门的钥匙，但灵感何时能来，无法人为控制。

柯佳云有些惋惜，但能理解司婳的想法：“没事，我等你，希望你早日回归。”柯佳云握住她的手，司婳眼圈微红，一股暖流缓缓地流淌进心田。

她们是同学，也是朋友，有着共同的理想和目标，并一直为此而努力。

最后，柯佳云问道："你要去哪儿？"

司婳答："滨城。"

一座临海的浪漫城市。

这时候，满心伤痕的司婳还不知道亦未曾想过，会在那个浪漫、美丽的城市，完成此生最完美的邂逅。

司婳离开后，贺延霄找秦续喝酒，埋怨道："你说的那些办法都不管用。"

"怎么可能！"秦续先是不相信自己的方法会失灵，在问过他们分手的前因后果后，看贺延霄的眼神立即变了。

"我说，这就是你不对了……"

贺延霄在司婳生日当天抛下她，去找前女友，是个人都会觉得难堪。

如果面前这个男人不是跟他一起长大的兄弟，秦续都想把这个不开窍的家伙赶出去了。秦续叹了口气，道："兄弟，事已至此，你只能尽力去弥补错误了。你现在就死缠烂打，不管对方说什么狠话，只管对她好，这样才能证明你的真心。"

"她现在根本不肯见我。"贺延霄苦笑道。

"那你就继续等她。女人是感性的，只要你有诚意，她肯定会被你打动的。"

之后几天，柯佳云下班回家时总能在公寓附近看见同一辆车以及某个讨厌的人。她目不斜视地从车旁走过，冷哼一声，心想：你就等吧，等到天荒地老，司婳也不会出现。

第三章
你好，我是言隽

滨城。

这座临海的城市气候宜人，四季如春，被誉为国内最有浪漫气息的旅游城市。

司婳选择这个地方，一是为了寻找灵感，二是怀念曾经……

司婳的母亲最喜欢大海，总说在神秘的大海中收获了无数灵感。司婳小时候经常随父母来到这里，这个城市承载着司婳最美好的童年记忆。

如今，她也希望在这里开启崭新的生活。

飞机落地，司婳先给柯佳云打了个电话报平安，再次叮嘱她对外保密，不要暴露自己的行踪。

出了机场，司婳直接打车去码头，乘船前往预订的民宿。

来之前，她在网上查了几家口碑较好的民宿，暂时订了两天的房间。她既然打算在这边长期居住，就要先选一个舒适的居住地。她想实地考察后再做决定。

司婳用两天时间摸清了附近的环境，第三天去了另一家民宿居住。

很不凑巧，这间房里的水龙头坏了，司婳隔天早上就拎着行李箱去了下一家民宿。

这次，她来到一家名为“四季”的民宿。

屋外是白墙，大门两侧栽种的爬山虎蜿蜒向上爬满墙壁，一旁有粉色花朵绽放枝头，让人眼前一亮。从门口进去，左侧是欧式转向楼梯，楼梯旁的白瓷墙壁上，每隔三级台阶，挂着一节花枝点缀。大门直通前台，打眼望去，司婳看见了代表四季的缤纷色彩。

司婳推着行李箱边走边瞧，旁边突然跑来一个十八九岁的姑娘。

“你好，是要住店吗？”

“对，我在网上预订了房间。”行李箱稳稳地立在身侧，司婳当即停下脚步，将手机上的预订信息给对方看。

那姑娘凑过来看了一眼，随后热情地接过司婳的行李箱，道：“客人里面请。”边走边说，“我叫小娜，是这里的员工，欢迎入住我们四季民宿，您有什么需要尽管来找我。”这个叫小娜的女孩儿待客热情，充满活力。

前台那儿坐着一个少年。

小娜对他道：“姜鹭，来客人了，给她查一下订单。”

姜鹭放下手机，走到电脑前，按照司婳给的手机号查询订单，随后拿出一张门卡摆在金象牙色的石台上，对小娜说：“海棠居。”

司婳跟着小娜经过一个长廊，抬头看向上方，发现长廊顶部垂着花束，惊讶不已。

这个民宿到处都是花，房间名也很有意思，春、夏、秋、冬四季分别代表不同的房型，而这四季中又各自以花为名，名字既好听又充满情调。

直觉告诉司婳，这个地方就是她的最佳选择。

“这儿平常人多吗？”司婳越往里走越觉得惊喜。

这家民宿从外面看面积不大，但走进来后才发现别有洞天，面积大不说，公共区域还花团锦簇。

“节假日不用说，就是平时也剩不了几间房。这里一年四季都适合旅游，客人们也爱来我们家。”小娜道。

司婳没再问其他的。

海棠居是司婳在网上选定的风格，网上的图片跟房间的实际情况没什么差别，日用品准备齐全，家具看起来崭新发亮。

这家民宿已经经营好几年了，能保持成现在这样，真的很难得。

司婳在这儿住了两天，努力把打乱的作息时间调整过来。

民宿内部有食堂，司婳早晨下楼吃完早点，去附近逛了逛，呼吸新鲜空气。随后，她去了海边，脱了凉鞋，光脚踩在细软的沙滩上，遥看海天一线。

晚上，司婳回到民宿，看见小娜正拿着剪刀修剪花枝。

“司小姐，你回来啦。”小娜记性很好，几乎能记住每一位客人的名字。

“司小姐，这朵花送你。”小娜剪下手边颜色最鲜艳的那朵花，递给司婳。

“谢谢你啊。”司婳受宠若惊，目不转睛地盯着手里的花，闻了闻，花香馥郁，“这花好漂亮，摘下来可惜了。”

小娜捧着十几枝剪下来的花笑着朝司婳走来：“鲜花赠美人，值得！”

司婳和小娜一起进了屋。

小娜将花一枝一枝放进花瓶，司婳好奇地问道：“你会插花吗？”

小娜表情纠结：“我只是学了点儿皮毛，我们老板才是高手呢。”

小娜和姜鹭只是员工，司婳来这几天都没见到老板。据小娜说，这家店的老板不常来这边，有事一般电话联系。

住在这里的第五天，司婳打算去问问小娜能否长期租房。

这天天气不错，出了太阳，司婳拉开窗帘、打开窗户。

早晨的风吹在身上有丝丝凉意，司婳换上前两天新买的浅黄色针织毛衣，将黑色长发编成麻花辫。

她看着梳妆镜里的自己，又觉得全身打扮得过于简洁，余光扫到梳妆台上那根橙色的蕾丝丝带，灵光一闪，去前台问姜鹭借来一把剪刀，将丝带剪成合适的长度，随后系在头绳处。

一切都刚刚好。

她分手后就再也没有碰过纯白色的衣服，尽量让自己的身上多彩一点儿，感觉整个人的精神面貌焕然一新，从淡雅素净变得明艳动人。

司婳去小食堂用餐，好几个客人忍不住回头看了她好几眼。她没有刻意回避他人打量的目光，饭后去前台寻找小娜，提起自己想要长住的事。

“好像还没有这样的先例。”小娜面露难色，“得经过老板同意。”

司婳不愿放弃，问：“方便给我一下老板的联系方式吗？”

“可以啊……”

小娜正要将号码告诉司婳，姜鹭从外面回来，随口提了一句：“我刚才在路上遇到老板了。”

小娜跟司婳对视一眼，赶紧问道：“老板过来了吗？在哪儿？”

“在西角那边。”姜鹭答道。

“司婳姐，我带你过去！”这两天小娜已经跟司婳混熟了，改了称呼。

“好啊。”司婳跟着小娜出了门。

小娜熟悉环境，一边走一边找，瞥见那道熟悉的身影时，立刻露出笑容，对司婳道："那个男人就是我们老板！"

隔得远，司婳只能看见一道模糊的背影，跟小娜一起加快步伐，终于到了那人跟前。

那人背对着她们，正蹲着倾听坐在轮椅上的老者说话。见此场景，司婳不由得对这个陌生的男人心生好感。他如此待人，必定心善，那她选择"四季"没错。

没一会儿，男人起身，司婳这才发现他很高。

"老板！"小娜大声叫道。

听到声音，男人缓缓转身，身上的米色风衣微微敞开，露出的白衣黑裤衬得他身姿挺拔。

司婳跟男人的视线不经意间在空中相撞。迎着初升的朝阳、沁人心脾的花香，司婳终于看清他的模样。

霞光穿透云层，朦胧的光映照在人身上，男人一步一步向她走来，他的样子成为司婳永生难忘的画面。

在司婳错愕的目光下，男人微笑着伸出手，那双茶色的眼眸中蕴藏着如薄雾般温柔的笑意，道："你好，我是言隽，好久不见。"

司婳的脑海中同步响起一个声音——

"我姓言。至于名字，如果下次有缘再见，我就告诉你。"

原来是他。

司婳从未想过自己会在三个不同的城市，跟这个叫言隽的男人不期而遇。

本想介绍司婳跟老板认识的小娜发现他们并非初次见面，将司婳的请求告知言隽后便去陪坐在轮椅上的老者聊天，将空间留给他们。

"真没想到'四季'的老板是你。"司婳想起刚才那一幕，到现在还觉得不真实。

"很意外？"言隽刻意放慢脚步，跟身旁的女孩儿同行，又保持着恰到好处的距离，认真地听她说每一句话，并及时给予回应。

司婳点头，竖起三根手指："景城、榕城、滨城，每次都能遇见你。"

这个人好像无处不在。

"或许是我们有缘。"

其实他们一共遇见了四次，但言隽没有纠正司婳。

二人缓缓向民宿走去，快到时，言隽主动问："听小娜说，司小姐想长期租房？”

“是的，我会在这边待一段时间，正在寻找住宿地点，‘四季’就很好。”司婳停下脚步，双手交叉放在身前，眼中透着期待，“可以吗？”

言隽注视着眼前的女孩儿。

她现在的样子跟之前差别很大。

他第一次见到她时，她站在许愿池前笑容灿烂；第二次见到她时，她在黑暗中非常无助；第三次见到她时，她在他面前放声哭泣；第四次……

她穿着浅黄色针织毛衣，搭配一条杏色长纱裙，扎着橙色发带的辫子从左肩垂落于胸前，看上去既温婉又俏皮。唯一可惜的是，她的脸上少了他们初次相遇时那分外明媚的笑容。

两人的形象、气质太出众，站在街上不免惹人注意，路过的行人都忍不住多看了他们几眼，还有两个女孩儿对着他们举起手机拍照。

言隽看见那两个女孩儿后，立刻抬手挡住司婳的脸，对她们摇头。

她们立刻道歉，收起手机离开了。

言隽收回视线，对司婳道：“我知道一个好地方，或许你会喜欢。”

司婳跟着他回到四季民宿，穿过住宿楼，又穿过一道门，看见了一条长廊。司婳这才知道四季民宿前面为旅客提供住宿，后面别有洞天。

沿着长廊一路向前，司婳看见一栋小洋房，总共有四层楼，大门匾额上写着“四季”二字。

“这儿也属于‘四季’。”就在司婳疑惑时，言隽及时解释道，“其实，这里才是‘四季’的核心，但不对外开放。你可以理解为私宅。”

“这里好漂亮，就是太大了……”

不得不承认，司婳很喜欢这栋楼。但她一个人住，哪里舍得花那么多钱去租一栋小洋房？

“你是不是在想，不方便计算租金？”言隽一眼看穿她的想法，嘴角轻扬。

司婳诚实地点头：“而且言先生，你刚才说这里不对外开放，我租这里也不方便啊！”

“这里平时没人住，有人定期打扫卫生。司小姐若是喜欢，可以放心地在这里住下，租金按一间房计算就好。”言隽道。

这个地方环境优美，无论白天还是夜晚都很安静，简直是司婳理想中的房子。而且，言隽只收了她一间房的钱……

如果他们是第一次见面，司婳大概会怀疑他心怀不轨，然后拒绝他。但言隽帮过她好几次，司婳对他有些信任。

司婳心动了，迫不及待地想去里面看，但嘴上说："这怎么好意思？"

言隽笑了笑："物尽其用，房子应该留给有需要的人。"

他之前说过类似的话："衣服应该留给更需要它的人。"

司婳瞬间想起了什么，尴尬地道："对了，言先生，我之前不小心把您的联系方式弄丢了，外套还没还给您，真是抱歉。"

"原来……"盘旋在心底的疑问终于得到解答，言隽笑了笑，道，"是这样啊！"

"我让朋友帮忙把东西寄过来，到时候再还给你。"

"那就麻烦司小姐了。"言隽笑道。

言隽站在门口输入密码，带司婳进去参观。司婳满意得不得了，主动承诺不会乱闯其他楼层。

言隽轻轻摇头，并不在意这些："你随意就好，最主要的是住得舒适，以后有什么事情都可以找我。"

两个人当场交换了联系方式。

这次，他们真正认识了。

得知司婳将长期留在四季民宿的消息后，小娜非常高兴："太好了，司婳姐，咱们以后每天都能见面，我也可以继续跟着你学画画了！"

小娜之前见过司婳画画，夸司婳画得好，还称自己很羡慕她。

当时司婳随口回了一句："你要是喜欢画画，我可以教你。"

小娜觉得好玩便答应了，这几天学得认真，如今听说司婳要留下了，乐不可支。

又有旅客入住，小娜跟姜鹭忙碌起来。

司婳有些好奇，问言隽："小娜跟姜鹭每天在店里工作，不上学吗？"

"小娜高中毕业后就没读书了，至于姜鹭……欠教育。"言隽说出最后三个字时，颇有几分严师的感觉。

每个人都有适合自己的道路，小娜做事利落，但一学习就头痛得很。她高考没考好，便早早出来工作，现在每天过得挺快乐的。

姜鹭据说是被家人"赶"出来打工的，家人想让这个叛逆的男孩儿提前体验一下进入社会的感觉，刺激他回去后好好学习。姜鹭才来民宿一个月，还没妥协，正跟家里闹脾气。

“中午有空的话，我们一起吃个饭吧！”或许是怕她拒绝，言隽补充道，“小娜、姜鹭跟咱们一起。”

“你帮过我好几次，应该我请你吃饭才对。”司婳突然想起自己一直在占言隽的便宜，有些不好意思。

“没关系，小娜跟姜鹭是我的员工，这顿饭就当是我给员工发的福利。还有，很高兴认识你。”言隽说完忽然向她伸出手。

司婳缓缓握住他的手，二人掌心相贴，十分温暖。司婳收回手时都觉得掌心微微发烫。

中午，有人过来接替小娜和姜鹭看店。

他们交接完后，立即跟司婳、言隽一起离开“四季”，冲向饭店。

看着那两个充满活力的年轻人，司婳突然有一种自己老了的错觉。她偷偷瞄了一眼旁边的言隽，却被言隽抓个正着，迅速移开视线，假装什么都没有发生，错过了言隽眼中的笑意。

小娜跟姜鹭早早跑进饭店，司婳跟言隽晚了两分钟才到。店门口趴着一只银灰色的短毛猫，司婳下意识地绕着猫走，避免跟猫接触。

四个人在一张方桌旁坐下，一人占着一个方位，开始点餐。

小娜大大方方地说出两道菜名，随后把菜单递给其他人，去了洗手间。剩下的三个人商量着点了几盘菜和一份汤。

这家店的菜味道不错，司婳比平时多吃了一些。明明是跟三个认识没多久的人同桌吃饭，司婳却没有感觉不自在，反倒觉得舒适。

小娜吃饭速度快，吃完就说要去外面透气：“你们慢慢吃，我在外面等你们。”

第二个吃完的是姜鹭。他不像小娜那么直接，等司婳和言隽都吃完后才跟着他们起身。

姜鹭走在前面，司婳等着正在结账的言隽。

旅游区的消费水平比其他地方高一些，不过这家店的价格还算合理，一顿饭总共花了两三百块钱。

司婳忽然想到，以前每次跟贺延霄出去，他都会选择价格昂贵的餐厅，从不去小饭店，说是不干净。但真正的美味其实藏匿于大街小巷。

就拿柯佳云来说，她也是个家里有“皇位”要继承的“白富美”，却时常拉着司婳和其他朋友去小巷子里品尝美食。

司婳曾经期待跟自己喜欢的人一起去品尝那些小店美食，但一直没成功，现在想来自己真是犯傻。

司婳摇了摇头，想把那个人从自己的脑海里抹除。

忽然有什么东西从脚边蹿过，司婳吓了一跳，惊呼出声。她低头一看，是只猫，不过比先前在门口见过的那只要大一些。

听到声音，言隽迅速回头，见司婳一脸惊慌的样子，问："怎么了？"

"没事……"司婳轻拍胸口顺气，觉得刚才只是稍微碰了一下那只猫，应该不会过敏。

言隽顺着她的视线看过去，看见一只蹲在墙边的猫。

言隽结完账，司婳跟他一起往外走，小娜跟姜鹭就在门口等他们。

来的时候小娜空着手，现在手里居然多了一只猫。司婳定睛一看，正是刚才趴在门口的那只银灰色的短毛猫。

"司婳姐，你看这只猫好可爱。"小娜抱着猫靠近司婳，毫无防备的司婳蓦然瞪大眼睛。

就在这时，一只手臂突然横在她们之间。言隽伸手挡在司婳面前，将二人隔开。

"该走了。"言隽提醒小娜。

小娜见到言隽，注意力立刻转移："老板，咱们民宿能不能养一只猫？刚才店家说这只猫是家里的猫生的幼崽，我们喜欢就可以带走呢。"

司婳抿紧了唇。

小娜想养猫，她不好出声阻止，毕竟自己只是租客。就在司婳做好跟猫共处的准备时，言隽突然道："在民宿养猫不太方便。"

司婳眼睛一亮，悬在心上的大石头落了地。

他们回到四季民宿，各自开始做事。司婳睡了两个小时，精神好了许多，拎着画板准备出门。

她穿过长廊，继续往外走，在转角处听见小娜和言隽在说话。

"老板，你不是也很喜欢猫吗？我们真的不能养一只吗？"小娜背靠着墙壁，对老板苦苦哀求道。

"理由我已经说过了，养在民宿不方便。"言隽坚持道。

"不会呀，咱们隔壁那家民宿里就养了猫，很多客人喜欢。"小娜道。

"那如果遇到害怕接触猫的客人呢？"言隽问。

"怎么会？"小娜不敢相信，"这年头还有人怕猫？"

言隽不得不说出实情："司小姐可能怕猫，或者是不能接触猫，以后你要注意点儿。”

司婳没想到言隽会知道她怕猫，更没想到言隽拒绝养猫是因为她。

司婳又想起了贺延霄。他对季樱念念不忘，多次亲眼见到司婳因猫毛而过敏也无动于衷。而言隽仅仅见她下意识地躲着猫，就拒绝在店里养猫……

司婳轻轻眨着眼，心像是被一股无形的力量不轻不重地敲了一下。

等言隽和小娜走后，司婳才慢慢地从转角处离开，独自带着画板和其他美术工具去了海边。

司婳学习绘画多年，能画出自己看到的一切。在外行人看来，司婳画的大海十分好看，但这幅画完全达不到司婳的标准。从分手开始，她的每幅画都失去了灵气。有时候烦躁起来，她真想把它们通通毁掉。

身旁的手机响起铃声，司婳拿起来一看，是柯佳云打电话来了。

“婳婳，贺延霄已经知道你不在榕城的事了。他问我你去哪儿了，我没说。”

柯佳云绘声绘色地讲起贺延霄找上门来问司婳的行踪，最后被口齿伶俐的她骂得狗血淋头的事。

司婳耐心地听完，心里很不是滋味，不知道该怎么形容自己的心情。虽然她已经下定决心割舍这段感情，但埋在心底的记忆还是会突然冒出来，将她的情绪拉入低谷。

来到滨城的这些日子，她很放松，却无法持续地感受到快乐。

她不愿再提起跟贺延霄有关的事，所有想法汇聚成对真心维护她的朋友的感激。

她道：“谢谢你，佳云！”

榕城。

吃了多次闭门羹，又被柯佳云骂得狗血淋头的贺延霄发了好大一通脾气，连秦续都被吓得不轻。

房间里，贺延霄端起酒杯大口喝酒，无意识地喃喃自语：“走了……她走了……”

“她走了，你就去找她呗。”秦续相信，只要贺延霄坚持，司婳是会被打动的，毕竟他们有几年的感情基础。

“凭什么要我去找她？”贺延霄原本对司婳心存愧疚，现在却有些恼怒。他气司婳为了躲他不辞而别，更恼自己堂堂大老板，竟然多次为了一个女人低头。既然司婳选择离开，那他就要看看，那个翅膀硬了的女孩儿能玩出什么花样。

“兄弟，话不是这么说的，先前那件事确实是你做得不对。”秦续一般是帮亲不帮理的，但这次真的觉得贺延霄在面对前任和现任时，处理问题的方式大错特错。

“我贺延霄什么没有？有必要围着一个女人转？”贺延霄脸色铁青，觉得很没面子。无论秦续说什么，他都听不进去了，满脑子都是“司婳要脾气”“司婳不知好歹”这样的想法。

秦续有些无奈，只能顺着他的话道：“那你说说你喜欢什么类型的女生，我这就给你介绍一个。”

“不用。”贺延霄当即拒绝秦续，笃定地道，“再过不久她就会回来，我倒想看看，到时候她要怎么跟我解释。”

天色逐渐变暗，司婳收起东西，步行回到四季民宿。

姜鹭不在，小娜坐在前台。司婳停下来跟小娜打招呼。

小娜立刻露出笑容，但下一秒，笑容僵在脸上，道：“她怎么又来了？脸皮真厚。”

“谁啊？”司婳随口一问。

小娜抬了抬下巴，看向休息区的方向。司婳转头一看，只见一个打扮时髦的年轻女人在休息区坐了下来。

“就是那个女人。每次我们老板过来，那个女人都眼巴巴地凑过来。我们老板拒绝她好多回了，她还假装不懂。”小娜对那个女人完全没有好感，继续吐槽道，“她每天打扮得花枝招展的，我们老板才不会喜欢这样的女人呢。”

看着这个义愤填膺的小姑娘，司婳忽然想逗逗她，问：“那你觉得什么样的女人才算好啊？”

“像司婳姐你这样的就不错！”小娜说的完全是心里话。

司婳听后笑了笑，正要说什么，那个女人突然没了耐心，朝前台走来，问：“你们老板呢？”

“找我们老板有事吗？”小娜不客气地反问道。

“你们老板现在在哪儿？”女人故意把手里的名牌包放到前台的架子上，显摆自己的身家，语气傲慢得很。

司婳终于明白小娜讨厌她的原因了。有些人喜欢通过服装、首饰等外在的东西装饰自己，并借此获得自信。但对时尚圈非常了解的司婳一眼就看出那个包是高仿货。

司婳站在一旁，不动声色地看着她们。

“不知道啊！”小娜面无表情。

“不可能吧，你们老板今天来民宿了，你会不知道？”女人不相信，眯着眼睛，眼神很冷，咄咄逼人。

“我一个小员工，哪里知道老板的行踪？”小娜语气生硬地道。

“那你把他的电话号码给我吧！”

小娜不愿意，看了看司婳，灵机一动：“不如你问问我们老板娘？”

“老板娘？”女人十分惊讶，开始上下打量身旁容貌美丽的司婳。

司婳惊呆了，拼命朝小娜使眼色。小娜则朝司婳眨眨眼。

司婳无奈，深吸一口气，咬牙道：“没错，就是我！”

“老板娘？”一道透着愉悦的声音忽然传来。

司婳心里“咯噔”一声，转头看了过去……

言隽出现在司婳眼前。

司婳真想立刻找个地洞钻进去。

她就不该心软配合小娜，现在当着老板的面冒充老板娘，脸都丢光了！

女人看见言隽，立刻笑了，拨弄着自己的头发，努力在男人面前展现女人味。她道：“言老板，好久不见，近来可好？”

“还好。”言隽不着痕迹地跟她保持距离。

站在前台的小娜气得不行。但现在老板在场，她也不好意思推司婳出去演戏，只能默默地控制情绪。

“言老板有时间吗？一起吃个晚餐吧！”女人眼里只有言隽，当小娜跟司婳不存在。

“这……”言隽启唇，目光移到正准备偷偷溜走的司婳身上，眼里透出一丝戏谑之意，“恐怕老板娘会不高兴。”

正准备逃跑的司婳身体一僵，背脊发凉。

那个女人一脸尴尬。她本以为小娜在骗自己，没想到言隽居然真的有女朋友了。

女人看了司婳一眼，不满地哼了一声，拎着包大步离去。

看见这一幕，小娜简直想拍手叫好。

心虚的司婳悄悄挪动脚步，就在快要离开众人视线的时候，言隽大步走到她身边，轻声问："去哪儿啊，我的老板娘？"他的语气轻飘飘的，司婳却听得耳朵发烫。

她知道对方是故意的，缓缓转身，撞上言隽的眼睛，连忙举手投降，道："言先生，这是个误会！"

刚才若非为了帮小娜圆谎，司婳肯定不会冒充老板娘。

言隽笑了笑，见她一直低着头，一副羞愧得快要钻进地里的模样，立刻道："好了，我是逗你的。"

司婳仰起头，歪着脖子看了他一眼。

言隽笑道："其实我应该感谢你，是你替我解决了一个大麻烦。"

他一句话，把司婳丢掉的面子找了回来，司婳不禁笑了起来。两个人一起朝"四季"小洋楼走去。

等小娜回过神来时，司婳跟言隽已经不见踪影了。

小娜莫名觉得他们确实像有点儿什么，见姜鹭从大门口进来，立刻凑到他的耳边神神秘秘地说："我们好像真的快有老板娘了！"

司婳回了小洋楼，言隽一直都在，没有要离开的意思。不仅如此，她还亲眼看见言隽推开了主卧的门，将手中的外套放了进去。

司婳走到门边，惊讶地问："言先生，你也住在这里？"

"你忘了？我说过的，这儿是不对外开放的私宅。"言隽一边整理衣摆，一边道。

司婳拍拍额头，这才明白这栋楼其实是言隽的家。言隽只是租了一间房给她，剩下的区域都是他的地盘。

不过，她还有一个疑问："这个房间就是你的卧室吗？"

言隽微笑着点头，道："算是我在'四季'的固定居所。"

司婳在心里叹了口气，有些想揍自己。

上午言隽带她进屋，让她自由挑选卧室。她一眼就看中了这片区域，但想着言隽对自己已经仁至义尽了，不好意思占用主卧，便选了主卧旁边的次卧。

所以，现在她跟言隽成了一墙之隔的邻居……

司婳有些不好意思，犹豫着道："要不我换一间房？"

言隽摇了摇头："何必这么麻烦？我不常来这边，而且房间对我来说只是一个晚上睡觉的地方。司小姐如果觉得不方便，我换一间就好了。"

"不不不，这里本来就是你的家，谢谢言先生的好意。"

主人把话说到这个地步了，司嫄再纠结下去无异于自找麻烦，便安心地住了下来。

第二天早晨，司嫄是被闹钟吵醒的。

没有朝九晚五的工作，司嫄想要保持自律就必须强迫自己遵守规划好的作息时间，今天也是如此。

这个点，司嫄刚好可以去“四季”的小食堂吃早餐。

司嫄迅速脱掉睡裙换上外出的衣服，走进卫生间洗漱。

她刷完牙，对着镜子吐掉泡沫水，随后用洗面奶洗了脸。

之后，司嫄拿起头绳，将长发随意地扎起来，开门下楼。

司嫄听力好，听到某个地方传出声音，看了过去。只见昨日那个穿着风衣的优雅绅士此刻已经换上了休闲服，一手掌锅，一手握着锅铲，在厨房里做饭。

听到脚步声，言隽回头，看见她后没有丝毫意外：“睡醒了？”

“嗯……”

司嫄站在厨房门口呆呆地应了声，完全没察觉两个人说话时语气熟稔，好似已经在一起相处许久了。

“早餐马上就做好了，司小姐不介意的话，可以留下来尝尝我的手艺。”言隽向她发出邀请。

“不用啦，我……”司嫄话说到一半，不争气的肚子果断地出卖了她。

端着碗的言隽从她身旁经过，脚步一顿，脸上带着浅浅的笑意，道：“那就麻烦司小姐帮忙点评一下了。”

司嫄不再拒绝，觉得有些“糗”。

她每次遇到言隽，似乎都有些丢脸，好在对方情商高，总能替她圆回来。

方桌上的碗碟以蓝色和白色为主，早点摆盘精致，令人食欲大增。

肚子饿得直叫，司嫄忍不住咽了下口水，道：“那就……谢谢言先生了。”

“不必客气，司小姐请用餐。”言隽摆出邀请的手势，道。

司嫄拿起叉子戳中碗里的荷包蛋。蛋黄饱满，周围一圈成型的蛋白上撒着青葱。培根吐司喷香酥脆，司嫄吃了几口，觉得干，发现旁边早已备好了温热的牛奶。

司嫄住在樱园的那一年，蒋妈也是变着法儿地做好吃的，但言隽准备的食物还是让司婳赞叹不已。

吃完早餐，司婳用纸巾擦拭嘴角后，言隽才问："感觉如何？"

"很好吃，特别香！"司婳朝他竖起大拇指，道，"谢谢言先生！"

"不客气，司小姐能喜欢是我的荣幸。"他向来谦虚。

司婳从小娜那儿得知言隽不是滨城人。他如果来"四季"，一般会待三天。司婳还没收到托柯佳云寄来的外套，不禁有些着急，但也只能等着。

这两天，小娜缠着司婳，让司婳教她画画，两个人就坐在前台讨论。

即便如此，小娜也不会耽误工作。客人经过时，眼尖的小娜总能及时发现。

那个总是打扮得花枝招展的女人似乎不死心，又来了民宿一趟，但看见司婳后，什么都没说就灰溜溜地走了。

言隽上午不知道去做什么了，下午才回来。司婳好奇，问言隽干什么去了，言隽说："在社区当义工。"

司婳有些诧异，这个人真是……太优秀了。

自从认识言隽以来，司婳一直在发现他的优点，这个男人无论言行举止都散发着独特的人格魅力。

他经营着这么大一家民宿，收入颇丰。从他的穿着打扮来看，此人背景不俗，却能细心地观察到普通人很难关注到的细节，更为难得。

他会蹲下身跟坐轮椅的老者交谈，会不辞辛苦地去社区帮忙，还会细心地照顾身边的人。

他懂得插花，也擅长做饭，是个懂生活、有情调的男人。

这样的男人本身就带着令人难以抵抗的吸引力。

"真不知道有什么是你不会的。"司婳嘀咕，语气中有些羡慕，只怪自己小时候培养的技能太少了。

言隽听到了她的话，低声一笑，道："世界那么大，还有许多我不曾了解的知识、未曾见过的风景。"

"你都见过什么风景？"司婳来了兴趣。

"这就说来话长了。"言隽拿起手机，指纹识别解锁后点开相册。

两人原本边走边说话，现在不约而同地停住脚步，靠在长廊上。

言隽选中标签为"旅游"的相册，打开后将手机递到司婳面前，手指滑过屏幕，根据上面的照片回忆自己曾经的所见所闻。

“呼伦贝尔大草原的山间湖畔长着成片的白桦林，同根多株。我曾见过十棵树干同根生长，挺拔向上。脚踩落叶，穿梭在树林间，一眼望不到尽头。

“云南金平的蝴蝶谷，成千上万的蝴蝶破茧而出，翩然飞舞，落在高大繁茂的绿树枝头，像纷纷落下的枯叶。

“这是十月份去青岛看海鸥时拍的。蓝天白云下，成群结队的海鸥在十月底飞去栈桥，次年四月回到西伯利亚。”

…………

言隽去过许多地方，若要细说起来，恐怕一天一夜都说不完。

最后，司婳看见一张白色的冰裂图，很好奇，指着图问：“这个呢？”

“这里是新疆赛里木湖。湖面结冰，大风吹过时湖水推动冰面，堆叠出琉璃般的薄冰，景象壮丽。”言隽停顿片刻，解释道，“不过这种景象我还没有亲眼见过，只是将图片保存下来了。”

听完言隽的描述，司婳心中充满向往，埋藏在心灵深处的一股神秘力量即将破土而出：“真好，如果我能亲眼去看看这些美景就好了。”司婳双手相扣，放在胸前，眼中满是期待。

“司小姐若是感兴趣，下次我们可以同行。”言隽滑动手机，屏幕上的美景照点亮了两人的眼睛。

“好啊，如果有机会的话……”司婳其实只把这话当成客套话，并未放在心上。

从言隽的文字描述中感受到大自然的美与奇，司婳忽然对未来充满期待。如果有机会，她也要去看看言隽描绘的世界。

不知不觉间，饭点过了，小食堂没饭菜了，言隽提议在家做饭。司婳不好意思蹭饭，主动跑去帮忙。他们很快就做好了三菜一汤。

司婳吃得很香，甚至开始嫌弃小食堂饭菜的味道，心想：如果可以聘请这位大佬当厨师就好了……

想到这儿，司婳又摇摇头，怪自己痴心妄想。

吃完晚饭，司婳抢着洗碗，被言隽制止：“这种伤手的活儿不适合女孩子做。”

伤手？司婳的脑子里浮现几个大大的问号。她就是洗几个碗而已。

“我可以戴手套。”司婳扬了扬手。

“客随主便，司小姐就不要跟我抢活儿了。”言隽笑着推开她的手，道，“方便的话，麻烦司小姐帮我打扫一下餐桌。”

“嗯！”接到言隽安排的任务，司婳立即行动起来。

司婳这边很快就收拾好了，想进厨房帮忙，言隽就是不让，司婳只能作罢。

她也不好意思先去休息，便在客厅里坐着，等言隽收拾完从厨房里出来后，才拿起画板准备回房间。

“等等……”言隽忽然从她身后叫住她。

司婳回头，疑惑地望着他。

“这几日我总看你带着画板，你是美术生？”言隽忽然问。

司婳摇了摇头：“我是服装设计专业毕业的，不过学了很多年美术。”

她会画画，也喜欢画画，只是当初不愿按父亲给她设定的路过完自己的一生，才会奋起反抗，在读大学的时候选择自己更中意的设计专业。

“恕我冒昧，司小姐目前是在工作还是……？”言隽试探着问道。

“算是休假。”她补充道，“长假。”

司婳因为缺乏灵感跑来滨城调整状态，虽然连她自己都不知道什么时候才能调整好。

言隽点头，表示了解，随后又问道：“司小姐有没有兴趣去学校做兼职美术老师？”

“啊？”司婳的表情认真起来。

“附近的小学正好在招聘美术老师，我觉得你可以去试试。”言隽拿出一张名片，上面写着学校和联系人的信息。

司婳并没有立即给出答案，晚上跟柯佳云通了电话后想了一夜，第二天爽快地回复言隽：“我想去学校试试。”

小学距离四季民宿不远，司婳步行十分钟就能抵达。

司婳很多年没去过小学了，突然见到这么多小孩儿，有种穿越回多年前的错觉。

小孩子天真无邪，个个脸上洋溢着单纯甜美的笑容，这一幕让司婳看得心动，突然很想记录一下。

咔嚓——

旁边的言隽已经先她一步拍摄了照片。

感受到司婳投过来的目光，言隽浅浅一笑，解释道：“因为这一幕太美好了，我忍不住想把它记录下来。”

“其实我刚才也是这么想的。”司婳将一只手挡在嘴角一侧，偷偷对他道，明亮的眼睛里藏着一丝狡黠。

由于这两位样貌出众，有孩子挤在教室门口盯着他们咯咯直笑。

上课铃声响了，学生纷纷回到教室。站在走廊上的身影逐渐消失后，教学楼的过道变得宽敞。

司婳跟着言隽一起上楼，来到办公室。

她来滨城前只是为了放松，从未想过会在这边找工作，连毕业证书都没带。好在柯佳云及时帮她找到了毕业证，拍了照片发过来。

司婳的学历在网上可以查证，校方倒不担心她作假。学校正好缺一名美术老师，算是急招，以司婳的绘画水平，她当个美术老师绰绰有余，校方对她很满意。

于是，在面试的第二天，司婳就进入学校，开始实习。

一个班级一周只有两节美术课，但这么多班级加起来，司婳也确实得耗费些心力。

跟小孩子相处有好有坏，好处在于他们大多心思单纯；坏处在于有些孩子过于活泼，有时候眨眼的工夫，就将颜料胡乱抹到其他同学的身上了。

司婳不得不把顽皮的孩子拉上讲台教育，但孩子机灵，几句话就把她绕晕了。

日子就这么一天天过去，不知不觉中，言隽已经离开半个月了。

正如小娜所言，言隽偶尔才来"四季"住上几天，下次来不知道是什么时候。司婳想等再见到言隽时，当面感谢他给自己介绍了这份工作，还有……言隽的外套已经到了，司婳没来得及还给他。

课上，司婳自费买了一整箱拇指大的玻璃瓶，让孩子们自由发挥，用颜料在瓶子上作画。

有些瓶子被纯色涂满，有些瓶子上只有简单的几笔。有个学生突然鼓起勇气走上讲台，把自己画了的瓶子送给司婳当礼物，其他同学看见了纷纷效仿。

于是，司婳带着一堆瓶子去，带着一堆瓶子回。

司婳舍不得将孩子们送给她的瓶子放在箱子里，觉得有些可惜，又不知道要怎么处理这些瓶子，不禁有些苦恼。

正当司婳坐在阳台上发愁时，一道熟悉的声音传入耳中："可以用绳子把它们串联着挂起来。"

司婳诧异地回头，言隽一步一步走进她的视线中。

“言先生？”

“可以把这些小瓶子用绳子串联起来，挂在窗边或者其他地方。”言隽早就从藏不住话的小娜口中听说这件事，提议道。

“这个主意不错！”司婳赞同道。

言隽是“四季”的主人，对房子里的东西最为熟悉。他从杂物间找出几条浅棕色的麻绳，跟司婳一起坐在阳台上，二人分别抓着绳子的两端，将一个个玻璃瓶用绳子缠起来，再打结。瓶颈的弧度刚好能卡住绳子，瓶子因此不会掉落。

“言先生怎么突然回来了？”司婳一边打结一边跟言隽聊天，手法越来越熟练。

“不欢迎我吗？”言隽拣起一个纯蓝色的玻璃瓶，语气愉悦。

司婳摇头：“怎么会？你帮了我那么多忙，我一直都想感谢你。”

司婳去拣瓶子，没注意到对方，弯腰时脑袋不经意地与言隽的脑袋撞到了一起。

司婳捂着脑袋“啊”了一声，随后二人互相看着对方，不约而同地笑了起来。

两个人合作，瓶子很快就用绳子缠好了。最终，他们一共弄出六条缀满玻璃瓶的挂饰。

司婳分给言隽两条绳子，道：“送给你，辛苦了。”

言隽欣然接受。

他们各自回到卧室，自由选择摆放的位置。

言隽将两条玻璃挂饰分别挂在窗户两侧，手指拨动一下，玻璃瓶开始晃动。他眼前恍惚闪现两人相处的画面，不禁嘴角上扬。

隔壁房间里，司婳把东西挂好后拿起手机拍照，想等下次上美术课的时候把照片展示给同学们看。

第二天，司婳从学校回来，路过前台时忽然被小娜叫住：“司婳姐，这边！”

司婳走过去，手臂搭在石台上，见小娜正在拿东西。

小娜拿起一对耳环递给她，道：“司婳姐，我最近开始学习做手工了，这对珍珠耳环送给你。”

小娜不喜欢玩手机，没事的时候就爱做些小玩意儿。临海的城市当然少不了珍珠，小娜的材料以珍珠为主。小娜见司婳有耳洞却没戴耳饰，便亲手做了对耳环送给司婳。

司婳接过珍珠耳环，有些不愉快的记忆冒了出来。她感觉自己的心跳开始加快，心情急速变差。司婳将手紧紧地握成拳，一点儿也感受不到得到礼物的喜悦。

如果小娜送的是别的东西，哪怕是一片叶子，司婳也会为之欢喜，偏偏……是珍珠耳环。

看到这对耳环，司婳就忍不住想到季樱和那段充满欺骗的感情。自从在工作室见到季樱戴那对珍珠耳环后，珍珠耳环就成了司婳心中不可触碰的东西。

收到礼物的司婳心不在焉，为了不让小娜瞎想，当着小娜的面把珍珠耳环戴上，但离开前台后就直接将耳环取了下来。

司婳现在十分讨厌珍珠类饰品，真的讨厌。

司婳满腹心思地走在小池边，不慎踩中青苔，脚底一滑，下意识地伸手扶住旁边的假山。

她没有摔倒，手里的东西却飞了出去，落入池中。

无论她是否喜欢，丢了别人赠送的礼物总归不太好。司婳在附近找了一圈，什么都没见着，最后突然看见一双笔直的大长腿。

司婳仰头，正好对上言隽探究的目光。

“你在做什么？”言隽问道。

“小娜送给我的珍珠耳环不小心掉了……”她不擅长撒谎。

而且她找了半天耳环都不见踪影，多半是找不回来了。司婳还得跟小娜解释清楚。

“掉在附近吗？我可以帮你找找看。”言隽大步走到水池边。

“我已经找了，没有，算了。”司婳摇头婉拒，觉得自己或许真的跟珍珠这种东西无缘。

由于心情低落，司婳不想多留，跟言隽告别后回了房间。

她把自己关在房间里，直到觉得口干舌燥才出门接水，却见言隽浑身湿透地从屋外走进来，吓了一跳，问：“言先生，你怎么了？”

没想到会在这个时候跟司婳撞个正着，言隽没有解释，只是向司婳伸出手，手心躺着一对耳环。

言隽问道：“你的珍珠耳环……是这个吗？”

“你……”司婳突然哽咽，余下的话全部卡在喉咙里。

“东西掉到池子里了，我帮你捡了回来。”言隽道。

他全身湿透，湿漉漉的头发贴在额边，衣服紧紧地贴在胸膛上，还有水珠不断往下滴。

他只字不提过程有多艰辛，但脚边的水渍已经说明一切。

司婳颤巍巍地伸出手，豆大的泪珠顺着脸颊滑落。

榕城。

已经与司婳失去联系一个多月了，贺老太太终于把孙子喊回老宅训了一顿，让他赶紧把人找回来。

贺延霄心里烦躁得很。

回到樱园，他鬼使神差地走进司婳住过的房间，在里面静坐许久。

他打量着房间里的一切，感觉这里既陌生又熟悉。

梳妆台前摆放着一个较大的玻璃罐，里头装着颜色不一的便利贴，贺延霄随手取出几张便利贴一看，上面记录着日期和当天发生的不愉快的事。

别人都爱记录好事，司婳的便利贴上却全是不高兴的事，字字句句都与他有关。

贺延霄回想起他们在一起的三年，司婳的确因他受了些委屈，心念一动，拿起手机打给秦绫，道：“帮我查司婳的行踪。”

那对珍珠耳环最终还是被司婳留下，保存在首饰盒中。

近两日，他们都发觉司婳情绪低落，仿佛心里藏着无法想通的事情，又不能跟旁人诉说。

司婳从学校回来，经过前台，小娜叫住她，拿出新做的手工饰品给她瞧——清一色的珍珠饰品。

司婳兴味索然，简单地回应了两句就找借口离开了。

小洋楼里，言隽不在，或许是已经离开了。

到饭点后，司婳便去食堂拿了些吃的，简单地吃了晚餐。

回去后，司婳又把画板搬出来放到阳台上，望着天边即将落下的夕阳，执笔作画。

司婳画完了，但成果不尽如人意。

司婳放下画笔，趴在阳台的桌子上。晚风轻轻拂过脸颊，她慢慢地闭上眼睛……半梦半醒间，她的眼前恍然出现一道身影，一下子将她的记忆拉回几年前。

“阿延……”司婳不知不觉地唤道。

言隽弯着腰，拿着毛毯的手僵在半空。

司婳的梦呓听不真切，言隽倾身靠近她，小心翼翼地替她盖上毛毯。他还未直起腰，司婳便缓缓睁开眼。

她睡眠浅，稍有动静就会被惊醒，抬头时毛毯从背部滑落。

“言先生？”司婳低头捡起毛毯，抱在怀中，诧异地望着言隽。

已经三天了，他竟然还未离开。

“抱歉，吵醒你了。”言隽道。

“是我该谢谢你才对。”司婳握着毛毯，暗想这人真是格外细心。

“傍晚降温，小心着凉。”

言隽的话不经意间散发着温柔的气息，令人有种被呵护的感觉。司婳倍感温暖。

“知道了，我这就挪位置。”司婳起身将毛毯递给他，把画板和绘画工具一并收拾好，带回屋内。

周六学生放假，司婳也能休息。

闹钟一响司婳就起了，没有睡懒觉，还在言隽那儿蹭了一顿早餐。

“今天的早餐是什么？”

“虾仁粥。”

经过这段时间的相处，司婳发觉自己越来越贪心了，原先不好意思占便宜，现在巴不得言隽天天下厨，满足一下她的口腹之欲。谁让言隽厨艺高超，做出来的美食令人上瘾呢？甚至不用言隽邀请，她自己都忍不住凑过去了。

吃完早餐，言隽没让司婳洗碗，将两人用过的碗筷放进水池，很随意地问：“今天打算做什么？”

“还没想好怎么安排。”司婳站在厨房门口，将脸侧的头发撩到耳后。

不出意外的话，她大概就是去海边走走，抑或是把自己关在房间里，看能不能逼自己画出设计稿。

“想去咖啡店里坐坐吗？”言隽打开水龙头，让干净的温水冲刷碗筷。他动作利索，看得出对这些事并不陌生。

见司婳面露疑惑，言隽立刻补充道：“有事要去那边处理，正好可以带你到附近转转，放松一下。”

司婳原本不爱喝咖啡，觉得味道苦，哪怕加了糖也无法喜欢。但后来，她发现咖啡店环境幽静，确实是个发呆、与人聊天的好地方，能抚平心中的躁动。

“好啊！”犹豫片刻，司婳接受了他的邀请。

咖啡店靠近海边，与沙滩之间只隔着一条街道的距离，距离四季民宿大约一千米。两人步行前往咖啡店，需要十几分钟。

他们来到咖啡店门前，司婳看到门牌上写着：Mercury（水星，咖啡店店名）。

入目的是欧式的双开铁艺大门，周围的护栏全部涂白，地上铺着红色的防滑地板，延伸至咖啡店内部。

司婳进去后才发现里面比想象中的更有意思，右边是餐桌，供客人点餐用餐；左边全是书架，架子上堆满了各种类型的书，如果有闲情逸致，坐在这里一边品咖啡一边看书也不会觉得无聊。

司婳以为自己跟言隽只是来消费的普通客人，直到店员毕恭毕敬地站在言隽面前喊了一声“老板”，她才恍然大悟。司婳心想：大意了。

言隽跟员工交代了一些事，等店员离去后，才跟司婳在靠窗的位置坐下，各自点了一杯喜欢的咖啡。

对面坐着咖啡店的老板，司婳倍感荣幸，指着店名问道：“起名Mercury，有什么特别的含义吗？”

Mercury是水星的英文名，也是罗马神话中众神的使者墨丘利，司婳不确定店名是否跟这两点有关。

言隽将手指随意地在桌上敲了两下，问道：“听说过水星凌日吗？”

“知道一些。”司婳点头，继续说道，“据科学家说，当水星和地球的轨道处于同一个平面上，而太阳、水星、地球三者又恰好排成一条直线时，就会发生水星凌日的现象。”

司婳能不假思索地说出这些，可见知识面广。言隽颔首，缓缓地道：“正式打算开咖啡店的那天，天空中出现了水星凌日现象，Mercury就是因此得名的。”

“我记得上一次出现水星凌日现象好像是在七年前，你那么早就……？”司婳惊讶地望着对面的言隽。

她从小娜那里听说过言隽的年龄，他今年才二十六七岁。如果他七年前就在这里开了一家咖啡店，那成长速度还真是……令同龄人望尘莫及。

言隽笑着摇头，解释道："准确地说，我的母亲才是这家咖啡店真正的老板。"

"你们是一家都来滨城当老板了吗？"司婳不经意地开起玩笑，气氛逐渐活络起来。

店员端着托盘过来，将咖啡放到桌上。

"谢谢。"司婳轻声道谢，用夹子将提前备好的方糖放在咖啡勺上，随后用勺子在杯中轻轻地搅拌，避免碰撞杯壁发出声响。待方糖化开后，司婳端起咖啡杯，开始品尝咖啡。

简单的动作能够看出一个人的修养，他们没有刻意地表现什么，很多习惯却已经融入了骨子里。同时，司婳发现言隽喝咖啡的方式有所不同。他将方糖放入杯中后并未搅拌，好似要等它自己溶化。

"把糖放进去，不搅拌吗？"司婳一直暗暗地观察着他，有些好奇。

"从苦涩逐渐变甜，岂不是更有意思？"他左手端起碟子，右手握住杯耳，动作优雅。

上大学做兼职那会儿，司婳为了攒钱去工作，接触了许多人，有大学生、普通白领，还因贺延霄而结识了不少生意人，但没有一个人能跟言隽相提并论。

言隽这个趋近于完美的男人，一言一行都让人挑不出错。有时候，司婳看着他，有种不真实的感觉。

捕捉到她专注的眼神，言隽托着咖啡碟，脸上露出笑容，问："在看什么？"

"你。"

"好看吗？"

"还挺好看的……"

心里话脱口而出，司婳回过神来后当即愣住了。

她下意识地摸了摸脸颊，有点儿烫。

对面的男人嘴角上扬，放下咖啡杯，道："走，带你去下一个地方。"

刚才还一言一行都礼貌到位的男人忽然间变了个样，将她拉出咖啡店，奔向海边。

司婳今天穿着平底鞋，为了避免沙子进去，刚到沙滩就把鞋子脱了拎在手上。

"我们来这里干吗？"她往前走了两步，脚底沾满了沙子。

“今天天气不错，带你来晒晒太阳。”褪去优雅外衣的言隽跟她一样不拘一格。

司婳突然觉得这个站在云端的人来了地面，与她同行，二人间的差距正逐渐消失。原来，这个男人并非不可接近。

司婳抬头望向天空。阳光有些刺眼，她抬起右手挡了挡。

她来过海边许多次，往常都是独自带着画板或者笔记本过来。那时候，她满眼都是风景，却只能看到表面，没有用心地感受过晴空有多暖、白云有多柔、海风有多轻、沙滩有多软。

她开始反思自己。

她心里太难过，表面却生活得十分平静，这反而代表着那一道道伤口正在腐烂。

她明明想要摆脱曾经带给她痛苦的人与事，实际上却一直被过去束缚着，哪怕离开那些人、离开那座令人悲伤的城市也无济于事。

她始终没能放过自己，更不知道要如何从痛苦的回忆中跳出来迎接新的生活。

“司婳。”

沉浸在回忆中的司婳忽然听到自己的名字，下意识地回头。

“你看。”男人又道。

他侧着站在她前方，左臂弯曲，修长的五指微微张开，右手在后方轻轻摆动。

五颜六色的泡泡从他的掌心飘出，像一个个大小不一的水晶球漫天飞舞。

绮丽的景象吸引了司婳的全部注意力，她慢慢转过身子，一步一步走向言隽，不由自主地伸出手去接泡泡。

那些五彩缤纷的泡泡在触碰到身体时瞬间炸裂，形成水印落在衣服上、手臂上。

“你是怎么做到的？”司婳惊喜地望着他。

言隽放下手，故作神秘地道：“小魔术。”

“天啊，到底还有什么是你不会的？”司婳瞬间对他充满崇拜。

这时候，一个小男孩儿跑到言隽身边，扯住他的衣摆，道：“哥哥，我的泡泡机……”

言隽蹲下身跟小男孩儿说话：“小朋友，咱们说好的，你把泡泡机借哥哥一会儿，待会儿哥哥给你买糖果。你怎么说话不算话呢？”

“我妈妈说了，给我糖果的陌生人都是坏人！”小男孩儿振振有词。

言隽极有耐心，指着自己的脸，笑着问道：“你看哥哥这模样，像是坏人吗？”

小男孩儿皱起眉头看了看，一脸严肃地道：“我妈妈说了，越好看的男人越会骗小孩儿！”

言隽哭笑不得，只能将泡泡机还给小朋友。

司婳难得看见言隽被一个小孩儿逼得词穷的模样，一下笑出声来，道：“言隽，你真的骗人了。”

“有吗？”言隽专注地看着司婳明媚的脸，心情舒畅，踩过细软的黄沙向她走去。

“有！”司婳指着衣服上还未消失的水印，义正词严地道：“你骗我说自己会魔术！”

“啊……”言隽悄悄抹掉指间残留的泡泡水，露出一副认栽的表情，道，“看来刚才那个小朋友也不算冤枉我了。”

从榕城到景城，这么多天过去了，司婳第一次真正地、发自内心地感觉快乐。

第四章

司小姐愿意与我同行吗？

那天之后，言隽又离开了滨城。

司婳每天回到“四季”时，总会想起这个来去自由、行踪不定的朋友，主要是惦记他做的美食。

不知道从哪天起，司婳没有再去小食堂，而是自己买了米和菜放进冰箱，真正地把“四季”当成了自己的小家，开始认真地迎接新的生活。

十二月，其他城市早已进入寒冷的冬季。

柯佳云在电话里抱怨道：“早上我是真的不想起床，一离开温暖的被窝就感觉自己掉进了冰窟，差点儿被冻死！”

她夸张地描述起榕城的冬天，实则是因为她比一般人更加畏寒。

司婳接话道：“我这边还好，白天特别暖和，晚上会降温，但气温跟秋季差不多。”

柯佳云羡慕不已，说要去滨城旅游。司婳当然欢迎。

二人又聊了一会儿，司婳道：“好了，午休时间快结束了，我下午有课，先不跟你聊了。”

司婳挂了电话，开始准备下午的课程。

下午她有一堂课，是教三年级的小朋友。虽然她的学生大多不到十岁，但她在教孩子们画画时并不敷衍，竭尽所能地利用课堂上的每一分每一秒向他们传授知识。

虽然这点并非所有孩子都懂，但只要有几个天赋高的学生在认真学，司婳就觉得自己的心血没白费。

司婳的课排在下午第一节。她正准备去教室的时候，数学老师忽然过来，说今天下午有事要早点儿离校，希望能跟她交换一下上课时间。

这并非什么大事，司婳同意了对方的请求。

美术课被调成下午的最后一堂课，那些期待放学的孩子有些心不在焉，把美术课当成能玩耍的自习课了。

眼看着就要到下课时间了，一个女同学突然跑到讲台上对司婳道："司老师，李元洲说他肚子疼。"

司婳跟着小女孩儿走过去，见一个小男生捂着肚子，看着十分难受。

下课铃声响了，司婳喊了声"下课"，其他同学迫不及待地背着书包跑出教室。

司婳将李元洲送进医务室。

校医检查之后，当即建议司婳把孩子送去医院。

见校医一脸严肃，司婳不敢耽搁，赶紧带着孩子去外面打车。

"李元洲，你记得你爸妈的电话号码吗？"

李元洲迷迷糊糊地躺在司婳的怀里，可能是没听见她说话，也可能是没力气了，反正没回应她。

司婳着急地拿出手机，想打电话给班主任，却手指一滑，不小心打给了言隽。

司婳还没来得及挂断电话，言隽就接了电话，问："司小姐？"

"不好意思，我刚才打错了……"

"出什么事了？"言隽听见她紧张的声音，立刻察觉出有问题。

司婳言简意赅地把李元洲的事说了，道："我正要带着孩子去医院。"

言隽回道："我马上过来。"

司婳没细想言隽话里的意思，挂断电话后重新打给班主任，拿到了李元洲妈妈的联系方式。

李妈妈听说孩子生病了，急得快哭出来了，却无法立即赶回来，对司婳道："我现在在外地，马上赶回来，麻烦您帮忙照看一下李元洲。"

李妈妈没法立即过来，再加上李元洲是单亲家庭出身，司婳这个当老师的只能先顶上了。

车开到医院，司婳刚抱着孩子下车，言隽就出现在她面前。

司婳惊讶地道：“你怎么……？”

“晚些再说，先把孩子送进去！”

言隽从司婳的手中接过李元洲，把孩子抱进医院挂急诊。

医生一看孩子的情况，脸色就沉了下来，道：“你们怎么当父母的？孩子病得这么重了，你们才送过来！”

“我们不是……”

不等他们解释，医生便出声打断道：“赶紧把孩子放到床上。”

一切以孩子的健康为重，司婳便没多说。

幸好李元洲的病不会危及性命。

等李元洲的妈妈赶来时，天色已经黑透了，司婳终于能将孩子交还给他的母亲了。

司婳和言隽从医院出来，一看时间，快晚上九点了。

“还好没什么大事。”司婳长舒了口气，想了想又道，“刚才那个医生脾气急了些，你别把他的话放在心上。”

“我看起来像是那么爱计较的人吗？”言隽笑道。

“是我说错了。”司婳微微一笑，语气变得轻快。

她摸摸肚子，感觉已经饿得前胸贴后背了，道：“我肚子饿了。”

“要不在外面吃点儿东西再回家？”言隽提议道。

“我能先在外面吃一点儿，回家后再吃大餐吗？”她没注意到有什么不对劲的地方，脑子里已经浮现出言隽做的那些美味佳肴了。

言隽笑道：“可以，如果你能忍住的话。”

言隽这么说，司婳倒不好意思了，道：“开玩笑的。走吧，今天辛苦你了，我请客。”

两人吃完晚饭，时间有些晚了，回到四季民宿时已经晚上十点了。

他们经过长廊时发现路灯在闪烁，司婳有些担忧，问：“这灯不会要坏了吧？”

“没事，明天找人来换新的。”言隽就在她身旁，安慰她道。

两人同行时，非特殊情况，言隽一定不会让她走在自己后面。

“真羡慕你们。我晚上走到这儿时，就算头顶有路灯也看不清。”司婳有些感慨。

听出她话中的遗憾之意，言隽抬头看了一眼路灯，目测出路灯的高度，突然道：“我知道了。”

“什么？”司婳扭过头，没听懂他这句没头没尾的话。

“暂时保密。”他神秘地一笑，视线从路灯上移开，继续向前走去。

司婳撇嘴，没想到言隽学会在她面前卖关子了！

“言先生这次来打算待几天呢？”她想算算自己能吃几顿他做的饭。

“一天。”言隽回答得干脆。

“这样啊！”司婳觉得有些可惜。

“其实这次回来，我的确有件事想跟你说。”言隽放慢脚步道。

司婳跟着停下，问：“什么事？”

位于明亮的大门与朦胧的路灯之间，言隽注视着她的眼睛，诚恳地发出邀请：“我正在计划一次雪山之旅，司小姐愿意与我同行吗？”

司婳很惊讶，没想到自己期待的机会来得这么快。但作为一名非常有责任感的美术老师，她遗憾地道：“我现在没假期。”

“元旦放三天假，而且你是美术老师，临近期末的时候学校会停掉艺术类的课。”言隽告诉她。

元旦后老师和同学都开始为期末考试做准备，司婳这个美术老师的课程就会减少，甚至直接被停掉。这样算起来，司婳的时间是充裕的。

她不知道言隽为什么比自己还清楚学校的规矩，但对雪山之旅的邀约有些心动……

“可以让我考虑一下吗？”司婳不是个冲动行事的人，做事都会经过思考，就好比现在。

“当然可以。”言隽点头道。

两人一前一后进了各自的房间，十分默契，没有打扰对方，这也是司婳住在这里觉得自在的原因。

司婳回到卧室后才看到柯佳云几个小时前发来的信息，柯佳云说了一下工作室下个季度的工作计划。

司婳明白，柯佳云是在提醒她早日回归。但她清楚，现在不是时候。

司婳站在窗边，犹豫着怎么回复柯佳云，窗外“唰”的一下变成黑漆漆一片。

她房间的窗户正对着长廊，她抬头一看，那边的灯全都灭了。看来应该不是灯泡坏了，而是电路出问题了。

她暗自庆幸，幸亏现在不需要出门，明天请人来修应该来得及。

第二天，司婳照常去学校上课，经过前台时跟小娜提了一下检查电路的事。

下午，李元洲的妈妈因为儿子的事感激司婳，特意来学校找她，非要请她和言隽吃顿饭，表示感谢。

司婳推托不了，便给言隽打了个电话，言隽说有事来不了。最后，司婳单独赴约。

李元洲妈妈十分热情，拉着司婳说了许多，最后还拜托她在学校里多多照顾李元洲。

司婳实在不忍拒绝这位单亲妈妈，陪她坐了许久，听她说了很多话。二人离开饭店时，天色已晚。

司婳回到四季民宿，仍是小娜守在前台。

司婳问："长廊那边的电路修好了吗？"

"司婳姐，你终于回来了！"小娜兴高采烈地跑到司婳身边，神神秘秘地附在她的耳边说，"有个大惊喜！"

小娜拉着她快速奔向长廊。可是，长廊那边一片漆黑。

司婳有些失望："灯还没修好啊？"

"不不不！"小娜推着司婳的背，道，"你继续往前走。"

司婳穿过拱门踏进长廊，前方的景象发生了变化。

不仅长廊两侧突然发光，而且她脚踩过的每一个地方都被灯点亮，一条发光的长廊出现，司婳的眼睛都被点亮了。

司婳一步一步向前走去，走向长廊尽头的言隽。

他穿着单薄的衬衣，挽起袖子，正蹲在地上安装最后一盏灯。

听到熟悉的脚步声，他没抬头就猜到了来人是谁，忽然问："能看清了吗？"

"能。"司婳听到自己的声音在颤抖。

"那么现在，司小姐考虑同我一起参加一场雪山之旅了吗？"

最后一盏灯被点亮，言隽缓缓起身，身形颀长，充满让人信赖的力量。

眼前的世界被照亮的那刻，司婳感到无比安心。

这一次，她终于在晚上看清了脚下的路。

与此同时，远在榕城的人已经查到了司婳的相关信息。

司婳隐藏了自己的行踪，将联系方式全部换掉，加上有柯佳云帮忙，秦续找司婳花了些时间。

秦续道："查到了，人在滨城。你打算什么时候去找她？"

贺延霄不急不缓地道："马上就是元旦了，等我在元旦前把手里的项目处理完了就去。"

贺延霄打算在新的一年来临时去找司婳，希望能跟她有个全新的开始。但他不知道的是，司婳在元旦来临前，带着行李跟言隽一起踏上了旅途。

司婳拿起手机订机票。她原本想跟言隽坐在一起，便按照自己的习惯，下意识地在经济舱中选座位。但是她突然想起之前贺延霄、秦续等人出行时，要么坐私人飞机，要么坐头等舱，那言隽会不会……

想到这儿，司婳停下手里的动作，没告诉言隽自己看中的位置，而是先询问对方："言先生选定座位了吗？"

"我觉得这几排的位置比较好，司小姐看看喜欢哪里。"言隽将自己的手机放到两个人中间，上面显示的是经济舱的座位。

司婳略感诧异，原来不是所有人都爱摆架子。

司婳同他开玩笑道："我以为你会选择头等舱。"

"飞机就是交通工具，坐在哪里都一样。"他自然不会说自己刚才偷看了司婳的手机屏幕，瞬间明白接下来该怎么选了。

于是，司婳毫无心理负担地选择了经济舱里靠窗的位置。

旅游费用是司婳自己出的。言隽很了解她，没有要承担她的旅行费用。但两个人一起吃饭或买东西时，言隽总会先她一步结账，既不会让人觉得他小气，又表达了对司婳的尊重。

上飞机没多久，司婳就调整座椅眯起眼睛。跟言隽待在一起时，她总是会不自觉地放松下来。

飞机飞行平稳后，空姐推着餐车为乘客分发早餐。言隽转头看了看睡着的司婳，一时不知该不该把她叫醒。

餐车推到他们这排座位时，司婳立刻睁开眼。

"想要什么？"言隽问她。

"面条。"司婳要了一份面和白开水，言隽替她接下东西后放在小桌板上。

司婳摸了摸餐盒，食物还是温热的。她听见后排一个中年妇女抱怨飞机餐难吃，下意识地瞄了眼旁边的言隽。他正在吃东西，没有半点儿不适的感觉。

这个男人到底是一个什么样的人呢？他穿着定制款服装，却完全不会觉得自己高人一等，总是温柔、平和地接受生活中的一切。

迅速吃完早餐，司婳掩唇打了个无声的呵欠。

旁边的言隽也放下了叉子，问她："想睡觉吗？"

"还有点儿困。"她早上起得早，这会儿累了。

"你先睡一会儿，还有一个多小时才到。"言隽看了眼时间，将司婳桌上放的包装袋全部移到自己的桌上，等待空姐过来。

"好。"

司婳说完又打了个呵欠，随后重新闭上眼。

半梦半醒间，司婳好像听见有人在耳边说了什么，但没听清，又沉沉地睡了过去。

其实是言隽问空姐要了一条毯子，为司婳盖上了。

司婳中途醒过一次，脖子歪得有些疼。

她为避免睡意被打断，立刻闭上眼，寻找舒适的"枕头"后沉沉地睡了过去。

肩膀被当成枕头的言隽保持姿势，扭头望着身边的司婳，嘴角露出浅笑，心想：这座位可比头等舱好多了。

一个半小时后，飞机平稳落地。

司婳缓缓睁眼，意识逐渐回笼，淡淡的清香萦绕鼻间。她想动动手臂，忽然察觉到有什么地方不对劲，忙不迭地从兜里摸出纸巾擦拭嘴角，扭头一看，两只眼睛都瞪直了。

她干了什么？

她醒来时发现自己靠在别人的肩上就算了，言隽的衣袖上为什么还留下了……口水？

司婳尴尬得想死。

她就不该在睡前喝那杯水！

"睡好了吗？"言隽低头看她，视线刻意避开自己的衣服，好似没发现异样。

"好了……"司婳心虚地鼓了下腮帮，尴尬得连道歉都不好意思。

“那我们现在把毛毯还给空姐，好吗？”言隽不慌不忙地打破尴尬的局面。

“我怀疑你是在哄小孩儿。”司婳将身上的毯子取下来，与言隽一起起身往外走。

“女孩子就应该被哄。”他一边走，一边慢条斯理地接话道。

司婳眼珠一转，故意问道：“你知道哪种人会常说这种话吗？”

“嗯？”言隽挑眉问。

司婳附在他的耳边轻轻说了两个字。

在言隽错愕的眼神中，司婳先行离开。

回过神来的言隽无奈地一笑，脚下速度加快，紧随其后。

拿到行李箱后，司婳问：“我们打车过去吗？”

“不。”言隽轻轻摇头，拎着行李箱与她同行，“你跟着我就好。”

下一秒司婳就知道那句话的意思了，有位自称言隽朋友的人亲自开车来接他们。

坐到舒适的车里后，司婳在心里感叹：被人安排得明明白白的感觉真好。

车主坐在副驾驶座上，旁边是专职司机。

司婳偷偷打量车主，对方也扭过头来看了司婳一眼，问：“隽哥，这位是……嫂子？”

“不是，我们只是朋友。”司婳立即解释。

“别不好意思嘛，小姐姐！自我介绍一下，我叫宋俊霖。”大男孩儿似的宋俊霖撩了下额前的韩式刘海，继续道，“丰神俊朗的俊，雨下双木的霖。”

“你好，我叫司婳，女字旁的婳。”司婳学对方，解释了一下自己的名字。

“小姐姐的名字真好听，跟我们隽哥好般配。”宋俊霖坐在前排笑了起来，看着有些傻。

“我们不是……”

对方过分热情，这让司婳稍感不适。

言隽立刻道：“俊霖，适可而止。”

宋俊霖耸了耸肩，换了个话题：“最近雪山上刚好要举办个活动，你们可以去看看。”

言隽："东西都准备好了？"

"当然，你们俩的东西我都准备好了。"宋俊霖打了个响指。

"还有我的东西？"司婳小声地问旁边的言隽。

言隽解释道："是滑雪服之类的东西，都是能用上的。"

司婳点点头。

她去滨城时就没带多少行李，根本没准备厚衣服，打算在上山前买或租，没想到言隽托人提前准备好了一切。

车开进停车场，宋俊霖递给言隽一把车钥匙，指着一辆银灰色的车道："隽哥，那是你要的车，东西都在车里。"

言隽拿了钥匙，先把她的行李箱从后备厢里取出来，放到那辆银灰色的车上，再检查一番车上的东西。

车上有防寒的厚衣服、滑雪的工具，还有一些到时候可能会用到的工具，甚至还有保温瓶。

"隽哥放心，我是按你给的清单买的东西，保证只多不少。"宋俊霖站在车边道。

"谢了！"言隽拍拍他的肩膀，两人的关系似乎很好。

司婳掩唇轻笑，没发出声音。

司婳上车前，宋俊霖还热情地对她道："小姐姐，回来后找我玩啊！"

司婳愣了愣，正要回话，言隽便不着痕迹地打断道："司婳。"

司婳立刻礼貌地对宋俊霖笑了笑，道了声谢后，随言隽上了车。

车上，司婳打开导航程序看了看，道："现在上山的话，到酒店差不多中午十二点。"

言隽回道："开车要花一个多小时，到那边刚好吃午饭。"

路上，两人不需要刻意寻找话题都能聊起来。

"你到底是哪里人啊？"司婳问道。

算起来，这是他们同游过的第四个城市了。

"很好奇我的事？"他笑了笑，双手扶着方向盘，靠右转了个弯。

"感觉到处都是你的朋友。"

"宋俊霖是我在国外参加荒野求生挑战时认识的，当时我们被分到了一个队……"

旅途中，言隽大大方方地跟司婳分享自己的所见所闻，一个故事接着一个故事，司婳仿佛打开了新世界的大门，越听越认真，几乎忘记时间。

“然后呢？”司婳将双手交叠放在身前，特别认真地追问道。

“然后啊……”

言隽语调上扬，司婳立马挺直了背，一副好学生认真听课的姿态。

言隽忽然转身，替她解开安全带，道：“然后我们该下车了。”

沉迷于故事的司婳这才回过神来，发现不知道什么时候车已经停下了。

他们已经到目的地了。

“太精彩了，我都忘记时间了。”司婳感慨道。

男人扬唇一笑，不慌不忙地道：“下次讲给你听。”

“好，一定！”司婳生怕对方反悔，抢着跟他约定好，双眼亮得发光。

他们预订的酒店在景区里，两个人的房间紧挨着。

他们办好入住手续后，老板递过来两张门卡，道：“房间在三楼。”

两个人分别放好行李，同时出门，准备下去吃午餐。

酒店自带餐厅，两人刚坐下就见一个小男孩儿迈着小短腿走了过来，手里抱着一份菜单。

“小朋友，你几岁了？”司婳很喜欢孩子，主动问道。

“我今年三岁了。”小孩儿奶声奶气地回答问题，胖乎乎的小手扬起菜单，将其放在司婳的腿上。

这个小孩儿是酒店老板的孩子。

老板赶了过来，把小家伙抱走，道：“不好意思啊，我家孩子调皮，打扰你们了。”

言隽、司婳笑了笑，没太在意。

现在正是饭点，吃饭的人多，小桌坐满了，只剩下大圆桌。司婳和言隽相邻而坐。

没多久，那个小家伙又跑了过来，刚好站在两人座位间的空隙处。

老板再次去拉孩子，小家伙“啊啊啊”地叫了起来。老板连忙道歉：“不好意思啊，我家孩子打小就喜欢亲近长得好看的人。”

“没关系，孩子很可爱，就让他留在这边吧！”

听司婳这么说，老板松了手。

小家伙天真烂漫，向言隽伸出双手，想让言隽抱他。言隽心领神会，将孩子抱起来，看向旁边的司婳，与她相视一笑。

咔嚓！一位刚走进餐厅的摄影师用相机拍下这个温馨的画面，随后低头看了看抓拍的照片，满意得不行。

敏感的司婳看了摄影师一眼。

摄影师走到他们身边，道："非常抱歉，未经允许拍了你们的照片，不过刚才那个画面实在是太美好了，我不想错过。"

同为摄影爱好者的言隽深深地理解他的心理，还觉得对方能主动上前解释，挺有礼貌的。

"我没关系。不过，你需要征求这位小姐的意见。"言隽指向司婳。

"你们不是一家三口吗？"摄影师难以相信。

言隽解释一番后，对方才搞清三个人的关系，最终如愿以偿地留下了照片。

摄影师走后，司婳委屈地道："我看起来有那么老吗？怎么总被认成别人的妈妈？上次是李元洲的妈妈，这次又成了三岁孩子的妈妈。"

"别担心，你很年轻。"言隽笑了笑道。

下午，两人在酒店周围随便逛了逛，便早早地回房休息了。

第二天早晨，司婳惊奇地发现天空在飘雪，完全应了"未若柳絮因风起"那句诗。

酒店外的空地上铺满了白雪，上面有路人踩踏留下的脚印。言隽拿起一顶黑帽子套在她的头上，道："走吧，今天的旅程开始了！"

他们步行前往附近的雪林。

雪地湿滑，有车经过，司婳主动避让时差点儿摔跤。言隽立刻扶住她的胳膊，道："小心点儿。"

"谢谢。"司婳借力支撑才得以站稳。

"牵着我。"言隽立即道。

司婳小心翼翼地牵住了他的衣袖。

二人一路前行。司婳看见了一个银装素裹的世界，伸出手，雪花飘落在手上。她感慨道："好久没见到这么大的雪了。"

雪地上，大家的衣服颜色多样，与这片白色天地形成鲜明的对比。司婳看到许多陪伴孩子的父母正在堆雪人，而旁边的孩子拍手大笑。

这一幕令她回忆起从前的事。她慢慢地低下头，道："小时候跟爸妈一起来过雪场，他们也会带我堆雪人。我记得那时候爸爸妈妈给我堆了好大一个雪人。"

那时她还小，印象中的雪人就显得很大很大。小司婳一闹别扭，爸爸就会笑着将她高高地举起来。后来，雪人融化了，妈妈离开了，曾经宠爱她的爸爸也……

司婳的心中泛起阵阵痛感，情绪变得低落。

“你要是喜欢，我们可以自己堆雪人。”言隽敏锐地察觉到她情绪的变化，提议道。

司婳摇了摇头，深吸了一口气，试图将情绪调整好。

突然，一个雪球砸到司婳的肩上，司婳捂着肩转身，盯着“偷袭者”。

只见前方站着一大一小两个男生——言隽和一个胖乎乎的小男孩儿。

三个人大眼瞪小眼。

“姐姐，是他扔的！”小男孩儿立即指了指言隽，扭头跑了。

言隽摊了摊手，没有否认。

“没关系，我知道言先生肯定不是故意的。”司婳露出一副善解人意的表情。

言隽松了口气，以为事情就这么过去了，正要转身时，司婳悄悄地抓了一把雪藏在身后，一步一步向言隽靠近。

“言隽！”

她站在言隽身后叫他的名字，言隽下意识地回头。

司婳深吸一口气，一把将手中的雪拍在了他的脸上，一字一顿地道：“报仇了！”

“这么记仇啊……”言隽哈哈大笑起来，手指擦过脸颊，抹掉鼻尖的雪，突然露出一个不怀好意的笑容。

司婳浑身一颤，莫名觉得突然有股冷风吹了过来。

下一秒，一个个雪球朝她砸了过来。

司婳迅速弯腰做雪球，将一个个雪球砸向言隽：“你是小孩子吗？”

“没有规定小孩子才能打雪仗。”

“你先动的手！”

“有证据吗？”

突然被拉入某种氛围中，一开始就难以停下，最后司婳虽然累得气喘吁吁的，但心情畅快极了。

看着她被冻得通红的小脸，言隽终于举手投降：“我认输。”

“你认输就对了！”司婳笑着将未扔出的雪球扔到地上。

“现在也不晚。”言隽笑了笑，朝她走过来。

司婳下意识地后退。

"没雪了。"言隽摊开双手以证清白，司婳这才默许他靠近。

言隽过来后先是替她拍掉帽子上的雪，然后是衣服上的雪，最后是裤子上的雪。

"衣服都湿了！"她理直气壮地控诉道，没察觉到自己正向另一个人展露自己的真性情。

"不用担心，这件衣服防水。"

"你是不是早有预谋？"司婳问道。

"那可真是冤枉我了。"他再聪明也不可能提前知道司婳看见雪人后会情绪低落。

好在他们刚才打了一场雪仗后，司婳完全忘记了先前的事。

言隽拍掉手臂上的雪花，环顾四周，指着一条向上的小道道："走，我们去那边！"

言隽走在前头，向后伸出手，道："把手给我。"

司婳垂眸，缓缓地向他伸出手，正想跟之前一样去拉他的衣袖，对方却主动把她冰冷的手握在手中。

"这里很滑，小心点儿。"言隽刻意跟她拉近距离，道，"你踩着我的脚印走。"

对方坦坦荡荡的，司婳也不想太矫情，踩着他的脚印稳稳地往上走。在这冰雪的世界里，那只大手格外温暖。

终于到了平地，司婳见四周都是结冰的树，好奇地问道："这边有什么？"

"大自然是很奇妙的，仔细观察，你会发现常人看不见的美丽之处。"言隽随手一指，问，"你看这块冰的形状像什么？"

两根短短的枝丫外包裹了一层冰，司婳仔细瞧了瞧，抬头与他对视一眼，试探性地发表自己的看法："像蝴蝶的翅膀？"

"听说过破冰成蝶吗？"言隽用手指碰了碰枝丫，道。

"动漫里见过，算吗？"司婳反问。

他回道："下次让你看更漂亮的。"

"现实里真的有吗？"司婳立即信了他的话，兴致勃勃地道。

"下次给你看。"言隽决定保留些神秘感，从背包里拿出相机，将这片景色留在镜头中。

司婳继续往前走，一边走一边道："这个也好看，可以拍下来。"

她沿途寻找美景，完全不知道身后的镜头已经从美景移向了美人。

司婳再往前走，这边的树还没完全被冻住。

她抬头一看，突然有松果从树上掉落，直接砸到她的额头上。

司婳“啊”了一声，下意识地抱住脑袋，摸着额头正想说什么，回头就见言隽将相机对着她。

司婳脑袋一歪。

言隽冲她一笑，道：“不好意思，录了个视频。”

司婳：“……”

司婳没听出言隽的话里有半分道歉的意思，非但如此，言隽还当着她的面看起了视频。

视频里，被松果砸到头的司婳表情呆呆的，看着既可爱又滑稽。

司婳赶紧伸手挡住屏幕，道：“快删掉！”

“不行。”言隽摇头，脸上满是无害的笑容。

“删掉！”司婳直接动手，想抢相机。

察觉到她的意图，言隽将相机举高。两人身高差距大，司婳连蹦带跳，够得着相机却抢不到。

“别跳了，容易摔跤。”言隽直接伸出另一只手，按住她的脑袋。

对司婳来说，这句话伤害性不大，侮辱性极强。

司婳指着相机道：“那你赶紧把视频删了！”

“不行。”他面带微笑，继续摇着头，仍是那句话，连语调都没变。

“言隽！”司婳怒了，继续抢相机。

二人打闹间，司婳脚下一滑，失去平衡，身体往前扑，一下将言隽推倒，他们一起摔倒在雪地上。

司婳的鼻子被言隽坚硬的胸膛撞得通红，等她回过神来时，发现自己正以一种极其尴尬的姿势趴在言隽的身上。

她瞬间觉得大脑一片空白，最后只剩一个念头：

她把言隽扑倒了！

司婳正想爬起来，一对情侣突然出现在他们旁边，场面一度十分尴尬。

“不好意思，打扰你们了……”那对小情侣赶紧道歉，男生拉着自己的女朋友按原路返回。

司婳尴尬地笑了笑，耳边传来小情侣清晰的对话声：

“他们玩得这么刺激，不冷吗？”

“刺激是刺激，就是容易伤身。宝宝，咱们不学他们啊！”

司婳顿时涨红了脸，心想：就算你们要瞎说，能不能走远了再说？

司婳羞得面红耳赤，就在这时，一双大手突然贴住了她的腰。司婳整个人僵硬到无法动弹。

“再不起来，我就得进医院了。”言隽的话中带了一丝笑意。

司婳赶紧翻身从他的身上下来，跪在一旁的雪地上。

她的帽子不知何时滚落到一旁，雪花飘落在她乌黑的发上，她的双耳红得似要滴下血来。

司婳尴尬得想找个地缝钻进去，自己怎么能干出这么蠢的事？

言隽单手撑着雪地起身，摸了摸背包，一把将跪坐在地上的司婳拉了起来。

待她站稳后，言隽捡起落在旁边的帽子，拍掉上面的雪花，重新替她戴好，叮嘱道：“虽然衣服防水，但还是得注意保暖。”

司婳抬手扶了扶帽子，心绪难平，心想：这人看着是温润儒雅的绅士，力气还挺大。

做了亏心事还被照顾得如此周到，司婳心虚地不敢跟他对视，朝别处看了看，发现相机还在地上。

她赶紧弯腰把相机捡起来，递给言隽道：“相机不会摔坏了吧？”

“啊……有可能。”言隽接过相机，手指按着上面的按钮。

“对不起，我会赔给你的。”司婳立刻道歉。

早知道会闹出这么大的笑话，她是怎么都不会跟言隽抢相机的。

“相机本身不重要，重要的是里面的照片。你想怎么赔给我？”言隽一只手拿着相机，另一只手扶着镜头，一副誓不罢休的模样。

司婳咬着唇，抬头看他，小声问：“真的坏了吗？”

言隽看着她被冻得红通通的脸颊，失神了片刻。他发现自己无法再向她撒谎，哪怕是用开玩笑的语气。

又一颗松果落到地上，刚巧砸到言隽脚边。他往后退了几步，低下头，避开她的视线。

“没坏。”言隽重新启动相机，屏幕亮了起来。

司婳气得将手叉在腰上，随后捡起雪地上的松果，在手里掂了掂，弯起嘴角道：“言！隽！”

言隽眼皮一跳，就见司婳朝他跑了过来。

雪地上上演了一出追逐大戏……

最后，那颗松果没被抛出去，被他们带回了酒店。

吃完晚饭，司婳坐在房间的飘窗上，拿出素描本，随心勾勒出一幅雪景图。

手机铃声打断了司婳的思路，她拿起手机一看，是柯佳云。

司婳接通电话，柯佳云的声音传来："亲爱的，这几天过得怎么样？"

柯佳云一直关注着司婳的情况，希望她能早日恢复状态。

"比之前好了些。"

司婳今天玩得挺开心的，比之前放松许多，画画时几乎不用特意思考就能落笔。她脑子里自动浮现出今日的所见所闻，自然而然地将它们画了出来。

"太好了！"柯佳云松了口气，问，"有新的设计图吗？"

司婳顿了顿，道："我很抱歉。"

"没事。"柯佳云迅速转移话题，"过两天我打算去滨城旅游，到时候咱俩一起。"

"那个……我不在滨城。"

接下来的几分钟里，司婳交代了自己来雪山旅游的大致情况。

"你跟民宿的老板一起去的？"柯佳云越听越觉得不对劲，"男人才不会无缘无故地对你好，除非另有目的。"

"他本身就是个温柔善良的人。"

在司婳心中，言隽对所有人都很体贴，自己并不特别。而且，言隽的旅行故事中从不缺女性的身影，司婳只是其中之一。

"那你呢？你为什么答应跟他一起去？你对他有好感吗？"在柯佳云的记忆中，司婳很少与异性来往。答应跟男人单独旅行不像司婳的作风，除非……

"不是你想的那样，我就是觉得自己好像遇见了知音。"司婳立即解释道，"他见多识广，无论别人跟他说什么，他都能接上两句。我跟他聊得来，是好朋友。"

司婳知道，跟一个人相处时，如果对方的言谈举止让人感到十分舒适且挑不出错的话，一定是对方的情商高于自己。

而且，作为一个注重细节的人，司婳不得不承认，温柔、细心的言隽对她有极大的吸引力。她认为言隽是一个值得交往的朋友。

听司婳这么说，柯佳云打趣道："好吧，两个灵魂互相吸引的人一起旅行，真的好浪漫！"

“佳云，你怎么还不信呢？我们真的没什么。”司婳有些急了。

“我信我信！”柯佳云连忙道，“希望你能借此机会好好放松，早日调整好状态。”

“但愿如此。”

跟柯佳云聊完，司婳放下素描本，转头看向窗外的夜景。

跟贺延霄分手之后，她没想过再谈恋爱，更没自恋到认为言隽喜欢自己。言隽那种足迹遍布全球、广结天下好友的男人怎么会喜欢她这种被困在小圈子里的女孩儿？他顶多是觉得遇见了谈得来的朋友罢了。

她宁肯相信这一切都源于缘分。

况且，她内心敏感，缺乏安全感，跟那样厉害的人在一起，自己应该完全招架不住吧。

窗外灯光一闪，司婳晃了晃脑袋，吐槽自己怎么会想这些乱七八糟的事……

她给自己倒了杯水，却因为喝得太急呛到了，一直咳嗽。

她将杯子放到桌上，不小心碰掉了桌上的松果。司婳一边拍着胸脯顺气，一边弯腰去捡松果，眼前突然浮现白天发生的场景。

她意外地扑倒了言隽，鼻子撞上他坚硬的胸膛，随后，他的手放到了她的腰上。

她从小到大，父母教了她许多礼仪方面的知识。哪怕是在贺延霄面前，她都尽量维持着自己有礼有节的形象，从未如此失态。

她今天可真窘！

第二天，两人带上装备去了滑雪场。

路上，言隽同她讲起之前跟朋友在雪地里遇到的趣事，司婳听得津津有味。

他讲述时像是在说故事，能够勾起听者的兴趣，不会因为沉浸在回忆中自得其乐而忽略听者的感受。

滑雪场就在前方，司婳知道这次的故事听不完了，道：“上次的丛林冒险故事都没讲完，这次的雪地故事又无法讲完。你干脆出本游记。”

“有趣的故事，当然要讲给听得懂的人听。”

“所以我是那个人吗？”

“当然，你绝对是个很棒的倾听者。”

得到认可是件值得开心的事，司婳忍俊不禁。

他们很快就办理好手续，进入滑雪场。

言隽滑得十分熟练，司婳却摇摇头，有些担忧地道："我以前滑过，但现在恐怕不行了。"

司婳握着滑雪杖，双脚踩进滑雪板。她并非第一次滑雪，但许久没滑了，动作有些生疏，不敢直接往下冲。一想到言隽要放手，她就忍不住直哆嗦："要不然我去找个滑雪教练教我一会儿，你自己先玩？"

"免费的教练站在你面前，你不知道找我帮忙吗？"言隽主动上前道。

"你滑得很好吗？"司婳握紧了手中的滑雪杖。

"前几年认识了一个滑雪教练，他想介绍我去他们的滑雪场工作。"言隽一本正经地道。

司婳："……"

人比人，气死人。

有言隽在旁边指导，司婳上手很快，逐渐适应了。

言隽尝试放开她的手，司婳缓缓向前滑行。她学会控制滑行方向了，有些得意地道："我会了！我就说我学得很快。"

"很厉害，不过你要小……"言隽话还没说完，司婳突然无法控制速度，身体一歪，摔倒在地。

她隔着滑雪服揉了揉屁股，侧身，手撑着雪地尝试起身。

言隽来到她身边，向她伸出手，道："牵着我。"

这次，司婳毫不犹豫地将自己的手交到他的手中。有人牵着，司婳的胆量变大了些。

经过陡坡，司婳忍不住尖叫。但手被稳稳地牵着，她立刻觉得安心了不少。

滑到开阔的区域，司婳逐渐熟练，从紧张到一往无前地冲向远方，将心底那些令人悲伤的往事抛到脑后。

司婳觉得头脑清晰了很多。世界很大，我们千万不要把自己困在目之所及的小天地里，要不断去探索，开阔自己的眼界，到那时就会发现，这世上永远有更值得我们关注的美好事物。

从滑雪场出来后，司婳累得不行，但整个人的心境发生了翻天覆地的变化。

"今天累了吧？早点儿休息。"

“明天我们还要干什么？”

“白天坐索道看看风景，晚上去参加附近举办的活动。”

司婳愉快地同意了。她现在对言隽的计划完全没有疑虑。

次日，言隽带上相机，和司婳一起出了门。

这次言隽提前跟司婳打招呼了，司婳十分配合地任他给自己拍了不少雪景照。

对自己的长相自信的女孩子大多喜欢拍照，但司婳常听人说男摄影师喜欢用的拍摄角度不一定适合女生，一开始还有些担忧，怕言隽给自己拍出丑照。言隽每拍一张照片，司婳都忍不住凑到镜头前去看。但是言隽很快就用实力打消了司婳的顾虑。司婳指着屏幕感叹道：“这构图，这光线，绝了！”

言隽很懂被拍摄者的心思，脸上绽放微笑，道：“回去后我把照片发给你。”

晚上，二人一起去广场参加当地人举办的活动。现场很热闹，许多人去了那儿，但司婳跟言隽很快就发现他们大概不适合参加这种大型活动。

两个人没逛多久就不约而同地指了指出口，从人群中退了出来，回了酒店。

司婳惦记着自己的照片，敲响了隔壁的房门。

言隽开了门。司婳立刻问道：“现在能把照片传给我吗？”

“进来。”言隽让开一条道，让司婳进来。

他带司婳来到电脑前，将相机和转换器一并拿过来，把照片传到司婳的手机上。

照片画质清晰、占用内存大，导出速度有些慢，言隽让司婳坐下慢慢等，然后去给司婳拿饮料。

司婳趁机偷偷把被松果砸到头的视频删除了，在心里默默地给机灵的自己点了个赞。

言隽不知何时来到她身后，声音从她的头顶传来：“我有备份的习惯。”

司婳：“……”

这真是好习惯呢！

隔天，他们打算下午下山。

二人在酒店吃午餐时，那个才三岁的小男孩儿又缠着要哥哥、姐姐抱，司婳、言隽忍俊不禁。

因为在下小雪，言隽给车安装上防滑链才起步，如果一路顺利，他们一个多小时后就在山下了。

可人算不如天算，二人行至半途，突然遭遇意外状况。

狭窄的公路上，有一辆车的车轮卡进了转弯处的沟里，将路挡得死死的。

因为来这边游玩的人较多，后面不知情的车辆陆续开了过来，都堵在了路上。谁也没料到会这样。

最后，雪山景区的工作人员出面，指引车辆一辆辆倒回去，疏通道路。

天公不作美。没多久，天空忽然落了雪，地面很快覆盖上一层层雪花，景区甚至下达了安全出行通知，建议大家暂时不要开车回去。

言隽和司婳等了半个小时，情况依旧没有改善。言隽迅速做出判断，道："今天不能下山了。"

"安全重要，要不然我们多住一天吧？"司婳想重新预订房间，却发现周围的酒店都没有空房了。

言隽想了想，提议道："给之前那家酒店打电话试试。"

因为那个三岁的小家伙，司婳、言隽跟酒店的老板聊了不少，也算混了个脸熟。在这种特殊情况下，言隽觉得对方说不定能帮上忙。

酒店的电话打通了，正好是那个老板接的。对方刚要拒绝他们，看见系统突然弹出的提示，立即改口："你们运气好，刚好有一间客房空出来了。"

"只有一间？"

"是，现在房间很紧张，你们要不要？"

"我们要！麻烦了。"言隽立即做了决定。

折腾一番，他们最终还是回到酒店，住进了一间房里。

"这天气预报一点儿都不准。"司婳坐在房间的沙发上，看着最新的天气预报，发现温度越来越低了。之后的时间里，他们时刻关注着房间信息，但依旧没能订到别的房间。

"今晚只能将就了。"言隽抱歉地道。

这间房是复式楼，一楼有沙发，旁边的旋转楼梯接连着阁楼，大床在上面。两人一上一下，其实也不会太尴尬。

"你去上面睡床，我睡沙发就好。"司婳坐在沙发上，不打算挪位置。

“怎么能让女孩子睡沙发？”

“不用那么讲究，你睡沙发的话，腿都伸不直。”

言隽个子高，她看一眼就知道，这沙发不够长。

“你忘了我跟你讲过的那些故事了吗？比这更恶劣的环境我都待过。”

司婳很难想象这个外貌、气质都近乎完美的男人还有过狼狈的时候。大约是今晚的时机不对，司婳没心思听那些故事，言隽也没主动讲。

“现在情况不同嘛，而且我没有那么娇气，就这么说定了！”司婳直接躺到沙发上，盖好毛毯。

见她这般，言隽一动不动地坐在沙发对面的椅子上，提醒她道：“现在才六点钟。”

他们还没吃晚饭，她抢到位置也不可能现在睡觉。

晚上七点左右，两人去了楼下的餐厅，回来后言隽接了通电话，时间较长。司婳在一旁玩手机。

待言隽挂断电话回来，谁都没有先开口。房间里十分安静。

司婳坐在旁边轻轻地摆动着双脚，忽然想起什么，起身把行李箱打开，道：“对了，我画了一幅画，给你看看。”

她用两天时间完成了那幅素描。既然是两人共同见到的风景，她不介意跟言隽分享。

司婳很快将画递给言隽。

言隽双手接过画，低头看着铅笔勾勒出的雪景图，久久未言。

司婳有些不安，不太明白言隽这是什么意思。他为什么不说话？她随手画的一幅画，他需要看这么久吗？他是看不懂，还是在想应该怎么回答她才好？

不怪司婳会生出这样的想法。

她刚认识贺延霄的时候，贺延霄总是鼓励她坚持自己的梦想，不要随意向父母妥协。后来她才发现贺延霄并不欣赏自己的作品，分享欲逐渐降低，几乎很少在他面前提到画画。

司婳感觉刚才的行为有些冲动，将随手画的东西迫不及待地拿出来给别人看，未免也太丢人了。

司婳想打破这尴尬的气氛，正欲开口时，言隽忽然道：“我有个不情之请。”

“什么？”司婳有些好奇。

言隽停顿片刻，抬头看着她的眼睛，诚恳地问道："可以把这幅画送我吗？"

"你要这幅画？"司婳怀疑自己听错了。

"画得很好，值得收藏。"言隽双手握着画，道，"就是不知道司小姐愿不愿意。"

这么说，言隽是喜欢这幅画的。

司婳欣喜不已，道："你喜欢的话就送给你。"

"谢谢。"言隽致谢后，指着画的右下角道，"可以在这里留个名字吗？"

"等一下，我去拿笔。"司婳立即回道。她转身时胳膊忽然被言隽握住，随后听见他说："我这里有笔。"

言隽从背包里取出一支钢笔，笔身是宝蓝色的，笔盖的夹子上镀了银。

"你随身携带了钢笔？"司婳有些诧异。

"钢笔……"言隽拔下笔盖，将钢笔递给她，顺口回答，"钢笔是我最喜欢的书写工具。"

司婳握着钢笔，认认真真地写下自己的中文名字，字迹很工整。

"字写得很漂亮。"言隽称赞道。

"你的字比我的好看多了。"他之前留的那张纸现在还被她夹在某本书中。

两人互相谦让，不知道怎么就从钢笔谈到了书法。司婳很好奇，问："你学过书法吗？"

"学过一段时间。"言隽答道。

司婳写完字，将钢笔还给言隽，盯着右下角的签名道："其实我小时候写字不好看。后来有人送了我一支钢笔，我觉得自己的字配不上那支笔，就专门去买了字帖练字。妈妈看我学得认真，还特意给我报了个书法班。"

言隽站在她身边，手里转着钢笔，追问道："是吗？钢笔是谁送你的？"

回想起那件事，司婳只能摇头，道："其实我不认识他。当时我遇到了些事情，一直哭，有个小哥哥实在看不下去了，就送了我一支钢笔哄我，大概是……看我可怜吧。"

钢笔一端忽然从言隽的手指间落下，敲击桌面，发出清脆的响声。

言隽顿住了，随后微微扬眉，眼中弥漫着笑意。他握着钢笔，用笔盖在桌上画了一个圈。只有他自己知道，那是个“5”。

随后，他仿佛自言自语道：“不是可怜，是觉得你可爱呢。”

滨城，元旦。

四季民宿迎来一位西装革履的男士。他个性冷漠，脸上不见笑容，大多时候是随行的助理说话。

现在是节假日，小娜、姜鹭以及另外几名员工都十分忙碌。

小娜办完入住手续后道：“姜鹭，带客人去绯樱居。”

绯樱居……又跟樱花有关。

助理打量着贺延霄的表情，暗自揣摩贺延霄会有什么反应。

贺延霄缓缓地打量四周，道：“换一间房。”

“很抱歉，客人，您预订的房型只剩下这一间了。”小娜移动鼠标，又查了一遍。

贺延霄顿时皱眉。

在贺延霄的眼神示意下，助理上前跟小娜沟通，宁可自降标准，选择更小的房间，也不要住在绯樱居。

小娜立即列出其他房型供他们选择，并提醒道：“客人，您之前预订的房间已经超过最晚退房时间，按照平台的要求，我们是不予退款的。”

“我们老板不在意这些，换一间除绯樱居外最好的就行！”助理已经察觉到贺延霄有多不耐烦了。

最后，贺延霄选定了名为“君子兰”的房间，助理住在隔壁。

“您有什么需要尽管联系我们，入住愉快！”小娜在民宿工作挺久了，迎来送往，见过各种各样的人，面对贺延霄这种西装革履且表情冷漠的男士时，会收敛自己的性情。

带领客人到房间门口后，小娜很快离开。

贺延霄和助理进了房间。助理刚放下行李箱，工作电话就打过来。他跟对方沟通完后发现贺延霄已经取出电脑摆在桌上了。

因为工作，他们没能按计划到滨城，今天已经是元旦假期的最后一天了。

贺延霄没碰见司婳，打算隔天去学校找她，却得知美术老师请假了，还没回来上课的消息。正当贺延霄烦躁时，他又接到贺云汐打来的电话。她问：“哥，你找到婳婳了吗？”

“你怎么知道我来找她了？”贺延霄微微眯着眼。

“昨天跟秦续他们聚了一下……”

所以，是秦续没管住自己的嘴，不小心将消息透露给了贺云汐。

“你找到婳婳了吗？”贺云汐追问道。

司婳没打招呼就离开榕城，贺云汐有些自责、愧疚。她问了好些朋友都没能联系上司婳，昨晚在聚会时听秦续说漏嘴了，便赶紧打电话来问哥哥。

事实上，贺延霄在这儿待了两天，一无所获。

第三天，助理忍不住对贺延霄道：“贺总，咱们要不要跟前台那些人打听一下司小姐的事？”

“找女朋友还要闹得尽人皆知？”他贺延霄可丢不起那个脸。

助理颔首，心想：老板赚钱厉害，一面对感情问题就拎不清了。

贺延霄用了些手段查到了司婳给民宿留的电话号码，打过去后发现电话号码已经停用了。

贺延霄松了松领带，冷笑着拨通秦续的电话，道：“你的情报有误，司婳早就离开四季民宿了。”

“不可能啊……之前你让我帮忙找人的时候，她一直在那儿。”秦续让人查了司婳的行踪。

“酒店没有她的住宿信息，而且在元旦前她向学校请假了。”这就代表着司婳很可能已经不在这座城市了。

等到下午，贺延霄终于坐不住了，对助理道：“还不快去找她？”

“好的，老板。”助理立刻站起来，去前台打听消息。

助理下去后看见了姜鹭，问：“请问你们这是否有位叫司婳的客人？方便把她的联系方式给我吗？”

“司婳？”警惕的姜鹭在背后轻轻扯了扯小娜的衣服，随后问，“你们是什么关系？”

“我们是司小姐的朋友。”助理没说老板是来找女朋友的，嫌丢人。

“民宿有规矩，我们不能轻易透露客人的信息。”姜鹭悄悄给小娜递了个眼神。

小娜心领神会，避开助理给司婳打了通电话。

不一会儿，姜鹭身前的电脑上弹出消息。他看见之后直接告诉助理：“我们这里的确有一位叫司婳的客人的住宿记录，但她已经离开了。”

事实上，从言隽将房子租给司婳的那天起，司婳的住宿记录就不在四季民宿了。

对姜鹭的答复，助理半信半疑，但还是回去转述给了贺延霄。

助理走后，小娜回到姜鹭身边，道：“好奇怪，我刚才说有一个姓贺的找司婳姐，她突然很着急，告诉我千万不要跟对方提她。

“不过，司婳姐刚才说话的声音听起来怪怪的，好像生病了。”

司婳的确病了。

雪越下越大，她不得不跟言隽共处一室。晚上睡觉时，司婳躺在沙发上不肯让位置。她知道言隽一定会礼让女性，所以抢先霸占位置，让言隽去楼上睡床。

言隽邀请她出来旅游，她内心其实是十分感激的。

她去过不少地方写生，但跟这次旅游的感受完全不同。这一次，她学会以不同的视角去发现自然界的美，体验到人生的乐趣。加上之前种种，她欠了言隽许多人情，只能通过这些小事回报他。这个沙发虽然短了些，但足够宽，她裹着被子睡觉完全够了。

但是，言隽很介意，坚持道：“床上有电热毯。”

雪山上不比其他地方，酒店的床上都放着电热毯，客人睡在上面才会暖和。

“我裹着被子，挺暖和的，你就别跟我争了。”她干脆闭眼装睡。

“司婳。”言隽直接喊她的名字。

“……”司婳闭嘴不答。

“要我抱你上去吗？”他威胁的话中带着笑意。

“……”司婳的睫毛微微颤动，但她没睁眼，坚持装死。

“还装？”言隽的声音突然近了。

“……”

司婳心想：你这是吓唬谁呢?

过了一会儿，司婳没有再听见声音，房间里静得出奇。司婳终于忍不住了，悄悄睁开一只眼，奈何可以看见的东西有限，没发现什么异常之处。

她觉得不对劲，睁开双眼扭头一看，目光撞上一张英俊帅气的脸，瞳孔顿时放大。

言隽单手托着下巴，单膝蹲在沙发旁，目不转睛地看着她。

司婳有些害羞，最后不得已从沙发上起身，道："怕了你了……"

见司婳上了旋转楼梯，言隽微笑着道："晚安。"

"好梦。"她不太习惯跟异性说"晚安"两个字。

第二日，天刚亮言隽就醒了，为避免吵到楼上的人，动作很轻。

他从七点等到八点，司婳没醒；从八点等到九点，司婳依旧没动静。言隽频繁看时间，隐隐觉得有些不对劲。

"司婳？"

他在楼下呼喊她的名字，没有得到回应，立即用手机给司婳打电话。

手机铃声响起，他在楼下都能听见。

对方接了电话，声音有些沙哑："喂。"

言隽轻声询问："醒了吗？"

"嗯……"她感觉脑袋昏昏沉沉的，全身都很疲惫，但还是道，"我醒了，马上下去。"

司婳揉了揉眼，又在床上歇了一会儿，随后穿上外套起床，扶着楼梯一步步往下走。其间，她突然觉得头晕，站在楼梯上歇息了片刻，迈出最后一步时一脚踏空，向前倒去……

"司婳！"

她眩晕了片刻，清醒过来后发现自己被言隽抱在怀里，手紧紧地抓着言隽的外套。她慢慢松开手，道："抱歉，有点儿头晕。"

言隽把司婳放在沙发上，迅速接了杯水递到她嘴边。司婳端着杯子小口小口喝着水。

"好些了吗？"言隽将手贴在她的额头上，发现她似乎没有发烧。

司婳"嗯"了一声，鼻音很重，精神不济。

言隽估计她是这几天吹了风，受了凉。

司婳摸着肚子，感觉胃里空空的。

她的小动作落入言隽的眼里，他主动下楼取了早餐回来，道："喝点儿粥，暖一下胃，我去问一下外面的情况。"

粥带着丝丝甜味，吃在嘴里却觉得味道太淡，司婳放下勺子，碗里的粥还剩下大半。

另一边，言隽得到消息，山路已经通了。

打完电话，他见粥几乎没动多少，有些担忧，将粥碗递到她面前，道："再吃一些好吗？"

“不饿。”司婳揉着额头问道，“我们什么时候可以下山？”

“现在。”

言隽一手拎着一个行李箱下楼，先打开车门让司婳坐进去，再把行李放进后备厢。

司婳有些难受，连安全带都忘记系了。言隽倾身为她系上安全带，道：“睡一觉，下山后我们去医院检查一下。”

“嗯。”

司婳没什么精神，声音很低，听到什么都应。

司婳从未觉得一个小时那么漫长。一路上，她不断拍胸口顺气，胃里翻江倒海，道：“想吐。”

车缓缓停下，司婳立即解开安全带，推开车门跑到路边干呕。

先前准备的保温杯派上了用场，言隽手拿杯子守在旁边，伸手想帮她拍拍背，又因为不敢而将手收了回来，如此反复两次。司婳完全没有察觉。

最终，言隽道：“喝点儿水。”

保温杯就在手边，司婳没吐出来，接过杯子小口小口往嘴里灌水，暂时将喉咙里那股恶心的感觉压了下去。

她低下头，将盖子放到瓶上顺时针旋转，没发觉前方驶来了一辆黑色的轿车。

车速度不减，司婳听到声音正要抬头，身边忽然有人将她整个人揽了过去。她的背被一双手压着，整个人被揽入一个温暖的怀抱中。

车碾过水坑的瞬间，言隽将旁边的女孩儿紧紧护在怀中，飞溅的泥水全部洒在他的身上。

被言隽的一双大手禁锢在他的怀中，司婳紧张极了，心脏跳得飞快。

除了贺延霄，她很少与其他男人靠得这么近，若非隔着厚衣服，恐怕连对方肌肤的温度都能感受到。她感觉耳边嗡嗡直响，脑子里空白一片。

过了许久，她才找回自己的声音：“言隽。”

“嗯？有没有好点儿？”言隽松开手，先问她的情况，表情看起来很自然，这倒显得她过于敏感了。

言隽满脸担忧，司婳不自然地回避他的视线，绕了半圈走到他身侧，指着他的衣服道：“你的背后全是泥点子。”

“换件衣服就好了。”他不怨不恼，脾气好得没话说。

言隽的目光从司婳绯红的脸颊上掠过，他自然地拿走她手中的杯子，取出干净的纸巾递过去，道："外面风大，如果好些了我们就先上车。"

"你感冒了，可能容易晕车，早知道我就该提前准备晕车药的。"言隽叹了口气，替她打开车门，待她上车后，才回到驾驶座上，"我尽量开得稳些，你如果难受就告诉我。"

其实言隽并非没有想到这一点。他们出门前，言隽特意询问过她是否晕车，当时她信誓旦旦地告诉言隽，她从来不晕车。

系上安全带后，司婳没再说话，轻轻地闭上眼睛，却无半分睡意。

她尽量放轻呼吸，仍能清晰地感受到心脏怦怦直跳的声音。

她又想起了早上那个不算拥抱的拥抱。当时她迷迷糊糊的，无暇顾及其他，可刚才清清楚楚地闻到了男人身上淡淡的清香，连晕车的恶心感都被冲散了。

只是……他们间的距离太近了。

司婳降下车窗，任凭冷风吹进来，抚平心中泛起的丝丝躁意。

他们终于到了医院，司婳没忍住，吐了一次。

"再喝点儿水。"言隽递给司婳一个杯子。

司婳杯子里的水已经被喝光了，这次言隽递过来的是他的杯子。

司婳摇了摇头，轻轻推开他的手，道："不用了，谢谢。"

言隽垂眸，收回手，既失落又担心。

等司婳缓过来后，言隽才带她进电梯，道："现在去挂号。"

二人同行，不经意间碰到对方的手。言隽很想握住司婳的手，替她暖一暖，但觉得司婳会介意，只能先按捺住内心的冲动，慢慢地让她习惯自己的存在。

看过医生后，司婳根据医生的指示去检验科抽血。

针头刺进血管时，司婳眉头深深一皱。医生手法熟练，抽完血后立即拔出针头，让司婳自己按着棉签止血。

言隽站在她身后，很克制地跟她保持着距离，没让敏感的司婳觉得不舒服。

拿到检查结果后，两人回去找医生。医生给司婳开了药，让他们去楼下缴费、领药。

缴费处排着长长的队，言隽让司婳坐在一边的椅子上，道："我去拿药，你在这边休息。"

言隽走后，司婳盯着地面，也不知道在想些什么。

她的手机铃声忽然响起，是小娜的电话。

司婳接通电话，就听见小娜道："司婳姐，有两个自称是你朋友的人来我们民宿找你。"

"谁？"司婳第一个想到的是柯佳云，因为柯佳云说过要来滨城，"叫什么名字？"

"我记得其中一个男人姓贺，看起来冷冰冰的，很严肃。"小娜对那个人印象深刻。

司婳在听到那个"贺"字时，浑身的汗毛都要竖起来。她立刻道："千万不要把我的行踪告诉他！你就说我不在民宿，已经离开了。"

"小娜，那个人不是我的朋友……"司婳语气急切，生怕小娜不小心泄露了自己的行踪。

姓贺、看起来冷冰冰的男人，一定是贺延霄。

司婳这几天玩得畅快，几乎很少想贺延霄，没想到他会亲自去滨城打听她的下落。

贺延霄是怎么找到四季民宿去的？他来找她干什么？

司婳真的不想再跟贺延霄纠缠下去了。她一看到贺延霄就会控制不住地难过，干脆躲起来独自舔舐伤口。

她突然觉得疼，"嘶"了一声，这才发现指甲已经在手心压出几道深深的印痕了。

原来，短时间内得到的快乐只是她在自我麻痹。

听到那个名字时，她还是会心痛。

言隽拿到药回来，见她看着比刚才状态还差，只当她是身体不适。

"把药吃了再走，我去接点儿水。"

医院大厅的饮水机旁有一次性纸杯，言隽接了半杯热水，等水温低了些后才将杯子递给她。

司婳捧着纸杯，目光游离。

她上一次被人这样照顾还是四年前。当时她在学校，生病了，贺云汐说带她去医院，最后竟然是贺延霄开车来的。贺延霄在医院陪了她一夜。

就是那一晚，她那颗原本徘徊的心彻底被他夺走了。

她能坚持三年不是没有原因的。她心灵脆弱时，他陪着她，他们刚认识时是有美好的回忆的。

然而，她慢慢地减少对他的依赖，直至感情耗尽的那刻才发现这段感情从一开始就是错的。她对他的信任顷刻崩塌，所有感情消失殆尽。

“我们什么时候回去？”司婳掰着手指默算日期。

如果贺延霄不走，她就在这里多留几日。

“等你身体好些了再走。”言隽几乎没有犹豫，回答道。

“会耽搁你的事情吗？”司婳扭头问道。

“不会，放心。”言隽安抚她。

“那就好。”

他们把回程的时间延后，随后在宋俊霖的热情邀请下住进了宋家别墅。

见到脸色苍白的司婳，宋俊霖不再插科打诨，道：“尽管在我这儿住着，有什么事跟管家说。”随后叮嘱管家将两人安置妥当。

这里的每个房间内都有内线电话，无论什么时候拨打电话都有人接。

司婳吃了药，有些困，躺在床上很快便睡了过去。

楼下的客厅里，宋俊霖嬉皮笑脸地调侃道：“隽哥，这几天玩得怎么样？有没有成功地俘获美人的芳心？”

“我说过，不要拿她开玩笑。”

“我这是开玩笑吗？”宋俊霖指着自己的脸，“你瞅瞅，我的表情多认真啊！你就给我透露一下吧，我也好知道用什么态度对她。你不喜欢她，那我就追她了啊！”

“你可以试试。”言隽脸上的笑意未减。

宋俊霖顿时笑得满面春风，亲自为他倒了一杯茶，问：“真的假的？”

“真的。”言隽淡定自若地端起茶杯，不轻不重地补上一句警告，“如果你想再次体验荒野求生的感觉的话。”

宋俊霖：“不，我不想！”

宋俊霖说完偷偷瞪了言隽一眼，心想：别看这人长得一副纯良无害的温和模样，内心就是个腹黑的大魔头！谁惹他都讨不着好。

过了一个小时左右，言隽离开客厅，走到司婳的房门外。

不知是她心不在焉还是有别的原因，房门虚掩着。言隽轻轻推开门，走进去，见床上隆起了一块。

床很宽，司婳却睡在边缘，从脖子裹到脚，只露出脑袋。

看见这美好的一幕，言隽不知不觉地弯起唇角，眼神越发温柔。不想打扰她，言隽转身离开，忽然听到背后传来一道小小的声音。

“阿延……”

言隽缓缓收回刚迈出的脚，背对着司婳，身体有些僵硬。他缓缓转身走到床边，深深地注视着她的脸。

“阿延”这个名字，他亲耳听到她在睡梦中唤过两次。

司婳下午的睡眠质量不好，她连续做了几场噩梦，每次醒来时都觉得心里空荡荡的，极度缺乏安全感。

搁在旁边的手机响起铃声，司婳从被窝里伸出手臂，将手机拿过来一看，立刻清醒了大半。

手机上显示一个叫“唐”的人打来了电话。

司婳立即坐起来接通电话，一道男声传了过来。

“婳婳，告诉你一件有趣的事，一周后有一场慈善拍卖会，压轴的是Susan老师的绝笔之作。”

“拍卖Susan老师的绝笔之作？”司婳难以置信，随后想起了什么，哼了一声，道，“简直是笑话。”

“正是如此。”对方听懂了她的话，道，“不过你要是想去看看，我可以将邀请函寄给你。”

手指在棉被上来回滑动，司婳没有立即回答，犹豫了半晌才问：“在哪儿？”

对方回答道：“榕城。”

司婳顿住了，许久才听到自己的声音：“我去。”

挂断电话后，司婳一个人靠在床头发呆。这一觉她睡得久，但睡得极不舒坦。

在梦里，她站在旁观者的角度审视那段维持了三年的感情。梦中的她从最初的满怀期待到最终失望透顶地跟贺延霄决裂，心里慢慢涌现恨意。她恨贺延霄欺骗自己，也恨自己太天真。

最后，司婳无法直视梦中自己那张充满恨意的丑陋面孔，开始在噩梦中挣扎，醒来才发现现实中的自己已经做出了截然不同的选择。

想到一周后要回榕城，司婳心里还有些抵触，不过比起Susan老师的“绝笔之作”，对前任的排斥也就算不得什么了。

下午四点，司婳起床了，给小娜打了通电话，拜托她关注一下贺延霄的行踪。如果贺延霄离开了，司婳就回滨城；如果贺延霄不走，司婳就从这边去榕城。

总之，司婳现在对贺延霄是能避则避，怕见到他之后会因为不甘与怨恨而使自己变得面目可憎。

晚上，宋俊霖在别墅大摆宴席，请两位远道而来的客人品尝当地美食："我特意请来的五星级厨师，你们尝尝，味道如何？"

餐桌是特别装饰过的，按照宋俊霖的说法，如果不是因为外面风太大，他甚至想直接将用餐地点定在后花园，营造出绝佳的浪漫气氛。

总而言之，宋俊霖是个很有想法的人，不然当初也不会偷偷跑去国外参加那场荒野求生。

"司婳小姐姐，我跟你讲，我一个人出门闯荡那会儿，那叫一个快活潇洒……"

随后，宋俊霖开始绘声绘色地讲述自己是如何在荒野中，凭着过人的胆识和智慧带领迷失方向的队友从险境中逃生的。而被迫充当听众的司婳在那段时间里多次重复着以下几句话。

"是吗？"

"那可真是太厉害了。"

"这个主意真不错。"

"原来是这样啊……"

旁边的女佣都差点儿笑出声来，心想：自家少爷吹牛的功力这么多年来有增无减。

司婳早就从言隽的口中听过更加真实刺激的版本，宋俊霖刻意编造的戏份就显得十分浮夸。但她将表情管理得很好，表现出兴致勃勃的样子，算是个合格的捧场王。

而亲身经历这一切的言隽安安静静地坐在自己的位置上，没有打断他的话。

饭后，司婳和言隽才撇下唠叨的宋俊霖，一起出去走了走。

"那个小孩儿就是自恋了些，没什么坏心眼。"言隽主动替宋俊霖圆了场。

司婳慢慢向前走，道："我记得他说自己今年二十二岁，只比你小四岁。你说他是小孩儿，不怕他跟你闹啊？"

"年龄代表不了什么。"

在言隽看来，宋俊霖虽有勇气，却缺乏耐性，不够成熟稳重，需要时间慢慢成长。但宋俊霖本性纯良，十分讲义气，否则言隽也不会跟此人结交。

“我发现他好像很信赖你，也很尊重你，在那些故事中，有关你的描述都是正面的。”

“大概是因为我就在现场。”

“不，我能感受到，他说那些话并非因为你在场，而是真正地尊重你。或者说，他其实是崇拜你的。”

如果宋俊霖只是想宣扬自己有本事，那应该避开言隽的锋芒，让言隽降低存在感。但宋俊霖没有，反而大肆夸赞言隽。

“嗯……那他大概是被我的智慧征服了。”他的眼中透着丝丝笑意。

司婳没想到言隽也会这么开玩笑，不禁笑了。但司婳心知肚明，言隽那句话并非假话。

那时候真正引领大家突破重重难关的人是言隽，若不是言隽冷静地指挥队友，让大家同心协力地闯关，或许他们就失败了。

历险途中，宋俊霖被言隽救过两次，从而对他心生崇拜。从那之后，宋俊霖便死缠烂打地黏上他了，一定要跟他当哥们儿，二人的关系如今才会这么好。

言隽这种人，天生是人群中的焦点，不需要刻意做什么，自然会有人被他的人格魅力征服。

司婳和言隽在楼下闲聊、散步。宋俊霖大晚上戴着一副造型独特的墨镜坐在楼顶，旁边的管家撑伞为他挡风，周围摆着一圈取暖器。

“少爷，您这是何必呢？”从小看着宋俊霖长大的管家满脸无奈。

“少爷乐意！”宋俊霖摇着一把小折扇，躺在摇椅上晃晃悠悠，“那两人吃完饭就把我撂一边，还不准我自己潇洒？”

管家无言以对，原来少爷是感觉自己被抛弃了，心里不乐意。

“人家两位饭后散步消食，聊的是风花雪月，您跟着瞎掺和什么？”管家双手交叉放在身前，懒懒地侧过身，小声道。

被嫌弃的宋俊霖差点儿从椅子上一头栽下来。

楼下的两位走了一小段路就原路返回了。言隽顾及司婳的身体，算着时间提醒她回去吃药：“虽然情况并不严重，但这两天还是要多注意，以免感冒加重。”

“我会注意的。”司婳也不敢拿自己的身体开玩笑。

两人说着进了屋，言隽把她送到房间门口，压在心中的疑问不断翻涌。在司婳进门前，他故意将一只手挡在门前，观察司婳的表情，试探性地询问道："今天心情不好吗？"

司婳微感诧异。她认为自己伪装得不错，没想到还是被言隽发现了。她这种状态不是因为身体不适，而是心情低落。

沉默片刻，司婳轻轻摇头，道："没事。"

她说没事，就是委婉地拒绝将情况告诉他。

他能察觉到她情绪不对，却没有足够的资格和合适的身份去问她。

言隽欲言又止，贴在门上的手指微微蜷缩。他慢慢收回手，礼貌地退后一步，跟她保持距离，道："那么……早点儿休息，晚安！"

"你也是。"司婳点头道。

谁都知道现在时间还早，他说晚安不过代表着他们今天的谈话结束了，余下的时间属于他们自己。

司婳回房后服了药，打开电脑开始了解最近时尚圈发生的大小事件。

走廊上，言隽刚好接到一通来自景城的电话。对方问："隽哥，下周榕城有一场拍卖会，那里有老太太想要的画，你会去吧？"

"嗯。有事？"

"我本来也是要去这场拍卖会的，结果遇到些事走不开，就想拜托你帮忙拍件东西，回头我把钱转给你。"对方言简意赅地道明来意。

言隽听完，爽快地回复道："可以。"

"那就谢了！"那人好像很忙，说完事就立刻挂了电话。

言隽刚把手机从耳边拿开，又一通归属地是景城的电话打了过来。手机里传来一个活泼的女声："哥哥，晚上好啊！"

"晚上好。"言隽一边说一边推开房门，进去后轻声将门关上。

"我听他们说了，你下周要去榕城给奶奶买那幅画，能不能带我去？"

两通电话都与那场拍卖会有关，但是打电话的人所求之事不同。

言隽淡定地拉开椅子坐下，反问道："你想做什么？"

"这不快放假了吗？我闲得慌。但你是知道的，奶奶和妈妈不准我一个人出去，我只能拜托你了！"女孩儿急切地请求道，"哥，求求你了，我这半年在学校，都快闲出鸟来了！"

"言曦，注意你的用词。"言隽出声提醒，语气很平淡。

"好的哥哥！"言曦立刻装乖，见言隽没有直接拒绝，心知这件事有戏，道，"哥哥，你答应我了吗？你就答应我吧！你带我去榕城玩两天，我回去就安心复习考试。”

“行，过几天回去接你。”

“太好了！谢谢哥哥，哥哥万岁！”言曦高兴过头，一不小心用错词，赶紧捂住嘴，“到时候你一定要回来接我。”

言家家教颇严，言曦当着父母的面都不敢说过于网络化的词，只有在哥哥面前才会偶尔说一说。

言隽望着手机，无奈地摇摇头。

住在象牙塔里的公主也会向往人间烟火，只可惜他这个妹妹运气不好，第一次跟朋友出行就遭遇意外，差点儿被人贩子拐走，从那以后，家人便禁止她单独出远门。

言隽时常去各地旅行，本可以带上妹妹，但她还未毕业，再加上家中长辈对她过分呵护，一般不让她跟着言隽出去。

总之，言曦是一只被关在笼子里的小鸟，活得很不自由。

司婳吃过药，第二天就精神大好。但因为贺延霄在榕城，她便没有主动提起回去的事。

别墅虽大，却不是司婳喜欢的地方，幸亏言隽及时提出去市内走走，他们便一起出去了。

每座城市都有属于自己的文化，走在街头给人的感觉都很不一样。

他们走进一条商业街，这里每一栋楼都充满了商业化的气息，楼里有各种各样的店铺，私房菜、桌游场、猫咖或者密室逃脱等，满足人们的各种需求。

穿过商业街，司婳看到一家陶瓷店，不由得停下脚步，驻足门外。

“来都来了，要不要进去看看？”言隽微微侧首，问。

“好啊！”司婳点头。

两人一前一后走进陶瓷店，店里的老板正忙着教其他人做陶瓷。

见司婳对此感兴趣，言隽提议道：“要不要坐下来试试？”

“你不是要告诉我，这个你也会吧？”司婳扭头望着他。

无事不知、无事不晓的言老板竟然沉默了，咳了一声，摸着鼻子道：“这个我还真不会。”

“真的？”司婳眼睛一亮，兴奋地撸起袖子，“那我要试试！”

司婳难得遇到言隽不会的东西，更感兴趣了。

他们找到两个相连的、光线极佳的座位，分别提来两桶清水摆在机器旁。

老板将陶瓷泥准备好，给他们一人一团，当面演示道："先挤压泥团，尽量避免里面留有气泡。"

用于教学的泥团比较硬，第一步就是个体力活。司婳按照老板教的一步步来，胳膊很快就酸了。

她曾经跟朋友一起去过陶瓷店，也是像现在这样自己动手做出想要的形状。她好不容易碰见一个有经验的项目，前期还是败给了言隽，有些失落。

将泥团揉软后，老板教他们将泥团放在机器中心，控制机器的旋转速度，双手捧着泥团，慢慢为其塑性……

他们看得十分认真。司婳之前就知道步骤，现在又复习了一遍，很快就上手了。

动手时，她悄悄地看了一眼旁边的言隽，见言隽认真地按教学步骤操作，噘了一下嘴，暗暗发誓要做出一个完美的成品把他比下去！

"你们想要做什么东西？"老板问道。

"我想做一个小酒瓶。"司婳心里早有打算。

"我……"第一次进手工陶瓷店的言隽扭头一看，见别人的机器上摆着一个做好的大碗，于是道，"做个碗吧。"

按照两人选定的形状，老板先教他们在机器旋转时用大拇指在泥团中间开口。

有经验的司婳在老板的指导下不仅很快在泥团中间开了口子，还控制力道将口子收拢，一个小酒瓶很快成型。

再看旁边的言隽，不得不说他是一名非常认真的学生，按照老板教的步骤很快拉出了一个大碗的形状。可惜，正当他得意时，大碗边缘忽然破了一块。

这次算是失败了。

他重新将泥巴揉成团，按照步骤操作，最后还是有些失误，大碗往一边倾斜。

几分钟后，言隽关掉机器，将沾满稀泥的双手搭在台上，目不转睛地盯着机器，势要征服……中间那团泥。

不服输的言隽再次打开机器……

言隽屡次尝试，屡次失败。由于手上沾到多余的稀泥后需要清洗掉，如此反复了几次后，言隽机器上的泥团越来越小，也越来越稀。

盯着最后残余的泥团，言隽一脸茫然。

司婳看着他的样子，哈哈大笑起来。若非手中全是稀泥，她一定会捧腹大笑。

做陶瓷需要水，但必须适量，多了就会让泥团变得越来越软，不易成型，更何况言隽还是新手。

老板已经到旁边去教别的人去了，司婳赶紧去卫生间清洗双手，回来后从包里摸出手机，将镜头对准两台机器，拍了张照片。她还单独给言隽跟他使用的那台机器拍了照，道："这张照片我一定要好好保存起来。"

"司婳……"

"上次在雪地，你就是这么做的！"她指的是言隽拍了自己被松果砸到头的样子。

"我是想提醒你，这里沾了泥。"言隽指着她的左边脸蛋。

"啊？"司婳看不见，随手一抹，但没擦掉。

言隽立刻起身去洗手，顺便带回来一张沾上水的纸巾，替她轻轻擦拭脸蛋。司婳把脸凑过去，特别叮嘱道："擦干净点儿。"

"知道。"他动作很轻，没把司婳弄疼，但司婳娇嫩的皮肤还是有些红。

这个小插曲过去后，言隽的作品还是一团糟。

"叫我一声老师，我教你。"司婳对自己的技术信心十足。

"老师？你不是我的老板娘吗？"言隽笑道。他并不在意照片，反正丑的是作品，不是他本人。

"你还拿我开玩笑，那件事都过去多久了！"明明她当时是好心配合小娜演戏，到头来却因此被调侃。

"算了，司老师大人不记小人过，今天就发善心，亲自教你。"司婳将凳子往旁边挪，身体紧挨着言隽。

她心无旁骛地拉起言隽的手，教他捧着泥团的两侧，重新打开机器的开关，道："先把泥团提起来，然后开口，慢慢地把口子拉大……对，要注意尽量保持均匀……小心点儿！你别用力，跟着我的手感受就……"

话音未落，泥团又被戳开一道口。

司婳扭头盯着他。

言隽不自然地避开视线，猛地咳了几声。

想起对方曾耐心地教了自己许多，司婳深吸一口气，面带微笑地双手贴着那双比自己的手大许多的手，道："没事，咱们重新来。"

调整泥团的形状时，司婳叮嘱道："这次不能再弄坏了，否则你的碗就……"

泥团又破了！

"抱歉，没控制住。"他立即道歉，语气中却着实听不出几分诚意。

司婳闭眼深呼吸，道："言隽，这次你不许动了！"

"哦……"他漫不经心地应了声，目光在司婳的脸上移动，关注点早已不在那团稀泥上了。

最后剩下的泥团已经不够做碗了，司婳亲自动手，捏出一个小酒杯。她满意地笑了笑，指着成品取笑言隽道："好了，以后你就拿这个喝酒吧。"

"好啊。"言隽的目光从司婳沾满稀泥的手移到干净白皙的脸上，言隽接话道，"以后我就拿它喝酒，等有人问起，我就说这是老板娘亲手做的。"

司婳深吸一口气，道："算你狠！"

最后，两人选定成品的颜色，分别给老板留了联系方式。等陶瓷烧好后，老板会按照地址将东西分别寄给他们。

在陶瓷店耽搁许久，他们回到别墅时已经是傍晚了。

宋俊霖不在，管家为客人备好了晚餐。

他们今天费了不少力气，玩得有些累，跟昨天一样都早早回了房。

进门时，司婳忽然转身道："言隽，谢谢你。"她轻轻咬牙，顿了一下，抬头看着言隽的眼睛，诚恳地告诉他，"我今天……很开心。"

她是在回答他昨天提出的问题。

"你能开心，我很高兴。"言隽嘴角微扬。

"对了，我的身体已经好了，我们回滨城吧？"

吃晚餐之前，司婳从小娜口中得知贺延霄跟助理已经离开"四季"的消息。

她的提议正合言隽的心意，他爽快地回道："好，我预订后天的机票。"

司婳服药后不久便收到了言隽发来的图片，上面显示飞机的起飞时间在上午，大约当天十一点半落地。

其实，司婳并不知道贺延霄留了个心眼，他离开四季民宿后又在榕城的某个酒店待了两天。只可惜他仍然没有收到司婳的消息，不得不回去处理贺氏那边积攒的工作。

身旁的助理对贺延霄道："贺总，机票已经订好了，明天上午十一点五十起飞。”

飞机在滨城降落。

司婳一觉睡醒，透过小窗发现外面在下雨。

“外面风大，等会儿出去时把外套穿上。”言隽的声音落在她的耳畔。

那件外套是言隽帮她留下的。两地温差较大，飞机上比外面暖和，司婳之前准备将脱了的外套塞进行李箱，却被言隽拦下了。最后行李箱被托运，外套被她拿着。

他们下飞机后，冷风直往衣服里灌。机场太大，他们需要乘坐摆渡车去机场大厅，这时候外套就派上用场了。

司婳立即将外套穿上，却发觉颈后不对劲。她伸手够了够，没够到，言隽立刻撩起她的头发，帮她把外套的帽子整理好，道：“走吧。”

另一边，贺延霄沿着登机通道一路向前，目不斜视，提着公文包的助理跟在后面。

同一个机场，落地和起飞的两架飞机注定渐行渐远。贺延霄永远不会知道，在他自以为是的每个瞬间，都在不断地跟自己想要寻找的人错过。

司婳和言隽拖着行李箱回到“四季”，两人都在心里计划着一场告别。

距离拍卖会还剩四天，司婳已经让人把邀请函寄到柯佳云那儿了。去拍卖会总得捯饬一下自己，司婳需要提前两天回去，调整状态。这段时间，司婳跟言隽的关系拉近不少，如今他们同住一个屋檐下，她走前总得告知他一声。

司婳转头看了看走在身后的言隽，正欲开口，忽然听言隽说：“明天我要离开滨城，回景城处理些事情。”除了要回去接妹妹言曦，言隽还得去处理一些未完成的事务。

二人去雪山的路上，司婳已经知道言隽是景城人了，难怪他们那时会在景城旅游区的桥上偶遇。

司婳笑道：“我也正想说过两天会离开滨城一趟……”

成年人来去自由，是否将自己的行踪告知别人，得看跟对方的关系如何。

第二天，言隽一早就离开了“四季”，司婳起床后发现餐桌上摆着一份早餐和一张字条：牛奶记得加热。

她无声地勾了勾嘴角。

第 五 章

比起其他，我更相信你

三天后，榕城。

今晚将举办一场盛大的慈善拍卖会，许多人慕名而来，都想看看今晚的压轴作品——Susan 老师的绝笔之作。

司婳拿着邀请函入场。

室内温暖，她脱掉了黑色的毛呢大衣，将其抱在手上。一个女孩儿莽撞地从转角处冲了出来，司婳躲避不及，两个人撞个正着。

“你没事吧？”司婳立刻问。

“没……”那女孩儿揉着额头，抬头看见司婳，当即看呆了。

眼前的这个女人黛眉朱唇，五官精致，身上带着一种自然舒适的美感。女孩儿当即决定，就找这个女人帮忙。

“漂亮姐姐，我迷路了，手机也没带，你能帮我打个电话吗？”

“嗯……可以。”对方被司婳吸引的同时，司婳也打量着眼前的女孩儿。

这个女孩儿看起来跟小娜差不多大，穿着粉色的小香风外套和同款短裙，模样娇俏，甚是好看。

司婳拿着手机问女孩儿想要拨打的号码。

女孩儿念出一串数字，司婳边听边输入，觉得有些熟悉但也没多想，直到十一位数字输入完毕，屏幕上跳出司婳备注的两个字……

司婳立刻将手机收了回去。

旁边的女孩儿还没看清屏幕就被司婳的这番操作弄得一脸蒙。

“小妹妹，你确定刚才念的号码没错？”司婳再次确认。

女孩儿又说了几遍。司婳核对着手机上的数字，有种难以言说的感觉，问：“你要找的人叫什么名字？”

女孩儿特别乖巧，用清脆的声音道：“我哥哥，他叫言隽。”

司婳：“……”

真是巧了，她走在路上都能撞见言隽的妹妹言曦。

这下，司婳直接拨通了言隽的电话，说：“我好像遇到你妹妹了，我们在……”司婳环顾四周，道，“我们现在在一楼。”

随后，司婳将手机递给言曦。

言曦接过手机，听着电话里的声音连连点头，最后将手机还给了司婳。

“原来你是我哥哥的朋友。”这通电话后，言曦对司婳更热情了，“漂亮姐姐好，我叫言曦，是言隽的亲妹妹。”

“你好，我叫司婳。”司婳友好地道。

“司婳姐姐！”言曦立即改口，甜甜地道。

在等待言隽的这段时间里，言曦绘声绘色地说起自己是怎么把包丢在言隽那边，然后迷失方向的。

司婳安抚她：“没事，等会儿你哥哥就来找我们了。”

司婳刚才在电话里听出言隽语气着急，他好像正联系主办方找人。

一楼。

贺云汐作为贺延霄的女伴与他一起进入拍卖会场，道：“哥，你今晚真的要拍下 Susan 老师的作品吗？我听说很多人想拍下它，价格恐怕不低。”

“无妨。”贺延霄神色冷静，对那幅画志在必得。

贺云汐轻轻叹气：“到时候奶奶和妈妈肯定会问你的，或许奶奶会猜到你买那幅画是为了婳婳。”

贺家的人当然知道贺延霄本身并不欣赏这些艺术品，司婳却在这方面有着极高的天赋，且最喜欢的画家就是 Susan。贺延霄愿意花高价买一幅画，原因不言而喻。

兄妹俩走在前头，落后他们一步的秦续加快脚步赶了上来，道：“延霄、云汐，没想到在这儿碰见你们了。”

"秦续哥。"贺云汐停下脚步跟他打了声招呼，对方点点头。

两个男人面对面聊了起来。

贺云汐心不在焉地看向别处，眼前飘过一道熟悉的身影。

贺云汐忍不住惊呼："我刚才好像看见……"

被她的声音吸引的两个男人转过头，好奇地盯着她，等待下文。

贺云汐轻轻咬唇："没什么，我看错了，还以为遇到了熟人。"

贺云汐刚才看见了一道与司婳极为相似的背影，但那个女人身边跟着一个面生的女孩儿和一位男士。

贺云汐觉得那个女人应该不是司婳。司婳总是跟异性保持距离，这短短几个月的时间里，就算还不愿意原谅她哥哥，也不可能这么快跟其他男人在一起。

想到司婳，贺云汐心里很不舒服，感觉自己丢了最要好的朋友。贺延霄这次打算拍下司婳最喜欢的画家的作品，如果司婳知道这个好消息，一定会觉得感动吧。

贺延霄朝四周望了望，突然看见一个女人，不禁皱眉。与此同时，对方也发现了他们，加快脚步朝这边走了过来。

"阿延。"季樱偏好白色的衣服，今天用白色毛衣搭配白色包臀裙，身材玲珑有致。

贺云汐一见到她就皱眉，轻轻拽了拽贺延霄的胳膊，道："哥，我们快走吧。"

当年就是季樱害得他们贺家鸡犬不宁，如今又气得婳婳伤心离开，贺云汐真是一点儿都不想见到这个堪称"盛世白莲花"的女人。

贺延霄不出声，任由贺云汐挽着自己的胳膊往前走。

季樱脸色一变，但迅速整理好表情，跟了上去。

故意在后头看笑话的秦续直摇头，心想大家当初都看走眼了，小瞧了季樱。

尽管季樱回来后，贺延霄打消了对往事的执念，更加确定自己想要的人是司婳，但季樱还是能轻易地勾起贺延霄的同情心。贺延霄一面抗拒季樱，一面又放不下过去，终于在感情上栽了大跟头。

另一边，找到哥哥的言曦高兴不已，拿回自己的包，不敢再偷懒让哥哥背。

言曦刚打开包拿出手机，扭头一看，自家哥哥根本没注意她，只顾着跟旁边的漂亮姐姐讲话。

言曦抱起双臂站在旁边看着，默默数着时间，听到某些关键信息，敏感地竖起了耳朵。

言隽提到了“旅行”“四季”，还关切地问了司婳别的问题，语气熟稔。等他们聊完，言隽才想起旁边有个弱小、可怜又无助的妹妹。

听哥哥喊到自己的名字，言曦走过去，站在司婳面前，沉默片刻，问：“所以，司婳姐姐不是姐姐，是我的嫂嫂吗？”

司婳：“……”

司婳有种似曾相识的感觉，僵硬地扭了扭脖子，对言曦解释道：“我跟你哥哥是朋友。”

言曦捂嘴笑。

她才不信呢！

进入拍卖会场，原本该跟哥哥坐在一起的言曦非要挨着司婳坐，而且特别贴心地没将司婳跟哥哥分开。最终，司婳坐在言家兄妹中间。

言曦悄悄在司婳的耳边问：“司婳姐姐，你打算什么时候让我哥哥晋级啊？”

“晋级？”司婳疑惑地问道。

言曦解释道：“就是同意他做你的男朋友啊！”

“你误会了，我们不是那种关系。”司婳再次解释，声音柔柔的，听起来特别舒服。

“瞎说！”言曦特别正经地板起脸，有理有据地反驳道，“我哥哥从来不会单独带女性朋友出行。”言外之意是，她哥哥能单独带出去的女性朋友就不仅仅是他的朋友。

言曦直勾勾地盯着司婳，想从她的表情里看出什么。

司婳抱着外套的手微微握紧。

言曦的话像砸进司婳心中的石头，让平静的水面泛起涟漪。

十分钟后，众人期待已久的拍卖会终于开始了。

没多久，言隽就拍下了一对碧色耳坠和言曦喜欢的一个古董花瓶。后面的东西陆续呈上，言隽没有再出价，司婳也毫无反应。

言隽忽然靠近她，询问道：“没有看见什么喜欢的东西吗？”

“我今天就是来看看。”司婳今天来这儿不为竞拍，只是想等到压轴的那幅画。

等待的时间是漫长的，各式各样的奇珍异宝一件比一件精美，饶是默默旁观的司婳都忍不住多看了几眼。

此刻台上拍卖的是一条古董项链，项链大有来头，起拍价就超越之前所有的拍卖品。

吊坠上镶满钻石，项链上缀满颗颗红色翡翠，样式华丽却不俗气，若是戴在身上，该多么光彩夺目啊。

“红色翡翠，那是翡翠中的次色，不要也罢。”某个不懂行情的人大放厥词。

不太了解珠宝的言曦附在司婳的耳边嘀咕了几句。司婳笑了笑，耐心地对她解释道：“市面上的红色翡翠大多属于中低档翡翠，但也有天然优质的红色翡翠，可遇不可求，非常珍稀。再加上那原本就是一条古董项链，本身的意义赋予它的价值就足够高。”

“哥哥，这条项链好漂亮，司婳姐姐都赞不绝口呢。”言曦绕过司婳，从背后扯了扯言隽的衣袖。

对方冲言曦点头，道：“我知道。”

许多带着女伴的人举牌出价，即将成交时，言隽加价，最终以百万高价拍下了这条古董项链。

这才半场，出手阔气的言隽已经拍下三样东西了，连司婳都忍不住朝他竖起大拇指。

“快穷了。”言隽会意，同她开起玩笑。

“那我岂不是连穷都不配？”司婳指着自己道。

说完，两个人相视一笑。

言隽引起了场内许多人的关注，但贺延霄跟贺云汐坐在远处，看不清言隽这边的情况。

时间一点一点过去，今晚最为瞩目的拍卖品终于到来——

“接下来我们将拍卖的是，知名画家 Susan 的绝笔之作！”

听到主持人的话，所有人都将目光投向一处。

看到台上那幅画，司婳轻笑一声，摇摇头，不知道该怎么形容自己的心情。

大家不断加价争抢这幅画。但是，其实这些人并非欣赏这幅画，而是觉得这幅画是身份的象征。

到后来，价格越来越高，加价的人逐渐变少。

突然，司婳听见熟悉的声音，猛地握紧了手。

贺延霄居然会买画……

他想必是为了证明贺氏集团的实力吧。

她摇摇头，想从脑海中甩掉那个影子。她已经见到那幅画了，也死心了，不想再关注其他东西，直到——

言隽举牌，道："五千万。"

司婳怎么都没想到言隽也想买这幅画，想阻止已经来不及了。

其他人听到言隽的报价，安静片刻。他们刚才都见识过言隽竞价时有多干脆利落，而且这个价格已经很高了，他们得掂量掂量。

这时，贺延霄再次举牌，道："六千万。"

言隽表情淡定，准备再次举牌时，双手被司婳死死地按住。他不禁转头看向司婳，用眼神询问她为什么这样。

司婳严肃地道："这不是 Susan 老师的绝笔之作，没必要花高价抢。"

"你是说，它是假画？"言隽问。

司婳摇头："不是假的，但并非绝笔之作。"

虽然这幅画确实是 Susan 老师的作品，但失去"绝笔之作"承载的意义后，价值也就相对降低了。

所有人都相信这幅画就是 Susan 老师的绝笔之作，只有司婳一个人告诉言隽，这不是。

"六千万第一次。"拍卖师第一次确认价格。

司婳冲言隽摇头。

"六千万第二次。"拍卖师第二次确认价格。

没搞清楚情况的言曦有些着急，担心画被别人抢走，道："哥，快拍啊！你忘了奶奶交给你的任务了？"

言隽的视线从司婳的手上往上移。他望着她认真的表情，从司婳的手下抽出了自己的手。

她过界了……这样的想法浮现，司婳慢慢收回手，仓皇地移开视线。

言隽是否拍下这幅画跟她其实没什么关系，毕竟人家不缺钱。再则，她空口无凭，凭什么让别人相信自己？

她只是觉得有人打着 Susan 的绝笔之作的名号牟利，而其他人不仔细分辨就去争夺那幅画，不值得。

"六千万……"

拍卖师的声音再次响起，司婳垂眸盯着前排的座椅，懒得再纠结。

"六千万第三次，成交！"

交易达成！

司婳立刻扭头望着身旁的言隽，眼里满是疑惑。

他竟然……信了她？

“你真的……不拍了？”司婳难以置信地问。

“你不是说这并非Susan老师的绝笔之作吗？”言隽微笑着放下手中的号码牌，神情自然坦荡，仿佛刚才那个决定没有给他造成任何影响，“既然不是，那就并非我所求的。”

“哦。”她佯装淡定，只是嘴角上弯的弧度暴露了真实的情绪。

被人无条件信任的感觉，真是美妙得难以形容。

两个人说着话，没顾上旁边的小丫头。言曦皱眉，着急地道：“哥，你在干吗？”

“奶奶想要的是Susan老师的绝笔之作，既然它不是，我们何必拿回去惹她老人家不快？”言隽平静地道。

“那不是吗？”言曦眨了眨眼，大大的眼睛里满是困惑之色。

司婳扭头解释道：“那是Susan老师的画，但并非绝笔之作。”

具体原因司婳现在无法说，如果言曦不相信，并因此而责备她也无可厚非。

“司婳姐姐，你好厉害，连这个都知道！”言曦双手合十，夸赞道。

言曦既信赖又崇拜的语气将司婳心中复杂的情绪吹散，司婳突然不知道该如何回应这个小丫头了。

这兄妹俩……都这么相信她吗？

司婳不禁莞尔，问：“你这么相信我吗？”

言曦忙不迭地点头，道：“我哥哥很聪明，他都相信姐姐，那姐姐说的话肯定没错！”

拍卖会结束后，言曦美滋滋地抱着自己的小花瓶，仿佛捧着无价之宝。

看见她那副模样，司婳忍不住发问：“这么喜欢小花瓶吗？”

“你不觉得它长得很可爱吗？”言曦抱着花瓶，手指轻轻敲了两下。

“非常……可爱！”司婳不着痕迹地捧场道。

这还是司婳第一次听到有人夸花瓶可爱。

小姑娘不爱珠宝首饰爱花瓶？司婳不禁对言曦心生好感，言曦那一声声“司婳姐姐”算是叫到了她的心坎上。

他们打算离开时，言曦说要去卫生间。

司婳担心这个小丫头再次走丢，便陪她一起去。

这短短的路程中，言曦那张小嘴就没停过。最后，言曦道："我还是第一次来榕城呢，这里的菜真好吃……"

"喜欢榕城的菜吗？我倒是可以给你推荐几家，味道很不错。"高档餐厅、民间小食，司婳都跟朋友品尝过不少。

"司婳姐姐是榕城人吗？"言曦问道。

司婳坦然地回答道："在这里生活过几年。"

两个人一路聊到卫生间。言曦进去后，司婳站在外面等待，没承想遇到了季樱。

季樱盘着头发，双耳上戴着珍珠耳环，从头到脚的素色装扮跟司婳今晚的一身黑衣形成鲜明的对比。

"司小姐，有空谈谈吗？"季樱表现出一副和善的样子。

"抱歉，我似乎没什么事情需要跟季小姐沟通。"司婳转头看向别处。

被人无视，季樱也不恼，反倒面带微笑，不急不缓地道："关于阿延的事，司小姐也不在意吗？"

司婳看向季樱，冷冷地道："我跟贺延霄已经分手了，你们之间有什么问题的话，请自己解决，不要牵扯到我。"

言曦从卫生间里走了出来。

司婳不愿再跟季樱纠缠，道："还望季小姐自重。"说完，司婳头也不回地朝言曦的方向走去。

"司婳姐姐，那是你朋友吗？"言曦好奇地问。

"不认识。"司婳淡淡地道。

听见她们的对话，留在原地的季樱暗自跺脚，手紧紧地握成了拳。

为什么？她明明轻松地把司婳从贺延霄身边赶走了，为什么司婳、贺延霄的反应跟她预料的截然不同？

季樱离开后，所有人都说贺延霄对她念念不忘。贺延霄建了樱园，把Coco养在身边，找了一个跟她相似的女人。这一切都证明她才是贺延霄的心上人。可她真的回来后，贺延霄打消了对往事的执念，转而注意到默默跟在他身边的司婳。

之后，她用了些手段，轻易地让那两个人产生隔阂。可司婳迅速提出分手，再次激发了贺延霄的得失心。现在，司婳变成了第二个季樱，走得越远，贺延霄就越是惦念。

想明白这一切后，季樱后悔自己太着急了。但她也是真的没想到，司婳跟了贺延霄三年，竟然这么快就放弃。

司婳是欲擒故纵，还是有别的目的？

如果是前者，那季樱不得不说司婳有些手段，是自己轻敌了。

从目前的情况来看，司婳极有可能没死心，故意把自己藏起来不让贺延霄找到……

思及此，季樱闭眼，深吸一口气，快步离开。

司婳、言曦找到言隽。

现在已经散场，人走了大半，司婳准备跟兄妹俩道别，言隽先一步开口邀请道："时间还早，一起吃个晚饭？"

"嗯？刚才小曦说你们来之前才吃过……"言曦刚才说过，他们来拍卖会之前去了某个餐厅，很合心意。

言隽一愣，拍了拍言曦的肩膀，笑道："小丫头正在长身体，饿得快。"

"咯咯——"言曦差点儿把自己的宝贝花瓶扔出去。

在司婳关切的眼神中，言曦露出笑容，尽量让嘴角的弧度更大一些，道："对，没错，我还小，正在长身体，要多吃饭……姐姐，饭饭，饿饿。"一顿只吃一小碗饭的言曦殷切地盯着未来的嫂嫂，就差把"跟我哥共进晚餐"这句话写在脸上了。

言曦长得可爱，撒起娇来毫不做作，司婳实在不忍心拒绝小丫头的要求，道："那好吧，正好带你去尝尝我刚才说的那家店。"

作为一个成熟的"电灯泡"，言曦知道自己在必要的时候应该及时隐藏起自己的光芒，因此一上车就上了副驾驶座，将言隽和司婳两人撵去后排，道："我要坐在前面抱着我的小花瓶，免得它磕着碰着。"

"你这样抱着花瓶不方便，不如先把它放进盒子里？"司婳见她实在喜爱那个花瓶，真诚地建议道。

但言曦根本不听，坚定地抱紧花瓶，道："我要抱着我的小花瓶去吃饭，这样比较香。"

司婳："……"

"不用管她，小孩儿就是充满各种奇思妙想。"言隽站在车旁，淡淡地道，随后打开后排的车门，对司婳做出邀请的姿势。

"谢谢。"司婳收回目光，弯腰上车。

刚从会场走出来的贺延霄隐约看见一张熟悉的脸，正想仔细看看时，一个高大的身影挡住了视线。

那个人很快上了司婳所在的车，关上了车门。

银灰色的轿车绝尘而去，贺延霄却在原地停留了许久。

“那辆车，是谁家的？”

“车主好像不是榕城人。”

“去查。”

贺延霄很困惑，是他太想找到司婳，以至于产生了幻觉？司婳目前只是个寂寂无闻的小设计师，离开他后，怎么能来这种场合？

贺延霄本要跟妹妹一起回贺家老宅，中途改口，让贺云汐先回去。

“不是说一起回老宅的吗？哥，你要去哪儿？”贺云汐微微皱眉。

“有事。”把贺云汐送到家之后，贺延霄让司机掉头开往樱园。准确地说，那里现在已经改名为“思婳园”了。

他知道司婳介意季樱的事，已经打算换地方住了，但又念及那儿是司婳跟他唯一共同生活过的地方，便在秦续的建议下将樱园改为思婳园。

“思婳”与司婳读音相同，又含有思念之意。

只可惜，司婳一直没回来。

做家务的还是蒋妈。

司婳离开后，蒋妈时常感觉家里冷清。

之前，蒋妈还能跟 Coco 做伴，现在 Coco 被送走了，司婳也不知所终……面对阴晴不定的男主人，蒋妈连司婳的名字都不敢提。

“贺先生，”蒋妈看准时间来到贺延霄面前，试探性地询问道，“还有一个月就过年了，今年我想回家跟孩子们一起过，能不能休假几天？”

“以前是怎么办的，今年照旧。”贺延霄事务繁忙，哪里会记得一个管家的工作情况？

“可是……”蒋妈欲言又止，暗道自己今年怕是请不到假了。

“有话就说。”贺延霄不喜欢别人吞吞吐吐的样子。

“是这样的，前两年因为要照看 Coco，您以十倍的薪资让我加班。”蒋妈停顿了一下，继续道，“去年司小姐在，她从初一就一直留在樱……思婳园，所以您让我休了一周的假。”

司婳在樱园时，虽然不能接触 Coco，但能给猫准备食物和水，蒋妈便休假了。

以前贺延霄以十倍薪资让她加班，她心里是愿意的。但去年孙子出生，她年龄越大越觉得亲情可贵，宁可不要薪资，也想回去陪陪孙子。

“去年，她从初一就一直在这儿？”贺延霄忽然问。

蒋妈点头，道：“是啊，我那时担心司小姐无法照顾Coco，她为了让我放心，还每天录Coco的视频给我看呢。”

蒋妈只是将自己知道的事情如实道出，却不知简单的一句话在贺延霄的心里掀起惊涛骇浪。

他从前到底……做了什么？

他记得司婳那时似乎给他打过几通电话。但他被秦续等人拉去喝酒了，让助理挑选了一份价格昂贵的过年礼物送给司婳。

至于那礼物是什么，他完全想不起来了。

他放在皮质沙发上的手逐渐用力，沙发凹陷，留下深深的印记。

蒋妈看着贺延霄脸上不断变化的表情，暗道自己说错话了，心中十分忐忑。就在蒋妈以为今年的假期泡汤时，忽然听到一道犹如天籁之音的声音：“你想休假，便休吧。”

冷面老板突然变得通情达理，蒋妈又开始担心对方是不是想夺走自己的饭碗。

紧接着，贺延霄道：“休假回来后，记得打扫她的房间。”

“好的，好的。”蒋妈顿时长舒了一口气，十分欣喜。

不久，坐在沙发上的贺延霄突然起身，拿起价值千万的画离开了思婳园。

餐厅。

言曦摸着鼓起来的肚子跟在两人身后，默默地听前面的哥哥、姐姐从花瓶聊到珠宝，从珠宝聊到字画，暗暗在心里为他们竖起大拇指。

原先家里人还担心哥哥太聪明，找不到与他般配的妻子，他出门一趟不是就碰着了吗？

言曦一直觉得哥哥很厉害，虽然不是样样精通，但出门在外，人家谈什么他都能接上话，所有人都很佩服他。

然而，他能心平气和地跟每个人聊天，却无法找到灵魂伴侣。因为这个，他一直挺孤独的。

但现在，事情好像有了转机……

以前他总利用言曦给自己挡桃花，现在居然会借言曦给自己制造约会的机会了……

不错，哥哥有长进，她总算可以回家跟奶奶和妈妈交差了。言曦默默地给自己点了个赞。

“你怎么知道那幅画并非 Susan 老师的绝笔之作？”

“我说我是见过 Susan 生前的最后一幅作品的人，你信吗？”司婳反问他。

“我信。”言隽几乎毫不犹豫地回道。

“言隽，回答得这么不严谨，可不像你的作风。”司婳笑道。

“比起个人的行事作风，我更相信你。”言隽与她对视，眼神真挚且自然。

叮！电梯到了。

三人踏进电梯，待言隽按下楼层后，电梯门缓缓关上。

三人共处的密室内，气氛忽然变得沉默。

言曦抱着自己的小花瓶退到角落，捧场地干笑几声，道：“你们继续，继续……”

司婳很快调整表情，问：“马上就到了，小曦，饿坏了吧？”

“还好……”言曦偷偷地瞄了哥哥一眼，见自家哥哥在司婳的背后竖起两根手指头，有些迟疑。

直到言隽的手势变成“5”，言曦立即改口：“是挺饿的，还好司婳姐姐带我来吃美食。”

当言隽的手势从“5”变成“10”时，言曦激动得恨不得丢了小花瓶去握司婳的手，道：“姐姐，明天有空吗？后天有空吗？不如咱们多去几家店试试吧？我可喜欢这里了！”

司婳点点头，但心里有些尴尬，默默地道：付钱我是可以承受的，但求求你们不要拿我当话题了，谢谢！

他们吃完晚餐，言曦单独回了酒店，把空间留给言隽和司婳。

言曦走后，司婳没让言隽送自己回家，道：“我自己打车就好。”

“是因为小曦今晚的那些话吗？”言隽问，依旧保持着温和的态度。

牙齿轻轻滑过唇瓣，司婳开始思索应该如何应对。

这时，言隽以一种玩笑的方式轻松地道：“言曦还小，玩心重，再加上家中的长辈总调侃我从出生至今一直单身，所以言曦一见到与我年龄相仿的女生，就会将我和对方想成情侣关系。”

“从出生单身至今？”司婳难以想象这样优秀的男人会毫无感情经历。

“难以置信吗？”言隽淡然地道，“我只是觉得感情的事不能将就，等待久些也无妨。”

“对……”感情的事不能将就，司婳一向这么认为。

言隽言行举止十分坦荡，相较之下倒显得她庸人自扰了。

司婳尽快调整好状态，道：“那就麻烦言先生了。”

二个人上了车。很快，司婳主动道：“我不是榕城人，但在这边上学、生活过几年，暂时住在朋友家里。”

“打算什么时候回‘四季’？”言隽不经意地问道。

“过两天吧，学校那边虽然停了美术课，但我还有些事情要处理。”

“那正好，上次去雪山拍的照片我已经整理好了。等你回‘四季’后，我就把相册给你。”

虽然最近一直在奔波，言隽也没忘记整理在雪山上拍的照片，还亲自挑选了一些修图、打印，并将其整理成册。

“那太好了。”言隽的话勾起司婳在雪山上的愉快回忆，但她很快想起一件事，问，“你不会挑了我的丑照吧？”

言隽一愣，旋即顺着她的话调侃道：“那些不是被你悄悄删了吗？”

“你还说！明明你就有备份。”司婳伸手画了一个小小的圆形，“你要是敢放我的丑照，我就把你和你捏的泥团贴在‘四季’的大门口，让他们看看这儿的老板有多‘糗’！”

“是吗？”言隽微微叹气，单手支着下巴，假装思索应对之策，“可现在至少有一个人认为你是‘四季’的老板娘，你要跟我一起丢脸吗？”

“哦，谢谢你的提醒，贴照片之前，我一定会跟那个女人澄清，然后再鼓励她千万不要放弃！”像是抓住了对方的把柄，司婳得意扬扬。

就在两个人互相揭短时，车缓缓停在柯佳云家楼下。

司婳笑着跟言隽道别，正要下车时，突然发现不远处站着一道熟悉的身影。刹那间，司婳脸上的笑容消失得无影无踪。

司婳完全僵住了。

她看到贺延霄站在路灯下，不一会儿，柯佳云从大门口走出来。

“贺延霄，贺总！你很闲吗？大晚上站在我家楼下，不知道的还以为你是小偷呢！”柯佳云裹着一件厚厚的羽绒服，十分无奈地抱着手臂，话里话外透着嘲讽的意味。

“司婳不在榕城、滨城，还能去哪儿？”贺延霄并不在意柯佳云的态度，直接问道。

“她去哪儿了，我怎么知道？”关于这个问题，柯佳云已经回答过许多次了，早就能面不改色地说出这句话了。

“你是她的朋友，如果她真的独自离开了，你怎么连她的人身安全都不担心？”贺延霄问。

“你也知道担心啊？可现在担心也没用啊，人早就走了。”柯佳云拢紧羽绒服，道，“她是个有思想、有行动力的人，腿长在她身上，她爱去哪儿去哪儿，我还能把人拴在身边不成？”

“贺延霄，要不是怕你去工作室烦我，我才懒得下来。”柯佳云在手机屏幕上点了两下，随后直接将手机揣进兜里，道，“如果你还是想问司婳的事，那么很抱歉，我不知道。”

柯佳云转身就要走，贺延霄迅速挡在她身前，将手中的长盒递给她，道：“柯小姐，麻烦你将这个盒子转交给婳婳。”

“贺总，你是听不懂人话吗？我根本就不知道婳婳在哪儿！”柯佳云正想绕过这个难缠的人，耳畔忽然传来一句话：“里面是 Susan 的画！”

贺延霄再次站在柯佳云面前，递出长盒，道：“柯小姐跟婳婳相识多年，想必也知道 Susan 是她最喜欢的画家。这里面装着 Susan 的绝笔之作，柯小姐是否愿意收下，代为转交？”

柯佳云没有伸手去接，但也没有直接走人。

察觉到对方动摇了，贺延霄直接把花了六千万买到的东西放在地上，道：“东西我放在这里了，至于是否收下，全凭柯小姐的心意。”

“东西拿走，我无法帮你转交。”柯佳云绕过他，继续向前走去。

没过多久，柯佳云收到一条消息。

电话可以拒接，消息只用一眼就能看完，柯佳云想躲都来不及。

柯佳云看完消息不由得停下脚步，回头时已经不见贺延霄的踪影了，唯有那幅画留在原地。

按理说，柯佳云不该心软，可那是 Susan 的绝笔之作……今晚司婳就是奔着那幅画去的。

贺延霄送来的东西的确很珍贵，至少柯佳云不舍得让它孤零零地躺在地上。

思来想去，柯佳云还是捡起了东西。

她想好了，如果司婳不要，自己就直接将东西寄到贺氏集团。

这场闹剧演了多久，言隽就陪司婳在车里看了多久。

他们只知道一男一女在争论，却无法听清具体信息。但司婳几乎猜到了贺延霄此行的目的。

这个人怎么……到现在还缠着柯佳云?

司婳刚才差点儿就开门冲出去了，最终，理智战胜了冲动。

见司婳目不转睛地盯着外面，言隽不动声色地问:“你认识那两个人?”

“那个女生是我的朋友。”司婳麻木地回答道，脑子里一片空白，根本没空顾及言隽的想法。

言隽却一直观察着她。

她分明是认识甚至熟识外面那个男人的，否则不会因为一个背影而脸色大变。可她完全没提那个男人……

“他们看起来像是有矛盾，需要帮忙吗?”言隽问。

“人已经走了，我也该回去了。”司婳轻轻摇头，说话的时候不带任何感情。她现在脑子里混乱得很，只想赶紧逃走。

司婳推开车门，身后立刻传来一道声音:“明天见。”

“啊?”司婳一时没反应过来。

“你好像答应过小曦要带她去尝尝榕城的美食。”言隽笑道。

“对不起，可能……总之我晚点儿给你答复。”司婳立刻道歉，“我先上去，你回去时注意安全，再见!”

司婳离开后，言隽站在车边，迎着寒冷的晚风，盯着那栋高高的楼看了许久。

司婳很快按响了柯佳云家的门铃。柯佳云看见她，吓了一跳。

“你刚回来?”柯佳云赶紧把司婳拉进来，又在家门口往外看了两眼，小心翼翼地问，“没有遇见贺延霄吧?”

“你们刚才在门口争执，我都看到了。”司婳深吸一口气，“对不起，佳云，没想到时间过了这么久，他还在打扰你，明明是我自己没处理好这方面的问题。”

“说什么傻话呢?今晚他是凑巧找过来的。”柯佳云突然想起什么，赶紧把茶几上的盒子抱过来递给她，道，“他今天来找我，拜托我将里面的东西转交给你。我原本是拒绝的，可他把东西放在地上就走了。而且，他说这里面是 Susan 的绝笔之作。”若非如此，柯佳云肯定不会将盒子拿回来。

“他要把东西给我？”亲身经历过那场拍卖会的司婳当然知道这里面装着什么，她不愿意让言隽花高价买的东西，到头来经贺延霄的手到了她这儿。

司婳将手指搭在盒盖的边缘，即将揭开盖子的那一秒突然反悔了，收回手道：“六千万的东西，还是不碰为好。”

况且，这里面装的那幅画，于司婳而言没有多大的价值。

“六……六千万？”柯佳云顿时傻眼，瞪着那个盒子说不出话来。

她刚才随手捡回来的东西值六千万？

“婳婳，那现在怎么办？早知道我就不该下楼！”柯佳云有些懊恼。

司婳似乎对这幅画并不感兴趣，那她做的一切毫无意义，反而为司婳增添烦恼。

“不是你的错。”司婳握着柯佳云的手，将自己的想法告诉她，“明天你找人把东西送去贺氏集团，他怎么让你收下的，你就怎么让他收下。至于他心不心疼这六千万，那是他的事。之后我会跟他说清楚，让他不要再来打扰你。”司婳不愿给好友添麻烦。

司婳这是打算再跟贺延霄见一面？

柯佳云连连摇头阻止道：“你千万别再跟贺延霄产生瓜葛了。你不知道，自从你走后，那个男人嘴上说着找你，却让季樱在贺氏集团任职，真是气死我了！”

当时贺家人屡次上门向她打听司婳的下落，她多了个心眼，派人查到些东西。其他的还好说，季樱在贺氏集团工作这点让她十分生气。隔天贺延霄再来，她直接以此为由把他骂了一通，对方才消停。

现在提起来，柯佳云都气得想捶桌子。

“佳云，我知道你的意思，你不用担心，我既然跟他分手了，就不会再回头。”司婳明白好友的担忧。

“既然如此，那你现在更不能去见他。”柯佳云理智地分析道，“你不出现，他在我这里套不着消息，总会放弃的。你要是现在去找他，反倒让他认定你跟我不会断了联系。”

司婳最终被说服了，道：“就是委屈你了。”

“这算哪门子委屈？有人主动凑上来让我看戏，我乐着呢！”柯佳云伸手抱了抱她，“婳婳，你应该放下过去，拥有新的生活。”

“我会的。”司婳拥着对方，声音很轻，语气却无比坚定。

一段从一开始就充满欺骗的感情不值得她惦念，只不过她当初用情太深，现在见到贺延霄还是容易失态。

总有一天，她会忘掉那些事，迎接美好的未来。

第二天，言曦收到司婳的致歉电话。司婳无法履行带言曦尝遍大街小巷的美食的承诺，感到很遗憾。

“没关系的，司婳姐姐，这次不行咱们就下次，来日方长！”言曦的话中暗含深意。

在言隽的暗示下，言曦道：“姐姐，我们加个微信吧，方便联系。”

司婳觉得言曦跟自己很投缘，爽快地答应了。

完成“任务”的言曦举起手机给哥哥过目。很快，言曦的支付宝账户收到一笔钱，言曦看到后乐不可支。

其实言曦根本没把司婳爽约的事放在心上，只不过……

挂断电话后的很长一段时间里，言曦反复擦拭自己的小花瓶，在房间里走来走去，而坐在阳台上的言隽毫无反应。

阳台上的凉风直往脸上吹，言隽一直坐在那儿，言曦看着都觉得冷。

“哥哥也遇到无法解决的麻烦了吗？”思来想去，言曦还是抱着自己的小花瓶走向言隽，问。

“我不能遇到吗？”言隽回头看着她，嘴角仍挂着浅浅的笑。他脸上在笑，眼神却没有温度。

“我一直觉得哥哥无所不能，现在看来上天还是公平的，给了哥哥聪明的脑袋、一帆风顺的人生，却让你遭遇了情劫。”

“言曦。”他突然叫她的全名。

“啊？”言曦疑惑地道。

言隽收回目光，伸手敲阳台上的欧式圆桌，道：“不会说话就别说。”

“哦。”言曦有些郁闷，心想：昨晚让我陪您演戏时，您可不是这个态度！

言曦敲了敲自己的小花瓶，咚咚两声，声音很清脆。她把耳朵贴近了听，歪头时看到桌上摆着那条翡翠项链，立即回头问：“哥哥，你昨晚干吗不把项链送给司婳姐姐？”

“她不会收的。”至少现在的她不会。

言隽十分笃定。

二人从肢体接触到心灵靠近需要时间，他已经逐渐让司婳习惯他的存在了，不急于一时。司婳心思细腻、个性敏感，言隽要与她保持“安全距离”。如果他此时送出昂贵的项链，无异于打破两人之间的平衡，结果会适得其反。

他已经尽可能地放慢速度，一步步地接近她了。只可惜每当两人的关系更进一步时，总会冒出一些莫名其妙的人或事将他们的关系推回原地。

他能让司婳对自己畅所欲言，可一旦触及她脆弱的内心，敏感的她就会立即伸出尖锐的爪子，表现出排斥的情绪。

是他表现得太克制了，还是他真的无法让司婳动情？

从小到大几乎没有遭遇挫折的言隽第一次怀疑自己的能力。

言隽数次打开手机，两人的聊天记录停留在昨晚。

他到酒店后跟司婳报平安：“已到，晚安。”

司婳回复道：“早点儿休息，好梦。”

为防再次撞见贺延霄，司婳已经开始收拾东西，准备回滨城了。

“婳婳，你打算在那边待多久？”柯佳云今天休假，刚好陪司婳在家整理东西，总想往她的行李箱里塞零食。

“看情况吧，反正学校停了美术课。我正好准备回老家一趟。”司婳把最后一件衣服叠好，放进行李箱。

“也对，马上就过年了。”柯佳云点了点头。

她知道司婳每年都会回老家陪父亲过年，尽管他们父女俩平时几乎不联系……

“不过你上次说的那个言老板……你们现在关系怎么样？”

“还好啊，我们比较谈得来。”

“谈得来就抓紧。”最近柯佳云在工作室老听员工抱怨家里人催婚，不知不觉便把长辈说那句话的语气学得十成十。

“啊？”司婳一时间脑子没转过弯。

“我是说，忘掉前任男友最好的办法就是找到一个全方位秒杀他的现任男友！”自打前两天柯佳云忽悠司婳打开相册看雪山照片，在相册中看见言隽的脸后，柯佳云就暗暗兴奋起来了。

“这样不好。”司婳几乎瞬间否定了柯佳云的建议，非常认真地道出内心的想法，“利用别人的感情去治疗自己的伤，这样不好。”

她对感情十分专一，或许这在其他人看来有些死板。旁人甚至无法理解她当初为什么苦苦坚持那么久……

其实，她坚持那么久只是因为那段时间，对方呈现出的品质恰好符合她对男友的评判标准。而当她发现真心错付的时候，也会毫不犹豫地离开。

与此同时，她也不会去做欺骗别人感情的事。

她想忘掉贺延霄，知道自己绝对不会回头。可她必须承认自己短时间内无法抛下过去，去接受一段新的恋情。

柯佳云循循善诱："你谈恋爱，肯定要找一个你喜欢的人。你愿意跟对方接触，说明你对那人有好感。感情是可以培养的嘛！"

"做朋友挺好的。"司婳拉好行李箱的拉链，背对着柯佳云道，"做情侣会分手，做朋友则不会。"

"谁说朋友不会分手？你以前有过不少朋友吧？现在还剩下几个？朋友也是会分散的。"

司婳缓缓地张开嘴，"啊"了一声，尾音拖得很长。

"你自己好好想想，别因为前任太渣就放弃开展新恋情。"柯佳云将没塞进去的零食开了封。

"我没有这么想。"司婳仍蹲在地上，手指在行李箱的拉链上来回拨动，背对着好友。

"你总喜欢把自己藏得很深，有时候，敞开心扉看看身边的人，说不定会有惊喜。"柯佳云将薯片塞进嘴里，不顾形象地吃了起来。

"嗯……"司婳锁好密码锁，扶起行李箱，懒洋洋地应了一声。

柯佳云："……"

司婳简直是在敷衍。

但柯佳云转念一想，从司婳的表情来看，司婳大概是把这些话都听进去了……想到这里，柯佳云抱着薯片偷乐。

毕竟，没有忘不掉的旧爱，只有不够好的新欢。

司婳买了第二天上午的机票。她听言曦说，他们明天坐飞机回景城。不过两趟航班的起飞时间相隔较长，他们恐怕不会遇到。

次日，柯佳云亲自把司婳送到机场，两人依依惜别。

司婳再次踏上去往滨城的飞机，心情已经截然不同。她明明只在那儿待了三个月，现在却对那个家有了一种归属感，大概是因为她住着大房子，又找了份工作吧！

她之前去滨城只是为了逃避，没承想在短短的时间里发生这么大的变化。如果她能早点儿在设计上突破自我就好了……

登机后，司婳找到自己的座位坐好，打开小桌板，将小包搁在上面。她正要拿东西时，旁边座位的人已经来了。司婳吸了吸鼻子，忽然闻到一股非常熟悉的清香。她立刻扭头，难以置信地瞪大眼睛："言隽？"

"好巧，又见面了。"言隽看见她后毫不诧异，慢条斯理地打开小桌板。

"你今天不是要送小曦回景城吗？"她分明记得言隽说要先将言曦送回景城，再回"四季"。

"小曦已经上飞机了，到景城后会有人在机场接她。"言隽不急不缓地道。

他先送言曦离开，再到这边候机，时间非常充裕。

司婳点点头，双手交叠，搁在小桌板上，看起来像个认真听课的学生。

她的反应逗乐了旁边的言隽，他轻声道："现在你可以安心睡觉了。"

司婳惊讶不已，问："你是什么时候发现的？"

他居然知道她独自出行时有不睡觉的习惯。

"不是你亲口说的吗？"

"我？"司婳努力回想，完全没印象，有些懊恼，"我想不起来了。"

"没关系，我记得就好。"言隽笑道。

他们一起去雪山时聊了许多事，对方只是随口一提，他却牢牢地记在了心里。

在空姐的提醒下，乘客纷纷系上安全带。司婳安心地闭上眼，不一会儿，温暖的毯子盖在了她身上。侧头对着窗户的司婳慢慢睁开眼，无法再忽视身边的人。

回到"四季"，司婳有种恍如隔世的感觉，尽管她并没有离开多久。

没有前男友打扰，没有忙碌的工作，她在这里可以体验慢节奏的生活。

她放下行李没多久言隽就来敲门了。他将手中的相册递给她，道："这是我们在雪山上拍的照片。"

"啊！我要看！"司婳赶紧接过相册，迫不及待地翻开，里面的场景瞬间吸引了她的视线，“这些照片好好看。”她简直爱不释手。

“你再往后翻。”对方的反应取悦了言隽。

司婳依言加速翻阅，从中间开始，照片中都有她的身影，她在每张照片上的表情都十分自然。

司婳从来不知道自己有这么好看的笑容。

大致翻阅完后，司婳忽然觉得缺了点东西，猛地道：“没有你的照片吗？”

“想看我的？”言隽坐在她旁边问。

“我只是觉得雪山是我们两个一起去的，你光顾着给我拍了，自己都没有留下什么照片。”他细心地挑选照片，修图，最后洗出来过胶，还一张张地装进相册，如此煞费苦心，唯独没考虑到自己。

言隽指着相册道：“这本相册就是我最大的纪念。”

他送给司婳一本，自己留了一本。

司婳郑重其事地抱起相册，道：“我会好好保存的。”

言隽唇角微勾：“我也是。”

司婳说的是东西，他指的是人。

言隽走后，司婳坐在窗边把照片从头到尾仔细看了一遍，忽然意识到了什么，表情越来越沉重。她先前没往其他方面想，将言隽当成知己，但不知道从什么时候开始，好多人觉得他们在一起了。

她跟贺延霄在一起时，周围的人要么羡慕她攀上高枝，要么说她痴心妄想，终究会竹篮打水一场空。反正总有人觉得她配不上贺延霄。

但她认识言隽后，感觉完全不同了。无论宋俊霖还是言曦都没问过司婳的家世。

言隽举止坦荡，以至于她无法辨别对方是想跟自己做好朋友，还是有别的意思。若是前者，司婳觉得遇此知音是此生之幸；若是后者，她恐怕承受不起。

一月中旬，学生放假了。

二月上旬，司婳拎着行李箱回了老家。

司婳跟父亲争吵多年，平时几乎不跟他联系，但坚持每年回家。至少除夕这天她必须回家跟家人待在一起。

司婳的老家在乡村，但这里并不算贫穷落后，跟小县城隔得不远，出行都很方便。住在这里最大的好处就是环境舒适，生活惬意。

司婳乘车回去的时候，远远地看见屋旁平整的地坝上坐着一个男人。

水泥道路已经修通，司婳下车就在自家地坝上。她拉着行李箱走到男人面前，喊了声：“爸。”

见女儿回来，司父不着痕迹地打量她一眼，没说话，好似没瞧见眼前的人，继续用竹条编织竹篮。自从司婳执意报考远方的大学离开后，司父一个人住在这里，越发沉默。司婳已经想不起小时候那个抱着她大笑的父亲是什么模样了。

司婳没跟父亲多说，自个儿把行李箱拉回房间。房间里几乎没什么变化，她走的时候什么样，回来的时候就是什么样，一直很干净。这就是她每年除夕必定回来的原因。他们吵架归吵架，那打断骨头连着筋的血缘关系是无法割舍的。

整理好东西后司婳才出去，司父已经没在编竹篮了，编到一半的竹篮被搁在客厅的墙边。

厨房里传来声响，司婳放慢脚步走进去，见司父正拿刀切肉，菜板上那堆肉分量不少。

快五年了，他们之间总是这样沉默，司婳一时间不知如何开口。

今天从父亲身边路过时，她有意回头多看了父亲两眼，才发现父亲原本乌黑的发间不知何时长出了白发。

岁月催人老，时光不待人。这些年她想过跟父亲和解，却怎么也打不开父亲的心结，好像从母亲去世的那刻起，这个男人就彻底把自己的心门关上了，连女儿都进不去。

收回思绪，司婳走进厨房主动道：“爸，我来帮你吧。”

“不用。”司父头也不回地道。

虽然被拒绝了，司婳还是执意上前忙活起来，司父也没把她撵出去。

除夕夜，父女俩坐在桌旁吃了一顿团年饭。

大年初一，司父一大早就起来搓汤圆。司婳醒来后，桌上摆着一碗温热的小汤圆。她先喝了一口汤，味道甜甜的，却不会腻。跟贺延霄分手后，她更自由了，因此从除夕一直待到了年假结束。

距离开学还有十几天，司婳打算再在老家待一周。这反常的举动让司父对她现在的生活产生了疑惑。

几天后，司婳接到学校一位老师的电话，对话中提到了“学校”和“美术老师”等信息。司父的脸色顿时变了，他问：“你在学校当美术老师？”

“前段时间暂停了工作室的工作。”司嫱简单地说道，连分手的事都没提。

她本想心平气和地跟父亲沟通，没想到司父听了后立刻怒道：“我说过你会后悔的，你偏不听！现在倒好，画画，你画不成；设计，你也不行！”

“无论做什么，我都会遇到瓶颈，无论是绘画还是做设计。爸爸，您这样说未免也太过分了吧。”司嫱不满地皱眉道。

“当初给你选了一条大路你不走，现在才想靠画画谋生，还跟我闹？”

“从头到尾我就没跟您闹，我选择自己喜欢的服装设计专业有什么错？这几年，我没有伸手问您要过一分钱吧？”

“你是没管我要，但你去上学时还不是花你妈妈留下的钱？”

“我确实迫不得已用了那笔钱，但很快就补上了，还靠自己的努力赚够了四年的生活费。我问心无愧。”

“司嫱，我再问你一遍，你到底是要继续做设计还是绘画？”

“爸爸，我的选择不会变。”司嫱深深地吸了一口气，道，“从小他们就说我的脾气像你，我一直不明白到底哪里像，后来想清楚了，我们最像的一点就是认定的事情，哪怕撞了南墙也要做下去。”

司嫱不想再争吵下去，从司父身旁走开。父女俩又一次不欢而散。

司嫱回到房间，开始收拾东西。她整理书桌时打开笔袋，发现里面大部分是钢笔。红墨水、黑墨水、蓝墨水分别搭配着不同颜色的钢笔，其中一支有些旧的蓝色钢笔被装在透明的袋子里。

见到钢笔，司嫱不禁回想起小时候的事。小时候，父母带她去滨城旅游也是住的民宿。在她的印象中，那个房子很漂亮。白天，一家三口玩得很快乐，直到某天半夜，小司嫱被雷声惊醒，大声呼喊爸爸、妈妈却不见人。她打开门跑出去，被好心的民宿老板拦住。对方说了什么她自然记不清了，只知道当时遇到一个比她个子高了许多的哥哥。那个哥哥陪她在屋檐下等了很久。司嫱最后还是哭了，对方便拿出一支钢笔哄她。

后来，她终于等到了爸爸妈妈，小哥哥功成身退，却忘了将钢笔带走。

那晚的事情司嫱记忆深刻。后来，贺延霄陪她站在屋檐下，倾听她的心事，在医院守了她一夜，她不知不觉地将贺延霄和那个哥哥联系起来。

她以为自己总是那么好运，总能遇到拯救自己的人。

把钢笔带走的想法一闪而逝，司嫱拿起钢笔又放下了。算了，这般珍贵的东西，就让它留在美好的回忆中吧！

次日，司婳回到滨城。

春节假期已经结束，小娜跟姜鹭都休假了，没回来。面对不太熟悉的员工和来往的陌生旅客，司婳觉得有些孤独。

再过几天就是元宵节，某个广场上将举办元宵晚会。

司婳这两天又静不下心，心情渐渐低落下去，好像对什么事都不抱期待。

她不应该这样的。父亲不认同她，她才更要做出成绩向父亲证明自己。司婳摇摇头，决定去元宵晚会上看看，换换心情。

司婳打听好元宵晚会的时间，晚上七点半开始，九点半结束。

她化好精致的妆容，穿着符合节日气氛的橘色毛衣站在全身镜前看来看去，随后取下衣帽架上的杏色贝雷帽戴在头上，这才拿起手机慢慢下楼。

刚到大厅，司婳就看到门口出现了一个熟悉的人。

“言隽？”

他拖着黑色行李箱，气喘吁吁，呼吸声不太平稳，看样子走得很急。

他看见她，高兴地道：“赶上了。”

司婳回到“四季”那天，员工就悄悄通知了他。于是他加快速度处理好手头的工作，随后立即从景城赶了过来。好在司婳还没出门，一切都来得及。

“今晚广场上有活动，我打算去看看。”言隽不露痕迹地打量她今日的穿着，问，“你现在准备出门，对吧？”

“对，我也想去凑个热闹。”司婳点点头。

“刚好，咱们一起去。”没等司婳反应过来，言隽已经放好了行李箱，打算直接跟司婳一起出门。

司婳咬着唇，试探性地建议道：“你别着急，时间还早，要不先歇一歇？”

“好。”言隽这才意识到自己刚才的举动不太妥当，意图太明显了。

言隽回房之后，司婳一直坐在客厅的沙发上。距离元宵晚会还有一个小时，他们步行过去也只要二十分钟，时间绰绰有余。

没过多久，言隽换了身衣服从楼上下来。他穿着棕色毛衣，气质沉稳，看着比平时成熟。

“可以走了。”

司婳点点头，笑着站了起来。

路上，两人并肩而行，好似约会的情侣。

正月十五，街道上用来装扮的灯笼还未拆除，节日气氛浓厚。路边的小女孩儿挥舞着仙女棒，像夜空中闪烁的小星星。

元宵晚会的节目很精彩，奈何观众太多，许多站在后面的人只能听个声响。

他们在人群中穿梭，稍不注意就会被冲散，司婳正想说什么，手忽然被人紧紧握住。

“这里人太多，容易走散。”言隽解释道。

司婳有些不自在，但还是没有将手抽出来。环境十分嘈杂，但她仍能听见自己越来越快的心跳声。司婳有些恍惚，不知不觉晚会竟然结束了。

广场上的人陆续散开，司婳也转头对言隽道：“差不多了，我们走吧。”

他们走到空阔地带，两只手仍然牵在一起。司婳用余光瞥了他好几眼，只觉得被握住的那只手烫得很，手心都是汗。

“言隽。”她不得不提醒道，“现在可以放开了。”

“抱歉，忘记了。”

这个蹩脚的理由，说出来他自己都不信。但司婳信了。她不想面对任何可能发生的麻烦事。

离开广场后，两人换了一条路走回去，沿途风景很好，只是光线暗的地方司婳没法看清。

道路转角处，司婳忽然发现一家没关门的琴坊，店里摆着各种乐器。

司婳走了进去。老板坐在店里泡茶，桌上摆着一整套茶具，对面是一架古筝。

“客人想要什么？随便看。”老板坐在位置上一动不动，道。

司婳浏览一遍，忽然在一把琵琶前停住脚步。

“要试试？”言隽挑眉，饶有兴趣。

司婳点点头。

他们之前很少讨论音乐方面的事，言隽从不知道她会弹琵琶。他有些惊喜，觉得越接近这个女孩儿，越发现她是个宝藏。

老板应允后，司婳抱着琵琶试着拨弦。她自然而然地弹了一段，抬头看看店里的两人，有些不好意思。老板摆出“请继续”的手势，言隽对她微笑起来。在两位观众的鼓励下，司婳向老板借了曲谱，尝试弹出完整的曲子。

言隽听得入迷。他一直在茫茫人海中寻找与自己有共鸣的灵魂，找了很久，久到他几乎快不相信有那样的人存在。

可是，她出现了。

随后，他沦陷了。

最后，司婳买下那把琵琶，留下地址，添了费用让老板明日送去四季民宿。

离开琴坊后，两人自然而然地聊起乐器，言隽兴奋地道：“我不知道你还有隐藏技能。”

司婳笑道：“你没问过我。”

不光言隽，还有很多人不知道，因为他们没问过，她也没有强烈的表现欲。

小时候，她利用业余时间培养了许多兴趣爱好。乐器中，她不仅学过琵琶，还学过别的，但最喜欢的就是它。

“问你了，你就会回答吗？”言隽缓缓地问道。

司婳点头，诚恳地道：“如果我能回答，自然会答。”

“春节后我会离开滨城很长一段时间，你……”一向自信的言隽下意识地放轻了声音，迫切地想得到一个答案，“你……要不要去景城看看？”

第六章

五月初五，不见不散

司婳再次从梦中惊醒。

梦里，当言隽问她要不要去景城后，她说："对不起，言隽。"

元宵节已经过去三天了，她从那天起就一直梦到这个场景。

当时，言隽再次向她发出同行邀请，她隐约察觉到那意味着什么，所以退缩了。

她从小到大拒绝过不少人，但在言隽面前说出"对不起"三个字一点儿也不轻松。

司婳坐在床边长叹了口气。她明明没有做错什么，偏偏就是忘不掉那一幕……

元宵节后言隽就离开了滨城，司婳得自己做早餐。

她迅速起床洗漱，趿着拖鞋下楼，打开冰箱后才发现食材很新鲜。

她拿出两枚鸡蛋，打碎后倒入面粉和纯牛奶搅拌，在锅里刷油，随后煎了四块鸡蛋饼。

她动作熟练，结果东西放进锅里后……煳了！

"唉……"司婳再次叹息，安慰自己慢慢来。

司婳磨磨蹭蹭地吃了早餐，收拾好厨房，准备回房间时发现琵琶还摆在客厅里。

琴坊的老板早在元宵节第二天就将琵琶送来了，她没有弹奏，兴味索然。

这把琵琶定价几千元，那天她买下时也没细究音色。说起来，她放在老家的那把琵琶的价格应当超过了市场上大多数琵琶的价格。那把琵琶是她的生日礼物，妈妈去世之后她就很少碰了。

紧接着，学校开学了。学生们纷纷返回校园，司婳这个美术老师也开始制订教学计划。

她每天早上去学校，下午回来。

过了几天，她路过前台时总觉得哪里不对劲，思来想去才发觉缺了个人。

“最近怎么没看到姜鹭？”

“姜鹭……回去上学了。”

姜鹭因为不好好学习差点儿放弃学业，被家人“赶出来”体验生活半年后，还是选择回到校园，继续上课。他明年会参加高考。

姜鹭走后这几天，小娜上班都没劲儿。

“小娜，你没想过重新回学校吗？你还小。”司婳记得小娜才十八九岁，哪怕重读也来得及。

“我不适合读书……”小娜低下头，有些沮丧。

“没有什么适不适合，只有你自己想不想。”司婳道。

小娜轻轻摇头，迟疑地道：“不行的，我爷爷这两年身体不太好，我在‘四季’还能赚钱补贴家用。”

小娜的父母意外去世后，她一直跟着爷爷生活，当初离开学校一是因为成绩差，二是想早早赚钱替爷爷分忧。

说起来，小娜一直待在这个小地方，虽然接触过许多人，却从未走出去见世面。她满足于这里慢节奏的舒适生活，拿着一份合适的工资，安于现状，不知道要继续拼搏。

“你想在‘四季’待一辈子吗？”司婳望着她，微不可察地叹了口气。

“我没想过那些。”几乎没人跟她正面谈过这些问题，小娜有些无措，甚至不敢跟司婳对视。

“你别紧张，我们只是在闲聊。”司婳尽量让她放松些，“自己的人生就应该自己做决定，你的选择没有错，但你可以再想想，是否有更好的出路，既能让你开心，也能让你爷爷生活得更好。”

司婳作为过来人，看到比自己小几岁的妹妹时总想帮一把。但她不能把自己的思想强加给别人，说多了怕对方反感，只能提醒对方到这儿。

“我知道了，司婳姐。”小娜感激地道。

小娜以前从没想过这些，那些人不顾她的兴趣，一味地叫她读书，却让她更加抵触学习。而司婳告诉小娜可以坚持自己的选择，但要努力过上更好的生活。

更好的生活……

“你还小，改变人生的机会一大把，加油啊！”司婳嘴角含笑，清澈的目光中有股让人信服的力量。

司婳说完，正准备走，小娜突然想起什么，从桌下取出一个文件袋道：“司婳姐，这里有你的快递。”

“我的？”司婳不记得自己最近买了东西，有些惊讶。

司婳接过文件袋，直接打开，发现里面有一个薄薄的信封。司婳更加好奇了，连小娜都睁大了眼睛。

司婳拆开信封，手指伸进去，发现里面是一张旅游景点的明信片，地点是景城。

答案浮上心头，司婳这才想起来去看寄件人的名字。

只有一个字母“J”。

自那以后，司婳每个星期都会收到两个来自J的快递，里面装着不同地点的明信片。

慢慢地，明信片的地点从景城扩展到全国，甚至还有国外的。

司婳清楚地记得这些明信片跟言隽讲过的旅游经历息息相关，每次收到明信片，都能回忆起那些精彩的故事。

随后，文件袋里的东西多了起来，有形状奇妙的树叶，也有各种各样的干花，还有某些地方独有的物件。等到第二个月，司婳收到的东西已经足够制作一个小画册了。

她开始回信。

起初她不知道该回复什么，就在网上搜索明信片上对应的图片，将它们依序画出来，如同收件一般依次寄出去。信里，她没提一个“谢”字，但以自己最擅长的东西当回礼，对方能感受到她的诚意。

司婳长这么大还是第一次跟人以信的方式交流。慢慢地，她多了一个习惯，每隔三四天就会去前台拿快递。

这天，司婳刚把画架摆好就接到了柯佳云打来的电话：“婳婳，有个好消息！”

“说说看！”司婳慢悠悠地回到屋内。

“天娱集团将举办一场盛大的服装设计大赛，可自由发挥，最后的获奖者不仅能拿到高额奖金，还可以直接进入集团工作，相当于一只脚踏进了时尚圈。”柯佳云略显激动。

柯佳云直接发来参赛链接，司婳心念一动，点击链接看了起来。

奖金真的很高，连最低奖项的奖金都有六位数。

天娱集团，明星捧一个红一个。司婳如果参加大赛取得好成绩，不仅能拿到高额奖金，还能得到一份高薪工作。最重要的是，这次大赛的宣传力度很大，如果从中脱颖而出就会大大地提高知名度。

无论从哪个角度，对还没出名的新人来说，这都是一个绝佳的机会。

“我有点儿担心。”司婳心不在焉地拨弄着挂在窗边的玻璃瓶，犹豫得很。

她这几个月交给工作室的稿子水平挺一般的，没人挑错，但也没有特别突出。天娱集团针对这次大赛下了血本，要求肯定也极高，如果她不能突破自我，绝对没有胜算。

“反正我要去报名了，不管能不能获奖，努力一把总是好的，万一撞大运了呢？”柯佳云向来乐观，也不害怕会输。

“你说得对。”司婳赞同她的看法，但本身不是冲动的人，还是道，“我考虑考虑。”

挂电话没多久，柯佳云就把自己报名成功的页面截图发给司婳看。

距离大赛报名截止还有一个多月，大赛规定报名结束后三天内必须上传初赛作品和全方位的实物解说视频，这就意味着司婳如果要参赛，就必须在六月中旬设计出参加初赛的作品。

这几天除了上课，司婳就在附近转悠，出去逛逛或许能得到灵感。但她转了两天，一无所获。

大赛没有限制主题，大家自由发挥的同时还要特别注意美观度。

熬了一周，司婳终于画出一张满意的设计图。

说来也巧，那天她路过前台听到员工跟客人报房间名，茅塞顿开，以“百花”为主题设计了一款仙气飘飘的长裙。

之后几天，她亲自去市里最大的商场挑选布料、颜色和装饰品，自己动手做了出来。现在，她就差一位模特展示作品了。

司婳一直没找到合适的人选。

如果在熟悉一点儿的榕城，或许她能让工作室的人帮忙，但在这边，每天都跟一群小朋友打交道，要找个身材好，脸蛋也不差的模特还真是……

“司婳姐，下午好，你站在楼梯那儿干吗？”

司婳正靠在露天的楼梯上沉思，忽然听到一道女声，低头一看，脸上洋溢着笑容的小娜正冲她招手。

司婳打了个响指，从楼梯上下去，从头到脚打量了小娜一遍。

小娜是个活泼可爱的小姑娘，身高一米七，脸上都是胶原蛋白。

司婳将双手搭在小娜的肩上，弯起嘴角，神秘地道：“小娜，想请你帮个忙，事成之后还有报酬。”

司婳选了毫无经验的小娜做模特，展示那套裙子。

美艳的裙子穿在小娜身上，既不显稚嫩，又不会让人觉得俗气。

两个人选了个阳光明媚的天气出去拍摄照片。

穿上美丽的裙子，小娜简直像来自大自然的精灵。

搞定这件事后，司婳突然想起自己似乎有段时间没收到快递了。

言隽一直没消息，也没发朋友圈，司婳实在搞不清对方最近的动态。

言曦偶尔会给她发一些有趣的表情包，却没说过关于言隽的事。司婳旁敲侧击，但没收到有用的信息。

情场失意，职场得意，司婳虽然没有收到快递，但作品成功地入围复赛。

所有入围复赛的作品被主办发发布在网上。与此同时，司婳收到柯佳云发来的好消息，柯佳云也入围了。

接下来一个月的时间里，她们将为复赛而战。

“司小姐，这里有一个你的快递。”

好几天后，司婳终于再次收到了快递。

这次，她发现里面有个小东西将信封撑得微微凸起，打开一看，里面竟然有个银色的 U 盘（优盘）。

回到房间后，司婳好奇地将 U 盘插入电脑。

U 盘里只有两个视频，从封面看不出具体的内容。

司婳点开第一个视频，那是他们在雪山上录制的。每个镜头的主角都是她，视频经过剪辑，连她被松果砸到头的那一幕都变得自然、可爱了。

视频中大部分镜头她不知道，言隽用旁观者的角度让她看见了一个与平时不同的自己，勾起了她的回忆。

她对第二个视频充满期待，点开却发现时长只有二十五秒。

司婳十分疑惑，目不转睛地盯着屏幕。电脑上迟迟没有显示画面，耳机里却传出一道充满磁性的男声。

“司小姐，好久不见。

“送给你的礼物，还喜欢吗？

“你寄给我的信，我都收到了。

“很抱歉我迟到了这么久，希望下一份礼物你会喜欢。”

伴随着男人的声音，屏幕上缓缓出现一行字：五月初五，端午佳节，不见不散。

这是言隽第一次在做事前没有询问她的意见，直接告诉她。

他要约她见面。端午佳节，他们要不见不散。

对方似乎算准了时间，在她看完两个视频后，司婳的手机铃声响起。

司婳接了电话，道：“我看到视频了。”

“都看完了吗？”

“嗯。”许久没有见到言隽，她竟然还清楚地记得他的声音，“你没考虑过我不能赴约的情况吗？”

对方沉默片刻，缓缓开口道：“很抱歉没有提前询问你。我只是觉得，这样的话，你是不是就不会轻易拒绝我了。”

司婳咬住唇，一股难言的苦涩感在心头蔓延。

她一直没有说话，气氛变得沉重。

过了许久，言隽才询问道：“五月初五，你有时间吗？”

“嗯。”明明隔着电话，司婳在回答的时候，也重重地点了一下头。

手机里立刻传出愉悦的笑声，言隽尽量用平和的语气道：“那就说定了，不能反悔。”

“我是那种不守信用的人吗？”司婳以开玩笑的语气反问道。

司婳重细节，守承诺，言出必行。

挂了电话后，司婳放下手机，重新戴上耳机，将两个视频反复播了好几遍。

五月初五，端午节。

司婳本以为言隽会来“四季”见她，没想到在前一天晚上收到了一个地址。言隽让她明天直接去那儿。

司婳在手机地图上搜了一下，那是一家私人电影院。

私人电影院……她不免想起之前去私人电影院的经历，有些犹豫。

但这毕竟是她亲口答应的事，司婳还是赴约了。

她提前到了，言隽还没出现，她没有催，站在门口等他。

一分钟后，司婳接到了言隽的电话。

言隽说："进电梯，上三楼，那儿有人带你进来。"

按照言隽的指示，司婳乘坐电梯上了三楼，果然有人主动上前询问她的身份，随后带她往里面走。一路光线明亮，司婳逐渐放松下来。

她走进房间，身旁有人递给她一副眼镜，道："司小姐，请您佩戴4D眼镜。"

"不会关灯吧？"

她不知道会播什么，如果关灯，会很没有安全感。

"司小姐，您放心，言先生叮嘱过，室内不会关灯的。"

"好，谢谢你。"听到这句话，司婳松了口气，接过眼镜戴好。

慢慢地，屏幕上出现一片大雪覆盖的场景，紧接着是一片结冰的树林。在那个美丽的冰雪世界中，她亲眼看到一只美丽的蝴蝶破冰而出，扇动翅膀，穿过层层树林，在金色阳光的照耀下向她飞来。

她不自觉地伸出手，想要触碰那只翩然飞舞的蝴蝶。

停留在指尖的蝴蝶扇动着翅膀，逐渐出现一层金色的光芒。

"答应过要带你看破冰成蝶的，我做到了。"

言隽温和的声音回响在耳畔，司婳蓦地回头，发现言隽不知何时已出现在身后。

两个人的视线在空间碰撞，言隽面带笑意，一双明亮的眼睛让她无所遁形。司婳突然后悔室内开着灯，连一个小动作、小表情都逃不过对方的眼睛。

"我还以为是真的，原来你说的是这个。"她抬手碰了一下4D眼镜，避开言隽的目光。

"会觉得失望吗？"言隽毫不避讳地询问道。

"不会。"司婳称赞道，"我觉得很惊艳。"

动画已经放完了。这大概是她有生以来见过的最美的画面了。

"那我很荣幸。"

对言隽来说，自己准备的东西得到了对方的称赞，这再好不过了。

两个人在私人影院待了一个多小时，随后出去吃午餐。

言隽顺口问："最近过得好吗？"

"学校那边还好，就是设计会让人脱发。"她摸了摸自己的头发，道。

"设计需要灵感，而灵感这个东西，逼着自己去想不如去做其他事，也许会豁然开朗。"

"比如？"她脑袋一歪，看着旁边的言隽，期待一个有趣的答案。

言隽早有准备，道："今天是端午节，要不要试试自己亲手包粽子？"

"你有材料？"司婳回想着包粽子的经历，那已经是十几年前的事了。

"我没有。"言隽摇头，笑道，"不过我知道有个地方可以包。"

明明几个月没见，他们相处起来却丝毫不觉得陌生。司婳觉得这个男人似乎有种魔力，能让人自然而然地接受他的存在，正如那些信件，悄无声息地进入她的生活。

司婳点点头，接受了言隽的提议。

司婳本以为言隽说的是那种手工店，后来才发现言隽带她去了小娜家。司婳之前从未去过小娜家，只知道小娜跟爷爷相依为命。

司婳今天穿着高跟鞋，踩在凹凸不平的石子路上，差点儿崴脚，幸亏言隽及时扶了她一把。

来到门前，言隽抬手在门上敲了两下，里头走出来一位老人。

老人揉着眼睛，见到两位客人，一眼就认出了言隽，道："是言老板啊！快到里面坐。"

"你不早说是来小娜家！今天是端午节，应该带些礼物的。"司婳一边走一边小声对言隽道。

言隽却道："老爷子是不会收的。"

"哦。"司婳大概能猜到。

"你们坐！"老人用抹布擦拭椅子后让他们坐下，自己又进了其他屋。

初来乍到，司婳不熟悉环境，老实地坐好。

言隽在她的耳边道："老爷子姓元。"

司婳知道小娜的大名，元娜。

"你们喝，有点儿烫。"老人对他们很客气，端了两碗热水出来。

"谢谢元爷爷。"司婳接过碗，隐约能看见水里有杂质。

老人只是用水壶烧开了水，并未过滤。在老人热情的目光下，司婳抿了一口水，旁边的言隽亦如是。

“我记得上次娜娜回来给我看了几张照片，好漂亮。”老人说的是司婳上回参加初赛时为小娜拍的那套照片。

他提到孙女，脸上满是骄傲之色。

“小娜年轻漂亮，性格也好。”司婳立刻道。

“那孩子还小，你们多帮帮她，我替娜娜谢谢你们。”老人拱手道谢，言隽和司婳赶紧站起来。

很快，言隽跟老人说起包粽子的事，老人听后点头道：“行，我正准备包呢。”

他腿脚不利索，双手布满老茧，坐在矮凳上，左边的青色盆子里装着混了肉粒和绿豆的糯米，右边摆着洗干净的粽叶。

“你怎么知道元爷爷会包粽子？”司婳有些好奇。

“因为以前端午节的时候，老爷子会亲手包粽子出去摆摊卖。”

“这样啊……”司婳懂了。

许多年没包粽子了，司婳跟着老人的动作一步一步做，很快就熟练了。她先将粽叶卷成锥形，加入糯米后将留长的叶子往前一盖，捏出形状后再用棕榈树的叶子捆绑好。

步骤很简单，他们包得很顺利，但偶尔也会出现意外，例如言隽拿着筷子，一不小心就把粽叶里的米给挤出来。

司婳看见后笑出了声。她终于发现了言隽的弱点，这个理论知识无比强大的男人，动手能力有些弱。

在看到言隽包出的粽子时，司婳立马改变了对他的认知。他的动手能力岂止是有些弱？分明是非常弱。

“你小心点儿好不好？周围掉了一圈米。”司婳笑道。

“不碍事。”老人为言隽说好话。

言隽诚恳地道：“我努力。”

慢慢地，司婳包粽子的速度越来越快。

老人年纪大了，动作不太利索。而言隽，再努力也不行。

言隽被司婳笑话了好几次，也不恼，反而心情愉悦。

最后，食材用尽，他们一共包了三大提粽子。老人一手一提，分别递给他们两个人，自己只留了一份。

他们本想拒绝，但老人坚持，言隽只得改口道：“这样吧，我们两个是一起的，拿一份就好。”

“对，元爷爷，我们吃不了多少，剩下的您留着吧！听小娜说，她也很喜欢吃粽子。”司婳附和道。

“好好好。”老人笑着分给他们一份。

他们出门后抬头看了一眼天色，不知不觉中，天已经黑了。

粽子在言隽的手里，司婳看了好几眼，道：“今天没带礼物还拿了粽子，我想买个东西送给元爷爷，你觉得怎么样？”

“不用担心这个，回头我给小娜加工资就好了。你拿东西去，老爷子是不会收的。”言隽跟老人打过交道，已经摸清了老人的性子。

“听起来像是有经验了？”

“小娜刚来‘四季’时，老爷子出了意外。那天我带人把老爷子送去医院，后来老爷子拎着大包小包来了‘四季’，说要亲自感谢我。”想起往事，言隽叹了口气，“那时候我不好拂了老爷子的心意就收下了，后来又买了礼物送回去，结果老爷子怎么都不肯收。”

“放下就走也不行？”

“不行，他执意让小娜拿回来。”

后来，言隽便换了种方式回报老人。

“你真是个好人。”

言隽却道：“好人？拿好人卡似乎很吃亏！”

“那我只夸你是个好人，不给你发好人卡就是了！”司婳背起双手，因为心情愉悦，脚步都轻快了许多。

言隽挑眉，拎起粽子在她眼前晃了一下。

“说起来，今天忘记拍照了！”司婳看了他一眼，“我应该把你包粽子时的模样录下来，然后把这段视频跟你的小酒杯放在一起，都存在 U 盘里送给你。”

“这么喜欢看我出‘糗’？”

“这叫独乐乐不如众乐乐。”

“其实上次我骗了你。我一开始就打算做个小酒杯。”言隽一本正经地道。

“哦！那你好棒哦！”司婳皮笑肉不笑地道。

虽然言隽的动手能力差了些，但他的理论知识很充足。

陶瓷酒瓶和酒杯被送到“四季”后，司婳看过成品，发现酒瓶底下有一道裂痕。那时候，言隽立刻向她解释烧窑原理，她只能跟着点头。

两个人拎着粽子回到“四季”，第一时间把粽子放到锅里煮。

粽子出锅，香味扑鼻，司婳揉着空空的肚子道：“我觉得我能干掉一半。”

“试试就知道了。”

半个小时后……

“我不行了，吃不下了。”司婳手里还剩下半个粽子，已经被撑得不行了，“我未来一年都不想再吃粽子了。”

言隽递上酸奶，道：“助消化。”

司婳：“……”

饭后，二人散步消食，回去时已经差不多晚上八点了。

洗漱后，司婳来到隔壁房门前，正犹豫要不要敲门时，房门突然开了。司婳吓得往后退了几步。

在言隽疑惑的目光中，司婳试探性地问道：“今天那个破冰成蝶的视频，我可以保留吗？”

“很喜欢？”

“嗯，特效做得很真实，真的有种亲眼见到蝴蝶在指间飞舞的感觉。”

“只要你想，随时可以去那个私人影院看。”他似乎早就料到她会这样，提前做好了准备，“我再发你一个可以正常观看的视频。”

“谢谢！”司婳感激不已。

“今天一天下来，我从你的嘴里听到了好多句谢谢。”言隽道，“大家都是朋友，不必客气。”

“得有礼貌啊！”司婳摸摸鼻子，微笑道。

过了一会儿，言隽把视频发了过来。司婳点开看了看，瞬间有种直击心灵的感觉。

她坐在电脑前看了好几遍，突然来了灵感，立刻拿出纸和笔，连夜画出设计图。

次日，言隽又离开了滨城。

接下来的时间里，司婳跑了好几个地方都没找到最满意的布料。与此同时，柯佳云已经完成作品了。

司婳有些着急，打算去别的城市找。

她的第一个想法是回榕城，毕竟在榕城待过几年，她对那里更熟悉。

听了她的苦恼，言隽在聊天时建议道：“不如来景城看看，这里有国内最大的服装市场。”

言隽的话足够让人心动，司婳当即买了机票，收拾东西去景城。

七月正是炎热的时候，下飞机后，司婳找到了来接机的言曦。

言曦知道司婳要来景城，主动跑来机场等她，身边还跟着一位司机。

“司婳姐姐。”她们明明是第二次见面，言曦却一口一个姐姐，叫得十分亲热。

上车后，言曦替哥哥解释道：“家里出了状况，哥哥很忙，今天还有事情没处理完，所以没来接你。不过他已经交代我好好招待姐姐了，姐姐跟我回家吧。”

“等等……”司婳愣了一下，“回家？”

一不小心吐露了心里话，言曦赶紧捂嘴，道：“我的意思是姐姐要是有空，尽管来找我玩，我放假后一直在家。”

“好啊，不过这次时间紧张，下次有机会一定去找你玩。”司婳朝她笑了笑，语气真诚。

“嗯嗯！”言曦猛地点头，悄悄拿出手机，打了一行字发出去。

言曦带司婳去了一家环境雅致的餐厅，两个人才坐了一会儿言曦就起身道别：“司婳姐姐，我哥马上就来，我先走了。”

“你要走？”

“我中午约了朋友。我哥说不能让姐姐一个人在这儿，所以我才进来的。我现在要赶过去了。”言曦似乎很急，刚拎着包站起来就看到门口出现了熟悉的身影，立即扬手跟他打招呼。

司婳回头一看，言隽来了。

言隽今天穿着一身剪裁合体的银灰色西装，搭配同色斜纹领带，衬得整个人非常干练。

“中午好。”

二人相视一笑，面对面坐下。

司婳道：“小曦约了朋友，跑了。如果早知道她忙，我就不留她在这儿跟我闲聊了。”

“没事，小孩子精力充沛，跑得快。”言隽微笑着道。

司婳笑了笑，心想：的确，言曦跑得比兔子还快，一眨眼就不见踪影了。

他们点餐后，言隽将 iPad 递给她，道："按照你对布料的要求，我做了初步筛选。这上面标了红点的店，你都可以去看看。"

iPad 上的图标一直在变化，司婳一问才知道，这是言隽为了帮她寻找布料开发的小程序。

"听小曦说你最近很忙？"司婳紧盯着屏幕，说话的时候没敢抬头。

"是有些忙。但事有轻重缓急。"言隽不急不缓地将茶水递给她。

"谢谢。"司婳放下 iPad，伸手接过茶杯。

拐角处，消失的言曦偷偷跑了回来，坐到一个慈眉善目的老太太身边，小声道："奶奶，咱们这样不太好吧？"

"我坐着吃饭，有什么不好的？"老太太优雅地从眼镜盒中取出老花镜，丝毫不见心虚。

"要是被哥哥知道……"小言曦表情纠结，"我就惨了。"

"你是嫌昨天给你的零花钱太少了？"老太太瞪了孙女一眼。

"不少不少，奶奶可大方了！"提到零花钱，小丫头立马站到老太太身后为她捏肩捶背，理直气壮地道，"哥哥知道有什么关系？他能来这里吃饭，我们也可以！"

"这就对了。"老太太慢条斯理地戴上老花镜，认真地看了司婳好久。

"奶奶，您看清楚了吗？"言曦顺着奶奶看的方向一瞧，只见那两个人身体挨在一起，脑袋往中间靠，看起来有些亲密。

老太太脸上的笑容藏不住了。

她似乎想起了什么，扭头问孙女："你哥行不行啊？"

"啊？"言曦蒙了。

老太太嫌弃地补充道："这都快一年了，还没把人追到手。"

言曦深吸一口气，迅速整理了一套说辞："您也知道哥哥喜欢稳稳当当地做事，虽然现在还没成，但应该快了。"

话音刚落，那两个人立刻拉开了距离。

老太太收回打量的目光，取下老花镜放进眼镜盒中，盯着餐具摇头叹气："不争气！"

下午，司婳和言隽便按照小程序标注的地点开始寻找布料，一家店一家店地看。

见她托着布料看了许久，言隽试探地问道："有合适的吗？"

司婳摇头。

于是他们又换了一家。

如此走了一下午，司婳有些沮丧："是不是我的要求太高了？"

其实这几天他们见了许多上乘布料，但都没有让她特别惊艳的。司婳很苦恼，言隽却一直在安抚她："没关系，别着急，我们明天继续找。"

"听小曦说你很忙，明天我自己去就好了。"司婳揉了揉额头。

"你第一次来景城，我总得尽地主之谊吧！"

皇天不负苦心人，他们又找了几天后，司婳终于找到了合心意的布料。此时距离大赛结束还剩下一周的时间。

复赛在七月中旬，天娱集团分别在十座大城市设立大赛场地，届时现场观众和线上评委将共同选出三十名设计师进入决赛。

司婳将前往景城参加大赛。

为了复赛，司婳夜以继日地赶工，小娜也在抓紧时间训练仪态。

初赛视频发到网上后，小娜的身材和颜值得到许多网友的赞赏。

司婳见过元爷爷后动了怜惜之心，想帮小娜一把。不过，司婳做了两手准备。如果小娜无法胜任，司婳则安排专业模特上场。

言隽做主让小娜暂停了"四季"那边的工作，还特意找了名老师为小娜制订学习计划，在短时间内提升小娜的表现力。

服装制作完成后，司婳一直在酒店调整细节。

她对自己要求严格，总觉得还能做得更好看些。言隽带着晚餐来看她时，她还盘腿坐在地上，背靠着椅子冥思。

"已经很完美了。"

"总感觉……还差东西。"司婳有些苦恼，晚饭到了嘴边都无动于衷。

"先用晚餐吧，吃饱了才有力气干活。"言隽说。

司婳叹了口气，在桌边坐下吃饭。

她刚拿起筷子，脑子里灵光一闪，立刻放下筷子跑进房间，拿着针线和布料调整起来。

言隽抱臂倚在门边，默不作声地注视着她。

大功告成，司婳收好针，站起身来，脸上的笑容格外灿烂。

长裙乍一看是白色的，细看会发现纱与纱之间是蓝色的，下摆绣着花，还点缀了蝴蝶及珍珠。

当然，这样的设计并不算出挑，司婳的作品最亮眼的地方是外面那层薄如蝉翼的轻纱，针脚细密，内层舒适，在明亮的地方能折射出绮丽的光。

“完成了？”言隽缓缓走近，问。

“我在这儿卡了五天，终于想明白了！”司婳无法用语言表达她此刻的心情，一伸手就抱住了眼前的人，“太好了，言隽！”

突如其来的拥抱令言隽全身僵硬，一股柔软的力道撞击胸膛，馨香入怀，少有人能把控住自己……言隽迟疑地抬起胳膊，拥抱司婳，从喉咙里发出低哑的声音：“很棒。”

言隽的声音从耳边飘过，像一阵轻风，又像一片羽毛，挠得人的心痒痒的。司婳回过神来，发现自己在做什么后，脑子里“嗡”了一声，连忙往后退。

“对……对不起啊！”司婳从脖子红到耳根，羞得不敢正眼看人。

“理解。”言隽不着痕迹地挪开视线，“朋友之间拥抱一下，很正常。”

“嗯嗯。”不管对方说什么，她只管点头附和。

接下来便是尴尬的沉默。

最终还是言隽道：“忙了这么久，先去外面吃晚饭吧。”

“好！”

这一次，她跑得比兔子还快。

晚餐十分合胃口，都是司婳爱吃的菜。面对这样的食物，再加上悬在心上的难题得到解决，司婳胃口大开。

“过几天比赛，准备好了吗？”

提到正事，司婳道：“我这边已经准备好了，就看小娜了。”

“教她的老师说小娜在这方面天赋不错，进步很快。”言隽道。

“对，前两天她来试裙子，在屋里走了一段路，看起来还挺有范儿的。”

他们相信小娜，也希望小娜能借此次机会重新选择自己的人生之路。

三天后，由天娱集团主办的面向全国的服装设计大赛复赛开始了，网上同步直播。关注本次大赛的人反响热烈。

大赛现场，即将进入更衣室的小娜坐在椅子上，双腿发抖：“司婳姐，我好紧张。”

“没事，你都练习这么多天了，拿出平时的状态就好。”司婳用尽可能平常的语气安抚她。

“我倒不担心自己，就怕……”小娜就是个民宿的普通员工，就算失败也没什么，但这场比赛对司婳很重要。

有好心人给她机会，她想努力地往上爬，却害怕自己连累别人。

“你要是对自己这么没信心，那练习这么多天是为了什么呢？”司婳鼓励道，“回想一下自己这么多天付出了多少时间和汗水，马上就要验收成果了，你应该对此充满期待。”

“我就是怕自己会出错。”小娜低头掰着手指，内心无法平静。

“凡事都有第一次！还有半个小时才开始，你好好准备一下。”如果这半个小时里，小娜退缩了，那就会失去这次来之不易的机会。

“司婳姐……”小娜抬头望着她。

司婳微微一笑：“小娜，我们是相信你的，请你也相信你自己。”

他们能帮的都帮了，小娜能否走出最后一步，站在舞台上发光发亮，全靠她自己。

“嗯！”经过一番思量，小娜重重地点头，“我知道了，司婳姐，我会尽全力做到最好的！”

司婳满意地笑了。

自信的女孩儿最漂亮了。

参赛选手较多，模特将依序不间断地绕着舞台走一圈，展示服装。

随后，评委会从这些参赛作品中筛选出一部分优秀的作品，让模特单独走秀，并请设计师阐述自己制作服装的思路。

参赛的设计师们依次进入等候室。

为保证公平公正，工作人员让他们当场抽取上场次序。

令司婳意外的是，她遇见了季樱，真是冤家路窄。

领号码牌的时候，季樱也看到了司婳，道：“好久不见，司小姐。”

“我们似乎没有这么熟，季小姐。”司婳面不改色地回道。

司婳跟季樱从一开始就注定无法和平共处。司婳也不想跟季樱上演旧友重逢的戏码。她怕自己受不了。

所有模特展示完后，司婳的作品“破冰”获得了单独展示的机会。

司婳和小娜一起上了台。

小娜身上白色的长裙在明亮的灯光下折射出光辉。伴随着小娜的步伐，摇曳的裙摆间透出冰蓝色，裙子上的蝴蝶像是活了一样。

小娜的气质介于成熟和稚嫩之间，十分适合这条裙子。

随着司婳的讲解，台下的评委偶尔偏头讨论两句，直到每个设计师规定的展示时间结束，评委开始打分。

“破冰”这个名字在那堆唯美文艺的作品名中算是与众不同的，会让人联想到比较硬朗的设计风格。直到看见实物，评委才知道“冰”指的是衣服的颜色，“破”指的是人们的视线。

走秀结束后，司婳、小娜向观众及评委鞠躬致谢，保持着优雅得体的姿态走下舞台。

回到后台，小娜腿都在发抖，道：“司婳姐，我撑不住了……”

司婳赶紧扶住她，夸奖道：“你刚才表现得很好。”

二人相视一笑。

在台上，她们都发挥出了自己的最佳水平，这便是最好的。

大赛接近尾声，大家都开始期待最终的结果。

司婳闭上眼睛，只能听见自己的心“怦怦”跳动的声音，直到……

“恭喜大屏幕上的前三十位设计师成功晋级！”主持人故意没念名字。

司婳睁开眼，看向大屏幕，在第二行看见了自己的名字。

“太好了，司婳姐！”绷不住的小娜激动地哭了出来。

另一边，安静的办公室中，身着黑色正装的秘书不断看手表，十分发愁：“言总，会议室那边，人已经到齐了。”

秘书有些着急。即便是领导也得守时，言隽接手公司这半年来，从不会在时间上犯错，今天却一再推迟会议时间。

啪！言隽突然合上笔记本电脑，拿好资料起身道：“开会。”

成功地闯入决赛，司婳有将近两个月的时间做准备。

主办方还没有发布决赛规则，司婳便先带小娜在景城玩了几天，跟她们一起的还有古灵精怪的言曦。

司婳本以为自己带两个小丫头出去没问题，但很快就发现不对劲。

“司婳姐姐，你赢了比赛，好厉害！”言曦一脸崇拜地望着司婳道。

言曦刚夸奖完，小娜就挽着司婳的一只胳膊道：“司婳姐，上次比赛真的挺惊险的，还好没出错。”

司婳正要开口，另一只胳膊忽然被言曦抱住。言曦道：“司婳姐姐，我哥说下班后要请你吃饭，给你庆祝！”

小娜又道："司婳姐，言老板这次帮了好多忙，我也该感谢他。"

"司婳姐姐……"

"司婳姐……"

言曦和小娜叽叽喳喳，完全不给司婳开口的机会。慢慢地，言曦和小娜都挽着司婳的胳膊把她往自个儿身旁拉，好像这样才能比较出谁跟司婳更亲近。

随着两人的动作，司婳一会儿左一会儿右，两只耳朵同时接收着不同的信息……

"停！"

司婳盯着前方，猛地停住脚步。

随后，她慢慢抽出手，特意向前踏出一步，站在中间的位置上吸了一口新鲜空气。

"姐姐……"

"姐……"

两道女声从司婳的背后传来。司婳揉了揉耳朵，转身面对两个小丫头，分别牵起她们的手强行握在一起，笑道："要不……你俩聊？"

两人甩开手，异口同声地哼了一声。

其实她们没什么深仇大恨，只不过想比比谁跟司婳更亲近。

在两个小丫头的"陪伴"下，司婳胆战心惊地度过了一个下午，暗暗发誓再也不要带她们同时出门了，这太痛苦了。

司婳和某一方说悄悄话不行，跟谁连续聊天太久不行，喝饮料时她们都争着向她献殷勤。司婳还依照两人的喜好被迫吃下了两个冰激凌。

司婳有些无奈，太受欢迎也不好啊！

最后还是言隽用一通电话解救了她。

晚餐是他们四个人一起吃的。

言隽在场，无论是顶着员工身份的小娜还是身为妹妹的言曦都刻意收敛了，不敢造次。

"司婳姐，非常感谢你信任我，给我这次参加大赛，在舞台上表现自己的机会。"小娜端起茶杯，以茶代酒敬恩人，"还有老板，感谢你给我放假，还找老师帮我训练！等我有钱了，一定好好回报您！"

两个人接受了她的道谢。司婳也倒了一杯茶，对小娜道："我也很感激你，完美地展示了我的作品。"

这两人谢来谢去，言曦感觉自己插不进这个话题，当即不乐意了。她一本正经地盯着司婳的眼睛，道："姐姐，下次我去给你当模特！"随后又转头看向旁边的言隽，道："哥，从明天开始，你也给我找老师！"

"不是教过你要深思熟虑之后再做决定吗？"身为兄长的言隽严厉地道。

"我考虑过了啊！"言曦当场站起来，在三人面前转了一圈，道："你们看我这身段，是不是很合适？"

"哈哈……"司婳忍不住笑了，"小曦的身材很好。"

言曦的身材比例是很好，但想成为专业模特还是有点儿难。

"多吃饭，说不定能再长长。"身高一米七的小娜温馨提示道。

身高一米六的小言曦心想：好气啊！

"我不当模特也行，反正司婳姐姐之后是要成为我的嫂嫂的。"言曦嘀咕。

言曦觉得，论亲疏，还是自己赢了。

司婳没听清言曦的话，以为她被小娜的话打击到了，关切地追问道："小曦，你刚刚说什么？"

"我……"言曦突然被踹了一脚，用余光扫了一眼旁边面容温和的哥哥，咬牙切齿地道，"我说……要多吃点儿饭长身体。"

言隽拿起公筷，贴心地给妹妹夹了一块肉。

言曦一字一顿地道："谢谢哥哥！"

她被踹了！

她居然被亲哥踹了！

要不是念着零花钱，她是绝对不会屈服的！

榕城。

季樱拿到决赛名额的事很快传遍贺氏集团。

不知从什么时候起，许多人在私底下传季樱跟贺氏集团的掌权人关系匪浅。虽然这点并未得到证实，但在他们看来，季樱就是个特别的存在。这大半年，季樱以朋友的身份待在贺延霄身边，那些当初嘲讽她的人慢慢地改变了对她的态度。他们倒不是对季樱特别满意，只是更会掩饰了，想看好戏。

自从司婳送回 Susan 的绝笔之作后，贺延霄便没再打听司婳的消息了。

但他又不像放下过去了。某次聚会上他还不肯承认自己是单身，大家便默认他跟季樱复合了。

季樱请假参赛，今天回公司销假，碰巧遇到贺延霄的助理急急忙忙朝这边走来，打招呼道："何助理！"

"季小姐，你来得正好！"

见助理神态焦急，季樱顺着他的话问："怎么了？"

"我这里有一份文件需要马上给贺总送去！"助理继续道，"但刚才接到家里的电话说孩子病了，我……"

工作是饭碗，孩子是心头肉，助理很为难。

"那你赶紧去吧，至于文件……"季樱向他伸出手，"我帮你送过去。"

"好，谢谢。"他是看见了季樱才特意找上来的，若是其他人，他才不敢让人去送文件。

拿到文件后，季樱按助理给的地址赶过去。

不凑巧，那是一场酒局。

能跟贺延霄坐在一起谈合作的人，身份肯定不简单，对方身旁还跟着一位女秘书。

"对不起，贺总，我迟到了。"穿着西装、包臀裙的季樱走过去道。

对方见到季樱，以为她是贺延霄的秘书。如此一来，季樱便顶替了原本该来的人留在了那儿。

酒局上，季樱免不了要敬酒。对面那位大腹便便的中年男人总是有意无意地提到季樱，道："贺总的秘书太能干了。"

他直白的言语，赤裸裸的目光让季樱感到不适。她近两年在设计行业小有成就，生活水平逐渐提高，很久没遇到这么油腻的男人了。季樱看了眼贺延霄，他沉着冷静地坐着跟对方商谈公事，似乎没有听到那些话。季樱心里不太舒服。

以前，他们在一起时，其他男人对她说一句过分的话，贺延霄都能冲上去把人狠狠地揍一顿。

现在，他们都变了。

酒局后半场，季樱喝了许多酒，有对方故意"敬"的，也有她作为"秘书"主动喝的。她非常想促成本次合作。

"够了！"

当她再要去敬酒时，贺延霄拉住了她。

合作是为了双赢，贺延霄给足了对方面子，对方也见好就收，爽快地签了合同。

饭局结束后，司机已经在外面等着了。

季樱借着醉意肆无忌惮地打量着身旁的男人，有些站不稳，一个踉跄向前扑去。贺延霄扶了她一把，她自然地靠着他的肩。

上车后，贺延霄想让司机把季樱送回她自己的家，问她："地址？"

季樱闭上眼睛，靠在他身上，像是睡着了。贺延霄试图与她拉开距离，但她很快便重新贴了上来。

"季樱，地址！"贺延霄冷淡的声音听着有些无情。

"别吵。"季樱没有回答，嘴里嘟囔着，好似真的不清醒。

贺延霄垂眸望着她。以前，他透过司婳怀念季樱；现在反过来了，他透过季樱的侧脸，寻找起司婳的影子。

司婳很少喝酒，即便喝，也只喝一两杯，喝完就开始咳嗽。

回想起过去的事，贺延霄心中满是悔意。柯佳云把Susan的画放到贺氏集团的那天他就明白了，司婳仍然不愿意见他。

他们大概都需要冷静冷静。

司婳的朋友在这里，工作在这里，贺延霄坚信，她总有一天会回来的。他等得起。

"阿延……"

季樱的声音把他拉回现实。贺延霄这才发现自己的手离那张脸很近。

这个动作实在有些暧昧，他再次推开季樱，让她自己靠在椅背上。

思婳园。

打理好家务，蒋妈终于能坐着歇息一会儿了。这大半年来，贺延霄时常回思婳园，她要做好迎接主人回家的准备。

听见门口传来动静，尽职尽责的蒋妈立即跑过去。

"先生，是……司小姐回来了？"

蒋妈见贺延霄扶着一个女人，看不清容貌，衣着、打扮的风格跟司婳很像，以为是司婳回来了。

蒋妈惊喜地走上前，却对上一张陌生的脸，吓了一跳，试探性地问道："这位是……？"

"带她去客房。"贺延霄将季樱交给蒋妈。

"好的。"蒋妈嘴上这么说，心里却想：难不成思婳园要换女主人了？

蒋妈叹了口气，扶季樱去客房，闻到了季樱身上的酒味。

不知不觉中，蒋妈把季樱和司婳放在一起比较，心想：司小姐以前可不会醉醺醺地被男人带回家。

把人送进客房后，蒋妈也不知道接下来该拿什么态度对待这位身份不明的小姐，干脆去厨房煮了两碗醒酒汤备着，还准备了牛奶。

司婳在的时候，贺延霄养成了晚上喝牛奶的习惯。司婳走后，他的这个习惯依旧保持着。

蒋妈将一碗醒酒汤和牛奶递给贺延霄，问："先生，是否要给里面那位小姐送醒酒汤？"

"去吧！"

贺延霄说完便转身进了书房，似乎不打算再管季樱了。

蒋妈大致猜到老板对那个女人没那方面的意思，于是端着另一碗醒酒汤去了客房，却见季樱坐在床上，望着门口的方向。

"小姐，喝醒酒汤！"蒋妈不知道季樱的名字，也不好意思直接问。

"谢谢。"季樱道谢，接过碗却没喝，问，"你是这儿的管家吧？"

"是的。"

"听阿延说，你在樱园工作好多年了。"

"樱……"蒋妈迟疑片刻，委婉地纠正道，"我来思婳园快四年了。"

"思婳园？"温柔的女声忽然变得尖锐。

注意到蒋妈异样的目光，季樱迫使自己冷静下来。

她又问了蒋妈许多问题，蒋妈以为自己说的是平常事，却不知道季樱的心中早已被嫉妒填满。

蒋妈离开后，季樱直接把醒酒汤倒了。她根本就不需要醒酒汤，只是想试探贺延霄，没想到会意外得知樱园变成了思婳园。

既然这样，那她这几个月做的一切是为了什么？

不，她不会放弃的。

司婳能用三年的时间夺走贺延霄，她也能将贺延霄夺回来。

至少他待她跟旁人不同，只要司婳不再出现，他们就能回到从前。

这几年，不是没有男人对她示好，条件普通的她瞧不上，条件好的……他们间的差距又有些大。那时季樱就知道，这么多男人里，只有贺延霄对她最好。

季樱陷入沉思。

一阵手机铃声把她拉回现实，季樱犹豫了好久才接通电话，道："我不是说了不要给我打电话吗？”

“死丫头，你是不是忘记打钱了？”对面传来一道暴躁的男声。

季樱看了眼日期，眉头紧皱：“明天给你，挂了。”

“别着急，爸还有事跟你商量。”男人谄媚地道。

“有话快说。”季樱频频望向门口，很不耐烦。

对方毫不客气地道：“手头紧，给我多打两千。”

“不可能。”季樱一口拒绝。

对方当即变脸，道：“你要是不给，老子明天就去你公司门口坐着，跟人说说我的好女儿！”

最后那几个字，季樱听出了浓浓的威胁的意味。她气得脸色铁青，偏偏只能忍了。

当年她就是受他拖累，大好姻缘被毁。如今她顶着光环回来，绝对不能让父亲去公司闹事。于是，她只能咬牙切齿地答应了。

这天晚上，季樱以醉酒为由住在思婳园的客房，第二天早上见到蒋妈，和善地道：“不好意思，昨晚陪阿延去酒局喝多了，不太清醒，真是谢谢您了。”

蒋妈虽然只是管家，但在这里待了好几年，能跟贺延霄说上话，季樱想跟她搞好关系。蒋妈是个老实人，见季樱态度好，便放下戒心跟她聊了些闲话。

蒋妈在厨房忙碌起来，季樱便找借口离开，悄悄去了二楼。

季樱依照蒋妈的话找到了司婳住过的卧室，发现司婳虽然已经离开快一年了，房间里却干干净净的，可见打扫的人多么用心。

可是，这有什么关系呢？

樱园能变成思婳园，同样可能变回樱园！

季樱暗暗握紧了拳头。

一周后，由天娱集团主办的服装设计大赛的决赛规则终于发布了。

决赛时间定在九月十日，晋级决赛的设计师将收到一封豪华游轮邀请函，按照邀请函上的时间带模特一起登船。

这次比赛未定主题，设计师可以自由发挥，但不是做一套服装，而是做一组服装。

此时距离决赛只剩一个半月的时间了，晋级决赛的三十名设计师都行动起来了。

令司婳苦恼的时候又到了。

正因为主题未定，想赢得比赛的难度真的很大，司婳需要在创新方面下苦功……

柯佳云已经十分满足了，心态轻松，道："能进复赛我已经知足了，你要好好加油，争取把大奖搞到手！"

"搞到手？听起来好容易的样子。"司婳同她开玩笑道。

她们都知道决赛并不轻松，前两轮淘汰了许多人，剩下的人实力不容小觑。

司婳已经回了"四季"，言隽仍然跟之前一样给她寄快递，司婳则画画送给他，将这当成解压的方式，有时候一次给他寄两三幅画。

"收到你的画了，最近还挺高产的。"言隽调侃道。

"学生放假，我也放假，平时就在家里画画。"

不知道从什么时候起，她跟言隽一有空就会通话。两人没有工作上的往来，基本聊闲事。就好比现在，她戴着蓝牙耳机，手里还拿着油画棒。

"短短三天，我已经收到六幅用油画棒画的画了，你是不是有点儿敷衍？"

司婳回头看向四周，这才发现自己最近确实有些沉迷于油画棒，太解压了。

"下次一定给你画幅特别好的！"

"我可记住了。"言隽轻笑一声，道，"言出必行啊，婳婳老师。"

"啊……"司婳有些苦恼，心想：你要不要这么认真，连老师都叫上了？她轻声叹息，道："看来这次不画是不行了。"

言隽调侃道："嗯？还真想用一句话打发我？"

"救命，别冤枉我，我哪里敢忽悠言大老板？！"她笑着推开身前的画板，打算现在就给他画一幅画。

可当她把画画当任务去执行时，反倒不知道该画什么才好，只能暂时搁置。

转眼到了八月，司婳陆续画了几套设计图，柯佳云看了一次便赞不绝口。但司婳对自己的要求很高，总觉得还能更好一点儿。

忽然听见雷声，司婳拉开窗帘，发现外面下着雨。她最不喜欢下雨天。最近滨城阴雨连连，她的心情都跟着低落了几分。

傍晚，她不想做饭，直接去了小食堂，吃完饭后遇到了姜鹭。

"司婳姐，最近小娜不在这边吗？"

“小娜这周去景城了。”

小娜在复赛的舞台上亮相后，有商家联系她当模特，给的价格不错。接触到全新的世界，小娜很兴奋。

“哦，那你帮我把这个交给她，谢谢。”姜鹭递给司婳一个盒子。

司婳瞄了一眼，问：“里面是什么？”

“之前说好送她的游戏机。”姜鹭看起来不太开心。

姜鹭原本跟小娜约好了，结果来这边好几次都没见到她。

他看过小娜参加比赛的视频，那时的小娜跟在民宿接待客人时完全不同，光芒四射。

司婳接过盒子，承诺会帮他转交。

姜鹭站在原地，迟疑片刻才问：“小娜以后不会再回‘四季’了吧？”

“为什么这么问？”看着比自己小好几岁的男孩儿，司婳有了种当长辈的错觉。

“她现在是网络红人，以后说不定要当大明星。”姜鹭的语气有些冲，他不是嫉妒小娜，反倒像是在赌气。

司婳一眼看透了少年的心思，道：“姜鹭，如今小娜有了更好的工作，你不高兴吗？”

“当然高兴！”姜鹭毫不犹豫地道。

“那你是觉得……一个跟自己差不多的朋友突然变得不一样了？”

“嗯。”姜鹭的声音有些低。

“那你想一切变得跟从前一样吗？”

姜鹭迟疑着道：“你的意思是……让小娜重新回到这儿？”

“不。”司婳摇头，“人都是要往前走的。如今小娜找到更适合她的工作，你也可以努力向她靠近。”

姜鹭怔怔地望着司婳。

司婳微微一笑：“我记得你明年要参加高考，要加油啊！”

无论什么时候，只要你肯努力，一切都还来得及。

告别姜鹭后，司婳慢慢地走回去。

回屋要经过长廊，她看见雨滴落到湖面上，泛起一圈圈涟漪，不禁加快脚步。

果然，她还是不喜欢下雨天，连欣赏自然景色的心思都没有。

外面电闪雷鸣，司婳直接拉上窗帘，戴上耳机屏蔽外界的声音。

晚上九点，她接到了言隽的电话。他大概刚下班，旁边有杂音，应该还没到家。

“你又加班了？”司婳问。

“这段时间比较忙。”

“辛苦，当老板也不容易。”

司婳跟言曦交流较多，知道言家的前任掌权人似乎出了什么事，言隽不得已才顶了上去。她不好多问，只知道言隽这一年都很忙。

“还好，玩了那么多年，也该做点儿事了。”他语带笑意。

司婳点点头，随意地道：“最近总是在下雨，做什么都不方便。”

“不喜欢下雨天吗？”

“不是很喜欢，总觉得雨声很嘈杂。”

“我知道了。”

言隽只留下短短一句话，司婳没懂，追问后他又不肯说。但第二天司婳就知道了那句话的含义。

她又收到了一个礼物，这次用方盒子装着。

她这边签收完，对方就会收到通知，所以言隽准时打电话过来问：“拿到东西了吗？”

“拿到了，里面是什么？”

“拆开看看就知道了。”

司婳哼了一声，吐槽他故作神秘。

司婳将盒子拿回家，打开后发现里面有个小布袋，布袋里装着一本书《万物声》。

“万物声？”

这是一本收纳了上百种声音的书，扫页面角落的二维码后就能听到不同的声音。

这是……万物吟唱的声音。

每个二维码旁都标注着文案，司婳翻了几页，选了自己想听的声音扫码听了起来。最后有几页只有二维码，没有文案……司婳有些好奇，随机选了一页扫码，那是婴儿来到世间的第一声啼哭，再翻一页，是铅笔写字的声音。

平时大家不会注意这些声音，现在司婳猛地听到了，感觉十分新奇。

手机里传来海浪翻涌的声音，司婳闭上眼睛冥想，仿佛看见了海水拍打沙滩，潮起潮落的场面。

不知不觉中，司婳把这本书翻阅了三分之一，人也从客厅移到卧室，坐在飘窗上反复聆听，许久未动。

半梦半醒间，她仿佛听见了万物同时吟唱的声音。

“万物……之声。”

司婳突然睁开眼，激动得差点儿直接从飘窗上跳下来。

灵感涌现，她赶紧拿起本子和笔，坐在书桌前记录起来。

司婳一整天闭门不出，手和脑子同时运转，甚至忘记了饥饿。

等到雨声停歇，等到夜色降临，等到万籁俱寂，沉浸在自己的世界的司婳毫无感觉。

她将一张张设计图修改到最佳状态，激动得举起胳膊给自己加油，随后拿起手机，选了最近联系人拨了过去。

电话被接通，对方的速度有些慢。

“言隽，我的设计图完成了！这次真的超级感谢你，你送我的那本《万物声》让我有了灵感，我一口气画完了一组设计稿。”她迫不及待地跟对方分享自己的进展。

“嗯……”对方的反应有些慢，“所以，你今天拿到礼物后一直在画设计图，到现在还没休息？”

“对啊，我今天……”

“吃饭了吗？”言隽第一次打断她的话。

“好像还没有。”司婳抬手摸摸肚子，似乎不饿。她迅速瞄了眼时间，竟然已经是凌晨三点了。

这么晚，她先前完全没注意到。

“不好意思，我没注意时间，打扰你了。”司婳轻拍脑门，后悔不已。

难怪言隽的声音听起来跟平常不太一样，他肯定是被她吵醒的。

没等她说再见，清晰的男声再次从手机里传来：“家里有没有可以直接吃的食物？或者你去冰箱里看看有什么方便、快捷的食材，做点儿东西填填肚子。”

“我知道了。”她犯了错，这会儿很乖巧。

隔得远，言隽想帮她都帮不了，只是催促道：“快去，先不要挂电话。”

言隽说了，司婳才觉得肚子里空空的，有些饿。

家里没有零食，司婳只能去冰箱里觅食。可她今天根本没买食材，冰箱里空空的。

言隽听见冰箱门被打开又合上的声音，猜到里面没吃的，问："面呢？厨房里还有面条吗？"

"好像……有！"司婳拿着手机跑去厨房，一打开柜子就看见了放在角落的面，刚好剩下一小把，"我的运气好好，剩下的面刚好够我吃一顿。"

"那就好。"言隽总算松了口气。

司婳开始烧水，等待水开的这段时间，言隽突然道："还没恭喜你完成了设计稿呢。"

"谢谢，不过现在说恭喜为时尚早，从明天开始我又要去找布料和配饰了。"

画出设计图是第一关，司婳还有很多关要闯。

他们一直在讨论设计图，不知不觉中，面条煮好了。

添加佐料后，司婳闻到了香味，肚子也应景地叫了起来。

她琢磨着现在应该挂电话了，便道："今天真是对不起，把你吵醒了，你继续睡觉吧。"

"没关系，我很高兴你能第一时间跟我分享好消息，如果……"他欲言又止，"没事，你先吃面吧，别饿着了。"

其实他想说，如果自己在场，说不定她会高兴得像上次那样抱住他。

"那我挂……"她是真的后悔打扰了言隽。

"先不挂电话，我陪你吃面。"言隽打断她的话，道。

"好。"司婳低头吃面，嘴角不自觉地上扬。

在这个安静的时刻，言隽温柔的声音让她多了一份安全感。

司婳吃完面条再收拾好餐具，睡觉时已经快五点了。

当天下午，"四季"的员工陆续搬来几个纸箱，道："这是老板让我们给司小姐准备的食物，这三个箱子里是开袋即食的，最右边的箱子里是今天中午购买的新鲜蔬菜和肉。"

言隽现在应该在上班，司婳没有给他打电话，而是给他发了食物的图片，然后道："言老板，这也太夸张了。"

没一会儿，言隽回复道："只是为了支持一下婳婳设计师！现在是关键时期，等大赛结束后，你再感谢我。"

他这是强行送礼，等着她感谢他？

司婳看着这堆食物，深深地吸了一口气。

她昨天画设计图把自己饿了一天，今天睡到下午才醒，没想到对方这么细心，算准时间送来这么多食物。

他买都买了，她还能怎么办呢？

她又欠了言隽一个人情，得用其他方式还给他。

剩下的这段时间，司婳开始制作成衣。

时光飞逝，很快到了九月，决赛如期举办。

这艘游轮可以容纳上千人，每个设计师可以带四名模特上船。听说天娱集团的高层、老板还有其他业内大咖将会到场。

本次比赛，司婳带着小娜、柯佳云和另外两名模特上了游轮。

说起来，柯佳云的父母从小花钱请老师为她培养气质，柯佳云走一场秀完全不在话下。

“小时候我喜欢看古装剧，一直以为我爸是天下首富……”一行人中有个性格外向、擅长交流的人总能活跃气氛，柯佳云开始念叨陈年往事，逗得身旁的几位同伴一直笑，“总而言之，我今天才知道自己以前坐的游轮有多简单朴素，这个才是实打实的豪华游轮啊！”

司婳带着几位模特在主办方分的房间里住下。

“比赛什么时候开始？我突然忘了。”柯佳云抓了抓头发。

“明天晚上八点。”

司婳想过会在决赛现场遇见季樱，但没想到会这么快。

她们碰见时，双方身边都跟着同伴。季樱在司婳面前一直没讨着好处，自然不会主动跟司婳打招呼。

季樱走后，柯佳云忍不住吐槽道：“真是冤家路窄。”

“嘘！”司婳竖起食指，“当陌生人就好。”

说实话，司婳不恨季樱，因为那件事不是季樱的错。

“突然觉得海上的夜景也没那么好看了。”柯佳云见到讨厌的人，好心情荡然无存。

而让司婳无心观赏夜景的是明天那场比赛。她道：“那就回去吧，反正比赛结束后还可以慢慢在船上欣赏风景。”

两个人往回走，按照记忆中的路线来到岔路口，竟一时分不清自己的休息室在哪边。

“我记得在右边。”

“我……分不清。”

她们一个隐约记得方向，一个分不清方向，只能按前者的直觉走。

她们绕了一圈，发现都不对。司婳正准备联系船上的工作人员，前方忽然传来一道声音：“迷路了吗？”

司婳觉得那道声音好耳熟，扭头一看，既惊喜又诧异地道：“言隽？”看见他，司婳莫名松了口气，“你怎么知道我们迷路了？”

“因为这边……”言隽顿了一下，道，“是男士休息区。”

“……”

言隽带她们走到公共休息区。

途中，柯佳云上下打量了言隽好几遍，轻轻撞了撞司婳的肩，道：“这就是你说的那个……言老板？”

司婳点头，分别向两人介绍对方：“介绍一下，这位是我的朋友柯佳云，这位是我的朋友兼房东言隽。”

两个第一次见面的人礼貌地握了手。

言隽很绅士，知道柯佳云是司婳的朋友，态度很客气。

“真人比照片还帅！”柯佳云凑到司婳的耳边小声道，笑得一脸暧昧。

“可以关掉你脑海中的小视频吗？”司婳努力保持微笑，偷偷地捏了下柯佳云的胳膊。

余光扫过一道穿制服的身影，言隽侧过身，问：“你们刚才是想回设计师的休息室吗？”

“对，但是结果你看到了，我们迷路了。”

“没关系，一会儿让工作人员带你们回去。”他不方便亲自送两位女性回去。

话音刚落，前方就来了一位穿着制服的员工为他们送来饮料。柯佳云立刻道：“那什么……我突然想起我有事，先回去了。”

柯佳云要走，另外两人也没挽留。柯佳云跟在员工身旁默默地回头看了一眼，突然觉得心酸。这是怎么回事？她家婳婳不是跟异性待在一起就会不好意思的吗？

事实上，没有其他人在场，言隽和司婳才能敞开了聊。他们都不是爽朗不羁的性格，有第三者在场，会习惯性地说一半留一半。

“言老板，你真是给了我一个惊喜。”司婳端起一杯饮料，道。

“没想过瞒你，原本打算明天比赛之后联系你，没想到……”言隽笑着解释道，神情坦然。

“那你现在是以什么身份来的？”司婳好奇地问道。

“把手借给我一下。”言隽神秘地笑道。

“啊？”司婳疑惑地伸出手。

言隽一只手托着她的手背，另一只手在她的掌心写下三个字母。他的动作很轻，指腹在掌心划过，有些痒。

司婳刚才伸手的时候还很坦然，但也许是他写字的动作太温柔，这种陌生又奇妙的感觉让她有些不适应。她感觉身体僵硬，连呼吸都有些困难。

“懂了吗？”言隽写完后抬眸看她，眼里带着笑意。

“懂了……”

她感受到了，那三个字母分别是Z、Z、S。

天娱公司的总部就在景城，与言隽的公司有商业往来再正常不过。

这里不是聊天的好地方，两人坐了一会儿，言隽就叫工作人员带司婳回休息室了。司婳走回去才发现，原来休息室就在附近。

司婳回到休息室，柯佳云第一个跑过来，双手环着她的脖子打听起来。司婳回避话题，柯佳云的思路却已经跑远了，她道：“突然想起来，言隽的家世应该很不错，假如你们真的发展到那一步，你不会又遇到贺家那种眼高于顶的家庭吧？”

“你想到哪里去了？”

“我就是假设！如果遇到那种情况，你可千万别像之前那样让自己受委屈。”柯佳云道。

当初，贺延霄在柯佳云的心中就是一个年轻有为又专情的好男友，除了工作太忙没时间陪女朋友，什么都好。柯佳云提醒司婳吸取教训。

“我知道你担心我，不过你放心吧，没这回事。而且，我不会犯同样的错。”

有些跟头，司婳栽一次就够了。

“其实我一直很好奇一件事。”柯佳云问，“你是不是什么隐瞒身份在民间体验生活的富家千金？或者曾经家里很富有，后期家道中落？”

“小说看太多了吧？！”司婳无奈地道。

“最近是看了不少，解压。”

“没你想的那么夸张，但我家也不像他们想象中那样穷。”司婳不打算撒谎，“我不是什么千金大小姐，不过从小到大没缺过钱。上大学的时候，我跟我爸因为选专业的事产生分歧，我赌气说不用家里的钱。后来的事情就是你们看到的那样。”

“按理说，贺太太应该会派人查你，怎么没查出来？”柯佳云问。

司婳无奈地耸肩：“以前我没想过这些，如果她真的去查，大概只能查到我爸住在农村，是个只会种地的无业游民吧。”

“……”

这就对上了，难怪这几年没人怀疑过司婳的家世。

得知真相后，柯佳云乐了：“大概在贺太太眼里，你就是一个普通大学生。她真是目光短浅。我们婳婳聪明、有主见，从大学开始就能养活自己，比绝大多数人优秀！”

司婳刚上大学就开始找兼职赚生活费，平时生活拮据，大家都认为她家境贫穷，在学校几乎不追问她的家世。时间长了，他们却发现司婳很有修养，小到用餐礼仪，大到天文地理，司婳都懂。她身上那股浑然天成的气质告诉别人，她并不普通。可她上大学时确实缺钱，直到设计稿被商家买下，陆陆续续攒下不少版权费，日子才不至于过得紧巴巴的。

总而言之，有些人只相信自己用眼睛看到的东西，并借此评判一个人，这是错误的。

第二天，所有人一大早就起床了，开始为晚上的比赛做准备。

“检查一下，配饰之类的是否有遗漏？”

“都检查好了，没问题！”

无论是设计师还是模特，从妆容到发型都不能太随意，除去用餐时间，他们所做的一切都是为了今晚的比赛。

晚上七点，设计师陆续进入后台等待，观众席逐渐被填满。

在这之前，大多数设计师和模特没有见过其他组的作品。现在他们看见别人的服装，有的惊艳，有的不屑，还有的很惊讶。

“16 号设计师的作品跟 12 号的有点儿像。”

“对啊，关键是设计风格太相似了。”

“不会有人抄袭吧？”

一时间，关于是否有人抄袭的言论四起。

听见议论声，16 号设计师司婳看了看 12 号设计师，那个人是季樱。

司婳盯着季樱的服装良久，忽然想起了什么，难以置信地看向季樱。

司婳的灵感来源于《万物声》，但她在设计时也不可避免地回想起之前的画稿。那些只是设计图，没有被做成衣服。

司婳以前在樱园放了很多设计图，走的时候也带走了，但有遗漏的也说不定。她能确保本次作品是自己亲手完成的，且设计稿没有泄露，那么季樱呢？季樱是全凭本事，还是看过自己以前的设计稿？

司婳不想恶意揣测别人，但季樱的作品，司婳越看越觉得有自己的影子。

"怎么会这样？"柯佳云站在司婳身旁问。

司婳在她的耳边说了几句，柯佳云皱起眉头，道："我看过她的设计稿，跟这次的风格相差挺大的，但这并不能作为直接证据，除非能将她的原稿和你的原稿对比一下。你现在能拿到原稿吗？"

"如果她真的看过我的图稿，那稿子要么在她的手上，要么已经被她毁了。"

"她是怎么想的啊？明知道你也在这里参加比赛，竟然敢模仿你的设计。"

"如果我没记错，那些稿子都是两三年前的。"

季樱恐怕是从中得到了灵感，又或者是想不出更好的，直接套用了司婳的设计方案。只可惜，季樱没料到司婳这次恰巧用了其中的元素。

"那怎么办？大家看一眼都觉得相似，到时候肯定会影响评分！"

季樱比司婳先上场，若是给评委留下了好印象，那么后上场的司婳就会被质疑抄袭，分数恐怕也会受影响。

"我还有个证据，但那个东西在樱园，不知道是否还在。"

"你的意思是……要找贺延霄？"

司婳当即摇头："季樱能在我住过的地方拿到我遗落的稿子，你觉得这说明了什么？"

"说明……啊！"

二人对视一眼，柯佳云立刻懂了。

如果季樱真的见过司婳不慎遗留的设计稿，那就证明贺延霄带她进过樱园，甚至，那里极有可能已经变成了季樱的地盘。

"所以……就算真的联系贺延霄，他也不一定会帮忙。"司婳轻轻摇头，叹了口气。

贺延霄那么喜欢自己的初恋，说不定还会帮忙销毁证据呢。

这可难倒了柯佳云，她问："那你说的办法是什么？"

"樱园里还有一个人。"司婳缓缓地道，随后向柯佳云借了手机。

晚上七点半，正在收拾碗筷的蒋妈突然接到一通电话。听到里头传来的声音，她又惊又喜：“司小姐！”

简单地沟通后，蒋妈快步上楼，来到司婳住过的卧室。

“书桌柜子……”蒋妈自言自语，回忆着司婳交代的事情，认真地摸索着，没察觉门口出现了一道影子。

“你在干什么？”

贺延霄冰冷的声音从门口的方向传来，吓得蒋妈浑身一颤。

她僵硬地转身，看到贺延霄严肃的脸，顿时慌乱无措，道：“先……先生，我在打扫司小姐的房间。”

“打扫？晚上七点半，你怎么会这个时间上楼打扫房间？”贺延霄严肃地道，“蒋妈，你在这里工作多年，应该了解我的脾气。”

“是。”蒋妈紧张不已。她不想说，又不敢不说。

“蒋妈！”贺延霄呵斥道。

迫于压力，蒋妈缓缓地道：“是……是司小姐……”

蒋妈把自己知道的事和盘托出。原来，司婳刚才拜托蒋妈去卧室的书柜抽屉里找一个U盘，并叮嘱她不要把这件事告诉贺延霄。蒋妈本以为拿个东西就走，结果进来的时候忘记关门，被贺延霄撞了个正着。

此刻，蒋妈战战兢兢地站在贺延霄面前，垂着头，也不知道老板会不会扣她工资。

“打给你的手机号码是多少？”

“在这里。”蒋妈赶紧把自己的手机递过去。

贺延霄接过手机的瞬间，微微颤抖的手暴露了他激动的心情。他迫不及待地将那串数字存入自己的手机，在连续输入几个数字后却发现这个手机号码根本就是柯佳云的。

蒋妈默默地观察着贺延霄的脸色，不敢说话。最后，贺延霄道：“你把东西找出来，按照她说的做吧。”

“是。”

蒋妈总算安心了，在贺延霄的注视下，将司婳要的东西从U盘传送到电脑，再通过邮件发送给了司婳。

“来了！”收到邮件，司婳立刻根据记忆中的时间找起了视频。

“比赛马上开始了。”柯佳云催促道。

主持人已经上场了，气氛变得热烈。

同在后台的季樱从入场开始就绷着脸，若非脸上那层腮红遮盖，脸色一定白得难看。

她听到周围人的闲言碎语，手紧紧地抓着礼服，不敢直视同伴的眼睛，怕他们冲过来质问自己。

那天，她进了司婳的房间，不由自主地幻想起司婳跟贺延霄在一起的画面，差点儿失控毁掉房间里的一切。但最终她忍了下来，还发现了司婳遗留下来的设计稿。

稿子右下角标注着时间，季樱鬼使神差地将东西折叠好，塞进了自己的包中。

决赛在即，季樱也画了许多设计稿，但效果不太好。不知从何时起，季樱的脑海中隐约浮现出曾经看过的司婳的设计稿，她跟着画了出来，发现比自己先前画的那些好多了。于是，一个可怕的念头产生了……

她知道抄袭是不对的，也很危险，但如果用这个设计稿参赛，成功的可能性更大。届时，她的人生将发生天翻地覆的变化。

她特意修改过设计稿，并非完全照搬。她以为司婳一定不会在意几年前的作品，没承想事与愿违……

若……若司婳拿出自己抄袭的证据，那她的前途就毁于一旦了。但她又在心里默默安慰自己：别怕，原稿早就被毁了，就算有人质疑，只要她矢口否认，就永远无人能证实。

她知道自己在玩火，可真的不想错过这个机会。而且她比司婳先出场，到时候指不定谁输谁赢。

季樱用谎言说服了自己，深吸一口气，挺胸抬头地走到模特身边，为她们检查服装及配饰，对周围的声音充耳不闻。

没过多久，一位工作人员找到季樱，道："季樱小姐，麻烦您跟我们来一趟。"

在众人的目光中，季樱被工作人员"请"走了。留下的人面面相觑，都在猜测到底发生了什么事。

季樱跟随工作人员一路往前走，中途试图打探对方叫自己出来的原因。工作人员却说："是我们天娱集团的老板想跟您谈一些事，具体什么事我不是很清楚。"

季樱故意走得很慢，双腿开始发抖，不会是……不，不可能。原稿早就被她毁了，就算所有人觉得她和司婳的作品风格相似，那又能证明什么呢？

季樱告诉自己要稳住，千万不能自乱阵脚。可当她站在那扇门前，看见司婳神态自若地坐在里面时，顿时心跳如擂鼓。

“季小姐，关于你的设计方案跟我两年前的设计方案相似的事，我想向你求证。”

当司婳胸有成竹地把记录设计稿的视频在季樱眼前播放时，季樱的心理防线顷刻崩塌。

舞台上，11 号设计师退场，接下来上场的是 13 号设计师。

场下的观众纷纷好奇，12 号设计师为何没上场？

当司婳重新回到后台时，其他人都打量着她，直到司婳和她的模特团队出场……

“我的设计主题叫……万物有灵。”

一般来讲，设计师做出的成套服装板型不同，但风格、颜色统一，而司婳用色大胆，一黑一白对比鲜明，纯洁浪漫的蓝色和热情明亮的橙色既相撞又相融。还有，她在每套服装上绣了不同的动物，有天上的飞鸟，也有海中的蓝鲸，简直活灵活现。

司婳的设计给评委和观众带来新奇感，在这个环节吸引了不少人的注意力，收获一致好评。

设计师全部上场展示完后，所有人都集中精神，等待最终的结果。

“本次设计大赛，获得冠军的作品是……”

手指交缠，司婳紧张地屏住呼吸。

在众人期待的目光中，主持人举着话筒朗声念出夺冠作品的名字：“本次获得冠军的作品是——万物有灵！恭喜 16 号设计师，司婳！”

在连绵不绝的掌声中，司婳走上舞台，领取属于自己的奖杯。

握住奖杯的那一刻，她有些恍惚。

头顶灯光明亮，她抱着奖杯看向观众席，一眼就在人群中看到了那个人。

隔得远，司婳根本看不清对方的脸，但能感觉到对方一定带着满满的祝福朝她微笑。

司婳获奖了，四位模特也会因此受益，五人高兴地抱成一团。这场比赛不是设计师一个人的胜利，是团队所有人的胜利！

前来采访司婳的记者一个接着一个，好在能上船的人都有一定的职业操守，问的问题都在合理范围内，司婳一一作答。在终于结束这场没有硝烟的战争后，司婳赶紧躲开众人回到休息室。

五人庆祝完才想起退赛的季樱，柯佳云有些不甘心："为什么不能等她把作品拿出去后，再当场打她的脸？"

"当你还没在另一个领域站稳脚跟时，太显眼不一定是好事。"

树大招风，根基不稳的小树苗最容易受到摧残。

"就这么放过她？也太便宜她了吧！"柯佳云还是觉得不够爽。

"少安毋躁。"司婳慢条斯理地为她分析，道，"这次大赛有这么多人关注，设计师中突然有个人退赛，你觉得那些喜欢挖八卦新闻的娱乐记者会放过这条新闻吗？"

决赛全球直播，一丝风吹草动都会引起人们的注意，更何况季樱的作品有那么多人见过，总会有人"不小心"说出真相……到时候自然有人为司婳鸣不平。所以，无论司婳是当众宣布还是私下向主办方揭发季樱的抄袭行为，都能为自己讨回公道。

"妙啊，婳婳，你太强了！"柯佳云称赞道。

她们没聊几句就有人敲门，是其他设计师上门道贺。司婳本想应付一番了事，可那些人一直不走，对司婳十分热情。

司婳正跟人寒暄得口干舌燥时收到了一条短信。几分钟后，司婳以上厕所为借口离开，按照指示找到一个带密码的门，从旁人进不去的通道中下楼。四周静悄悄的，司婳逐渐平静下来，不由得松了口气："总算安静了。"

这里已经是船舱外了，司婳从楼道下去，推开那扇未关的小门，便看见一道熟悉的身影。

"言隽？"

她缓缓走过去，那人回头，熟悉的容颜映入眼帘。

"恭喜你，司大设计师。"言隽转过身来，在她主动靠近时将手中的温水递过去，道，"喝水吗？"

"喝，我现在口干舌燥，感觉嗓子都快哑了。"司婳"逃走"时连水都没喝，现在嗓子有些不舒服。

言隽见她抱着水杯大口喝水，不似平常那般优雅，便知她是真的口渴了。言隽有些后悔，道："我该早些发信息给你的，还以为你在跟同伴庆祝呢！"

"你是不知道，那些人……"司婳将刚才的情况大致说了一遍。

除了想跟她拉近关系的，还有些欣赏不了她的设计、觉得她不配得到冠军的，那些人一直在讽刺她，她也知道。

“其实这次比赛的规则有些不妥，每位设计师都有自己独特的风格，而评委就算再公正，也会有不同的审美。大家的主题不统一，评委就很难判断哪种风格最好、设计方案最佳。”

“那你应该告诉他们，为什么在那么多种风格里，大家偏偏选中了你呢？”言隽盯着她的眼睛，微微倾身，道，“能拔尖的，自然有其他人无可比拟的优点。”

司婳脸上笑意不减，道：“跟你聊天真高兴。”

说到这儿，司婳想起眼前这位才是她本次夺冠的大功臣，道：“这次我最该感谢的人是你，上回说赢了比赛就请你吃饭，地点、时间任你选，还有其他要求任你提，只要在原则之内，只要我做得到！”

“当真？”言隽眉头一挑。

“千真万确。”赢了这场比赛，她心里高兴。而且言隽从来不会让人为难，她有什么好怕的？

“好。”两人都是重承诺的人，言隽直接与她口头约定，“地点暂时未选定，要求有待考虑，时间我挑……九月十五日。”

“九月十五日？”司婳睁大眼睛。

九月十五日，她的生日。

此时，远在榕城的贺云汐在微博上看到决赛的热搜，惊喜地道：“奶奶，我找到婳婳了！”

贺老太太如今在家休养，看看花，养养鱼，听到那个名字的时候不禁叹气：“她这一年铁了心地玩失踪，估计跟你哥没缘分。”

“我觉得当初的事情，错不在婳婳啊……”贺云汐委婉地道，就差明说错在她哥贺延霄了。

“说不定婳婳这一年在哪里进修，你看她这次夺冠了！这场设计大赛去了好多娱乐圈当红明星。”就凭当红明星的流量就引得无数人关注，再加上那些投资方炒作，参赛者的照片直接暴露在大众的视线中。

贺云汐迫不及待地把司婳获奖的文章和照片递给贺老太太看。贺老太太仔细看了一番，道：“的确是个优秀的孩子。”

“季樱跟我哥分开五年都有脸回来，婳婳不过是花了一年的时间去成为更好的人……如果婳婳能跟我哥重新在一起，想必妈也不会再反对他们。”贺云汐道。

如今司婳夺冠，在设计行业前途无量，身价都跟着往上涨。贺云汐觉得，届时贺太太就不会再嫌弃司婳的家世了。

“你的话不无道理，可上回婳婳主动联系我们时，我记得她在电话里的态度非常坚决，她恐怕是不愿意回来了。”贺老太太道。

“奶奶，他们没见面的时候，婳婳能狠下心，但他们见了面后，婳婳肯定就不忍心了。”贺云汐还是想让他们再续前缘，“马上就到婳婳的生日了，如果哥哥去找她表明心意，给她一个完美的生日惊喜，说不定他们就和好了呢？”

贺老太太叹了口气：“也罢，你去敲打敲打你哥，我就希望你哥的事能早些定下来。”

对于孙子屡次栽在感情上，而且分手后不肯找下一任的行为，贺老太太十分忧心。这一年，司婳不见踪影，他们不是没有想过让贺延霄开始一段新感情，可无论介绍什么样的女孩儿，贺延霄都不喜欢。

她老了，管不了孙子了，只希望能在有生之年看见孙子成家。既然他还放不下司婳，那按贺云汐的办法再试试，也许还有转机。

酒吧，秦续已经被贺延霄留在包间喝了大半箱酒。

“你说，一个女人撂下一句分手就走得彻彻底底的，是不是根本就……没用过心？”贺延霄将酒瓶往桌上重重一放，大声道。

“你这句话是在说……谁？”

贺延霄没回话，但秦续的心里已经有了答案。

秦续道：“这都过去一年了。”

“一年。”

一年了。

如果一年时间就能抹去他的感情和记忆，他也不至于坐在这里跟秦续喝闷酒。

那天，他撞见蒋妈在房间里找 U 盘时，其实是有机会找到司婳的行踪的。可之后呢？司婳到现在都不愿意跟他联系，还特意嘱咐蒋妈对他隐瞒此事，就算他找过去，恐怕她也会直接离开。

秦续实在无法理解贺延霄。在秦续看来，女人若是愿意上钩，他就配合；女人若是不愿意，他就爽快地换下一个，何必在一个女人身上纠结那么久？

秦续一时不知从哪里说起，叹了口气，道："你有没有想过，其实从一开始你喜欢上的就是司婳本人？不然你根本不需要在跟司婳接触两年之后，才跟她在一起。"

"我什么时候说过她是替身？"贺延霄盯着他。

"呃……不是吗？"

"不是。"

贺延霄有时候的确能从司婳的身上看见季樱的影子，但她们的性格、脾气，甚至是爱好都截然不同。若说司婳是季樱的替身，未免也太牵强了。

"可当初所有人都这么认为。"秦续继续道，"季樱最近似乎遇到了麻烦，你知道吗？"

"她与我何干？"

他们分手了，如今只是同事。

"你真的不想知道？"

贺延霄一记冷眼扫过来，秦续举手投降："成，不说她。"

"那我问问另一个。这回你不用再费心思去找司婳了，她自己现身了。你现在打算怎么办？"司婳在决赛中夺冠，着实令人感到惊喜。

"我能怎么办？"贺延霄看着手里的酒瓶，脑子里一片混乱。

"这可不像是你贺延霄会说的话。"秦续晃着手里的小酒杯，"该怎么办还得问你自己。你大半年没去找她，也不接受别的女人，真的打算孤独终老？"

"说真的，你要是还喜欢人家，就趁现在主动把人追回来，不然以后她名气更大，接触的人更多了，你再想把她找回来就难了。"秦续端着自己的酒杯站起来，"你也纠结一年了，我不跟你说了。我今晚还有约，可不能让小美人等久了。"

贺延霄闭着眼，靠在软垫上。

他现在知道了，他心心念念的人……如今在景城。

第七章
生日快乐

比赛结束后，天娱公司直接向司婳发出入职邀请，还给了她一周的时间考虑。

司婳的生日就在这两天，柯佳云想提前给司婳庆祝生日。司婳欣然同意。参加聚会的人除了司婳、柯佳云、小娜、其他两位模特、言家兄妹，还有姜鹭。

司婳原本不想打扰姜鹭学习，但不知道姜鹭跟小娜怎么说的，小娜大手一挥给他订了往返的机票，道："姜鹭一定要来景城好好玩玩！"

小娜在滨城长大，原本以为滨城最美，现在来到新城市，见到不同的风景，巴不得自己的好朋友全都来感受一番。

在言曦的推荐下，司婳选了一家口碑极好的餐厅，时间定在中午。

至于下午的行程，言曦道："司婳姐姐，我跟小娜、姜鹭讨论过了，咱们这么多人，去唱歌怎么样？"

"都可以，问问他们要不要去，大家都同意就行。"

"好！"

结果没有悬念。

午饭后，言隽要暂时离开两个小时处理事情，让其他人先去唱歌。

"你要是忙的话，就先处理你那边的事吧。"司婳懂事地道。

"我答应要陪你过生日，结果中途要去处理其他事情，真的很抱歉。"

言隽对此很愧疚，“我先送你们过去，等事情处理完了再回来找你们。”

就这样，言隽开车送他们去。姜鹭坐在副驾驶座上，小娜跟言曦如愿坐在司婳身侧。

柯佳云和另外两位模特上了另一辆车。

包间面积大，四面墙上都是屏幕，桌上摆了酒水、果盘和零食。

年纪小些的迫不及待地拿出手机扫码点歌，其他人自己找位置坐下。

言曦拿着话筒唱了起来。

小娜端来两杯酒，将其中一杯递给司婳，道：“司婳姐，敬你一杯，这次是真的酒。”

“好。”司婳坦然地接过酒杯，很给面子地喝了一整杯。

唱得正开心的言曦看见了这一幕。等唱完歌，她也端着酒杯走向司婳，道：“司婳姐姐，我也敬你。”

“谢谢。”司婳知道两个小丫头追求公平，第二杯酒自己也得喝完。

见状，另外两个模特也坐不住了，一起过来敬酒。司婳自然得喝。

“婳婳……”柯佳云碰了碰她的胳膊，“你不是不能喝酒吗？”

她缓缓地摇头：“其实还好。”

柯佳云皱眉：“我记得贺……那个人说你不能……”

司婳举起酒杯，道：“我可以喝的。”

司婳大概知道柯佳云等人认定她不能喝酒是因为什么了。

司婳上学时很少跟朋友聚会，几乎滴酒不沾。

后来她被贺延霄带去见朋友，那些人故意用语言激她。为了不驳贺延霄的面子，她端起酒杯喝了酒，但喝完就开始咳嗽，喉咙很不舒服。贺延霄因此以为她不能饮酒。

但其实她能喝酒。只是，那杯酒是张婧递给她的。张婧故意倒了一杯烈酒，她喝不惯，自然不舒服。

后来大家都认为她不能喝酒，她正好可以借此避免喝酒，便默认了。

不过如今她心境不同了，待人处事的方式也跟以前不一样了。

一个半小时后，言隽提前赶来，现场状况有些惨烈。

姜鹭是男生，偏偏最不会喝酒，已经躺在沙发上呼呼大睡了。

小娜能喝，号称千杯不醉。

言曦比不过小娜，脑袋已经晕乎乎的了，还跟小娜勾肩搭背，拿着话筒乱吼。

两位模特提前离开了，柯佳云跟司婳相互作陪，但看情况，似乎也不太对劲。

“喝酒了？”言隽走到司婳身边，见她双颊泛红，问。

“喝了……几杯。”她伸出手指，却发现自己怎么算都不对，干脆放下手，娇嗔地道，“我忘了。”

“你不会喝醉了吧？”言隽轻笑一声，将她身旁的话筒放到桌上，腾出空位。

“我没有！”司婳很严肃地反驳他，一本正经地道，“我没有撒谎，现在脑子很清醒。你工作都处理好了吗？”

“已经好了。”答话后，他又指着屋子里这群东倒西歪的家伙，道，“不过他们都喝醉了，怎么办？要不然先把他们送回去？”

司婳询问小娜和言曦的意见，两个人异口同声地反驳道：“不，我们还没玩够呢！”然后对视一眼，道：“姐妹，继续唱。”

司婳无奈地摊手，道：“她们不走，我们再待一会儿吧。”

“也好。”言隽便坐在旁边陪她。

柯佳云没喝尽兴，将酒瓶递给司婳。言隽阻止道：“别喝多了。”

“放心吧，我喝得很少。”司婳觉得自己很清醒。

包间内吃的喝的都有，他们玩到晚上，不但没饿，还吃得饱饱的。

言隽安排人将他们送回各自的住所。

司婳还算清醒，看着朋友一个一个被带走，歪头盯着言隽问：“你怎么还不回家？”

言隽忽然低下头，额头几乎贴在司婳的额头上，压低声音有些委屈地道：“你已经陪他们玩了一天，接下来的时间……可以属于我了吗？”

现在不到下午六点，天都没黑，他们还可以一起待一段时间。

针对言隽的问题，司婳有些疑惑，问：“你上次不是说选九月十五日吗？明天才是。”

见她一副认真且纠结的模样，言隽忍俊不禁，故意逗她：“那我改主意了，可以吗？”

“改到今天？”司婳顺着他的话问。

对方却出其不意，道：“不，是加上今天。”

“这样也可以吗？”她忽然睁大眼，好像知道了什么了不起的新规则。

“可以的。”言隽点头，真诚明亮的眼神让人没来由地觉得信服。

被动方变成主动方，喝酒误事的司婳完全被糊弄过去，乖乖地道："那好吧。"

言隽脸上的笑容越发灿烂，心想：趁司婳醉了跟她商量事情，简直太容易了。

"你有没有什么想做的事？"言隽问。

"想做的事……我吗？"她的反应慢了半拍。

言隽点头："你过生日，自然得问你的意见。"

"我想做的事……"认真地思考了半分钟后，她忽然想起什么，面露期待，仰头问道，"我想看电影，可以吗？"

"看电影？现在？"

"嗯！我想看电影。"不仅如此，她还举起双手特意道，"不去私人影院，要去有很多人的电影院。"

"你确定自己现在的状态可以看电影吗？里面黑，你的眼睛会不会不舒服？"

司婳有夜盲症，言隽有些担心她。

"我当然可以！我现在可以看电影了，只要片子的色调是明亮的就行。"司婳指着自己的眼睛道。

"好，你选一下想看的片子。"言隽把手机递过去让她挑选，二人的脑袋几乎撞到了一起，"第二部和第三部应该更方便你观看，你喜欢吗？"

"我要这个。"喝过酒的司婳比平时直接许多。

司婳选了第三部，言隽报以微笑。

今天他没带司机，自己开车，司婳自然坐在副驾驶座上。

不过等言隽上车时，司婳已经闭上了眼睛。

"如果困的话，我们可以先休息一会儿。"他试探性地建议道。

司婳猛地睁开眼，道："不要，我想去看电影。"

她这么坚持，言隽自然不会拒绝，驾车辆前往最近的电影院。

电影院到了，司婳、言隽下车。

锁上车门后，言隽见司婳穿着单薄的连衣裙，又打开车门，取出放在后座上的外套。

司婳疑惑地问道："你带外套干什么？冷吗？"

"影厅里或许会冷。"他也没说是谁要穿。

他们买了下午六点四十分开场的票，在机器上自助取票后，还剩下十分钟。

言隽环视四周，见过往的许多年轻男女手中拿着爆米花、饮料，于是对司婳道："走，我们过去买些东西。"

可是现在的司婳不太能领会他的意思，反而望着他，满脸疑惑。

"原来你喝酒之后是这样的。"言隽弯腰靠近她，在她的注视下笑出了声，随后牵起她的手道，"我们去买些吃的。"

爆米花作为观看电影时的常备零食非常受观众的欢迎，售卖处前排着长队。好在队伍不长，时间来得及。

"想喝什么饮料？"

这句话她听懂了，眼睛滴溜溜地打转，看见前面那个女生手里拿着一瓶白色的饮料，道："要那个。"

"好。"言隽对她有求必应。

言隽买了一份爆米花、两瓶饮料，摸出两张电影票递给司婳，道："我们的电影票，拿好！待会儿给检查的人。"

接过电影票，司婳轻笑一声，道："你以为我没来过电影院吗？我很清楚流程好不好？"

对上司婳那控诉的眼神，言隽笑着道歉："是我说错了。"

他完全无法预测现在时而清醒时而迷糊的司婳会做出什么举动。

距离电影开场还剩下三分钟，他们现在入场，时间刚刚好。

进影厅那段路光线稍暗，司婳牵着言隽的手跟着他的脚步前行。

遇到楼梯时，司婳低下头，想确定脚下的路，言隽凑到她的耳边说："一共有五级阶梯，直接往上走就行。我牵着你，不怕。"

司婳慢慢走上去，转弯又是阶梯座位。他们选在中间的位置坐下，一路十分顺利。

言隽将爆米花放在中间，取出其中一瓶饮料递给司婳。

前方大屏幕上的安全提示已经播到末尾了，影厅内的灯全部关闭，正片开始了。

这部电影没什么意思，司婳当时就是随手选的。

很快，桶里的爆米花去了大半。言隽扭头看了眼，觉得她不是来看电影的，是来吃东西的，早知道就该多买些。

没多久，司婳开始打呵欠，那只不断拿爆米花的手不知什么时候搭在了膝盖上，人已经靠着椅子睡着了。

言隽叹气，将提前准备好的外套盖在她的身上。

影片结束后，工作人员打开灯，言隽伸手替她挡了灯光。司婳很快苏醒，茫然地盯着黑掉的屏幕。上面滚动的白色小字她完全看不清。

“电影结束了？”

“是啊，结束了。”言隽放下手，“睡醒了吗，坚持要来看电影的司小姐？”

被调侃了，司婳很惭愧：“不好意思啊，我也不知道怎么就睡着了。”

睡了一个小时，她清醒了不少，一抬胳膊才发现身上有件男士外套。

电影散场，两个人从座位上站起身，依序往外走。

“大概是下午喝酒了，有些蒙。”司婳走在言隽旁边，总想解释，结果无论怎么说都像在为自己狡辩。

言隽立刻道：“喜欢来电影院的话，我们以后常来。”

司婳点了点头，道：“我好像就是比较喜欢电影院的氛围，有时候想看，但又不敢一个人来，总觉得要有人陪同才行。”

“先前见你那么执着，我以为你很喜欢看电影呢。”

难怪她刚才几乎全程睡过去。

“我记得妈妈离开前陪我过的最后一个生日就是带我来电影院看电影，所以……”司婳纯粹是有感而发，又不太想说悲伤的往事，便岔开话题，“快八点半了，你想吃什么？今天我过生日，我请客！”

电影院就在商场里，他们出门后，到处是餐厅。司婳问道：“我随便选一家？”

言隽点点头。

司婳：“跟着我走！”

云岛酒店。

唱完歌回来，柯佳云躺在床上一觉从天亮睡到天黑。如果没有被铃声吵醒的话，她大概能直接睡到明天早上。

“喂？谁啊？”柯佳云被吵醒了，说话的声音都大了几分。

“柯小姐，我是贺延霄。”

柯佳云瞬间清醒。

贺延霄是用陌生号码打来的。

柯佳云本想挂断电话，对方紧接着添了一句话。

柯佳云听后咬紧牙齿，从牙缝里挤出一句脏话。她就没见过贺延霄这样的人，都一年了，还抓着司婳不放。

如果贺延霄此时在别处就算了，柯佳云可以直接挂电话，但那家伙居然找到酒店来了！

柯佳云穿好衣服，梳好头发，穿上自己那双九厘米高的高跟鞋，开门迎战！

她准备把人撵走，可出了门才想起来，司婳去哪儿了？

从 KTV 回来之后，柯佳云就在睡觉，那司婳现在是在隔壁房间里休息吗？

柯佳云敲隔壁的门，无人回应。

柯佳云觉得司婳估计是睡着了，既然贺延霄先找了自己，说明还没打听到司婳的消息，正好可以先把人赶走，省得他再纠缠司婳。

打定主意后，柯佳云下楼见人。

酒店一楼，休息厅内。柯佳云一眼就看见了那个身着西装的男人。

“她呢？”贺延霄见柯佳云身后没有自己想见的人，有些失落。

“贺先生在说谁？”柯佳云皮笑肉不笑地道。

“明知故问。”他不徐不疾地吐出四个字。

柯佳云冷哼一声：“我就纳闷了。我认识那么多小姐妹，还从未见过谁的前任会纠缠她的朋友。”

“柯小姐慎言，我从未纠缠过你。”

“我完全可以告你骚扰。”柯佳云差点儿翻白眼。

贺延霄开门见山地道：“还请柯小姐不要转移话题。我知道她就住在这家酒店，想见她。”

“贺总这是看我们婳婳事业有成，又开始念念不忘了？”

他分明大半年没吭声了，司婳刚拿奖他就眼巴巴地跑过来了。

“柯小姐，关于电话的事，我向你道歉。不过我之所以先联系你，是不希望闹出太大的动静吵到婳婳。我既然来了，就确定她在这里，能否麻烦柯小姐让婳婳出来见我一面？”他今天能耐心地跟柯佳云说这么多，无非是顾及她是司婳的朋友。

柯佳云一看见他那副自信的模样就来气，灵机一动，摆手笑道：“那真是不好意思，婳婳不在。”

“柯小姐说笑了。”贺延霄并未把那句话放在心上。

“谁跟你说笑啊？婳婳真的不在。”柯佳云现在不着急走了，干脆坐到贺延霄对面，姿态慵懒，“她跟男朋友约会去了。”

贺延霄目光一寒：“你说什么？”

“明天是婳婳的生日，你应该还没忘吧？婳婳跟男朋友约会去了，今晚也没打算回来。”柯佳云笑着往贺延霄的心上插了一把刀。

而此刻，司婳刚跟言隽到新的约会地点。

吃了晚餐后，言隽大概开了半个小时的车，带司婳去了另一个地方。未抵达时，他还故意保持神秘。

“言先生，你真的那么确定我会喜欢？”司婳坐在副驾驶座上，盯着前方陌生的街道问。

“不出意外的话，你会喜欢。”

司婳笑了一声，调侃道：“话都让你说了。”

车停在一座欧式建筑前，侧面就有许多空位方便停车。街道上一片漆黑，唯独这扇门前十分明亮。

门关着，但路上行人不少。她很好奇，里面有什么呢？

言隽打了个电话，没过两分钟，大门缓缓打开，一个中年人跑出来为他们引路。

他们进入大堂后，中年男人自觉地消失，留下一脸惊喜的司婳跟满怀自信的言隽。

“这……”司婳站在原地环顾四周，见周围摆放着许多名贵的乐器，十分激动。

言隽：“我就说你会喜欢的。”

这些乐器中，有些司婳认识，还能叫出名字，有些不太了解。但她知道，这儿所有乐器的共同点就是：价格贵。

“这是我一个朋友开的乐器收藏馆。”言隽在她的耳边解释道。

司婳深深地吸了一口气，心想：这位朋友可真厉害！

“跟我走。”言隽自然地牵起她的手，拉她上楼。

二楼也摆放着各类乐器，唯独中央处有个大盒子。

在司婳好奇的目光下，言隽上前打开盒子，展示里面的东西：“这才是为你准备的生日礼物。”

司婳眼前是一把做工精致的梨形琵琶，懂琵琶的人一眼就能看出此非凡品。

言隽要把它送给她做生日礼物?

司婳赶紧摆手:“它很贵重，我不能收。”

“好东西应该在懂它的人手中，即便我自己留着，又能拿它做什么呢?如果我只把它当成摆设，岂不是辱没了这把琵琶?”

这话听起来没错，但司婳尚存理智，连连后退:“你最会讲道理的，我才不听你忽悠。”

“这可真是冤枉我了，我什么时候忽悠过你?”言隽抱起琵琶亲自交到她的手上，“如果你觉得这份礼物太重，不如我跟你交换两个条件?”

司婳紧盯着琵琶，有些心动，心想:用这把琵琶弹奏出的曲子，声音应该极美吧。

她犹豫了不到半分钟便点头答应道:“可以啊，在这里吗?”

“跟我上楼。”言隽脸上的表情十分愉悦。

司婳抬头望着几米高的天花板，心想:还上楼?

他们其实是去了楼顶。

司婳上来才发现这里是一座楼顶花园，四周摆着美丽的鲜花，灯光在脚下点亮。哪怕在夜里，她也能看见明亮的世界。

凳子摆在灯光最好的位置，言隽拿出早就备好的相机，司婳听从安排坐在凳子上，道:“我坐这里可以吗?”

“可以。”言隽点头。

她试着拨弦，眼睛扫过前方的镜头，忽然有些紧张。

言隽刚才说，希望她能用这把琵琶弹奏一首曲子赠送给他。另外，他想帮她拍一组照片。

司婳尽量让自己专心弹奏，却频频出错:“不行，我有点儿放不开。”

“没关系，要不然下次再来?”在她面前，言隽一贯好说话。

对方一再退让，回回都让自己占便宜，司婳都不好意思了，放下琵琶问:“有酒吗?”

“什么?”言隽怀疑自己听错了。

接下来的半个小时，司婳端着小酒杯，一口一口喝着酒。

言隽也极有耐心，完全没催促她。

她感觉自己没喝醉，脑子里依旧很清醒。就是今晚的气氛，她有点儿不知道该怎么形容。

她磨磨蹭蹭的，不知不觉竟然到了十一点四十分。司婳深吸一口气，放下酒杯，道：“好了，我可以了！”

不等言隽开口，她就回到座位上，重新抱起琵琶，示意言隽赶紧开始。

“转轴拨弦三两声，未成曲调先有情。”

她喝酒后果然不一样了，娴熟地弹了一首曲子，拨动琴弦发出的声音当真如玉珠坠落玉盘般清脆悦耳。

抱着琵琶的她跟平日不一样，宽大的裙摆垂在地面铺成弧形，长发披在肩后，美丽又多情。

言隽本想多抓拍几张照片，可一曲结束，司婳立刻放下琵琶过来，闹着要看照片。

言隽无奈，只好心虚地告诉她自己才拍了两张。

他刚才听得入神，根本没顾上拍照。或许，他应该直接录像。

“你怎么这样？我都弹完了！”她像是有些生气。

“下次再帮你拍好不好？”他哄道，声音温柔得能滴出水来。

“不行，你现在给我拍！”

他们明明说好了，他怎么能反悔呢？

她皱着眉硬要他拍照片的样子既真实又可爱，没人能拒绝她此刻的要求。

言隽特意看了时间，距离零点还剩十五分钟。

在接下来的十几分钟时间里，言隽依照她的要求帮她拍照。

一旦进入状态，二人就默契地配合起来。

“我这个姿势怎么样？”司婳越来越放松，极力展示自己，想拍出美美的照片。

“姿势可以，灯光不对，你往后退……往左移。”言隽举着相机，不停地指导她调整位置。

司婳根据他的指示移动脚步，一不小心踢到了后面的花盆。

“小心！”

他伸手去拉司婳，没来得及，两个人都失去平衡倒在了地上。

司婳抱着撞疼的胳膊“啊”了一声，皱起了眉头。

“我看看。”言隽握着她的手臂检查。她的胳膊上没有伤口，更没有出血，她却喊疼。

言隽好奇地问：“真的疼？”

“疼。”她非常确定地点头。

观察着她的表情，言隽配合醉酒后的司婳，顺着她的话问："那怎么办呢？"

"你帮我吹吹。"她小时候摔倒了，爸妈就是这样哄她的。

没办法，言隽只能照做，对着她完全找不到伤口的胳膊轻轻吹气，像哄小孩子。

"这样可以了吗？"

"嗯。"她重重地点头，显然很喜欢这个动作，嘴角上扬。

她刚笑起来，忽然又变了脸色，手捂着脖子，道："痒。"

现在蚊虫还挺多的，言隽撩开她的长发一看，脖子上果然有红点。

"吹吹。"她已经分不清"疼"和"痒"的区别了，固执地道。

言隽笑容僵硬，表情很不自在。

对方仍在催促，他深吸一口气，缓缓地靠近她。

一股温柔的气息吹到脖间，司婳觉得更痒了。跟被蚊虫叮咬的感觉不同，这次，她痒得直接笑出声来。

他亲昵的动作让气氛迅速升温，司婳又一次近距离闻到了言隽身上独特的清香。

"好香。"

言隽微微抬头，视线从她的脖子处移开，落在那张光泽诱人的红唇上。他喉咙发紧，缓缓问："想尝尝吗？"

她注视着那双温柔的眼睛，似乎被蛊惑了，对他点头。

"我问过你意见，是你自己同意的。"

注视着她水润的双眸，言隽笑了，吻住了她的唇。

这个吻不知道持续了多长时间，直到耳边传来"叮"的一声，他们才停了下来。

零点到了！

言隽微微一笑，再次注视着司婳的眼睛，托起她的下巴，声音沙哑地道："生日快乐。"

"谢……"

司婳的话还未说完，剩余的声音就被言隽吞进了肚子。

陆续有人给司婳发来生日祝福，摆在石桌上的手机屏幕不断亮起来，但久久无人回应。

天亮了，司婳迷迷糊糊间醒来了几次，但总觉得困，便一觉睡到了中午。

脖子有些痒，她伸手挠了几下才觉得舒服。

手机铃声响了，司婳伸手去摸手机，一张薄薄的字条飘落在地。

司婳没注意，拿起手机一看，没接到柯佳云的电话。

司婳赶紧拨回去，问："佳云？"

电话接通了，里面传来小娜跟姜鹭讨论午餐的声音。

"我们商量着吃午饭呢，就想问问你。"柯佳云继续道，"你要是还困，就继续睡吧，我们待会儿给你带回来。"

"也行。"司婳现在确实不太清醒。

挂了电话，司婳坐在床头发呆，昨晚发生的事逐渐在脑海中回放……

"啊——"

司婳想到了某些画面，两只手按在额前，闭上眼睛，绝望地用被子盖住自己的脸。

昨晚的那瓶酒把她害惨了，她着实没脸见人了！

"怎么办？"

她心里慌，不敢跟人说，也不敢问言隽，更不知道接下来要如何面对那个男人。

怎么会发生这种事？她昨天太放肆了。

司婳不由自主地摸着嘴唇，心想：这下完了，跟言隽接吻了，以后还怎么做朋友？

她分明记得自己没喝多少，怎么会糊涂成那样？司婳用后脑勺撞击着床头，完全不想起床去面对这一切。

用完午餐的柯佳云拎着打包的饭盒来敲门，道："我们刚才在附近随便吃了些，你将就着吃。"

司婳去卫生间刷牙、洗脸，对着镜子看了看脖子，发现被咬的地方还有些痒，用手指一挠就红了。

她觉得披着头发也不舒服，干脆拿皮筋把头发扎成了马尾。

"我帮你打开了，快来吃吧！"柯佳云把打包的饭菜摆在桌上。

"谢了。"司婳洗漱完，慢悠悠地走过去，见桌上菜式丰富，正要夸他们选的菜……

"哇！"

柯佳云突然惊呼出声，反倒把司婳吓了一跳。

司婳疑惑地盯着柯佳云。

"你你你……"柯佳云颤巍巍地指着她道，"你们的进度也太神速了吧。"

“啥？”司婳低头扯了扯衣服，又顺着她指的方向摸了摸脸蛋，没什么异样的感觉。

“你别跟我装。我跟你讲，我这人的眼睛很犀利。”柯佳云笃定地道，想等她老实交代。

司婳完全不懂好友为什么会这样，不禁疑惑：我身上哪里不对吗？

“装，还装！你脖子上这么大一颗‘草莓’，以为我看不见吗？”柯佳云指着她的脖子，那抹红色猛地一看跟吻痕无异。

司婳扎着高高的马尾，脖子处的肌肤清晰可见。她白皙的脖颈侧面有一抹红，简直太明显了。

听她这么说，司婳下意识地捂住脖子。

这个动作落在吃瓜群众的眼里，反而佐证了柯佳云的判断。柯佳云心中的八卦之火熊熊燃烧，她问：“快说，你俩发展到哪一步了？”

“没有，你想哪儿去了？我这是被蚊子咬了。”司婳松手露出红印，拉开椅子，避开柯佳云探究的视线。

“不是吧……”柯佳云不信，还凑过去看了眼。

司婳坦然地让她检查，一点儿也不像撒谎的样子。

“昨天被咬了，这儿是我刚才洗脸的时候挠红的。”司婳解释道。

原来是个误会，柯佳云有些失落。她拉开另一张椅子坐在司婳对面，兴致显然不如刚才高，问：“那你们昨天晚上干什么去了？”

“昨晚……就看了场电影，到处逛了逛。”司婳说一句就往嘴里塞一口饭，答得断断续续的。

“看电影要看到凌晨一点吗？”柯佳云质疑道。

司婳咬了下筷子，慢吞吞地回答道：“后来去一个乐器收藏馆逛了逛。”

“好吧。”柯佳云换了个话题，缓缓地道，“等会儿我就要走了，工作室那边有一堆事等着我回去处理，我今天不能陪你过完这个生日了。”

司婳对柯佳云笑了笑，道：“昨天能跟你们一起过生日，我已经很开心了。”

柯佳云的机票时间是下午两点半，司婳亲自送她去机场。

分别时，两个人抱了抱。柯佳云犹豫许久，还是道：“婳婳，其实昨天晚上我见到贺延霄了。”

突然听见这个名字，司婳一时间不知应该做何反应。

“他不知从哪里得到了你的消息，亲自找到云岛酒店，因为不知道你住在哪个房间，所以借别人的电话联系到了我。”

“他怎么又打扰你？！”司婳的第一反应是愤怒。

司婳本以为他已经消失在自己的生活中了，结果他又冒出来打扰自己的朋友。

司婳皱起眉，道：“我去跟他说清楚。”

“别！”柯佳云立即劝道，“你如果找了他，他肯定觉得这个办法奏效。”

“但也不能让他一直找你的麻烦吧？”司婳皱眉道。

“倒也不算麻烦，你不知道我昨晚多开心。”毕竟能把贺延霄气得脸色发绿的机会不多。

“你做什么了？”司婳很好奇。

柯佳云说了昨晚的经过，司婳听后眼皮跳得厉害。

柯佳云高兴地道：“我现在倒希望他打电话给我，让我再高兴高兴。”

临走前，柯佳云千叮咛万嘱咐司婳不要联系贺延霄。

司婳见她一副兴致勃勃的样子，感觉贺延霄要是再打电话过去，会倒大霉……

不过，司婳转念一想，觉得现在要倒大霉的是自己。

言隽到现在都没有跟司婳联系，或许不仅她尴尬，连平时处理事情游刃有余的言隽都无法面对昨天的事。

司婳心里打鼓，一时不知如何是好。

她打车回到云岛酒店，恰好见到了姜鹭、小娜，姜鹭提着行李箱。一看见司婳，小娜立刻道：“司婳姐，你回来了！我们正想给你打电话呢。”

司婳差点儿忘了，姜鹭今天要回滨城上晚自习，小娜准备送姜鹭去机场。

司婳盯着行李箱，忽然问：“几点的飞机？”

一个半小时后，司婳跟姜鹭走进同一架飞机。

她购票的时候太晚了，两个人的座位隔得挺远的。

司婳身边坐着陌生人，全程没睡觉，几乎一直在发呆。

到了滨城，姜鹭在机场跟司婳道别：“司婳姐，我回家放行李，还要赶去学校上晚自习。”

司婳冲他点头，夸赞道：“你最近状态好像很不错。”

“这次去景城见了世面，特别是看到了现在的小娜，我觉得自己不能再那么堕落下去了。”他发誓要在最后这不到一年的时间里努力拼搏一把。

“加油，我们都相信你。”

信任就是最大的鼓励。

姜鹭回家，司婳一个人回“四季”。

她明明是“逃走”的，一转眼又回到了言隽的地盘。

不过，她很快就会搬离这里了。

言家。言曦醒后嚷着头晕，什么解酒药、醒酒汤都不管用，在家里躺了大半天，直到下午起床后才忍不住打电话给言隽，道：“哥，你之前说买蛋糕给司婳姐，咱们什么时候去啊？”

对方在电话里说了几句话，言曦瞪大眼睛，难以置信：“什么？不让我去？你这个臭哥哥，过河拆桥！

“哦……二人世界啊，你早说啊！懂懂懂，这些我都懂。

“那行，我今天就不打扰你们了。”

宽敞的客厅里只有言曦一个人叽叽喳喳的声音，言老太太拄着拐杖从后面走过来，不轻不重地咳了一声。

言曦扭头一瞧，差点儿从沙发上滚下去，道：“奶奶，你偷听我讲电话。”

“自己嗓门大还怪别人，我站在十米外都听见了。”言老太太的腰板挺得很直。

迫于长辈的威严，言曦悄悄透露了哥哥专门准备了蛋糕去给喜欢的女孩儿过生日的事。上天做证，她绝对不是因为零花钱才这样的。

下午四点，距离正式下班还有一个半小时，言隽开始频频关注时间。

下午五点，他提前半个小时离开公司。

留下加班的秘书想哭，心想：老板这两天有什么毛病？不仅请假，还早退。

秘书的想法当然不在言隽的考虑范围内，他先开车去取蛋糕，再去了云岛酒店。

这次他不用提前打电话了。因为他昨晚将司婳送回房间后，写了一张字条压在她的手机下，她醒来时就能看到。

他在字条上告诉她，他下午六点左右会去找她，如果她觉得不方便就发信息告诉他，反之代表同意。

大约五点四十分，车停在了云岛酒店的地下车库。

言隽提着蛋糕乘坐电梯上楼，脸上挂着微笑。

可他敲响那个房间的门后，却迟迟没得到回应。

他拿起手机打给司婳，她的手机却关机了。

言隽下楼询问，工作人员道："不好意思，言先生，您的朋友下午已经退房了。不过，按照您之前的吩咐，我们仍然保留了那个房间。"

云岛酒店是言氏旗下的产业，因此能为言隽保留房间。

直到七点，言隽终于打通了司婳的电话。

"不好意思，之前在飞机上，没接到电话。"司婳道。

"去哪儿了？"他很想问她，走之前为什么不跟他说一声？

理智告诉他，司婳没必要向他报备行程，所以他克制住情绪，没问得那么明显。

"我回滨城了，刚到'四季'。"

"回那边有急事吗？"

"也不是……"她支支吾吾地提到姜鹭，说是顺便送姜鹭回来，随后道，"我还有件事想跟你说……"

"什么？"

司婳迟疑片刻，道："以后别再往'四季'寄东西了，过几天我就要离开了。"

"离开'四季'，那学校呢？"凉意爬上脊背，他尽量让自己的语气听起来正常些。

"学校那边已经找到了新的美术老师。"这学期开学后她就辞职了，无论是否在大赛中获胜，她都不会一直在滨城待下去。

"是吗？"言隽强装镇定。

片刻后，司婳道："言隽……"

他又做了一件无礼的事——打断司婳的话，因为怕她亲口说出什么决绝的话。

他说："今天你过生日，别忘记吃蛋糕。"

说到最后，言隽几乎听不见自己的声音，也听不到她的声音。

那一刻，他承认自己胆怯。

挂断电话后，他将目光移到身前的蛋糕上。

他解开丝带，小心翼翼地取出透明罩里的蛋糕，坐在安静的房间里独自将二十四根生日蜡烛点亮。

"还没来得及跟你说生日快乐呢，婳婳。"

暖光照在言隽俊美的脸上，他努力地扬起唇角，却怎么也露不出笑容。

离开滨城有段时间了，司婳把房间打扫了一遍，出了一身汗。

她今天才发现房间里的东西真不少，都是这一年累积下来的。

除了饰品、衣服和绘画工具，言隽送来的礼物也占了不少空间。如果要将这些东西都带去另一个城市，司婳感觉有点儿难。

这里平时不住人，或许她可以跟言隽商量，先将东西存放在这儿，等她找好住所后再慢慢搬走。

可是她要怎么说呢？

刚才跟言隽通电话时，她能感觉到言隽也很不自在，大概跟她一样受了昨晚那件事的影响。看着那堆礼物，司婳深深地叹了口气，自言自语："算了，再缓两天吧……"

她就当一次缩头乌龟，等离开时再跟言隽商量，说不定到时候他们就把那件令人尴尬的事忘了。

时间不早了，她准备去洗漱。这时有人打电话过来，是"唐"。

"Hello（你好）！"对方率先打招呼。

司婳规矩地喊了声："唐师兄。"

打电话给司婳的人叫唐誉文。

司婳为什么不给他备注全名呢？因为那个男人非常自恋，认为别人一看到全名就会知道是他，会给司婳带来困扰。

当然，在特定的圈子里，他的确是那样耀眼的人。

"你那边现在应该是晚上，晚上好，还有……"唐誉文顿了顿，"生日快乐！"

"谢谢。"

他们平时很少联系，除了节日会互相发信息，只有遇到正事时才会给对方打电话。几个月前的那场慈善拍卖会的邀请函就是唐誉文给她寄的。

"送你一份什么生日礼物比较好呢？珠宝首饰你应该不缺，给你包个大红包？"唐誉文似乎心情不错，语气轻快。

"过春节才收红包。"相较之下，司婳就显得不在状态。

"懂了，小师妹现在前途无量，不缺我的大红包。"

"比不过唐师兄年少成名，享誉世界。"她跟唐誉文不算真正的师兄妹，只是当年唐誉文跟着她妈妈学习，又比她年龄大，两人才以师兄妹相称。

开了玩笑后，唐誉文收敛了一些，提起正事："你那场比赛我看了，我有个朋友是国外的顶尖时装设计师，她对你的设计很感兴趣。你考虑来这边发展吗？”

“不了，谢谢师兄的好意，我另有打算。”司婳拒绝得很干脆。

“好。”

唐誉文没有劝她，因为他知道，司婳看着温柔乖巧，其实骨子里有惊人的魄力，十分独立、有主见。

她或许偶尔会迷茫，但很清楚自己要什么，会坚持走自己想走的道路。

接下来的几天，司婳一直待在四季民宿。

回到榕城的柯佳云跟司婳抱怨工作室事情多，自己从早忙到晚，吃饭时才能跟朋友聊聊天，倾诉一下内心的苦闷。

司婳主动帮她分担了一些工作，第二天早上便做好了发过去。

柯佳云收到后连连道谢，恨不得隔着屏幕亲司婳一口表示感激。同时，她还惦记着朋友的事，问：“你呢？最近在干吗？”

“最近在整理东西，有很多手工制品和画。我这次可得仔细些。”虽然应该不会再次发生抄袭事件，但司婳吸取教训，清点了每一张画稿。

“这已经是第五天了，你决定要去哪里工作了吗？”柯佳云问。

司婳接受了天娱的邀请，公司给了两个工作地点任她选择，一个是总公司，一个是子公司。两家公司皆有上升空间。

“我……”司婳欲言又止。

“我知道，你肯定要去景城！言隽……”柯佳云提起了言隽的名字。后面的话她不用多说，她们都明白。

柯佳云以为手机另一端的人会害羞，却不知司婳在听到言隽这个名字的时候目光瞬间黯淡了。

那天之后，她跟言隽默契地断了联系。有时候她拿起手机翻看自己跟言隽的聊天记录，反应过来后却不知道自己在看什么、在等什么。

她错了。

时光流逝，她已经不记得醉酒那天跟言隽说过什么话了，但他们接吻的画面十分清晰，在脑海中挥之不去。

“婳婳？”

柯佳云连续喊了几声，没人答应，又道：“婳婳，你在听吗？”

收回思绪，司婳忽然有些生气：“我去哪里工作，跟他有什么关系？”

“你……怎么了？”柯佳云敏感地察觉到她的情绪变化。

司嫿这才发现自己失态了，道：“没……没什么，你最近不是很忙吗？赶紧去工作吧，我先挂了。”

她太慌了，太过刻意的逃避举动反而暴露了心思。

其实连她自己都不知道为什么会产生这样的情绪。

司嫿很想抛开那些烦心事，只能转移注意力。

她站了起来，转身时有个小东西掉在了地上。司嫿将东西捡起来，发现是比赛后新买的U盘，里面存放着一些视频。

司嫿拉开抽屉，将它放入专门放U盘的盒子中。现在，盒子里装着三个U盘，其中一个是言隽寄来的。

司嫿下意识地拿起那枚银色的U盘……

她将U盘插进电脑，戴上耳机，刻在记忆里的熟悉声音传入耳畔。

“司小姐，好久不见。

“送给你的礼物，还喜欢吗？

“你寄给我的信，我都收到了。

“很抱歉我迟到了这么久，希望下一份礼物你会喜欢。”

司嫿反复播放视频，那道磁性的男声不断在脑海中回荡。

她现在的心境跟当时完全不一样了。

看着屏幕上出现的字，司嫿仿佛已经听不见声音了，唇瓣微张，下意识地跟着道：“不见不散。”

信、礼物……她好像还欠言隽一份礼物。

临走前两天，司嫿把自己关在房间里，聚精会神地绘出一幅画。

直到夜幕降临她才差不多满意，站起来伸个懒腰。

她坐了一天，身体仿佛都变得僵硬，随便吃了些东西填饱肚子，随后去外面活动筋骨。

今晚无风无月，司嫿拉开大门，还未走出去便发现距离长廊最近的那盏灯瞬间发光。

她踩着灯光一步一步向前走去，路灯应声亮了，在漆黑的夜晚为她铺了一条通行无阻的路。

站在长廊尽头，司嫿缓缓转身，望向距离自己越来越远的楼，随后忽然奔跑起来，匆匆推开房门去翻抽屉里的相册。在那个厚厚的相册里，她终于找到一张言隽的照片。

明亮的灯光下，她将照片看了一遍又一遍。

这是她跟言隽去雪山时，她用言隽的相机给他拍的一张照片。男人站在雪地里，仿佛与天地融为一体。

司婳坐到画架前，重新拿起纸和笔画了起来，直到夜深人静。

凌晨，司婳听到窗外传来淅淅沥沥的雨声，关掉空调，打开窗户，雨声瞬间在耳中放大。

窗外吹来一阵风，卷起桌上画纸的一角。那是一个银装素裹的世界，向来擅长绘景的司婳在那片壮丽的雪景前勾勒出了两道身影，卷起的角落有她用钢笔一笔一画写下的一行小字：司婳赠言隽。

景城。还在上大学的言曦课少，休闲时间多，不喜欢每天待在宿舍，经常往外跑。

因为不认识路，加上家人不放心，她不能独自出去玩，不跟朋友聚会的时候就只能回家。言曦回言家需要整整一个小时，而去言隽现在居住的小洋房快得多，言曦没事儿就爱往言隽那儿跑。言曦活得无忧无虑，没人找她玩的时候，就躺在沙发上吃零食、看剧。但这两天，她忽然发现哥哥很不对劲。

思来想去，聪明的言曦终于抓住了重点，问："哥，最近怎么没听你提起司婳姐姐？"

言隽垂眸，浓密的睫毛在眼睑处投出阴影。他目不斜视，低声道："因为哥哥做错事了。"

"做错事？"言曦瞪大眼睛，难以想象这句话是从言隽的口中说出来的。在她的认知里，言隽能解决一切问题。

"你跟司婳姐姐吵架了？"

"我怎么会跟她吵架？"言隽勾了勾唇角，脸上在笑，心里却十分苦涩。

"那你怎么惹到她了？"言曦放下零食，来到言隽身边盯着他，还是猜不透哥哥的心思。

言隽告诉她："因为太贪心了。"

他太贪心、太自信了，以为他们之间已经水到渠成了，其实根本是高估了自己。

"哥，你就别跟我打哑谜了，我完全听不懂。你要是做错事惹司婳姐姐生气了，就想办法哄她啊！"言曦看起来比当事人还着急。

言隽无奈地摇头，无法回应。

他没有故意跟司婳冷战，也不是不想哄她，只是不知道该如何开口。

他要为了让她开心而告诉她那是个意外，他们只是朋友吗？

这样违心的话，他怎么说得出口？

活了二十七年，他第一次觉得有些事情是努力之后也没办法做到的。

接下来的半个小时里，言曦偷偷看到自家哥哥坐在那里玩手机，就在聊天页面进进出出，不知道在干什么。

哥哥第一次喜欢一个人，缺乏恋爱经验也是可以理解的，她这个做妹妹的总不能冷眼旁观吧？

她决定悄悄给司婳发信息道歉，请求司婳原谅哥哥。

为了让道歉效果更好，言曦坐在地毯上花了整整十分钟才编辑出一段文字，大致描述了言隽追悔莫及的态度以及失魂落魄的状态。

司婳很快就回复了。

未来嫂嫂："是你编的，还是真的？"

言曦："真的，千真万确！"

如果能发语音，言曦一定能演得更像。

言曦看到司婳那边显示正在输入，搓了搓手，等着对方回答，结果等来一句："以后不要联系！"

接下来的半分钟，司婳都没有再发消息过来。

言曦越来越慌，最后"哇"一声哭了出来，跑到言隽面前差点儿跪下，道："哥，我做错事了，对不起你！"

言隽缓缓转过头，露出疑惑的眼神。

言曦双手将手机举过头顶，脑袋却努力低下去，甚至想钻进洞里把自己藏起来。她道："哥，我不是故意的……"

她已经斟酌用词了，为什么会变成这样？肯定是她哪里说得不对。

言隽很快看完了她们的聊天记录，眉头紧锁，垂在身侧的手悄然握紧。但过了一会儿，他似乎想通了什么，眉头舒展，转头看向旁边的言曦道："你先别着急。"

"我怎么可能不着急？哥哥，你快去找司婳姐姐当面解释吧，肯定是我说错话了。"

言隽试图安抚妹妹，时隔多日，终于再次拨通那个熟悉的号码。

"言隽？"

电话接通了，他再次听到了司婳的声音，缓缓地道："刚才你跟小曦发的消息……"

“你们在一起吗？那正好，你帮我转达一声，刚才我的手机关机了，没能回复她。”就是言隽打来电话的前一秒，她才借了一个花店老板娘的充电宝给手机充上电。

平时极会说漂亮话的言隽回头扫了妹妹一眼，第一次借题发挥，道：“她刚才被吓哭了。”

“吓哭了？”司婳没想到自己失联几分钟会造成这么严重的后果，“你先把手机给她，我跟她说。”

“不用，她现在已经知道，你是因为手机关机才没回复她的。”他立刻道。

正在旁边抹眼泪的言曦很疑惑，心想：我知道什么了？

“所以你刚才想跟她说什么？”

“啊……我想说以后不要联系这个号，我再发一个微信账号给她。”司婳去年为了躲贺延霄，换了新的手机号。但如今她想通了，能够直面过去的事，打算用回以前的手机号码和微信账号。

得知真相的言隽豁然开朗，正想说什么，忽然听见司婳那边有一个陌生的声音道：“你好，请问南星大厦怎么走？”

司婳回答道：“不好意思，我不太了解。”

南星大厦？

言隽心里忽然生出一个大胆的猜测，问：“你在哪儿？”

此时此刻，司婳正在南星大厦附近的花店门口。

司婳上午乘飞机到达景城。

她后天要去公司报到，现在准备去买一套合适的新衣服。

她出门后才注意到手机没什么电了，言曦发消息来时，她正在寻找租充电宝的地方，结果还是迟了。最后，司婳在一个花店门前看到充电宝，向老板娘说明原因后，对方将自己的充电宝借给司婳应急。

挂了电话，司婳回到花店，把充电宝还给老板娘，自己租了公用的。

老板娘人美心善，司婳打算在店里买一束花表示感谢。

“你自己挑还是我来挑？”老板娘问。

“我自己挑吧，谢谢。”

屋子里的鲜花种类繁多，司婳不赶时间，可以慢慢挑选。

这会儿花店里没什么客人，老板娘见司婳面善，主动问：“你认得这些花？”

“认识一些。”她曾经翻阅过一本介绍百花的书籍，记得一些花。

司婳凭眼缘挑了蓝色和白色的花搭在一起，随后才请老板娘帮忙包装，问：“这些花送朋友合适吗？”

老板娘笑了笑，委婉地告诉她：“送恋人会更合适。”

银灰色包装纸泛着光，里面裹着一层白色的薄纱做装饰，看起来很雅致。花很新鲜，被修剪后扎成一束，拿在手里既好看又不会碍事，单手就能握住。

“谢谢老板娘。”司婳捧着鲜花，鼻尖能闻到淡淡的清香。

她没急着走，坐在花店的白色圆桌旁等人。她一个人静静地坐在那里，单手支着下巴，光是侧影就令人心动。

“你好，请问方便坐在这里吗？”

一个陌生男人走进来买了一束花，让老板娘按照他的要求包装，随后来到圆桌这边。

花店面积不大，里面有一张圆桌、三把椅子，还有一排长椅供客人坐着等待。

司婳当然没理由霸占唯一的圆桌，颔首道：“请便。”声音悦耳动听。

男人时常听说“背影杀”这个词，但走进花店时还抱着赌博的心态，想看看对方的正面，结果惊喜万分。这是个从脸到身材都极其出挑的女人，看起来很年轻，若是他能要到联系方式与她深入交流……他想想都觉得心动。

男人打算跟面前的女人搭讪，目光在室内流转，最终落在那束花上，道：“这位小姐，我看你旁边这束花很漂亮，那都是什么花？”

司婳转头看了看蓝白相间的花，摇了摇头：“抱歉，我也不知道。”她是根据颜色、外观挑花的，若要问名字，她确实答不出来。

见她回话了，男人顺势与她交流：“这花不是你的？”

“是我的。”司婳承认道。

“你买了花却不知道花的名字？”男人没多想，反倒教她，“你既然买了花，就可以问老板娘。”

司婳轻轻摇头：“我知道的，谢谢。”

司婳选花时老板娘就在身旁。当时，司婳没问花名，只想知道是否适合赠给朋友。

男人还想说什么，司婳已经移开目光，拿起花坐到旁边的长椅上了。

男人的目的性太强，让她有些不适。

“先生，您要的花已经包好了。”花店老板娘及时出现，打破了尴尬的气氛。

男人买的那束花很大，包在一起后要双手才抱得住。

他看着司婳，想借老板娘的手把这束花送给司婳，对老板娘道：“麻烦你将这束花送……”

司婳的手机铃声响起，打断了男人的话。

司婳迅速起身，走到角落接了电话。她本以为是工作上的事，没想到这次给她打电话的人是言隽。

男人清楚地看见这个漂亮的女人在接通电话的一秒后嘴角上扬，脸上绽放出明媚的笑容。

她对电话那头的人道：“嗯，我等你。”

言隽说要过来找她，却被堵在路上，又打电话跟她道歉。不知为什么，司婳就是想笑，明明在这两通电话之前，他们还惴惴不安地猜着对方的想法。

见状，男人不再自讨没趣，在老板娘的追问下报出一个地址。

男人走后，司婳回到圆桌那儿耐心等待，不急不躁，连老板娘都感觉这个姑娘的脾气极好。

老板娘端了一杯自制柠檬汁送过去，跟司婳闲聊道：“你是要等谁？”

“一个朋友。”司婳回答道。

“男的女的？”老板娘投来意味深长的目光。

司婳垂眸，坦然地道：“是位先生。”

话音刚落，花店的门被打开了，一位长相、气质出众的男士走了进来。

“你终于到了。”司婳拿起花朝他走过去。

“抱歉，让你等了这么久。”言隽在路上时甚至想过到了后买束花给她“赔罪”，但见她已经捧着一束花了，就打消了念头。

“没关系，我今天没什么事。”司婳笑着将租来的充电宝归还，再向老板娘挥手道别。

“再见。”和气的老板娘莞尔一笑，看见司婳与那位先生并肩而行的画面，道，“小姑娘，我看你那束花……很合适。”

司婳停住脚步，握着花束的手微微收紧。

言隽不知道她们在打什么哑谜，问：“你刚刚在这里买的花？”

“嗯，好看吗？”司婳问言隽。

“很漂亮。”言隽自然地道。

“我自己挑的。”被夸赞时，司婳有些骄傲。

言隽看着她道：“或许你有插花的天赋。”他忽然抬起手，想摸摸女孩儿那头柔顺的乌发。就在这时，司婳突然转过头，道出真相：“可我只挑了花，这个是老板娘包装的。”在她转头的瞬间，言隽若无其事地放下手，唇边露出笑意：“是吗？那以后我教你。”

“好啊！”她毫不犹豫地答应了，甚是愉快。

他们没见面的时候，她总惦记着一些令人尴尬的事，内心百感交集，等到真正见到了他，听到他的声音，一切阻碍仿佛瞬间消失了。

司婳没忘记今天外出的目的，先去服装店买了得体的衣服。

白衬衣、西装裤在视觉上拉长身形，司婳平日的装束都不是这种风格的，乍一换装，整个人看起来更成熟、更有气质了。

“以前没见你穿过这种风格的衣服。”镜子里出现言隽的身影。

“第一天上班，总要穿得正式些。”

司婳扣好白衬衣上最上面的那颗纽扣，下巴轻扬，嘴角翘起一抹浅浅的弧度，水润光泽的朱唇充满诱惑。她自己浑然不觉，陪伴在侧的言隽却将她的一举一动甚至每个表情都收入眼底，眼神变得温和。

这家店面积大，设有多个分区。女孩子大多爱穿衣打扮，司婳对服装更是敏感。她忍不住环顾四周，站在原地不舍得走，但又想到男人似乎不喜欢逛街，便有些犹豫。

她正欲开口，忽然听见旁边的言隽说：“店里的衣服似乎不错，不如再去看看其他的？”

司婳惊呆了，立刻道：“正合我意！”

从上衣、裤子到外套，司婳各挑一样搭配成套，换装之后站在全身镜前左看右看，踮起脚尖。司婳身材出挑，穿什么衣服都好看，是典型的“衣架子”。橘色薄毛衣、白色铅笔裤让她修长笔直的腿和不盈一握的腰展露无遗。

另一位陪女友逛街的男士频频回头，言隽微抿唇角，拿起刚才挑选好的外套披在司婳的身上，遮住她的细腰。

“现在有点儿热，不想穿。”司婳扯了扯外套的袖子。

“嗯，就是试一下颜色。”言隽不着痕迹地挡住另一个男人的视线。

司婳并未发觉任何异样，笑盈盈地问道：“那你觉得这套搭吗？”

“很适合你。”

这身衣服款式简单，颜色明亮，非常适合司婳。

这套衣服选好后，司婳又迫不及待地奔向下一个区域，认真挑选了一条蓝色的长裙，问："好看吗？"

"颜色和款式不错。"言隽考虑到景城的气候，又道，"不过景城最近降温了，这条裙子有些薄。"

司婳盯着手中的裙子，手指撩起腰间的带子，沉默片刻后道："我喜欢这条裙子。"

"那我们就把它买下来。"

她极少在人前明确地表达自己的喜好，如今开口已是难得，言隽当然要顺着她。

他们的对话被路过的情侣听见，女方极为不满地将手里的衣服丢给男友，道："你看别人的男朋友，寸步不离地跟在女朋友身后，你呢？我叫你帮我挑个颜色，你都这么敷衍！"

司婳听见后有些无语，心想：无辜，我很无辜！

在司婳看来，言隽不管陪谁出门，恐怕都会十分礼貌、真诚。但司婳没有考虑过，并不是所有人都能让言隽作陪的。

司婳结账后让店员将衣服寄到住处。言隽看了眼时间，道："六点半了，我们去吃饭？"

"好。"

到了餐厅，司婳在点菜时说："别点太多，我最近胃口不是很好，吃一点儿就够了。"

虽然他们不差钱，但没必要浪费食物。

"胃口不好？身体不舒服？"言隽眉头微蹙，放下菜单。

司婳摇头："可能是换季的原因，没大问题。我虽然吃得少，但也不会让自己饿肚子。"

言隽点点头。

餐厅环境雅致，每到整点还有钢琴手上台演奏。两人吃完又坐着聊了一会儿，都默契地避开了司婳生日那天发生的事。

他们离开餐厅时已经接近晚上八点。

言隽开车送司婳回酒店，路上想起司婳的住处，问："你来景城工作，一直住在酒店不太方便，需要帮你找一个合适的地方吗？"

"你不会又想租房给我吧，言老板？"司婳抿唇一笑。

“很明显吗？”他一顿，补充道，“天娱公司总部附近，我知道一些性价比高的房子。”

她拒绝了言隽的好意，道：“我已经找到合适的地方了，过两天就会去签合同。”

“嗯，知道了。”

路上有些堵，二十分钟的车程，他们硬是开了四十分钟。快到酒店时，他们经过了一家灯光明亮的超市，司婳赶紧道：“就在这里停吧，我去超市买点儿东西。”

她最近不爱吃饭，怕晚上会饿，准备买些吃的备着。

超市旁边就有一个地下停车场，他们下车之后坐电梯，可以直接到超市一楼，极其方便。

司婳本想买些饼干、面包，不知怎么就走到零食区去了。言隽擅长烹饪，喜欢吃健康美食，却拎起一袋薯片，问她：“你觉得这些零食怎么样？”

“挺好的啊！”司婳眨了眨眼。

然后，她就看到那袋薯片进了购物车。不仅如此，言隽还陆续拿起不同种类的零食放进去，司婳看得目瞪口呆，问：“你干吗？”

“给你买零食。”

尽管他认为这些吃的不健康，但言曦说女孩子都爱吃这些。

司婳哭笑不得：“可我过两天就不住在酒店了，买这么多也吃不完，到时候还麻烦。”

“行。”言隽又把零食放回原位，“等你搬家之后再买。”

说起搬家，她才想起留在“四季”的那堆东西，道：“我有好多东西带不走，还留在‘四季’。”

“没关系，那边几乎没人去，放多久都可以。”言隽道。

将最后一包零食放到架子上后，言隽来到司婳身后，低声道：“还有，你的生日礼物在我那里。”

那天他送司婳回酒店时故意将琵琶留在车里，这东西就是两人之间断不开的纽带。

“以后再拿吧。”黑发垂落在肩上，司婳撩起几缕碎发别到耳后，不自然地移开视线。

司婳现在不想去拿，一方面是住在酒店不方便，另一方面是那个东西太特殊了……

司婳拿着一小袋吃的结了账，之后回车里取了花。言隽打开车门取出那束花，递给她的同时向她道：“明天入职顺利。”

“谢谢。”

果然，一旦勾起那段回忆，他们之间就会开始尴尬。

这座停车场另一边的电梯也通往酒店，司婳一手拿着花，一手拎着袋子往前走，偶尔抬头看下指示牌。司婳按下电梯，电梯在某个楼层停了一两分钟，不知道那层楼的人在做什么。

终于，电梯快到了。

此时，司婳的身后传来一道声音。

“等等。”

言隽追上来，把一盒话梅交到她手中，道：“话梅开胃，可以试试，但记得不要吃太多。”

话音落时，电梯门开了。

“快进去吧。”他冲司婳微笑，令人无法抗拒的温柔在眼底浮现，让司婳很有安全感。

司婳盯着那盒话梅，呆呆地踏进电梯。

电梯门缓缓合上，在司婳看不见的地方，言隽脸上的笑容瞬间消失。有一股无力感从他的心底传来，袭遍全身，让他失去了伪装的力量。

有个声音一直在他的体内叫嚣，想让他冲破束缚去表达。于是，他不断尝试，进一步，再进一步。但每当他认为他们间有进展时，两人的关系就会变得别扭。他去过许多地方，遇见过许多陌生人，却无法读懂自己喜欢的那个人的心。对待人际关系，他一直游刃有余，没承想会对一段关系这么无力。

或许在司婳看来，他们可以做默契的朋友，却无法成为亲密的恋人。一旦他想越界，现实都会赤裸裸地展现在他面前——她从未对他动心，哪怕一点点。

他在害怕吗？大概是的。

站在电梯门前，脚下仿佛生根难以移动，男人疲惫地闭上双眼，低下头，身影落寞。

叮——电梯门再次打开，紧接着，他听见一道熟悉的声音叫着他的名字。

“言隽。”

她嗓音温柔，极其动听。

言隽缓缓地抬起头，前方明亮的光线下站着一抹纤细的身影。

从被塞了那盒话梅开始，司婳的意识便开始游离。所以在听到他说

“快进去”的时候，她下意识地迈出脚，踏进电梯。

封闭的空间内，她正要按下电梯楼层，脑子开始急速运转。

那几秒钟的时间里，她想了很多。

刚才去超市时，她只想着买食物以备不时之需，言隽却能从根本上帮她解决问题。她点餐时随口说最近没胃口，他便悄悄记住，买下这盒话梅。

她亲眼看着电梯门合上，眼前都是言隽最后那抹笑容。于是，她在电梯启动的前一秒，按下开门键，看见了低着头、脸上不见笑容的言隽。

她的心忽然重重地跳了一下，像是被什么东西狠狠敲击了一下。她迅速从电梯里跑出去，在恢复理智前把手里的那束蓝色的花塞进言隽的怀中，道：“送给你。”

第二天早晨，司婳准时去公司人事部报到，再由人引去设计部。即将带她的老师叫Anni（人名），是天娱旗下资历丰富的设计师之一。

事实上，能进入天娱的人实力都不错。一般新人Anni是不会亲自带的，但司婳不同。司婳是从设计大赛中选拔出来的冠军，起点比普通新人高许多。

“听说决赛时，有个选手被强制退赛，是因为抄袭了你的作品？”

季樱退赛的真相是娱乐记者挖出来的，官方并未单独为此发声，知情者极少。网上流传的版本很多，甚至有人脑补了一出三角恋大戏……

“我与那位被退赛的选手不熟，所以不太清楚。”刚进公司，司婳还摸不清这些人的脾气，无论说什么都要掂量几分。她委婉地表示自己不清楚这些事，聪明人自然能领会到她在回避。

上午，Anni带她熟悉了工作环境，交给她一堆资料，道：“这些都是公司内部员工需要了解的资料，你可以抽空阅读一下。”

“好的，Anni姐。”司婳将资料抱在怀里，认真地道。

“遇到不懂的事，你可以找我或者你的同事。我们部门的人都不错，相信大家会很乐意帮忙的。”

“谢谢Anni姐，我一定会努力学习、虚心请教的。”在职场中会遇到各种情况，司婳一上大学就开始工作赚钱，遇到过好心相助的人，也遇到过故意刁难的人，但知道大多数人是热心的。

上班第一天，司婳并未做什么实质性的工作，更多是学习了许多新知识。她等大多数同事离开了才下班，感觉有些累，但想起今天还要去看房子，便深深地吸了一口气，振作精神后出发了。

现在网络发达，房东提前给司婳发了房间的视频。司婳之前搜过那个小区，对各方面都挺满意的。如果今天实地考察没问题，她就打算签合同了。她想早些安定下来。

司婳看了看手机，现在是下午五点四十分。她要在这里等一个人。

想到那个人，司婳的脑海中回放起昨天晚上他们在电梯前的画面。

那时，她把手里的花送给了言隽。言隽一直迁就她，将她照顾得很好，好到连司婳自己都觉得承受的恩惠太多了，于是赠花表示感谢。

"这束花……"言隽盯着手里的鲜花，觉得不可思议。

司婳刚才带走了花，可见是不打算送人的，现在却将花……给了他。

"没……没有别的意思，就是想谢谢你。"她着急地道。

捕捉到她紧张的小动作，刚才失落的言隽拾回好心情，笑容重新绽放，道："你以为我想说什么？"

"反正就……就这样了，你拿走吧！我回去了，拜拜。"电梯门即将合上，她迅速钻了进去，也不管留在外面的言隽该怎么办。

她冷静下来才想到，言隽在滨城开的四季民宿以花名为房间命名，而且他懂得插花，又怎么可能不认识这些花？

老板娘说……那是适合送给恋人的花。

经过一番思想争斗，司婳决定装傻。反正她本来就不认识那些花。

大约过了半个小时，她坐在家里收到了言隽发来的照片，正是那束鲜花。看图片背景，他应该已经到家了。

懒得打字，她直接发送语音，欲盖弥彰："也不知道是什么花，看着挺好看的。"

没过一会儿，对方直接打电话过来，问："不知道是什么花，就随便送给别人吗？"

"你也不是别人啊……"她小声嘟囔。

言隽低声发笑，道："对，可以送给我，我会把它好好保存起来的。"

风铃草和蓝星花，这大概是他有生以来收到过的最美的花束。

送出去的礼物被人认真对待，司婳觉得备受重视。隔着屏幕，司婳弯起嘴角，连先前的尴尬都抛之脑后。他们聊了十分钟左右。司婳完全没察觉到时间过去那么久了，只记得最后言隽要跟她一起去看房，而她答应了。

所以现在，她得等言隽来接她下班。

不一会儿，她接到了言隽的电话。

司婳直接打开车门坐上副驾驶座，坐稳后将厚厚的资料叠放在膝盖上，熟练地系上安全带，耳边传来熟悉的声音："今天第一天上班感觉怎么样？"

"还行。"

"实话？"言隽转过头，目光扫过她手里的那沓资料。

"好吧，其实感觉有点儿累。"司婳垂下脑袋，手指轻扣纸张，坦白地说道。

"每个人进入新环境都需要一段时间去适应，慢慢来，不要给自己太大的压力。"言隽听完她的话，有条不紊地安慰道。

"道理我也会讲啊……"司婳有些郁闷，这种大道理谁都会说，可根本没用。

"我不是想拿这些话敷衍你。"从她的话里听出一丝委屈，言隽转动方向盘，将车开到平坦路段才继续道，"等你休假的时候，我带你出去放松一下。"

"去哪儿？干什么？"她立即转身看他，表现出浓厚的兴趣。

"你想做什么都可以告诉我，我去安排。"言隽不急不缓地道。

她皱眉思索，摇了摇头："不知道想干什么。"

她没有特别想做的事，只是一听到能够放松就觉得期待。

"那我稍后整理一些娱乐项目发给你，你自己挑，其他的交给我处理就好。"言隽轻笑道。

他这是直截了当地告诉她，她只需要做选择题，其他的都不用操心。

没有比这更让人开心的话了！

司婳立刻坐直身子，故意咳了两声："突然感觉不累了！"

司婳跟言隽待在一起时，有种不用做事就可以躺着赢的感觉。她有时候还挺想当个"废物"的，听从安排也好，反正言隽的安排从不会让她失望。

"那我记下了，你可不能反悔。"司婳紧紧地盯着言隽，强调道。

言隽斩钉截铁地保证道："不会的。"

两人按照房东发来的定位将车开到了小区。司婳已经提前联系房东了，到的时候房东也刚好下楼。

"你就是跟我联系的司婳小姐吧？"

"是的。"

确认对方的身份后，房东带他们坐电梯上楼，一路上都在卖力地介绍自家房子的优点：“我的房子坐南朝北……”

这是个两室一厅的房子，面积不算大，司婳独自居住绰绰有余。

“你觉得怎么样？”看完房后，司婳问言隽。

“还不错，上来的时候看过小区的环境，公共区域的设施基本完好，靠近小区大门，方便出入。房间的采光也还可以，把里面布置一番的话，应该很适合居住。”言隽很快就全面分析道。

“你看得挺仔细的。”司婳瞄了他好几眼，称赞道。

刚才她都没注意到小区的公共区域，只顾着看这间房。

司婳当天就跟房东谈妥了，签订了租房合同。之后，房东把钥匙交给司婳，又递了一把给言隽。房东以为两人关系亲密，没多想。司婳跟言隽都感到意外，但她没多跟外人解释，没有从言隽那儿拿回钥匙。

等房东没注意的时候，言隽主动把钥匙交给她，道：“把钥匙收好。”

司婳“哦”了声，接过钥匙。

她刚才还在想，如果言隽收下了，她会好意思找他要回来吗？她应该会吧。

她可不会随便把钥匙交给一个异性。

她把钥匙叠在一起，手指贴着齿面摩挲，忽然问：“你会觉得这个房子太小了吗？”

“为什么这么问？”言隽疑惑，“你一个人住两室一厅很合适，如果自己做家务也会轻松许多。”他记得司婳不爱让人进入她的私人领域。住在“四季”时，司婳一直自己打扫房间。

司婳听后冲他一笑，言隽立刻挪开视线，悄悄地捂住胸口。

刚才那个瞬间……他有种心脏被击中的感觉。

房子里家电齐全，司婳可以拎包入住。她不赶时间，打算明天雇个清洁工把房间彻底打扫一遍再搬进去。

回到酒店后，她有些累，可还是坚持着看起了资料，想睡觉时便下床去接水，让自己清醒一下。

为了纪念自己第一天上班，司婳拿起厚厚的资料，从侧面拍了一张照片发到朋友圈，配上文字：第一天。

司婳偶尔会在朋友圈发动态，但文字简洁，大多数时候，只有她自己知道其中的含义。

司婳切换回消息页面，立刻收到了言隽发来的信息，他问她是不是还在看资料。

司婳："没怎么看，一直在打瞌睡。"

言隽："方便语音吗？"

司婳："可以。"

司婳刚回复，言隽的电话就打了过来。不知道为什么，司婳感觉言隽似乎更喜欢打电话跟她交流，是这样比较方便吗？她没问，只听到对方催促道："困了就去睡觉。"

"可我还没看到一半……"她低头盯着身前那沓资料，十分头痛。

"慢慢来，你第一天上班，不要逼自己。"大道理脱口而出，言隽说完才反应过来，立即改口道，"你想想，如果明天去公司精神状态不好，是不是更不利于工作？"

"有……道……理。"司婳点头，眼皮都开始打架了。

她听起来有气无力，言隽的语速更快了，他道："所以要早点儿休息。"

"好吧。"司婳眨了眨眼，语气不知不觉变得乖巧，"那我睡觉了。"

"嗯，晚安。"

"晚……你也要早点儿睡，做个好梦！"

在某些细节上，她真的有强迫症。别人觉得说"晚安"很平常，但她就是不愿意随便对人说。

司婳是真的困了，放下资料往床上一躺，很快进入梦乡。

而此刻，远在榕城的贺云汐看到司婳发的动态，惊喜不已，立即打电话给贺延霄，道："哥！婳婳回来了！"

回来？贺延霄问："她在榕城？"

"不是，我是说婳婳用以前的微信账号发动态了。"

这岂不是代表着司婳"回归"了？

贺延霄点开司婳的微信界面。他曾经极少关注她，如今却将她的账号置顶了。

司婳仍用着一年前使用的头像，一个用铅笔画的小女孩儿。

随后，他猛地想起一件事……他们在一起不久，司婳有几天连续发来许多情侣头像，问他哪对好看。

他当时是怎么想的？他觉得她很幼稚，对小女孩儿的心思嗤之以鼻。

后来，司婳再未做出这种"幼稚"的行为，他却开始觉得遗憾。

贺延霄点开司婳的朋友圈，却发现自己无权查看司婳的动态，脸瞬间黑了。

上次在景城，他从柯佳云的口中得知司婳有了新男友，回来后对妹妹只字不提。妹妹问起时，贺延霄也只说："工作忙，没时间。"所以此刻贺云汐才会迫不及待地跟他分享关于司婳的消息。

贺延霄当然不会告诉贺云汐，司婳已经变心了。他只是觉得对司婳念念不忘的自己，简直可笑。

贺云汐替亲哥着急，上回司婳过生日那么好的机会，哥哥被工作绊住了。现在司婳回来了，贺云汐想自己联系司婳。她找了个安静的角落，正打算打电话，忽然听到一阵吵闹声。

"季樱，你现在臭名远扬了，知不知道？"

季樱？贺云汐有些好奇，四处张望，又听到一个张扬的声音道："你拿什么跟我比？拿你那个只知道吃喝嫖赌的劳改犯父亲，还是靠抄袭得来的成绩？"

贺云汐瞳孔微缩。她听得出，那是张婧的声音。

上学的时候，张婧带头孤立季樱，但季樱一年前回国后反倒跟张婧搅在一起，成了一对塑料姐妹花。现在季樱因为抄袭名声变臭，所有人都恨不得跟季樱撇清关系。季樱求助无门，便拿自己跟张婧一起做的那些不光彩的事要挟张婧，希望张婧能帮她。

这个招式用一两次管用，次数多了张婧就受不了了，宁可跟季樱撕破脸。

季樱的声音很小，几乎听不清，张婧的话攻击性极强，字字刺耳。

最后，张婧道："你以后别再来找我，把我惹急了，我就直接告诉贺延霄，去年司婳过生日时你跟你父亲是串通起来把他骗走的，让司婳误会了他，逼得司婳离开。"

张婧原先隐瞒此事是因为她本人也参与其中，但如果季樱真的不收敛，张婧也不介意将事情闹大。反正无论如何，最惨的人都会是季樱。

季樱瞬间慌了："不，不能告诉阿延！"

如果这件事被揭穿了，那季樱连最后一张底牌都会失去。

季樱狼狈地逃回公寓，一杯接一杯地喝酒，将自己喝得醉醺醺的。

季樱退赛，抄袭的事被曝光，短短半个月的时间，她的人生已经发生了翻天覆地的变化。

她现在后悔无比，当时若不是急功近利想赢得比赛，也不至于模仿他人的设计。她从被赶下游轮的那天起，前途一片暗淡，而打败她的人还是她的情敌。

此外，贺氏集团辞退了她，贺夫人还以她损害公司形象为由向她索赔。她不得不向贺延霄求助，让他出面帮自己一把。

那天，她抛弃自尊，脱光衣服站在贺延霄面前，试图得到他的怜惜。贺延霄却不为所动。她回到榕城后，贺延霄虽然没接受她，但一直对她十分纵容。偏偏这次的事与司婳有关，他便迁怒于她，根本不给她活路。

季樱知道，贺延霄从少年时代起就跟秦续他们不同，他重情重义。于是她试了各种方式，示弱、诉苦，贺延霄终于答应免了她的那笔巨额赔偿金。

此后，她利用以前的事牵制张婧，让张婧帮自己介绍人脉资源。可她忘了这个圈子很小，有些事想瞒都瞒不住。

今天晚上，张婧把地址发给她，让她去那场酒会，至于结果看她自己的本事。

张婧接触的人都是家里有产业的公子哥，所以季樱认真打扮，想去那儿找机会。但那些男人根本……根本就是浑蛋！

不少人从进门起就色眯眯地盯着她，后来还对她动手动脚。她想找借口离开，却被人强行留下，实在忍不住便翻了脸。

季樱很生气，埋怨张婧，却因此将张婧惹毛了，二人撕破了脸。

门口忽然传来敲门声，季樱透过猫眼看清外面的人，假装自己不在家。外面的人破口大骂："老子知道你在里面，赶紧开门！"

季樱用背抵着门，缓缓地将身体蜷缩起来，耳边不断传来敲门声和骂声。

"再不开门，老子直接砸！"

她痛苦地抓住头发，最终忍不住了，忽然站起来朝外面大声嘶吼："你砸啊！看是你砸得快还是警察来得快！"

外面突然安静下来。不知多了过久，季樱偷偷从猫眼看向外面，发现已经没人了。

她缓缓地打开门，想确认一下，可就在门被拉开的瞬间，有一股力量从外面冲进来，把她撞倒在地。

"死丫头，都拖了七八天了，你到底什么时候把钱给我？"季樱的父亲季建豪根本没走，而是躲在一旁等待时机。

"我没钱。"季樱神情冷漠。

“你跑到国外逍遥了好几年，你老子我却在吃牢饭。现在我找你要点儿钱，你就磨磨叽叽的。”季建豪搓着手，“再不给钱，小心我去外面把你的事宣传一番……”

她大声打断道：“你去啊！反正现在我的名声都被毁了，爱情没了，事业没了，还有什么不能失去的？”

季建豪是个没文化的无赖，除了拿钱去喝酒、赌博，完全不讲道理。哪怕季樱说没钱，他也不会相信。季樱不给钱，他就在家里乱翻。季樱上前阻止他，他就拳头一挥，把人推倒，道：“你不给，老子就自己找！”

桌上有个苹果，季建豪顺手拿起来咬了一口，咀嚼的声音在季樱的耳边无限放大。

她趴在地上，握紧了拳头。走到这一步，她已经没有回旋的余地了。贺延霄因为司婳对她心存芥蒂，张婧也对她失去了耐心，如今她到底还有什么？

她不断被辱骂，尊严不断被人践踏，那个不负责任的男人只想榨干她身上所有可利用的价值。

为什么？

为什么她要生在这样的家庭里？

为什么要她忍受这样的流氓父亲？

季樱爬起来，举起沙发上的抱枕狠狠地砸！抱枕挥到茶几上，一把水果刀掉在地上。

她弯下腰，手指颤抖地捡起了那把水果刀。

第八章

想恋爱一下看看

司婳搬进小区后，工作逐渐步入正轨。

她周末休假了，言隽果然说到做到，带她出去放松放松。

他们今天要去的地方是……密室。这是她自己选的项目。

司婳那天在朋友圈看到言曦说玩密室逃脱十分刺激有趣，这勾起了司婳的回忆。

司婳上大学时忙着赚钱，很少参与集体活动。有段时间柯佳云他们很喜欢玩密室逃脱，司婳却因为时间和眼睛无法同行。

密室内光线昏暗，对她这种夜盲症患者来说极不友好。可人本来就对没接触过但很有趣的事物充满好奇心，司婳越是不能玩，就越想玩。

司婳悄悄在言曦的消息下点了个赞，结果没过多久就被言隽发现了，言隽还问司婳有没有兴趣去玩一玩。

“他们说密室里光线暗，我进去恐怕也没办法好好玩。”

“我找一找适合你的。”

第二天，言隽就给她发来了几个主题密室。

“这个主题的怎么样？里面有五个场景，听说只有前面的场景光线暗一点儿，后面的很亮，体验感会更好。”

司婳心动了……

除了她、言隽、言曦，还有三个人将跟他们一起去。言隽带来了一位朋友，言曦邀请了一对情侣。

言隽开车载着言曦过来接司婳，他们三个先到场。

随后，言曦低头给自己邀请的那对情侣发消息，言隽则去了卫生间。

“司婳姐姐，我听哥哥说了，你因为夜盲症可能不太方便，待会儿你就跟着我哥哥，他胆子大，会保护你的。”

“嗯，知道了。”司婳觉得突然被小妹妹关心的感觉还挺奇妙的。

两人没说几句，一个一头金发的年轻男人径直朝这边走来，言曦立即挥手道：“裴域哥。”

原来这个金发男就是言隽的朋友裴域。

言曦帮两人互相介绍，道：“裴域哥，我跟你介绍一下，这就是我跟你说过的司婳姐姐。”

裴域转头盯着司婳。

司婳不太喜欢那么直白的目光，有些不自在地道：“你好。”打完招呼之后，司婳立刻移开目光，端起水杯轻轻地抿了一口水。

裴域站直身体，笑了起来，露出一口洁白整齐的牙齿。接着，他铿锵有力地喊道：“嫂子好！”

毫无准备的司婳被水呛到了，开始连连咳嗽。

店员正好端来一杯水，原本是准备给刚来的裴域的。见司婳咳得厉害，裴域顺手接过水，直接递给司婳，道：“嫂子喝水。”

“喀喀喀……”司婳刚好点儿，现在又觉得呼吸不畅了。

言隽及时回来，替她拍背顺气。司婳摸着喉咙，话都说不出来了。

“怎么回事？”言隽疑惑地问道。

言曦悄悄扭头，躲避言隽的视线，逃避现实。

她是经常跟裴域提司婳，不过对外一律称司婳是未来的嫂嫂啊……她明明说过哥哥正在追司婳，谁知道裴域一上来就直接叫了呢？

“没……没事，刚才喝水，不小心呛到了。”没等裴域开口，司婳赶紧道。

她真的怕裴域语出惊人，到时候尴尬的就不只是她自己了。

游戏正式开始前五分钟，那对情侣终于赶到了，六人随工作人员走到密室门口。裴域在最前面，言曦排第二，小情侣居中，司婳跟言隽站在最后。

工作人员讲述注意事项之后让他们签下名字，最后递给领头人裴域一部对讲机：“现在就请六位玩家戴上眼罩，进入密室。”

没玩过密室逃脱的司婳：“……”

她本来就看不见，这下真的得摸黑了。

这些话她藏在心里没说出口，在戴眼罩之前转头看向身后的言隽，视线从脸往下移到那双宽厚的手上。

“现在要牵吗？”言隽用只有两人能听见的声音道。

司婳直接把眼罩戴上，抓到他的手，心中一阵悸动。

不就是牵手吗？他们多牵几次就习惯了……

众人跟随领队往前走，进入密室，听到关门声后立即取下眼罩。

房间内光线昏暗，视力正常的人能看清东西，只有司婳比较吃力，好在她有言隽。

“我果然看不见。”司婳不禁感叹。

“我在呢。”言隽用温暖的手掌包裹住司婳光滑的手，还紧紧地握了一下，增强自己的存在感。

“你用一只手怎么解密？”

密室里的线索需要玩家仔细观察摸索才能找到，言隽一只手操作恐怕不是很方便。

司婳提议道：“我就站在原地等你们，你们先去找线索。”

言隽不肯放手，拉着她在屋子里转来转去，寻找线索，道：“本来就是带你来玩的，而且有那两个人在，我大概也不需要参与了。”

司婳一看，裴域跟言曦已经兴致勃勃地把屋子翻了个遍。

裴域跟言曦找到了线索，再加上言隽头脑灵活，他们很快便通过了第一道关卡。

终于进了明亮的房间，司婳松了口气，开始寻找第二道门的密码。

司婳沉迷于解密，没等那两个“拆家”高手翻完屋子就打开了密码门。

“司婳姐姐，你好聪明！”言曦顿时佩服得五体投地。

第三个和第四个房间司婳都看得清，既能动手也能动脑，推进得格外顺利。但在最后一个房间里，司婳无能为力，因为光线又变得昏暗。

有几位高手在，那对情侣中的女生似乎已经放弃了，优哉游哉地站在边上等待胜利。

忽然，背后的窗户从外面打开，女生下意识地回头，一个鬼脸从窗口冒出来。受到惊吓的女生猛地后退，不小心撞到了司婳。

尽管牵着言隽，但司婳还是因为重心不稳，身体猛地向前倾，额头碰到了坚硬的桌角。

“婳婳！”情急之下，言隽一把将司婳抱住。

“裴域，打开对讲机，让他们开灯！”向来淡定的言隽难得情绪外露，突然拔高的声音带着怒气。

一直在监控室观察情况的工作人员打开了房间的灯，其他人纷纷围过来。言隽拿开她挡在额前的手，见上面没有伤口，松了口气：“还好没有流血，现在感觉怎么样？”

“有点儿疼。”司婳还有点儿晕，站不太稳。

“要不要让他们来开门？”裴域说完举起对讲机。只要言隽点头，裴域就立马喊人。

言隽看向司婳，司婳却轻轻摇了摇言隽的手，道：“我想把这个任务完成。”

进行到最后一步了，她不想因为自己影响大家。而且这是她第一次玩密室逃脱，以后或许不会再来了。

言隽抿唇，将刚才找到的东西按照要求摆放到准确的位置，感应门随即打开，众人重见光明。

被吓到的女生不断道歉。

没人责怪她，言隽在自责。其实刚才就剩最后一步了，他却没有保护好身旁的司婳。

出来后，大家感受不到胜利的快乐，因为司婳的额头明显有了变化。她撞伤的地方发红，还鼓起了包。

言隽不想再等下去，从储物柜里拿出司婳的斜挎包，道：“我们去医院检查一下。”

“去药店买药擦一下应该就可以了。”司婳想摸额头又不太敢，手指试探性地在那周围点了点。

“检查一下比较放心，听话。”额头被撞这件事可大可小，言隽忧心不已。

司婳看不到自己额头上的包，但能感觉到疼，便听从了言隽的安排。

他们正要告别时，裴域道：“附近有一家医院，我跟你们一起过去。”

“我也去。”言曦跟着道。

如此一来，害司婳受伤的小情侣就更羞愧了，道：“我们也……”

心情不好的言隽淡淡地扫了众人一眼，道：“有我在就够了。”

小言曦完全不敢反驳，只能等他们走后跟裴域道：“附近的医院是中医院吗？书谧姐姐好像在那儿上班吧？”

“咱俩悄悄跟过去？”裴域提出建议。

“我不去，我哥跟未来嫂嫂培养感情，我去凑什么热闹？”言曦剥开糖纸，往嘴里喂了颗糖。

甩掉那群人，言隽一个人带司婳去医院做检查，每次转头看到她额上的伤都会蹙眉，眼里满是疼惜之色："对不起。"

"又不是你让我受伤的，你道什么歉？"司婳故作轻松。

进医院要先排队挂号。一个穿着白大褂的女医生站在他们旁边看了一会儿，走到言隽面前，道："阿隽？"

年轻漂亮的女医生似乎是言隽的熟人，十分欣喜："刚才看着觉得眼熟，还真是你啊！"

"书谧。"两个人的视线对上，言隽也认出对方，向对方点头示意。

司婳抿唇，听言隽语气熟稔，判断他们极可能是关系较好的朋友。

她不动声色地打量起前方的女医生。

女医生身材高挑，肤色白皙，脸上挂着微笑，神态恬静温和，气质古典，一身干净整洁的白大褂都衬得她清丽脱俗。

毫无攻击力、自带柔弱感的外貌，还有那自然的笑容，这个女医生看起来跟言隽……是一类人。

有那么几十秒钟，司婳的注意力全部落在了女医生的身上，直到言隽回头对司婳道："婳婳，带身份证了吗？"

司婳赶忙低下头，移开视线，道："有的。"

他们前面还有一个人，司婳从手机壳后取出随身携带的身份证。言隽往后退了一些，让她站到自己身前，方便挂号。

此时，女医生才注意到言隽旁边还有个人，看着司婳问："这位是……？"

"我朋友，刚才玩游戏不小心撞伤了，我带她过来检查一下。"言隽站在司婳身后，两人的身体离得很近。

目光落在司婳的额头上，书谧道："看起来有些严重，是得注意些。"

司婳微微扯起嘴角，礼貌又疏离。

言隽并未介绍她们认识，她们也都不是特别热情主动的性格，便没有刻意去结识对方。

说话的工夫，司婳已经站到最前面了，将身份证递给医务人员挂号。

言隽询问书谧道："脑外科往哪边走？"

书谧看向司婳手中的挂号单，上面写着脑外科，心下了然，温柔地对言隽道："跟我来吧，我正好会经过那边。"

言隽："谢谢。"

司婳紧捏着身份证和挂号单，抿着嘴唇，没说话。

她打算安静地跟着他们，方便他们叙旧。她正欲往边上挪，忽然左手落入言隽温暖的掌心，心猛地跳了一下。

男人跟女人的手不同，相较于她的手，言隽的手，手指更修长，骨节更清晰，连温度都似乎更加高。

“走吧。”言隽表现得很自然，牵手的动作也很熟练。

这儿不是密室，她看得见……按理说，他们不应该再牵手了。可是她竟然没挣脱。

书谧在前面为他们带路，正要回头跟言隽说话，突然看见了两人交握的手，微微皱了下眉。

医院人多，他们等待电梯的时间有些长。

司婳以为言隽应该会跟书谧交谈，可言隽站在身旁，目光都落在她的额头上，还问她：“现在有没有好点儿？”

“没事了，别太担心了。”

虽然这个包估计要一段时间才能彻底消除，但好在没有流血。司婳不用担心自己破相，这对爱美的女孩子来说算是不幸中的万幸了。

“检查一下比较好。”这样言隽才能放心。

电梯终于到了，三个人走进去，后面陆续有人跟进来。

一个小孩儿仰头盯着司婳，发现她额头上红肿的地方，不禁笑了。

司婳下意识地伸手去挡，忽然被言隽按住手搂进怀里。司婳的额头与他的胸膛之间保持着距离，但言隽抬起胳膊时又刚好能替她遮挡额头。

电梯内空间狭小，言隽搂着她，隔着衣服都能感觉到对方的身体。司婳垂下眼，心跳如擂鼓，一时间忘记了疼痛。

今天的言隽不同寻常。司婳在密室中意外撞伤了，他着急了。

见两人姿态亲昵，书谧站在角落，身形僵硬。

书谧跟言隽年龄相当，从小一起长大，两家之间关系极好。

那个既温润儒雅又礼貌疏离的男人曾经洒脱地环游世界，如今好不容易停留在景城，身边却有了一个陌生女人。

这个司婳是什么时候出现的？为什么她一点儿消息都没有收到？这两个人已经这么亲近了？

书谧微微转头，悄悄地咬紧牙关，说不出话来。

电梯到达指定楼层，他们依序走出去。言隽回头向书谧道谢，这次司婳也跟着说了声：“谢谢书医生。”

“不用客气，你是阿隽的朋友，自然也是我的朋友。”书谧道。

言隽带司婳去检查。书谧要去工作，跟言隽道了别。

医生看了司婳的情况，给她开了些消肿药，说没什么大事。接下来他们去窗口缴费取药就行了。

看完医生，司婳放松不少，顿时觉得疼痛感都弱了，道：“我就说没事。”

“没事最好。”言隽顺着她的话道。

工作日，司婳继续回公司上班。

为了藏住额头上的包，司婳将几缕发丝剪短，在额头卷成空气刘海，别人不仔细看不会发现。

“司婳，跟我进来一下。”Anni 从旁边经过，手指轻敲桌面，提醒她道。

司婳起身跟 Anni 走进办公室。

“你进公司也有大半个月了，这段时间感觉如何？”Anni 坐在办公椅上问，看起来没那么严肃。

“工作环境舒适，同事们也很友好，在大家的帮助下，我也学习了许多新知识。”司婳笑着补充道，“特别感谢 Anni 姐的关照。”

Anni 也挺欣赏这个新人的。

司婳的个人能力自然不用说，她在设计赛上拔得头筹，创新力十足。只不过工作跟创作有挺大的差别，司婳还需要一段时间适应、调整。

Anni 又道：“我这里有个工作，如果你能完成，对你未来在设计行业的发展很有帮助。”随后 Anni 把她喊到电脑旁，仔细地交代这次要完成的任务。

司婳没想到 Anni 竟然是要她去为天娱力捧的女明星量体裁衣。

如果司婳的作品得到了认可，那个女明星将穿着它登上颁奖舞台，到那时，司婳的知名度也能大大提高。

“Anni 姐，我能不能问一下，为什么是我呢？”

“你忘了？你本就是我们公司亲自选拔出的第一名。”Anni 道。

不过，据幕后消息，他们老板斥巨资举办那场大赛不仅是为了给公司选拔新人，还为了讨好心上人……当然，这些话 Anni 不会跟司婳说。

司婳下班回到家就开始搜集关于那位女明星的资料，也看了许多对方之前穿的礼服的照片。司婳发现这位女明星是真的颜值高、身材好，可塑性很强，什么风格都适合。

以这位女明星的身价和知名度，她应该不缺为她定制服装的设计师，为何偏偏点名要司婳?

司婳在网上看到许多针对这位女明星的评论，对方人设独特，性格高傲冷漠，有些挑剔，但胜在颜值高、演技好、后台硬，发展得不错。

司婳的工作虽然只是为客人设计服装，但如何与客人打交道也是一门大学问。网上资料那么多，司婳总该多记一些，方便跟对方交流。因此，司婳准备了整整三天才去拜访。

因为是对方主动要求的，司婳顺利地联系到女明星的助理，并在电话中跟助理约好了时间、地点。

他们约在女明星的私人别墅见面。

当天，司婳穿着长裙，外面是一件外套，风格休闲、得体，没有像在公司时穿得那么正式。

助理接到司婳，带她往里走。

从未面对面地跟当红明星打交道，司婳有些紧张，但并不畏惧。她随助理走进别墅，不着痕迹地打量起四周的环境。

他们穿过大厅，走进一座花园，对方示意她单独过去。

司婳抬头，看到一道窈窕的倩影。她缓缓前行，终于见到了女明星本人。

司婳在原地停了一会儿，见女明星好像还没发现自己，试探性地道：“你好，我是天娱的设计师司婳。”

闻言，正站在池边喂鱼的女人回过头。她美丽的容貌让同为女性的司婳为之惊叹。

这几天她看了这位女明星的许多照片，清纯、冷艳风格的都有。只要服装、造型到位，她就可以呈现出不同的风格。而今天，女明星化着桃色系妆容，看着比网上的那些视频、照片更让人惊艳!

若是自己设计的衣服穿在这样的美人儿身上，哪怕对方不是穿着上台领奖，司婳也心满意足了。

为了设计出令女明星满意的服装，司婳进一步跟她展开讨论，几乎在别墅里耗了一天。

从别墅出来，司婳呼吸着新鲜空气，重重地叹了口气，心想：这还真不是量量尺寸、问问要求就能完成的任务。

下午，司婳回到小区，没吃饭就开始动笔画图。

天黑之后，她起身伸了个懒腰，突然发觉身体有些不对劲，去厕所后才发现是“好朋友”来了。

司婳拿着钥匙出门。她要去超市买些卫生用品，顺便在楼下吃个饭。

她再次回小区时已经九点钟了。

临近十一月，天气转凉，这个点几乎没什么人在小区里闲逛。司婳走在前头，后面有个人跟着她进了同一栋楼。

司婳以为是凑巧遇到了同一栋楼的住户，并没有放在心上。

接下来的这段时间，司婳把大部分精力用在给女明星设计私人服装上。司婳的下班时间比较固定，她除了跟同事聚餐，几乎都是六点左右到家。两周下来，司婳觉得有点儿奇怪，好像有人跟着自己。

她的安全意识还算强，包里常备防身物品，她还特意在门前安装了摄像头，也并未看见什么奇怪的人。

刚进小区，司婳就接到言隽的跨国电话。言隽前阵子出国了。

她对对方道：“快到家了。”

“今天有点儿晚。”言隽的声音还是那么温和、有磁性，十分悦耳。

“跟同事吃饭去了。你不知道，我们部门有个人总喜欢组织大家聚餐，其他人都去了，我自然也得去。”她刚进公司一个多月，多参与集体活动才能尽快融入大家。

“知道，不过聚餐的时候尽量别喝酒。”言隽这么说一方面是顾及她的人身安全，另一方面是见过她喝酒后的娇憨模样，不愿意让别人瞧见。

“我才不会在外面喝酒呢。”司婳反驳得干脆。

她的话传进言隽的耳中，听起来像是在撒娇。他不禁莞尔，道：“以后回家晚，就给我打电话。”

“给你打电话干吗？”她明知故问，嘴角上翘。

“给我打电话，让我接你回家。”言隽笑道。

“说得好听，你看看你自己现在在哪儿。”言隽最近又忙碌起来了，现在还在国外出差，打电话都要算时差。

“就算我不在，也可以安排其他人接你，总会安全些。”言隽显然早有打算，只是怕自己安排得太直接会让司婳反感。

“言老板，你年纪轻轻，却活成了操心的老父亲模样。”她的亲生父亲现在对她都是放养模式。

“嗯？我恐怕生不出这么大的女儿。”

“言隽，你还真想占我便宜！”

司婳在外面刻意压低了声音，言隽能想象出她说这句话时鼓起脸颊的样子，一定很可爱。

他好想明天就能完成工作回家啊……心里浮现这个念头，言隽扭头扫了眼电脑旁的那堆文件，摇了摇头。

从小区门口走到电梯门口，司婳步行的速度比平时慢了几倍。但电话终究还是要挂的，她道：“我马上进电梯，没信号了，先挂啦。”

“嗯，到家之后早点儿休息。”能够跟她保持联系，他已经心满意足了。

“知道啦，你也……不对，你那边天还亮着呢。”司婳差点儿忘了自己现在跟言隽有时差。

尽管如此，站在明亮阳光下的言先生还是对电话里的人温柔地道了声：“晚安。”

电梯到达居住楼层后，司婳从包里拿钥匙，不小心带出了工作门卡。她弯腰去捡，忽然发现……自己身后有一道黑影逐渐靠近。

司婳心里顿时警铃大作，在捡起门卡放进包里时摸到了里面的防狼喷雾。

黑影越来越近，司婳心跳如擂鼓，按着喷雾的按钮，转身就朝后面喷去，那个男人立刻捂住了眼睛。

司婳想趁机逃走，却被那人拽住了胳膊。

“放开我，死变态！”司婳惊恐地举起手里的包往他的身上砸。

司婳平时看着柔弱，遇到危险时下手极狠，男人一时间睁不开眼睛，见她反抗剧烈，咬牙自报身份道：“司婳，是我！”

听到那个声音，司婳立刻停止挣扎，不可思议地盯着那个人。

“贺延霄？”

半个月前，贺延霄半夜接到一通医院打来的电话——

季樱自杀了。

那把水果刀上沾满血迹，若非当时季建豪就在旁边，说不定季樱会因失血过多而亡。

得知这个消息，贺延霄内心深受震撼，唯一的念头就是希望季樱活着。不管他们如今是什么关系，不管季樱是否做错了事，他依然从心里希望季樱能够过得好。

上次违约金的事，他虽然因为司嫿而故意晾了季樱几天，但从一开始就没打算逼迫季樱赔款。他只是想跟季樱划清界限。

贺延霄无法对好不容易捡回一条命的季樱置之不理，替季樱支付了医疗费，请来护工照顾她。然而季樱唯一想要的还是他。

看到季樱躺在病床上的虚弱模样，贺延霄终究无法狠下心肠离开。

他去了医院几趟，每次走进病房，季樱都会欣喜不已。

他在季樱的眼睛里看到了期盼与等待，觉得季樱就像那个曾经默默守在他身边，等他处理完工作去见她的女孩儿……

望着季樱，贺延霄又一次失神。他透过一个人怀念另一个人，连自己都对此感到不齿，却无法控制内心。

"阿延，你能来看我，我真的好高兴。"如今的季樱十分脆弱。

贺延霄没应声，也没有冷言冷语。他想，至少先让季樱把身体养好。

结果就在季樱即将出院的前一天，季建豪不顾女儿的身体追到病房讨要钱财。

得知此事，贺延霄派了两个保镖把季建豪强行带走，并对季樱道："季樱，你要是愿意，我可以帮你最后一次。"

季樱睁大眼睛，眼中充满期待，希望贺延霄能出手把她拉出这个可怕的泥潭。但最后，贺延霄只是协助警方将季建豪抓回了监狱。

季建豪被抓进去前找到了贺延霄，说有要紧事跟他说。但无论季建豪说什么，贺延霄都充耳不闻。因此，贺延霄错过一年前的真相。

贺延霄把这个消息带去医院，季樱坐在病床上哭泣，许久才平复心情，道："谢谢你，阿延。"

望着脸色苍白的季樱，贺延霄默默地叹了口气，道："明天我就不过来了，你回到家后好好休养吧。"

季樱愕然地抬头，豆大的泪珠猝然落下。她几乎扑到了贺延霄的身上，道："阿延，我们做不成情侣，难道连朋友也不做了吗？"

可季樱的这番举动不是朋友该有的行为。

知道她还未打消念头，贺延霄推开她的手，道："季樱，自重。"

"自重……"季樱的眼神无限悲凉，"失去你，我连命都不想要了。"

"季樱，人都要学会向前看。"

他们注定回不到从前。

贺云汐从朋友那儿知道哥哥跟季樱似乎又"打得火热"，顿时气得不行，对贺老太太道："奶奶，那个季樱真是过分！"

贺老太太立刻咳嗽起来，布满皱纹的脸上十分沧桑，跟一年前很不一样。这一年来，贺老太太的身体越发差了，有时候甚至会突然昏厥。

"奶奶，你别生气。"贺云汐替奶奶拍背顺气。

贺老太太道："不能让那个女人进我们贺家的门。"

"奶奶你放心，我一定不会让季樱得逞的！"

前几天她在微信上联系司婳，司婳竟然回复她了。但是，她们虽然会回复对方的消息，却再也无法像以前那样畅所欲言了。

贺云汐想让哥哥亲自向司婳道歉，所以在对话时故意避开了分手事件，与司婳还算聊得下去。

与此同时，为了阻止季樱上位，贺云汐亲自去医院跟季樱对质，当场揭穿季樱一年前设下的骗局。

"哥，你知不知道去年婳婳为什么离开？

"就是因为季樱！她联合她的赌鬼父亲做戏，欺骗你过去，想以此博取同情，最终让你跟婳婳因误会而分别。

"要不是她捣乱，婳婳怎么会离开？"

季樱本不想承认，但对方提到季建豪，她便不再反驳了。季建豪一定是收了别人的好处，出卖了自己。

去年，她回国后不久，很倒霉地被季建豪缠上。季建豪向她索要钱财，她顿时心生一计，借此激起贺延霄的保护欲，毕竟贺延霄曾亲眼见过季建豪虐待她的画面。季樱想赌一把，赌他收到求救消息后会赶过来救人。

事实证明，她赢了。

可惜，贺延霄再也没回头。

得知真相，贺延霄才知道自己错了。哪怕司婳真的跟别人在一起了，他也一定要找到她，解释当初的事。

所以，他利用几天时间集中处理完工作，随后赶去景城。

司婳现在不难找，他很快就查到了线索。他知道司婳住在这个小区，所以守株待兔，总算等到了司婳。

听不清她在跟谁打电话，贺延霄不想贸然冲上去，只能保持距离悄悄跟随她。司婳走到电梯口才挂断电话，于是他看着司婳进入电梯后，乘另一部电梯上楼。

距离司婳越来越近了，他却不知该如何开口，正欲出声，司婳却突然回头朝他喷东西，让他睁不开眼。

他出手拽住她，是怕司婳像当初那样逃得无影无踪，却被她又打又骂。

现在的司婳跟以前那个温婉乖巧的女孩儿完全不一样了。

几分钟后，司婳不得不把贺延霄领进卫生间，让他自己打开水龙头清洗。

贺延霄小时候跟人打过架、流过血，但还从来没被防狼喷雾喷过。毕竟他不是心怀不轨之徒。

能睁开眼看东西后，贺延霄打量起四周的环境。卫生间不大，洗手台上摆着许多东西，都是单人使用的，没有男性居住的痕迹。

思及此，他对司婳的现状有了新的认识，司婳没有男朋友，或许柯佳云从一开始就在糊弄他。

没过多久，司婳过来敲门。

贺延霄拉开卫生间的门，司婳问："你的眼睛……没事吧？"

"你在关心我？"贺延霄的眼中闪过一丝惊喜之色。

"不是。"司婳撇撇嘴，扫了他一眼，非常无语，"眼睛瞎了我可赔不起。"

要不是看他睁不开眼睛，她绝对不会让贺延霄踏进这里一步。

贺延霄顿感挫败，酝酿许久，终于喊出她的名字："婳婳。"

"你来这里做什么？"司婳一脸防备地跟他拉开距离，眼睛里再也没有从前的柔情蜜意。

那冷淡的目光令贺延霄浑身不适，他道："我想跟你好好谈谈。"

"你说。"

人都找到家门口来了，若是不让他说，他心里永远憋着那口气，就会再来纠缠。

贺延霄本以为她会继续逃避，没想到她竟然没有。

"一年前，你生日那天的事，我很抱歉。"

那是司婳的生日，是她单方面宣布分手的日子，他一直耿耿于怀。

"当时你走得太决绝，也不肯等我回来向你解释。"

"没必要了。"被蒙在鼓里的时候，她能想着贺延霄的好。但真相被揭露后，她一分一秒都忍不下去。

一个惦念着初恋的男人，不值得她付出真心。

"当初的确是我忽略了你，但这一年的时间让我更加彻底地看清了自己的心。"贺延霄望着她，眼神格外专注，"婳婳，如果你能跟我回去，这次我一定不会再让你失望了。"

后来他换位思考，觉得在现任女友面前表现得在意前任女友，确实不妥。司婳会吃醋也是正常的。他当初缺的，其实是一个解释的机会。

司婳咬了一下唇，忍住翻脸的冲动，弯起嘴角假笑道："贺先生，能不能请你先跟我出来一下？"

她朝门外走去。

贺延霄不明所以，迈开脚步跟上去。然而当他两只脚踏出大门后，司婳迅速转身回到屋内，反手将门关上。这下，她才能随心所欲地说实话。

"不管你现在是怎么想的，我跟你之间都已经结束了。你的解释我听到了，但原不原谅你是我的选择。贺延霄，你若真的觉得抱歉，就不要再打扰我现在的生活。"隔着门，司婳呼出一口气，"还有佳云，你也不必找她的麻烦。我司婳做了决定，就绝不后悔。以后，你别再来了！"

她的态度很直白，也很决绝。

或许她会伤心、会难过，但就是不会后悔。

"司婳，开门。"贺延霄的脸色不太好看。

曾经懂事的女友变得伶牙俐齿，对他冷嘲热讽，饶是他怀揣着满腔歉意，也被她毫不留情的态度惹怒。

他抬手敲门，里头传来司婳暗讽的声音："贺延霄，你堂堂贺氏总裁，应该不至于对前女友死缠烂打吧？"

"司婳，你真行！"

贺延霄的胸膛微微起伏着，胳膊僵在半空中，最终还是没有再敲门。

司婳了解他，知道说什么话最能戳中他的痛处。

她从猫眼中望着那道身影，确定贺延霄离开后，转身回了客厅，往柔软的沙发上一靠，闭上眼睛，眼前浮现刚才的画面。

在那短短十来分钟的时间里，她居然跟断了联系一年的贺延霄面对面地谈起了分手的事情，而她的心……

手掌贴在胸口，她感受到心跳的频率依然正常。

她还记得那些无法入眠的夜晚，因为丧失灵感而恐惧，因为前路不明而迷茫。

经历过的事情，她记得清清楚楚。可那时候的感觉，她已经忘得一干二净了。她甚至想不起一年前分手的时候，自己是怀着怎样的心情打出那句"分手"的。

她没有忘记过去，只是心境变了，对吗？司婳在心里悄悄地问自己。

之后两天，司婳每次回家路上都会特别注意，生怕贺延霄又突然出现。

转念一想，她又觉得可能性不大，贺延霄好面子，对自己也没那么用心。他一而再再而三地寻找她的下落，却一次次跟她“错过”，不是因为真的找不到她，而是因为他内心矛盾。

对他来说，放不下是真的，没那么用心也是真的，忙碌的工作、男人的脸面，都比她重要。

司婳今天难得留在公司加班，回到家时天色已晚。她上楼后拿出钥匙准备开门，安静的走廊上传来轻微的脚步声。

她停止动作，转身一看，却是个陌生的面孔。

她记得对面住的是一个老人，难道他走错了楼层？

司婳默不作声，想等那人离开，却见那人径直朝这边走来：“这位小姐，我们又见面了。”

“你是……？”司婳眉头微蹙，下意识地握紧钥匙。

“我们真是有缘，花店匆匆一瞥，没想到住在同一个小区。”男人脚步很慢，但仍然在前进。

两个人之间的距离在缩短，司婳的背后是关闭的门。

花店，她想起来的确遇见过一个男人，不过她当时并未留意，没记住男人的模样。

不对！如果对方真是搭讪，何必一路悄悄跟着她？而且他们刚才并非乘同一个电梯，时间相差不大，这意味着男人早就确定她居住的楼层了。

或许是她想错了！贺延霄那天的确跟着她上楼，但依照他那种高傲的性格，应该不会做出长期跟踪自己的事……

那么，她前段时间那奇怪的感受来自……

看着眼前这个外表斯文的男人，司婳顿时觉得毛骨悚然。

“你好，请问有什么事吗？”司婳装作无意地打开皮包，手探进去寻找防狼喷雾。

“小姐，你不必害怕，我只是想跟你交个朋友。”男人的目光落在她的手上，他似乎察觉到了她的意图。

司婳紧咬牙关，不敢轻举妄动，委婉地拒绝道：“这位先生，时间不早了。”

男人好似听不懂，抬头望着走廊上的摄像头，道：“这两天小区的监控摄像头也坏了。”

一句感叹似的话，像是故意说给司婳听的。男人字里行间透露的信息都让她心惊胆战。

她握紧了手中的武器。

就在这时，包里的手机忽然响起铃声。

司婳赶紧将手机拿出来，看到来电人时更是欣喜。

她接电话时，余光扫向前方那个人，对电话里的人说："你马上就到了？嗯，我等你回家。"

她没挂电话，拿着手机对那个陌生男人说："不好意思，先生，可以请你先离开吗？我男朋友一会儿就到家了，他要是看见你会误会的。"停顿半秒，司婳特意强调道，"我男朋友的脾气不太好。"

司婳那些奇怪的言论全部传进了言隽的耳中，他问："你在家？"

"嗯，在家门口。"

"我马上让人过去，别害怕，保护好自己。"

言隽不敢挂电话，直接从助理的手中夺走手机，拨通裴域的电话，道："现在马上带人去司婳家，我马上把具体位置发给你……"

言隽道出重点，挂断裴域的电话，立即打给房东并联系小区的保安。

司婳的手里满是汗。她不敢挂电话，也不敢开门，怕自己来不及躲进去，反倒给坏人提供机会。

可是，如果对方不相信她的话，她又该怎么办？

言隽昨天回国了，又直接转机去了另一个城市出差。那时他还在电话里笑着说："这次谈妥合同，接下来就能轻松一段时间。"

她知道言隽没法赶过来，说那些话的时候手都在抖，只是想吓唬男人，让他快点离开。

果然，男人开始犹豫，四处张望，最终定定地望向司婳。

司婳的长发挡在脸颊两侧，她朱唇柔软，弯眉如黛，跟一个月前在花店时有所不同，但依然让人难以忘怀。

"你不会以为我是坏人吧？"男人笑道，"我是真心想跟你交朋友，并不会伤害你。"

无论这些话是真是假，她都不信。一个追到自己家门口的陌生男人，太危险！

男人向前迈了一步，司婳抵着门，退无可退。就在她打算拿出防狼喷雾拼一把时，忽然听见电梯门打开的声音。

男人警觉地转身，眨眼的工夫跑进了楼道。

司婳靠着门，呼吸急促。

接着，穿着制服的保安匆匆跑来，询问司婳的情况。

司婳好半天才缓过来，理清思绪道："这层楼的摄像头坏了吗？"

"这个不归我们管，要去监控室查。"保安如实回答。

闻言，司婳皱眉，心再度悬起来。

连保安都不知道监控摄像头的情况，那个男人又是如何得知的？

回屋之后，她赶紧将门反锁，随后坐在沙发上十指紧扣，以此缓解内心不安的情绪。

那个男人太可怕了，不但跟踪她，还知道监控摄像头的情况……她刚才不敢轻举妄动是怕刺激对方，幸好那人还知道畏惧。

不过，今天她虽然因为言隽、保安躲过一劫，明天依然要出门啊，难道不回家了吗？

司婳盯着手机，想给言隽打个电话，言隽的手机却关机了。

他最后一句话说的是什么来着？他好像是说："等我回来……"

司婳没等到言隽，先迎来了裴域跟他的两个兄弟。

裴域带着两个人找到小区。他敲门的时候，司婳胆战心惊，直到看清来人才松了口气。

司婳打开门让裴域他们进来，裴域身后的两个男人她不认识。

"嫂子，你没事吧？"

"……"她上次解释无效，这会儿没心思跟裴域纠正自己与言隽的关系，"没事。"

"隽哥让我们过来，说要守着你，他很快就回来。"

"谢谢，麻烦你们了。"

她说完才反应过来，言隽要过来？

"他回景城了吗？"司婳问。

裴域挠了挠头，道："隽哥只说让我们守到他回来，没说别的。"

司婳给前来帮忙的三位男生分别送上饮料。

她其实不好意思让这么多人待在这里耗时间，可无论怎么说裴域都不肯走，坚持要等到言隽回来。她也不能把人赶出去，只好跟他们一起坐在客厅。

另外两位年轻人不好说什么多余的话，干脆坐在沙发上打游戏。

裴域的第一反应是加入兄弟们的战局，回头一看坐在旁边有些拘谨的司婳，想起言隽的叮嘱，自觉地拖着小板凳挪过去，道："嫂子，你不用管我们，等隽哥来了我们就走。”

“其实现在已经安全了，时间也晚了，你们可以早点儿回去休息。”

裴域连连摆手：“那不行，答应兄弟的事情必须做到，人不能言而无信！”

“好吧，你们要是需要什么，尽管跟我提。”她妥协道。

裴域他们比言隽小两三岁，算起来跟她是同龄人。但她发现言隽的朋友好像都挺崇拜言隽的，便问：“你跟言隽也是从小一起长大的朋友吗？”

“差不多吧。”

司婳跟人聊天时语气温和，让人有种可以畅所欲言的感觉。

裴域闲来无事，便讲了起来，道：“小时候我比较调皮，有一年去海边旅游，在房间待不住就偷偷跑出去。你知道海边那种大石头吧？当时我想跑上去晒太阳，结果在上面睡着了，一觉醒来发现涨潮了，回去的路没了……”

被海水环绕的大石头就像一座孤零零的小岛，把他跟沙滩分隔开，直到天黑也没人发现他在这边。

“我当时吓惨了。”裴域夸张地露出惊恐的表情。

他平时大大咧咧的，摔倒、流血都不怕，结果在大石头上哭得惊天动地，最后是言隽带人找到了他。

被救下来的时候，裴域腿软站不稳，直接扑倒在言隽面前。当时裴域感动得直喊大哥，脑子里只剩电视剧里兄弟拜把子的画面。

那件事他到现在还记忆犹新。

司婳从裴域口中了解到不少言隽小时候的事。言隽从小就比同龄人早熟，情商高。其他孩子被家长教育的时候，他已经抱着各项奖状站在舞台上接受表扬了。

两人有一搭没一搭地聊了不少，到后来，裴域也加入游戏队伍，还邀请司婳参加。

司婳委婉拒绝，一个人坐在沙发上玩手机。

她一直看着时间，没心思去做别的事，就那么静静地坐着，等待言隽。

零点到了，习惯熬夜的裴域等人仍然在客厅组队厮杀，玩得不亦乐乎，直到言隽回来。

司婳是第一个听见门铃声的，裴域等人还没反应过来，她已经抢先跑到门口开门了。

言隽没带行李，风尘仆仆，只为第一时间回到她身边。

“言隽。”司婳喊出他的名字，眼睛蓦地泛酸。

言隽大步向前，轻轻地拥住她，低头贴着她的耳朵，声音无限温柔：“别害怕，我回来了。”

他会保护她的。

言隽来了，裴域瞄了他一眼，随后带着另外两个人马不停蹄地走了。

家里只剩下她跟言隽了。

明知道她已经脱离危险了，言隽仍然片刻不停地往回赶。司婳有些担心：“你的工作怎么办？”

“没关系，那些都是小事。”

工作怎么可能跟她的安全相提并论？

接下来的时间里，言隽询问了她许多问题，司婳一五一十地把这段时间的顾虑告诉他：“刚开始我以为是自己的错觉，直到那人出现。他也住在这个小区，还说我这层楼的监控摄像头刚好坏了。他要么是故意吓我，要么……”那人能接触到小区的监控系统。

“这件事我会查下去的。”言隽早有打算。

他们聊完都快深夜两点了，万籁俱寂，他们都该休息了。

“要不然今晚你就在这里休息一下吧？现在回去又要折腾。”司婳单纯地邀请他暂住一晚。

“一个人住在这里，会不会害怕？”言隽反问她。

她抿起唇，紧紧地盯着言隽。

他了然于心，伸手揉了揉她乌黑的头发，安抚道：“别怕，有我在。”

司婳顺从地点头，没有排斥他亲密的动作。

言隽眼角含笑，道：“你回房休息，我就在外面，有事随时叫我。”

“那怎么行？怎么能让你睡外面？”

他是专门为她来的，她怎么好意思让言隽再遭罪？

“可我不能让你睡外面啊！”言隽道。

司婳摇头，道：“我也不用睡在外面。”

“嗯？”言隽挑眉，视线越过她，看向她背后的主卧的方向。

“不，不是，你别误会！”意识到那句话有歧义，司婳连忙摆手，结结巴巴地解释道，“有……有客房的。”

她把房间打扫得很干净，客房里很整洁，但怎么说呢，好像过于整洁了。

她刚搬来这里，虽然房间充足，床也有，但司婳没有准备被子。

言隽嘴角微扬，道："看来我得睡床板了。"

司婳深深地叹了口气。房东留下的床垫是旧的，她还没来得及换，如今床都没铺，她要怎么办？

"这下怎么办？"她十分苦恼。

时间已经晚了，言隽不再逗她，收敛笑意道："去我家吧。"

她竟然三更半夜跟着异性去他家睡觉，这事儿搁以前，司婳是想都不会想的。但现在，她居然答应了！

第二天，言隽亲自到公司楼下接她。关于昨晚那个陌生男人的调查已经有结果了。

言隽对司婳道："他叫蒋明凯，是小区监控室的工作人员……"

蒋明凯平时看着斯文，不熟悉的人见到他恐怕会被迷惑，以为他是个老实人。其实，蒋明凯有偷窥的癖好。

蒋明凯在居住的出租屋的墙上贴了上百名女性的照片，电脑上还有他偷偷录下的跟不同女人发生关系的视频。在那上百张照片里，言隽在靠近床的位置看见了司婳的照片。那是蒋明凯最新拍下的照片，照片里的司婳穿着厚厚的冬装。司婳大概是他最近选中的目标。

警方取证后直接逮捕了蒋明凯，并进一步审问出蒋明凯犯事的经过。

原来，蒋明凯一般不会去招惹那些外表光鲜亮丽的女人，因为这类人不好掌控，只有司婳例外。在花店时，他只是想随意地勾搭一下，见对方冷漠就没打算继续，没承想在工作时又见到了司婳。他觉得这是上天赐予的缘分，悄悄观察一段时间发现司婳是独居后，便忍不住现身了。结果这次他栽了大跟头。

看完审讯资料，司婳气得手都在抖，这种社会败类实在恶心至极。

言隽以为她害怕，轻轻拍她的背安抚她，道："没事了，坏人已经被关起来了。"言隽接着问，"接下来打算怎么办？还回小区吗？还有，你一个人住在那边不是很安全，要不要换个地方？"他给予她自由选择的权利，又悄无声息地对她加以引导。

最后，他如愿听到了她的答案。

她说："我想搬家。"

司婳的确住不下去了。短短一个多月的时间里就被吓了两回，她现在从电梯口走过去都心有余悸。

这天晚上，言曦回到言隽家，却发现家里大变样，好像一下子少了许多东西。

言曦看见做家务的阿姨，问："这是怎么回事？我哥呢？"

"言曦小姐，言先生交代要将家里的旧物搬走，新家具明天就到。以后他不会常来这里，您继续留在这或者去别的地方居住都可以。"

言曦："什么？"

与此同时，司婳已经效率极高地搬进新家。这个地方离公司不算远，若是她乘坐公交车，十分钟就能到。

来到这儿之后司婳才听言隽道："其实我以前也住在这边，挺方便的。"

"啊？这里好像没什么东西啊。"房子里家具很少，没有厨具，看起来不像有人住过。

很快，司婳得到答案，因为言隽从大门口出来后当着她的面打开了隔壁那扇门，道："我住的是这边。"

司婳打量着里面的环境，发现的确有居住过的痕迹。

这么巧？言隽以前也住在这边？现在他俩又成邻居了？

司婳的家里什么都缺，她吃饭都去言隽家。

解决晚饭后，司婳回家铺床，接到言曦打来的电话。

小言曦神神秘秘地问："司婳姐姐，你知道我哥最近在干什么吗？"

"怎么了？"

"我觉得我哥很奇怪！我今天回家发现家里的好多东西都被搬走了，还是我哥自己搬的。他破产了吗？连旧家具都要搬走！"小言曦抓狂地道，"我哥什么都不告诉我，我好慌啊！"

"是吗？"司婳勾起唇角，心想：突然破案了呢！

她安抚了言曦。小妹妹很好哄，对她的话深信不疑。

通话结束后，司婳耐心地将床上的毛毯铺好，随后回想起言隽说的那些话。原来他是故意说给她听的啊！真难想象言隽那样的人会做出这种事……

司婳捏着毛毯一角，不自觉地笑出声。她正想着，言隽打了电话过来，问道："住在那边还习惯吗？"

"还可以。"她嘴上这么说，心里却吐槽：你不是就住在隔壁吗？还挑这个点打电话来问。

司婳坐在床边，摸着柔软的毛毯，想起言曦的话，故意问道："我发现这里好像比昨天那个家近些，怎么我们昨天不直接来这边呢？"

"咳咳。"他清了下嗓子，解释道，"昨天我这边也没有多余的被子。"

"原来是这样啊！"司婳强忍笑意，没有拆穿他。

时间不早了，言隽道："早点儿休息，晚安。"

她沉默，不挂电话。

"婳婳？"言隽不明所以。

随后，司婳握紧手机，指腹在窗台上来回摩挲，低下头，轻声回应道："晚安。"

新家在安全管理方面更加完善，进出都是一人一卡，不会轻易放人进来，工作人员上岗之前也都接受过考核和背景调查，大大增加了安全性。

这些事都是言隽告诉她的，他大约是为了让她安心。

扫去心底的恐惧，司婳重新把精力投入设计工作上。

设计部。

司婳的同事将最新的设计作品交上去，却被 Anni 全盘否定。

Anni："我要的是创新，你们就拿这些东西来敷衍我？"

平心而论，留在这里的设计师都实力超群，但 Anni 对他们的要求极高。办公间里一片哀号，但最后他们也只能重做。

司婳一言不发地回到位置上，盯着画稿看，一遍又一遍地修改。

司婳回家时时间还早，在桌前静坐了两个小时，一遍遍地修改稿子，又一遍遍地推翻自己。

她对自己的要求极高，并非为了得到 Anni 的认同，而是想尽全力对待每一个工作。

屋里憋得慌，司婳打开窗户透气。她刚拉开一道缝，外面的冷风便争先恐后地钻了进来，吹得她手腕发凉。

不到半分钟，司婳就关上了窗户。

景城的冬天格外寒冷，每天早晨从起床到进入公司那段时间是最折磨人的，凛冽的寒风刮在司婳的脸上，刺得她生疼。

这两天温度骤降，司婳隔天醒来就发觉鼻子里有些堵塞，洗脸时拿热毛巾敷了一会儿，鼻子红通通的。

她怕自己感冒，便去了药店买药。

药师递给她一盒预防感冒的药。

司嫄正准备结账，突然想起什么，又道："麻烦再拿一盒。"

最后，司嫄把两盒感冒药分别放在不同的袋子里拎回了家。

电梯直达居住楼层，司嫄路过言隽的门前，按了几下门铃，没听到回应，这才输入密码打开自己家的门。

前几天言隽连夜赶回景城，耽搁了生意，先前说过的休息日也就不复存在了。他白天忙得见不到人，但每天晚上都会回家，还每天都跟她说"晚安"。

吃过晚饭，司嫄一直坐在客厅，抱着 iPad 作画。

听见隔壁传来关门声，她猜测是言隽到家了，赶紧放下 iPad，拿着茶几上的感冒药出门。

司嫄按了门铃，言隽很快把门打开了，见到是她，并不意外。

"我看最近一直在降温，所以买了感冒药预防。"司嫄把药递给他。

"好啊，谢谢嫄嫄。"言隽接过药，"正好用得上。"

"啊？"司嫄捕捉到重点，"你感冒了吗？"

"好像是。"他抬手碰了碰额头，试不出是否发烧了。

"那赶紧吃药，我看看说明书。"司嫄边走边打开药盒，取出里面的说明书查看用法，"一日三次，一次两颗。"

言隽觉得喉咙痒，捂住嘴咳嗽了一声。司嫄下意识地把他当成病人，道："你坐着，我去接水。"

司嫄搬过来一周了，基本了解了言隽家的情况。

他家的饮水机前摆着两个常用的杯子，司嫄拿杯子接了半杯温水递过去，道："快吃药吧！"

言隽握着白瓷杯，转了转，眉头一挑，看清了杯壁上淡黄色的小圆点。随后，他将胶囊放进口中，就着温水服用。

这里的家具很多是旧的，杯子却是新的，一套有四只，主体为白色的，只有细微处的颜色不同。

想起她刚才说买药是为了预防感冒，言隽看向她，问："你呢？吃过药了吗？"

"还没。"

她早上鼻子不舒服，下午却没什么感觉，所以没吃药，先把言隽的这盒送了过来。

"现在吃吧，预防感冒。"言隽将药递给她。

司婳点点头，又去饮水机前接水，准备吃药。

这次，她看到了杯壁上的颜色，忽然想起了什么，问："我上次用的杯子是什么颜色的？"

"黄色的。"言隽道。

司婳扭头盯着言隽刚才用过的杯子，虽然没有确定，但言隽正对着她笑……她立刻明白了。

那可是她亲手递过去的杯子！

那么问题来了，现在她是把自己的杯子拿回来，还是直接用手上的这个杯子呢？

言隽及时道："杯子洗过，用吧，没关系的。"

她勉强"嗯"了一声，心想：我关心的才不是干不干净的问题呢！

最后，司婳直接用了手里的杯子，吃了药后，故作淡定地把剩下的药塞到药盒中。

言隽又问："最近工作怎么样？"

"啊……有点儿难，上次交上去的设计稿被上司打回来了，我得重画。"司婳想找到不足之处，突破自我。

"这样啊……"言隽点了点头，"好好加油！定好休假时间后跟我说。"

"啊？有其他安排吗？"她下意识地看向他，想听清楚些。

见她一脸期待，言隽忍俊不禁："倒也没什么，只是看你一直在工作，想跟你说，你想出去玩的时候可以告诉我。"

"那你呢？上回的损失弥补回来了吗？"这些天过去了，司婳一直惦记着没签好的合同。

"没关系，那些算不了什么。"言隽笑道。

言隽的话勾起了司婳的玩心。她想到完成工作后才能放松地玩耍，决定抓紧时间工作。

在这个寒冷的冬天，司婳努力起来，在提交了三次稿子后，Anni 终于满意地点头，道："这次的设计方案不错，贴合主题，也很有新意。"

司婳长舒一口气。

Anni 私下问她："上次跟你说的私人定制的事进展如何？"

司婳如实回答："设计图已经完成了，对方很满意，接下来就是制作成衣。"

设计图得到买家的认可是一道坎，精准地还原设计图，做出成衣是另一道坎，司婳需要一道一道迈过去。但就目前的进展而言，Anni 已经觉得很不容易了。

Anni 站起来，意味深长地拍着司婳的肩膀，道："继续努力，你的前途不可限量。"

别人都说 Anni 慧眼识珠，其实珍珠本来就是会发光的。司婳有实力又有贵人相助，不出意外的话，会在这条路上走得很远。

从总监办公室出来，司婳心情畅快，走路都带风。她今日运气极好，中午路过公司大堂，意外撞见了熟人。

"小娜？"

"司婳姐。"小娜比她更快一步走过来。

"好久没看到你了，你今天来是……？"司婳惊喜地问。

还没来得及解释，小娜身边的人已经开始催促了："元娜。"

小娜回头跟那人说了两句，未能得到对方的允许，只能跟司婳道别，临走前还悄悄凑到司婳的耳边说："司婳姐，回头找你聊！"

小娜跟着身边的人离开，司婳盯着那道背影看了半天。

小娜自从走上模特这条路后就变得十分忙碌。别人有心栽培她，但她没有基础，需要花费比其他人更多的时间去学习，积累经验，还要苦读她曾经最讨厌的课本。

但这次小娜没有半途而废，可能是真心喜欢，也可能是认清了现实。无论她身处哪个行业，想要成功，就必须不断学习、成长。

设计稿通过后，司婳兴高采烈地找出言隽之前发给她的游玩攻略，正挑着，忽然觉得小腹有些疼。

很不巧，她的"好朋友"来了。估计是因为她这段时间受凉，这次相较于上个月，提前了几日。

言隽今天没加班，在家里做饭。司婳下班后，直接去了隔壁。

见她不时地揉肚子，言隽眉头微蹙："怎么了？"

"有点儿不舒服。"

"肚子疼？"

将手贴在腹部，司婳摇头解释："生理期。"

言隽顿时哑口无言。生理问题，他也没办法。

第二天，司婳出门上班，一开门就遇到了言隽。他递来蓝色保温杯和一个装着东西的小袋子，道："带上这个，上班的时候也可以喝。"

司婳低头一看，袋子里是个巴掌大的透明盒子，装着方糖。一手握着杯子，一手拎着袋子，司婳眨了眨眼，道："谢谢，我会喝的。"

他为她准备红糖，就像她上次为他准备感冒药一样，他们都在为对方的身体着想。

这天，司婳在公司的状态不是很好。

"司婳，周六聚餐来吗？"同事过来问。

"抱歉，我有其他事。"

大家开始商议明天聚餐的事，司婳则趴在桌上，一根手指头都不想动。

来例假的第二天，司婳在内心宣布：出门计划失败。

她发信息给言隽，说自己需要休息，不方便出门，言隽没追问原因，简单地回了她一个"好"字。

以为对方在忙，司婳不再打扰他。

周六早上，司婳起床后喝了一碗红糖姜茶，接着老老实实地在家里躺了一天。

下午，她忽然收到贺云汐发来的消息："婳婳，你最近有空吗？"

司婳："怎么了？"

贺云汐："奶奶说……想见见你。"

迟疑片刻，司婳回复道："替我跟奶奶道歉，我不能完成她的心愿。"

重新启用原来的电话号码后，司婳没有再刻意回避除贺延霄外的人。贺云汐偶尔会给她发消息，她看到后也会回复。

撇开贺延霄，她跟贺云汐做了五年的好朋友。

而贺老太太……她跟贺延霄在一起的时候，贺老太太一直对她很好。贺夫人对她冷嘲热讽的时候，贺老太太都毫不犹豫地站在她这边。

她是尊重那位老人的。只不过贺老太太一直希望她能跟贺延霄复合，这让她很难办。

所以这次，她拒绝了贺老太太的请求。

放下手机，司婳裹紧被子叹了口气。

她的肚子又不舒服了。

"贺……延……霄。"

冷清的办公室里，言隽拿着一沓厚厚的资料，念出了那个名字。

上次追查蒋明凯时，他把司婳在小区的所有监控视频都看了，意外地发现“跟踪”过司婳的不只有蒋明凯。而且，另一个人还被司婳带进了屋。

言隽顺手一查，发现对方的身份并不简单。

他的初衷并非窥探司婳的隐私，但在得知那个男人的身份时，言隽有那么一刻失去了理智。那个叫贺延霄的男人是司婳的前男友，他们曾经在一起三年多。

当时他们并不高调，但贺延霄从未隐藏过这段关系，言隽要查不难。

贺延霄对外宣称司婳是他的女朋友，他的那些兄弟对司婳的评价却不怎么好。

总之，那是一段男女地位非常不平等的恋爱。

看完那份资料，言隽沉默了。

裴域第一次感觉自己嘴笨，不晓得说什么，坐在角落当隐形人。

不知道过去了多久，落地窗外天色大变，乌云密布。

裴域终于起身，打破沉默：“哥，快下雨了，我先走了。”说完补充道，“要是还有什么事，你尽管找我。”

言隽抬眸，道：“这份资料上的内容，保密。”

裴域拍着胸脯保证道：“哥，你放心，我只记得司婳现在是我嫂子！”

裴域走后，办公室里只剩下言隽一个人。

言隽回想起这一年来发生的事，发现司婳去滨城散心正是在跟贺延霄分手之后。那段时间她很不开心，脸上几乎不见笑容。

言隽不禁想：贺延霄到景城来的那天，进屋后对她说了什么呢？

雨滴落下，他想起了那个讨厌雨天的女孩儿。

言隽拿起遥控器，关上落地窗的窗帘，随后拿起外套离开办公楼。

司婳睡得迷迷糊糊的，不愿意醒。

这大概是她经历过的最冷的冬天，加上生理期身体不适，整个人都没精神。她不知道是什么时候睡着的，也不知道醒来时是几点，只听到窗外传来哗哗的雨声。

又下雨了？

她最讨厌下雨天。

她将被子一拉，直接盖过头顶。但在被子里捂着不舒服，没多久她又掀开被子，将头露出来，眯着眼睛睡着了。

她开始做梦，梦见自己还在上大学，梦见了贺云汐、柯佳云，还梦见了贺延霄。她一开始排斥那段记忆，不断往前跑，跑到再也看不见贺延霄为止。就在她以为自己成功逃脱时，前方忽然出现一道黑影，再仔细一看，贺延霄的脸在她眼前迅速放大，让她惊恐不已。

言隽赶回来时，她的电话没人接，门铃没人应。

他怕司婳出事，不得已直接开门闯了进来，发现她只是躺在床上睡觉时，心里的大石头才落下来。

司婳睡得极不安稳。他担忧得很，一直握着她的手，忽然听见一个名字，是今天一直萦绕在他的脑海中的那个名字。他终于知道了，司婳在梦里呼唤过的名字是阿延。

以前她叫他阿延，现在叫他贺延霄。她的爱与恨都与那个人有关。

言隽突然有些不甘心，明知她睡着了，明知她不会回应，却还是忍不住牵着她的手贴近自己的脸颊。

“那我呢，婳婳？”你的梦中，可曾有过我？

他闭上眼睛，掩去眸中的苦涩。

关于她跟贺延霄在一起的三年，比起嫉妒，他更多的是心疼。

他想捧在手心里的女孩儿曾被别人那样对待。她那么好，那个愚蠢的男人却不珍惜，任由那些不三不四的人对她指指点点。

他真的……好不甘心。

如果他们能早点儿重逢就好了。

他没睡着，却也跟陷入梦魇一般。突然，他听见耳边传来一道极轻的声音：“言隽。”

他蓦然睁开眼。

司婳不知道什么时候醒了，正看着他，瞳仁漆黑，眼里有光。

她原本被他握在掌心的手轻轻张开，与他十指相扣。

伴着窗外的雨声，司婳做了场噩梦。

梦里，贺延霄表情冷漠，如毒蛇般死死地盯着她。无论她怎么逃，都躲不开那张令人恐惧的脸。她害怕极了。

就在她痛苦绝望之时，忽然听见一道声音在呼喊她的名字。

“婳婳，婳婳……”

那道声音明明很轻，她却听得一清二楚，那道声音安抚她道：“不用怕，有我在。”

她想找到那个人，便拼尽全力地挣脱噩梦，迷迷糊糊地睁开眼，终于稳稳地抓住了那双温暖的手。

“言隽。”她记得那个声音的主人叫言隽。

言隽张开手，司婳的手指顺势滑入言隽的指缝。司婳似乎没有意识到十指相扣是多么暧昧的动作。

坐在床头的男人心跳加快。

上一个问题，他似乎已经得到了答案。

司婳抓了一会儿他的手，很快就失去了力气，最后言隽将她的手塞到被子里，道：“肚子还痛吗？”

“还有点儿。”面对言隽，她现在几乎都说实话。

其实她平常不怎么生病，来例假时也不会觉得痛，这次是个意外。

“要不要吃药？”言隽无法想象那种感觉，只想帮她缓解痛楚。

司婳轻轻摇头：“不用，没到那个程度。”

“那你盖好被子，不能让身体受凉。”言隽替她掖好被子，随后问，“今天吃饭了吗？”

“早上吃了……”

后来她就没什么胃口了，现在也不觉得饿。

“想吃什么？我去做。”

“想吃……”她顿了顿，道，“红烧排骨、麻辣兔丁、水煮肉片、麻辣小龙虾……”

“司婳，讨骂是不是？”他知道司婳来例假时不能吃辣的，她在故意逗他呢。

司婳有些惊讶。

她讨骂？言隽会骂她吗？

“不如你骂两句来听听？”胳膊灵活地伸出被窝，她竖起两根手指道。

言隽无言以对，拿她没办法。他压住司婳的胳膊，温声细语地哄道：“不骂你，我去看看家里还有什么，你再睡一会儿。”

“哦。”她听话地把双手放到被子里，在言隽走到门口时扬声道，“那你快点儿，我饿了。”

“好。”

男人没回头，嘴角含笑。

周末，司婳是躺着度过的。到了工作日，她逐渐恢复了，正常上班。同时，她开始为大明星制作成衣。

这次，司婳设计的服装是旗袍，细节多，需要费些功夫。

半个月过去了，她的旗袍终于做好了。

司婳将旗袍拿给大明星看，得到对方满意的回复后才继续调整细节。

近日，司婳的工作进展顺利，她还多出休息时间，满心欢喜地去了趟菜市场，拎回一只土鸡，打算精进一下厨艺。

每次吃到言隽做的菜，她都会备受打击。同样的食材和作料，为什么她做出来的味道跟言隽做出来的差别那么大呢？她觉得自己必须多多积累实战经验。

烹饪前，司婳打开备忘录，上面记载着煮鸡汤的步骤，是她之前央求言隽告诉她的。她正看得仔细，突然有人打电话过来，是贺云汐。

司婳迟疑片刻才按下接听键，里头传来贺云汐急切的声音。

“婳婳，你回一趟榕城吧。”

司婳正想拒绝，岂料贺云汐又道：“奶奶她……快不行了。”

这个爆炸性的消息在司婳的脑海中炸开。

这一年来，贺老太太的身体越来越差。病来如山倒，她这次直接被送进抢救室。医生带来不幸的消息，老人家没多少时间了，医生提醒家属做好心理准备。

贺家的人原本想瞒着贺老太太，可贺老太太道：“你们不必骗我，我的身体如何，我自己知道。”

贺延霄赶到医院后，贺老太太与他独处了十多分钟。贺延霄从病房里出来后，贺云汐被贺老太太叫了进去。她交给贺云汐一个任务，那就是让司婳回来见她最后一面。

司婳觉得自己无法拒绝。

最后一面……贺云汐的话勾起了司婳埋藏在心底最难忘的回忆。那时候，医生站在妈妈的病房门前，对小小的她和年轻的爸爸说：“你们去见病人最后一面吧。”

今天的这锅鸡汤，味道苦涩。

晚上，司婳给言隽送上两大碗鸡汤。言隽称赞她厨艺进步了，司婳却笑不出来。她有心事，却无法说给言隽听。

对方忽然问："周日有空吗？"

司婳轻轻抿唇："有什么事吗？"

"一个朋友过生日，我想邀请你参加生日宴。"喝到鸡汤，言隽心情大好。

牙齿碰到柔软的唇瓣，司婳低下头，道："对不起，我周日有事。"

"跟我道歉做什么？你有自己的事情要做又不是错。"他包容地笑了笑，虽然觉得可惜，但并不会生气。但他不知道，司婳是要去看望前男友的奶奶……

十二月的第一天，司婳乘飞机抵达榕城，从机场出来后直接打车去医院。

途中，司婳让司机将车停在一家花店外，买了一束海棠花。

医院里，贺老太太看起来比一年前苍老了许多，头发花白，躺在病床上几乎起不了身。

看到这一幕，司婳捂住嘴，有些想哭。

"你终于……肯来见我这个老太婆了。"

"对不起。"

司婳怨过贺延霄，怨他欺骗自己；怨过贺云汐，怨她瞒着自己。但除此之外，司婳对贺家再无负面情绪。

司婳确实曾在贺老太太这儿感受到过温暖。

"好孩子，快过来！"贺老太太拉住她的手，问，"这一年多……过得还好吗？"

司婳轻轻点头，将手里那束鲜艳的海棠花送给贺老太太。

贺老太太瞬间精神了一些，让人扶她起来看花，又对司婳道："难为你还记得。"

她说过，海棠花是她最喜欢的花。司婳一直记得。

那三年里，司婳一直用心地孝敬着这位长辈。

司婳陪贺老太太聊天，大多数时候是在附和。贺老太太就喜欢她这般温和沉静的模样。

"延霄怎么没跟你一起来？你们还能在一起吗？我好想看见你们两个结婚。说不定再过不久，我就能抱曾孙了。"

贺老太太提到贺延霄，司婳开始沉默。等贺老太太把话说完，司婳起身解释道："抱歉，奶奶，我跟贺延霄已经分开了。"

贺老太太似乎不愿意接受这个事实，捂着心口喊疼。

贺云汐见状，想出一个计划，道："婳婳，奶奶真的很喜欢你，也希望看到你跟哥哥在一起。我知道你们现在分开了，但你能不能……在奶奶面前假装你们复合了？这样奶奶才能开心地度过最后一段时光。"

"抱歉。"司婳毫不犹豫地拒绝，"我不会答应的。"

无论如何，她都不想再跟贺延霄有任何关系。

"或许在你们看来这只是哄老人开心，但我不想演戏。来看望奶奶是我愿意做的事，但不是我必须做的事。我不欠你们贺家的，你们也别拿奶奶来'绑架'我。"

司婳说完独自离开，下午去了趟工作室见柯佳云。司婳把自己对贺云汐说的话转述给柯佳云听，又问："我是不是挺狠心的？那明明是件挺简单的事，但我都不愿意配合。"

"话可不能这么说，你又不是贺家的人，贺老太太的事跟你有什么关系？"

司婳微微颔首："道理我都懂。"

"你要在榕城待多久？"柯佳云岔开话题。

司婳答："明天就回去。"

"这么快？我还想带你见见我的男朋友呢。"

"没关系，来不及的话就下次见。"

柯佳云在司婳去景城后交了男朋友，这件事司婳知道。

"贺延霄不会还在打你的主意吧？我都骗他说你有男朋友了。"

"他大概没相信。"

"那你就找个男朋友啊！你把男朋友带到他面前晃一晃，我不信他还有脸纠缠你。"

司婳忍俊不禁："我去哪儿找男朋友啊？"

就算她真的有了男朋友，也不会利用现男友去刺激前男友。

"言隽啊！你俩到底成没成啊？"

司婳咳了两声，低头喝了一口饮料，道："果汁的味道不错。"

柯佳云微微一笑，心想：司婳没反驳，看来有戏。

司婳明天就回景城，思来想去，还是决定去医院跟贺老太太道别，以示尊重。很不巧，司婳刚到医院就碰见了贺夫人。

"你可真有本事。"贺夫人嘲讽道。

贺夫人看不惯司婳，又拿司婳没办法，毕竟对往事念念不忘的不是司婳，而是贺家那三个人。

司婳并不在意贺夫人对自己的看法，也懒得跟她争辩，没有回话。贺夫人无法接受自己被无视，道："见到长辈连招呼都不打，果然是从乡下出来的，一点儿礼貌都没有。"

司婳停住脚步，转身微笑，道："凭家世去判定一个人，贺夫人的眼界还真是'高'啊！"

司婳说完从贺夫人身旁走过，率先进入电梯，直达贺老太太所在的楼层。

然而司婳还未见到贺老太太就被贺延霄拉到走廊一角。

"放开我！"司婳眉头紧皱，道。

"听说你连说句谎话哄老人开心都不肯？"贺延霄质问道。

"你是什么意思？"司婳问。

"奶奶很喜欢你，你离开后，她一直惦记着你。所以，我希望你配合我演这场戏。"贺延霄又道，"这样也算完成了奶奶的心愿。"

"我说过，不想演戏。"司婳有自己的原则，"我尊重奶奶，她也不会希望我演戏骗她。"

司婳态度坚决，贺延霄生气地握紧拳头，恶狠狠地道："司婳，你别后悔！"

"放心，绝不！"她毅然决然地道出四个字，脊背挺得很直。

司婳走后，贺老太太把孙儿喊到床边，道："延霄，记得你答应过奶奶的话。"

在贺老太太的病床前，他亲口承诺，如果这次还是留不住司婳，就必须听从家族的安排，选一名适龄女孩儿交往。现在，他没有留下司婳，该兑现承诺了。

"喀喀……"贺延霄没说话，尴尬地咳了几声。

"延霄，我是看你对她还未死心，才舍掉老脸装糊涂，但她的态度你也看到了……听奶奶的话，你以后还会遇到更好的人。"贺老太太说完，疲惫地闭上了眼睛。

她知道自己大概等不到孙子成家的那天了，只希望他能早日放下过去。

当晚，贺老太太又被送进了急救室。

景城别墅区。

一向安静的别墅区忽然热闹起来，景城有头有脸的年轻人聚集于此，参加一场意义非凡的生日聚会。

这场生日会的主角是书谧，她请的都是些较熟的朋友。

他们年龄相当，大多因为家族关系有来往，很快就玩到了一起。

书谧端起酒杯寻人，见言隽独自站在阳台上，缓缓地走过去，问道："上次你问我能否带一位朋友来，怎么今天只有你来？"

"她有其他安排。"言隽淡淡地道。

"这样啊……"书谧笑了笑，举着酒杯向言隽致意。言隽颔首，举起酒杯跟书谧的杯子轻轻一碰，将整杯酒喝得一滴不剩。

那群人开始玩游戏。说到惩罚方式，言曦神神秘秘地从自己的包里掏出几支口红，道："惩罚方式可以简单点儿，输掉的人得被人画脸。"

听见他们的话，书谧转头盯着言隽，问："不去那边吗？他们好像很开心。"

言隽婉拒道："切蛋糕的时候我再过去。"

"书谧，就等你了。"裴域过来喊人。

虽然书谧很想留在这儿跟言隽单独相处，但毕竟今天自己才是主角，只能先进去陪其他人。

书谧走后，言隽重新打开手机，上面的消息让他无法高兴。

他一杯接一杯地喝酒，可惜仍然忘不掉那件令人心烦的事。

时间差不多了，言隽放下酒杯，将空掉的酒瓶整齐地摆成一排，随后进了屋。

"哥！救我！"

言隽的耳边很快传来言曦的求救声，他转身一看，言曦正朝他这边跑来，她身后有个人追着她画脸。顶着大红唇的言曦直接撞到言隽的背上，疼得脸部表情瞬间崩裂。言曦生气了，回头看了眼身后的"敌人"裴域，放狠话道："裴域，你死定了！"随后，言曦大步向裴域走去。

言隽慢条斯理地理了理被妹妹弄乱的衣服，不打算参与那场幼稚的游戏。

很快，多层蛋糕被人推了过来。所有人聚在一起，为书谧唱生日歌。之后，蛋糕便成了他们的战斗武器。

大多数人遭了殃，言隽没有。其实言隽就坐在那儿，但就是没人敢惹他。他们倒不是怕言隽，就是觉得蛋糕这种东西不该被抹在言隽的身上。

这场聚会从下午持续到晚上九点，言隽看了眼时间，对妹妹道：“小曦，回家了。”

“要回你自己回，我还要玩一会儿。”言曦立刻道。

“嗯？”言隽给言曦投去一个冷厉的眼神，言曦立刻㞞了，自觉地起身跟大家道别：“时间不早了，我先回家，咱们下次再一块儿玩。”

“大家难得聚一次，你们要不多留一会儿，让小曦跟他们好好玩玩。”书谧起身挽留道。

言隽却笑着拒绝道：“大家好好玩，我们下次再聚。”

这是客套话，大家听得懂。

后来，书谧执意送他们出门，望着兄妹俩离开的背影，神情落寞。裴域的目光追随着书谧，他道：“隽哥他们已经走了，回去吧。”

书谧转身朝他点点头，有些失落。

裴域收起笑容，一反常态地正色道：“书谧，其实隽哥……”

裴域的声音有些小，后面的话她没太听清，便问：“你说什么？”

裴域看向书谧那张恬静的脸，深吸一口气，道：“算了，没事。”

言隽带言曦离开后，众人才发现刚才言隽坐过的地方摆着许多空酒瓶。

言隽今天心情不好吗？

司机先把言曦送回家，再掉头去言隽现在居住的地方。言隽喝了那么多酒，身上有酒味，看上去竟然跟平时没什么区别。

与此同时，司婳已经回到景城了，一到家就开始洗澡洗头。

司婳刚用吸水毛巾裹住湿漉漉的头发，就听见外面响起了门铃声。司婳开了门，看见门外熟悉的身影，有些诧异：“言隽？你朋友的生日宴结束了？”

司婳回来时敲过言隽家的门，发现没人在家，知道他去参加朋友的生日宴了。她以为他会玩到很晚，结果这人这么快就回来了。

言隽“嗯”了一声，心想：我是提前离开的。

“那你今天玩得开心吗？”司婳抬手调整了一下头上没缠好的吸水毛巾。

“还好。”言隽不轻不重地吐出两个字。

他们距离很近，司婳闻到言隽的身上有股酒气，问：“你喝酒啦？”

言隽站在原地，单手扶着门框，看着司婳“嗯”了一声，鼻音有些重。她刚洗完澡，皮肤白里透红。

“没醉？”司婳用手在他的眼前晃了晃。

“嗯。”他轻轻点头。

司婳又问他：“喝了多少？”

“不记得了。”

“什么？”

他不记得喝了多少，那岂不是很多？

她拉着言隽的胳膊进屋，言隽反手关上门，二人十分默契。

屋里开着暖气，言隽进来后觉得有些热，脱下了外套。司婳故意调侃道：“好浓的酒味，你都不香了。”

言隽抱着外套，抿唇道：“婳婳很香。”

司婳抬起胳膊闻了闻，是熟悉的沐浴露的味道。她道：“我刚洗了澡，身上都是沐浴露的香味。”

她一直记得言隽的身上有股特别的清香，每次靠近他的时候，都觉得很舒服，便记住了那种味道。说实在的，她还挺羡慕这个男人的。

“你很香。”言隽坚持道。

司婳冲他笑了笑，道：“把衣服给我，我先帮你挂起来。”

司婳先将头顶的毛巾包好，随后将外套拿到阳台上晾起来，让风吹散上面的味道，又去厨房替他准备解酒的蜂蜜水。

她刚洗过澡，穿着奶白色的睡衣，用毛巾裹着长发，碎发露在颈窝处，脖颈纤细，线条优美。言隽倚着厨房的门，落在那道窈窕身影上的目光中带着欲念。

对此，司婳毫无察觉，直接把泡好的蜂蜜水递给他，道：“这是蜂蜜水，喝了会好一点儿。”

“谢谢。”言隽伸手接过杯子，站在原地喝了起来。

他反应似乎没有平日快，但会回答每一个问题。司婳仰头问：“你到底喝了多少酒啊？有没有觉得不舒服？”

“我忘记了。”

司婳踮起脚，盯着他眨了眨眼，道：“你喝完坐下休息一会儿，我先去吹头发。”

她取下毛巾，湿发散落在肩上。

言隽道：“湿的。”

“刚洗了头发，还没吹干。”司婳一边解释一边用手理顺头发。

言隽“嗯”了一声，目光在屋子里转了一圈，很快找到吹风机。他放下杯子，径直走过去，把吹风机拿起来，道：“吹头发。”

司婳听话地走过去，有些搞不懂他是什么意思。

她伸手去取吹风机，言隽却没有给她的意思，走到她背后，手指拨动开关。

一股凉风吹到她的后颈上，她下意识地哆嗦了一下。

“抱歉。”言隽立即道歉，将吹风口对准自己的手心，觉得温度适合后才撩起司婳那头乌黑的长发，耐心地将其吹干。

“被迫”享受服务的司婳心跳莫名地加快。

这是怎么回事？那个人在干吗？

他不经过她的同意，就直接帮她吹头发？

女孩子的头发能随随便便让人碰吗？！

她内心在叫嚣，却可耻地没有阻止他……

她堕落了。

直到发根干了，他才关掉吹风机，房间恢复宁静。司婳赞叹道：“你这技术，堪比理发店的师傅。”

“我不是。”他反驳。

“啊？”司婳嘴唇微张。

“我不是理发店的师傅。”他一本正经地道。

正经的言先生今晚像是变了个人，比平时更可爱。

司婳忍俊不禁，道：“知道啦，你比他们厉害多了。”

“嗯。”这句称赞他还比较满意。

司婳从他的手里拿回吹风机，放到原位，拨弄着干燥的发丝，道：“我去弄一下头发，你先坐一会儿。”

“好。”言隽毫不犹豫地道。

司婳拿起刚才的毛巾去洗手池，清洗一番后挂好，又从橱柜中取出一瓶护发精油，将其均匀地抹在发丝上。

做完这些琐事只花了几分钟时间，司婳出来一看，客厅里没人了。

“言隽？”

她以为言隽离开了，走了几步才发现他躺在沙发上，于是放轻脚步向他走了过去。

卸掉防备的言隽安安静静地躺在她的地盘上，面容恬静。

他是因为喝了酒，困了吗？

没人回答司婳心中的疑问。

大多数时候，言隽在她面前是理智的，运筹帷幄。司婳很少见到他睡着后的样子。

她跪坐在沙发旁，弯腰靠近他，想看得更仔细些。她试探性地伸出手，手指轻轻地触碰到他纤长的睫毛。言隽似乎有所察觉，反射性地眨眨眼，司婳顿时心虚不已，立刻将双手收了回来。

过了一会儿，她起身去房间抱出最暖和的那床棉被，盖在言隽的身上。

接下来她反倒不知该做什么了。她干脆挪动软垫坐下，背靠沙发，抱着自己的 iPad 画他。

她偶尔回头望一眼言隽，然后继续在屏幕上画画，最后把真人画成了漫画，还忍不住感叹：这张图绝了！

画完一张图，司婳揉了揉肩膀，趴在沙发上，慢慢地睡着了。

深夜，言隽伸手发现被子的一侧被人压住了，放轻动作起身，把趴在沙发上睡着的司婳稳稳地抱起来，送回房间。

他动作很轻，但司婳并非毫无感觉。她无意识地睁开眼，看见了熟悉的面孔，又安心地闭上眼睛。

替她盖好被子后，言隽重新回到客厅，看见了司婳的 iPad。言隽翻开 iPad 的保护外壳，屏幕亮了起来，屏保图让他十分惊愕。

那是一张漫画，主角的原型是他……

他盯着那张屏保图看了很久，绷了一天的冷脸上隐约浮现暖意。不过，想到她失踪近两日，他心底那点儿暖意又被压了下去。

早晨，司婳醒来后发现自己躺在床上，觉得奇怪。她昨天是什么时候回房睡觉的？言隽呢？

司婳掀开被子下床，走到客厅，见沙发上无人，以为言隽已经离开了。她揉揉头发，想不通。

闹钟响了，她这才回到房间换衣服。

时间宽裕，司婳一般会出门吃早餐，然后去公司，今天也是如此。她先去洗脸刷牙，准备出门时，却听见厨房的方向有响声。

“要上班了吗？吃了早餐再走吧！”言隽见到她，表情有些不自然。

“啊！我以为你已经走了。”司婳揉揉眼睛，没想太多。

言隽勾了勾嘴角，笑容消失得很快。他没说话，只是把做好的食物端上桌。

“昨天……”司婳犹豫着道。

“抱歉啊，昨天喝多了，失态了。”他抢先道。

“没……没关系啊！”司婳无意识地抓了抓头发，关注点仍在他的身上，“你现在已经好了吗？还头晕吗？”

他随口答道：“没事。”

今天的言隽似乎话少了许多，反倒是司婳问东问西，担心他没睡好、头疼。

司婳眨了眨眼，道：“你睡着了，我就没叫醒你。”

言隽点点头：“我知道，你也睡着了。”

“我？”她皱眉回想，道，“好像是吧，不知道是什么时候回房间的。”

“是我把你抱过去的。”言隽直接道。

司婳有些招架不住，不知道该怎么回答。她抬头看向他，意外地发现言隽身上穿的那件米色毛衣的背面有一抹红，指着他的后背提醒道：“你的衣服脏了。”

言隽迟疑片刻，说：“是口红。”

“口红？”司婳反问道。

谁的口红？肯定不会是他自己的。

言隽昨天睡在这里，没回家换衣服，那就是昨晚留下的痕迹，应该是他在生日聚会上带回来的痕迹……谁在生日聚会上将口红留在了他的背上？

各种猜测令她有些慌乱，寒意从心口钻了出来，她一时无法言语。

见她盯着桌面不说话，言隽站起来，双臂撑在桌边，盯着她问：“不问我为什么吗？”

“总不会是你也想涂口红了吧？哈哈。”司婳干巴巴地笑了两声，气氛变得尴尬。

以前的她会追究这些，会问“为什么”，会说服自己信任对方。后来，她发现真相一直摆在眼前。那现在，她还有必要刨根问底吗？

曾经的教训让她不敢深究。

她的沉默让言隽得到答案，他自嘲地笑了笑：“算了，不重要。”

一年跟五年，怎么能比？

言隽怕自己一会儿在她面前失态，便搁下碗筷，道：“还有事，先走了。”

“你的早餐还没吃。”司婳咬了一下唇，怔怔地望着他。

言隽却说："不是很饿。"

"哦。"

司婳低头拨弄盘子里的早点，没去看他。直到听见关门声，她才缓缓抬头，手指拭过眼角，有一滴泪。

次日，司婳差点儿迟到，踩点拿出特殊的工牌打卡。她动作毛躁，银制的钥匙差点儿刮到手指。

看到"打卡成功"几个字，她才重新把工牌挂回脖子上，系在一起的钥匙几乎被遮挡住。

上午，部门要开会，领导让大家对今年的工作进行总结，并对明年做出规划。会议结束后，Anni 单独留下司婳，道："你的运气真的很好。"

司婳有些疑惑。

"有个好消息告诉你。"Anni 说，"明年春季有个培训计划，公司会选两名资历较浅但具有潜力的新人去国外培训，为期半年。"

这对新人来说是个好机会。

"人选确定了吗？"司婳问道。

"不，只是提前跟你说一声，如果你有这个意愿，等公司正式下达培训文件时，就填申请书。"Anni 对职场这些弯弯绕绕已经有深刻的认识了，之所以这么主动地"照顾"司婳，还是因为在司婳的身上看见了投资价值。

"这个消息太突然了，我可以考虑一下吗？"司婳没有立即回复 Anni。

Anni 道："不着急，这是内部消息，等正式通知还有一两个月的时间，你慢慢考虑。"

"谢谢。"

离开会议室，司婳还有些恍惚。这一年，她似乎运气不错，一路有贵人相助。但是，她心情不好，好消息也冲淡不了心里的烦闷。

同事问她跟 Anni 聊了什么，司婳笑了笑，随便编了个答案应付对方。

她心里不安，无心工作，下班时间一到便回了家。

从走进电梯的那刻起，司婳的心里就源源不断地冒出许多乱七八糟的想法，早晨那场尴尬又满含深意的违心对话令她心绪难宁。

经过言隽家门前时，司婳刻意放慢脚步，意外听见里头传来钢琴声。

谁在弹琴？这层楼只有她跟言隽，答案毋庸置疑。

司婳犹豫半天，最终敲门，却发现大门没关。

她走了进去，循着声音，准确地找到了那个房间。

言隽家的客厅她很熟悉，但她没去过他的房间，也是今天才知道里面竟然放着一架钢琴。

言隽修长灵活的手指在黑白琴键上跳跃，弹出的音符却杂乱无章。这说明他心情烦躁，将钢琴当成了发泄的工具。

这很不对劲。

司婳慢慢走到他身后，正犹豫着要不要打断他，言隽忽然转身扼住她的手腕，微微用力。司婳感受到他的温度和力量，但并不觉得疼。在那双明亮的眼睛的注视下，言隽垂眸，手上的力道变小。他问："你学过琵琶，会弹钢琴吗？"

"会一点儿。"她谦虚地道。

"暂时当我的观众，听我弹一首曲子，可以吗？"言隽松开她的手，转身面对钢琴。

司婳望着他的背影，却想起刚才在那双茶色的瞳仁中看见的自己。她启唇，轻声道："好。"

坐在钢琴前，言隽没看乐谱，视线在黑白琴键上浏览一遍。接着，他抬起胳膊，十指搭在琴键上。旋律响起，司婳顿时觉得耳熟，大约到第十五秒时，想起了这首熟悉的曲目。

司婳低下头，紧张不已。

熟悉的旋律飘荡在整个房间里，她的耳朵上泛起一层浅红，身体热腾腾的，连心脏跳动的频率都变得混乱。

她知道，那首曲子的大意是……

嘟嘟嘟！不合时宜的手机铃声打破气氛。

司婳匆匆瞥了一眼手机。如果这是其他人打来的电话，她或许会立即挂断，但这个不行。

这个电话是老家那边的邻居打来的，应该与父亲有关。

琴声戛然而止。

"对不起。"司婳连忙道歉，在原地接通了电话。

对方语气急切："婳婳，你爸爸掉到湖里了，刚被送去医院抢救，你赶紧回来看看吧！"

司婳的脑子里"嗡"了一声，心跳骤然加快。

她赶紧点开手机软件查看机票，双手颤抖，好几次都打错字。可当她输入地点，却发现最早的航班都在几个小时后。

从起飞到落地，之后再从机场到乡下，那需要花费大量的时间。

言隽不知何时已经来到她身旁，道："把地点告诉我。"

司婳惊慌地望着他，唇齿哆嗦，说不出话。

言隽按住她的肩，盯着她的眼睛，认真地道："相信我，婳婳。"

司父下午出门钓鱼了。河边路面湿滑，他不慎掉进水中，挣扎之下耗尽力气，幸亏年轻力壮的邻居扛着锄头路过，才把人救了起来。

司父在村里住了多年，大家都认识他，便赶紧把人送去镇上的医院。他们一阵张罗后才想起给司父唯一的女儿打电话。

直达的航班需要等待很久，言隽以最快的速度查找出最近的航班，先乘坐飞机抵达中转站，下机后有人开车在机场外接应。他们将直接开车去镇上的医院。

从这里开车到镇上需要三个小时，不过比起等待直达的飞机再从机场出发，能提前两个小时到达。

司婳坐在车上，神情紧绷。距离医院越来越近，此刻的分分秒秒于她而言都是煎熬。

"叔叔会没事的。"言隽握住她的手，能感觉到她在微微颤抖。

"我不敢打电话。"她怕听到不好的消息。

飞机上，她无法使用手机联系父亲，现在可以正常使用手机了，又开始迟疑。她怕自己这通电话打过去，会收到噩耗。

"婳婳，勇敢一点儿，你的爸爸还在等你。"言隽看着她的眼睛，掌心传递着温暖。

"嗯……"她握着手机发抖，紧张地拨通邻居的电话号码，在等待的时候，心跳得很快。

邻居的声音传来："司大叔已经转进病房了，医院说没有生命危险，叫我们放心。"

直到这时，司婳悬在心里的石头终于落地。她吸了吸鼻子，心情既酸涩又欣喜："太好了，谢谢。拜托您帮忙照看一下，我很快就回来了。"

"行行行，你别太着急，你爸这儿有我们看着呢。"

其实，老家的村民对司家父女是心怀感激的。

当年他们搬来这里，没过多久，村里兴起筹资修路的热潮，但大家都不太愿意。最后，司家直接捐了一大笔钱，其他村民才纷纷效仿，出了自家该出的份额。后来道路修建成功，给大家带来许多便利，村里的老人、小辈都记着司家的好，对他们颇为照顾。

得知父亲脱离了生命危险，司婳这才松了口气。

“这下放心了？”言隽低声问。

她“嗯”了一声，随后低下头自责地道：“我不是一个合格的女儿。”

她跟父亲住在一起的时候总是争吵，后来她远离家乡，倔强地不肯向他低头。她不花父亲的钱，父亲也不要她的钱，两人就这么僵持着，逢年过节才联系一回。直到父亲发生意外，她才知道自己多么害怕失去父亲。

“叔叔发生意外，不是你的错。”言隽安抚道。

“他出事了，我却无法第一时间赶回他身边……”她不禁道，“如果我留在爸爸身边，或者他来到我身边就好了。”

言隽顺着她的话道：“如果你是这样想的，那回去后就告诉他，还来得及。”

他跟司婳认识一年多，很少听司婳提到家里人，但从她偶尔透露的只言片语中知道，她与父亲之间因为专业选择的问题有了隔阂。

司婳抵达医院时已是凌晨，司父还未醒来，她只能默默等待。

帮忙照看的邻居已经离开，司婳坐在病房外，双手抵着下巴，一脸郁闷。

言隽问：“时间还早，要不要先休息一下？”

司婳摇头：“我得等爸爸醒过来。”

虽然医生说爸爸没有生命危险，但没见到他醒来，司婳还是不放心。言隽了然，在她身边坐下。

司婳缓缓地道：“今天辛苦你了。”

三个小时的车程，后面一直是言隽在开车。他脸上难掩疲惫之色，却只字未提。

“叔叔没事就好。”

司婳轻咬红唇，转头凝视着他，眼里满是真挚。她诚恳地道歉：“早上的事，对不起。”

她后来仔细想过，当时言隽应该对她的回答很失望，才会连饭都不吃就离开。

言隽几乎忘了他们今天早晨还在闹别扭。不，应该说是他单方面闹别扭。

昨晚他忍受着满身的酒气，没有回家换衣服，这样就能顺理成章地待在她家。背后的口红印他不知道，直到司婳指出，他才想起那可能是言曦玩闹时留下的痕迹。这么暧昧的痕迹不该出现在他的身上。他应该解释的。他知道，只要自己说了，司婳就会相信。但那一刻，他迟疑了。他多么希望司婳能问一句，哪怕简简单单的一句也好。

她不在乎，所以故意回避……

今早大概是他最狼狈的一次，他逃避了。饶是如此，他还是忍不住在她来到自己身边时弹奏了那首曲子，只可惜被打断了。到现在他都不敢问，她是否听懂了其中的含义。

言隽思索片刻，道："昨天晚上小曦跟裴域闹，不小心把口红蹭到了我的身上。"

司婳微微睁大眼，嘴角一弯，郑重地点头道："我相信你。"

今天晚上发生了太多事，她根本没时间纠结口红印的事。而且她上班时已经反思了，原本就打算回家后跟他和解，没想到他会先对她解释。

她不得不承认，自己的心情变好了一些。

看见她的笑容，言隽心底一软，莫名地松了口气。

微妙的情感在两人的心口泛滥。

司婳执意守在病房前，言隽自然也不会离开，两人偶尔会小声说几句话，或者看看手机。司婳以为自己能坚持，但没过多久，眼皮开始打架。

言隽道："你先睡一会儿。叔叔醒后，我会喊你的。"

"那你呢？"她揉揉眼睛，嘴里打着呵欠。

"我不困。"

"骗人。"

"不然这样，咱们轮流等。你先休息一会儿，我待会儿叫你起来。"

"真的吗？那你一定要叫我，我睡一会儿就好。"困意袭来，司婳根本招架不住，靠在言隽的肩头，鼻尖萦绕着那股清新的香味，睡得很安稳。

言隽偏头看着司婳，眼中露出柔和的光。他小心翼翼地揽住了她的肩。

也许是心中有执念，大约过了二十分钟，司婳醒来了一次，问："什么时候了？"

"才过了几分钟，安心睡。"

他在她的背上轻轻地拍了拍，哄她暂时忘记烦恼。

"那等一会儿，你一定要喊我。"她说完又闭上眼睛。

确定她睡着之后，言隽将她从椅子上抱起来，进了病房，把她放到床上。

病房中有一张空床可供休息，中间有帘子把床位隔开。就这样，司婳躺在床上睡得安稳，而言隽坐在床边守她到天亮。

早晨七点半，司婳醒了。她很困，但还是强迫自己睁开眼。

她发现自己躺在床上，言隽不在身边。她有些懊恼，早该知道言隽不会叫醒自己的。

司婳掀开被子，正想下床去找他。病房门从外面被人推开，言隽提着东西走进来："这么早就醒了？"

司婳一声不吭地盯着他，他的眼里有好多血丝。

他把两个袋子放到旁边的桌子上，道："外面商店卖的早餐种类不多，我只买了两种，你看看喜不喜欢。"

司婳轻声道："我要是说不喜欢呢？"

他没有生气，反而道："那你想吃什么？我再去找找。"

"言隽，你是笨蛋吗？"

明明他自己也很累，还是一大早跑出去买这些吃的东西，连她那么无理取闹的话都要回应……

司婳深吸一口气，问他："你吃东西了吗？"

"在外面吃了。"因为时间还早，所以他吃了才回来，免得打扰他们。

司婳翻身下床，拉住他的手道："你去睡觉。"

瞧她一脸疼惜的表情，言隽抬手揉了揉她的长发，道："婳婳，你现在让我躺上去，我也睡不着。"

过了一会儿，司父转醒，睁眼看见女儿的脸，还以为自己产生了幻觉。

"爸？"看到父亲睁开眼睛，司婳欣喜不已。

"我这是……？"司父左顾右盼，看着四周的环境，觉得既陌生又熟悉。

妻子离世前很长一段时间待在医院，他熟悉这种感觉，如今躺在这里的变成了自己。

"爸，你现在感觉怎么样？身体哪里不舒服？"司婳担忧地问。

司父努力回想，总算回忆起缘由，摆摆手："不碍事。"

过了一会儿他才想起来，远在景城的女儿怎么突然出现在他面前？

司父问道："你怎么在这儿？"

"余大哥打电话给我，说你掉进河里了，被送进医院抢救，我都快被吓死了！"担忧之下，司婳平日里的冷漠面具被揭开，眼底流露出的关心丝毫不假。

“我能有什么事？！”司父板着脸，不愿意示弱。

他总是这副样子，每次都气得司婳抓狂。司婳道：“你都这样了，能不能别再逞强？”

“放心吧，我命硬，死不了。”

“这次是余大哥刚好路过把你救上来，如果当时没人发现，你知道后果是什么吗？”这个天气大多数人不愿意出门，若非司父运气好，有人搭救，或许就真的……沉了水。

司婳不明白，为什么到这个时候父亲还能嘴硬地说出那些话。她接到电话的时候怕得要死，手脚都打哆嗦，进了抢救室的人却不把自己的生命安全当回事，这让她很恼火。

父女俩剑拔弩张，随随便便一句话都能成为导火线。

守在病房外的言隽终于知道，为什么脾气温和的司婳会跟父亲的关系僵成这样。

没过多久，司婳独自从病房里走出来，面露不悦之色。

“叔叔还好吗？”

“他很好。”他甚至有精力跟她吵架，赶她离开。

刚才她不想再跟父亲争执了，于是保持沉默，父亲却直接让她走：“不用守着我，回去吧。”

他完全没有做病人的自觉。

看她气鼓鼓的样子，言隽反倒瞧出父女俩之间的羁绊。她生气归生气，却不会真的不管父亲。

“我要先回家一趟。”

司父需要住院观察几天，她得回家收拾一些东西送过来。

“昨天用的那辆车还在，我送你回去。”言隽立刻道。

司机已经离开了，车子留给言隽，现在只剩他俩。

司婳挡在他面前，道：“我来开车，你休息。”

“好。”

从镇上到村里，开车只需要十几分钟。到达目的地后，司婳转头一看，言隽已经睡着了。望着他疲惫的睡颜，司婳心口泛起阵阵涩意。

这两天，他的心情似乎不太好。

从景城到这里，他一直在安排所有事，没歇息过片刻，没有半句怨言。哪怕到现在，他对她也没有提出任何要求。他替她处理好一切，唯独忘了给自己留后路。

这个人真是……好得过分。

她轻轻摇晃他的胳膊，道："言隽，我们到家啦。"

睡在车上，他肯定不舒服。

他醒过来了，眼神有些迷离，还是听司婳的安排，跟她一起下了车。

楼房建在农村，但里面的布局、装修跟城市里的商品房没什么差别，一楼的客厅里没有摆太多东西，比较空，十分整洁，看得出住在这里的人在认真地生活。

司婳解释道："我爸爸平时住在一楼。"

一楼客厅两侧各开着一扇门，推门进去便是卧室。但父亲的卧室并不适合带客人参观，司婳要带他去的是二楼。

她对言隽说："你是第一个能上我家二楼的客人。"

邻里偶尔串门都在一楼，他们家没什么亲戚，除了她跟父母，没有人上过二楼。

"听起来很神秘。"

"是有点儿秘密。"

"那我很荣幸。"

"你跟我来。"司婳朝他招手。

楼道里装着声控灯，墙壁上挂满画。他们来到二楼，二楼的客厅宽敞明亮，墙上也挂着几幅画，视觉效果十分惊艳。这些画有一个共同点，落款人都是 Susan。

因为奶奶对这位画家极其喜爱，言隽也熟知这个名字。外面一画难求，这个位于农村的房子里却挂了这么多幅 Susan 的画。

言隽觉得不可思议："这些画……"

"是我妈妈留下的。"司婳轻轻挪动脚步，望着他道，"很意外吧？"

"Susan 是……你的妈妈？"

震惊之余，他确定了两人之间的关系，也终于知道榕城的那场拍卖会上司婳为什么会认出那不是 Susan 的绝笔之作。

"对不起，我不是故意隐瞒的。"

从挽留他的那刻起，她就知道这个秘密藏不住了，也没打算撒谎。

紧接着，司婳打开另一扇门，道："这是我的房间。"

她的房间里一直很干净，连被子、床垫都会随季节交替而更换。

"我进去……合适吗？"

这个房间跟司婳现在居住的房间意义不同，代表着他从未参与的过去。

见他这个时候还顾及礼仪，司婳直接伸手把人拉了进来，指着自己的大床说："你睡这里。"

她才不管那么多规矩，只知道言隽现在累极了，需要休息。

然而言隽站在原地不动，眉头紧皱，道："没洗澡，也没换衣服，脏。"

若是其他地方，他自己忍忍就算了，但这是司婳的闺房。

"没关系，我又不会嫌弃你。"司婳执意把人按在床上，"快睡觉。"

随后，司婳下楼替父亲收拾换洗衣服和日用品。东西不多，她很快就打包好装进行李箱，等到中午时，连同午饭一起给父亲送了过去。

"什么时候回去上班？"司父忽然问。

"当然是等你出院之后。"早晨她已经联系了 Anni，请了假。

"我还没老到需要人照顾。"司父不满地道。

"不知道是谁在钓鱼时掉进河里了。"司婳反驳道。

自知理亏，司父不吭声。

上午余家父子俩出门赶集，顺便来医院看了他一眼。

"你那女儿可真是孝顺，听说你进医院，急得不行！"

村子里其他人并不知道父女俩之间有隔阂，农村的许多年轻人在外拼搏，一年到头不回家，甚至好几年不着家的都有。他们只知道司婳时常拜托他们照看父亲，自然觉得父女俩感情好。司婳在电话里急成那样，还连夜赶回来，旁人看着觉得十分动容。

这些话传到司父的耳中，说他不高兴是假的。

下午，司婳一直守在医院，时常看手机，没有收到言隽的消息。

大约四点多，司婳以准备晚饭为由开车回家，悄悄跑进房间看了看，言隽还没醒。

这次，她做了三人份的晚餐，一份送去医院，两份留在家里。等父亲吃完，她再把餐具带回去。

父亲在清醒的情况下是不会让她留在医院的。司婳妈妈住院的那段时间，爸爸顾不上司婳，便请了保姆照看她，就是不让她睡在医院。她只有白天才能去陪妈妈。

同样，父亲现在也会叫她回家。而且，父亲已经安全了，她晚上也不是必须守在医院。

司婳想明白后开车回去了，却发现桌上的饭菜还未动过，不禁疑惑：

难道他还没醒？

她来到卧室门口，正想推门进去，就听见房间里的人在说话。

“我这边有急事需要处理，暂时不能回公司……对，很重要。”

他语气坚决，似乎没有任何人、任何事能够改变他的决定。

等里面没了声音，司媪才敲门。

房门打开，两人面对面，中间只隔着短短的距离。司媪道：“你明天就回景城吧。”

“媪媪。”他有些不悦。

“不是赶你走。”她耐心解释，声音温柔，“你先回去好好工作，很多人需要你。”

“那你呢？”你需要我吗？

他绷着唇角，隐藏起潜台词。

此时此刻，没有谁比司媪更能看懂他的心意。她轻轻一笑，道：“送你两个礼物。”

司媪环顾四周，没搜索到什么好东西，直接拉开外套拉链，露出挂在身前的工作牌。

从景城回来到现在她都没来得及换衣服，工作牌还挂在身上。她伸手取下工作牌，努力踮起脚尖，把带着家门钥匙的工作牌挂在言隽的脖子上，道：“这是第一个礼物。你回去之后把钥匙跟工作牌分开，钥匙你留着。”

为了安全，密码锁她会不定期更换密码，但钥匙是长期不变的。拥有这把钥匙，哪怕不知道密码，言隽也能随时进入她的家。

言隽握着钥匙，心怦怦直跳。钥匙对司媪而言意味着什么，他心知肚明。他忽然无比期盼，问：“第二个呢？”

“第二个礼物……”司媪招招手，待他低头时，附在他的耳边轻语。

言隽嘴角噙着一抹笑，柔声应道：“好。”

第二个礼物很好，他很喜欢。

两人在房间待了一会儿，一起下楼用晚餐。冬天的饭菜难保温，司媪之前做好的食物已经放凉了，道：“饭菜可能凉了，需要热一下。”

“我来帮忙。”

这顿晚饭吃得简单，但他们很满足。

饭后，司媪在家里发现几个黄色的柚子，献宝似的抱到言隽面前，问：“要吃这个吗？”

“可以啊！”

柚子皮厚，得拿刀切，司婳没找到水果刀，盯上了厨房里的菜刀。言隽赶紧从她手中夺过刀，道：“我来吧。”

“我会切的！”她强调道。

“我知道！不过这种危险的事，我来做就好。”

“危险？”拿菜刀切个柚子就危险了？

言隽熟练地在柚子皮上开了口，顺利地剥开黄皮，露出果肉。他的手法确实比她熟练多了……

柚子汁多，司婳掰了几瓣，没有吃完，牙齿竟然有些酸。

“最近不知道怎么了，这边牙齿一咬到东西就疼，有时候碰到冷水也会疼。”她捂着右边脸颊。

“我看看。”言隽身体微微前倾。

司婳张开嘴，手指指着疼痛的地方，任由他检查。

她的牙齿长得很好，洁白整齐，从表面看不出任何问题。

“可能是上火了，最近吃些清淡的。”

“已经很清淡了，给爸爸做的都是蔬菜和米粥，我自己也跟着吃。”

“注意休息，如果过两天没有缓解，就去拿点儿消炎药，再不行就去口腔科检查一下。”

“我就是有点儿疼，被你说得好严重。”司婳微微皱眉。

“这不是要思考全面吗？”他笑了笑，拿走了司婳手中剩下的柚子。

“明天早上我也煮粥喝，不过我爸还嫌弃我做的饭来着……”

她回家后，看到厨房里有不少新鲜蔬菜，想着就在家里做饭给爸爸送去，这样比较健康，结果被嫌弃做得不够好吃。

“有我在，你怕什么？”

“对哦！”司婳这才想起来有高手在身边，言隽做的饭比爸爸做的还好吃！

她一脸期盼地望着他。

言隽了然，主动道：“明天早上我帮你做。”

天色已晚，言隽想起今天的安排，问：“今晚不用去医院陪叔叔吗？”

司婳摇了摇头：“不用，我爸不会让我待在医院的。”

“那你想去陪他吗？”

“你早上应该听到我跟我爸的谈话了，他很固执。”如果她留在那里，说不定又得跟父亲吵一架。

言隽点头表示理解，问：“这些年，你们一直这样相处吗？”

司婳抿起唇角，腮帮微鼓，道：“其实在我小时候，他是个疼爱妻子的好丈夫和尊重女儿的好父亲，是在妈妈离开后才慢慢变成这样的。”司婳打开了话匣子，自然而然地道，“在我很小的时候妈妈就开始生病，但我那时并不知道，因为她总是笑得很温柔，从不在我面前露出脆弱的一面。我忘了从什么时候起，爸爸变得不再忙碌，开始每天陪伴在我跟妈妈身边。那时候我还很高兴，以为我们一家人能够永远这样开开心心地生活。”

殊不知，正是因为妈妈的生命无法挽回，爸爸才放下一切，带着妻女走遍各地，珍惜最后与妻子相伴的每分每秒。

司婳继续道：“这个小乡村其实是妈妈的故乡，她临死前希望爸爸把她带回家乡，可她没想到爸爸那么执着，舍掉曾经的名利搬来这个地方，只为离她更近些。

“妈妈去世后，爸爸把所有的希望寄托在我的身上，希望我跟妈妈一样，替她走完剩下的道路。

“但是我不想，便违背了爸爸的意愿。”

司婳很喜欢妈妈，却不想变成妈妈。她有自己的人生目标，所以离开家后隐藏了自己的身份。当柯佳云猜测她的家世时，她只能透露一半。

住在农村，不代表她生活落魄，只是那些人总爱通过表象评判她的生活，那她也没必要过多解释。母亲的名气、父亲的身份从来不是她用来炫耀的资本。她只是想走自己想走的路。

“听起来是不是有些难以理解？”

一个活着的人如此惦念一个死去的人，世界上有多少夫妻能做到？

“婳婳，选择自己喜欢的没有错。”言隽语气坚定地道，“叔叔其实很关心你。”

环境不会撒谎，她的卧室很干净，证明有人经常打扫。而上二楼的，只有她的父亲。

“我知道。”

她不会否认，父亲心里确实惦记着她。

“我知道他不是不爱我，只是更爱妈妈。”所以他才会那么固执地让她走妈妈的人生道路。

“你也想跟他好好相处，对吗？”

“嗯……其实每次回家，我都努力调整心态，可爸爸总是不肯理解我。”哪怕她已经大学毕业，哪怕她已经走上设计这条路，父亲都从未对她说一句认可的话。

“或许他不是不理解，只是你们之间的矛盾存在得太久，没有找到一个正确的突破口。”

“那怎么办呢？”

“想办法让他知道，你的选择没有错。”

没有父母不希望孩子过得好的。

二人促膝长谈，直到深夜。这时，睡觉便成了问题。

司父从不让外人上二楼，自己住在一楼是为了方便，但他的卧室属于私人空间，一般人不能进。言隽也不同意擅自入住。其他房间没有多余的床，只能委屈言隽睡沙发，好在沙发够大。

睡觉前，言隽问她：“家里有电脑吗？”

“有，在书房。”

“方便借用一下吗？”

“你跟我来。”

她以为言隽需要用电脑处理事务，没有多问，道：“密码是我的生日，应该没有改过。”

她不常在家，父亲偶尔会使用电脑，但一直是这个密码。

等她睡着后，书房里的言隽坐在电脑前收集她的资料，包括服装设计大赛以及她大学时期成功向商家售出的设计稿，等等。言隽将资料打印出来，按时间顺序排列好，随后将自己手机中记录的某些画面打印后一并放入文件夹。

言隽做完这些已经凌晨三点了，书房外响起脚步声，门被推开，传来一道女音：“言隽，你怎么还没睡觉？”

“马上就好。”言隽关闭电脑，走到门口，问，“怎么醒了？”

“感觉有点儿冷，我担心你睡在外面也会冷。”

夜里降温，她随便披了件外套，现在离开被窝更冷了。

言隽抬手贴近司婳的脸颊，有些凉。言隽催促道：“赶紧回屋。”

“那你呢？”她揉着惺忪的眼睛，连连打呵欠，困得不行，还抓着他的胳膊。

“我不冷。”言隽摇了摇头，“回去睡觉，别感冒了！”

司婳现在意识不清醒，很好哄，顺着他的话回到床上，很快入睡。

言隽弯腰站在床头，眼里浮现宠溺之意。

他感受到了司婳对他逐渐产生的信任与依赖，以前睡觉都会特意反锁好门的姑娘如今能在他面前安然入睡，且对他的话深信不疑，像个迷糊的孩子，这样很好。

从司婳赠他钥匙的那刻起，他就彻底打消了心中的疑虑。时机已经成熟，他也该走出下一步了。

第二天一早，闹钟一响司婳就立刻翻身起床。她昨晚睡前特意定了闹钟，自以为很早，可下楼才发现言隽已经把煮好的粥端上桌了。

“你也起得太早了。”司婳揉了揉眼，困意未消。

“大概是昨天白天睡太久了。”其实昨晚他根本就没睡好，所以干脆早早起来做饭。

沙发哪儿有司婳卧室的床舒服？当然，这些话他不会说。

司婳信以为真，清洗碗筷后盛了两碗粥，边喝边道：“真香。”

粥细腻浓稠，又富含营养，明明是一样的食材，不同人做出来的味道就是不一样，那种感觉很微妙。

后来，司婳把粥送到医院，司父舀了一勺放进嘴里，尝出味道与昨日不同，道：“这粥……”

“味道怎么样？”

“是你买的吧？”

“……”

他这么会拆台，是亲爹没错了。

“就是在家里做的。”司婳道。

司父睨了她一眼，明显不信。

司婳懒得解释，到旁边接了杯温水，刚端起来喝了一口，突然听到父亲问：“你藏在家里的那个野男人是谁？”

内容太刺激，她没忍住，将水一口喷了出来，猛地咳嗽起来。

司婳拍着胸膛顺气，缓了好一会儿，问：“爸，您在说什么呢？”

“你余叔说有个男的跟你进了我们家。”司父紧紧地盯着女儿的眼睛，道。

“是我朋友啊！”

“朋友？”司父严肃地拍桌子，“你都把人带回家了，还想诓我？”

“我的意思是现在还是朋友，但或许很快就不是了。”她倒是很坦诚。

“把他给我叫过来！”

司婳有些慌：“爸，您想干什么？”

司父高深莫测地看了女儿一眼，道：“男人之间谈话，你懂什么？！”

司父态度强硬，司婳一脸不安地盯着他，甚至猜测他如果不是躺在病床上，会不会想举起竹竿把人打出去……可言隽没跟她来医院，而且订了中午的机票去景城，估摸着正准备离开。

司婳躲到外面去打电话，远远地瞧见那道熟悉的身影朝这边走来。

真是凑巧，言隽自己送上门来了。

"那个，我爸爸……"司婳略微迟疑，才道，"有人看见我带你回家，我爸知道了，说要见你。"

言隽知道她有些紧张，不禁觉得好笑。明明第一次见长辈的是他，最后安抚她的人还是他。

他道："来了这里，我的确应该拜访一下叔叔。你不用担心，我会好好表现的。"

"谁担心这个了……"她嘀咕，脑袋越埋越深，"又不要你表现什么。"

她低着头，看不见表情，乌发间露出的耳朵却泛起绯红。

言隽轻拍她的肩膀，推开病房门单独"迎战"："司叔叔，您好，我是言隽。"

俗话说，伸手不打笑脸人。然而，司父看到那个面容温和的男人后一直板着脸，严肃地问："你跟我女儿现在是什么关系？"

"目前为止是朋友。"

"目前为止……"这词倒是极有意思，"你跟我女儿认识多久了？"

"一年零两个月。"言隽回答的时候，语气毫不犹豫。

"你在跟我女儿搞暧昧？"司父眉头紧锁，表情不善。

言隽却保持微笑，道："我一直在等婳婳接受我。"

他一直在等，等司婳给他明确的回应，直到昨天才敢做出更进一步的举动。但他也不能随随便便地跟她确定关系，需要等待一个合适的时机。

"早上的粥……是你做的？"

"是的，叔叔觉得味道如何？"言隽坦诚地点头道。

"你倒是好计谋。"司父哼了一声，没有正面回答。

司婳厨艺如何，他这个做父亲的怎么会不知道？如果昨天他没吃女儿送来的粥和菜，或许会认为时间太久司婳厨艺有长进了。可这两顿饭间隔不久，他知道女儿做不出那种味道。

"司叔叔误会了，我从来不会算计婳婳，只是平时习惯给她准备早餐。"言隽慢条斯理地解释，短短的一句话透露出不少信息。

"你们还住在一起？"那个瞬间，司父已经想到了无数种可能。

言隽微微迟疑，解释道：“婳婳刚到景城的时候在公司附近租房，差点儿遇到意外。”

“什么？”司父顿时坐直了。

言隽把司婳被人跟踪的事简单地叙述了一遍，司父握紧拳头，直到听言隽说那人已经被关进去了才松了口气。

“因为担心她的安全，所以我让她换了新的房子，跟我成了邻居。”

他们是邻居，不是在同居……这还行吧……

见司父的神色略有缓和，言隽递出去一份资料，道：“叔叔，我有一份礼物想送给您。”

言隽拿在手里的是一个厚厚的文件袋。在司父拒绝之前，他抢先开口：“这里面是关于婳婳的东西，还望您能收下。”

听到东西跟女儿相关，司父到嘴边的话又咽了回去。他板着脸接过文件袋，当着言隽的面打开，里面是许多张用订书机装订在一起的彩印纸。司父随手翻页，看了半分钟，然后把东西塞了回去。

“看来你早有预谋。”那里面全是与司婳设计相关的资料。

言隽观察着司父的表情，道：“这是今天刚打印出来的，因为时间匆忙，只能做得这么粗糙，很抱歉。下次来看望司叔叔时，晚辈一定好好准备。”

昨天他连夜收集司婳的资料，随后打印出来，时间有些赶。但这份礼物意义非凡，对于司父来说已经足够珍贵了。

“还没走，就想着下次。”司父轻哼一声。

言隽颔首：“虽然现在还未确定跟婳婳的关系，但我很希望能够得到叔叔您的认可。”

“如果我不同意你跟我女儿交往呢？”司父故意刁难道。

“那晚辈就继续努力。”言隽态度诚恳。

言隽进退有度，从容不迫，这番仪态和气质，司父大概猜出了他的身份，问：“你是哪里人？”

“景城。”

“景城……言家？”

“是。”

没过多久言隽就从病房出来，坐在外面等候的司婳赶紧站起身，问：“我爸爸跟你说什么了？”

“问了我一些关于你的事情。”

“我的？”

言隽点头："你的工作、比赛，这些事情司叔叔都知道了，他还夸了你。"

"你撒谎，我爸爸从来不会在这方面称赞我。"司婳不敢相信。

"没骗你，你回去问问他就知道了，他一直在关注你的事情。或许就像你一样，有些话他一直藏在心里，没有说出口。"

"真的吗？"她仍觉得不可思议，却还是抱着期盼追问，"爸爸真的称赞了我的设计？"

"真的。"言隽点点头，表情很认真。

这种认同感非同一般地令人满足，司婳的嘴角挂起甜甜的笑，乌黑的眼珠发亮。

他差点儿就被迷惑。

"婳婳，我该走了。"

前往景城的飞机中午起飞，他从镇上到最近的机场还需两三个小时，得早点儿出发。

"我送你。"司婳立即回道。

"不用了，你留在医院多陪陪叔叔就好。"他来这儿只是为了送那份礼物，从一开始就没打算让司婳陪他一起去机场，"跑那么远送我，等会儿你又要一个人回来，我不放心。"

"这有什么不放心的？"

大白天的，她打个车就回来了。

"忘记我昨天跟你说过什么吗？趁这两天多陪陪叔叔，试着跟他沟通。"司父受伤，女儿放心不下，留在医院照顾父亲是理所当然的，这件事已经让父女俩的心里产生微妙的变化，现在正是他们自己好好磨合的时候。

言隽的话总是很有道理，她肯听，不住地点头。

言隽执意不让她送，司婳只好作罢，两人就在医院门口告别。

"希望叔叔的身体快点儿好起来。"

"我会转达的。"

"也希望婳婳早点儿回来。"

"呃……嗯！"

她微微点头，目送言隽离开。

回到病房，她发现父亲正戴着老花眼镜看什么东西。她走近一瞧，父亲却忽然把那东西藏了起来。

司婳觉得莫名其妙。

室内陷入沉默。司婳回想起言隽临走前教她的沟通方法，正酝酿着从哪儿说起，忽然听到父亲发话：“过几天你出国一趟。”

“什么事？”

“你妈妈在那边留了一样东西。你去找誉文，他会告诉你怎么做。”

妈妈去世这么多年，除了各种画，还能有什么东西流在外面？司婳真的想不到。

“你去就是了。”

司婳点点头，提前联系了唐誉文。唐誉文称确有此事，但不肯明说，只说：“的确是你妈妈留给你的东西。你什么时候过来？提前告诉我。”

父亲跟师兄都这么说，她必然是要去的，而且，那是妈妈留下的东西……她有点儿好奇。

司婳被这件事打断思路，明白此刻不是与父亲沟通的好时机，便没继续跟父亲说话，而是时不时看手机回消息，有些心不在焉。

司父观察半晌，突然问：“想去找他是吧？”

“爸……”司婳猛地抬头。

“现在追上去，还来得及。”他早已看穿了女儿的心思。

女儿的事情，他没插手不代表真的不管。天娱的那场大赛，他虽然不在现场，但面对大众的直播，他一次都没错过。

言隽给他的文件袋里装着厚厚一沓设计稿，里面有许多是他不曾见过的。言隽能送这份“礼物”给他，说明用了心。而且，他不仅从邻居的口中听说司婳带了男人回家，昨晚也从护士的口中听到那个相貌英俊的男人对他的女儿有多好。

“他早上……送了我一份礼物。”司父把放在枕边的那沓彩印纸拿出来，递到女儿面前。

司婳随手翻页，看到上面的文字和图片，恍然大悟。

昨晚她是第一次将自己跟父亲的矛盾告诉言隽，那么这份资料是……是言隽连夜赶制出来的。

司婳一下站了起来，道：“爸，我下午再回来看你。”

女儿走后，司父重新戴上老花镜，摩挲着彩印纸上那色彩鲜艳的画，眼底隐隐露出一丝欣慰之意。

川流不息的机场，言隽携带证件坐在机场内，还未检票。

他从医院出发二十分钟后接到了司婳打来的电话，司婳说她要过来，却受各种因素的影响，迟迟未现身。

距离检票时间越来越近了，言隽打电话给她。对方接通，语气急促："再等一下，再等等我好不好？我很快就到了。"

"你别着急，慢慢来。"言隽安抚她，"你没来之前我是不会走的。"

他已经准备改签了，司婳偏偏又在这个时候赶到了。

言隽站在原地，望着司婳因为奔跑而通红的脸，问："不是说好了不用来送的吗？"

司婳揪着他的衣袖，大口大口地喘着气，道："因为有些话不想在电话里说。"

言隽扶她坐到旁边的休息椅上，把刚才买的水递给她喝。言隽坐飞机，不能自带饮料，这瓶水显然是给她准备的。他太细心了。

司婳抱着瓶子抿了一小口，抬眸望着他，问："今年还可以一起去看雪吗？"

"嗯？"虽然言隽不知道司婳为什么突然问起这个，但还是顺着说，"你想去的话，随时都可以。"

没有比这更动听的答案了。

司婳的脸上浮现笑意，她伸手搂住言隽的脖颈，将头埋在他的肩上，在他的耳畔轻声道："我想邀你一起去看雪，想把发热的面颊……埋到柔软的积雪里。"

四周人声鼎沸，言隽心跳紊乱。

司婳最后说，想如同将发热的面颊，埋在柔软的积雪里一般，想那么……恋爱一下看看。

青岛出版集团 | 青岛出版社

第九章

宝宝，我们接吻

“喜欢一个人，怎么可能藏得住呢？”

司婳觉得这句话一点没错。

喜欢一个人是藏不住、忍不了的。她脑子一热跑到机场跟言隽告白，现在回想起来都觉得脸红心跳。

“咯咯——”司父故意大声咳嗽，企图提醒女儿回神。

这已经是他不知道多少次看见女儿傻笑了。她既不发出声音，也没有其他表现，就是嘴角时不时上翘的弧度太明显，他想不发现都难。

她不就是去机场送个行，至于乐成这样？早知道他就不说那两句话了。

“闲着没事就回公司上班去。”司父闲着没事总要说女儿两句。

听听这话多气人！

司婳真是搞不懂，爸爸越活脾气越犟，她很难从他的嘴里听到几句好话。若是搁在以前，她估计会忍不住顶嘴，但昨晚跟言隽促膝长谈时，言隽分析过父亲的脾气、性格和行事作风。言隽告诉她，对付她父亲这种固执的人，最好的办法不是铿锵有力地反驳，而是……

“我不闲，忙得很。”她忙着在医院照顾生病的老父亲。

简简单单六个字，让司父无言以对，犹如一记拳头砸在了棉花上，没有半分力道。

司父吃了晚餐后，司婳开始收拾餐具，在病房里进进出出，就是没有要走的意思。

眼看天色渐暗，司父提醒道：“你该走了。”

马上天就黑了，他不希望女儿待在医院。

“我今天就住在医院里。”

司婳不顾父亲的催促，直接动手展开椅子，坐在上面。

医院病房里的椅子白天折叠着，晚上拉开就是一张简单的单人床，只不过这床板很硬，硌得人后背酸、腰板疼。但没关系，司婳已经做好准备了。

“我说了晚上不用人守着，你赶紧回去。”司父再次道。

司婳却道：“我也说了，今晚就住这里。哪有父亲住院，女儿不在旁边照看的？”

一句话说到司父的心坎上。

他想起邻居老余说的话。女儿一听说他出事就急匆匆地赶回来，如今的所作所为都是在关心他这个父亲。

司父转头不看女儿，喃喃自语：“小时候一进医院就哭个不停，现在倒是胆子大了。”

“爸。”司婳没听太清，抬起头问，“你在说什么？”

“哼，随便你！反正到时候腰酸背痛的又不是我。”司父抱起胳膊，继续看电视，当真不再管她。

以前妻子身体不好，他们经常来医院，都会故意避开女儿。后来妻子实在坚持不住，需要长期住院，他们再也瞒不下去了，便将女儿带来医院。

有一次他忙着照顾妻子，没注意到女儿跑出去了。当时司婳被一些特殊病人吓哭了，一睡觉就开始做噩梦，过了很久才好。后来他便让女儿白天陪陪母亲，晚上就叫保姆把女儿接走，以免自己照顾不周。

如今女儿长大了，被照顾的人变成他了，司父心里说不出是什么滋味。

别扭了这么多年，父女俩都把事情藏在心里，不对外人说，自己又转不过弯。但他们并没有真的记恨对方，只要有个人从中引导，想缓和关系并不难。

成功留下的司婳有些开心，因为这是她跟言隽商定的计划之一。

言隽说，司婳要想对付她父亲这种表面强硬、背地里又偷偷关注她的人，就应该以柔克刚，让她父亲心疼、愧疚，这样或许能磨一磨司父的硬脾气，从而让父女俩的关系得到缓和。

她是真的不想再跟父亲吵下去了。

向来身体健康的父亲突然发生意外，让她感到世事无常。

那时候她真的很害怕，害怕父亲醒不过来，而自己连跟他和解的机会都没有。如今父亲平安无事，她再也不能像以前那样跟他针锋相对了。毕竟，她坚持了这么多年，又不是为了跟父亲作对。

如愿留下后，她悄悄地把消息传达给言隽。

对方很快回复，但聊天断断续续的，司婳猜测他刚回景城肯定很忙，很懂事地结束了话题。

大概过了一分钟，言隽发来消息："今天的睡前仪式还没完成。"

司婳心领神会，迅速打出两个字："晚安。"

两人道"晚安"不等于立马睡觉，这是他们之间的默契，听起来有些幼稚，但……每天都跟同一个人互道"晚安"的感觉，真的很美妙。

言隽似乎并不满足，半分钟后发来消息："现在不方便打电话，给我发一句语音好不好？"

司婳瞄了眼病床上的父亲，放轻脚步走出病房。

到了晚上，医院走廊上没什么人，很安静，她走一步路都听得清清楚楚。走到走廊尽头，司婳按下语音键说"晚安"。

明明只有两个字，她却怎么都觉得说出来的语气不对。

她深吸一口气，摸着喉咙用不同的声线去尝试，总感觉十分刻意，听起来很假。

啊啊啊！明明是一秒钟的语音，却让她有些抓狂。

怎么会这样，她的声音怎么能这么嗲，这么做作？

景城，位于三十层的办公室里，言隽面对着电脑，不时查看手机。

他看见屏幕上显示"对方正在输入……"，随后又消失，如此反复。

一分钟……

三分钟……

五分钟……

他迟迟等不到消息。

那丫头不知道在干什么，弄了五分钟才发了消息过来，还一秒撤回。直到他快忍不住追问时，对方的语音才终于发送过来。

言隽摸了摸蓝牙耳机，听到司婳的声音传了出来。她又娇又软地喊着他的名字，跟他道“晚安”。

言隽用手指按着屏幕，播放了一遍又一遍，直到电脑中跟他视频的人道：“阿隽，你走神了。”

“抱歉。”言隽重新投入跟大哥的跨国视频会议中。

将手机举在耳边，司婳反复播放自己发给言隽的最后那条语音。

其实内容没有哪里不对劲，是她自己的心态不对劲。以前她不知道言隽为什么喜欢给她打电话交流，后来言隽告诉她：“声音比文字更动人。”

带有情绪的声音比书面文字更能打动人心，所以，他喜欢听她的语音。

手掌贴近心脏的位置，她感受到那里在怦怦直跳，再也无法静下来。

现在时间还早，司婳想找人说说话，指尖一扫，通话记录里的柯佳云是她唯一的选择。

“我今天做了一件很大胆的事。”

发生了非同一般的事后，人总是忍不住跟自己亲近的朋友倾诉。

“我……跟一个人表白了。”

“真的吗？表白！你跟谁表白了？”不等对方回答，柯佳云的脑子里已经浮现答案，“是言隽吧？是吧？”

“嗯。”

“我的天啊，快说说你是怎么跟他表白的。”

柯佳云原本以为司婳在上段恋爱中深受伤害，不会轻易交付真心，哪怕遇到喜欢的人也可能会因为往事不敢义无反顾地向前，从未想过她居然还能做出主动表白这种事。

那个男人到底是给了她多大的安全感，才能让她鼓起勇气先表白？

柯佳云期待司婳描述震撼的表白场面，于是司婳把自己上午对言隽说的话重复了一遍。

柯佳云听后愣了半晌，问：“就这个？‘把发热的面颊……埋到柔软的积雪里’，这算啥表白？”

“你自己搜索一下就知道了。”

到现在司婳也不好意思直接说。

柯佳云立即点开浏览器搜索，发现那两句话的后一句是：想恋爱一下看看。

“你们文艺青年都喜欢这么玩？”柯佳云的心情起伏不定，“你就不担心他听不懂？”

“他懂。”司媔说。

“你怎么知道？”柯佳云反问。

“我就是知道。”不需要任何原因，司媔就是非常坚定。

“哟，我们媔媔不得了，不鸣则已，一鸣惊人。”柯佳云在电话里调侃司媔，感觉那个在感情里自信又主动的司媔回来了。

“也没有啦。”司媔有些不好意思。

言隽没有说出口的话都已经用行动表达了。在所有情绪累积到一起的那个瞬间，司媔忽然觉得，谁先告白都没关系。

“所以你们现在发展到哪一步了？”

“他回景城工作，我还要在老家待两天。”

随后，司媔把当时的画面大概描述了一下，就是自己委婉地告白之后，二人在机场内拥抱然后分别的画面。

不过，司媔故意忽略了刚才那条让她心慌的语音。

“……”柯佳云有些无法理解，问，“你们是在用脑电波恋爱吗？”

当时那种场面，他们仅仅是一个拥抱就完事了？他们不应该激动得原地来个三分钟起步的热吻吗？

“你们的热恋期呢？刚告白就分开？明确男女朋友关系了吗？”

“就……回去再说呀！”

“他到景城后有跟你打电话吗？”

“报了平安。”

柯佳云捶胸顿足。

如果他们相处时间久也就算了，但在告白之后没有吻别，没有依依不舍，把恋爱谈得这么清心寡欲……柯佳云觉得自己大概一辈子也达不到这种境界。

司媔上一场恋爱谈得迷迷糊糊的，被人蒙在鼓里五年，怎么这一场恋爱也不按大众剧本走？

“媔媔，不是我多心，但我觉得现在这个年龄，如果你喜欢的男人不跟你亲近的话，是很有问题的。”

言隽现在是二十七岁，不是十七岁，这个年龄又身体健康的男人面对喜欢的女人，总该有欲望吧？

“我们之间接触得还是挺自然的。”

司媔是跟姐妹谈心，有些话题不需要避讳。

"牵手不算啊！我是说欲望。"

"哪……哪儿有这么快啊。"

"不是，你没理解我的意思。我不是要你们马上发生关系，但拥抱和接吻这种接触对互相喜欢的情侣来说是很正常的。"

柯佳云很担心跟贺延霄相处的那几年会影响司婳对恋爱的认知，只能把自己跟现男友相处的经验传授给司婳，希望姐妹长点儿心。

"当然！我说这些不是怂恿你去做什么，只是希望你仔细观察一下，看看他跟你相处的时候会不会想靠近你。"柯佳云举例道，"反正我男朋友是这么说的，面对自己喜欢的女人，就想亲。"

"……"

司婳沉默良久，这个话题她接不起。

她大概能明白柯佳云的意思。

上一段糟糕的恋爱中，她把贺延霄的不亲近行为当成对女友的尊重，但其实他就是不喜欢自己而已。因为不喜欢，所以他才忙得没时间跟自己见面，从不跟她在外人面前牵手，亲吻也很少。

柯佳云想告诉司婳的是，一个人如果真心喜欢另一个人，就会想亲近对方，而非跟对方保持距离。

司婳仔细回想了一下。言隽当时的反应很明确地告诉她，他懂得那句话的意思。但当时他只是轻轻地拥住了她，再没有别的行为。

在她鼓足勇气告白之后，他给了她一个简单的拥抱……这算亲近吗？

兴奋之后，司婳开始苦恼。

她好像真的不会谈恋爱，怎么办？

景城。自从言隽搬家后，言曦就时常回老宅，没事就在家里陪陪奶奶，逗逗猫。

今天早晨，言曦被奶奶拉去庙里烧香拜佛，捧了一把红豆回来，跟朋友唠嗑。

"人家去庙里求符，你求红豆？"对方问。

"那不一样，那个庙里求姻缘最灵验。"

"哟，我们小曦春心萌动了？"

"不不不，我完全是被奶奶拉去作陪的。"言曦毫不犹豫地把哥哥的睿智形象毁得彻底，"就是我哥，情商太低了，一年多了还没追到我嫂嫂。奶奶着急啊，大早上跑去庙里烧香。"

晚上，言老太太把孙子叫回家，交给他一个类似于护身符的东西，不过其实这里面装的不是别的，而是一枚红豆。

“孙儿，奶奶能帮你的也就这些了，你可得加把劲儿，要争气，早点儿让我见到孙媳妇儿。”

“奶奶……”他想开口解释，言老太太没给他机会。

“你要是不好意思把它戴在身上，就把它放到枕头底下，每天睡觉时枕着，能锁住你的姻缘。”

“锁住姻缘……”言隽重复这四个字，指腹摩挲着红色符袋，目光流转。

这天晚上，言隽的卧室里灯火通明。

他找言曦拿了红线，在网上搜索编红绳的教程。

编绳的方式很多，有的简单，有的复杂。言隽挑了个最好看的形状，尽管这对他来说，难度很大。

因为不擅长做手工，他只能反复尝试，刚开始编的形状扭曲，还会拆掉重做。最后，他终于编好了，再把符袋里的那枚红豆取出来，穿了个孔，用红绳穿起来。

一根小小的红绳，他不断学习、精进，认认真真地编了六个小时。

他在想自己该不该告诉婳婳呢？到时候她估计又要笑话他手笨了。

六个小时……他自己都觉得自己手笨。

言隽算算时间，发现她明天就回来了，情不自禁地笑了起来。

父亲的身体恢复得很好，他出院的第二天司婳便准备回景城，毕竟她上次请假匆忙，有些工作还是得去公司才能处理好。

航班的时间她在购票时已经发给言隽了。

飞机落地，她第一时间就打电话给他，却听见他说：“抱歉，婳婳，有事耽搁了，我让司机去接你，在 2 号口。”

“哦……”司婳突然有些失落，可也说不出什么指责的话。

司婳很快找到 2 号口，却在人群中看见了熟悉的身影。

一束鲜花忽然挡在她面前，司婳下意识地后退。鲜花移开，言隽那张熟悉的脸出现在她眼前。

“言隽！”司婳后知后觉，“你骗我！”

“原本想给你一个惊喜，但似乎没有成功。”他摸了摸鼻梁。

“我不喜欢这样的惊喜。”因为在接到电话的时候，她有点儿难过。

“再也不会了。”

事实上，他在看到司婳出来的第一时间就忍不住现身了。

“用它给你道歉好不好？”言隽把鲜花递过去。

这束花很好看，司婳也没有那么矫情，大大方方地接过来，对他展露笑颜：“那好吧，下不为例。”

“怎么这么好哄？”

一束花能让她这么开心？

“这是我第一次收到……嗯……”有些话，她不太好意思说出口。

以前有追求者送她花，但她都未接受。贺延霄不送花，觉得花看起来很廉价，没必要。

所以，她是第一次收到异性送的花。

言隽读懂了她的潜台词，道：“以后还会有很多次。”

“嗯！”她喜欢这个礼物。

司婳抱着那束花，两人挨着走，没有牵手，商量着去吃饭。

吃饭的时候，他们面对面坐着，虽然能交流，但隔着桌子，有距离。饭后，他们一起离开餐厅。

已经将鲜花放在车上了，现在司婳双手空空，眼睛不断地往下瞟。

他们行走时，手偶尔会碰到一起，但就是没有牵在一起。

她悄悄地咬住红唇，耳边回响着柯佳云的那些话，很是疑惑。

言隽真的不想跟她亲近吗？

停车场，二人走到车边，司机不在，言隽替她打开车门。

他们先后坐进后排。

司婳的手机不小心落到地上。她俯身去捡，头发扫过言隽的衣服，胳膊还搭在了他的腿上。这本来没什么，但她捡起手机后发现头发缠到了言隽衣服的纽扣上……

“疼！”

“别动，我来解。”言隽道。

可言先生实在做不了细致活儿，解个头发就成了大难题。

一分钟过去了……两分钟过去了……

他的手抖得厉害，不是因为他解不开头发，而是因为司婳趴在他的腿上。

“解不开吗？”她忽然转过头，问。

头发长的好处就是，虽然头发被缠住了，但她还有一定的活动空间。

二人四目相对，言隽手上的动作彻底停下。

他几乎忘了自己要做什么，道："婳婳，别那样看着我。"他怕……会忍不住。

两人靠得很近，呼吸声缠绕在一起，心脏怦怦直跳。从她的角度往上看，刚好看清男人性感的喉结。

司婳咽了咽唾沫，舌尖无意识地舔了下水润的红唇，环绕在脑子里一整天的问题脱口而出："你想亲我吗？"

他们第一次接吻时，她喝了酒，记不起那是什么感觉。

但现在，他们坐在车里，以一种极度暧昧的姿势贴在一起，只要一人抬头或一人低头就能接吻……

言隽直勾勾地盯着她，茶色的瞳仁里泛着光，异常闪耀。

他伸手捏着她的下巴摩挲，声音微哑，带着磁性："不只是想亲。"

浅尝辄止的吻根本无法满足他。他怕吓到她，所以才克制着自己，缓慢推进。

但她怎么能在这般暧昧的场景下问出那句话？简直是在故意诱惑他。

言隽用手掌托住她的后脑勺，弯腰低头，在女孩儿红润的唇边落下轻轻一吻。

司婳猝不及防地放大瞳孔，拽着衣袖的手指越发收紧，却迟迟没等来下一个动作。

"再等等。"

这里不太合适。

"谁……谁要等那个啊。"害羞的司婳懊恼地转过头，正要远离他，缠绕着纽扣的发丝又把她扯了回来。

司婳"啊"了一声，下意识地按住被扯到的地方。

言隽再次提醒道："别乱动。"

"那怎么办？车里有剪刀吗？指甲刀也行。"

言隽当着她的面把扣子一颗一颗解开，将外套罩在她的头顶，道："别乱动哦。"

"你总不能让我顶着它回家吧？"

"在车里等我。"

说完言隽就打开车门离开，没过一会儿便拿了把小剪刀回来，比着发丝缠绕纽扣末端的位置剪断。头发跟外套分开，缠在纽扣上的断发轻轻松松地被司婳扯了出来。

司婳松了口气，手指随意地拨弄起鬈发。

言隽放好剪刀，把外套搭在椅座上，道："以前没见你留鬈发。"

司婳一个激灵，直起腰背，语气不太自然地解释道："就是……试一下。"

她才不要说自己回来前特意选了衣服，做了发型。

司婳上次回家匆忙没有带行李，在家穿的衣服都是以前的，跟如今的风格有所不同。那天告白之后，她在回家的路上就开始上网买衣服，连头上的那枚发夹都是新买的。

她不肯说，但时刻关注她的言隽又怎么会不知道？于是他毫不吝啬地夸赞道："很漂亮。"

"那你觉得我直发好看还是鬈发好看？"她用手指钩着鬈发打转。

"都很好看。"

"真的不是在敷衍我吗？"

"因为是你，怎么样都好看。"言隽握住她的手道。

"言先生的情话真是信手拈来呢。"她嘀咕，嘴角上翘。

"是真心话。"

狭小的空间里弥漫着甜蜜的气息。

不久，司机终于回到自己的工作岗位，载着两个人回家。

到家后，司婳有些疲惫，下午躺在床上睡了一觉，醒来时天已经快黑了。

香喷喷、热腾腾的饭菜摆在餐桌上，厨房里有言隽忙碌的身影。

司婳走到厨房门口，唤了声："言隽。"

"马上就好了。"他回头看了她一眼，嘴角露出笑容，声音格外温柔。

吃饭的时候，两个人开始闲聊。

"你刚回来，要处理工作对吗？"

"嗯，这周堆积了好多工作呢。"

"提前告诉我什么时候有空，最近有一部新上映的电影不错，光感挺好的。"他知道司婳喜欢电影院的氛围。

"好啊，是什么主题的？"

"治愈系的，你应该会喜欢。"

"等我缓两天，把工作做好了就出去玩。"Anni 催司婳"交作业"了，司婳明天就得回公司。

言隽在安排事情之前都会向她确认时间，这让她觉得很舒服。可是，她太忙了。

年度总结加新年计划司婳弄了三个晚上，单是处理堆积了一周的工作就耗费了整整一个星期的时间。

同事已经在做新年设计了，她这边还要继续给女明星设计礼服。

还有很重要的一点，她得尽快去国外找唐誉文一趟。父亲跟师兄神神秘秘的，非说要她本人去，才能把妈妈的东西交给她。

可怜的言隽等了她整整十天，也没等来一个约会，现在司婳一看到他就心虚，总感觉言隽望着她的眼神有些幽怨。

柯佳云问起他们的进展，司婳老实交代。最后，柯佳云委婉地告诉她："如果换位思考，我一定会骂人。"

柯佳云的潜台词是，这件事是司婳处理得不够好。

司婳变成了因工作而"冷落"男朋友的人，岂不是跟当初的贺延霄一样可恶？不同的是，司婳付出的心意是真的。而且她忙着工作，是因为要腾出几天时间出国办事啊！

司婳挪动步伐，战战兢兢地走到言隽面前，道："言隽，我想跟你说个事……"

"嗯？"

"我马上要出国几天。"她睁大眼睛，让自己的表情看起来无辜一些。

"我的女朋友原来是个'工作狂'吗？"

"你的女朋友说她不是故意不腾出时间的。"

"那麻烦这位小姐帮忙转告一下我的女朋友，她的男朋友现在听到这个消息，不是很开心。"

司婳捂脸。

她就知道！

言隽每天将早餐、晚餐给她准备到位，他们在一起这么多天却没正儿八经地约过会，他能开心才怪呢。

她赶紧编辑一段文字描述现状，发信息向柯佳云求助："怎么办？在线等，急！"

十分钟后，司婳畅通无阻地进入言隽家中，打量四周，没见到人。

"言隽？"

她隐约听见屋里传来钢琴声，想起那天言隽弹钢琴的样子，还有那首他未完成的曲子。

她凭着记忆重新踏进那扇门，果然见到了自己想找的人。

言隽挺直脊背坐在钢琴前，背对着她进行弹奏。

音乐渐入尾声，司婳悄悄走到他身旁，两只手指轻轻捻着他的衣袖，试探性地问道："你生气了吗？"

"没有。"知道她在说什么，言隽回答得很快。

司婳一五一十地把自己的事情交代出来，道："我不是故意不给你留时间的，最近集中处理工作，真的很忙，出国也是要去找师兄拿回一个妈妈留给我的东西。"

"我知道，真的没有生你的气。"正因为知道她做的都是正经事，而非故意拖延时间，所以言隽才没办法对她生气。

司婳有些愧疚："你一个人在这里弹钢琴，曲子好像也不是很快乐。"

言隽伸手拉她在旁边坐下，转过身来。两人面对面，距离很近。

"没有生你的气，也不会生你的气，只是在想……"他重重地叹了一口气，"我可以在生活上把你照顾得很好，但不确定在情侣关系上，你还需要什么。"

司婳心头忽然一酸："这些天，你一直在想这些吗？"

"嗯。"他点头道，"我怕自己做得不好，让你觉得跟我谈恋爱也不过如此。"言隽不想打乱她的计划，又怕自己无法让她融入一段新关系中。他希望他们的关系是长久且逐渐牢固的，而非只是多一个名分。

"可我觉得……言隽很好。"司婳缓缓道。

他给她的，比她想象中的还要多。

到头来，他没有责备她这个女朋友当得不合格，反而担心自己做得不够好。

情侣之间应该怎么做呢？

司婳主动伸手搂住他的脖子，道："你亲亲我，好不好？"

灯光下，司婳的脸上泛起一层粉红，喉咙里发出的声音极其勾人。

言隽喉结滚动，保留着最后一丝理智，温柔地抚摸司婳白皙的脸颊，道："宝贝，自己说的话，可要牢牢记清楚。"

你一而再再而三地撩拨我，一切后果……得自负。

他目光炙热，托起女孩儿的下巴，低头含住她柔软的唇。但这次他不再满足于此，宽厚的手掌捧着司婳的脑袋，手指穿入发间，微微用力。

她感觉自己的腰正与男人的身体紧紧相贴，以一种被动的姿势承受他的亲吻。

这种感觉有些陌生，跟之前完全不同。她眼前那个永远温文尔雅的男人仿佛变了一个人，故意勾着她，在她的唇齿间戏耍，时进时退。浓烈的情愫在恋人之间蔓延，那是司婳从未有过的体验，既陌生，又让人心痒难耐。

言隽咬了她一口。司婳难以置信地瞪大眼睛，却看不清言隽的表情。

她伸手推他，力气极小。言隽却故意捏着她的后腰，道："不许走神。"随后，他单手把司婳拥入怀中，细细密密的吻从唇间落到颈上。

情况愈演愈烈，他们身体倾斜，压在黑白琴键上，发出刺耳的声音。

这声音惊醒了陷入迷乱的二人。

望着女孩儿雾蒙蒙的眼睛，言隽慢慢把她从钢琴旁拉回来，慢条斯理地帮她把贴在脸颊上的发丝拨开。

司婳的脸蛋红红的，她顺势靠在他的胸膛上喘气。

一个吻，几乎耗费了她全部的力气。

四周慢慢安静下来，言隽轻抚她的背，问："什么时候走？"

"后……后天……"心虚的司婳吞吞吐吐。

言隽本在替她拍背顺气，闻言动作一顿，在她的耳边吐气，道："后天走，今天才告诉我？"

"我本以为能腾出一天时间的……"她哪儿知道后面的时间这么紧，一天多余的时间都没有。

"要惩罚。"

他话音刚落，目光自然地移到司婳色泽红润的唇上。

司婳连忙搂住他的脖颈，脑袋埋在他的颈窝里不断摇晃，道："不要不要。"

她没想过逃离，认为抱紧他，他就没办法再做其他动作，殊不知这般无意识的行为会带给男人更大的刺激。

"别蹭了，婳婳……"言隽声音沙哑，"真的会忍不住的。"

司婳忽然明白了什么，顿时面红耳赤。

就在这时，她突然感觉颈间一凉，下意识地伸手去摸，发现竟然是一条红翡项链。

记忆回到一年前……她跟言隽在榕城拍卖会场相遇，那次言隽买了很多东西，其中就包括这条古董项链。

“这是……”

“一直很想送给你，但找不到合适的理由。”其实言隽的理由有很多，但最重要的是他们之前的关系不合适。他以朋友的身份将项链送出去，司婳不会收的。

“那么早你就……”司婳从未想过，言隽拍下这条项链是因为她。

言隽替她拨开长发，戴好项链，指腹从她白皙的脖颈上滑过，落下暧昧的话语：“是啊，那么早，我就对你动心了。”

司婳假装低头欣赏项链，脖子上却蔓延出一层淡淡的红色。

第二天早晨起床洗脸刷牙的时候，司婳仍能感觉到嘴唇的异样。

她没在意，心想依照言隽那慢热的性格，亲她一次起码能禁欲十天半个月。但她正要出门上班时，言隽把她堵在门口，然后指了指自己的脸。准确地说，他指的是唇。

她踮起脚，言隽配合地弯下腰。

她原本只想送他一个早安吻，结果……二人的唇碰在一起，他不依不饶，手掌扣住她的腰，将她往身前一带，加深了这个吻。

“我……我还要上班呢！”

他蹭了蹭司婳的鼻尖，抬手摸了摸她那柔软的乌发，道：“去吧。”

司婳提前做好之后几天的工作，再次跟 Anni 请假。

Anni 有些迟疑，但见司婳非常诚恳，还是在请假条上签了字：“既然你的工作已经提前完成了，我就破例一次。不过，这个月请假的时间过多，工资会扣一部分。”

“谢谢 Anni 姐，我会遵守公司的请假规则的。”

下班前，司婳拿到盖章后的请假条，安安心心地准备出国。

快吃饭的时候，她忽然想起还有工作需要收尾，连饭都顾不上吃就抱着 iPad 操作起来。

言隽舀了一勺蛋羹递到她的嘴边，司婳张口含住勺子，把蛋羹吃了。就这样，她被喂了不少饭菜。

“吃饱了吗？”

“嗯？”司婳回过神，摸了摸肚子，“好像真的不饿了。”

她刚才是吃了多少啊。

言隽笑了笑，用纸巾替她擦嘴。她仰起脑袋，言隽却忽然低头在她的唇上啄了一口。

"言隽！"司婳立即控诉，"我这儿还没好。"

"真是抱歉啊……"他嘴上道歉，眼里却无半点歉意。

"你之前不是很清心寡欲吗？"

"谁告诉你……我清心寡欲的？"

"就……"她实在憋不住，拿第一次意外的吻举例，"明明之前也吻过啊，但后来那么长一段时间，你也没事。"

"哦，你说那个事啊！"言隽望着她的侧脸，道，"你误会了。"

不是吻过一次就能克制很久，而是因为吻过一次他才知道，一旦开始，所有的自制力在她面前都将溃不成军。

次日，言隽亲自送司婳去机场，两个人临行前依依惜别。

司婳终于明白柯佳云之前为什么会发出那样的疑问，因为她的热恋期时不时迎来热吻。

"言隽，你是属狗的吗？"司婳抬手挡在唇边，感觉自己这两天一直在被他"啃"。

"乱讲。"他拍了拍司婳的脑袋，动作很轻，随后提醒道，"到了给我打电话。"

"嗯嗯，知道了。"

"记得想我。"

"这样吧，我也给你布置一个任务。"司婳凑在他的耳边说了几句悄悄话，随后挥手过了安检。

司婳下飞机后，有专人在机场接她。

他们到了停车场。车上，后排早就有一个男人在等她了。

见到他，司婳礼貌地打招呼："唐师兄。"

司婳眼前的人正是唐誉文。他看着依旧年轻，穿着打扮很时髦。

唐誉文取下墨镜，道："你终于来了。"

两个人虽然是旧识，但的确没有旧事可聊。司婳直奔主题："我妈妈留下的东西是什么？"

唐誉文带她去了一座远离市区的别墅。在那里，司婳见到了一名律师。

"你母亲去世前不仅给你和司叔留了钱，之前还以你的名义建立了慈善基金会。但当时司叔深受打击，放弃了名利，一心归隐陪伴你的母亲，再加上你年龄小，有些东西便一直交由我保管。”

听到这些事情，司嫿还算稳得住。她小时候就知道母亲给她留了遗产，但不知道详细的情况，长大后父亲也没向她提起。

“你十八岁那年，司叔已经跟我商议过将慈善基金会交给你打理，谁知你这个丫头闷不吭声地跑去榕城上大学，把你爸爸气得几天几夜睡不着觉。”

“那你们为什么现在要告诉我？”

“你问我？司叔打电话让我做准备，把原本属于你的东西交给你，我以为你们父女俩已经和解了。”

“所以，从我十八岁到现在，你们一直瞒着我……如果我爸不松口，我岂不是永远不知道妈妈留下的东西？”

唐誉文摇头：“不，你十八岁只代表你成年了，却不代表你当时就有处理这些事务的能力，你爸爸有权把时间延后。除非你触犯了法律，这些属于你的东西最迟得在你二十五岁时全部交还给你。”

原来是这样的。

父亲觉得她任性，选择了错误的道路，所以才一直没跟她说这件事。

难道言隽那天跟他谈话之后，他真的想通了？他真的认可了她的设计？

“唐师兄，你要告诉我的就是基金会的事情吗？”司嫿有些苦恼，“就算你现在交给我，我也没那么多精力打理，你们还不如不告诉我呢。”

唐誉文端起茶杯，故意感叹：“这大概就是有钱人吧。”

送到手的好东西她不要，反倒嫌麻烦。

司嫿：“我穷。我还懒。”

唐誉文放下茶杯，话锋一转：“不过基金会的事不是重点，重点是Susan老师在瑞士银行给你留了一个保险柜。保险柜的密码我不知道，老师当年留下这些东西的时候说过，只有你能打开。”

打开保险柜需要三组密码，司嫿毫无头绪，问：“我总不能凭空猜测出三组密码吧？”若是密码错误，保险柜永远打不开了怎么办？

“反正是与你有关的数字，老师说只有你自己能找出答案。”唐誉文懒懒散散地往椅背上一靠，道，“你可要趁这几天好好想想。”

“为什么不先告诉我，等我找到答案了再过来？”

“哎呀……”唐誉文表情夸张，一副遗憾的样子，道，“忘了。”

司婳忍不住翻白眼，这位师兄真是一直不靠谱！

司婳暂时住在唐誉文位于远郊的别墅里。

这里清静，司婳很喜欢。但到了晚上，她就感觉周围过于安静了。

用人送来全新的换洗衣物跟洗漱用品，司婳拿到的时候还很高兴，心想这个不靠谱的师兄难得靠谱了一次，知道让人提前准备这些。结果，等她展开一看，这睡衣的风格是不是……太成熟了？

替唐誉文管理别墅的是个女管家。唐誉文虽然交代她照顾客人，但没有细心到叮嘱睡衣的风格，所以女管家按照司婳的年龄和身材准备了适合成熟女性的睡衣。

其实管家并没有错，只不过对司婳来说，这是新的尝试。她心想：算了，将就一下，换个风格也没什么不好。

司婳洗了澡，刚从浴室出来，床边的手机便响起了铃声。

她拿起手机一看，果然是言隽打电话来了。她计算时差，他那边应该才凌晨五点，难道他要出差？

司婳觉得奇怪，问："怎么这么早打电话？"

"因为还没跟你说晚安。"他怕再晚一点儿，司婳就要睡觉了。

"我的男朋友好可爱啊！"

几个小时前，她把这边的情况大致说给言隽听了，所以现在他没有再问。

听她自然而然地撒娇，言隽心口炙热，问："方便通视频吗？"

"啊？现在吗？"

"明天可能很忙，想看看你。"他不再满足于听她的声音。

"好呀！"

跟男朋友打电话、通视频都是很正常的，司婳直接给他打过去，还挑了个最好的角度面对镜头。

视频画质清晰，言隽一眼就发现她与平常不同的地方："婳婳……什么时候买的新衣服？"

"是师兄让人准备的。"她想解释这种风格的衣服不是自己主动买的。

"你师兄让人给你买这个？"言隽的声音听起来很危险。

司婳反应过来，赶紧解释："不不不，不是，你别误会，是师兄交代管家帮忙准备的。那个女管家就是不知道，才买了这种风格的。"

屏幕中的男人抬手按住额头。

司婳不明白他这是什么反应，问："你怎么啦？"

男人抬起头，道："想亲你。"而且，他不只是想亲。

司婳："不准想！"

言隽哪里克制、禁欲了？他分明是个接吻狂魔。

司婳算着时差，找了个合适的时间打电话给司父："爸，妈妈留给我的保险柜密码，你知道吗？"

"不知道。"司父毫不犹豫地掐断她心里的那点儿盼头。

司婳："……"

亲爹！

过了几秒钟，司父的声音再度传来："你妈妈的确没有明确地告诉我三组密码是什么，只是说那是与你有关的重要日期。"

与一个人有关的重要日期，大部分人会想到生日。但即便如此，司婳也才想到一组。妈妈去世的时候她才十岁，十岁之前能有哪三个重要的日子呢？

司婳在房间里走来走去，还是没有头绪。

她在房间里待了一上午，下午才想去外面透透气，经过客厅时撞见唐誉文在家中接待客人。

对方已经看见她了。

出于礼貌，她跟那两个人打了个招呼。

坐在唐誉文身边的金发男人看着司婳，用德语对唐誉文说了什么。他语速快，司婳没听懂。

不过她没打算听别人谈话，打过招呼就准备离开。

司婳刚要转身，金发男人激动地朝她走来，用英文称赞她是自己见过的最完美的东方女性。

被人赞美，司婳自然欢喜，保持着得体的仪态朝金发男人颔首微笑，熟练地用英文道谢。

"我叫伯恩，是唐的朋友。美丽的女士，能否邀请你做我的模特？"伯恩见过不少东方女性，喜欢用自己独特的审美方式去欣赏女性。

室内温度适宜，司婳穿着一条收腰长裙，五官轮廓、身材曲线极其符合伯恩的审美。她完全符合伯恩对东方女性鹅蛋脸、黛眉朱唇、青丝如墨的印象。见到司婳的第一眼，伯恩简直惊为天人。

司婳保持微笑，向后看去，希望唐誉文能给自己一点提示。

她能够理解艺术家想邀请人做模特的心情。但面对太热情的人，她一向是表面微笑，实际疏离，内心或许还会略感不适。

“伯恩也是画家，不过他追求的美与我们略有不同……”唐誉文委婉地道。

比起美景，伯恩更喜欢画人体。

经过沟通，司婳才知道伯恩想邀请她做裸体模特。

伯恩只是欣赏人体的美。在他的眼里，美好的身体是艺术品。

但司婳还没有达到为艺术“献身”的境界，道：“抱歉，伯恩先生，我并不适合这份工作。”

“美丽的小姐，你先别急着拒绝，我可以支付你高昂的酬金。”

话已至此，再谈下去毫无意义，她死死地盯着唐誉文。唐誉文知道自己再不出场，小师妹就不会再顾及伯恩是他的朋友了。

于是，唐誉文懒懒散散地走到两人中间，拍了拍伯恩的肩膀，道：“伯恩，她可是我的小师妹。”

唐誉文亲口承认的唯一的小师妹，岂会被酬金打动?

司婳寻了个借口离开，但是伯恩并没有因此被劝退，反而热情高涨，向唐誉文索要司婳的联系方式。

收到小师妹的警告后，唐誉文没给，但在伯恩走后忍不住提醒司婳：“你别低估伯恩的耐心，他对艺术很痴迷。”

司婳当时没当回事，但很快就明白了唐誉文那句话的意思。

伯恩借着拜访朋友的名义往别墅跑，一坐就是一整天。

“我知道你们东方女性比较含蓄，我们可以商量……”伯恩说可以抛弃原则为司婳让步，让她遮住重点部位。

“很抱歉，我不接受这个提议。伯恩先生，请你尊重我的选择。”她也有自己的原则，不会因为别人的执着而退让。

司婳走远了，伯恩还在身后呼喊：“我可以让你成为画中最美的人！”

司婳觉得自己跟伯恩有代沟，因为伯恩完全听不懂她的拒绝。

好在司婳只待几天，在这里跟唐誉文安排的律师走完该走的流程就打算回国。

临走前，司婳仍然对伯恩避之不及，还有殃及唐誉文的趋势。

唐誉文在她旁边辩解道：“他其实没有恶意，就是有些超乎常人的执着，小师妹可千万别赖我。”

“我是那种不讲道理的人吗？”司婳笑了笑，并不在意，“走了，唐师兄。”

“再见。”

唐誉文亲自把司婳送进机场，伯恩去别墅后扑了个空。

飞机在景城降落时已经是凌晨两点了。

言隽不能准时接机，因为这个时间，他还在另一架飞机上。

但他已经提前安排司机在机场外等候了，司婳只需要下飞机后联系对方即可。

司机将司婳送到她家楼下。

时间太晚，司婳有些疲惫，洗了澡之后坐在床上，眼睛实在睁不开。她觉得自己大概没法清醒地等言隽回来。

凌晨四点，风尘仆仆的言隽回到家中，行李箱都没来得及摆放，率先进了司婳家的门。

其实言隽无论是身体还是精神都很疲惫，但还是要看她一眼才能放心。

言隽小心翼翼地打开房门，动作极轻，生怕惊扰到她。

他进去后才发现卧室里亮着灯，再一看，他心心念念的姑娘正靠着床头垂着脑袋睡觉，双手摊开，手机摆在指间，连被子都没盖好。

言隽拿起她的手机，屏幕立刻发亮。

司婳也因此迷迷糊糊地睁开眼。

屏幕识别了司婳的脸自动解锁，言隽看到了她还来不及发给自己的消息。

“不知道你什么时候才到，我好困，想等你……”

她是有多困，还坐在床头等他回来。

“言隽。”她虽然睁开了眼，却仍然一副昏昏欲睡的模样。

“我回来了，乖乖睡觉。”言隽温柔地摸了摸她的脑袋，让她躺好，又替她掖好被角。

听见熟悉的声音，这一次她终于能安心入眠了。

言隽弯腰，在她的额头上落下一个吻，眼底满是柔情。

两个人一起倒时差，接近中午才醒。他们随便吃了些食物填饱肚子，开始为下午出门做准备。

推迟多日的约会终于提上行程，司婳打开衣柜，有些犹豫。

衣柜里挂着两件同色大衣，一件是男款，一件是女款，女款更加修身，上面的细节更多。

明眼人一看就知道，这两件衣服是情侣装。

衣服是她在国外买的。她抽空出去逛了街，路过一家专售情侣款的服装店，一眼就看中了橱窗里的那套米色大衣。

可她要不要今天拿出来呢？万一言隽不喜欢穿情侣装怎么办？

敲门声传来。

司嫿：“进。”

得到允许，言隽才推开门，走进卧室。

司嫿打量他身上的居家服，旁敲侧击：“你今天打算穿什么颜色的衣服？”

“嗯？都可以。”他对衣服的颜色并没有特别的喜好，不过司嫿既然问了，他就得留意，“有颜色方面的要求吗？”

“那倒也不是。”她知道言隽有不少浅色系的衣服，倒不担心对方会不喜欢这个颜色。

见她欲言又止，言隽好奇地问道：“怎么了？你要是有什么想法，直接告诉我就好。”

她抿着嘴唇，眨了眨眼，把言隽拉到衣柜前，问：“你觉得这件大衣好看吗？”

看到挂在一起的两件大衣，言隽恍然大悟，温柔地笑道：“嫿嫿的眼光一直很好。”

“那就送你一件吧！”她努力地控制着自己的表情，故作镇定地取下那件男士大衣，塞进言隽的怀中，把言隽推出去，“你快走吧，我要换衣服了。”

他刚被推出去，房门就被关上了。

看着手里的大衣，言隽嘴角上扬，眼底笑意蔓延。

二人换好衣服，准备出门时，司嫿举着手机站在全身镜前拍了几张，而言隽悄悄地把一条红绳揣进大衣的口袋中。

影院上映了一部爱情喜剧片，言隽买的正是这部电影的票。

随着剧情的发展，影厅里时不时传出观众的笑声。

这次，司嫿看得津津有味，全程没打瞌睡。

吸取上次的经验，言隽买了两桶爆米花，司嫿从电影开始吃到结尾。她已经把进电影院时买的奶茶喝光了，嘴里干干的，全是爆米花的甜味。

“有些腻。”

“我这儿还有饮料。”

爆米花在两个人中间，他的饮料在左侧。

言隽拧开瓶盖，将饮料递过去，司婳接过瓶子掂量了一下，里面沉甸甸的，还剩大半瓶。于是，她安心地喝掉了余下的饮料。

司婳不知不觉地将爆米花全部吃完了，悄悄地睨了他一眼，歪着脑袋小声问：“我是不是……吃得有点儿多？”

“是我买少了。”言隽握着她的手，指腹在她光滑的手背上摩挲。

电影接近尾声，司婳聚精会神地盯着大屏幕，这部电影有个完美的结局。

影厅的灯光亮起，观众陆续离场，言隽握着她的手，迟迟不动。

“差不多了，我们可以走了。”

其他人都走了，言隽还没有要起身的意思。司婳正觉得疑惑，忽然有一只手挡在眼前，替她挡住了光线。

言隽道：“乖乖闭上眼睛。”

四周的灯光突然全部熄灭，他们前方的大屏幕上缓缓出现了文字和照片。

她虽然看不见，但能听到前方响起了滚轮的声音，能感受到忽然点亮的光线。

她的心跳逐渐快了起来，她开始猜测，难道有惊喜？

言隽在她的耳边轻声道：“跟我来。”

司婳小心翼翼地跟着他站起来。言隽一只手遮住她的眼睛，另一只手扶着她的腰，让她能够放心地往前走。

“我要放手了！”

他提前预告，将遮挡在她眼前的手移开，贴在她腰上的手也松开了。

司婳心口一跳，下意识地伸手摸索四周。过了一会儿，她再次听见他的声音：“可以睁眼了。”

她缓缓地睁开眼睛，发现头顶有星光投影在她的周围，脚下闪烁的暖光灯连成一条条会发光的线，就像银河。接着，前方的幕布拉开，一轮弯月照亮整片场地。

言隽手捧玫瑰，一步一步向她走来。光芒追随在他的身后，让他成为最耀眼的存在。

他缓缓开口，如同一个王子："请问美丽的司婳小姐，你愿意成为言隽先生的女朋友吗？"

偌大的影厅内，他熟悉的声音环绕耳畔，她用双手半遮着脸，惊喜到发不出声音来。

"快答应，快答应！"藏在幕布后的言曦举着相机，内心激动不已，恨不得跳出去帮未来嫂嫂点头。

言隽维持着最完美的笑容，捧着鲜花的手指微微颤抖。旁人无法察觉，只有他自己知道，等待的每一秒都是煎熬。

"婳婳。"

在他亲昵地喊她的名字的瞬间，司婳伸手接过鲜花，笑逐颜开："我愿意啊！"

捧着充满爱意的鲜花，司婳心口发烫，支支吾吾地说："明明是我先告白的。"

幕布后的言曦收获独家消息，惊讶不已，居然是嫂嫂先跟哥哥表白的。她一定要把这件事告诉奶奶，把这个消息卖个好价钱！

随后，言曦看了看身旁的裴域，一把抓住他的胳膊，道："裴域，你听见没有？是我嫂嫂先告白的。"

裴域被她抓痛了，咬牙切齿地道："听到了！你能不能先松开我？"

可言曦只顾着看哥哥、嫂子，根本听不到旁人的声音。

裴域："言小曦！"

言曦："安静！"

两人不在同一频道上，无法沟通，言曦越兴奋，手上的力道越重，裴域的表情越痛苦。

三秒钟后，正当言隽、司婳浓情蜜意时，言曦跟裴域忽然从幕布后滚了出来。

听到动静，司婳跟言隽同时望过去。

言曦别扭地躺在地上，手里举着相机，脸上露出尴尬又不失礼貌的笑，道："哈哈哈，我走错了，你们继续。"

司婳："……"

言隽："……"

他们还怎么继续？司婳看眼神就知道，言隽刚才想亲她，时间三分钟起步。

他们要当众热吻，那怎么可以？！

司婳害羞地将脸埋进了言隽的怀里，不让人看见自己满脸通红的模样。体贴的言隽安抚着她，眼神扫过那两个闪亮的“灯泡”，十分不悦。

裴域溜得快，只剩言曦拱手求饶，因为她的出场费还没结。

几分钟后，司婳被言隽带离电影院。

他们将鲜花和礼物暂时交给言曦保管，开始享受二人世界。

乘坐电梯下楼，二人离商场大门越近，越能感受到外面有多寒冷。

他们踏出旋转门前，言隽拉她站在旁边，为她系好围巾，又细心地替她理了理长发，之后才牵起她的手，与她十指相扣。

两道身影依偎在一起，漫步街头。

一辆黑色轿车临时停靠在路边。

秦续抱着手机，来回切换账号给不同的女人回复消息，余光扫到旁边的贺延霄，摇头叹道：“我说贺总，这么好的日子，你不去找个女人约会，在这大街上溜达什么？”

秦家最近跟贺家联系紧密，秦续被家人勒令跟着贺延霄学习，陪贺延霄到景城出差。秦续原以为能很快赶回去，谁知贺延霄不走，开着车在这座城市里溜达了一下午。

贺延霄停车，点燃一根烟。风一吹，打火机上的火苗自动熄灭。

他将烟夹在指间，一口一口地吸了起来。

秦续意外地发现车窗边蒙上一层水雾，降下车窗一看：“咦，好像下雪了。”

榕城几乎不下雪。秦续拿起手机录视频，打算发给现在的女朋友。

秦续将手机调到录像模式，意外地在镜头里看见了一张熟悉的脸。

他心头一跳，拉大画面，那个女人的身影已经被另一个男人挡住，消失在镜头中。

秦续转头看了一眼贺延霄。他神色冷漠，脸上还有一丝阴郁。

秦续觉得自己好像见到司婳了，但张了张嘴，最终还是没有说出那句话。

他认识司婳那么久，知道她个性内敛。她当初那么喜欢贺延霄，也从未在人前跟贺延霄多么亲近，现在怎么会在大街上……

秦续试图说服自己，有情侣在街角亲热并不奇怪，而且镜头里的女人也许是跟司婳长得像，也许是自己看错了……

不过，不管怎么样秦续都觉得贺延霄有些可怜。

这个曾经每分每秒都在工作的男人如今在一座陌生的城市里漫无目的地闲逛，只为了寻觅一个身影，抓住那几乎等于零的概率。

此时的司婳还惦记着刚才那场充满仪式感的告白。

对比之下，她觉得自己不够用心，问："我上次跑去机场跟你说那些话，是不是太敷衍了？"

"怎么会？你不知道我当时心里多高兴。"

"我没想到今天会收获这么大的惊喜。"而她没有想过的事情，言隽都为她做到了。

言隽垂眸，目光温柔："我总觉得……必须要向喜欢的女孩儿认真地告白才行。"

司婳捂着嘴角，乐不可支。忽然间，她感觉有什么东西落在了头顶上，抬起头，惊喜地发现……

"下雪了。"

轻薄的雪花落在指尖，随即融化。

司婳在他们一起看雪时许下的愿望，在他告白的这天达成了。

她伸手去感受雪花，不禁向前迈了一步。一只手却忽然揽住她的腰，将她拉到屋檐下。

司婳猝不及防地回头。

暖橙色的灯光下，言隽牵起她的手，将一条编织整齐的红绳套到她纤细的腕上。红绳中间是一颗红豆。

"好漂亮。"司婳顿时眉开眼笑，按住那颗光滑的红豆，爱不释手。

"喜欢吗？"言隽低头就能看清司婳红润的脸上洋溢着欢喜之色，不禁也笑了起来。

"喜欢。"司婳看了看身后，是一棵挂着橘色藤条灯和红色铃铛的装饰树，非常适合拍照。

她扯了扯言隽的衣袖，道："我们拍照，好不好？"

言隽顺着她的意思，一只手拿出手机举在身前。他的手臂长，这个距离用来自拍刚刚好。

他将另一只手搭在司婳的肩上，司婳则歪着脑袋，幼稚地比了一个剪刀手，不为别的，只为在抬起胳膊时将腕间的那条红豆手链露出来。

言隽盯着屏幕里表情灵动的女孩儿。

有时候，司婳的头会顶到他的下巴，有时候她会故意扑进他的怀里，将小脸埋在他的胸前。

司婳在他面前越来越放松，动作越来越自然、多变，唯一不变的是脸上飞扬的笑容。

她真是……甜得要命。

纷纷扬扬的白雪飘进发间，言隽忽然侧身，手臂揽着司婳的细腰将她带入怀中，低下头，用充满磁性的嗓音在她的耳边呢喃："宝宝，我们接吻。"

就在他们接吻的瞬间，他按下了自拍键，将这个瞬间定格。

第十章
婳婳，别怕

当晚，司婳更新了一条朋友圈，发了自己跟言隽的合影。

远在榕城的贺云汐看到那张照片，忙不迭地点开放大。

照片中的两个人穿着情侣装，男人揽着司婳的肩膀，只露出半张脸。而司婳望着镜头，比着剪刀手，笑容明媚。

贺云汐盯着照片看了许久，几乎想不起上一次见到司婳露出这种表情是在什么时候。她点开自己的手机相册，一直往前翻，从毕业到大四、大三、大二，总算在大一的照片中看见了笑容灿烂的司婳。

司婳跟贺延霄谈恋爱后，从满心期待到小心翼翼。时光磨平了她的脾气，大家只记得她性格温顺，开心时也只是笑得淡淡的。

可在这张照片上，贺云汐重新见到了那个快乐活泼的司婳。

原来，时光带给人的不一定是隐忍、克制，还可以是找回曾经的自己……

“云汐，你在看什么？看得这么入神。”

贺云汐从回忆中惊醒，回头望着对面那个娴静的女人，嘴角扯起笑，道：“没什么，就看到朋友发了自拍，觉得有趣。”

听到这话，女人遗憾地叹气，道：“真是可惜了，你哥哥工作那么忙，现在还在景城出差。”

贺云汐不自然地眨眨眼，附和道：“是啊，哥哥就是这样，对有些事情太认真、执着。”

“没事的，我能理解，我爸爸经常说，男人要以事业为重。延霄有心奋斗，挺好的。”女人善解人意，甚至不需要贺云汐为哥哥找借口。

自从司婳回来看过奶奶后，哥哥按照跟奶奶的约定，不再拒绝妈妈往他身边塞人。

这个女人就是家里人一致认为跟哥哥般配的未来妻子的人选。她温柔、乖顺，有季樱柔弱的外表和司婳温和的性格。最重要的是，这个女人跟他们家家世相当，得到了奶奶和妈妈的一致认可。

但他们忽略了最重要的一点，贺延霄的心不在这里，在景城。

贺延霄甚至到现在都没有明确地表示自己跟对方建立了情侣关系。

贺云汐把司婳的照片保存下来，反复地看。站在司婳身旁的男人应该是她的新恋人，虽然看不清全貌，但凭露出的半张脸也看得出，那个人应该相当不错。

看来，她哥哥真的……错过了司婳。

次日，司婳回了公司，全身心地投入工作，要把先前落下的“作业”全部做完。从元旦到春节的这一个月，她勤勤恳恳，没再请假，只是利用周末时间跟言隽约会。

这段时间以来，司婳越来越觉得自己多了一个“爹”。

亲爸对她采取放养模式，很少注意生活中的细节，在她小时候为她提供食宿，等她长大后，知道她平安就行了。

可言隽不一样。他心思细腻，照顾人时更是无微不至，就连跟她逛街时都要让她走在马路内侧。她出门时不再需要动脑思考，言隽就能够将一切为她安排妥帖。她来例假了，他会准备好红糖姜茶。时间合适的情况下，他会亲自来接她下班。同事都感叹她找了个“二十四孝好男友”。

这天下班后，司婳又看见了熟悉的车子，愉快地走了过去。

她打开车门，坐进副驾驶座，准备系安全带：“今天这么早？”

“去了趟滨城。”言隽一只手搭在方向盘上，另一只手从她的手里接过安全带，帮她系好，随后道，“你之前交给我的任务，我完成了。”

“你拿到画啦？”

这是司婳在去找唐誉文之前交给言隽的任务，让言隽去找到那幅画。

隔了这么久，言隽总算等到合适的时机，亲自将画取了过来。

他已经看过那幅雪景画了，十分震撼。最重要的是落款，上面写着：司婳赠言隽。

司婳满意地点点头，眨眼问道：“之前你说我画得敷衍，那这幅画达到言先生的标准了吗？”

他眉头一挑，反问道：“你觉得呢？”

“我觉得达到了。”司婳无比自信地点头。

言隽笑她：“明知故问。”

司婳送的礼物，他怎么可能不喜欢？更何况这幅画对他们而言意义非凡。

“所以，你一直对雪山之行念念不忘？”

“那算是我第一次毫无顾忌地出去游玩。”

之前爸爸带她出去，她都要画画，还不能自由地玩耍。

从她口中听出遗憾之意，言隽立刻道：“那等春节过后，我找个合适的时间带你出去玩。”

“春节之后？”

“你不是怕冷吗？容易受寒生病。出去游玩的话，春天比较合适。”

“春天……”

这个特殊的季节让司婳想起了工作。

Anni 最近又找了她两次，大致意思是春节过后就要把培训名额报上去。这次培训的含金量很高，能增长知识，此外，如果顺利结业的话，司婳还能接触到更多更好的发展机会。

但是，半年……

前一年她过得糊里糊涂的还不觉得，现在事业和感情都发展稳定，半年的时间忽然变得很漫长。如果她离开，那意味着她跟言隽在一起不过三四个月，就要开始异地恋。不，是异国恋。

这么想起来，她内心惶恐，不知道该怎么告诉言隽。

心里有事，司婳突然变得很安静，手指交织着绕了一圈又一圈。

“怎么了？”言隽很快察觉到她情绪不对。

司婳随口道：“我在想马上就要过春节了，要怎么安排。”

“以前是怎么过的？”

“除夕回去跟爸爸一起吃团年饭，然后……”说到这儿，司婳的声音戛然而止。

一起吃团年饭是她跟父亲争吵的那些年都坚持做的事，但因为父亲不理解她，她最多待两天就会离开，然后一个人过春节。

“反正就那样过吧。”司婳有些失落地道。

因为亲人少，她感受不到与家人团聚的快乐。春节对她来说就是个氛围喜庆的超长假期。

言隽没有追问，迟疑片刻，缓缓地问道："那今年……你要不要跟我回家？"

"啊？"司娅惊讶地偏头看着他。

言隽笑道："小曦住在家里，时常提到你，奶奶也一直很期待跟你见面。"

司娅很少听言隽提起家里的事，但知道他家有哪些人，奶奶、妈妈、同父异母的大哥，还有同父同母的妹妹言曦。

她还记得第一次被贺延霄带回去见家长的情形。

当时她内心忐忑，但也鼓起勇气面对，尽量做到有礼有节。然而贺夫人没瞧上她。

而现在，言隽问她要不要跟他一起回家……

她并不排斥见男友的家长，因为她对待每一段感情都非常认真。不过，她虽然跟言曦比较熟，但是对言家其他人还不了解。

司娅抿了抿唇，问："他们……都是什么样的人呢？"

言隽缓缓地道："奶奶年轻的时候是个淑女，这些年来心态越来越年轻，像个孩子。目前大哥不在国内，你今年应该见不到他。妈妈……她的行程暂时无法确定。"

"所以家里只有奶奶跟小曦吗？"司娅眼睛一亮，抓住重点。

"嗯，所以你不用害怕。"言隽非常确定地告诉她，"他们都会很喜欢你的。"

司娅松了口气，朝他点头："好呀，那就去拜访一下奶奶。奶奶喜欢什么？我得想想送什么礼物比较合适。"

"你。"

"啊？"

"她一直盼着有个孙媳妇儿，你去了，就是最好的礼物。"

"跟你说正事呢。"她撒娇道，脸颊微微发烫。

"是真心话。娅娅，你去了就知道了。"

言隽只希望她不要被热情的奶奶吓到才好，毕竟她是奶奶盼了好久的孙媳妇儿。

从言隽的话中，司娅能感受到言老太太的期待，放松了些。

但是，该有的礼节还是要有的。她记得之前听言家兄妹提过，言老太太喜欢她妈妈的画，她只要回家一趟即可。正好她除夕也是要回家的。

一个绝佳的主意从脑子里冒了出来。

司婳在他面前竖起食指，道："那我也有个小小的要求。"

"好。"

"这么爽快？"

"不管你提什么条件，只要不是分手，我都会说好。"

他说话坦诚直接，司婳就爱听这种回答。

"今年你能陪我回去见爸爸吗？"司婳搓着手指，支支吾吾地道，"我觉得……你跟爸爸比较谈得来……"

父亲跟言隽聊过之后，对她的态度至少是九十度大转弯。

言隽这个男人太神奇了。

言家。

言老太太握着电话，惊喜地道："她答应了？"随后又道，"知道了。"

在电话里，言老太太的语气听起来还算淡定。等挂断电话，她连忙招呼家里的保姆："李嫂，赶紧去把二少爷隔壁的房间收拾出来，添些女孩子的东西，可多不可少。还有，今年多留两个人，把家里打扫干净，特别要注意团子经常待的地方，一根猫毛都不能留下。"

团子是言曦以前带回来的猫，因为长得胖胖的，就被叫成"团子"了。但先前孙子说过，司婳对猫毛过敏，不能接触猫毛。言老太太蹙眉思考，又叫来平时照看团子的用人，道："过年那两天把团子带去隔壁的小院好好照顾，别让它跑出来。"

得知孙子今年要带女朋友回家，言老太太请来几位平日交好的老姐妹在花园里畅谈："孙媳妇儿第一次来家里，我这个当奶奶的怎么也得好好照顾她。"提到喜事，言老太太十分激动，"现在的孩子都时兴收红包是吧？你们说我是直接送钱还是送房呢？"

"我觉得送钱好。咱们跟年轻人有代沟，买的东西说不定不合人家心意，干脆给钱，让年轻人自己挑。"

"我觉得直接送钱不好，不知道的还以为你态度敷衍呢。"

"话说……你这孙媳妇儿是哪家的千金？"

几个老太太一人一句，言老太太脸上的笑容藏都藏不住："哪家千金不知道，但我见过那姑娘，模样生得好，跟我孙儿般配。"

"那可得先恭喜老姐姐了。"

道贺之后，其中一位老太太忽然道："我那个孙媳妇儿已经有八个月的身孕了，再过不久，我就能抱曾孙了。"

话音刚落，另外两位老太太道："哎呀，那也恭喜你了！我那个曾孙子今年也该上一年级了。"

"我的曾孙女才去了幼儿园，都会背诗了！"

三个老姐妹突然聊起曾孙，有炫耀之意，言老太太又接不上话了。

言老太太送走这几位老姐妹，脸一下子垮了，抚摸胸口，总觉得不顺心。

"奶奶。"

恰逢孙女从前方路过，言老太太叹了口气，道："你那两个哥哥都是不争气的，都奔三了，连个曾孙都没给我生出来！"

言曦满头问号。奶奶早晨不还高高兴兴地准备迎接孙媳妇儿吗？怎么一眨眼的工夫，又开始嫌弃哥哥们进度慢了？

言老太太示意她过来，悄悄说："去你哥那儿打听打听，问他打算什么时候结婚。"

"这不合适吧，哥哥才谈恋爱两个月呢。"虽然平时爱好赚点儿零花钱，但她也不是什么任务都接的。

"也是，人家姑娘还不一定乐意嫁呢。"言老太太思索一番，道，"去把李嫂喊进来，我有事交代。"

言曦站在椅子后面，听到奶奶吩咐李嫂的话，悄悄地竖起了大拇指。

姜还是老的辣。

她只希望司婳姐姐，不，希望司婳嫂嫂能顶住。

除夕的前一天，司婳跟言隽一起回老家。

言隽将车停在司婳家门前的水泥地坝上。二人下了车，被准备出门买年货的余叔撞个正着："婳婳，带男朋友回来了？"

"余叔。"

司婳笑呵呵地介绍起言隽，道："这是我的男朋友，言隽。"

言隽颔首，也喊了声"余叔"，以示尊重。

司婳一直托余叔帮忙照看父亲，这会儿碰见他了，赶紧打开后备厢，从里面拎了两箱酒送过去。

余叔连连摆手："使不得使不得。"

过年送礼就是这样，一个要送，一个不接，最后对方还是会半推半就地收下。

告别余叔，司婳、言隽一起把剩下的年货陆续从车里搬出来，到家门口后喊了声：“爸。”

司父早早就在厨房里忙活了。虽然家里没几个人，但他还是提前做了不少菜。

司婳跟言隽上午从景城出发，路上过了几个小时，到这里已经是下午了，都可以准备吃晚饭了。

“叔叔，我来帮您吧。”言隽颇有女婿上门争取表现良好的自觉性，主动到厨房帮忙。

见到言隽，司父并不意外。

司婳才跟言隽在一起两个多月，就带着他回家见长辈。

这确实是他女儿能干出的事。

司婳本打算留在厨房做男朋友的帮手，又被父亲喊走：“你跟我来。”

她回头看了言隽一眼，见对方从容地点头，便放心地离开了。

从厨房到屋外，司父一直不作声，司婳疑惑地喊了声：“爸？”

司父停住脚步，用沉闷的声音问：“确定是他了？”

“是。”她语气坚定，毫不犹豫。

这个答案在司父的意料之中。他深吸一口气，道：“你妈妈留给你的保险柜密码，有头绪了吗？”

“暂时还不确定。”司婳迟疑道，“这次回来，我想去妈妈的画室看看，认真找一找。”

妈妈去世后，爸爸特意在这里修建了一间画室，里面存放着画和妈妈留下的私人物品。她想从这里着手，看看能否查出线索。

也许是因为上次那场意外，父女俩关系缓和不少，但站在一起又不知道说什么。

她第一次把言隽以男朋友的身份带回家，也不好把他一个人留在厨房，在心里掂量一番后，道：“爸，那我先去厨房帮帮忙。”

见女儿这么着急，司父撇了撇嘴，道：“随便你。”

家里多出个陌生人，司父并没有那么容易接受，但也不会特意表示排斥。他自己拥有过刻骨铭心的感情，并不想过多干扰小辈以证明父亲对女儿的不舍。他会老，女儿迟早要选个人陪伴，不如早早确定下来。

农村没有城市繁华、喧闹，但在春节期间也有自己独特的庆祝方式。

还没到除夕，有些人家已经点燃烟花，其他家听到声音，都出来围观。

绚烂的烟花瞬间把整片天空点亮，司婳拉着言隽跑到屋外，道："你看，每年这时候都有人放烟花。"

城市里不允许放烟花，除非在特定节日去人山人海的广场围观，但那种视觉效果跟现在近距离看见的感觉完全不同。

言隽侧头望着身旁的女孩儿。她抬头仰望着天空，烟花绽放的瞬间，她的眼睛也会发光。

"现在街上还有卖烟花的地方吗？"

"应该有的。"

现在是晚上九点，若是平时，镇上的店铺几乎早就关门了，过节例外。两个人对视一眼，立刻读懂了对方的想法，跟司父说了一声，就开车去了镇上。

镇上，许多商店正准备收摊。他们运气好，在街头的一家店里买到了两桶烟花。

他们正准备付钱，路边有两个小孩儿跑进来，缠着老板道："爸爸，我们还要仙女棒！"

"最后一把，放完就没有了。"老板无奈地拿出一把仙女棒递给两个孩子。

司婳一回头就看见那两个孩子站在马路边的树下，点燃了仙女棒。

外面的光线不算太明亮，司婳只看见一根细小的仙女棒释放出无数点亮夜空的烟火，比天空中的星星更加闪耀。

"好好玩的样子。"

她只是不自觉地呢喃，却被有心人听了进去。

言隽随即询问老板是否有仙女棒，老板从后面拖出一个纸箱子，又从箱子里取出一个长方形的纸盒，打开一看，里面仅剩几支仙女棒。

仙女棒被做成了不同的形状，两个爱心的，两个五角星的。

老板气得不行："肯定是被那两个臭小子偷拿去玩了。"

嘴上骂着，老板脸上却不见怒色，这大概就是父母对孩子的包容。

随后，老板转过身来，直接把盒子递给他们："这里只剩四支，就送给你们了。"

"谢谢老板！"

司婳抱着盒子，脸上浮现浅浅的笑容。

他们不着急回家。司婳抱着烟花盒道："我小时候很喜欢烟花，但每次听到那个声音又很害怕，爸爸、妈妈就会特意买这种小烟花陪我玩。”

可惜后来……一切都变成了回忆。

提到父母，她总有数不清的遗憾。言隽恨不得一一替她弥补，道：“你要是喜欢，我们再去别家看看。”

司婳连连摇头：“不用啦，这里有四支，够了。”

她已经不是那个拿到一个好玩的东西就想一直玩到尽兴的小孩儿了。

司婳把仙女棒拿出来，分出两支递给他：“玩吗？就现在。”

“好啊！”

两个人各自拿着仙女棒，将它们重叠在一起点燃。

小孩儿玩的时候，会用仙女棒在空中画圈，成年了的司婳则含蓄许多。火花顺着形状绽放，她高高地举起仙女棒，听到身后传来“咔”的一声响。

司婳闻声回头，举过头顶的仙女棒随她的动作转了半圈，这一幕被言隽拍了下来，保存进了相册。

“言先生，你是在偷拍吗？”她的语气中满是笑意。

言隽当着她的面摇晃手机：“司小姐，我拍我的女朋友，光明正大。”

因为我想把跟你在一起的每个开心时刻都记录下来。

司婳很快反应过来，十分配合地举着仙女棒摆姿势，心想：有个会拍照的男朋友，随时随地拍大片儿。

回家后，他们把两桶大烟花搬进客厅，准备明天放。

不知是不是司父故意为之，言隽被安排在一楼的客房内休息，司婳在二楼。司父等女儿上了二楼，而言隽回了客房后，才走进自己的房间。

没过多久，言隽收到司婳的消息：“晚上记得拉上窗帘！别看窗外。”

从城里房子的窗户望出去，大多是楼房，而从农村房子的窗户望出去，或许是空荡荡的田地、树林密布的山、风一吹就簌簌作响的竹林。

而言隽所在的这间房，窗外是空旷的田野。

“已经看到了，黑黑的，还挺吓人。”他毫不畏惧地打出这行字。

司婳立刻回复道：“你不会害怕吧？”

短短几秒钟的时间内，言隽的脑子里已经掠过无数个完美的答案，但他最终打在屏幕上且成功发送的只有一个字：“会。”

信息发送过去后，司婳再也没有回应。

只是过了一会儿，耳朵灵敏的言隽听见门口传来声音。

他转身，看见房门口冒出了一个小脑袋。

司婳做贼似的把门打开，又把门合上，一路小心翼翼，几乎没有发出什么声音。

“怎么下来了？”言隽刻意压低的声音听着有些沙哑。

“你不是害怕吗？我来陪陪你。”司婳从来不觉得男性就必须强大，必须对任何事都无所畏惧。

只要别人真心地对她好，她也会不留余地地奉上自己的真心。

虽然那句“害怕”漏洞百出，她也不会深入思考。她只知道他说害怕，想来陪他。

司婳蹑手蹑脚地走到他面前：“要小声一点儿，千万不能被我爸发现，不然我们都得遭殃。”

言隽看着眼前的女孩儿，有些感动。她竟然因为他回的那个字立刻从楼上偷跑下来了。从前戒备心那么强的女孩儿，现在怎么这么好骗？

但言隽又觉得她特别可爱，每次看见她，心就软得一塌糊涂。

“婳婳打算怎么陪我？”他故意问，眼含笑意。

“等你睡着了我再回屋。”她是这么想的，他睡着了就不会害怕了。

言隽追问：“那如果我中途醒来，又害怕了，怎么办？”

司婳提出质疑：“你上次睡沙发都没事。”

“睡沙发的时候看不见窗外。”他狡辩道。

沙发在二楼大厅靠墙的位置，那个角度不会看见窗外，而这间房的床贴近窗户。

司婳挪动脚步，想去拉窗帘。

言隽低头看到她穿着棉拖鞋，后脚跟露在外面，睡裤也是单薄的宽松款。他直接伸手把司婳抱起来，放到床上，问：“脚冷不冷？”

司婳眨眨眼，这才想起下楼时只披了件外套，腿部和脚还真有些凉。

言隽拉过被子替她盖上，让她先躺进被窝。

“我不睡在这里呀！”

她刚出声反驳就听见屋外有人走动，猜想是父亲，屏气凝神，捂着嘴巴不敢发出声音。

言隽伸手遮住她的眼睛。

随着“啪”一声，屋里的灯灭了。司婳睁着眼睛，什么都看不见。她扯着言隽的衣袖，感觉到言隽在她身旁躺下，一只手臂揽住了她的肩膀。

司婳听到自己的呼吸声在加重。

司父不知道在客厅做什么，时不时发出声响，虽然声音不大，但因为四周格外安静，所以他们听得见。

过了好一会儿，脚步声消失，司父终于回屋了。

司婳松了口气："吓死我了。"

要是司父撞见这一幕，她都没法解释，多尴尬。

她摸到手机，打开手电筒。一束光线照亮近景，言隽不知何时正撑着双臂，盯着她。

一股熟悉又危险的感觉袭来，司婳下意识地伸手捂住嘴唇，却被言隽拉开手。

温热的吻落在她的唇间。

他故意亲了亲她的嘴角，辗转两下，找准时机攻城略地。

随后，他的大手钻进她的衣服里，她不可抑制地从喉咙里发出一声娇吟，细碎的声音被他吞咽下去。

两个人纠缠许久才松开彼此。

司婳闷在被子里，有些喘不过气。言隽试图把她遮住脑袋的被子拉开，司婳揪着不放，小声控诉道："你乘人之危！"

言隽被逗笑了，故意隔着被子戳她："不要大晚上往一个血气方刚的男人的房间里跑，知不知道？"

"明明是你说自己害怕，我才好心来陪你的。"

"好了，婳婳，别蒙着头，会难受的。"

"那你不能再亲了！"

"不喜欢我亲你吗？"沉默片刻后，言隽的声音变得低沉，隐含几分失落，"很抱歉，如果你讨厌的话，以后我会克制的。"

司婳从被窝里钻出来，小声道："不，不讨厌的。"

司婳一阵摸索，刚好摸到言隽的脖颈，自然地攀上去，道："你每次亲我都特别久，嘴巴疼。"

"那恐怕没办法。"

因为碰到她，他就忍不住想索取更多。但他也懂分寸，有些事现在不能做，只能克制自己，不要越界。

他低头蹭了蹭司婳的额头，感叹道："真想快点儿把你娶回家……"

"还……还早呢！"

幸亏没开灯，她通红的脸才不会暴露。

他们在一起才两个月，结婚似乎是个遥远的词。

“那婳婳觉得需要多久才合适呢？”

司婳沉默了一会儿，老实回答：“我不知道。”

感情的事不能用时间衡量，就好比她一年前绝对想象不到此时此刻会如此待在另一个人的怀里，也不会料到这个男人会让她心动。

她的头顶传来一声轻笑，言隽宠溺地揉了揉她的头发，把她揽入怀中：“你会知道的。”

情侣之间的信任感和安全感是互相给予的。

两个人抱在一起的时候，司婳总能闻到言隽身上那股特殊的清香，好奇地问道：“为什么你身上总是香香的？是不是有什么留香秘诀？”

“喜欢吗？”

“好喜欢。”她简直为此着迷。

“多抱抱我，说不定你也会有。”他故意凑到司婳耳边低声道，温柔的声音令人沉醉。

“真的吗？”

“试试就知道了。”

她信以为真，主动抱得更紧。

言隽弯起唇角笑了，一副得逞的样子。

第二天，司婳在母亲的画室里仔仔细细地检查了一遍，没发现什么特别的发现。

征得父亲同意后，她拿走一幅山水画，准备将它作为礼物送给言隽的奶奶。除此之外，她买了几个适合送给长辈的礼物。

除夕，言隽陪她待在她家。初一，她便跟言隽一起去了言家。

想到要见对方的家长，司婳还是会紧张。言隽不断给她做思想工作：“别怕，等你见到奶奶就会知道，我说的都是真的。”

言曦早早就在楼上观望了，远远地瞧见言隽的车子，迫不及待地跑出去迎接。

视线越过亲哥哥，她只认嫂嫂：“嫂嫂，你终于来了！”

言曦热情地拉着司婳往屋里走。司婳打量四周的环境，是欧式田园风的建筑，充满浪漫的生活气息，跟她想象中的有所不同。

司婳以为言家老宅应该是华丽、庄严的，没承想如此悠闲、浪漫。踏进这里，司婳觉得心情都变好了。

坐在客厅里的言老太太听到消息，忙不迭地戴上眼镜，望着门口的方向，脖子伸长。

司婳终于来了。言老太太努力压制着自己激动的心情，打量起面前的女孩儿。

司婳乌发雪肤，唇红齿白，远山眉，五官精致得无可挑剔。她身着米色的修身大衣，长筒皮靴衬得双腿笔直修长，介于稚嫩与成熟之间的知性打扮显得她气质独特，让人过目难忘。

以司婳的颜值，若是她跟孙儿生个孩子，那岂不是……？

言老太太看司婳的眼神越发慈祥，问："你就是婳婳吧？"

"奶奶，您好。"初见年岁较大的长辈，司婳礼貌地鞠了一躬，脸上保持着微笑，落落大方。

"奶奶，这是婳婳给您准备的礼物。"言隽及时把手里这堆价值不菲的礼物送出去。

"还带什么礼物。"言老太太虽然这么说，但眼里的喜悦藏不住。

她不在乎那份礼物是否贵重，就是生平第一次收到孙媳妇儿送来的礼物，难免激动。

"奶奶，克制！"言曦站在奶奶身旁小声提醒，免得老人家太热情，吓到司婳。

言老太太万分期待，又不好意思直接当着晚辈的面拆礼物。言隽读懂了奶奶的心思，给司婳递了个眼神。

司婳心领神会，当着言老太太的面把盒子打开："奶奶，不知道这份礼物是否合您的心意，希望您能喜欢。"

"喜欢喜欢，只要是你送的，奶奶都喜欢。"言老太太笑得合不拢嘴，一时没控制住，把心里话说了出来，"孙媳妇儿，你喜欢房子吗？"

哪里有人第一次见家长，就被长辈追着送房子的？而且他们见面后没说几句话，言老太太对她的称呼就变成了"孙媳妇儿"，迫切地想要跟司婳拉近距离。

由此看出，言隽说的没错，只要她是言隽的女朋友，言老太太就会喜欢她。

至于礼物，言老太太还没看就说好，看了之后更是赞不绝口，连忙拉着她问："婳婳，你为什么会有 Susan 老师的画？"

言老太太尊称一个比自己年轻一辈的画家为"老师"，可见对 Susan 有多欣赏。

Susan早逝，这些年来其作品越来越珍稀。言老太太不怀疑司婳的心意，只是怕这孩子年轻，被人骗了。

但说这画是假的吧，那落款的印章又的确是Susan独有的。说画是真的吧，这么好的一幅画，她怎么从未见过？

司婳立刻解释道："奶奶，Susan是我妈妈。"

"什……什么？"

言老太太惊呆了，拉她坐下，问起了她家里的事。司婳简略作答。

她父母都是独生子女，祖辈的亲人已经去世，妈妈走后，爸爸就是她唯一的亲人。

言老太太年龄大了，听到这些事差点儿掉眼泪，握着司婳的手道："好孩子，以后我们都是你的亲人。"

不过半天时间，司婳就彻底得到了言老太太的认可。言老太太对她满意得不得了，看她那股热情劲儿跟看亲孙女没什么两样。

下午，一个穿着黑西装、戴着眼镜、留着寸头的男人来到言家，呈上四份礼物。原来是言隽的大哥因为私事不能回国，特意遣人给亲人送礼。

言曦拆开她的那份礼物，发现是个钱包，里面装着一张银行卡。

"呜呜呜，大哥懂我，感动哭了。"言曦拿着银行卡亲了两口，随后连忙把银行卡收好，恨不得晚上抱着它睡觉。

司婳很早之前就发现言曦有小金库，那时还想：这个小妹妹真是奇怪又可爱，明明从小到大都有用不完的钱，为什么还时时刻刻惦记着存钱？

言家人口中的"零花钱"不是小数目，司婳跟言曦认识这一年多以来也知道，言曦并不会大手大脚地花钱。难道存钱是言曦的个人爱好？

司婳之前随口问她："小曦，你很喜欢存钱？你有什么想要的东西，需要花很多钱买吗？"

言曦摇头："没有要买的东西，就是要存很多钱。"

"原来小曦是个小财迷。"司婳笑着打趣道。

"才不是！"言曦反驳，"是因为我答应过一个人，要存很多很多钱。"

"谁啊？"她顺口追问。

言曦歪着脑袋仔细想了想，秀丽的弯眉蹙起来："不记得了。"

司婳哭笑不得。

言曦把钱包和银行卡收好，见还有三个盒子，立刻道："嫂嫂，你也有！"

四个盒子上贴有不同的标签，分别属于言老太太、言隽、言曦，以及司婳。

司婳很诧异。她从未见过言隽的大哥，今天又是第一次来，竟然能收到言隽的大哥送的新年礼物？

“嫂嫂，快拆开看看。”言曦很好奇，又不能随便拆别人的礼物，只能怂恿收礼人。

司婳打开盒子，里面是一把钥匙。

言曦定睛一看：“啊，是车钥匙呢！”

“车钥匙？”司婳蒙了。

言曦告诉她，言家大哥最大的爱好就是收藏车，所以司婳在新年这天收到了一辆价值不菲的车。

司婳赶紧去找言隽，不好意思收下这份大礼。言隽反倒劝她：“安心收下吧，这代表大哥认可你。”

大哥想法直接，知道言曦喜欢钱就送钱，不知道司婳喜欢什么，就直接送车。

司婳拿着那把钥匙，咽了口唾沫，问：“你们家的人，送礼都这么大方的吗？”

言隽轻拍她的手：“我们只对家人大方。”

司婳被他哄笑了，转头看他还坐在电脑前敲键盘，问：“还在忙工作吗？”

“还有一点点。”

“好，那我先不打扰你了。”她是个很懂事的女朋友。

“你要是无聊，就让小曦带你在附近逛逛。在家里不必拘谨，你需要什么就跟我说。”

“知道啦。”

司婳下了楼，刚好看见李嫂把纸盒递给另一位用人。

李嫂叮嘱道：“老夫人交代过，这两天团子就留在隔壁院，千万别让它跑过来。这盒子里的猫粮是团子最喜欢的……”

等那人走了，司婳才出来，好奇地问道：“李嫂，家里有养猫吗？”

“是的，老夫人养了一只。不过司小姐不必担心，老夫人已经吩咐家里人把团子带去了别的院子，家里也里里外外打扫了两遍，不会让司小姐过敏的。”李嫂回答道。

司婳震惊。原来在她来言家之前，言老太太和言隽已经准备好了一切。

言隽的关心，言曦的热情，言老太太的照顾，言大哥的礼物……

这样的亲情，多么温暖、可贵。

今天的晚餐格外丰富，摆在司婳面前的全是她平时爱吃的东西，不用问都知道是谁安排的。

老人家睡得早，给三个小辈发完红包就回了自己的院子。

司婳一直在想，自己今晚住在哪儿？怎么一直没人跟她说？

言隽跟言奶奶什么都想得到，偏偏忘了安排她的住处？

她也不好意思问，带着疑惑去找言隽："那个……我今晚……住哪儿呢？"

"我的房间。"言隽回答得干脆。

"啊……这不好吧！"

见她瞪着眼，言隽轻声一笑，伸手拨了拨她脸颊边的碎发："不逗你了，你睡我的房间，我去客房。"

奶奶之前明明说要把隔壁房间安排给司婳，结果言隽今天一回来就发现隔壁房间被一堆乱七八糟的东西填满了，不用想都知道是奶奶故意为之。

他没拆老人家的台，怕司婳不自在，打算在奶奶回屋后自己去另一间客房休息。

这话被躲着听墙根的言曦听去，传给了言老太太。言老太太干着急，心生一计："李嫂，你悄悄去……"

司婳正跟言隽争着谁留在房间谁去客房，还没商量出结果，屋里的灯忽然熄了，司婳惊呼一声，眼前一片漆黑。

司婳的手臂被言隽握住，她摸到言隽的胳膊，这才安心下来："这是……停电了？"

言隽哭笑不得，这里从不停电，除非有人故意捣乱。

"其实……"

真相突然卡在喉咙口。他感觉到司婳收拢手指，抱住他的胳膊，温热的呼吸洒在他的脖颈处。

他突然觉得这样也不错，于是改了口："应该是停电了。"

"那现在怎么办？"司婳仰起脑袋，还是看不清。

“待在房间里，别乱走。”言隽视力极好，借着窗外的路灯能看清室内的样子，带着司婳坐到床边。

李嫂等了许久没见人出来，把消息告诉了言老太太。

“是一个房间吗？”

“是的，老夫人。”

言老太太暂时满意了。她也不奢望现在能抱曾孙，就希望两人的进度能快一些，最好哪天闪婚。

言老太太念着盼着，卧室里的那对年轻人也算是按照老太太的期待在发展。两人没再争着谁去客房，司婳安慰自己，上次又不是没抱着一起睡过……而且，她真的很喜欢言隽身上的香味，好像怎么闻都不够。若非只对言隽一个人这样，她都要怀疑自己是不是有什么特殊癖好了。

“言隽，你怎么对我这么好？”

“对自己的女朋友好，不是理所当然的吗？”

“谈恋爱之前，你也对我很好。”

“因为想跟你谈恋爱啊！”因为喜欢她，想跟她在一起，所以他才会对她好。

“我仔细想了想，从第一次见面起，你就在帮助我。难道你那时候就想跟我谈恋爱吗？”她故意问。

“第一次……还真没想过。”他知道的第一次见面跟司婳所说的第一次可不一样。

“我还以为你会说对我一见钟情呢！”司婳通过与他接触才发现，言隽虽然温柔善良，但也不会随随便便帮助陌生人。

“是命中注定。”言隽肯定地道。

命中注定他会遇到小司婳。

他想，当年还是小孩儿的自己一定也很喜欢小司婳，所以才会把自己喜欢的钢笔送给她。只不过，那时候的他单纯地觉得她可爱，现在是爱她。

昏昏欲睡的时候，司婳迷迷糊糊地说出心里的担忧：“我们会一直这么好吗？”

“会的。”言隽坚定地回答，希望她今晚能做个好梦。

司婳在言家待了两天。

这时，春节假期已经过半。去国外培训的人员名单在收假的那两天就要提交，Anni 私下发消息来打探她的意思。

除公司的人外，这件事司婳只告诉过柯佳云。

柯佳云知道她在犹豫什么，极力劝说她去参加培训："婳婳，我知道你对感情很认真，但你选择跟一个人在一起，一定是让自己的生活变得更好，而不是委屈自己丢掉机遇。你跟言隽好好沟通，虽然我跟他不熟，但觉得他是那种很理智、有远见的男人，他会理解你的。"

或许，爱情和面包可以兼得，但柯佳云不敢妄下定论。

"佳云，让我纠结的其实就是他会理解我。"

司婳迟迟不敢告诉言隽的原因，不是怕他不理解，而是确信言隽一定会让她去。

她跟言隽在一起两个多月，还处于热恋期。如果这时候她离开半年，他们未来会如何？半年的时间说长不长，说短也不短，异地恋是最消磨感情的……她很怕自己变成当初的贺延霄，无法陪伴恋人。但如果她放弃了这次机会，就不必把这件事告诉言隽了。

司婳犹豫不决。

柯佳云叹气："虽然我鼓励你追求爱情，但还是觉得前程最重要。"

"佳云你放心，我其实很清醒。"司婳并不是为了爱情而不顾一切的人，只是在衡量，怎么做才是自己最想要的。

她的爸爸曾经事业有成，但失去心爱的人后，其他的一切都无法让他快乐。所以他选择隐居，带着对母亲的思念活下去。那么她现在为了参加培训拿自己的爱情去赌，如果得到事业，失去爱情，会开心吗？为了爱情而放弃机遇，她又甘心吗？

司婳陷入困境。

收假前一天，她蹲在阳台上摆弄自己的盆栽，时不时走神。

言隽盯着她的背影看了许久，终于走到她身边，蹲下来，问："你是不是有什么话想跟我说？"

司婳低着头，不说话。

言隽主动道："是因为公司安排培训的事吗？"

"你怎么知道？"她猛地抬头。

"我关心你，自然就会知道。"

"对不起，我不是故意瞒着你的。"

"我明白，婳婳是因为我才会犹豫的，对吗？"

她咬着嘴唇，重重地点头。

“其实你担心的那些事情不会发生，半年时间，我等得起。”

她就知道言隽会这么说。

“异地恋，不好。”她的室友跟同校男生谈了四年，毕业后回到各自老家所在的城市，感情慢慢就破裂了。

“短暂的离别并不代表我们会分开。”言隽握着她的手，“婳婳那么好，我怎么舍得跟你分手？我只会一天比一天更喜欢你。”

“感情是很难控制的……”她知道现在很甜蜜、很幸福，却也不能保证这段感情能维持多久。

“维持感情的方法有很多，你要相信自己，也要相信我，好吗？”

言隽明白了她内心的担忧和恐惧，她缺乏安全感，所以才会害怕失去。他觉得一定是自己做得还不够好。

“你就这么希望我出国吗？”她没意识到，在纵容自己的人面前，会越来越容易委屈。

“别钻牛角尖。”他用温暖的手掌拍了拍她的头顶，修长的手指穿进她的乌发间，轻拥她入怀，“我希望我喜欢的女孩儿能随心所欲地追求梦想，而我……会陪她一起成长。”

公司安排的培训名额已经确定，是司婳跟一个叫李慢慢的女孩儿。

签证下来了，司婳开始收拾行李。

去得久，她想带的东西就多，箱子很快被塞满。司婳看着堆成小山的行李，一屁股坐在地上。她太累了，收拾东西都把自己搞得满头大汗。

言隽回来时见她已经把东西装好了，问：“都带了什么？”

“乱七八糟的，有一堆。”她也不知道自己带了什么，把行李箱塞得满满当当的。

“我来检查？”

“你要看就看。”她不介意这个，箱子都没上锁。

“带的东西差不多，但你到那边之后记得要买……”他正要一一给司婳列出来，转念一想，“算了，我会把东西准备好，等你到那边就让人送过去。”

司婳乐不可支，故意调侃：“言先生，你昨天还让我自力更生。”

“我能做到的事，就不需要你动手。”言隽把行李箱重新合上。

言隽担心她一个人在那边不能好好照顾自己，念叨了一整天，提醒她买什么做什么。她不忍心打断他，就一直在旁边点头。

这个男人明明记忆力那么好，却忘了她从大学开始就独立生活了。

收拾好东西后，司嫿忽然想起了什么，开始在 iPad 上绘画。

iPad 的屏保还是她偷偷画的言隽的睡颜，后来这张图被言隽发现了，她就大大方方地用了。这次，司嫿又画了一个跟屏保风格一样的动漫人物，是她自己。

画完后，司嫿去找言隽："言隽，我们一起换头像怎么样？"

"好啊，你想换什么头像？"

"你用这个。"司嫿直接把那张女孩儿的动漫图发给他，然后滑动屏幕，将言隽的图展示给他看，"我用这个。"

"好。"言隽二话不说直接换上，脸上还挂着笑容。

司嫿心满意足地换上头像，没意识到自己在做这些事的时候，完全没担心言隽嫌她行为幼稚。

司嫿出发前，言隽发给司嫿一个国外的地址，告诉她那是他以前买下的小庄园，司嫿没事时可以去那边玩。

司嫿捶胸："你家房子是批发的吗？"

公司为参加培训的员工配备了宿舍，司嫿跟李慢慢一起住在学校附近。

她到宿舍的第一天就有人联系她，为她送来生活用品和一个家庭小药箱。不仅如此，对方还替李慢慢准备了一套实用的礼物，以司嫿的名义送出。如此一来，司嫿跟李慢慢的关系逐渐拉近，两个女孩儿能互相照应。

从这天开始，司嫿扎起马尾，干净利索地开始新的旅程。

他们在一所知名的服装学院内培训。这儿的学生都是进了社会的成年人，心思藏得深，都铆足了劲儿。考核分值直接跟未来能取得的成就挂钩，谁都不愿意放弃这个来之不易的好机会。

司嫿刚到这里，并不能立即适应，新环境、新朋友、新知识让她精疲力竭，甚至有些委屈。但每当太阳升起的时候，她又必须调整好情绪，将自己打扮得光鲜亮丽，在人群中侃侃而谈。

"今天上课的导师真的好凶，他的见解的确很独到，但我们有点儿质疑都不行，真的太可怕了！"

"那嫿嫿有被骂吗？"

"我没往他跟前凑，就坐在后面听。"她能分辨哪些知识对自己有帮助，选择性学习。

“我们婳婳真聪明。”

半个月后，司婳逐渐适应了新的环境，在培训教室跟宿舍两地打转，偶尔跟同学一起出去吃饭。她新认识的同学都觉得她脾气温和，容易接触，都很喜欢她。老师在展示学生作业的时候，都会夸她设计感强。虽然有些人对她心生妒意，但大部分还是懂得结识优秀的同伴，做长远打算的。

起初她跟言隽保持着固定的联系，但总有意外情况发生，例如，某天她必须聚精会神地赶作业，又或者言隽出差办公。因为时差，他们的休息时间很容易错开。发现一天结束都没跟他说上几句话的时候，司婳就会开始惶恐。联系减少是异地恋人分手的征兆，她怕自己最担心的事情发生。

来这边的第三周，司婳感冒了。言隽准备的药派上了用场，司婳吃了药就躺在床上休息。

跟言隽打电话的时候，她听到那边有人说“加班”，便将要说出口的话咽了回去，只告诉他自己在这边很好，让他别担心。但第二天，司婳没能起床。她倒不是真的爬不起来，只是因为发烧，脑袋昏昏沉沉的，只想躺在床上睡觉。

李慢慢终于发现她的异样，把她送去了附近的医院。

司婳有些难过，很想念言隽。如果言隽在这里，一定会温柔地抱着她，哄她。她以为自己足够坚强、独立，十八岁时能孤独地熬过去，现在怎么就不行了？

现在的她比十八岁时的她更加从容，面对感情，想要的却比曾经多。

迷糊之间，司婳拨通了那个电话。

冰凉的手机屏幕贴在耳边，她的声音有些沙哑。

“言隽……我好想你。”

如果这时候，她能见到他，能牵住他的手，能亲亲他就好了。

如果他们没有隔得这么远，就好了……

司婳隐约看见一个身材颀长的男人走过来，脸上浮现欣喜之色，但在看清那人的模样时，期待变成失落。对啊，言隽离她好远，怎么可能出现在她身边？

“司婳，你还好吗？”

来人是司婳培训班上的同学，也是班上为数不多的单身男士。

上课以来，他一直向司婳示好，尽管司婳明确地表示过自己有男朋友，但他仍不肯放弃。

他以朋友的名义送来鲜花和食物，司婳婉拒。李慢慢悄悄把他拉到一旁，道："婳婳有男朋友了，你其实不用这样。"

对方却理直气壮地说："现在有男朋友，谁知道以后怎么样……你看她现在生病，男朋友来得了吗？"

李慢慢这才知道，原来这位打算乘虚而入。但据她观察，司婳跟男朋友的感情似乎很好，分手的可能性比较低。

下午，李慢慢等人很快就离开了。司婳情况好转，带着药独自回家，脸色不太好，服药后又迷迷糊糊地睡了过去。

李慢慢回来时给她带了粥，司婳吃了几口就咽不下去了，没什么食欲。

晚上十一点多，一阵急切的敲门声打破宿舍的宁静。

"谁啊？"李慢慢正开着电脑画图，思路被打断了，有些不悦。

她趿着拖鞋慢悠悠地走过去，打开门的瞬间眼睛都瞪直了。

门口站着一位大帅哥，发型有些凌乱，喘气声极重："不好意思打扰一下，我找司婳，我是她的男朋友。"

来人是言隽，他神色焦急，语速极快。

李慢慢惊讶地张大嘴巴，手指指向屋内。

言隽立刻从她眼前消失，来到司婳身边。见她安稳地躺在床上，言隽闭上眼睛，松了口气，紧锁的眉头微微舒展。他弯腰去摸司婳的额头，发现有些烫，不知是自己手心的温度太高，还是司婳在发烧。

"那个，婳婳应该是睡着了。"

背后传来李慢慢的声音，言隽轻轻点头，握紧了司婳的手。

床上的人儿似乎有感觉，手一缩，缓缓地睁开眼睛。

"言隽……"

"是我！对不起，我来晚了。"他低头亲吻司婳的手，嗓音沙哑，带着浓浓的愧疚和心疼。

"我没事。"司婳坐起来，精神状态比在医院时好，"你什么时候来的？"

"接到你的电话就过来了。"早在司婳确定要参加培训的时候，他就向空管局申请了私人飞机航线，所以才能在接到她电话的第一时间赶过来。尽管如此，他还是花费了十几个小时。这段时间对他来说无比漫长。

"现在感觉怎么样？"

"已经好多了。其实就是个小感冒……"

“下次遇到事情，你要第一时间给我打电话，知道吗？”他轻抚着司婳的背，看到床边的小桌上摆着几盒药，还有一碗几乎没动过的粥，问她，“是不是没吃饭？”

“晚上吃了一点儿。”想起言隽之前叮嘱她的话，司婳有些心虚。

“那个……婳婳一直说胃口不好，今天都没怎么吃。要不你劝她多吃点儿？”李慢慢道。她已经抱起了自己的电脑准备去隔壁宿舍暂住，又对司婳说：“婳婳，我先去隔壁找安妮她们，你俩慢慢聊。”

言隽起身向她道谢：“李小姐，非常感谢你对婳婳的照顾，我打算先带她离开，打扰了。”

言外之意是李慢慢不用走，他要带女朋友走。

司婳是被言隽以公主抱的姿势抱下楼的。李慢慢在宿舍里回想着刚才那美妙的一幕，感觉自己在看偶像剧。

司婳第一次来到言隽的小庄园。

怕她饿着，言隽煮了两碗面条，两人一起吃。

司婳有些好奇：“这里怎么还有吃的？”

“是我让人定期备的，万一你哪天想过来玩呢？”

得知缘由，司婳悄悄叹气。她到这边后忙着学习，休息时间很少，根本没机会过来。

吃完面条，言隽就催她回房间休息。司婳抬手拍了拍他的额头，道：“其实我没事了，你别担心。”

言隽顺势把她拥在怀中，下巴抵着她的肩膀，低声在她的耳边道：“对不起，我以为保持联系就能让你安心学习，忽略了你可能会生病。很抱歉没能在你最需要的时候出现。”

司婳紧紧咬唇。到这里学习的是她，没能照顾好自己身体的是她，他根本没有对不起自己。反倒是她自己不够坚强，没忍住打了那通电话，害得他大老远跑过来。

“是我不好。”司婳攥着他衣袖的手指慢慢收拢，嗓音中带着涩意，似乎下一秒就能哭出来，“明明你对我那么好，我还是……还是会害怕。”

言隽没有变，真正有变化的是她的心态。因为她越来越在乎他，才会更害怕失去他。

“婳婳很好。”言隽觉得她太懂事了，懂事到让人心疼，“可以告诉我，什么时候会让你感到不安吗？”

“一直看不到你，又怕打扰你，忍不住乱想。”司婳怕自己哭出来。

“以后每周都过来陪你，好不好？”

“不好。”她别开头，几乎没有犹豫就拒绝了，“你会很累的。”

她在这边上课，一周只有一天假期，还需要完成作业，根本没时间去看他。而让言隽过来，她虽然高兴，但也心疼。

“其实这次就是个意外，我可以好好照顾自己的。我从大学开始就独立生活了。”她试图让言隽安心，减少对她的担忧。

言隽却说：“我希望你一个人的时候能够照顾好自己，也希望你能学会依赖我。现在的司婳跟大学时的司婳不一样了。”

“现在的我应该比以前更厉害！”她吸了吸鼻子。

“不。”言隽低头亲吻她的额头，“婳婳现在有我了。”

司婳破涕为笑，“嗯”了一声，双手紧紧地环抱着言隽的腰，小脸埋进去，深深地闻他身上的香气。

她现在不是一个人了。

言隽来得匆忙，有许多事情没交代，不能停留太久。司婳要学习，两人也没有太多相处的时间。等司婳的身体恢复后，言隽就离开了，一切回到正轨。

培训为期半年，教学进度很快，加上能进这里的人学习能力都不错，司婳稍不注意就会落后许多。她因病请了假，回去又得赶进度，总之就是非常忙。

在司婳的强烈建议下，两人约定半个月见一次面，如果遇到特殊情况可以再商量。

渐渐地，司婳在忙碌的学习生活中调整好了状态，不像刚来时那么惶恐不安了。

忽然有一天，李慢慢冲到她面前，震惊地道：“我想起来了，你男朋友是那个……那个……”

李慢慢见到言隽时就觉得他眼熟，又不好意思追问，怕司婳误会，直到看见与景城相关的新闻才想起来。

司婳男朋友的来头可真大！

两个月过去了，追求司婳的男生多次遭到拒绝，终于灰溜溜地放弃了。

接下来的时间里，司婳全身心地投入学习中，同宿舍的李慢慢都十分佩服她：“婳婳，你最近也太勤奋了吧！”

“我想早点儿做完。”

“我悄悄打听过，其他人还没怎么动呢，你别把自己逼得太紧。”

司婳微笑着摇头：“没事，我想早点儿做完，看能不能向导师请假。”

“请假？”李慢慢的表情变得僵硬。

负责他们考勤的那位导师极其严格，身体不舒服、家里有事之类的理由，他都不接受，必须拿出证明才能请假。司婳上次靠医院开的证明才没被扣分。

“六月份有一场比赛，如果我成功进入复赛，就能请假。”

设计师去参加比赛是被允许的，只要比赛方公布了入选名额，她就有正当的理由请假。

“但那也太辛苦了吧。”

培训室的学习强度本就大，司婳还要腾出时间去参加比赛。有时候李慢慢半夜醒来，发现司婳的电脑屏幕还亮着。李慢慢本认为自己足够上进，如今跟司婳一比较，感觉自己像条咸鱼。

司婳却报以微笑，道：“没事的。”

司婳有其他计划。下个月言隽过生日，她至少要回去两三天，如果没有正当的理由请假，就不能陪言隽过生日了。

去年这时候他们还不是男女朋友，她只是送了一份合适的礼物给他。今年不一样，她是言隽的女朋友了。

为了让她安心，言隽做了许多，她也想竭尽所能地对他好。

司婳的努力没有白费，她成功地闯入了复赛，可以在参加比赛后飞回国，陪言隽过完生日再回设计学院。只是她会很累。

因为怕中间有差池，她没有将自己要回去的消息告诉言隽。

司婳并不畏惧比赛，而且已经为参赛做好了准备，却意外地发现唐誉文也在那儿。

来不及叙旧，司婳匆匆跟他打了声招呼便进了比赛现场。

选手展示完设计方案后，现场开始打分。司婳等得焦急，一是担忧自己的成绩，二是希望早点儿结束。

“婳婳。”在她出神的时候，唐誉文忽然出现。

司婳抬头，却见自己面前站着两个人，另一个是上次缠了她两天的伯恩。

司婳看到伯恩的眼神，似乎猜到了什么。果不其然，伯恩一见到她就开始表达对她身材的欣赏，随后道：“司婳小姐，请你做我的模特吧！”

令人意外的是，伯恩这次说的是中文。虽然他的口音很重，但这句话她听得很清楚。

唐誉文告诉她：“伯恩说要努力打动你，所以这几个月一直在学中文，想跟你交流。”

司婳：“……”

就在这时，司婳听到主持人开始宣读分数和入选人员。

“司婳！”

主持人念了她的分数和名字，她通过复赛了。

唐誉文祝贺道：“婳婳，恭喜！”

笑容爬上脸颊，司婳松了口气：“太好了。”

“小师妹这么厉害，等会儿一起吃个饭？”

“谢谢师兄，不过我还有要紧事，要先走了。”

“司小姐，你考虑考虑……”

司婳不顾伯恩，已经按照工作人员的指示上台了。

唐誉文啧啧两声，道：“放弃吧，我小师妹的身体怎么可能让你看？”

伯恩反驳道：“唐，请不要诋毁我的真心。”

唐誉文：“……”

伯恩这中文水平……不知道的还以为他求爱失败了呢！

三个小时后，司婳登上飞机，离开这座城市。

她实在太累了，虽然独自坐飞机时没有安全感，但也抵挡不住困意，睡了过去。

时隔三个月再次回到景城，司婳下飞机的时候还有些恍惚，赶忙打开手机，一连上网络就收到了言曦发来的消息：“嫂嫂，地点发给你了。”

司婳立刻表示感谢，打车离开机场，直奔言隽的生日会现场。

有言曦帮忙，司婳在没有暴露身份的情况下顺利进入私人俱乐部。这里面积大，有室内健身房、空中花园、屋顶泳池，言曦跑下来接她，竟然忘了回去的路。幸亏有工作人员带领，言曦才辨清方向。

言曦拿起手机在群里向其他人打听清楚位置，随后拉着司婳向前走：“我知道我哥在哪儿。”

到了门口，言曦贼兮兮地笑道："嫂嫂你自己进去，我就不打扰你们了。"

"谢谢小曦。"

"没事，快去吧，哥哥见到你肯定很开心。"

司婳笑着点头。她跟言隽半个月没见了，不知道自己突然出现会不会吓他一跳。

她缓缓地推开那扇门走了进去，里面环境雅致，是一处幽静的休闲区。司婳往里面走去，隐约听见前方传来一道女声："我陪在你身边那么久……"

这是什么情况?

司婳停下脚步，在植物的遮挡下探出头去看。

不远处站着一男一女，男的是言隽，女的是书谧。

司婳嘴角上扬的弧度逐渐消失，目光变冷，双唇绷成一条线。如果她没听错，此时此刻书谧是在跟言隽表白。

藤蔓爬满围栏的露天休闲区内，两道身影相对而立。书谧挡在言隽身前，身体微微颤抖："阿隽，你太狠心了。我们从小一起长大，现在你过生日都不肯邀请我。从什么时候起，我们生疏到这种地步了？"

她一个月前就每天倒数着言隽的生日，为他准备了礼物，只为在他生日这天送上一份惊喜，希望至少……至少能得到他真诚的笑容和感谢。她万万没想到，自己竟然没收到言隽的生日邀请。她不明白到底是哪里出了错。明明半年前言隽还亲自带礼物去她的生日宴，向她道贺。

言隽收起手机，站在道路中央，看向挡在前方的书谧："书谧，你很聪明，应该知道原因。作为朋友，我很愿意邀请你，但这半年来你的行为已经超出了朋友该有的界限，所以很抱歉。"他无法再放任书谧的小心思继续发展。

"我陪在你身边那么久，难道你就没有一丁点儿心动吗？"话已经说到这个地步了，书谧不再装糊涂，豁出去了。

"你是个优秀的女孩儿，会遇见真正适合你的人。"言隽眨了一下眼睛，神色坦然。

此后，他与她擦肩而过，渐行渐远。

书谧僵硬的双臂缓缓放下，她弓着背，眼中失去了光彩，难堪地捂住自己的脸，任由眼泪穿过指缝。

不知过了多久，书谧重新抬起头，用手指擦拭掉眼角多余的泪水，转身离开，却遇到了意料之外的人。

她看到司婳，司婳也注视着她。这两个女人，一个眼眶通红，略显狼狈；一个姿态优雅，神色从容。

书谧从不觉得自己比司婳差，此时却觉得难以面对她。

书谧加快脚步，匆匆走到电梯门口，看着不断变化的楼层数，又握紧双拳，转身回去。

偌大的空间内，只有她跟司婳两个人。

书谧紧紧地盯着她，问："聊聊？"

司婳点头，轻声应道："可以。"

司婳避开言隽，在出口处等书谧出来，已经很久了。

司婳点了两杯咖啡让人送过来，与书谧面对面地坐着。

书谧环顾四周，宽敞的空间内摆放着多张座椅，而司婳刚才坐的位置是自己离开的必经之路……

"你刚才是故意在这里等我？"

"是，不过我不确定你是否会回来。"司婳确实坐在这里等书谧，但二人是否要谈话，决定权在书谧。

书谧没想到她会这么坦诚，便直接道："所以，刚才你都看见了？"

"一点点，我只看到你跟他站在一起，没有偷听你们讲话，放心。"司婳坦坦荡荡地道。

书谧捏紧手指，咬牙质问道："你这么淡定、大方，就不好奇、不在意吗？"

淡定、大方？不好奇、不在意？怎么可能。

司婳无意间撞见书谧向自己的男朋友表白，那一刻心里五味杂陈。书谧跟言隽从小一起长大，在司婳没能参与的过去或许发生过许多难忘有趣的故事。而且两人有多年情谊，即便言隽对书谧没有爱慕，会不会因为不忍而产生怜惜？

司婳想到了很多不好的事情。

她知道自己在忌妒。

撞见那一幕时，她完全可以直接冲上去质问，以女朋友的身份把觊觎言隽的人赶走。但如果她那样做了，难堪的就是他们三个人。

在那样尴尬的境地里，她选择信任言隽。她相信言隽可以把这件事处理好，相信言隽不会让她失望。她甚至没有在暗处偷偷看，直接转身走了。

她没多久就看见言隽一个人出来了，稍微回避，没让他发现自己。

书谧显然有些崩溃，哭得双眼通红：“从小到大我都在追逐他的脚步，他喜欢看书，我就逼自己多阅读。他喜欢音乐，我就去学。他喜欢旅游，我也……”

为了离言隽近一些，为了面对他时跟他有更多的共同语言，她踩着言隽的脚印一步步成长。到头来，他们连朋友关系都没能维持下去。

“他所学的，就一定是他喜欢的吗？”司婳不急不躁地抛出问题。

“难道不是吗？他不喜欢又为什么要学？”书谧心生恼意。

“一个人在成长的过程中会接触数不清的人和事，有些东西，无论如何都要学，最后收获的价值都属于自己。你完全不用刻意地迎合别人。”

“我不是迎合他。他从小到大都很优秀，我向他学习，努力地为他变得更好，不是迎合他，是想与他并肩！”

书谧为喜欢的人而努力，怎么能算刻意迎合对方？

“照你说的，你按言隽的生活模式成长，最后变成一个跟他相似的人。他本身已经拥有那些了，为什么还要找一个同类人一起生活？”

“我……”书谧哑口无言。

在司婳提出疑问的那刻，书谧内心慌乱，竟不知道该如何反驳。

“书谧，你有优越的家世、姣好的容貌、不输任何人的才情，应该为自己活得更灿烂才是。”司婳慢条斯理地道。

书谧别开头，僵硬地道：“情敌跟我说这些话，未免也太好心了。”

司婳不急不缓地道：“因为我相信，言隽愿意结交的朋友一定不是糟糕的人。”

书谧瞳孔微缩。她以为司婳会趁机责备、羞辱自己，警告自己远离言隽。事实却是，她从情敌的口中听到了对自己的……称赞。

司婳将书谧的表情变化收入眼底，抿了一口咖啡，继续道：“你不必多想，我也没有那么好心，留在这里还想告诉书小姐，觊觎别人的男朋友并不是什么值得宣扬和坚持的好事，希望你能停止这种行为，去过好自己的日子。”

她相信言隽，却没有大方到放任一个觊觎自己男朋友的女人纠缠他，还默不作声。

司婳的手机铃声响了。

她跟书谧告别，缓缓地走向电梯。

书谧望着空掉的座位，耳边回响着言隽跟司婳的声音。

他们互相信任，而她只是故事中的小丑，白白给人看笑话。

书谧喝了一口咖啡，真苦啊！

其他人在俱乐部玩了一天，晚上才聚到一起吃晚餐。

就在这时，言隽牵着一个女孩儿的手走进大家的视线，笑着面对众人道："给大家介绍一下，这是我的女朋友司婳。"

"你们好！"司婳站在言隽身旁，得体地跟在座所有人打招呼。

"嫂嫂。"言曦热情地挥舞双手回应。

大家都知道言隽谈恋爱了，却没亲眼见过他的女朋友，只知道言隽费尽心思追了人家一年。大家对她很好奇，如今一见，纷纷道贺："恭喜隽哥，嫂子真漂亮！"

"之前是谁打赌说言隽要单身到三十岁的？赶紧站出来认罚！"

他们都是年轻人，相处起来并不拘谨，很快就闹成一团。

司婳坐在言隽身旁，言曦则坐在她另一边的座位上。不过小丫头心思不在这儿，一直跟其他人一起起哄。

听他们提到赌约，司婳觉得很神奇："原来言先生在他们眼中是到三十岁也脱不了单的人……"

"是啊，所以我要感谢婳婳，帮我挽回面子。"他配合地道。

"哦，言先生谈恋爱就是为了挽回面子啊？"她故作惊讶。

"如果我说是，会怎么样？"言隽单手托腮，回头问她。

她扯起嘴角，露出明显的苹果肌："可能会让他们的赌约变成现实。"

"那就不是。"言隽趁机捏了捏她的脸蛋，软软的，手感超好。

忽然有人扯着嗓门问："隽哥，打算什么时候跟嫂子结婚啊？"

言隽笑道："那要看你们嫂子什么时候答应嫁给我了。"

众人起哄，司婳在言隽的胳膊上捏了一把，看起来更像打情骂俏。

两人秀恩爱的举动着实伤到不少单身人士。

书谧在一旁喝闷酒，裴域实在看不下去了，拽住她的手腕，把她拉了出去。

"你干什么？"手腕被捏得有些疼，书谧甩开他的手。

裴域深吸一口气，抢走她另一只手上紧握的酒瓶："书谧，别再执着了，你应该了解言隽，他决定的事情是不会改变的。"

言隽想跟她划清界限，就一定不是说说而已。如果书谧放不下，最终受伤的还是她自己。

这些道理，她何尝不知道？

她推开裴域，跌跌撞撞地往前走。裴域默不作声地跟在她身后，与她保持着一定的距离。

书谧的脑子里乱哄哄的，她漫无目的，突然闯入室内泳池，掉了进去。

“书谧！”裴域嘶吼一声，跟着跳下去。

两人在水里推推攘攘，裴域费了九牛二虎之力才把她从水里捞起来，带到梯子边。

“不就失个恋，至于这么想不开吗？”裴域厉声训斥，语气急切，头发上的水滴顺着硬朗的五官往下落。

书谧撩开头发，抹了抹脸上的水，大口喘气，甚是无语地反驳道：“我没有想不开。”

她会游泳，只是喝多了酒，想到凉水中让自己清醒些，谁知道裴域会跟着跳下来，反而抓得她胳膊疼、腿也疼。

“你真是喝糊涂了。”裴域紧紧地盯着她，重重地叹气。

附近有一次性浴巾，他爬上去把浴巾抱过来，裹在书谧的身上。

六月份的天气并不冷，两人坐在泳池边，书谧的情绪逐渐平稳。

“今天，谢谢你带我进来。”书谧今天本不该出现在这里，但想找言隽问清楚，便央求裴域带她进了俱乐部。

“或许我不该心软答应你的要求。”裴域道。

当时他劝过书谧，最后答应将她带进来，是希望书谧能看清现实，早点儿放弃。

书谧抹了抹眼角的泪水：“其实我知道自己会失败的，只是不甘心。”

暗恋多年的话没说出口之前，她不甘心放弃。被言隽拒绝之后，她仍不甘心离开，就想看看那两个人站在一起是什么模样。现在她亲眼见到了，心像被无数根针扎了似的，疼得不行。

她喃喃自语：“他那么温柔的一个人，为什么偏偏对我这么狠心？”

“书谧，你清醒一点儿。”裴域暗暗咬牙，脊背绷直，“他没有做任何对不起你的事。”

“是啊，他没有对不起我，一直是我一厢情愿。”

室内温度适宜，书谧却感觉一股凉气袭遍全身，拢紧身上的浴巾，笑得苦涩。

“其实我早就听言曦说，她哥哥为追求一个女孩儿做了很多事。每次我都刻意回避，以为没听见就能当什么都没发生，可最后还是要面对……”回想起来，她真的很怯懦，连面对事实的勇气都没有。

“你去找他，他到底跟你说了什么？”裴域看得出，她今天深受打击。

书谧垂下眼帘，回想起今日言隽跟自己的对话。

当时，她问言隽：“默默地喜欢也不可以吗？我们认识那么久，一直相安无事。”

言隽却说：“正因为是一起长大的朋友，我们更应该避开。如果放任对自己有其他心思的异性以朋友的身份留在身边，我怕她会难过。”

“竟然是因为她……”其实书谧心中早有答案，但亲耳听到这些，还是觉得心疼，“我原本以为没有人能真正走进你的心，你告诉我，为什么她可以？”

言隽：“是她就可以。”

她拦下言隽表明心意，只听到他想要全心全意地保护另一个女人。这些话要她如何说出口？

书谧闭起眼睛，缓缓地道：“没什么，不过是我自取其辱罢了。”

她对司婳既忌妒又羡慕。

那个女人何其有幸，能被言隽那般坚定地偏爱着。

众人玩累了，各自回家休息。

言隽单独带走了司婳。

离开热闹的场所，司婳松了口气，觉得自在多了。她抬起胳膊，食指在言隽的手臂上轻轻划了两下，逗他：“都没有时间给你准备礼物，怎么办？”

“婳婳就是最好的礼物。”司婳悄悄回国，的确是他收到的意外之喜。

“那也太敷衍了吧？”

“嗯？并不会。”

司婳忍俊不禁，朝他勾勾手指：“你把手伸出来。”

言隽依言伸出双手，司婳一下拍掉他的右手，托起左手的手腕，将一条编织好的红绳戴上去：“这就是你的生日礼物。”

“这叫什么，情侣手链？”

言隽发现司婳似乎很喜欢把东西凑成一对。

情侣装、情侣头像、情侣杯，等等，现在这条红绳的编织方式也跟他之前送她的那条差不多。不同的是，这条红绳上没有红豆。

“这里面藏了东西。”司婳指着红绳，眼睛发亮。

“绳子里面还能藏东西？”言隽对手工制品方面的了解实在太少了。

“上次你去找我，我偷偷剪了你的头发，你不知道。”司婳委婉地提醒道。

言隽似乎猜到了什么：“藏发？”

她打了个响指：“真聪明！”

青丝结发，皓首同心，这是他收到的最好的礼物。

有些话不用明说，默契的人自然能理解。言隽摸着红绳，问她：“什么时候走？”

“我刚来，你就赶我走？”她故意开玩笑。

“怎么会。”言隽抬手揉了揉她的头发，“想问问你的时间，方便安排其他事。”

司婳小声道：“这次我是借比赛的名义请假偷偷跑回来的，明天就要回去。”

“哦？”他勾起嘴角，“司小姐可真厉害，把自己折腾成这样，还不肯提前告诉我。”

“我那时候也不知道自己能不能行啊。”她小声道。

“下次有什么计划都要跟我商量。”即便没有亲眼看到，他也知道司婳为了挤出时间付出了多少努力。

“好，我知道了。”她是个很听话的女朋友。

两人手牵着手，脚步一致。

言隽主动问：“今天你去找我，是不是见到了书谧？”

他离开后遇到了言曦，从而得知了司婳回国的事。他算了算时间，司婳大概见到他跟书谧谈话，然后默不作声地走了。

他打电话找到司婳，对方却只字不提。他不确定司婳会不会多心，更怕她胡思乱想。

“不问问我吗？”他轻轻摸了摸司婳的手背。

“不就是某人的桃花开满枝吗？”她撇了撇嘴。

“吃醋了？”言隽眼中含笑。

“才没有。”她口不对心。

“我告诉她，我女朋友是个醋坛子，所以我要自觉地跟异性保持距离。”他希望自己喜欢的女孩儿能安心。

“算你聪明。”

其实从书谧的反应中，她已经得到了答案。

言隽拿起手机看了眼时间：“时间还早，去泡会儿温泉怎么样？”

夏天泡温泉，解暑降温，活血通络，正好缓解疲惫，还能助睡眠。

司婳回来得匆忙，什么都没有准备，好在这家俱乐部里什么都有，她挑了件尺寸合适的泳衣换上。

温泉设立多个分区，有男女不同池的大水池，也有私密性极好的小水池。

作为情侣，他们自然选择后者。

司婳换好泳衣，裹着浴巾出去，见言隽还没来，自己先脱了浴巾下水。

言隽逐渐走近，一边走一边拿着手机打电话。司婳趴在池边盯着他，见他在距离池边很近的临时储物柜旁停下，挂断电话后把手机放在上面，朝这边走了过来。

言隽站在水池边，扯掉身上的浴巾。司婳顿时瞪大眼睛，交叠在池边的手突然握紧。

虽然他们一起睡过几次，但都是穿着衣服、盖着被子睡觉，这还是她第一次……看到言隽的身体。

他有性感的腹肌，身材符合黄金比例。

司婳默默地咽了咽口水，忽然有些理解伯恩。

“你……能给我当模特吗？”她直勾勾地盯着言隽的身体，脸颊上泛起红晕。

“嗯？”正准备下水的言隽看过来。

司婳按捺住雀跃的心情，眨了眨眼睛，得寸进尺地补上一句：“不穿衣服的那种……”

听到司婳的要求后，言隽在原地愣了一会儿，随后垂眸，对上那道殷切的目光。

那个言语大胆的女孩儿此刻正趴在水池边，扬起白皙的天鹅颈，两只眼睛睁得很大，直勾勾地盯着自己。司婳穿着分体式泳衣，胳膊以下全都浸泡在温泉中，隐约看得见肩头细细的吊带。

两道灼热的视线在空中交会，司婳下意识地抬手抹了一下嘴角。这人真是……还站在那儿干吗？要下水就赶紧下啊！

司婳摆手示意他挪位置，道：“你别站在那儿了，视觉冲击感太强了。”

“你可以不看。”不仅如此，他还故意朝司婳那边走了两步。

“……”司婳赶紧捂着双眼。

对，眼睛长在她的脸上，她可以选择不看，但是……这么性感的身材，她不看白不看。而且是他自己走到她面前来的，她凭什么不看？

想通后，她移开双手，睁开眼睛，却发现前方的人已经不在了。

她的细腰忽然被人搂住，司婳猛地转头，发现言隽不知何时偷偷下了水，正站在她身后。

“刚才你说的事……”他故意拖长尾音，吊她的胃口，仔细观察司婳不断变化的表情，顿时觉得乐趣无穷。

见她满脸期待的模样，言隽缓缓地道：“要我答应也不是不行。”

言外之意是他有条件。

能谈条件在司婳这里约等于成功，她对此十分自信。

“那你要怎样才肯答应呢？”

“我心情好了，自然会答应。”

“难道现在你心情不好吗？”

“现在还不错，但还不够。”

司婳懂了，得让他更开心，他才会答应。

“所以，你是想让我哄你开心？”

“你这么理解也没错。”

“那你要我做什么，才会更开心呢？”

“自己想。”言隽把司婳放开。

“啊……”她夸张地张开嘴，“你直接给我布置任务不行吗？”

他为什么非得让她动脑？想折腾谁？

言隽背靠着池中的扶梯，从容不迫地望着她，似乎在等她想办法。

看着他性感的腹肌，她已经想象到将其绘制成画会是什么模样了，那可比她之前在美术课上见过的好太多……

司婳默默地咽了口唾沫，认真起来。

她主动走过去，先前随手绾起的长发逐渐松散。司婳干脆扯掉头绳，她柔软的头发浮在水面上，随着波浪轻轻摆动。

“你太高了。”

“嗯？”他依言在她面前低下头，微微弯腰。

司婳伸手摸到言隽松软的头发，轻轻往下按压，却忽然被言隽抓住手腕："不知道男人的头不能随便摸吗？"

"你也摸过我的头发，我不可以摸你的吗？"她微仰着头，因为在泡温泉，脸蛋更红润了。

言隽的目光落在水面上，他缓缓松开手，道："嗯，只有婳婳可以。"

司婳不经意地发现自己在被另一个人偏爱着，心里甜甜的。她大概知道能让言隽更开心的事是什么了。

司婳舔了舔唇，道："给你亲，你的心情能变好吗？"

"你试试？"他唇角微扬，没有承认，也没有反驳。

司婳心痒难耐，搂住他的脖子，一口亲了上去。司婳刚亲到他，脚下一滑，差点儿滑倒。言隽眼疾手快地揽住她的背，她猝不及防地撞进他的胸膛。

"好……好痒……"她忍不住发笑，眼角逼出两滴泪。

她穿的是吊带抹胸上衣，荷叶摆裙子，露出了小蛮腰，雾蓝色的泳衣衬得她肤白胜雪。而搁在她背后的大手不知何时已经贴到她的腰间，那儿是她的敏感区域。

"原来婳婳怕痒。"言隽眼底趣味更浓，没打算就此放过她，故意使坏，逗得司婳连连大笑。

"你别……别挠我……"

二人在温泉池里嬉戏，漾起一阵又一阵水花。她憋不住笑，也扯不开他修长有力的手臂。

"言隽！"她笑得泪花从眼角冒出来，若非有人扶着，连腰都直不起来，"我肚子疼，你放过我吧。"

她原地求饶，趁言隽松懈，踹了他一脚，随后扶着梯子往上爬。言隽重心不稳，在池内砸出巨大的水花。

司婳回头瞄了一眼，发现言隽没再发出声音，身体被淹没在水中。

"言隽，你没事吧？"

想起自己刚才踹他的那脚，司婳眉头一皱，有些担心。可就在她的双脚即将落入池中的瞬间，她被人一把拽入池中，迎来一个炙热的吻。

池水清澈，水波荡漾，水中的两道身影紧紧相拥。

从温泉池里出来，浑身湿透的二人一开始未适应温度，她冷得一哆嗦，言隽迅速替她拿来浴巾裹在身上："快去换衣服。"

"等等！"司婳心里还记挂着最重要的事。

最后她也不问了，直接拽着言隽的浴巾，在他的耳朵旁轻轻吹了口气，道："给……我……当……模……特。"

"你要是还有精力的话……"他说着，视线移到司婳那双纤纤玉手上。

司婳立马将双手藏起来，道："有！我行！我可以！"

她都付出这么多了，不行也得行。

得到肯定的答案，言隽无论如何也会满足她。只是司婳明天就要走，想作画就得熬夜。再则她手里缺少绘图工具，除非回之前居住的地方去拿。但这儿离那边很远，他们来回折腾的话，恐怕什么都来不及。

司婳唉声叹气，感慨大好的机会就这么飞走了。

他们各自换回自己的衣服，言隽走过来，拍了拍她的肩膀，道："过来，给你吹头发！"

十几分钟后，她的头发终于干了，司婳打了个哈欠，听到言隽说："走，带你去看新家。"

"新家？"

"前几个月来这边，发现附近的风景不错，所以……"所以他花了些钱，在这边买了一套房。

司婳惊讶地道："言隽，你老实告诉我，你家的房子是批发的吧？"

"好问题。我先保密。"他配合地道。

两人上了车，司机直接载他们去了目的地。

这是一座小庄园，据言隽描述，这儿有草坪、有池塘，占地面积很大。室内设计风格简约大气，言隽还在楼顶建了个玻璃花房，里面摆着一架钢琴。

"好看是好看，可我现在手里什么都没有。"

"纸和笔我都有准备。"不仅如此，他还留了一间房做画室，里面摆放着作画工具。

司婳内心深受触动，原来被一个人放在心上是这样的感觉。

他拥有的一切，做的每一件事，都可能与她有关。

工具一应俱全，画师、模特都已到位。

"脱吧！"她干脆利落地道，声音听起来十分淡定。

言隽眉头一挑，在她的注视下缓缓撩起衣摆，露出性感的人鱼线。

司婳拿着画笔的手微微握紧："继续。"

言隽抬起手臂，按她的指示脱掉衬衣，曲线分明的腹肌夺人眼球。

“继续……”她咬紧牙齿，努力控制自己握笔的手不要颤抖。

紧接着，他慢条斯理地解开皮带，完美的身材配上动作，禁欲感扑面而来。

司婳曾在美术课上看过模特的裸体，男女皆有，最开始会害羞，适应之后就无感了。然而，从她被言隽的身体吸引的那刻起，她就注定无法单纯地将这位特殊的模特当参照物。

她急速地瞄了他一眼，不敢仔细打量他，脸上的红晕从耳根蔓延到脖颈。就在言隽即将把最后一件衣服脱掉时，司婳突然推开画板站起身：“等等！”

她一步步退到门边，举着手解释：“我可能……有点儿累，不适合作画。”

言隽随意地坐在搭着轻纱的椅子上，凝视着司婳，嘴角露出一抹暧昧之意：“司小姐，你是在调戏我吗？”

“没，绝对不是！”司婳心虚得不行。

她一开始是真的欣赏这个身体，但因为他们的关系不同寻常，所以她才无法静心作画。

“说要开始的是你，说累的也是你。你变卦太快，让人难以相信。”

“没有变卦，我只是……只是觉得今天不是好时机。我太累了，肯定画不好，等下次……”她咽了口唾沫，“下次找个合适的机会，我一定能画好。”

她迅速变卦是真的，但放弃是不可能的，说什么也要把这个来之不易的机会抓住，不然她就白画那么多年了！

“你先把衣服穿起来吧，别感冒了。”司婳背对着他，扶正画板，捡起画笔，找了个蹩脚的理由。

其实，六月份的天气，室内还有恒温空调，就算他不穿衣服又能有多冷呢？

他用轻薄的毛毯遮住重点部位，随后慢慢捡起自己的衣服，重新穿上，遮住大片好风光。

他正抬手去扣衬衫的扣子，余光扫到前方司婳的背影，想了想，道：“过来，帮我扣上。”

司婳一只手按住额头：“你自己穿衣服都不会了吗？”

“我听你的话，专门脱给你看，你怎么翻脸不认人呢，婳婳？”他语气平缓，唯独在说她的名字时，加大了音量。

总归是她理亏。司婳放下画笔，走到他跟前为他扣扣子，一下闻到了他身上的清香。

司婳浑身一哆嗦。不得了了，这个男人浑身上下，没有一处不在散发着魅力。他对她有致命的吸引力。

扣子系到一半，司婳很没出息地临阵脱逃了。言隽看着她的背影，哭笑不得，缓缓地走进浴室。

等他平息了欲火，回房间后却见那个惹了事的姑娘已经缩在沙发上睡着了。

“她还真是累了。”

言隽俯身在她的额上落下轻吻，随后把她抱回房间。

这段时间，她一直在给自己施压，付出比其他人多几倍的精力去参赛，坐了十几个小时的飞机，马不停蹄地奔波，就为挤出时间回来给他庆祝生日。

她真是过分惹人怜爱。

言隽摸了摸她的脸，司婳似乎有感觉，迷迷糊糊地睁开眼，嘟囔道：“言隽，生日快乐。”

“今年的生日已经过去了。”他抬头看了眼时间，时针指针刚过十二点。

“那就提前祝你明年生日快乐！”她惦记着给他庆生，睡糊涂了也没忘记。

“到时候你再亲口跟我说。”他替她拨开贴在颈窝的长发，拍着她的肩膀轻声细语地哄道，“晚安，宝贝。”

第二天，司婳坐飞机回去了。

周围认识她的人得知她成功进入决赛，纷纷向她道贺，连培训室的老师都因此对她另眼相待。

如果她能在决赛上拿出令人惊艳的作品，哪怕没有取得名次，也会受到外界的关注。若是她运气再好些，得到了名次，就不仅能提高国际知名度，而且今后在这个圈子里的地位都会有所提升。

七月，太阳炙烤着大地。

决赛时间到了，司婳坐了十几个小时的飞机到达大赛现场。

入场前，司婳接到了言隽的电话。

这次决赛，他会在台下陪她。

本次决赛的主题是设计“时尚晚装”。

精彩刺激的走秀与讲解后，所有选手集中在一起，等待主办方宣布结果。

来自不同国家的选手大多经验老到，且早就在时装设计上有一定的成就。司婳虽然心怀期待，但也做好了错失所有奖项的准备，毕竟有些作品真的令她叹服。

最先公布的是优秀奖，司婳从头到尾都没听到自己的名字，不禁有些失落。

就在这时，主持人用流利的英文念道：“本次时装设计大赛的季军，是来自中国的设计师司婳！”

掌声连绵不绝。

司婳先是愣怔，难以置信，回过神来后，紧紧地握着双拳，激动不已。

第三名……她原以为自己最多拿个“优秀奖”，没想到是季军！

在这样一场国际大赛中，能上台领奖已属不易。司婳兴奋不已、内心狂喜，但站上舞台时依旧保持着一副大方得体的模样。

结束后，她迫不及待地去找言隽，差点儿撞上唐誉文。

“唐师兄！”

“恭喜啊，小师妹。”

司婳左顾右盼，唐誉文疑惑地问道：“你要找谁？”

“我……”司婳正要解释，扭头瞥见朝她这边走来的言隽，立即扬手，从唐誉文身旁走了过去。

被小师妹无情地忽视的唐誉文深吸一口气，转头一看，发现他印象中含蓄羞涩的小师妹在大庭广众之下扑进一个英俊男人的怀中。两人拥抱在一起，男人一只手拿着花，另一只手拿着相机。

“恭喜婳婳。”言隽在她的耳边道贺。

“我都没想到自己能拿到这么好的名次。”

她把到手的奖杯送给言隽，这才想起身后还站着唐誉文，回头道：“师兄，要一起吃饭吗？顺便介绍你们认识。”她今天心情好，想跟大家分享这难得的喜悦。

唐誉文：“可以是可以，不过我能带一个人吗？”

十几分钟后，司婳、言隽、唐誉文和伯恩来到附近的一家法式餐厅，共进晚餐。

伯恩今天见到她后只是简单地打了招呼，没有提“邀请她做模特”这事，司婳也放下心来。

唐誉文早就知道言隽了，看过照片，如今见到真人，大概明白为什么这个男人能迅速地笼络司家父女的心。

这么温和从容，面对陌生人都能侃侃而谈的人，怎么能不被人偏爱？

唐誉文想起自己的老师Susan。她与言隽虽然性别不同，但那种温和包容的感觉十分相似，这是司家父女最招架不住的。司婳遇到言隽，注定会栽。

借此机会，唐誉文或多或少地试探言隽，观察他的言行举止、处事态度和见识，发现这人真不简单。

他不仅对时装设计领域有一定了解，大家提到绘画时，他也能从容地分析各个画家的风格及特点。特别是伯恩，伯恩在某些方面特别执着，普通人很难理解，言隽依然能跟他交流得很愉快。其实大部分时间是伯恩在讲，言隽附和，可言隽就是能巧妙地将话题接下去。哪怕伯恩有时候无意识地说了德语，言隽也能流利地接上话，这让伯恩觉得对方很懂自己。

“言先生，我想邀请您去看我的画展。”谈到自己擅长的领域，伯恩略显激动，“你是否同我一样欣赏人体的美？”

听到伯恩要邀请言隽欣赏人体的美，正在喝水的司婳呛到了。

她无意的举动引起伯恩的注意，伯恩完全忘了唐誉文先前的告诫，诚恳地对司婳道：“司小姐，我对你的心意依旧没有改变。”此话一出，另外三人神态各异。伯恩毫无察觉，继续道：“你依然是我心中的最佳模特。”

“咯咯！”司婳捂着胸口咳嗽起来。

言隽笑着看她，眼睛里闪动着不明情绪：“最佳……模特？”

“不，不是的，我没有答应他。”她知道言隽想到了什么，连连摇头，对伯恩道：“伯恩先生，我早就拒绝你了，请你以后不要再提起此事，以免被人误会。”

司婳忐忑地吃完饭，告别了唐誉文、伯恩，准备好好哄男朋友。

言隽坦诚地告诉她：“我知道你们美术生会画真人模特，也很尊重那些为艺术献身的人。不过，我今天才发现，自己之所以不在意，只是因为那些人与我无关。如果模特是婳婳……恐怕我也会愚昧一回。”

面对喜欢的人，大家都会有占有欲。如果司婳给别人做裸体模特，言隽还是有些难以接受的。

“原来言先生是个醋坛子。我之前怎么没发现呢？”司婳抬手摸了摸他的头发，“我才不会给别人当模特呢。”

“那婳婳给我做模特好不好？”伯恩的话的确勾起了言隽潜藏在内心的占有欲，同时也带给他灵感。但是，欣赏司婳身体的只能是他。

“啊？”

“我带了相机，刚好能派上用场。”他凑到司婳的耳边小声说道。

司婳立刻红了脸颊，感叹言隽学坏了。

嗯……这都是伯恩的错！

大赛结束后，他们决定在这边多留两天，用来约会。

上午，他们起得晚，将早餐和午餐一起吃了后，去了位于曼哈顿中城的博物馆欣赏馆内收藏的名家画作。他们从MOMA（纽约现代艺术博物馆）出发，到百老汇街、帝国大厦，一路上走走停停，拍了许多建筑大片。

他们天生默契，无所不谈，甚至商量着要不要晚上去看一场歌剧表演。

走到下午，司婳逐渐感觉到疲惫。他们是步行过来的，也不知道现在在哪儿，见小广场的大树下摆放着供行人休息的长椅，司婳道：“我想在这儿歇会儿。”她走累了，看到长椅就不想动了。

言隽问道：“要不要喝饮料？”

司婳摇头：“你也坐着吧。”

她懒得动，也不想折腾言隽。

言隽：“有点儿渴，我去买饮料。”

“那好吧。”司婳道，“那你随便帮我买一杯。”

附近的饮品店距离不远，来回不过几分钟。

言隽走后，司婳抱着相机看之前拍摄的照片，耳边传来一阵嘈杂的声音。她抬头一看，只见路上的行人忽然乱作一团，传来阵阵惊恐的叫声。

一名年轻的男子持武器闯入广场。眼看人群朝这边拥来，司婳立即起身退后，不知被谁推了一把，挤到了人群中间。

司婳看不清前路，只能跟着人流跑。她想拐到旁边躲起来，后面突然冲上来一个人将她撞倒。司婳一下跪到地上，相机摔落在地。她顾不得去捡相机，忘记了膝盖的疼痛，赶忙从地上爬起来，四处张望，继续往前跑。

“言隽……”

他在哪儿？

言隽走得不远，肯定有所察觉。

众人乱作一团。在这个一眼望不尽的区域，司婳想寻找一个人，犹如大海捞针。听着惊恐的喊叫声，司婳心惊胆战，一边奔走一边寻找，祈求言隽离得远远的，不要有危险。

一个大哭的金发小孩儿抱住她的大腿，将她错认为自己的母亲。惊慌之余，司婳拉着小孩儿的手，想要躲开，却成了歹徒的目标。

维护秩序的警察赶到时，歹徒已经将司婳和小孩儿挟持了，逼得警员不敢上前。

司婳的耳畔传来歹徒暴怒的声音。他在嘶吼，在咒骂，像个精神失常的病人，行为、语言毫无逻辑可言。

司婳害怕极了。刚才那个孩子抱着她不放，尖锐的哭声引起了歹徒的注意。武器抵住司婳脖子的那一刻，她连呼吸声都停止了。她从未想过厄运会降临在自己身上。

孩子仍在哭泣，她不得不紧紧地捂住孩子的嘴。

她浑身颤抖，迷茫地向四周张望，终于看到了那张熟悉的脸。她差点儿哭了出来，紧咬牙关，不让自己发出声音。

言隽……你怎么现在才来？我找了你好久。

言隽……你为什么还要回来？这里好危险。

听到广场中央传来异样的声响，言隽立即折返，回到原来的位置时，司婳早已不知所终。

他看到掉落在路旁的相机，循着这个方向寻找司婳的身影。这么昂贵的物品，此时却无人在意，所有人都在逃命，而司婳……肯定发生了危险。

他慌乱了，在人群中寻找司婳，可根本无法找到她。直到警察将四周团团围住，而歹徒被逼着挟持人质，他才看到司婳。然而，此时的他宁愿那个人不是她。

他心爱的女孩儿正被凶恶的歹徒拿刀抵着脖子，眼里满是惊恐，却强忍着不敢哭，也不敢挣扎。言隽的血液在身体里翻滚。

那个歹徒挟持着两名人质往路边的车上跑，在他上车之际，司婳一把推开了身旁的孩子。警方当机立断，一枪打中歹徒的手。歹徒被激怒，一拳砸向司婳。千钧一发之际，言隽冲了出去，一把抢过司婳，抱着她在地上滚了一圈。

那个丧心病狂的歹徒还想挣扎，发疯似的挥舞着手中的武器。他没了人质，警察终于将他制伏。

司婳被言隽紧紧地护在怀中，直到骚乱声慢慢消失，言隽才把她扶起来。

司婳狼狈地跪坐在地上，头发凌乱，盯着地面紧张地喘息，久久不能回神。

“婳婳，别怕，我在！”言隽替她理好头发，双手捧着她的脸，不断地叫她的名字。

他低头亲吻司婳，从额头、鼻尖到嘴唇，企图借此带给她安全感。

司婳忍耐许久的情绪终于在这一刻爆发，躲在他的怀里肆无忌惮地哭了出来。

“言隽……”

她太害怕了。

司婳双手抓着他的衣服，慢慢靠近他，可鼻尖不是熟悉的清香，而是刺鼻的血腥味儿。

这时司婳才发现言隽的胳膊上已经被鲜血染红了一片，特别刺眼。

第 十 一 章

她叫司婳，是我的未婚妻

司婳受惊一场，膝盖擦伤，而真正流血的是在保护她时手臂被划伤的言隽。

好在没有伤及要害，言隽只需静养一段时间便能恢复。

医生处理伤口的时候，言隽一声没吭，脸色惨白。

司婳陪在他旁边，心疼又帮不上忙。

她没哭，只是眼眶红红的，内心很自责："对不起，我那么胆小，连逃跑都不会。"

"婳婳已经很勇敢了。"

事情的经过言隽已经清楚了，是那个突然抱着她哭的小孩儿引起了歹徒的注意，害她成为对方的目标。但她既坚强又善良，从头到尾都没有放弃挽救那个陌生孩子的生命。

她明明害怕得要死，仍然没有哭泣。比起那些只顾自己逃命的人，司婳已经很勇敢了。

见司婳依旧情绪低落，言隽道："婳婳，过来。"

听到言隽的呼喊，她立刻来到言隽身边。

言隽握住她的一只手，蹙眉忍受着疼痛，直到最大的那股疼痛劲儿过去。随后，言隽松开手，扭头看着她道："有没有感觉你已经陪我一起承受痛苦了？"

司婳低头一看，被他捏出的痕迹瞬间消失了，轻声反驳道："根本就不疼。”

言隽苍白如纸的脸上露出一个浅浅的笑容，他说：“那就说明我也没有很疼。”

“骗人！”

这人真是……伤成这样还想方设法地安慰她。

司婳后退了几步，不再让他分心。

伤口被包扎好了，医生叮嘱了他们一些平时的注意事项。司婳听得很认真，不敢走神，没注意到言隽的目光全程落在她的身上。

他紧紧地盯着她，生怕她再从眼前消失。

因为这件事，司婳又向培训学院请了假。

言隽不用住院，就留在医院附近的酒店养伤。司婳几乎不做别的事，就陪着言隽。

她早上提前起床，准备好营养丰富的早餐后就坐在床边等他醒来。

言隽一睁眼就看见了可爱的女朋友，双手托腮，盯着他眨了眨眼。他忍不住伸出那只没受伤的手，摸了摸她的脸。

除了照顾他的日常起居外，司婳还一直在监督他好好休息，不让他干活儿，也不让他看电脑太久。这直接导致言隽大哥言叙的工作量暴增。

大哥忍不了了，给言隽打电话，言隽却在大哥说完后不紧不慢、理直气壮地道：“我受伤了，只能麻烦大哥多费心了。”

直到电话那头传来婴儿的啼哭声，言隽才有所收敛：“念念还好吗？”

言叙回答道：“心脏搭桥手术很成功。”

“恭喜。”言隽松了口气，又问，“大哥今年回来吗？如果奶奶知道念念的存在，会很喜欢她的。”

言老太太半年前就念叨着想看孙媳妇儿，想抱重孙。没人敢告诉言老太太那时她已经有了一个早产的重孙女，因为那个孩子患有先天性心脏病，差点儿夭折。

电话那头传来一声叹息：“如果念念恢复得好，我就带她回去。”

最后，言隽叮嘱道：“大哥，公司的事还是先麻烦你了。”

言叙骂了他几句，挂了电话去哄女儿。

言隽放下手机，转身看见了司婳，她缓缓地举起一只手解释道：“我没有故意偷听。”

“听见什么了？”言隽倒不在意，缓缓地走到沙发旁坐下。

“听到你提起一个叫念念的人……那是大哥的女朋友？”司婳有些

好奇。

言隽摇了摇头："不是女朋友，是女儿。"

"女儿？"司婳惊讶。

这是怎么回事？她去言家的时候，言老太太跟她说过言家兄弟俩的感情史。言隽是第一次带女朋友回家，言叙一直在国外。

"是大哥的孩子，早产、身体弱还有先天性心脏病，那时存活的概率很小，我们不敢让奶奶知道。"

"所以大哥去国外发展，其实是为了照顾女儿？"

"是，不过在大哥带念念回来之前，这件事要保密。"

这件事只有言家兄弟知道，连言曦都被蒙在鼓里。

"嗯嗯，我知道了。"司婳点点头，考虑到这是别人的私事，没有再问。

"刚才去哪儿了？"言隽发现她穿着外出的衣服，手上还提着购物袋。

"去附近买了些东西。"司婳把袋子放到茶几上。

言隽抿起唇角："下次出门，记得喊我一起。"

这两天两人一直同进同出，司婳这是第一次单独出门。

司婳瞥了他一眼，见他一副不太高兴的样子，点了点头。

随后，司婳将遇袭那天他们拍的照片存到电脑里，跟言隽一起看。

"这两张差不多，留哪张好呢？"司婳挑得认真，转头却见言隽紧紧地盯着屏幕，脸色不太好看。

"言隽？"司婳抬手在他眼前挥了挥。

言隽移开视线，皱眉道："都删了吧，我下次带你去别的地方拍更好的照片。"

他不想再回忆起司婳被歹徒挟持，命悬一线的时刻。

被挟持的人是司婳，而真正留下心理阴影的是言隽。

虽然他一直以英雄的姿态保护着她，哄她不要害怕，受伤之后依然面带笑容，但其实没有外表所见的那般强大。

这两天，司婳发现言隽总是半夜从梦中惊醒，随后紧紧地握着她的手，确认她的存在。夜里，她虽然看不清他的样子，却感受得到他的情绪。

司婳摸索着凑到他旁边，亲了亲他的嘴角，道："有你在，我不害怕；有我在，你也别怕，好不好？我会一直平安地待在你身边的。"

"婳婳。"言隽紧紧地搂住她。

“我在呢。”司婳也搂紧了他。

她原本是想给他安全感，渐渐却发现不对劲，直到碰到他身上滚烫的一处，才瞬间明白过来，面红耳赤地道：“言隽你……你受了伤，怎么会想到那种事？”

“我是个身体健康的男人……”

她搂着他，在他身上瞎摸，他如何能平静？况且，他是胳膊受了伤，其他地方又没受伤。

“你帮我，嗯？”

他的嗓音有些沙哑，充满诱惑的气息，司婳完全没办法对这样的他说不。

一周后，司婳接到老师和同学打来的无数个电话。她必须回学院上课了。

言隽不肯回国，坚持要陪她。他不放心她，总觉得如果那天自己没有离开，她就不会被歹徒带走。

司婳拗不过他，跟他一起住进了小庄园。

司婳还有两个月才能毕业，两个月的时间说长不长，说短不短，但言隽在国内还有很多事要处理，陪她待在这里，一点儿都不值得。

下午，言隽又到学校去接她。在李慢慢羡慕的眼神中，司婳上了言隽的车。

车上，言隽问她晚餐想吃什么。司婳不挑，让他随便安排。

晚饭后，司婳称自己明天休假，又道：“还记得我们上次互相约定给对方做模特的事吗？”

言隽指了指自己胳膊上的白纱布：“还没完全好。”

“我觉得这样也很好。”

不完美也是种不可多得的美，那道伤痕才是她最该记住的。

庄园，画室。

司婳已经准备好绘画工具了。这次，她只需要言隽将衬衣的扣子解开。言隽下身穿着长裤，露出了半条人鱼线。

言隽坐在一把黑色的椅子上，双腿笔直修长。

司婳无比认真，动作娴熟地勾勒出言隽的身形，随后上色，着重保留了他手臂纱布缠绕的细节。

画完后，司婳和言隽都十分满意。

言隽的视线停留在画中人的手臂上，他问：“故意画出这点的？”

“嗯，我想记住它。”

“可我差点儿让你受到伤害。”

“那只是个意外，与你无关。做错事的是歹徒，而你保护了我。”司婳握着他的手贴向自己的脸蛋，语气中充满信任与依赖，“你是我的英雄。所以，你不应该自责。”

司婳将画摆在屋里，等它自然变干。接着，司婳亲自替他整理衬衣，将纽扣从第二颗扣到最后一颗，没有再逃跑。

今晚的她十分大胆，与他一起来到另一个房间，把相机递给他：“接下来……该你了。”

司婳说完便离开了，去做准备。

不久，侧门再度打开。司婳裹着一条白色的毛毯走了进来。她双脚细长，脚趾圆润，双腿笔直纤细，皮肤光滑细腻，白到发光。她的一头青丝如瀑布般披散在肩上，双手抓着毛毯放在胸前，腕间的那条红豆手绳分外明显。她唇红齿白，不施粉黛却自有一股娇媚之感。

她，梦中仙子一般的存在。

其实司婳很紧张，一步一步靠近他时，心脏像是要跳出来一样。虽然之前给自己做了无数次心理建设，但当她真的站在言隽面前时，立刻觉得手脚都不听使唤了，脑子里也乱哄哄的。

“言……言隽……”她羞涩地咬了咬嘴唇，“你要拍吗？”

这是他们约定好的。他当模特让她画，她当模特让他拍照。自己承诺的事情，她从不会反悔。

“拍。”站在那儿的言隽用低沉沙哑的嗓音道。他的声音在这安静的房间里显得尤为清晰。

司婳深吸一口气，转身背对着他，微微松开双手，美丽的背部线条逐渐显露。

“放轻松。”

他在地上铺了一层厚厚的绒毛毯，又放了一层纱，增强视觉效果。她坐在毛毯上，斜着身子，一双秀腿交错叠放。

在言隽的指挥下，她不断变换着姿势。不过半个小时，他已经拍了许多照片。最后，他调整镜头拍摄了一张全景图。画面中，容颜姣好的女孩儿单手撑着毛毯，一手挡在胸前，斜倚着身子，盯着地面。

“婳婳，看我。”

司婳仰头朝他看过来，一缕发丝拂动，露出美丽的锁骨。镜头捕捉到她最灵动的一幕，那时的她，眸中似乎有万种风情。

言隽放下相机，向她走来。

进入模特状态的司婳只顾着配合，忽略了言隽越来越暗的眼神。

拍摄过程中，因为隐秘的地方都没露，她越来越放松。见他走过来，司婳调皮地伸出手指钩了钩言隽左手上的红绳，问：“好了吗？”

“作品很完美。”

这些照片是他看遍山河，仍能捧在心尖上的最完美的作品。

“给我看看。”

“我整理后再给你看。”

“我就看一眼。”

他还是不肯。

“好吧，我再等等。”她安慰自己，美好的东西值得等待。

随后，她想站起来，却被言隽按住肩膀。

“怎么了？”司婳疑惑地道。

他不说话，低头吻住了司婳的肩膀，眸中暗流涌动。

司婳的身体微微一颤，心跳蓦然加速，耳朵飞速蹿红，她结结巴巴地道：“言……言隽……”

她的声音都在颤抖。

他伸出双手，环抱司婳不盈一握的细腰，低下头亲昵地用鼻尖蹭了蹭她的鼻子。

她感受到落在耳垂上的吻，浓密的睫毛像蝴蝶振翅般轻轻扑闪。她指尖微颤，身体一点儿一点儿放松下来。

绒毯落地，他们之间再无阻碍，这是女孩儿无声的回应。

她被拉进一个滚烫的怀中，双臂缓缓地放到言隽的腰间，放肆地吸取他身上独有的清香。

迷恋恋人身体的，不止她一个。

言隽清楚她这个极具针对性的癖好，脸上笑意更盛，把她抱回房间。

“你的手！”司婳半眯着眼，注意力转移到他的手臂上。

“没事。”

虽然伤口处隐隐作痛，但他毫不在意。

夜晚的小庄园仿佛远离尘嚣，司婳躺在床上，不好意思看他的时候就透过透明的屋顶，看天上的星星。

“婳婳，看我。”言隽捏着她的下巴，让她看向自己。

“你好烦！”她娇嗔地道。

言隽却笑得更得意。

言隽有时候占有欲特别强，特别是做这种事的时候，非要她将注意力全部集中在他身上不可。

他们拥有默契的灵魂，一切恰到好处。在独属于他们的这方小世界里，司婳的意识被剥夺，视线逐渐模糊，身体发生的变化却越来越清晰。

司婳刚开始还有些期待，真正到了那刻，却很没出息地哭出声来。

“宝宝，放松，很快就好了。”言隽吻掉她眼角的泪，试图安抚她。

想起言隽往常的习惯和惊人的持久力，司婳哭得更大声了：“言隽，你就是个骗子！”

最后她趴在言隽的身上，在他的下巴上咬了几口。

“你这是什么癖好？”言隽捏了捏她的脸蛋。

她气呼呼地道：“报仇！”

但她的复仇也就这样了，她根本没有多余的力气折腾了。

次日，培训室休假。司婳本想偷懒，躺在家里休息，却发现言隽正单手给自己换药。

他们昨晚有些放肆，言隽手臂上的伤口渗出了血。

司婳气得不行，把他带去医院重新上药。

听完医生的话，司婳一脸严肃地教育他：“言隽，你就是自讨苦吃！”

“嗯，我比较喜欢苦的。婳婳再让我尝一次？”言隽食髓知味，游走在她身上的眼神更加大胆。

“不准！”司婳继续道，“伤口彻底好之前，咱俩保持距离。”

她说完窃喜，心想：在言隽养伤的这段时间，应该能舒坦了吧？

可她完全忽略了言隽根本没答应自己。

出了医院，两人在附近挑了家餐厅吃饭。去洗手间时，司婳像往常一样照了照镜子，却发现镜子里的人似乎跟以前有所不同。明明还是同一张脸，她说不出哪里变了，但就是感觉不一样了。现在，她的神态中似乎多了一丝娇媚。

从洗手间出来，司婳坐到言隽对面，想到镜子中的自己，用手指钩着一缕长发打转，突然道：“我想试试鬈发，你觉得怎么样？”

言隽看着她的眼睛，认真地道："那应该会很漂亮。"

得到了恋人的支持，司婳摸了摸柔顺的长发，唇角绽放笑容。

七月下旬，司婳终于把言隽"赶"回公司，言氏集团的临时负责人喜出望外，立刻将手头那些难搞的工作交接过去。

看着桌上成堆的文件夹和邮箱里未处理的邮件，言隽颇为嫌弃："要你何用？"

负责人哀号："小言总……"他只是个临时负责人，权力有限啊。

八月中旬，司婳提前完成毕业设计，再加上权威大赛的奖项，提前半个月拿到本次培训的结业证书。校方费尽心思挽留人才，司婳依旧没松口，坚持回国。

不过，她回国的第一站是榕城。

两天前，司婳接到柯佳云的电话，平日那么坚强的女人因为失恋，在电话里哭得一塌糊涂。司婳一下飞机就打车去了柯佳云家。

柯佳云打开大门让她进来，司婳小心翼翼地观察她。她面色红润，但那身睡衣跟乱糟糟的头发暴露了她的真实状态。司婳完全没想到，柯佳云竟然坐在家里打游戏，脸色红润是因为打得太上头。

给司婳倒了杯水后，柯佳云拿起游戏机继续战斗，最后还让司婳跟她一起玩。

司婳不太擅长这些，勉强能不拖后腿。柯佳云以前玩游戏不在乎输赢，玩得开心就行，今天却格外在乎战绩，好胜心极强。司婳知道她在发泄，没有说什么，只是陪着她。

晚上，司婳亲自下厨做了柯佳云最喜欢吃的菜。跟言隽在一起后，司婳的厨艺长进不少。

"还是你对我好。"吃着司婳做的饭，柯佳云感动不已，眼泪吧嗒一下掉了下来。

司婳赶忙抽了纸巾递过去，柯佳云接过，随手擦掉脸上的泪，吸着鼻子骂了一句："没出息。"又补充道，"婳婳，我觉得自己特别没出息，当初劝你的时候说得头头是道，现在还不是哭哭啼啼的，走不出去。"

司婳懂她的意思。柯佳云自以为坚强，亲身经历后却发现感情是难以控制的。

"我给他钱，帮他介绍好工作，助他步步高升，他却说对我没有感情了……

“当初我觉得，反正我不缺钱，他也是个努力上进的人，只要给他足够的时间，我再帮帮他，我们就能携手创造美好的未来。可是，他这么快就变心了。”

听柯佳云倾诉完，司婳看到旁边的垃圾桶里已经堆满了揉皱的纸巾，道：“别哭了，眼睛都肿了。还有，你了解过你们分手的具体原因吗？只是因为他说不喜欢你了，你们就分手了？”

柯佳云说了这么久，分手理由一直说得含糊，司婳担心他们之间有误会。

“他说我跟他是两个世界的人，说对我已经没有当初那么有激情了，说我们的感情淡了。”

“他怎么会突然这样？你仔细想想，在这之前是否发生过什么事？他应该不会无缘无故地跟你分手。”

“你的意思是，我要去找他问清楚？人家都不乐意见我，我还要凑上去？”柯佳云很骄傲，能躲在被窝里放声大哭，但绝对不会多说一句话哀求那人留下。

司婳一边给她拍背顺气，一边道：“我没有让你不管不顾地凑上去啊！我只是觉得这段感情不能结束得稀里糊涂的，你至少得弄清楚你们分手的原因，不然你以后还会惦念这件事的。”

听完司婳理智的分析，柯佳云暂时平静下来，但仍然过不去心里那道坎，没去找那个人。

柯佳云不出门也不去工作室，将工作交给副总负责。好在这两年工作室已经运营成熟了，她不需要时刻盯着。

柯佳云这么窝在家里也不是办法，司婳第二天就想办法把她带出去透气。

榕城看上去跟以前差别不大，只是街道上有些店铺更新了，她们以前常去的一家店也不见了。

柯佳云不禁感叹道：“哎，现在想想，你都离开快两年了。”

当时司婳是因为分手才离开了榕城，而现在，柯佳云也在因分手而痛苦。柯佳云没心思逛街，两人商量着去一家咖啡馆或者甜品店。

柯佳云问司婳想去哪儿，司婳本没什么头绪，但又怕柯佳云回小屋，便赶紧拿出手机搜索。

“去酥记甜点怎么样？”司婳看到熟悉的店名，问道。

这家店的甜品口碑不错。

吃甜食能让人心情变好，比起喝苦涩的咖啡，司婳更愿意带她去吃甜品。柯佳云无精打采地点头。

两人走了大概十五分钟才到达甜品店。

坐在店里点好吃的后，柯佳云忽然道："我突然想起一件事，你以前是不是经常来这边买东西？"

"是啊，以前贺延霄喜欢吃这儿的甜品，所以我才会过来买东西。"

"你现在都能这么自然地提到那个人的名字了？"柯佳云有些惊讶，因为司婳的语气真的十分自然。

"不懂事的时候总会做傻事，不过那也是自己的一部分，我没必要否认。"再提起那个人的名字，司婳心情稳定，好像在说一个陌生人。

"真好。"

司婳能放下让自己伤心到彻夜难眠的人和事，真是幸运。

"佳云，我去一趟洗手间。"司婳拿起包道。

柯佳云摆摆手："去吧。"

洗手间的洗手台前，司婳刚挤出洗手液，包里的手机便响起了铃声。她赶紧冲掉手上的泡沫，擦干了手，接了电话往外走。

这边是过道，人比较少，司婳站在圆柱旁，背对着行人通话。

远处走来两个穿着时尚的女人，她们手挽着手，看上去十分亲近。

"我哥其实有个爱好，那就是这家店的甜品，不熟悉他的人都不知道。"贺云汐故意压低声音说，随后又笑了起来，"很难想象吧，他一个大男人居然喜欢吃甜品！"

"原来是这样。谢谢你告诉我这么多，今天咱们就买些回去送给贺大哥吧！"贺云汐身旁是一个说话娇滴滴的女孩儿。

贺云汐正笑着要回应什么，眼前忽然出现一张熟悉的脸。

贺云汐脚步一顿，轻轻推了推旁边的女孩儿，道："你进去吧，我在这儿等你。"

"好的。"

身边的人离开后，贺云汐将视线落在那个留着波浪长发的知性女人的身上。那个女人好像是……司婳。

司婳已经在他们的圈子里消失好长一段时间了，但谁也没有忘掉她，因为司婳越来越有名了。当初那些私下诋毁司婳的人偶尔也会议论她在哪里参加什么大赛、拿了什么大奖，十分感慨。

她的哥哥也在关注着司婳。

贺云汐是服装设计专业的，对这方面关注较多，却偶然发现贺延霄竟然默默地关注司婳的微博账号，还转发了司婳参加设计大赛的视频。

司婳在距离他们遥远的地方肆意成长，蒙尘的明珠逐渐变得光芒四射。

贺云汐尝试靠近司婳，果然听见那道熟悉的声音。

司婳正在跟人打电话，道："分手了，感情淡了……"

她分手了？贺云汐回想了一下，发现司婳的确已经许久没有发与男友相关的消息了。

一瞬间，贺云汐想到了许多种可能。

这段时间，妈妈不断给哥哥介绍女朋友，贺延霄一个都没接受。妈妈总是在她耳边念叨，让她从中调和。

她确实能以贺延霄妹妹的名义跟那些人做朋友，但哥哥不松口，她能有什么办法？她觉得贺家现在陷入了困局，找不到解决的办法。

但现在，司婳回来了。她变回单身状态，还来了贺延霄最爱的甜品店。这难道就是冥冥之中的缘分？或者说，难道司婳对这里的人和事还有留恋？

贺延霄到现在还是对司婳念念不忘，如果两人能再续前缘就好了。

就在贺云汐陷入沉思时，那个女孩儿已经从洗手间出来了。贺云汐只能暂时收回心思，走之前听到司婳道："我会在榕城待一段时间。"

这最好不过。

司婳刚才在给言隽打电话。言隽盼着她回去，但柯佳云现在状态不好，司婳决定再在这边待一段时间。言隽表示理解，反正再过不久，他也会去榕城。

挂了电话，司婳回去找柯佳云。

甜品和饮料都已经送过来了，柯佳云抱怨道："再不回来，我还以为你失踪了。"

"抱歉啊，打了个电话。"

"婳婳，你说这蛋糕里是不是没放糖，怎么一点儿都不甜呢？"柯佳云吃了一大块蛋糕，神色恹恹的。

司婳："……"可能是你心里太苦了吧。

司婳想了许多办法帮柯佳云调节心情，但她的情绪仍然没有变好。

柯佳云注意力转移的时候会好些，但只要一闲下来，就开始发愁。她这种状态，不去跟那人说清楚怎么行？

“婳婳，你陪我这么久，会不会耽搁工作？”

“没事，我的结业证书提前拿到了，可以在这边多待几天。”

“你家那位怎么办？”柯佳云记得，司婳曾经告诉过她，言隽其实很黏人。

“他说会过来。”

“啥？”

“你知道唐老将在九月初举办宴会的事吗？”司婳企图转移话题。

那是一位年轻时在商界叱咤风云的老先生，掌握了丰厚的人脉资源，即便退休了，仍有无数人想结识他。现在，他回到从小生活的榕城，在这儿建了一座庄园，打算举办宴会。榕城、景城等地的人都想拿到邀请函，参加唐老的宴会，因为那着实是个拓宽人脉的好时机。

言隽来了，司婳自然是他唯一的女伴。

听闻此事，柯佳云想起了什么，道：“我爸好像跟我说过要去什么庄园。”

柯佳云打开手机一查，的确查到了相关消息，道：“那正好，到时候我们一起去。”

说不定她去了后还能见到不少青年才俊，转移一下注意力。

司婳点点头，问：“对了，明天你要不要跟我一起去机场接个朋友？”

“谁啊？”

“言曦，你应该还记得。”

次日，榕城机场。

言曦拉着行李箱从机场通道出来，一看见司婳就扬手喊道：“嫂嫂！”

言曦今天穿着杏色T恤、背带牛仔裤，戴着一顶小黄帽，看上去就像个小朋友，十分可爱。

走到司婳身边后，言曦取下帽子，露出一头小鬈发，兴冲冲地道：“嫂嫂你看，我也是鬈发了。”

“发型不错，很好看。”司婳从她的手中接过行李箱。

听到赞赏，言曦摸着自己的鬈发，非常满意，这才想起正事：“嫂嫂，哥哥让我把这个东西带给你。”

言曦从自己的书包里拿出一个盒子递给司婳，盒子上的图案有些神秘。司婳打开盒子瞄了一眼，旁边两个人立刻凑了过来。司婳赶紧关上盒子，道："看什么看！"

"这反应……有意思！"柯佳云"啧"了一声，饶有兴致地盯着司婳，果然看见司婳的脸变红了。

有些人就是这样，心里一有事，嘴巴上不说，脸上却藏不住。

"到底是什么啊？"言曦将脑袋钻进两人中间，满脸疑惑。

"小妹妹，你跟姐姐走，姐姐告诉你。"柯佳云揽着言曦的肩，带她往外走。

"柯佳云，你别瞎说话啊。"司婳害羞地道。

言曦走了两步，忽然想起什么，扭头对司婳道："对了，哥哥说很快就过来，让嫂嫂做好准备。"

柯佳云的公寓足够大，三个女孩儿住在里面也很舒适。

言曦住进来后，柯佳云拉着言曦不放，从古代说到现代，从天上说到海里。再看言曦，一脸认真，像个乖巧的小学生。

柯佳云跟言曦聊天就不用再惦记"失恋"的事了，这倒是好事。

司婳懒得管她们，在卧室里给言隽打电话："言隽，你为什么跟小曦那样说话？还有，你送我那个东西，是什么意思？"

"我送的东西、我说的话，有问题吗？"

"没有吗？那个盒子里装的是你的领带，你在故意逗我。"

"没有啊，婳婳，你想多了。我是想让你准备一下参加宴会需要的东西。"他知道司婳出席公众场合比较喜欢自己准备服装和饰品，所以让言曦提醒她一下。

"至于领带，我只是想让你帮我保管着，到时候亲手帮我系上。"对方语带笑意，打趣道，"你想到哪儿去了，婳婳？"

"宴会明明就用领结！"司婳气得跺脚。

这人肯定是故意的，真是过分！

言隽之后被她赶去隔壁房间休息，没过多久就回国了。刚开始她真的以为自己的计划成功了，谁知他依旧随心所欲地乘坐私人飞机来找她。那时候，他胳膊上的伤也好了，一直诱惑她。所以见到那个东西时，她才会面红耳赤。

如果只是言曦在场就算了，那丫头单纯，肯定不懂，也不会乱想，偏偏柯佳云也在。柯佳云可是看一眼她的表情就能猜出她的心思的人，她真的尴尬死了。

“我才不会帮你系那个东西，现在就扔掉。”

“挺贵的。”

“反正不是我的钱。”

“嗯，看来得快点儿结婚，将它变成夫妻共有财产。”

司婳愤愤地把装有领带的盒子扔到床上，默默感慨：这人真是……越来越会撩拨她了。

之后两天，在言曦的陪伴下，柯佳云大概是不想在单纯的小妹妹面前发泄自己的负面情绪，心态好了许多。

她们一起吃遍了周围的美食，言曦也对酥记甜点印象深刻。

柯佳云逗言曦：“小曦妹妹，吃多了长胖。”

言曦手里举着叉子，抬头望着柯佳云，眼神特别真诚地道：“放心吧，佳云姐姐，我从小就长不胖。”

不管理身材绝对长胖的柯佳云：“……”

心情稍微平复后，柯佳云准备回工作室，甚至邀请司婳一同前往。司婳也想去看看自己曾经工作过的地方，便同意了。

二人出门前叮嘱言曦，让她不要乱跑，她答应了。结果两位姐姐刚走，言曦就去了甜品店。

这里的蛋糕很好吃，她拍照分享给朋友。对方给言曦打了视频电话，言曦接了。

言曦今天把头发编成了两条辫子，没有戴那顶夸张的小黄帽，换成了黄色发带，圆圆的一圈裹在头上。

言曦跟朋友聊了几句，意外地在镜头里发现自己身后有个男人一直在揉眼睛。

她以为对方需要帮助，暂时挂断视频走向男人，看到男人两只眼睛通红，像是哭过。言曦心想：一个大男人哭成这样，真惨……

见他桌上空空的，言曦把自己刚拿到的提拉米苏端过来，道：“你别哭了，吃点儿甜品吧。”

他坐在甜品店里哭，那就是想吃甜品，没错吧？

正揉着眼睛的秦续抬起头，一脸蒙。他不就是眼睛里进了沙子不舒服，坐在这儿揉了一会儿吗？这都有人来搭讪，给他送甜品？

不过，等等……

“你刚才说什么？”

“吃点儿甜品吧。”

“上一句。”

“你别哭了。”

“谁哭了？”他一个大老爷们儿能在大庭广众之下哭？她这是看不起谁呢？！

秦续解释半天，言曦恍然大悟：“原来你不是在哭。”

“我怎么可能在这儿哭？！”秦续强调道。

“知道了，你们男生都是偷偷地哭。”言曦淡定地点头，把提拉米苏端回来。

眼睛终于舒坦了，秦续也看清了面前的小丫头。她皮肤白净，五官精致，那双小鹿般清澈的眼睛灵气逼人。

小丫头还挺漂亮的。

本着不辜负所有美人的原则，秦续调整姿态，变了语气：“刚才谢谢你啊，小妹妹。”

“我不是小妹妹。”言曦不喜欢陌生男人这样称呼自己。

但她怎么斗得过情场老手秦续？他几分钟就把她的名字和年龄套出来了。

言曦，十九岁。这种信息在秦续的脑子里过滤一遍就是：她已成年，可以跟自己谈恋爱。

秦续找她要联系方式，言曦一本正经地道：“我哥哥说了，不能把电话号码给陌生人。”

“你这么大了，还听哥哥的话啊？”秦续逗她。

“当然，我哥哥聪明！”

言曦认真地点头。她可是最乖的妹妹。

言曦打包了四份甜点，取出来一份送给秦续：“陌生人，我要回家了，蛋糕送给你吃，再见。”

她没有复杂的心思，礼貌地告别后就直接拿着蛋糕离开了。

当初她就是没听哥哥的话，才在跟朋友出去旅游时被坏人带走了，撞破了脑袋，胆子也变小了。现在，她只知道奶奶和哥哥的话肯定没错。

秦续本以为这种小女孩儿很好哄，但言曦的脑回路好像跟普通人的不一样，她有时候问什么答什么，有时候答非所问，不知道是真单纯还是脑子不好使。

秦续用手指拨弄着桌上的蛋糕盒子。盒子上贴着店家专为打包设计的微笑便笺，简简单单的，让秦续想起了刚才那个眼神懵懂的女孩儿。

他好久没看见那么干净的眼神了。

九月初，榕城。

唐家庄园热闹起来，宴会要开始了。这次宴会一共办三天，第一天算预热，大家可以入住在附近的酒店。有些人按捺不住，早早到场。

柯佳云是家中独女，在父亲的命令下，必须参加。她现在被男人伤透了心，不乐意带男伴，司婳和言曦便陪在她身边。

“婳婳，你不准备搭配衣服的饰品吗？”

“有准备。”

司婳早就准备好了衣服，而言隽说要送她搭配的头饰，明天会给她带过来。

司婳今天要先陪柯佳云去庄园附近，随便挑了件得体的裙子穿上，将长发随手扎起来，没认真地做造型，只是在头上别了一枚弯月形状的发夹，看上去简单大方。

柯佳云没心思折腾，任由家里安排的造型师打扮自己。

柯家的司机早早地在外等候，三人感情好，也不嫌挤，一定要坐同一辆车。

“出发！”

此刻的贺家也十分热闹。

不为别的，贺夫人想撮合儿子跟她看中的女孩儿一起参加宴会，贺延霄偏不配合。贺夫人跑去拜托女儿，贺云汐为此头痛不已：“妈，哥哥不答应，我也没办法，你就别强迫他了。”

“你哥都多大了，到现在还不打算结婚，到底想怎么样？”

贺延霄难道要为了那个司婳单身一辈子？

“妈，实话告诉你吧，哥哥就是放不下司婳。不过，现在事情有转机了，我在榕城看见婳婳了，她回来了。”

闻言，贺夫人皱起眉头。

贺云汐试图说服母亲：“她现在已经不是以前的司婳了，你之前介意的身份、家世根本不是问题，人家现在都拿国际大奖了。”

司婳还年轻，以她的才能，闯出一片属于自己的天地是迟早的事。

“算了，如果你哥真的放不下她，我也能勉强接受她。”想起司媔之前对自己的态度，贺夫人仍然不愉快。但她不想再跟儿子僵持下去，若司媔真的有本事，她倒是可以稍微让步，同意他们在一起。

贺云汐犹如拿到特赦令，心想：这样我就不用再去应付妈妈安排的那些千金小姐了。

贺云汐拉开门，猛地冲出去，差点儿撞到贺延霄。

贺延霄就站在门口，大概听见了她们的谈话。

“哥，两年了……”贺云汐深吸一口气，问道，“你还没放下媔媔，对吧？”

“那天我在酥记甜点见到媔媔了，她现在单身，会在榕城待一段时间。”贺云汐稍稍停顿，又道，“哥，当初是我们隐瞒她在先，媔媔是个好女孩儿，你要把握住。”

外面天高海阔，如果哥哥这次没有把司媔留下，再想司媔回来，就难了。

去庄园之前，贺延霄回了趟思媔园。这个地方他已经许久没来了，里面的东西都没动，处理家务的还是蒋妈。

蒋妈拿着一份不错的工资，一个人待在这里也觉得清静，今天突然看见贺延霄，差点儿没反应过来。

“贺……贺先生。”

贺延霄扫了她一眼，直接上楼。

他吩咐过蒋妈，现在家里的样子跟他离开时一样，准确地说是跟司媔离开时一样。司媔曾经用过的梳妆台上摆放着干净透亮的玻璃罐，他曾看过里面存放的字条，字条上记录着恋爱中的女孩儿所有不开心的事。

在司媔看过的书里，他还找到一张折叠好的A4纸，纸上一半写着他的名字，一半画着一个人物的半身图。司媔画得惟妙惟肖。

司媔有段时间玩过手账。酥记甜点的打包盒很有特色，司媔买得多了，就会将盒子上的图案剪下来，贴在手账本上。

这个房间里的许多物品承载着司媔留给他的回忆，所以现在，他想把那个曾经满心满眼都是他的女孩儿找回来。

第二天，司媔期盼已久的人准时到达。

她已经不再因陌生人的眼光而觉得害怕或羞涩了，给了大半个月未见的男朋友一个甜蜜的拥抱。

言隽在这边安排了酒店，司婳暂时告别柯佳云，跟他一起住。

一到房间，她就迫不及待地索要礼物："你说要送我发饰，是什么样子的？"

"司小姐，这么久不见，一见面就问我要东西，没点儿表示？"言隽不着痕迹地推开行李箱，搂住了她。

"言先生现在可越来越抠门了。"她哼了一声，搂住言隽的脖子，踮脚在他的脸颊上亲了一口，"给我。"

"嗯，给你。"言隽毫不客气，低头咬住司婳香甜的唇，迟迟不肯松开。

司婳的吻技越来越好了，她从丰富的经验中摸索出一套让自己享受的办法，但体力比不过言隽，最后总会累得趴在他的怀里。

结束这个漫长的吻后，司婳喘息着趴在他的怀里，道："我说的不是这个。"她有点儿想打人，奈何没力气，只能在言隽的耳边骂他，"你太坏了。"

言隽捏着她的手指，道："你大概需要跟我一起多做体能训练，强健体魄。"

听到体能训练这个词，司婳的脸上染上一片红霞："呸，我才不信你这个骗子！"

上次言隽跟她约好一起做体能训练，她以为是去健身房，结果一夜没能下床。

她这副娇滴滴的模样最惹人怜爱，言隽心都软了，手紧扣住她的腰，拉着她问："要闻闻吗？"

他知道司婳最喜欢抱着他，闻他身上的香味。其实他感受不到，但司婳总说淡淡的清香闻着很舒服。司婳趴在他的身上为非作歹，又张开嘴咬了咬他的下巴。

"宝宝，你再咬重些。"

"你确定？"

"你再咬重些，待会儿出门，大家都知道这是谁的杰作了。"

"啊……"司婳好气，不得不把他放了。

言隽早已经安排好造型师，司婳也把自己准备的旗袍拿了出来。

这是一件白色的复古款旗袍，上面的花纹是司婳亲自绣的，她今天的妆容也依据服饰改了，比昨日精致许多。

言隽耐心地在旁边等待，忽然想起什么，问：“小曦呢？”

“她说不跟我们一起走，要陪佳云。”

言曦不想做“电灯泡”。这样也好，柯佳云不会落单。

言隽不知道跟造型师悄悄说了什么，造型师都没问她要用什么头饰就开始编发，将头发盘了起来。发型弄好后，造型师为她戴上一对碧绿色的水滴形耳坠。

这是言老太太不久前送给她的礼物。

老人家一共送来两对耳坠，一对是碧绿色的水滴形状的玉耳坠，一对是白色的珍珠耳坠，上面镶着精致的金色花瓣。今日穿着白色旗袍，两者皆适宜，不过前者更显风格，更具特色。

“看，这是奶奶送我的。”她特意凑到言隽跟前炫耀道。

言隽赞美道：“很适合你。”

老人家珍藏的是碧绿色的那对，又担心自己的审美跟年轻人不同，干脆又买了一对绝对不会出错的珍珠耳坠，十分用心。

“你到底要把我的礼物藏到什么时候？”司婳伸出手，五指挑动着，示意他赶紧把东西拿出来。

言隽很享受她在自己面前放肆骄纵的姿态，故作神秘地让她闭眼，从木质长盒中取出一根玉簪插入发间。

“好了吗？”司婳感觉到有东西碰到了她的头发。

“去看看。”

司婳来到全身镜前，注意力集中到头顶的玉簪上：“好漂亮。”

玉簪犹如画龙点睛之笔，跟这身妆容和服装相得益彰。

言隽揽住她的腰道：“就知道你会喜欢。”

司婳低下头，想奖励他，碍于嘴上涂了口红，停了下来。

余光瞥见她的小动作，言隽主动低头，却又被司婳抬手挡住：“别亲，脸上有妆。”

“这里没有。”

言隽错开位置，亲了她的耳朵，司婳的双耳以肉眼可见的速度变红。

她这种体质真是……太容易暴露心思了。

上车后，司婳发现里面摆放着一个精致的木盒子，甚是好奇。言隽解释道：“爷爷在世的时候跟唐老有些交情，奶奶让我亲手把东西交给唐老。”

“好厉害的样子。”

“你现在也是言家人。”

“那谁知道呢？”

言隽将目光落在她戴的碧绿耳坠上，轻笑不语。

旁人可能不知道，但爷爷奶奶的老友会知道这对耳坠代表着什么。

柯佳云跟言曦提前进入庄园，两人的着装跟昨天大有不同。

上午，柯佳云看着镜子里被造型师精心打扮好的自己，不由得感叹道：“我真是花里胡哨的。”

柯佳云的五官比较大气，她化妆之后有种女王风范，今晚的造型十分美艳。

言曦的礼服是柯佳云准备的，是一件樱花粉色的晚礼服，非售卖品，是工作室独家定制的。造型师还帮言曦把那头鬈发编成了公主侧边发型。言曦变身小淑女，比平时休闲简约的装扮少了分稚气。

言曦对自己的新发型和晚礼服很满意。

二人到了后，言曦看了看周围的环境，问：“佳云姐姐，我想去附近逛逛。”

言曦喜欢凑热闹，但不爱与那些人攀谈，昨晚就对这座庄园充满了兴趣，现在进来了，想要自由活动。

她四处闲逛，突然注意到一个花瓶，自言自语：“这个花瓶真好看……”她想把花瓶抱回家。

留在宴会主场地的柯佳云找到一个绝佳的位置，坐在这里能看见大门处进来的所有人，但又不会太突出。

宴会七点半开场。六点半，人陆续来了。视线内出现几道熟悉的身影，柯佳云“哟”了一声，只有自己听得见。

是贺延霄到了。

他身边还跟着几个榕城的富二代，十分惹人注目。

贺延霄现在跟之前缠着她问司婳下落时的模样大有不同，现在的他更冷漠，对身边的人都淡淡的。

司婳今晚会跟言隽结伴同行，好在贺延霄现在放弃了，不然待会儿就尴尬了。

“哥，我看到柯佳云了。”贺云汐小声道。

他们昨天就到了，意外地在庄园附近看见柯佳云跟司婳站在一起，她们身边还有个陌生的女孩儿。司婳应该是跟着柯佳云来庄园的，今日必定会出现，所以贺延霄特意提前入场。

贺延霄不着痕迹地寻找司婳的身影，迟迟没见到人，想起了昨天下午见到她的场景。

很巧，他们跟司婳入住了同一家酒店。

他看见了司婳，那个女孩儿长大了。

他印象中的那头黑色长发变成了大波浪形状，偏爱素色服装的她身着一条黑色长裙，举手投足之间带着属于成熟女性的娇媚之感。她身旁那个女孩儿拉着她的胳膊撒娇，她会像大姐姐一样抚摸女孩儿的脑袋，低头倾听那个女孩儿讲话。她的气质仍然温柔，但褪去了从前的稚嫩感，变得更加有魅力。

他知道如今的司婳变化很大。她参加国际设计大赛的视频他已经看过许多遍了，早就将那张容颜清晰地刻入了脑海。

母亲还安排了一些长得跟司婳相似的人与他相亲，他却无法从中寻找到那抹熟悉的身影。他恍然大悟，有些人是不可替代的。

他……非她不可。

这次，他绝不会再像两年前那样，轻易地放她离开。

“哥，我没看到婳婳。”贺云汐悄悄在贺延霄的耳边说。

贺延霄微微侧首：“她会来的，待会儿把东西给我。”

“好。”贺云汐按着自己的手提包，里面装着贺延霄准备送给司婳的礼物。

唐家庄园外，一辆价值不菲的名车缓缓停下。门口的接待专员迅速上前，得到指示后，打开车门。

车上下来一位气质不凡的男人，远远看着都觉得非常有吸引力。

男人站在车门口，伸出一只手放在车顶处，护着女人的头。一只纤细的玉手搭上男人的手，女人正面朝向车门，双脚轻轻着地，身子探出来。

是一位穿着旗袍的美人。

看见他们的人都被这对仪表不凡的男女吸引。

刚下车的秦续取下墨镜，盯着那两人看了好几眼，有些不敢确认那个女人是不是司婳。直到那个女人无意间朝他看过来，秦续才完全认出了她。秦续暗道不妙，抢在他们前面进入主会场。

他没看见贺延霄，倒是先遇见了贺云汐，把她拉到一旁小声道：“我刚才在外面看见司婳了。”

“真的？那太好了。”不等秦续把话说完，贺云汐立即去找哥哥：“哥，她来了。”

秦续正要补充，场内一阵骚动。

“听说唐老的助理亲自出来接人，到底谁来了？”

“不知道啊！”

众人以为来的是位德高望重的老前辈，没想到出现在助理身旁的是两个年轻人。

唐老的助理得了老先生的命令来接人，主要是为了看护那份意义非凡的礼物。

众人紧盯着大门方向，贺云汐凑到贺延霄的耳边道：“哥，等会儿是我去找婳婳过来，还是你直接过去找她？”

“我去。”贺延霄毫不犹豫地道。

这次他必须把握机会，不能再让司婳离开。

贺延霄正要行动，会场中央又是一阵骚动，秦续拦住贺延霄道：“再等会儿，唐老下来了。”

与此同时，他们等待许久的人终于出现了，但司婳……并不是一个人来的。

贺云汐十分错愕，再看贺延霄，他表面不动声色，垂在身侧的手逐渐握成拳头。

拄着拐杖的唐老缓步下楼，万众瞩目。

言隽携司婳来到他面前，将东西呈上。唐老亲手接过盒子，盯着言隽那张脸连声道：“好，好，好啊！”

唐老德高望重，一言一行都被人看在眼里。显然，他对那个年轻人十分欣赏。

唐老在言隽的眉宇间找到了老友当年的影子，颇为感慨。而言隽身旁的女伴，头发被盘起来了，耳朵上那对碧绿耳坠一目了然。

唐老猜到什么，问：“这位是？”

言隽揽着旁边的女伴，柔和的目光落在她的身上，大大方方地向众人介绍道：“她叫司婳，是我的未婚妻。”

第十二章
他在嫉妒

她叫司婳，是我的未婚妻。

简简单单的一句话在贺延霄的脑海中回响。

他紧握着拳头，指尖发凉。

他所有的计划与设想在顷刻间被推翻。

原来，她不是单身，还成了别人的未婚妻。

贺延霄咬紧牙关，表面不动声色，身体却十分紧绷。

其他人却对那两个年轻人十分好奇，不说唐老亲自接见了他们，单凭他们的模样、气质，就十分不凡。

很多人已经开始在内心盘算待会儿该如何接近他们，扩大人脉圈了。

晚宴正式开始，在主持人的安排下，场内响起悠扬的音乐。来到这里的人纷纷向自己的同伴发出共舞邀请。

灯光汇聚在他们身上，总会有人在不知不觉中脱颖而出，成为大舞台上的主角。

贺延霄没带女伴。之前与他见过面的文小姐跃跃欲试，谁知贺延霄直接跟妹妹一起跳舞。

贺延霄一边跳舞一边问："贺云汐，你之前说的那些话……"

"我也不知道是怎么回事，上次真的亲耳听见她跟人打电话说分手了。"贺云汐皱起眉头，心里十分不是滋味。

而且，他们昨天在酒店看见司婳时，她身旁也没有男性啊。

她劝说妈妈接受了司婳，劝哥哥主动争取，到头来却是个大乌龙。

现在他们要怎么办？

贺云汐配合着哥哥的动作跳舞，他们不断变换位置，竟然离言隽跟司婳越来越近。

发现情况不对，贺云汐赶紧道："哥哥，你冷静点儿。"

兄妹俩心思各异，司婳却浑然不觉。她的注意力全在言隽的身上。

她问："我发现刚才唐老的目光在我的耳边停留了好久，是不是我戴的耳坠有什么问题？"

"其实，这里面有个故事。"

"嗯？"

"唐老曾跟爷爷共事，见证过爷爷、奶奶的爱情。那对耳坠是爷爷送给奶奶的。"

唐老历经波折，后来越来越成功，也越来越圆滑，等放下一切回头看，反倒怀念起之前那些艰苦的时光。

"你怎么不告诉我这对耳坠有这么重大的意义？"

这是见证过祖辈美满生活的东西，言老太太送给她，代表着对他们的祝福。早知道，她就该将东西供起来。

"物尽其用，奶奶送给你，就是希望你戴。"

老人家大概是希望他们能把那份幸福延续下去。

"嗯嗯，我知道了。"

他们是情侣，跳舞时动作亲昵，气氛甜蜜。

但总有些不知趣的人想打破这样的气氛。

余光扫到那两道逐渐靠近的身影，言隽嘴角的弧度更深，揽在司婳腰间的大手微微收紧。

在接触到那道不善的目光后，言隽抱着司婳往上一提，让她踩在自己的鞋上。

"干吗？"她有些娇嗔地道。

言隽低头在她的耳边发出轻笑："带你跳舞。"

他们之间的距离更近了，身体几乎贴在一起。

贺延霄显然无法接受现状。

误以为司婳交了新男朋友的时候，他愤怒、不甘，还有些不服输。现在，他关注着司婳的一举一动，她却没把他放在眼里，还依偎在另一个男人的怀里。贺延霄既生气又忌妒。

贺云汐想找机会跟司婳单独聊聊，但言隽一直把她带在身边。

司婳变化很大，成长得很快，以前不爱交际，现在都能游刃有余地跟人打交道了。除了那张脸，司婳好像从头到脚都变得陌生了。

贺云汐悄悄看了眼哥哥，摸了摸包，一时不知如何是好。哥哥本来就是冷漠的性子，受了刺激后眼神变得冷厉，不经意间与人对视一眼，都能把人逼退。

谁都不敢招惹贺延霄。

“这是什么情况？”秦续端着高脚杯走过来，悄悄跟贺云汐打探情况。

贺云汐摇头：“我也不知道，没想到婳婳……”

她好心办坏事，白给哥哥希望了。

秦续哼了一声，有些心烦。他充当恋爱军师给贺延霄支过不少着儿，但都没奏效，不知是他的方法不行，还是贺延霄执行时失误了。

秦续看见了与他交往过的女人，刚开始美滋滋的，但后来发现好几个女人撞在一起了，堪比修罗场，便找机会溜走了。

庄园其他地方禁烟，只在宴会厅内设有吸烟区。

秦续收起烟，漫无目的地在外面闲逛。

庄园面积广阔，每隔一段距离就站着保安，随时为客人指路。秦续其实不爱欣赏风景，正觉得无聊，忽然发现一个极其有趣的画面。

一个穿着樱花粉色礼服的女孩儿小心翼翼地从架子上取下花瓶，抱在怀里，表情呆呆的，有点儿可爱。

他对长得好看的人过目不忘，仔细一瞧，这不是上次在甜品店遇见的小姑娘？

“哟，这是哪儿来的小偷？”

“我不是小偷！”言曦抱紧怀中的小花瓶道。

这里有好多花瓶，她跟逛展会一样，随意欣赏。途中，她见到了唐老。唐老知道她的爱好后，让她随便挑，随后便离开了。

虽然唐老很大方，但言曦是有原则的，拿一个就好。

这里的花瓶多得让人眼花缭乱，言曦看了许久才做了决定。但她好不容易将花瓶抱进了怀里，就有人来了，还说她是小偷。

哼，她才不是！

言曦回头看了秦续一会儿，觉得这人有些眼熟，但也没在意，解释道：“我不是小偷，拿花瓶是经过主人同意的。”

秦续发现她讲话特别有意思，觉得逗她肯定好玩，便往前走了一步。

言曦随之后退一步，跟他保持距离。

秦续笑了笑，问："你怕我？"

言曦摇头。

"那你是什么意思？"秦续继续逼近她。

"不好说。"言曦继续后退，表情纠结。

秦续非要问出个所以然，道："你尽管说。"

言曦别扭地道："你身上的香水味太浓了，臭。"

秦续的笑容僵在脸上。他出门时确实喷了香水，但这个味道分明是最具男性魅力的，这个傻乎乎的小丫头居然嫌弃他……臭？

贺延霄拒绝了所有想靠近自己的人，独自坐着喝酒，目光追随着那抹熟悉的窈窕身影，眼神越发冷厉。

终于，他放下酒杯，起身走向司婳。

其他人似乎有所察觉，主动给他让出一条道来。

贺延霄来到司婳面前，道："婳婳，好久不见！"

司婳微微一愣，问："贺先生，请问有什么事吗？"

贺延霄注视着她的眼睛，想从她的眼中寻找破绽，哪怕一丝一毫。只要他看到了，他都能重新获得一丝信心。

可是，她的眼神……太平淡了。

她眼中炙热的爱意不见了。现在的她像是见到了一个陌生人。

她明知道……却故意称他为"贺先生"，与他拉开距离。

"有幸遇见故人，想叙叙旧，有时间吗？"贺延霄问。

"抱歉，恐怕不是很方便。"司婳礼貌地道。

众目睽睽下，司婳以言隽未婚妻的身份出席宴会，是绝对不可能跟前男友叙旧的。她可不想给自己和言隽招惹麻烦。

贺延霄定定地看着她，没有离开的打算。

"不好意思，这位先生，我的未婚妻有些累了。"言隽走过来，一把揽住司婳。这个举动充满了保护欲和占有欲，分明就是在宣示主权。

司婳跟言隽对视一眼，默契地相伴离开了，完全不给贺延霄面子。

他们委婉地跟其他人表示疲惫，聪明的人就不再往前凑了。

两个人选了靠窗的位置坐下，因为从这里可以看见外面的景色，也比较清静。

司婳小声问他："你是不是知道？"

"嗯。"他承认了。

"我好像没跟你说过。"决定跟言隽交往时，她已经完全放下过去了，所以没跟言隽讲过关于贺延霄的事，"如果你想知道，我可以讲给你听。"

"没必要。"言隽轻轻摇头。

"真心话？"司婳仔细观察他的表情。

"嗯。"他握住司婳的手，"不想让你再回忆往事。"

司婳对感情认真，之前一定付出了真心，却没有得到好结果。他既觉得心疼，又十分庆幸。

他不想让司婳为了满足自己的好奇心而回忆过去的事。而且，资料上呈现的那些已经足够让他心疼了。

言隽一副很理解她的样子，司婳还是察觉到他情绪的变化，靠近他一些，盯着他的眼睛道："感觉你有点儿不开心。"

"吃醋了。"

毕竟那个男人跟司婳认识了五年，而言隽跟司婳相处的时间太少了。

"言先生不要吃醋，我保证，现在的司婳一心一意，只喜欢你一个人。"她特别认真地道。

"现在的？"心情不太好的言隽也学会钻牛角尖了。

司婳连忙补充："未来的司婳也是。"

"想哄我？"他单手撑在桌上，转头看着她道，"这还不够，婳婳。"

司婳自知理亏，悄悄往周围看了看，见附近没人，便拿纸巾擦掉唇上的口红，凑过去亲了亲言隽的脸，随后微笑着问："好了吗？"

"我这么好哄吗？"言隽嘴角的弧度不变。

"回家慢慢哄不行吗？"司婳小声道。

"可以，我要算利息。"商人不做亏本的买卖。

"言隽，你别得寸进尺。"

她向右转头，却向左边伸出手。

言隽轻声一笑，从衣服口袋里摸出一支口红放进她的掌心。

司婳只顾着哄男朋友，不知道后方有人密切地关注着他们。

看见他们的举动，贺延霄手上的杯子都要被他捏碎了。

当初他带司婳参加朋友组织的酒会，其他人玩得高兴，司婳却喜欢坐在角落里。有人过去拉她，她则表现得浑身不自在。他们玩游戏时，众人起哄，让他们接吻，她怎么都不肯。

当时贺延霄只当她害羞，可她现在胆子大了，会主动亲人了。

霎时间，贺延霄的脸色冷到极点。

没过一会儿，贺云汐拎着包走到司婳面前，清了清嗓子，问："婳婳，可以聊聊吗？"

司婳盯着她，眨了一下眼睛，默不作声。

贺云汐立即补充道："只有我一个人。"

司婳回头看了眼言隽，见对方轻轻点头，便站起身，随手指了个没什么人的地方，道："就在那边说吧！"

那里也是靠边的地方，比较安静，方便她们谈话。

贺云汐打开手提包，从里面拿出一个长方形的小盒子，道："婳婳，这个东西本来该我哥亲自送给你，但……"

"不必了。"司婳打断她的话，不想再听跟贺延霄有关的事。

不远处，小言曦抱着花瓶回来，一眼看见了柯佳云。她兴奋地跟柯佳云分享自己拿到的新宝贝："佳云姐姐，你看，我的小花瓶。"

"不错不错。"柯佳云对花瓶不感兴趣，附和两声，用看戏的眼神瞅着前方，"你看那边。"

"啊？"言曦顺着她的视线看过去。

柯佳云告诉她："看到你嫂嫂旁边的那个女人了吗？她是你嫂嫂前男友的妹妹。"

言曦花了十秒钟理清这句话中的人物关系，问："意思是，我的嫂嫂差点儿成了她的嫂嫂？"

柯佳云打了个响指："没错。"

"那她们现在在干吗？"言曦盯着前方，问。

柯佳云拍拍手，道："想挖你哥哥的墙脚，抢走你嫂嫂呗！"

挖哥哥的墙脚？抢她嫂嫂？这还得了？！

言曦将花瓶往柯佳云的手中一塞，飞奔到司婳面前，道："嫂嫂！"

贺云汐刚酝酿好的情绪被这道突如其来的声音打断。她见这个女孩儿一来就抱住司婳的胳膊，问："这位是？"

"我男朋友的妹妹。"司婳直接道。

言曦有些不满，反驳道："嫂嫂，你说错了，我是你未婚夫的妹妹。"

男朋友跟未婚夫，差别很大。

言隽的妹妹？贺云汐心下了然。言曦看起来就是个乳臭未干的小丫头，也不知成年了没有，贺云汐懒得管她。

“婳婳，这个东西还是希望你能收下。”贺云汐瞄了眼言曦，故意道，“算是我哥哥最后的心意。”

司婳肯定不会收，但还没开口，言曦已经挡在她身前把东西推回去了：“这位姐姐是听不懂人话吗？哪有强迫人收礼的道理？最合格的前任就应该跟死了一样。”

司婳惊呆了，不敢相信平时乖巧可爱的言曦能说出这些话。

贺云汐也蒙了，这个长相甜美的小丫头，嘴巴居然这么毒。

“小妹妹，不懂就不要乱说，你们家大人没教你要讲文明、懂礼貌吗？”贺云汐的脸色难看至极。

“面对不懂礼貌的人，我也不需要有礼貌。”言曦双手叉腰，一副凶巴巴的模样，“你要是有自知之明就赶紧走。”

“你！”贺云汐气得说不出话来。

司婳迅速挡在言曦身前，微笑道：“妹妹年纪小，不懂事，抱歉了，贺小姐。”

司婳袒护言曦，贺云汐又气又恼，把礼物塞回包里，气呼呼地走了。

言曦憋了许久，等贺云汐的身影消失在视线内，终于道：“天啊，她是老巫婆吗？吓死我了。”

司婳哭笑不得：“刚才那些话是谁教你的？”

小言曦老实地道：“佳云姐姐。”

司婳：“……”

她就知道。

“嫂嫂，我刚才做得好吗？”言曦求表扬。

司婳不想让她失落，笑着摸了摸她的头：“嗯，我们小曦超厉害。”

虽然被骂的是她曾经的朋友，但司婳就是偏心，想袒护身边的小姑娘。

“我怎么感觉你说话跟哥哥一样？”司婳的语气、动作简直跟言隽一模一样，言曦恍然大悟，“我知道了，这叫夫妻相。”

这场晚宴持续到晚上十一点，众人陆续离开。

对他们来说，今晚收获颇丰，能扩展人脉不说，还得到了不少新消息。

言隽虽然不是榕城人，但在景城的名头不小。很快有人查到司婳的身份，大家纷纷称赞两人郎才女貌。

当然，祝福他们的人中并不包括贺延霄以及他的那群朋友。

宴会上，司婳几乎跟言隽寸步不离。贺延霄根本找不到任何与司婳单独相处的机会，这是最让他感到无力的事。

在众人看来，司婳是言隽的未婚妻，贺延霄就算再不甘心，也无法直接把司婳带走。

贺延霄和朋友离开庄园，回到酒店。有些在宴会上不能说的话，他们终于能说了。

“没想到司婳这么厉害，当初……”

“咯咯。”秦续轻咳两声，打断他们的话。

“这有什么不能说的，当初你们没少开玩笑吧？我之前听说她拿了什么奖，还觉得离奇。今日才明白，她得奖不会是因为傍上了言家吧？”

“闭嘴！”贺延霄眉头紧锁。

“贺延霄，你不会还对她念念不忘吧？之前也没见你那么伤心。”

贺延霄直接给了那人一拳，眼中充满戾气：“你再说一句试试？”

那个人突然被打了，不服气，想冲上去回击贺延霄，幸亏旁边的人拉得快。

“都是兄弟，别为了女人打架。”

贺延霄怒气冲冲地离开了。

秦续十分感慨。果然，男人为感情冲动是不分年龄的。

贺延霄现在内心很混乱。他知道司婳在哪儿，更知道此时此刻她肯定跟言隽在一起。

这是他第一次见到言隽，第一次尝到忌妒的滋味。一想到司婳依偎在别的男人怀中撒娇的模样，他就快疯了。

恢复理智后，贺延霄站在一个房间前，敲了敲门。

门被打开，站在他面前的正是言隽。

言隽双手抱臂倚在门边，微笑道：“贺先生，这么晚了，有事？”

“言先生，这种时候，就不需要说这些客套话了吧。”他明摆着是冲司婳来的。

言隽正要开口，房间里传来一道娇气的女声：“言隽，你在干什么？还不快帮我把衣服拿进来？”

司婳……

贺延霄无法想象他们已经进展到哪一步了。

他不敢想，也不愿意想。

回顾过去，他怎么也记不起来司嫱上次用这种语气跟他说话是什么时候。

他们之间的温情时刻太少了。现在，贺延霄脑海中的她对自己是热情、真诚的，自己对她则是敷衍、冷漠的。

“宝宝，再等一下。”言隽朝屋内道，眼中满是宠溺。

他又看向贺延霄，两个人的目光在空中碰撞，一个温和从容，一个冷漠犀利。

“不好意思，未婚妻有些黏人，再加上时间已晚，就不招待贺先生了。”

他彬彬有礼的姿态与浑身紧绷的贺延霄形成鲜明的对比。

那是属于胜利者的姿态。

言隽关门的那刻，贺延霄的身体比脑子先一步反应过来。他伸手阻拦，却眼睁睁地看着言隽一点点加大力道，关上了那扇门。

一门之隔，他跟司嫱变成了两个世界的人。

言隽打开行李箱，从里面拿出司嫱的睡裙，推门进去。

司嫱正趴在床上玩手机，身上裹着自带的小毛毯。

言隽伸手摸了摸她的手臂，有些凉，调高了空调的温度。

“怎么这么久？”司嫱对他的触碰已经非常熟悉了，很自然地接受了，眼睛都没从手机屏幕上移开。

“有人敲错门了。”他言简意赅地道。

“这也能出错？”司嫱没想到会有人这么糊涂。

“谁知道呢？”他淡淡地笑道。

言隽拍拍床边，示意她换衣服。

司嫱坐起来，身上的小毛毯从肩膀处滑落。她道：“我的游戏在倒计时呢。”

言隽细心地将裙子从她的头顶套进去，道：“伸手。”

司嫱配合地伸出一只手，穿进去后再伸出另一只手。如此一来，她总有一只手没有离开屏幕。

“什么时候成游戏迷了？”他以前没见过司嫱玩游戏。

“才不是呢。”她小声反驳，“佳云前几天让我跟小曦注册了账号，还把我俩拉进她的战队。现在我每天都要做任务，通关后才能拿到奖励。”

“那岂不是以后都要做任务？”言隽听懂了。

“那可不行。”司婳连连摇头，“等过了这阵我就撤。”

她对游戏只有三分钟热度，现在也只是为了帮柯佳云调节心情。

言隽在她身旁坐下，问：“明天跟我一起去见唐爷爷？”

“今天不是见过了吗？”

“今天不算，明天是单独拜访。”

“好啊！”几乎没多思考，司婳答应下来。

她从言隽的口中听说了唐老跟言家祖辈的故事，为老人们非同一般的情谊动容。

宴会的第三天，客人们陆续离去。而司婳跟着言隽一起去拜访了唐老。

他们被专人带领着进入内院。

外界眼中的唐老是严厉、神秘的。今天面对亲近的小辈，唐老揭开了那层面具，和善地请他们喝茶。

唐老亲自煮茶，司婳受宠若惊。言隽安抚她道：“没事，这是唐爷爷的爱好。”唐老愿意亲自煮茶给两位小辈，一是因为跟言隽关系亲近，二是想表达对司婳的认可。

“可愿陪我这个老头子说话？”唐老亲自倒茶，目光落在司婳的身上。

“这是晚辈的荣幸。”司婳五指并拢，手心向下轻敲桌面三下，以示感谢。

唐老注意到这个细节，对司婳更加满意了。现在的年轻人爱追赶潮流，却忘了传统文化。司婳懂茶桌礼仪，很不错。

“听说你从大学开始就很独立，现在还在自己的专业领域颇有成就，真是后生可畏。”

唐老显然已经知道她的经历，司婳则谦虚地接话。

唐老忽然问：“你的父亲是司震？”

唐老直接道出父亲的大名，司婳有些诧异，点头道：“是，您认得我父亲？”

“有过几面之缘。”唐老笑道，“你那时候还小，恐怕不记得。”

那时他已人到中年，事业有成，野心仍在，辗转各地应酬。

司震年轻有为，前途一片光明，却在即将被进一步提拔的那年毅然辞职。外面传的原因有很多，唐老恰好在司震离开前与其谈过一次话，司震坦言是为了妻女。

“年轻的时候只顾着事业，失去了才知道后悔。我怕有些事再不做，会追悔莫及。”

那时候的司震才三十几岁，心态却已苍老。

唐老跟司震交情不深，只是觉得那个年轻人的选择与众不同，所以对他印象颇深。

现在，唐老看司婳的眼神与昨晚不同了，他感叹道：“小姑娘不简单啊！”

之后，唐老待他们越发和蔼，甚至留两个晚辈一起用餐，还问：“小曦那丫头怎么没来？”

“她说昨晚抱走了您家的花瓶，不好意思再来蹭饭。”

唐老听后大笑，道：“无妨，她要是喜欢，家里的花瓶随便拿。”

唐老没有孙女，对老友家那个天真活泼的小孙女很是疼爱，又道：“昨晚见到她时，她还问我周围有什么好玩的地方。我当时忙，没跟她细说，其实附近有个不错的马场，你们年轻人可以去玩玩。”

言隽颔首。

秦续等人准备离开酒店，刚下楼就发现了那个一头鬈发的丫头。

“等会儿，看见一个熟人。”

贺云汐随之望过去，认出了那个女孩儿：“言曦。”

“你也认识她？”秦续诧异地道。

“她就是言隽的妹妹。”贺云汐不自然地撇了撇嘴，一想起昨晚的事就来气。

“言隽的妹妹？”秦续用几秒钟消化这个消息，随后笑出了声，“那可真是巧了。”

他觉得有趣，告别贺云汐，朝言曦走过去：“又见面了。”

今天秦续没有喷香水，身上没味道，靠近的时候言曦没再躲。

“你在这儿做什么？”秦续见她蹲在地上，前面躺着一只猫。

“这只猫受伤了。”言曦也是刚到，听到小猫虚弱的叫声，找了过来。

这只猫的爪子上有血。

见小丫头一脸心疼的样子，秦续眼珠一转，生出一个主意，决定带她跟猫一起去看医生。

庄园距离市区太远，附近没有专业的宠物医院。但这只猫只是受了皮外伤，他们找个有医学常识的人暂时处理伤口就行。

“你喜欢猫啊？”秦续试着跟她寻找共同话题。

“嗯嗯，喜欢啊！”猫很可爱，她喜欢。

秦续笑着提议道：“也不知道是谁的，要不你带回去养？”

言曦摇头：“不行，万一是别人家走丢的，主人找不到它会伤心的。”

之前她家的猫差点儿丢了，她急哭了，奶奶也担心，好在哥哥成功地把猫找回来了。

秦续又道：“那这样，我帮你找它的主人，再送你一只猫，怎么样？”

言曦仍然摇头：“不好，我嫂嫂对猫毛过敏。”

她不能把猫带在身边。

秦续知道她口中的嫂嫂是谁，也知道司婳对猫毛过敏的事。但司婳曾跟 Coco 相处一年，并无大碍，想来没什么大问题。他便继续劝道：“你嫂嫂对猫毛过敏跟你养猫又不冲突，你总不能为了她而委屈自己吧？”

言曦用一种奇怪的眼神盯着他，半晌，说出几个字：“你好可怜！”

秦续满头问号。

“你没有亲人和朋友吗？做人不能太自私。”她认认真真地道。

为什么有人会为了自己的私欲，拿亲人的健康去冒险呢？这个人一定没朋友，太可怜了。

秦续差点儿吐出一口老血。还从来没人当着他的面指责他自私。这个小傻子是故意的吧？

秦续带言曦找人给猫包扎好了伤口，随后看了看时间——他们该离开庄园了。

秦续正要跟贺延霄联系，贺云汐突然打来电话，道：“他们说附近有个马场，想多待一天，去那边玩玩。”

秦续转头寻找言曦，见她从洗手间的方向走来，还用手抹了一下白净的小脸，表情傻乎乎的，特别可爱，便对贺云汐道：“没问题啊，多留几天都行。”

后来，他陪言曦顺利地找到了猫的主人，主人家对他们十分感激，言曦也因此对秦续充满善意，甚至说：“我觉得……你不坏，还有救。”

秦续哭笑不得。

这个小丫头总是用那双清澈的眸子望着他说话，搞得他心里痒痒的，说不清什么感觉。他只知道，无论她说出多冒犯他的话，他看着那张脸，都无法对她生气。

秦续心生一计，道："要不……你给我当朋友，救救我？"

言曦盯着他，歪着脑袋思考片刻，道："我……要考虑一下。"

哥哥说了，交朋友时要谨慎。

下午，秦续跟言曦一起回了酒店，在路上还特意给她买饮料喝。

秦续打着朋友的旗号在言曦身边打转，看着她对自己的态度一点点变好，有胜利感，也有满足感。

贺云汐发现他异常的行为，猜到他的意图，问："你在追言曦？"

"怎么，不行吗？"秦续一眼就看出贺云汐对言曦充满敌意。

贺云汐碍于面子，不让自己跟一个小女孩儿计较，但排斥的情绪是藏不住的。

"她可是言隽的妹妹。"贺云汐强调道。

"那有什么关系？我又不是要追她哥。"秦续笑道。

"秦续，那种小丫头你也敢随便招惹，小心引火烧身。"

言曦可不是普通人家的女孩儿，如果秦续伤害了言曦，言家能善罢甘休？

"你这可就说错了，我不是在引火，是想在美人的心里纵火。年轻人谈恋爱，你情我愿，我又不会逼她。"他可从未强迫过任何一个女人。

"我言尽于此，你好自为之。"

"行了行了，别念叨了，你哥的事我现在管不了。"

现在言隽和司婳才是一对，他还能支持贺延霄插足不成？

秦续摆摆手，终止谈话。

秦续已经得到了言曦的联系方式，约她明天去马场。他想好了，只要言曦答应去，那他到时候教她骑马也好，为她牵马也好，总能跟她增进感情，说不定还能跟她同骑一匹马。

半个小时后，秦续得到了言曦肯定的答复，心情舒畅。

这天晚上，他梦见一只大灰狼吃掉了小白兔，醒来时发现了自己肮脏的底裤，低声笑骂自己无耻。

他一直不缺女人，现在居然会对一个身材一般的小丫头……

这真是要命！

恒山马场。

这是榕城最大的一个赛马场，设备齐全，来的人可以现场挑选合适的马术服。

分明是同样的马术服，不同的人穿着，感觉完全不一样。

换上马术服后，柯佳云看起来英姿飒爽，而言曦依然是个可爱的小丫头。

司婳换上了白色骑装，单手抱着黑色头盔，一头鬈发披在背后，十分飘逸，给人的感觉是又美又飒。

唐老也来了马场，说想看看年轻人在马背上的飒爽英姿。言隽正陪着老人说话，司婳换好衣服后就过去找他们。柯佳云跟言曦则迫不及待地去挑马，刚好碰见贺延霄那群人。

贺延霄本不打算去马场，无意中从秦续的口中得知司婳也会到场，便改了主意。

秦续跟贺延霄隔得有些远。

言曦看见秦续，想起他昨天约了自己，于是友好地向他挥手。

柯佳云发现后立即抓着言曦的手，问："你知道他是谁吗？"

"知道啊，他叫秦续。"言曦老实地道。

柯佳云道："他是你嫂嫂前男友的朋友，专门做狗头军师，帮他兄弟追你嫂嫂。"柯佳云看着旁边单纯的小丫头，补充道，"不仅如此，这个人一个月换好几个女朋友。"

秦续不仅帮坏男人，还十分花心，精准地踩在了言曦的雷区。

"所以小曦妹妹，以后见到他，小心点儿。"柯佳云可不想言曦被骗。

在工作人员的带领下，柯佳云继续往里走，挑选合眼缘的马。秦续逮着机会过来，跟言曦打招呼："小言曦会骑马吗？要不要我教你？"

言曦盯着他，不说话。

秦续："……"

每次言曦用那种眼神盯着他，就代表事情不简单。

向来大胆的秦续被小丫头看得胆战心惊，问："你这是什么意思？"

"我不会跟你做朋友了。"她说话时表情严肃。

"为什么？"秦续皱眉，猜测是不是言隽跟她说了什么。

只见言曦深吸一口气，忽然指着他控诉道："你是坏人！"

秦续再次满头问号。

言曦开始数落他的罪行，秦续听着觉得头大，举手投降道："我承认，我是帮贺延霄出过主意追司婳，但……"

不等他说完，言曦已经气得跺脚了："你居然帮人抢我嫂嫂！你这个坏人，王八蛋！”

言曦不想再跟他说话了，气呼呼地跑去跟柯佳云告状。

听完言曦的话，柯佳云笑得肚子疼：“这下你知道我为什么让你别跟他玩了吧？”

言曦点头。

柯佳云：“知道以后见到他该怎么做吗？”

言曦：“骂他！”

柯佳云乐了。

贺延霄迟迟没有选好马，是想在这儿等司婳。他明知道现在她身边已经有了别人，还是不甘心，无法干脆地放下。

“贺哥，你还在那边干什么？”

已经有人在催了，贺延霄让他们先去玩。

贺云汐猜到了他的想法，牵着马走过来：“哥，你是不是在等她？”

见贺延霄不答，贺云汐继续道：“说不定婳婳不骑马……”

并不是所有人都会骑马，而且司婳恐怕没时间也没钱接触这项运动。

贺延霄倔强地在那儿等了许久，没等到人，最终放弃了。或许，司婳真的不会骑马吧。

他挑了一匹马，握住缰绳，双腿夹紧马腹，向前方奔驰。众人围着马场奔跑，有人热血沸腾，有人兴致不高。

今天来到马场的也不止他们两拨人，还有不少人在参加完庄园宴会后到这儿休假。

众人跑累了，逐渐停下来，准备一起喝茶休息。

就在大部分人下了马时，两道马蹄声渐近，两匹骏马并列飞奔在宽阔的草地上，蹄间三寻。骑手英姿飒爽，意气风发。

终点快到了，他们逐渐放慢速度。其他人终于看清，原来马上的人是言隽和司婳。

昨晚嘲讽过司婳的男人不禁感叹：“她的马术居然这么好！”

他之前口无遮拦，说了不少难听的话，没想到司婳真的有些本事。

贺延霄的马还没被牵走。他手握缰绳，几乎要将牙齿咬碎。

他轻轻松松地编织了一个谎言，将司婳困了三年，直到现在才知道自己错得多离谱。他好像从来没有了解过司婳，甚至不知道她会骑马。

在另一个男人身边的司婳是那么美好，那么明艳动人。

他真的好忌妒那个男人。

司婳利索地从马上下来，长发飞舞，笑容灿烂。

工作人员立即过来牵马。

他们骑的是唐老专门在这边饲养的马，所以根本没去那边的马厩。不得不说，这马是真的不错，体格强健，奔跑速度快。

因为热，司婳用手撩起头发。刚才她骑马奔跑的时候，头绳突然断了，头发全散开了。

言隽不知从哪儿拿出一根细长的白色发带，替她绑上。

“你在哪儿拿……”司婳还没说完便发现不远处站着几个熟悉的人。

那一刻，贺延霄几乎想冲过去将那两人分开。贺云汐拉着他，急忙道：“哥，这么多人看着呢！”

司婳收回目光，脸上的笑容淡了些。

“看来是我们来错地方了。”言隽笑道。

他示意工作人员将马牵过来，重新拉着缰绳翻身上马，随后向司婳伸出手。

司婳瞬间明白了他的意思。

言隽并不是个高调的人，却在众目睽睽之下邀她同骑一匹马，大概是见到贺延霄后又吃醋了。

司婳不忍心驳他的面子，将手交给他，让他拉自己上马。

司婳坐在他身前，心跳得飞快，嗔怪道：“你也太高调了。”

言隽手握缰绳，护着她朗声道：“和喜欢的女孩儿在一起了，我不告诉全世界，难道等着别人来抢吗？”

柯佳云挑了半天都没选中心仪的马，忽然有人请她跟言曦去另一间马厩。

带领她们的工作人员解释道：“言小姐、柯小姐，唐老特意交代，你们可以在这儿挑选他精心饲养的马。”

柯佳云恍然大悟，原来自己是沾了言家的光。

最终，柯佳云选了一匹性格温驯的小白马，看向言曦，问：“小曦，你选哪个？”

“我喜欢那个——”言曦指向了唯一一匹红色的马。

饲养员随即道："这匹红马性子烈，言小姐要不要再考虑一下？"

"没关系，我可以的。"言曦跃跃欲试。

柯佳云不禁朝她竖起大拇指："小曦，没看出来你胆子这么大。"

"佳云姐姐，我骑马很多年了。"在骑马这方面，言曦十分精通。

饲养员把马牵出来，言曦接过缰绳，试着摸小红马的马鬃。小红马果然有脾气，一下扭开了头。

"好玩。"言曦兴致更浓，抓紧缰绳和马鬃，踩着马镫翻身上马。

"小曦，我们……"

没等柯佳云说完，小红马已经像阵风似的冲了出去，柯佳云吓得不行，却见言曦稳稳地骑在马背上。

"柯小姐请放心，我们马场每段路上都有监控，工作人员会一直关注言小姐那边的情况。"

若是言曦发生意外，他们会派人上前帮忙的。

可他们没想到言曦是个路痴。她没沿着马场的路走，身影在监控画面中消失了。

工作人员联系唐老。唐老得知消息后立刻赶过去了解详细情况。

监控画面中，言曦骑术高超，完全能驾驭那匹小红马，但现在人和马都不见了。

唐老紧握拐杖，对门口那道笔直的身影道："迟墨，去把言小姐找回来。"

"是。"年轻男人颔首，立刻离开。

"唐老，就让迟墨一个人去？是否需要加派人手？"助理深知唐老跟言家关系亲近，对言家小辈也十分关心。

唐老笃定地道："有他就够了。"

迟墨的追踪能力强，相信过不了多久他就会带来好消息。

另一边，言曦骑着小红马在树林里乱窜。

她刚才驯服了小红马，十分兴奋，以至跑出马场了都不知道。她尝试着原路返回，却越走越远："小红马，怎么办？我们迷路了。"

小红马似乎有些急躁，言曦俯身摸了摸它，道："小红马，你怎么比我还着急？虽然我们迷路了，但是没关系，哥哥会找到我们的。"

从小到大，不管她遇到什么困难，哥哥都会出现保护她。在言曦的心里，哥哥很了不得，所以她不怕。

寻路的过程中，言曦又发现这匹小红马挺笨的，专往树林深处钻，还会把自己卡住。

言曦被小红马滑稽的样子逗笑了。这儿的地面不平整，四周的树枝纵横交错，言曦十分小心。她刚准备下马，小红马像是突然发起了脾气，猛地往前冲，言曦一不小心摔倒在地。她简直不敢相信，刚才还跟自己并肩作战的小红马翻脸不认人了。

言曦揉了揉屁股，疼得龇牙咧嘴。前方忽然传来一阵马蹄声，她抬头望去，一个高大的男人骑在马上，来到她面前。

男人居高临下，言曦坐在地上怔怔地望着他。

阳光穿透树枝在地上映出一片斑驳的影子，映衬着男人棱角分明的脸庞。男人的眉梢处有一道细小的棕色疤痕，却不影响他的帅气，反倒野性十足。

言曦眨了眨眼，直勾勾地盯着他，直到那人问："言曦？"

"你认识我？"

"唐老让我带你回去。"

"是唐爷爷让你来的？你有什么证据吗？"

迟墨翻身下马，把手机递给她，让她自己跟唐老沟通。

言曦试图起身，却发现自己把脚给扭了。言曦赶紧向迟墨道歉："对不起，我把脚扭伤了，没办法把小红马骑回去了。"

迟墨将小红马拴在树上，示意她上另一匹马，道："我带你回去。"

言曦下意识地护住屁股，道："不能骑马，屁股疼。"

迟墨："……"

两个人大眼瞪小眼。

最终，两匹马被拴在原地，言曦被迟墨背了回去。

她趴在陌生男人的背上，觉得很新奇："谢谢你！恩人，你叫什么名字呀？"

听到"恩人"那两个字，男人一怔，没回答，继续往前走。

半天没等到回应，言曦歪着脑袋在他的耳边道："你怎么不回答我的问题？你叫什么名字啊？"

"重要吗？"男人步伐沉稳，嗓音低沉。

"当然重要！你救了我，我一定会好好感谢你的。"知恩图报，是言曦一直奉行的人生准则。

言曦下意识地点头，下巴撞到了男人的肩膀。

男人微眯起眼，重新看向前方，缓缓地吐出两个字：“迟墨。”

言曦平安回到马场，迟墨把她送进医务室。

唐老亲自赶过来看望她：“小曦丫头，快让爷爷看看。”

“唐爷爷，我没事的。”她身上没有伤痕，就是屁股有些疼。她寻遍整间屋子也没看到自己想找的人，问：“唐爷爷，迟墨呢？”

“他有别的任务。怎么，你要找他？”

“嗯嗯。”言曦点头，“他救了我，我要感谢他。”

“那是他的工作，爷爷给他加薪水。”唐老非常宠爱这个晚辈。

“谢谢唐爷爷。”她甜甜地笑了，没有抱怨。

其他人回到马场，陆续过来看她，言隽也来了。言曦有点儿怕被训，谁知哥哥询问她的身体情况后只是温柔地拍了拍她的脑袋，说：“小朋友，这么大了还迷路。”

言曦松了口气，露出笑容，正要跟哥哥撒娇，就听见他又说：“明天送你回景城。”

笑容僵在脸上，言曦撇了撇嘴，不太高兴：“我还没玩够呢。”

“你忘记自己还是个大学生了吗？”

现在是九月，言曦该去上学了。言曦自知理亏，抱着嫂嫂偷偷对言隽做鬼脸。

最后还是司婳哄她：“小曦好好上学，顺便养好你的脚，以后放假有的是时间玩。”

言曦只能认命，谁让她还是个学生呢！

司婳晚上回到酒店，觉得腰酸背痛，洗完澡后就躺在床上，完全不想动。等言隽洗完澡，她已经睡着了。

言隽放轻脚步，在屋里找东西，最后写了一张小字条。

他悄悄地走到床边，小心翼翼地托起司婳的手，试图将字条缠在她的手指上。

字条插入指缝，司婳无意识地抬手，言隽条件反射性地往后一缩，字条就被司婳夹在指间带走了。

“怎么还不睡觉？”她迷迷糊糊地问。

言隽轻声道：“马上。”

司婳还没发现哪里不对劲。言隽立刻上床，关掉其他灯，只留下夜灯，这样他能看见，司婳看不见。他想将字条拿回来，还没来得及行动，旁边的司婳就缠了上来，娇气地索要拥抱："抱。"

她喜欢挨着言隽睡觉，这样在睡梦中都有清香。

以前言隽会主动把她抱得更紧。不过今天，他还有别的事要做。

言隽的手从她的腋下穿过，轻轻地拍着她的背，发现她没有乱动后慢慢地移开，取走她指间的字条。

第二天早晨，司婳缓缓睁开眼，天光大亮。

"早餐在桌上，起床吃。"言隽已经洗漱完毕了。

"不想起。"司婳坐起来，弓着背，脑袋垂了下去。

见她一副蔫蔫的模样，言隽觉得好笑，走过去托起她的脑袋。司婳顺势把他拽到床边，跪在床上，头埋在言隽的颈部，缓了好一会儿才感觉自己恢复了精神。

跟司婳同居后，言隽还发现一个福利，那就是……司婳起床后，如果没睡醒，整个人都迷迷糊糊的，特别黏人，他毫无抵抗力。

两人用完早餐，已经九点半了，开始收拾行李准备离开。

言隽问："你是跟我一起回去，还是有其他安排？"

"我再待两天。"

柯佳云打算一回市区就找前男友认真地谈谈。

司婳不知道那两人会谈出什么结果，以防万一，打算再留两天，等柯佳云和男朋友说清楚了再走。

"真不想把你一个人留在这里。"

"你是不是担心，那个人会找我？"

言隽脸上挂着笑容，没承认，也没反驳。

"我保证不会跟他见面。"司婳抓过他的手，强制性地与他拉钩。

"这是小朋友才玩的游戏。"

司婳的举动很幼稚，言隽却因此笑了。

她看穿了言隽的小心思，忍俊不禁："言先生，你没发现自己吃醋的时候跟小朋友一模一样吗？"

下午，司婳在机场跟言家兄妹道别。

情侣告别的场面总是有些腻歪。见哥哥低头在嫂嫂的额头上亲了一下，言曦立即捂住了眼睛。不过她仍然好奇，悄悄地从指缝间偷看。她仿佛看见哥哥、嫂嫂的周围冒着粉红色的泡泡，这大概叫甜蜜。

谈恋爱的人都会这样吗？她也想找个人试试。

送别言家兄妹，司婳从机场打车回柯佳云的公寓，路上接到了唐誉文的电话。

唐誉文道："慈善基金会发起了新一期的公益活动，负责人没见过你，所以联系了我。之前你在国外学习，我就没打扰你，现在你既然已经拿到了结业证书，这次的活动就由你亲自去主持。"

"唐师兄……"

"没得商量。这是你妈妈为你创建的基金会，早该由你自己接手管理。"

"这些年师兄也倾注了不少心血吧。"

唐誉文帮忙管理基金会多年，让它发展得越来越好，在其中投入的精力和金钱绝对不少。

唐誉文明白她的意思，却道："比起老师的知遇之恩，那些东西算得了什么？"

如果没有 Susan，他或许根本走不到今天这一步。

"我明白了。"

基金会是妈妈送给她的礼物，也是留给她的纪念，她确实应该认真对待。再则，组织公益活动也是好事。

不过，这个慈善基金会已经成立十几年了，影响力巨大，很多慈善家、企业家会参加活动，司婳一想到接下来可能面临的难题就觉得累了。

下午，柯佳云去找前男友了，司婳留在家里等她。

到了晚饭时间，司婳刚把饭菜端上桌，门口就传来动静。

柯佳云踩着一双"恨天高"气势汹汹地从外面走了进来。她把高跟鞋一脱，光脚踩在地上，双手叉腰，一坐下就开始骂人。

司婳不明所以。柯佳云看起来不伤心，也不像是记恨对方，这是什么意思？

"你说男人的脑子是怎么长的？就因为我家有钱，自觉配不上我就要跟我分手？那他当初追我的时候，脑子是被人偷走了吗？"

他们还没开始时，他就知道她的身份，现在谈了一年却跟她说："对不起，是我不该招惹你，现在也该各归其位了。"

她依然是高高在上的大小姐，他则回到属于自己的地方。

"现在都什么时代了，还跟我玩门当户对那一套？"

司婳顺着她的话道："的确不应该以家世评判一个人。只要你们自己能融入对方的世界就可以了。"

爱情是两个人的事，生活却不是。如果男方到现在仍然自卑地认为自己跟柯佳云的差距很大，二人无法达成共识的话，感情迟早会没的。

"佳云，你想想他是怎么融入你的朋友圈的，你又是怎么参与到他的生活中的。"司婳一句话说到了点子上。

柯佳云开始回忆，自己跟姐妹疯狂地购物时，男朋友还在为了房子的首付发愁。她提出过帮忙，对方却有自己的傲骨，不肯收。也正因为这样，她越来越喜欢男朋友，却忽略了他们的生活完全不在一个频道上。

再说男方的家庭，柯佳云现在回想起来都浑身起鸡皮疙瘩，道："他家的亲戚很奇葩，我见过一次，差点儿被他们缠上，之后就再也不想见了。"

"你看，你们之前存在很多没有解决的问题，你甚至从来没有想过以后如何解决这些问题。"

如果他们只顾着当下，没想过未来，那这段感情本来就不易长久。

"如你所言，他个人或许真的很优秀，也很有志气，但每个人都有自己无法分割的东西，比如，家庭环境、生活经历，你们要么合力解决，要么……分开。"

"现在怎么轮到你给我讲这些道理了？"

"不知道，我这两年好像感悟挺多的。"司婳捧着脸道。

"是从你家言先生那里得到的经验吧？"

"这是一种感觉，只可意会，不可言传。"

司婳当初那么喜欢贺延霄，却因为无法融入他的家庭和朋友圈，最终分手。

好在后来她遇到了言隽。她和言隽那么默契，他和蔼的奶奶、可爱的妹妹、友善的朋友让她顺利地融入言隽的生活圈，所以他们的感情越来越好。

现在，她们知道了柯佳云和男朋友产生问题的根源，至于怎么解决、能否解决问题，就要看柯佳云他们自己了。

给柯佳云分析一番后，司婳松了口气，觉得自己可以回景城了。

她早早洗漱后回到房间，一看时间，该给男朋友打电话了。

司婳坐到飘窗上，将枕头垫在背后，正要给言隽发消息，突然有个来自榕城的陌生号码给她打来电话。

司婳接听了，道：“你好！”

“婳婳。”

听到那个声音，司婳直接挂断电话。

但对方一直打，还换号码给她打，这让她怎么跟言隽打电话？

最终，司婳接了电话。对方在她挂断前迅速开口：“婳婳，你躲了我几天，下来见一面吧！我就在这栋楼的路灯下。”

司婳拉开窗帘往下看了一眼，道：“我没有躲你，只是觉得跟你无话可说，我们也没必要见面。”

那人仍不肯走，在电话里央求她下楼见一面。

司婳叹气：“贺延霄，我有一个问题。”

“你说。”贺延霄立刻道。

司婳问：“你知道……我有夜盲症吗？”

对方陷入沉默。

“不知道，对吧？”从贺延霄的反应中得到了答案，司婳忽然笑了，“我有夜盲症，所以无论你在楼下站多久，我都看不见。”

或许视力正常的人能看到一道影子，但她眼中一片漆黑。

“所以，你走吧，不要再打电话过来了，我不会接，也不会跟你见面。我已经有未婚夫了，还请贺先生自重。”

司婳说完就挂了电话，只是在最后一秒似乎听见贺延霄说了句：“我会一直等你。”

司婳摇摇头，不再去想。

一阵风吹进来，她关上窗户，拉上窗帘。

言隽不知道在做什么，一直没给她回消息，司婳躺到床上刷视频，隐约听见窗外响起雨声。

与此同时，言隽打来电话，道：“宝贝抱歉，刚才在书房，没看到消息。”

两人愉快地聊了起来。不知不觉，十几分钟过去了，雨声越来越大。司婳望了眼窗户，道：“我这边好像下雨了。”

“检查一下窗户有没有关好，早点儿睡觉，睡着了就听不见雨声了。”他知道司婳不喜欢下雨天，听见下雨的声音还会觉得烦躁。

“那晚安。”

“宝贝晚安，早点儿回来。”

司婳放下手机，伸手关掉房间的灯，闭上眼睛安心入睡。

路灯下，雨水无情地砸在贺延霄的身上。他握紧手机，不肯移动半步。

在庄园，言隽寸步不离地守着司嫿，贺延霄找不到机会。好不容易得知司嫿现在一个人留在榕城，贺延霄立即赶过来，只为与她见上一面。但司嫿的问题犹如当头棒喝，给他重重一击。

他不知道……

他居然不知道司嫿有夜盲症。

他当初到底做了什么？

他迎着风雨，倔强地站在楼下，就当是惩罚，惩罚自己愚蠢的行为，惩罚后知后觉的心动与不舍。

他一定……要在这里见到司嫿！

早晨，柯佳云下楼晨练，被楼下站立如松的贺延霄吓了一大跳。

柯佳云扭头回家，见司嫿正穿着睡衣站在冰箱前，寻找今日的早餐。

“嫿嫿，你猜我刚才在楼下看见谁了？”柯佳云兴冲冲地问。

“谁啊？”司嫿揉了揉眼睛。

昨天半夜雨下得大，她没睡好，早晨被饿醒了，这会儿正犯迷糊。

“贺延霄。”柯佳云看着她的眼睛，急忙道，“贺延霄站在我家楼下，肯定是来找你的。”

“贺延霄……”司嫿拍拍脑袋，想起是有这么回事，不由得蹙起眉头，嘀咕，“他怎么还在？”

“啥？”柯佳云敏锐地捕捉到重点，“还在？你早就知道他在楼下啊？”

司嫿点了点头：“他昨晚打电话说在楼下，让我下去见他一面，我拒绝了。”

“昨晚？！”柯佳云掐住手指，“你的意思是……他在楼下站了一夜？”

司嫿从冰箱里拿出一罐肉松，听到这句话，面容微僵，道：“我不知道。”

“昨晚好像下过大雨。”柯佳云记得自己睡前就开始下雨了，不知什么时候才停。但现在楼下的地面还是湿的，那场雨应该没停多久。

司嫿点头：“是下过。”时间还挺长。

见司嫿完全没有心软，柯佳云不禁竖起大拇指：“嫿嫿，你真是稳得住。”

前男友悔不当初站在楼下一夜这种情节，柯佳云只在电视上看过，贺延霄还遇上了“罚站必淋雨”的狗血定律。可惜，贺延霄拿错了剧本，没能打动女主角。

司嫱垂眸，手指在肉松罐头上打转，抿唇道：“我答应过言隽，不会跟贺延霄见面的。”

她不能让喜欢的人不开心，哪怕言隽不在这儿，哪怕他并不知道，她也会遵守承诺。她跟贺延霄已经没有关系了，无论贺延霄等多久，她都不会去见。

冰箱门合上，司嫱放下罐头回房，拉开窗帘再看，贺延霄果然还在路灯下。

她实在想不出贺延霄坚持的理由，他是因为求而不得，所以才念念不忘？

贺延霄用五年的时间怀念初恋，如今对离开两年的她“割舍不下”……这的确是贺延霄能做出的事。她可以想象，如果自己跟季樱一样回头，也会像季樱那样被淡忘、被抛弃。

世界上有一种奇怪的人，永远惦念自己得不到的东西，伤人伤己。

贺延霄欺瞒在先，他们甚至不算和平分手，贺延霄自己找虐，却想让她心软，开什么玩笑？

司嫱拿起手机，向柯佳云询问一番后拨打了一通电话。

“你好，×××幢公寓楼下有人骚扰我。”

第十三章
败给温柔

三日后，司嫿回了景城，放好行李后去了一趟言家。

言老太太正抱着猫在后花园晒太阳，见她来了，赶紧让人把猫抱走。

“奶奶。”

老人家比司嫿这个当事人还紧张，非要换身衣服后再来见她。

“嫿嫿回来啦！奶奶可想你了。”见到孙媳妇儿，言老太太整个人精神不少，特别是看见司嫿戴着她送的耳坠，心里更是欢喜。

言曦前几日已经回学校了，老太太一个人在家无趣，只能逗逗猫。司嫿在这儿陪她坐着，她都开心。

老太太留司嫿吃饭，言隽也从公司回来了。见言老太太实在不舍，他们又在言家留宿了一晚，就住在言隽的卧室。

言老太太喜欢旁边的小院，住那边，跟他们隔得远，他们也很自在。

言隽的衣柜里逐渐多出属于她的衣物，他的房里还添置了梳妆台，上面摆着各种护肤品。

沐浴后，司嫿回到房间才想起忘了擦身体乳，只能等言隽出来再抹。

司嫿坐在床上玩了会儿游戏，听到动静，知道他出来了，便毫不客气地指挥男友道：“帮我拿一下身体乳。”

言隽动作很快，不仅帮她拿回身体乳，还直接动手帮她擦。

司嫿警惕地瞄了他一眼，不太相信他只是单纯地帮忙。

言隽十分淡定地挤出粉色的乳液，用手指在她的背后抹匀，道：“你的生日快到了。”

“哦，对。”还有一个星期。

言隽垂眸，手在她光滑的皮肤上抚摸，从肩头逐渐往下：“今年去滨城过生日怎么样？”

“要跑那么远吗？”

“不是喜欢海边吗？”

“那好啊！”趁没有回公司报到，她再好好玩一场也不错。

事情谈妥了，言隽将手挪到她的腰间故意挠她。司婳被逗笑了，道：“我就知道你不会那么好心，好烦……”

她伸手去推，却被言隽禁锢住，迎来一夜缠绵。

第二天早晨，司婳被言老太太满含深意的眼神看得面红耳赤，李嫂还专门给司婳煮了一碗大补汤。

司婳：“……”

这真的没必要。

之后几天，言隽大概是要腾出时间带她去滨城，一直很忙，把自己关在书房里，也不让她看。他说：“你在我旁边，我会分心的。”

为了提高言隽的工作效率，司婳自动远离他。

她已经跟 Anni 联系了，准备回公司。

生日的前两天，司婳跟言隽一起踏上去往滨城的飞机，回到居住过很长一段时间的四季民宿，发现这里大变样。

言隽开店，及时修缮房屋，定期更换家具及装修风格，因此“四季”已经不是从前的样子了。

她还记得刚来“四季”时是活泼可爱的小娜接待了她，如今员工换了一批，都是陌生面孔。

回忆着往事，司婳的眼前突然出现一抹熟悉的身影。她睁大眼，很意外：“小娜！”

“司婳姐。”小娜加快脚步走向司婳，脸上挂着笑容。

她们许久不见，如今重聚，很是欢喜。

一年时间，小娜的身上也发生了翻天覆地的变化，她不再穿着被洗旧了的衣裳，从头到脚都打扮得很时尚。

小娜本就身材高挑，这一年似乎又长高了些，身上已经没了小女孩儿的稚气。

“你是什么时候回‘四季’的？”

“最近有个拍摄，在海边取景……”小娜低下头道。

司婳没有怀疑，热情地邀请她一起过生日。

小娜打趣道：“司婳姐现在可是‘四季’真正的老板娘了。”

下午，言隽不知去哪儿办事了，把司婳一个人留在“四季”。

司婳闲得无聊，想约小娜出去走走，对方以工作为由婉拒，司婳便只能自己出门。

从“四季”步行到海边有段距离，途经转角，司婳意外地认出一个见过两面却印象深刻的人。

那个两年前追求过言隽的女人，不再打扮得花枝招展，穿着款式简单的外衣，怀里抱着个婴儿。她似乎已经嫁人了。

来到海边，司婳脱下凉鞋，踩在细腻的沙子上，一步一个脚印。

有几个小孩儿蹲在路边，捡了石头在沙滩上随意地画。司婳看见后学了起来，挑了块长条形状的石头在平坦的沙滩上画出两个小人儿。

海风迎面吹来，司婳的手机铃声响起。她接到了言隽打来的电话。

“去哪儿了？”

“在海边。”

“我过来找你。”

司婳直接发送位置坐标，在附近找了块大石头坐下。没过多久，前方一道阴影落下，遮挡住她眼前的阳光。

他来得倒挺快。

司婳心里那么想，嘴上故意嗔怪道：“还说陪我过生日，一天都没见到你几面。”

“我错了，保证明天给婳婳一个巨大的生日惊喜。”言隽伸手给她一个拥抱。

“言先生好有自信哦。”司婳双手搂住他的脖颈，双腿缠在他的腰间。

言隽自然而然地把她从大石头上抱下来，道：“那当然，别忘了我手里还有张王牌。”

“嗯？”

言隽竖起两根手指，提示道：“第二个礼物。”

司婳当然记得。

去年在老家，她承诺送言隽两个礼物，第一个是打开她心门的钥匙，第二个是答应言隽一个愿望。

只要他提出的要求不违背道德、法律，任何事她都会答应。当然，她了解言隽的为人，知道他提的要求肯定不会很过分。

言隽的言外之意是，如果明天他的计划没能顺利进行，他就会找她要第二个礼物。

司婳现在就开始期待了。

他们在沙滩待到傍晚，回去时经过 Mercury 咖啡厅，点了两杯热饮。

没错，司婳喝的是热饮。这是司婳据理力争失败的结果。

“这么闷热的天，你还要我喝热的！”

“现在纵容你，你到时候又喊肚子疼。”

“我没那么娇弱。”

明明她的生理期还没到，他就开始计算日子了。她拗不过他，只能安慰自己，好歹有杯饮料喝。

Mercury 是言隽的母亲创建的，但大多数员工只见过言隽。而且，不仅员工没见过真正的老板，司婳也没见过。

司婳有些可惜地道：“我还没见过你妈妈。”

“婳婳着急见我妈妈吗？”他故意问道。

“才不是！”从他的语气和眼神中读出别的意思，司婳急忙解释，“我随便说说。”

据说言隽的父亲去世后，言隽的母亲开始到各地做科研任务，有时候很长一段时间都不联系家人。

言隽的母亲上半年回过一次家，那时司婳在国外，没跟她碰着面。

司婳对她很好奇，想知道对方是个怎样的女人。她要多优秀才能养育出这样一对善良温柔的儿女啊！

“她一直比较忙。”言隽轻轻搅拌咖啡，低声道，“不过快回来了。”

司婳捧着自己的杯子，不跟他说话。

到了晚上，司婳在曾经住过的房间里翻箱倒柜，把言隽之前送来的东西全部整理好。

她去年离开滨城时很多东西没带走，想借这次机会带回去。

“你看我找到什么？”她用双手举起一本书，晃了晃。

这本书是言隽送给她的，《万物声》。

言隽微微侧首，从书后探出半张脸，问道："你是不是还没有听完？"

"嗯，有点儿多。"她已经听了大半了。

闻言，言隽伸手拿走书，手指在封面上轻轻点了两下，道："慢慢听。"

司婳没察觉出这句话中有别的含义，道："那我把它带回去慢慢听。"

"不着急。"

他们还有一辈子的时间。

言隽牵着她的手，进屋陪她一起收拾东西，里面有很多小物件，都是属于两个人的回忆。

榕城。

病来如山倒，在外人眼中身体强健的贺总贺延霄在会议室里晕倒，被送进医院。

贺氏集团的员工这两天纷纷猜测年纪轻轻的贺总到底出了什么事。贺夫人跟贺云汐得知消息第一时间赶往医院，贺延霄身边还挂着输液瓶。

"到底怎么回事？不是定期做体检吗，怎么会突然晕倒？"贺夫人先前从未听说儿子有什么病，这次被吓了一跳。

"没事，感冒。"贺延霄靠在床边咳嗽起来。

"感冒？"贺夫人哪里肯相信，感冒能让一个大男人晕倒？

贺云汐问了每日跟在贺延霄身边的助理，这才知道贺延霄一周前不知从哪里回来，浑身湿漉漉的。

那天之后贺延霄就开始咳嗽，却不肯就医，反而在公司加班加点，助理劝过几次都没用。连日来的辛劳让他抵抗力降低，直接倒下。

至于贺延霄那天到底发生了何事，只有他本人知晓。

贺夫人很担忧，抓着医生反复追问，确定贺延霄只是身体虚弱，而非突发恶疾后才松了口气。

她专门请了营养师准备三餐，却发现儿子整日冷着一张脸，闷闷不乐，身体也不见好，便跑去质问医生。

医生说："病人情绪低落，心病难医。"

是他自己不想好，吃再多的药也提不起精神，才会一直那么颓废。

贺夫人完全理不清头绪。公司没出事，家里没出事，贺夫人思来想去，觉得贺延霄这样大概是因为感情。

贺夫人急得不行，又哄不了儿子，只得找来女儿，问："上次你说司婳的事，现在她跟你哥到底怎么样了？"

“其实她已经……”贺云汐观察母亲的脸色，到嘴边的话又咽了回去。

哥哥从知道司娴是言隽的未婚妻开始就不开心，她要是现在把情况告诉母亲，母亲肯定又会去哥哥面前念叨，到时候哥哥的心情更糟糕。

贺云汐决定先隐瞒母亲，道：“其实我也不是很清楚，但您也别去问哥哥。他现在都这样了，您别再惹他不高兴了。”

“我能跟他说什么？我还不是关心他！”贺夫人埋怨道，话题又回到女儿身上，“还有你，之前给你介绍的那些，有你看得上的吗？都快二十五岁了，早点儿定下来。”

贺云汐捂住耳朵。

幸亏她刚才没说实话，不然她跟哥哥都不能安生。

傍晚，贺云汐留在病房。

贺夫人不在病房时，贺延霄才会主动提起司娴：“你知道她有夜盲症吗？”

“哥，你怎么还在想她？”贺云汐正拿刀削苹果，闻言动作一顿。

“你知道吗？”贺延霄固执地问道。

“知道啊！”贺云汐点点头，“我之前不是还跟你说过吗？”

“是吗？”

原来早就有人告诉过他，而他从未听进去。

贺延霄缓缓地闭上眼，脸色苍白如纸，道：“今天是她的生日。”

他以前从不特意去记这些日子，如今偏偏把她的生日记得清清楚楚。他忍不住想，她今天要怎么过生日？跟谁一起过？又会收到什么礼物？

她原本该属于他……

滨城。

司娴的生日终于到了。她相信，言隽会在约会时给她惊喜。

她不需要考虑今天会发生什么，只知道今天应该精心打扮，然后去见男朋友。

小娜白天一直跟在她身边，说要陪她过生日，等她跟言隽出去约会后再走。可时间很快过去，傍晚时分了，言隽还没回来。

司娴坐不住了。

小娜跑过来拉住她的手道：“司娴姐，老板给我打电话了，让我带你过去。”

虽然离开“四季”了，但小娜仍然习惯称呼言隽为老板，不愿意改。

“小娜，你能不能提前透露他是在哪儿给我准备了个大惊喜？怎么还要你亲自带我过去？”

“哈哈，老板现在不方便亲自来接你，又不能让你一个人去，所以就叫我带你过去。”这也算是一种陪伴。

包括白天，言隽是怕司婳等得无聊，才让小娜一直陪着司婳的。

司婳以为会是什么酒店，没想到小娜带她去的是海边。

天色渐晚，司婳却不必担忧看不见。路边架起一条长长的路灯，延续到海边。

灯光引路，绚丽多彩的晚霞烧红天边。她们沿着石级往下，一路繁花盛开。

司婳远远地看见海边有飘逸的白色纱幔，熟悉的钢琴曲从那个方向传来，每个欢快的音符都重重地敲击在司婳的心头。

那首示爱的曲目言隽曾弹过前奏，她立刻就猜到了他要表达什么。

她走过的路上都挂着与他们相关的照片，包含一张她在许愿池前笑靥如花的照片。他们从相识到相知，从相知到相爱，照片见证了他们的每一次遇见。

直到最后，她看见了一面巨大的背景墙，上面记录着三百多种语言。它们拥有一个共同的含义——我爱你。

浪漫的纱幔琴房中，动作优雅的言隽弹奏完一首曲子后，起身抱起旁边那束娇艳的玫瑰，一步一步朝她走来：“婳婳，生日快乐！”

“这就是你说的生日惊喜吗？”司婳惊喜万分。

言隽道：“不是。”

在她错愕的眼神中，言隽退了一步，手捧着花单膝跪下。

“或许有些唐突，但我接下来说的每一句话都是真心的。”

“婳婳，我们第一次见面不是在情人桥，也不是在许愿池。你还记得小时候遇见的那个送你钢笔的哥哥吗？”他轻轻一笑，终于道出埋藏在心底的秘密，“其实那个男孩儿就是我。那才是我们的初次相遇。”

“很抱歉，我来得这么晚。”他抱歉没有早些与心爱的女孩儿重逢。

真相在这一刻被揭开，司婳双手掩唇，晶莹的泪花在眸中闪动。

“认识你之后，总是不由自主地对你好，想看你笑，想尽办法跟你拉近关系。第一个拥抱，第一首琵琶曲，第一次亲吻，第一束鲜花，第一声晚安，第一句告白，无一不在牵引着我的心。”

每一次靠近，无论有意无意，他都会更加为她心动。

“我们真正在一起的时间不算长，但我无比确信，遇见你，是我一生之幸。所以……”言隽一只手抱着花，另一只手呈上一枚钻戒，仰头真挚地盯着她，问，“我想问美丽的司小姐，你愿意成为言隽先生的妻子吗？”

言隽身后，焰火散开变成扇形的，火花串联成代表爱意的单词，在夜空中分外闪亮。

焰火照亮司婳的脸，她眼角有颗颗晶莹的泪珠滑落。

言隽的求婚是突然的。她从未想过自己会在不足一年的时间内跟人从确定关系到见家长甚至是结婚。

可是现在，言隽就跪在她面前，捧着一颗诚挚的心给她看。

这一刻，司婳无比确定，就是他了。

“我愿意。”

司婳接过鲜花，向他伸出手，五指微微张开。

言隽瞬间扬起唇角，笑容灿烂，虔诚地将钻戒戴到司婳的手指上。

细心的司婳又发现一个小秘密。不知道什么时候，言隽偷偷测量了她的手指尺寸，戒指不大不小，完全合适。

“怎么求个婚，还把我的宝贝弄哭了呢？”他温柔地用手指替她擦拭眼角的泪。

“那是因为言先生太美好了，我忍不住喜极而泣。”司婳吸了吸鼻子，双臂紧紧地环抱住他，道，“我真的，很喜欢很喜欢这个惊喜。”

她将头贴在言隽的心口上，将自己真挚的心意说给他听。

司婳永远不会忘记，在二十五岁的生日这天，收获了最美好的礼物。

夜晚，司婳躺在他身边追问他关于许愿池和钢笔的事。

“许愿池是什么时候的事？我都不记得了。”

“在榕城，那次我很巧经过了那个公园，正好看见了你。你那个笑容太耀眼，我忍不住拍了下来。”

听他说话如此夸张，司婳忍俊不禁，故意调侃道：“言先生在路上遇到别的长得好看的女孩子也会偷拍吗？”

“当然不是，拍到你是个意外。我本来想询问你，我能否保留那张照片，谁知你转身就走了。”他记得司婳那时走得很快，想必是有急事，便放任自己保存了那张照片。

司婳又问："还有钢笔……原来你那么早就知道了，也不告诉我。"

"因为那时候你还对我有防备，我感觉说出来会很突然。"他想循序渐进，慢慢打开她的心扉。

"你要是早点儿告诉我……"司婳欲言又止。

言隽轻轻捏了捏她的脸蛋，问："你会因此早点儿喜欢上我吗？"

她不想对言隽撒谎，但也不想残忍地告诉他答案。

那个时候，哪怕知道他是小时候给予过自己温暖的哥哥，她也不会因此对他产生爱情。

真正让她心动的人，是一直陪伴在她身边的言先生。

"这个秘密是我的宝藏。"言隽将她的手放到唇边亲了一口。

司婳往前靠近他，额头抵着他的额头，道："从现在开始，也是我的。"

这是他们共同的宝藏。

隔天，两人离开"四季"，没有回景城，而是去了司婳的老家。

司父没想到昨天还在外地的女儿突然就出现在眼前，有些难以置信。直到他眼尖地发现了女儿指间那枚闪耀的戒指，忽然明白了什么。

"你跟我进来。"司父对女儿说。

父女俩单独相处，司父开门见山："打算结婚了？"

"爸爸，你怎么知道……？"司婳惊讶，有些没反应过来。

"手上的戒指那么明显，谁看不见？"司父转头道。

司婳有些尴尬，承认道："昨天他跟我求婚了。"

至于结婚时间，他们还没有确定。

"你倒是爽快，刚谈恋爱就出国，刚回国就答应了别人的求婚。"

他们谈了不到一年，相处时间更短，真的足够了解对方吗？

"爸，我知道你的意思，但我跟他之间的感情不是用在一起的时间来衡量的。真要算起来，我跟他已经认识两年了，我们不是在一起后才去了解对方的，而是因为了解对方才在一起的。我们感情稳定，见过家长。"她知道父亲的心思，更希望父亲能够完全接纳言隽，"他很温柔，很值得爱，是我决定共度余生的人。"

她希望这是一段父母认可、亲友祝福、双向奔赴、共同成长的爱情。

听完女儿的话，司父沉默良久，最后提出单独跟言隽谈话。

司婳去了母亲的画室，看着房间里属于母亲的一切，无比怀念。

母亲去世后，父亲没有在家挂上黑白照片，画室的桌上永远摆放着彩色的相框，照片里的母亲还是年轻貌美的模样。

画家眼中的世界绚烂多彩，她想，父亲的想法一定跟她的想法一样。每次看到这些照片，她都回想起曾经幸福的生活。

司婳捧起相框，轻抚母亲年轻时的容颜，眸中涌动着无边的眷恋。

“妈妈，我好像也遇到了一个会像爸爸对你那样对我好的人。”

父母的感情令她既羡慕又渴望。

好在后来，她也遇见了那样一个人。

“妈妈，如果你还在的话，一定也会喜欢他的。”司婳抱着相框说了好多心里话，“他是个……很温柔的人呢。”

心思敏感的她遇到一个注重细节的男人，他用陪伴一点儿一点儿修补好她残缺的心。

言隽骨子里的温柔令她着迷。

不知过了多久，司婳重新锁上房门，离开画室，走的时候手里抱着一个长方形的盒子。

彼时言隽已经成功让未来的岳父松口，小心翼翼地将红色的小本子装进了衣服口袋。

司婳带言隽回自己的房间，拿出一支有些旧的蓝色钢笔，道：“你看，我一直把它好好留着呢。”

“我没想到你会记得那么久。”自己送出的礼物被精心保存至今，言隽觉得十分难得。

“之所以印象深刻，是因为后来我才知道爸妈突然不见了，其实是因为妈妈突然发病，被送去了医院。”

那天晚上，妈妈救治及时，而司婳得到了好心人的馈赠，十分幸运。

“还有这个。”司婳又把桌上一个大大的玻璃瓶抱了出来，里面全是裹成卷的便利贴，“这也是你曾经教我的，你说遇到不开心的事就把它装进瓶子里。”

后来她慢慢把这个举动变成习惯，维持好多年。但现在她已经很久没写字条了，不是没有不开心的事，而是感觉挺一挺也就过去了。

言隽感觉心中有种说不出的情绪在涌动，道：“婳婳，你真会给我制造惊喜。”

他都不知道，曾经短暂的陪伴能在司婳的生命中留下那么深刻的痕迹，又觉得特别幸运，当初遇见的小女孩儿是她。

把玻璃瓶放回原位，司婳又从桌上拿起一个盒子，冲他眨眨眼睛：“你想知道 Susan 的最后一幅作品是什么吗？”

“有点儿好奇，你愿意告诉我吗？”他其实已经猜到司婳要做什么了。

“答案在盒子里。”司婳把怀中的盒子递出去，“我想把它送给你。”

“现在可以打开看看吗？”言隽有些迫不及待。

“嗯。”她双手交握在身前，眼中含笑。

言隽打开盒子，取出卷起的画纸，慢慢展开，露出一个小女孩儿天真无邪的脸。

“是婳婳啊！”他一眼就认出来了。

“对呀，我妈妈的最后一幅作品，就是我。”

Susan 在最后一次露面时说过一句话：“最新的画作，是我最珍贵之物。”

这句话传出去没多久，Susan 就不幸去世了。

外面将 Susan 的绝笔之作说得神乎其神，但其实除了丈夫和女儿，再无第三人见过 Susan 最后留在世上的那幅画。

对于 Susan 来说，最珍贵的是她最爱的女儿。

“好像一下子知道了很多秘密。”他真的挖掘到一个宝藏。

司婳轻轻摇头，柔软的鬈发贴在脸颊上，道：“因为你对我很好，所以我也想把自己拥有的一切跟你分享。”

她似乎找不到言隽缺什么，他无论哪方面的能力都在她之上，平日里她受他照顾更多。所以，她只能把自己的心意明明白白地告诉他，让他开心些。

司婳在老家待了两天，准备跟父亲告别。

他们临走前，司父突然告诉她：“过段时间，我会去景城。”

司婳感到意外又惊喜：“爸，你肯离开这里了？”

“那些事以后再说。你妈妈为你创建的慈善基金会如今正式交到你手中，我当然要亲自到场参加活动。”关于妻子的一切，他从不敷衍。

司婳欣喜地点头。无论如何，父亲肯走出这里，已经很难得了。

剩下半个月时间，司婳一直在跟组织公益活动的负责人对接，不断修改策划案，安排会场，核对参与公益活动的人员名单。

公益活动启动当天，不少企业家到场。活动的主办地点在景城，参与人员却不限于景城。

从榕城来的贺夫人带着女儿贺云汐一同前往。

贺氏向来关注公益事业，可惜贺延霄从住院到现在精神状态都不太好，对这些事兴致不高，贺夫人干脆自己出面。

母女二人找到自己的座位，贺云汐见到几个同样来自榕城的年轻人，便跟他们聚在一起交谈。贺夫人拿着包去了趟卫生间，回来的路上意外地看见了一张熟悉的脸。

面容精致的司婳正跟本次活动的负责人站在一起。

贺夫人很惊讶，问旁边的工作人员："那个女人是？"

"您说的是司小姐吧？她是我们慈善基金会的会长，也是本次公益活动的发起人。"虽然公益活动的主题不是司婳提出的，但基金会是她的。

工作人员轻飘飘的一句话在贺夫人的心里炸开了锅。

什么？她没有听错吧？这个基金会从建立到现在已经有十几年历史，其中投入的私人财富不计其数，司婳怎么可能是会长？

贺夫人只觉得脑子里嗡嗡作响，理不清头绪。她反复询问，得到的答案都是一样的。

贺夫人不知不觉中朝司婳刚才离开的方向走去。

贺夫人看着那个穿着水蓝色长裙的年轻女人，忽然觉得她跟印象中的司婳天差地别。现在的司婳看起来就像一个出身名门的小姐，气质优雅。

"司婳。"她不禁喊出那个名字，声音有些虚。

司婳下意识地回头，有些意外："贺夫人。"

"没想到会在这儿见到你。"贺夫人往前走了两步，"许久没见，听说你在国外拿了大奖。"

司婳的嘴角扯出淡淡的笑，笑容浮于表面，并不真切。

想起司婳的身份，贺夫人急忙表明自己的态度，道："今天遇到了，我也跟你说句心里话，当初我阻止你跟延霄在一起，让你们之间产生了矛盾，我很抱歉。延霄这两年一直忘不掉你，你要是……要是愿意跟延霄重新开始，我以后再也不会提从前的事了。"

言外之意，她同意司婳跟自己的儿子在一起。

"贺夫人，你搞错了吧？"司婳看着她淡淡地道，"不知道你为什么会产生我会跟贺延霄复合的错觉，但我想请你们一家人不要再自作多情了。"

曾经厌恶她的贺夫人现在以高高在上的姿态出现在她面前，跟她说这些话，让人听着着实难受。

“贺夫人，我要结婚了！”司婳并不爱炫耀，但现在直接举起手，让她看清楚上面的戒指，“希望你们一家人以后都不要再提复合之类的话了。我跟贺延霄没有关系，更不需要得到你的认可。”

司婳确实搞不懂贺家人。

她和言隽刚谈恋爱的时候，贺云汐劝她跟贺延霄复合。

她当众表明自己有了未婚夫的时候，贺延霄还在死缠烂打。

如今她都要结婚了，贺夫人居然主动找过来。

她是不是跟贺家犯冲啊？

司婳心情不悦，拎起裙摆转身离开，被真相击中的贺夫人脸色难看至极。

这怎么可能？明明一个月前女儿还说司婳单身，很可能回到榕城跟儿子复合，司婳怎么转眼间就要嫁给别人了？

后知后觉的贺夫人又恼又气，找到女儿，质问道：“云汐，你跟我说司婳会重新跟你哥哥在一起，是不是骗我的？”

“妈，你怎么突然问起这个？”

“刚才我在外面遇见司婳了，你猜人家是怎么说的？她要结婚了，手上还戴着戒指。”司婳还叫他们一家人不要再惦记她了。

“其实上次在榕城，她就有未婚夫了。”事到如今，贺云汐不得不说出自己知道的所有事。

“你这个死丫头。”贺夫人用手点了点她的脑门，低声骂了一句。

贺云汐要是早点儿告诉她，她也不会冲上去对司婳说那些话。

他们贺家人的面子都被丢光了。

当然，无论贺家人是什么想法，司婳都不在意。

她很快就遇见了言曦。言曦正要找她，把她拉到一旁，高兴地对她道：“嫂嫂，我妈妈回来啦。”

司婳愣住了。

想起妈妈交给自己的任务，言曦继续问道：“妈妈说想见见你，你现在有没有空？”

未来婆婆想见她……她没空也得有空啊。

只是司婳刚见过贺夫人，有些紧张，不知道言夫人到底是个怎样的人。她跟言隽走到这一步，希望能得到他所有家人的喜欢。

司婳跟着言曦前往休息室，一到门口言曦就溜了。

休息室的窗前站着一个女人，她穿着一身常人难以驾驭的酒红色西装，看着既年轻又有气质。司婳不确定她是否就是……

“你就是司婳吧？”女人朝司婳走过来。

女人说话干脆利落，声音感觉有些严肃，这更让司婳摸不清言夫人的性子。

“您好。”

“不用猜了，我就是言隽的妈妈。”女人看穿了司婳的心思。

司婳颔首，道：“阿姨好，我是言隽的女朋友司婳。”

“阿姨？”言夫人听到这个称呼，突然皱眉。

司婳心里一紧，自己叫错了？

言夫人顿了顿，似乎在思考什么，随后道：“算了，阿姨就阿姨吧。”

反正过不了多久，她就得改口。

见言夫人眉头舒展，司婳松了口气。但言夫人的下一句话又让司婳提心吊胆。

“听说你喜欢房子？”言夫人问。

“啊？”心情紧张的司婳跟不上言夫人的节奏，完全不懂言夫人为什么会问这个问题。司婳斟酌一番，没说喜不喜欢，委婉地道：“阿姨，我觉得房子能住就行。”

“哦，不喜欢房子。”言夫人得出结论，点点头，又问，“你觉得Mercury 咖啡厅怎么样？”

送分题！

司婳记得言隽说过，咖啡厅真正的老板是言夫人。

司婳立刻道：“前不久我跟言隽还去过那边一次，Mercury 现在经营得很不错，位置好，名字也好。”司婳暗自观察言夫人的反应，总结道，“我认为 Mercury 咖啡厅很不错。”

言夫人点点头，爽快地道：“行，送你当见面礼了。”

这么多年，司婳一直以勤奋努力、刻苦上进为人生准则，万万没想到某一天，因为交了一个男朋友，然后……躺赢了。

言夫人性格直爽，说要送她咖啡厅之后，连拒绝的机会都不给，让她做自己的事去。

司婳拍着胸口离开休息室，许久后才反应过来，她这是……过关了？这也太容易了吧？

重新回到会场，司婳从后方走过去，忽然察觉到什么，立即停住脚步，转身隔着玻璃窗仔细一瞧，竟然看见了书谧……

令人惊讶的是，书谧竟然跟季樱站在一起！

季樱穿着宽松的衣服，一只手贴在小腹上，那样的动作让司嫲脑海里浮现一个大胆的猜测：季樱怀孕了。

这个世界也太奇妙了，去年季樱在比赛时被曝出抄袭后，司嫲就再也没见过季樱，没想到今天居然遇上了。

“司小姐，您在这儿啊！”工作人员打断她的思绪。

司嫲移开视线，跟着对方离开。

从母亲口中得知司嫲的身份后，贺云汐简直不敢相信。

司嫲一直没跟贺云汐说过任何关于身份的事，只说父亲住在农村。因此，母亲查到司嫲的家庭住址后，没有再继续调查。

她们同学四年，朝夕相处，司嫲辛辛苦苦做兼职的一幕幕场景贺云汐都看在眼里。

司嫲分明就是个普通大学生，怎么会成为慈善基金会的会长？

今天从榕城来的不只有贺家的人，贺云汐找到较熟悉的秦续，但话到嘴边，又不知该如何开口。

“到底什么事啊？”秦续见她欲言又止，疑惑地摸摸脑袋。

“唉，我也不知道怎么说。”贺云汐蹙起眉头，心里烦闷得很。

“那你想好了再说，我还有点儿事。”

搁平时，秦续也愿意哄她两句，不过就在刚才，他似乎看见言曦了。秦续正急着找言曦，不等贺云汐说完，转身就走了。

上回言曦因为贺延霄而骂他，多半是受了柯佳云的影响。那个小傻瓜单纯得很，骂起人来也不让人觉得讨厌。

秦续听说她在马场扭伤脚，被送回景城上学了，本想放弃，但回到市区后找了两个女人，都是他以前最喜欢的火辣身材，偏偏怎么看都觉得不顺眼。当时，他的脑子里浮现的是那个小傻子如小鹿般的眼睛，她要是哭起来……一定十分动人。

他猜言曦不在主会场，特意去附近寻找，果然看见那个小丫头蹲在地上，对着花草嘀嘀咕咕，也不知道在说些什么。

秦续站在她身后，她也没发觉。

秦续弯腰，声音传下去：“小……言……曦。”

言曦下意识地回头，看见那张脸，身子一歪，一屁股蹲儿坐在地上。

她呆萌、滑稽的反应逗得秦续捧腹大笑，他伸手把她拉起来，言曦却叫道：“啊啊啊啊，你放开我！”

像是碰到了什么恶心的东西一样，言曦一脸抗拒，恨不得赶紧甩开他。可秦续的力气太大了，她挣不脱，四处张望，想要求助。

转角处忽然出现一道高大的身影，言曦扯着嗓门大喊：“迟墨！”

只见一道黑影急速赶到，下一秒，言曦就脱离了“魔爪”。

护着她的男人身形高大，眉眼锋利，让她特别有安全感。

言曦赶忙跑到迟墨身后，两只手紧紧地抱住他的胳膊，圆溜溜的眼睛瞪着秦续，指控道：“有渣男！”

“喂，小丫头，饭可以乱吃，话可不能乱说。”秦续大步走过来。

言曦摇晃脑袋，不再看秦续，就藏在迟墨身后。

只听见一声惨叫，迟墨单手钳制住秦续的胳膊迅速一扭，秦续疼得脸色唰的一下变白。

一句脏话脱口而出，秦续吼道：“你是谁啊？！”

秦续发现自己两只手竟比不过那人单手的力气，狠狠地被人推开，眼睁睁地看着那人把言曦带走。

二人离秦续很远了，言曦紧跟着迟墨，问：“迟墨，你怎么在这儿呀？”

“任务。”他带着唐老吩咐的任务来到此处。

“上次你一下就不见了，我还没来得及跟你道谢。”

“不必。”他忽然停住脚步，冷冷地问，“跟着我做什么？”

言曦跟着停下脚步，眨了眨眼，见他又往前走了，立刻追上去，“跟着你比较安全，万一坏人找我怎么办？”

“自己想办法。”迟墨冷声道。

“想不到其他办法了。”她指着自己的脑袋，道，“我脑子不好使，想多了这里会疼。”

迟墨：“……”

他还从未见过有人说自己脑子不好使，还说得这么理直气壮。

公益活动的启动仪式即将开始，参与本次活动的企业家们纷纷找到了自己的座位。

坐在中央的是一个中年男人，却没几个人认得他。

有人悄悄议论道：“那个人是谁？”

“不知道啊，看起来面生。”

司震坐在属于自己的位置上，对周边的话充耳不闻。他现在就是个普通老百姓，的确没什么可与人攀谈的身份，也没有与人交好的心思。

有个中年男人朝这边看了好几眼，反复确认后才试探着道："你是……司震？"

司震转头对上那人的视线，轻轻点头。

男人惊叹："司总！"

"我早就不是了。"司震不认识眼前的人，没想到别人会认出他。

中年男人立即改口："司先生。"又殷切地道，"不知道你还记不记得，当初你帮过我，我是李明申。"

当初他有才华却无处施展，上头有人故意打压他，幸得司震提拔，在司震手下做事，才能一步一步走到今天这个位置。或许那对司震来说只是举手之劳，但对他而言就是恩同再造，可惜后来司震归隐，不知去向。

其他人中也有猜到司震的身份的，悄悄对旁边的人说了。谁知那人似乎知道司震的身份，神神秘秘地道："你们不知道吗？他的妻子可是Susan。希望慈善基金会的创始人就是Susan。"

如此一来，司震出现在会场，还坐在中央的位置也说得过去。

这些议论陆续传进贺夫人的耳中，她嗤笑道："又是姓司的。"

想起司婳刚才那副清高的模样，贺夫人听到"司"这个字都觉得心烦。

"妈，你刚才说司婳是慈善基金会的现任会长，而这个基金会的创始人又是Susan，Susan又是司震的妻子……"贺云汐突然在脑海中画出一条人物关系线，紧张地握住母亲的手，"妈，她……司婳会不会跟司震和Susan有什么关系？"

"不可能——"贺夫人差点儿咬碎牙齿。

其实她也想到了这一点，只是不愿意承认。

她曾经看不起的乡巴佬怎么可能跟知名画家Susan和司震有关系？但如果他们之间真的没关系，司婳又为何会成为基金会的现任会长呢？

显然贺云汐也有同样的想法。

紧接着，贺云汐看见了言隽。言隽走到司震身旁，弯腰跟对方讲话。

贺云汐握紧双手，脸色更难看了。

活动开始了，主持人字正腔圆地说着开场白，并宣布道："Susan女士生前为女儿成立的希望慈善基金会今日正式交由她的女儿管理，下面有请我们的新一任会长……司婳小姐！"

随着主持人的声音落下，众人看见一袭蓝裙的女人优雅地走到舞台中央，她气质温柔，举止端庄，一举一动尽显风范。

司婳拿着话筒站好，灯光汇聚在她的身上。

面对台下的嘉宾，她自信从容，侃侃而谈。

接着，主持人依次念出名字，请慈善家上台。大家手里分别拿着写明自己捐赠金额的牌子，一起在红色的幕布上留下名字。

本次，景城的言家捐款最多。言隽当着众人的面表示自己支持公益事业，会尽全力帮助未婚妻将慈善基金会更好地运营下去。

记者全程录制视频，不少人称赞这对年轻有为的未婚夫妻郎才女貌，简直是天作之合。

目睹全程的秦续整个人都愣住，道："司婳……厉害啊！"

他自认为能一眼看透女人的心思，没想到司婳在他们的眼皮子底下伪装了那么多年，把自己的身份藏得严严实实的，被那些人讽刺了也一声不吭。秦续赶紧拿出手机，把这个爆炸性的消息发给正在住院的贺延霄。

而台下的贺家母女整颗心都在打战，当初怎么就看走眼了呢？

贺夫人更是深受打击……司婳居然藏得这么深！

如果……如果她当初没有因为身份对司婳产生偏见，那是不是她的儿子就不会郁郁寡欢，是不是现在站在台上讲话的人就变成了贺家人？

下台后，司婳想避开记者的镜头，找个清静的地方休息，却无意间撞见了榕城的那群纨绔子弟以及……季樱。

其中一个人对季樱道："好久没见了，季樱！"

另一个人附和道："真没想到你也能出现在这儿。"

"你们就不能放过我吗？"季樱一副娇弱的姿态，语气更是柔弱，"我已经怀孕了，有了自己的家庭，从前的一切都跟我再无关系。"

她被贺延霄放弃后，走投无路了。有些纨绔子弟见她失去贺延霄的庇佑，终于忍不住对她出手。她为自己的前途屈服过，但很快清醒过来，发现这些男人只会骗她，给她一些小恩小惠，而无法真正助她翻身，于是跑了。

但他们的手里握着她不堪的过去，哪怕她现在过得很不错，也只能求他们放过自己。

"哼，又是这副小可怜样儿，这次又装成这样去骗了哪个男人？"他们都是人精，哪儿能看不清季樱的伎俩？

以前他们是哄着她玩，后来季樱不配合，跑了。她跑了就算了，也不缺这一个，偏偏今天又出现在他们面前……

“我说贺哥也真是倒霉，在学校的时候被你骗，你一回来就逼得贺哥抛弃司婳，谁知道人家才是大有来头。”他们得知司婳的真实身份后，无一不对此感到震惊。

“这么一看，你们还真是没得比。当初到底是谁说司婳跟你长得像的？是不是眼瞎？哈哈。”

他们这种人，哪怕打脸了，也不会认为自己做错了，只会将当初欺负司婳的手段用到别人身上。

他们一步步向季樱走近，还不怀好意地把手伸向季樱的脸。

忽然，旁边传来动静，两个男人对视一眼，似乎听见了多人的脚步声，这才转身离开。

见季樱脱险，躲在后方的司婳及时把自己隐藏起来。她并不是可怜季樱，只是这里是她的主场，可不能传出什么不好的新闻。

书谧找到季樱时，满脸不悦，道：“怀孕了都不能安分一点儿。”

季樱跟书家有关？

据言隽、言曦说，书谧待人挺和善的，却用那样的语气跟季樱说话……看来，她们的关系不太和谐。

希望慈善基金会举办公益活动的消息很快上了热搜，启动仪式上的照片和部分视频也陆续被发了出来。司婳再次走到台前。

许多人来她的微博下留言，都对她羡慕不已。

一位网友发表的评论被顶上了热评，短短一句话，将司婳总结为人生赢家。

“小姐姐简直是人生赢家！爸爸、妈妈都很优秀，未婚夫是‘高富帅’，自己是‘白富美’，明明能靠脸吃饭，非要靠才华！（附加一张司婳获奖的图）”

还有热心网友为她跟言隽建立了微博超级话题，里面的内容多种多样。他们纷纷表示：“好喜欢他们，从今天开始我就住在微博了，期待哥哥、姐姐结婚！”

司婳火了，却淡定得很，在微博上只发与公益活动相关的内容，从前发的与私生活相关的内容都被锁了起来。

尽管司婳已经及时保护好自己的隐私了，还是有一张照片被眼尖的网友找到了。

那张照片是司婳跟未婚夫言隽的合影，背景似乎是一家饭馆。言隽抱着一个笑容烂漫的可爱小孩儿，跟司婳相视而笑。

网友因此猜测他们已经育有一子了。

看到网友的留言，司婳哭笑不得，道："网友真强大，连我们两年前拍的照片都找出来了。而且，这些人连短篇小说都些出来了。"

为了不占用公共资源，他们说明了事情的经过。大众都表示知情，却管不住有些人浮想联翩，故意制造话题博眼球。

"都写了什么？我看看。"言隽拿毛巾擦着湿漉漉的头发，一边走过来一边说。

司婳随手一滑屏幕，刚好停在激情片段那儿，反射性地把手机放下，道："都是些乱七八糟的内容，没什么好看的。"

言隽将她异样的举动收入眼中，又瞥了眼手机，温和地笑道："婳婳，去帮我拿一下吹风机。"

司婳立即行动，甚至亲自帮他吹干头发。

她把吹风机放好再回来时，却看见言隽双手握着手机，不断翻转。

"我的手机！"司婳伸手去抢，顺利地夺回。

确切地说，手机是言隽主动递给她的。

她暗暗观察言隽的反应，对方却直接道："我看过了。"

司婳惊呆了！

"上面的故事的确都是虚假的。"言隽坐在床头，手指不轻不重地敲着床头柜。

"对吧对吧，你也这么认为。"司婳弯起嘴角，笑得非常敷衍。

言隽仰头看她，嘴角挂着一抹淡淡的笑，道："我们还没尝试过。"

"……"司婳嘴唇的弧度耷拉下去。

言隽的身体向前倾斜，他道："既然网友费心写出了我们的故事，完全虚假也不太好。"

司婳浑身一颤，这是什么意思？

刚才还一脸温和的言隽忽然伸出手，揽着她的细腰将她拉入怀中，捉着她的手扯开自己的浴袍。勤奋好学的言隽仅凭几段文字就把其中的精髓学到了，并发挥到极致。

翌日，司婳太累了，没能下床。

网友写得很对，小说中的激情片段之后，第二天的女主角就是这样的！

受热搜影响的不止两位主角，还有远在榕城的贺延霄。

司婳的身份被揭开，一夕之间，曾经嘲笑她的人都变成了笑话。

贺延霄不知道今年组织慈善公益活动的人是她，如果早知道，哪怕拖着病体也会亲自去景城见她一面。而如今，他只能通过网上的照片和视频去看她。

没等他完全接受这些信息，网上就传出了两人抱孩子的照片。

贺延霄当然没有相信那些流言，确信那不是司婳的孩子。但没过多久，拍照的摄影师主动发文说明了拍照时间和当时的情况。贺延霄这才知道，自己在“四季”等她的时候，她跟别的男人去雪山玩了。

想到这儿，身体虚弱、整日郁结的贺延霄直接对着屏幕吐出一口血。

“哥！”前来探望的贺云汐吓了一跳，赶紧按铃。

贺延霄抓住她的手，眉头紧皱，道：“我要去找她。”

慈善活动结束后，司婳按照约定的时间回到公司，继续工作。

现在，所有同事见到她态度都大有转变，还有人私下向她献殷勤，连Anni都说：“再过不久，那个位置也留不住你了。”

以司婳的能力，她不可能永远是一个普通设计师。

对于那些声音，司婳默默地听着，并没有因此倨傲，依旧努力地把自己的工作做到最好。

但在生活中，司婳偶尔也会闹出笑话，比如突然地……失忆。

“言隽！”她急忙从房间里跑出来，当着言隽的面举起手指，“我的戒指，不见了。”

言隽求婚时送的钻戒司婳平时戴着不方便，于是他们一起定制了一对款式简约的戒指。司婳一直将那只戒指戴在手上，偶尔取下来也一定会好好存放。可刚才她怎么也找不到了，急得不行。那可是独一无二的定制款，丢了她得心疼死。

“别着急，想想刚才去过什么地方，我们慢慢找。”言隽放下手里的东西，耐心地陪她在房间里找，最后在洗手间的地上找到了戒指。

“还好找到了。”司婳把戒指戴好，道，“我再也不取下来了。”

他轻笑道：“那可不行。”她以后还得戴结婚戒指。

言隽又问：“晚上想吃什么？”

“都可以啊！”她随口回道。

“那好。”

言隽想去厨房看看剩下的食材能做什么菜，刚走到厨房门口，手机铃声就响了。

半分钟后，言隽放下手机，告诉她：“裴域叫我出去喝酒。”

“去吧，我又不拦着你。”

言隽并不嗜酒，裴域请他喝酒，多半是有事找他谈。

言隽点了点头，离开前耐心地做好了她的晚餐。司婳食量不大，言隽只做了一菜一汤，没花多长时间。

“走了。”临走前，他凑到她的耳边道，“要去星零路的酒吧，跟我家宝贝报备一下。”

“去吧，到时候我去接你。”她知道言隽跟朋友喝酒时不会乱来，对他很放心。

晚上九点半，司机把车开到星零路。这家酒吧很正规，服务员核对信息后直接将她带到裴域开的包间里。

房间里，言隽坐在沙发上，一双大长腿交叠着，手里端着红酒杯，眼神有些迷离。而裴域已经趴在桌上，身旁都是空酒瓶。

裴域嘴里一直念着书谧的名字，言隽忽然凑到她的耳边轻轻吹了口气，道：“裴域喜欢书谧。”

“看出来了。”

书谧喜欢言隽，而裴域暗恋书谧。裴域知道对方心里有人，不敢明目张胆地追她，怕被拒绝后连朋友都没得做。

虽然知道自己暗恋的女生喜欢言隽，但裴域还是会拿言隽当哥哥，甚至遇上烦心事后还会向言隽请教。

裴域有些苦恼：“她家最近出了点儿事，她好像心情不太好，我想安慰她又嘴笨，不知道怎么才能让她开心。”

每个人的性格不一样，言隽打动司婳的办法也不一定适合裴域，这个问题无解。

于是，裴域不停地喝酒，把自己灌醉。

司婳跟言隽商量着怎么把裴域送回家，裴域却忽然抬起头来，嚷道：“我要找书谧。”

转眼的工夫裴域就给书谧打了电话，等对方的声音从手机里传出来，裴域又只会捧着手机傻笑。

坐在沙发上的言隽一动不动，没有解围的意思。没办法，只能她替裴域接了电话，道："我是司婳。"

"……"

听见她的声音，对方沉默了。

"裴域跟言隽在酒吧喝多了，裴域想给你打电话，这会儿有些意识不清，所以我替他接一下。"

无论书谧对裴域是什么心思，她总得解释清楚，以免产生不必要的误会。

"我们在星零路那家酒吧，你要是愿意来的话，我们等你过来。"司婳并不了解现在的书谧对裴域是什么态度。

对方似乎叹了口气，最后还是说："我过去。"

司婳把手机放到裴域身旁，裴域抓着手机嘟嘟囔囔，将书谧的名字念了不下十遍。

司婳不再看他，转身回到言隽身边，挨着他坐下，仔细地看他的脸，问："你是不是也喝醉了？"

"没有。"他捏着司婳的手指，嘴角挂着浅浅的笑。

"书谧说要过来，等她来了，我们就回家。"到时候裴域自有人负责。

言隽忽然靠近她，直勾勾地盯着她的眼睛，似乎想将她的心思看穿，小声道："你怎么都不吃醋呢？"

司婳明知道书谧曾经跟他告白过，如今像是一点儿都不介意的样子。

男人有时候很别扭，喝醉后的言隽就是。清醒的时候，他能理智地思考，更不会故意提敏感的话题，但喝酒后就不一定了……

"你又想糊弄我哄你是不是？"司婳在他的胳膊上掐了一把。

言隽抬起她的下巴，两人几乎快亲到一起了，对面的裴域忽然举起酒瓶，扬声道："喝！"

高昂的声音瞬间将司婳的理智拉回来，她跟言隽分开，道："别啦，裴域还在。"

"哦，他可真是个讨厌鬼。"言隽皱起眉，十分嫌弃地往裴域身上扫了一眼，一副不满的模样。

司婳实在没忍住，笑出声来。

十几分钟后，包间门再次被推开，裴域日思夜想的人终于出现了。

书谧的视线最先落在言隽的身上，又在扫过他身旁的司婳后不着痕迹地挪开。

她走向趴在桌上的裴域，裴域已经喝醉了，书谧喊了他两声都没反应，他正沉浸在自己的美梦中。

既然书谧来了，司婳就打算带言隽回家。

“司婳。”书谧忽然叫住她，“能单独跟你聊聊吗？”

司婳有些诧异，回头看了言隽一眼，最终还是点头答应：“好。”

两人找了个安静的角落，书谧开门见山：“你认识季樱吧？”

司婳微微皱眉，没有立即回答这个问题。

书谧向她道歉：“不好意思，并不想打听你的私事，只是派人去查季樱的时候发现你们有过交集。”

“的确，我跟她打过几次交道，但并不熟。”

她俩都曾是贺延霄的女朋友，这很好查，司婳不需要特意隐瞒。

见她承认，书谧松了口气，双手握紧交于身前，稍稍压低了声音道：“我就想知道，当初你们到底是怎么揭开她的假面具的？”

“我可以先问一下，书小姐现在跟她有什么关系吗？”

“我也不怕告诉你，当初她救了我哥的女儿，我们全家人都感谢她，谁知道她趁机跟我哥在一起了，现在还怀孕了。”

她大哥有过一位妻子，生女儿时难产死了，家里人因此对孩子十分宠溺。

季樱救了孩子，并借机接近……甚至让她大哥动了再婚的念头。哪怕大哥知道季樱曾经抄袭过，也相信季樱的说辞，觉得季樱只是一时犯糊涂。

如果对方是个好女孩儿，书谧当然赞成两人在一起。可季樱很虚伪，当面一套背后一套，书谧怕大哥被蒙蔽，真的让那个女人在家里站稳脚跟，那恐怕一家人之后都不得安生。

司婳了然。

书谧并不完全知道司婳跟季樱的过去，只是以为司婳在事业和爱情上都打败了季樱。

但其实，季樱的事业是被自己毁掉的。而爱情，并非司婳胜了季樱，而是贺延霄本身就不坚定。

书谧讨厌季樱，却又不得不因为她肚子里的孩子护着对方，做不出害人的事，所以拿季樱没办法。

“既然你会查她，不妨查查她接触过的那些人。”司婳能提醒的也就是这些了。

司婳并不知道季樱具体经历过什么，不会随意捏造信息诋毁她。但如果季樱自己做过不好的事，让书谧抓住了把柄，那也算是自食其果。

“谢谢。”

书谧第一次真诚地向司婳道谢。

十一月初，景城迅速降温，寒风瑟瑟，走在路上都吹得人直缩脖子。

从办公楼里出来，司婳一边打电话一边跟同事挥手道别。

言隽要出差几天，这会儿已经在机场了，即将登机。她赶不上送行，两个人只能打电话。

司婳走到路边招手，正好有一辆绿色的出租车停下，司婳上了后座。她报出地址后便靠在椅背上继续跟言隽说话。

“我已经上车了，晚上去奶奶那边。”

“那记得调好闹钟，小心上班迟到。”言家离她的公司有一个小时的路程，司婳去那边后就要早点儿起床，所以言隽提醒她把闹钟时间提前。

“奶奶还说要专门给我安排一个司机送我，我拒绝了，怕早晨堵车，坐地铁会更方便。”

司婳说话的时候语速不紧不慢，声音也较轻，并不会吵到别人，只是车里太安静了，前面开车的人能够清楚地听见她说出的每一个字。大概是对方的话让她感到愉快，司婳时不时会发出轻笑。

“那你到那边后也要记得按时吃饭，该休息休息。”叮嘱完这些，她又甜甜地补上一句，“记得想我哦！”

不知道对方说了什么，她无意识地娇嗔地道：“我不跟你说了，再见。”

挂断电话，司婳的脸上一直挂着暖暖的笑容。她转头看向车窗外，车子正好开到一个标志性的分岔路口。司婳靠在座位上，却发现车子开往了另一条路。

她连忙道：“师傅，走错了！”

对方置若罔闻。

司婳眉头一皱：“师傅！”

她心生警惕，那人从后视镜中看见她的动作，立即出声：“是我。”

“贺延霄？”司婳抬头，难以置信。

贺延霄知道司婳不会答应跟自己见面，所以，为了近距离地跟她相聚，已经在司婳的公司楼下伪装好几天了，终于抓住了今天这个机会。

因为是出租车，司婳才没有防备。她当时在跟言隽打电话，没去看司机长什么模样。

“贺延霄，停车！”

眼看车离目的地越来越远，司婳冷静下来，问：“你想带我去哪儿？”

“我只是想跟你见一面，好好谈一谈。”贺延霄如实道出心中的想法。

“我跟你之间没什么好谈的。”该说的话她都说了。

车子绕了十几分钟才在一个车辆较少的地方停下，贺延霄锁上车门，司婳打不开。随后，他从副驾驶那边抱起一束花递给司婳。司婳扫了一眼，没接。

贺延霄看着这束花，问：“这不是你以前最喜欢的花吗？”

司婳毫不犹豫地否认：“不是。”

“你撒谎。”贺延霄似乎有些得意，以为抓住了她的小心思，“我记得你说过，你喜欢蔷薇。”

司婳抬头，反驳道：“当初的司婳说喜欢蔷薇，并不是因为她真的喜欢蔷薇。”

是因为当初贺延霄喜欢，她才会喜欢。

“可你并没有告诉我。”

“是啊，我也做错了。”

她也是后来才明白的，恋爱中不能一味地附和对方，那并不能代表两人心意相通。

“既然你费尽心思地想见我，如今我也被你困在了车上，你有什么想说的话就说吧。”反正她现在说“不见”已经没有任何意义了。

“婳婳，这两年……我很想你。”

曾经他认为难以启齿的话，现在忽然觉得没有那么难了。

司婳垂眸，并不想回应他。

“当时，我并没有摇摆不定，已经准备跟你好好过下去。”贺延霄继续道。

“你所谓的好好过下去，就是一边拿昂贵的礼物哄我，一边偷偷照顾前女友？”司婳毫不犹豫地戳穿他。

“婳婳，你还恨我是不是？”

“最开始埋怨过，但现在……”她轻轻摇头，“我不会恨你。”

她会慢慢忘记他。

“贺延霄，其实你并不是真的喜欢我，只是因为我先提出离开，又没有按照你所想的那样回头，所以你才会不甘心，误认为自己喜欢我。”

“不是，我很清楚自己喜欢的是你。”

那三年，司婳已经在他的身边留下痕迹，有些习惯他到现在非但无法改掉，还越发深刻。

“在季樱回头之前，你不是也怀念了她五年吗？如果我回到你身边，结果只会跟季樱一样。”

“不，你跟季樱不一样！我当初误以为自己放不下，没能尽早看清自己的心，直到季樱回来才发现我真正不能放下的是你！”贺延霄迫切地想要向她表明自己的心意。

说不通。

司婳叹气，摇头。

有些人困在局里，没到事情发生的那刻永远都看不明白自己的心意。但这件事已经永远无法验证了，她也不想再跟贺延霄产生任何瓜葛。

“贺延霄，你放我下去吧，该说的话都已经说完了。”她已经足够幸福了，所以对很多事情更加宽容。

他偏偏不肯，再次踩下油门。

车子启动，速度很快。这次，司婳的心是真的悬起来了。

“贺延霄，你冷静点儿！你要谈我们继续谈。”

这车速，他是不要命了吗？

“贺延霄，我还……还有话跟你说，你先停车。”她真的怕了，开始附和贺延霄。

然而贺延霄一直没停，直到被一道关卡拦下。

透过车窗，司婳看见了熟悉的车辆，终于安下心。

“贺延霄，打开车门吧，在你犯罪之前。”如果贺延霄执意困住她，说是蓄意绑架都没错。

“你不能一时冲动地毁了你自己！想想贺家，你还有家人。”

贺延霄身上背负着责任，家人是他必须考虑的问题。

终于，车门打开，司婳毫不犹豫地朝言隽跑过去，带着满心的依恋和信赖。

“言隽。”

在司机变道的时候，她的第一反应就是向言隽求助。他果然在第一时间找到了她。

“别怕，我来了。”言隽抱着她，看向前方的眼神有些冷厉。

贺延霄从车上走下来，手里抱着那束鲜花，脸上露出一抹苦涩的笑：“婳婳，现在你这么防备我了吗？我不过是想跟你说说话。”

言隽眼睛微眯，抬手挡住司婳的眼睛，道：“婳婳，你先上车。”

她很听话，乖乖地坐进自家的车内。

言隽替她关上车门，随后直接冲上去给了贺延霄一拳，将他堵在车边，道：“贺延霄，你竟然连这么卑劣的手段都用。你若还敢觊觎她，我一定让你一辈子后悔今日的所作所为！”

堂堂贺氏总裁伪装成出租车司机带走前女友，这种行为简直变态。

言隽不轻易动怒，但说出口的每个字都是认真的。他可以做温和识礼的谦谦君子，也能为保护心爱的女人挥出拳头。

贺延霄被按在车门边，突然大力地咳嗽起来。

“言隽。”

听到司婳的声音，言隽松开手，转身离开。

贺延霄理了理自己的外套衣领，脸色苍白，把掉落在地的花捡起来。

有些花瓣已经凋零，他把每一片花瓣都拾起来。

伴随着咳嗽声，那个曾经高傲冷漠的男人终究红了眼眶。

司婳透过车窗看着外面，问：“这次可以不报警吗？”

“婳婳。”言隽眉头微蹙。

司婳抬手抚平他的眉头，亲了亲他的下巴，道：“我只是……再也不想跟他产生任何关联了。”

“好。”言隽终究不忍心拒绝她。

车子发动前，车窗缓缓落下，司婳的声音传了出来。

“贺延霄，我已经放下过去了，希望你也能过好新的生活。”

其实，在贺延霄主动打开车门的那刻，她决定放过他这一次。

贺延霄蹲在地上，拾起最后一片花瓣，转身回到车内。

车上除了司婳曾对他说过喜欢的花之外，还有两年前他没能送出去的那份礼物。

他把两样东西放在一起，驱车离开。路上，他的脑海中一直回响着司婳最后留给他的那句话。

“放下过去……”

司婳潇洒地走出了那段感情，却还要求他一起放下。

狭窄的马路上，前方驶来一辆大车。贺延霄神情恍惚，为了避开前方的车急速打方向盘。

一辆绿色的出租车冲出围栏。

灯笼高挂，火树银花，除夕夜的言家灯火通明。

言老太太指挥李嫂张罗着新年事宜，对第一次来言家的司父格外热情。

按理说他们隔着一辈，但言老太太不在意那些虚的，只晓得自己孙媳妇儿家里就剩这么一位亲人，所以对司家父女格外照顾。

上回慈善活动，双方家长借机见面商量了儿女的亲事，得到祝福的两人已经在除夕前领证了。冬季寒冷，两人决定将婚礼推迟，等到了合适的时间再办。

司父只在言家留宿一夜，坚持要回乡下："我答应来，本来就是想看看你在这边的生活，如今亲眼看见了，心事就了了。"

言家人的细节不是随便能装出来的，他相信女儿在这儿会得到很好的照顾。

临走前，司父将一封保存十几年未拆的信交给女儿，道："这是你妈妈走之前留给你的信。"

"妈妈留给我的？"司婳诧异。

司父点头："她交代过，这个东西要在你结婚时给你。"

司婳惊讶，妈妈到底给她留下多少东西，而且一定要她达到相应的年龄或进入人生的新阶段后才能拿到？

言隽亲自开车与司婳一起送司父去机场。

回去的路上，司婳坐在言隽旁边，忍不住拆开了信。

亲爱的女儿，当你打开这封信时，应该已经找到了值得托付终身的伴侣，妈妈祝福你。

写下这封信的时候，你正躺在我身旁安然入睡，我不禁回想起你出生时的样子，软软的一团靠在妈妈的怀里。

我曾幻想过你成年时亭亭玉立的模样，可惜等不到那天了。

…………

我躺在病房里度过的时间越来越久，听着你讲述学校发生的趣事，看到你脸上阳光的笑容，才能获得一丝与病魔抗争的勇气。

我们一起熬过了寒冬，迎来万物复苏的春天。

你站在窗边，拉着我的手说："妈妈快点儿好起来，我们一起去放风筝。”

妈妈很抱歉，不能完成你的小心愿了。

女儿，你的人生路还很长，原谅妈妈不能陪伴你长大。妈妈祝愿你像那天空中自由的风筝，越飞越高，去完成你常在我耳边述说的梦想。

后来的字迹已经变得有些凌乱了，但依然看得清楚，字字句句都代表着一个母亲离开前对女儿的眷恋与不舍。

那个温柔的女人在信里写到女儿是自己与病魔抗争的力量源泉，在信里记录着女儿期盼与母亲共同完成的每一件事，然后跟女儿道歉，因为无法给予她快乐完整的童年。

司婳看到最后，双眼已经被泪水填满。

她的鼻子酸酸的，心里发胀。

她无力地往后翻看，最后一页只有几行内容。

当你看到这封信时，不知是否已经找到了我留下的三组密码。

保险柜里的东西是妈妈留给你最后的礼物，希望它能成为你遭遇困境时的底牌与身处顺境时的陪衬。

妈妈亲眼见证了你的降生，却无法陪伴你成年，只能以最擅长的本领留住你此刻的模样。

三组密码？

这会儿，司婳的脑子有些混乱，她不太想思考。

她不断抬手擦拭眼角的泪水，甚至不知道车子什么时候已经停在路边了。言隽解开安全带，拿起纸巾温柔地替她擦拭泪水，把她揽进怀中。

那是 Susan 留给女儿的信，是母亲留给女儿的秘密。司婳不说，他也不会主动询问内容。他只要在她伤心的时候给她一个温暖的拥抱，让她知道还有一个很爱她的人一直陪在她身边就好了。

到家后，司婳想一个人静静，去了阳台那边。言隽没去打扰她。

刚回国的言夫人听闻此事，放下行李就过来了，见儿媳跟儿子一个坐在阳台上，一个站在屋内，相隔不过几米远。

言夫人放轻脚步走过去，手指轻敲阳台前的落地玻璃窗。

听到动静，司婳缓缓地回头，见言夫人站在身后，下意识地喊了声阿姨。她跟言隽领证后还没来得及当面改口喊妈，一时间也没适应。她眼眶微红，明显哭过，手里拿着母亲留下的信。

在外雷厉风行的言夫人不禁心软，走过去，像母亲一样摸了摸司婳的脑袋，道："以后你就是我的女儿了。"

她不说以后我就是你的妈妈，因为每个孩子的亲生妈妈都是独一无二的，但她会将司婳当成亲生女儿疼爱，让司婳再拥有一份来自母亲的爱。

司婳伸手抱住了言夫人，回忆起母亲的模样，唤了声："妈妈。"

言夫人改变自己平日的语气，尽量温柔地喊着司婳的名字："婳婳。"

那一瞬间，司婳泪如雨下。

大年初一，不仅言夫人回家了，连离家许久的大哥言叙也露面了。

言叙五官硬朗，一身深灰色大衣，穿着皮靴，自带强大的气场，如果忽略他怀里那个粉嫩的孩子的话……

他亲手抱回来一个叫念念的孩子，言老太太又喜又气，喜的是日思夜想的重孙女就在面前了，气的是言叙隐瞒了这么久，孩子都快两岁了才带回来。

可惜孩子的亲生母亲已经去世，大家不免为那个可怜的母亲感到惋惜，连平日没心没肺的言曦都耷拉着脑袋。

注意到她的情绪，司婳过去安慰她，心思最简单的小妹妹差点儿哭出来。

念念的妈妈跟大哥谈恋爱时见过言曦，言曦突然得知那人去世了，心里有些难过。言曦拿着手机滑了许久，终于找到一张照片，嘴角一撇，更难受了。

司婳就坐在言曦旁边，看清了屏幕上的照片，有些诧异："这个人……"

如果司婳没记错的话，照片上的女生，她曾经见过。在司婳的印象中，那是个活泼开朗的女孩儿，不过她们见面都是两三年前的事了，隔得太久了。

司婳并不知道言叙有着怎样的过去，但他给女儿取名为"念"，不知是否隐藏着思念之意。

小念念长得十分可爱，一双圆溜溜的眼睛灵气逼人，不吵不闹。别人逗她时，她还会冲人笑。

难过之后，升级为姑姑的言曦几乎整日都围着念念打转，时不时传来惊呼。

“天哪，太可爱了！”

“念念怎么这么可爱？我的心都要被萌化了。”

“我是小姑姑，念念。你什么时候才会喊我呢？”

念念的语言功能发育得有些迟缓，她到现在还不会叫人，但这完全不影响一家人对她疼爱有加。

今天是司婳第一次跟大哥见面，且她已经跟言隽是法律意义上的夫妻了，言叙身为大哥怎么也得表示表示。于是，他大方地摆出一排车钥匙，看了司婳一眼，言简意赅地道：“选。”

司婳：“……”

够了够了，真的够了。

她还记得拿到结婚证的那天，言老太太拉着她给她看了一排房产证，也是这样豪气地让她随便挑。他们还真是……一家人。

家人全部到齐后，司婳发现言家兄妹三人的性格简直天差地别。

单独跟言隽相处时，她忍不住打趣道：“我之前就特别好奇妈妈跟大哥到底是什么样的人，亲眼见过之后发现你跟他们好像差别很大。”

言隽的性格在整个言家都是独特的。他肯定不随母亲。

听言老太太说，言叙的性格像极了当年的言父，那就说明言隽既不像爸爸也不像妈妈。言隽到底是怎么变成现在这种性格的？

“其实我跟大哥也不是从小就懂得和睦相处的。”言隽放下手中的牛奶，坐过来。

“咦？那是怎么回事？”司婳突然来了兴趣，从床上爬起来坐着，一脸期待的模样。

她听言隽讲过许多成长时期的趣事，每次都听得津津有味，觉得他青春期的生活丰富多彩，令人羡慕。但她似乎还没听言隽认真地说过自己小时候的事。

“想知道我小时候的故事啊？”言隽一眼就看透了司婳的心思，抬手在她的鼻尖轻轻一刮。

她拉过言隽的手，在他的手心处轻轻地挠，有些迫不及待地道：“你快说给我听听。”

“小时候都不太懂事……”言隽抬头看向对面的白墙，眼前浮现出一个小男孩儿的影子。

他跟言叙是同父异母的兄弟，总会产生矛盾，那时候跟言叙同龄的孩子也不接受言隽的存在，故意排挤他。

言隽天生傲骨，对方不喜欢他，他也不搭理那些人，直到妹妹出生。当他发现那些顽皮的哥哥悄悄把妹妹弄哭的时候，他开始反抗了。

但他每次反抗也管不了多久。

之后，那个有个性的小男孩儿开始向周围的人示好，并不是放低姿态示弱，而是想办法让那些人慢慢地“喜欢”跟自己相处。这样他们就不会再排挤他，不会再欺负他的妹妹了。

为了变成那些人认可的模样，他学会伪装，时刻注意细节，在最合适的时机向那些需要帮助的人伸出援手，让人觉得他温柔、好接触。但他也会控制好度，既让人放下戒心，又不会显得软弱可欺。

“我曾经带着目的，让自己变成他人眼中完美的模样，后来就真的养成了习惯。”

久而久之，他成长为现在的言隽。他并不是天生温柔，而是后天强迫自己变成这样的。

第一次把自己心思深沉的一面展现给司婳看，言隽还有些不习惯。

但司婳紧紧地盯着他，满眼都是心疼：“小时候的你……过得很不开心吗？”

“倒也没有，物质条件方面很不错。”

只是言叙比他更早地来到世上，起初周围的人都向着言叙罢了。

“现在你跟大哥的关系还不错。”

一家人其乐融融地坐在一起吃年夜饭，十分温馨。

言隽轻笑道：“人长大了，自然不会再像小时候那样。”

他们逐渐成熟后才发现亲人有多珍贵。

“我有点儿好奇你最开始是什么样子。”她歪着脑袋想，摇了摇头，“想象不出来。要不你现场给我演示一下？”

司婳见惯了他温和从容、礼貌待人的样子，实在想象不出小时候对人爱搭不理的言隽是什么样。那时候的他应该很可爱，有些傲娇。

“我怎么可能对你爱搭不理？”言隽顺手捏她的脸，有点儿想欺负她。

“等会儿！”司婳挥开他的手，起身跑去桌边，从抽屉里取出母亲留下的那封信，翻到最后一页。

“我在想妈妈留下的这句话是什么意思。”她确信那句话暗指着三组密码。

她降生、成年、此刻的模样？

“我猜其中两组密码分别是我的出生日期和成年日期。还有就是最后这句，我本以为是指写下这封信的时间，结果妈妈根本没写落款日期。”

司婳把这封信从头到尾仔细看了几遍都没有发现任何有关具体时间的数字。

两人对视一眼，脑子里同时冒出一个大胆的猜测。

“最擅长的本领……是画。”

言隽拿出司婳在老家送给他的那份礼物，也就是 Susan 留下的最后一幅画。

画卷的右下角有一排清晰的日期。

春节过后，言隽陪司婳去了趟瑞士，顺利地打开了 Susan 留下的保险柜。

母亲无法预知她的未来，所以留下一笔足够助她完成梦想的财富。

若她遇人不淑，那笔钱是她的底牌；若她生活美满，这便是母亲的祝福。

同年春季，司婳受邀参加春季时装秀，模特穿着她设计的礼服赢得一片赞赏。

次月，言隽跟司婳共同商议放弃原先设定的豪华婚礼，改为浪漫自由的旅行式结婚。

若是他们在景城举办婚礼，又要被大肆炒作了。或许他们会一整天面对许多不熟悉的宾客，把婚礼变成他人的社交场合。与其这样，他们不如去过二人世界。

爱尔兰虽然已经废除不允许离婚的制度，但在大众的印象中仍然是那个“不能离婚的爱尔兰”。人们赋予它神圣的意义，相爱的人都希望来这里定下白首之约。

飞机落地后，车子直达他们预订的酒店。

接下来的几天，两人放下工作，敞开去玩。

他们去了都柏林，这里的房屋建设得十分有特色，街头处处可见红墙，音乐人坐在椅子上弹奏电吉他，充满文艺气息。

在这座浪漫的城市，颜值极高的两人一边逛街一边拍照，打卡附近好吃的美食，十分愉快。

言隽第六次给司婳送上点心，还替她擦掉嘴角的奶油。

他感叹道："宝宝，你今天的胃口似乎特别好。"

"你是在委婉地说我吃得多吗？"此刻，她的手里还托着一份小蛋糕。

"没有。"他怎么敢？

"路走多了，消耗体力。"司婳一本正经地找理由，继续安心地享用美食。

逛到附近的公园，两人暂时停下脚步，坐在路旁的长椅上歇息。

公园里处处是绿植，有大片草坪，颜色清新。

白鸽扇动翅膀落地，浅灰色的翅尖往后收，看起来像灰色的尾巴。它们似乎不怕生，离人群很近，旁边有人投喂食物，成群的鸽子都被吸引过去。

"想喂？"言隽见她的眼神跟着鸽子移动，知道她感兴趣。

周围没有卖鸽粮的地方，言隽走到一个拿着一袋鸽粮的中年女人身边。两人交谈一番后，那个女人笑着把装着鸽粮的袋子递给言隽，随后离开了。

言隽拿着小半袋鸽粮回来，司婳十分好奇，问："你们说了什么？"

"我告诉她，我正跟新婚的妻子到这里旅游，妻子也很想尝试一下喂鸽子的快乐，问她能不能将手中的鸽粮卖给我。"

对方拒绝了他，大方地把剩余的鸽粮送给他，并祝福他跟妻子新婚快乐。

"你好棒呀！"

言隽一出马，分分钟就能替她解决问题。司婳踮脚在他的脸颊上亲了一口，抱着鸽粮喂地上的鸽子。很快，周围陆续有其他颜色的鸽子飞来。

夕阳洒下余晖，为整座城市镀上一层金辉。

她站在鸽群中央，言隽在前方单膝蹲下，找到最合适的角度为她拍下美丽的照片。

傍晚，两人携手走过长桥，天边彩色的云霞美得像画。路过的人看见这一幕都不由得回头，仿佛看见了爱情最美好的模样。

第三天，他们去了都柏林的海边看日出。这里依山傍海，温度适宜，等到太阳出来，他们一抬头就能看见蓝天白云。

"这里的空气真好。"司婳感叹道。

他们一直住在繁华的城市，好久没见过这么纯粹的蓝天和云彩了。

两人背靠背坐在海边，看成群的鸽子在空中飞舞，整座城市都被赋予了浪漫的情调。都柏林的海面之美足够吸引人坐在这儿欣赏一整天。

晚上回到酒店，言隽告诉她："婳婳，接下来两天可以好好休息。"

"休息两天吗？然后去哪儿呢？"

"我已经安排好了，你只管好好享受。"

她非常信任言隽，一点儿都不操心。

次日早晨起来，司婳摸了摸额头，觉得有些头晕，倒头躺在床上睡觉，直到下午两点才醒。

"不舒服吗？"言隽双手撑在床边。

"可能是有点儿累，没事。"反正接下来她能休息两天，足够了。

过了一会儿，言曦打来电话，问："嫂嫂，这两天玩得怎么样啊？"

"这边很好玩。"

二人正聊着，司婳听见了幼儿的声音，问："念念也在？"

念念的心脏手术很成功，但言叙目前还在国外，一直把念念带在身边。

言曦这个小姑姑非常称职，经常往那边送礼物，看到好看的儿童玩具以及小女孩儿的漂亮衣裙都要买下来寄过去，还总嚷着要去看念念。不知现在是言叙回国了，还是言曦去了国外。

"嫂嫂，你什么时候也跟哥哥生个小宝宝吧！我发现了好多有趣的玩具和漂亮的衣服，都买不过来了。"而且，念念是女孩子，有些男孩子的东西不合适她。

言曦正发愁呢，奶奶就在她旁边提示道："催你二哥去啊！"

言曦这不就催上了吗？

"小曦，这生孩子的事儿吧，得随缘。"司婳实在不想打击言曦。

"随缘，说不定小宝宝已经在嫂嫂的肚子里了。"

"哈哈哈……没有这么快啊！"

言曦只愿意挑自己喜欢的话听，道："我这就给未来侄子买玩具去。"

司婳正准备挂电话，又听见言曦道："嫂嫂，明天见。"

"明天？"

对方已经挂了电话。

次日，司婳没有见到言曦，觉得是那丫头挂电话时说顺口了，就没放在心上。

晚上，言隽早早让她放下手机，道："早点儿睡，明天我们要早起。"

“好，晚安哦。”司婳躺下后自然地靠到他的怀里，闭上眼睛，睫毛微颤，没过多久就传来平稳的呼吸声。

司婳睡着了，那个提醒她早睡的男人却迟迟未能入眠。

他睁开眼，借着昏暗的灯光，在心里描绘出爱人熟悉的容颜，喃喃地道：“晚安，做个好梦啊……”

清晨的第一缕阳光照进窗台，言隽已经起床了。

司婳被唤醒的时候连眼睛都睁不开，问：“不可以晚点儿吗？”

“今天不行。”言隽用温柔的语气将她唤醒。

洗漱之后，司婳发现房间里多出了几位陌生人，而客厅中央挂着一件精致华丽的婚纱。

司婳惊讶地捂着嘴，回想起这几日发生的事，忽然明白言隽说过的最大惊喜是什么了。

“不是说……不办吗？”

“一生一次的婚礼，怎么可能不给你办？”

女孩子怎么可能不期盼一场完美的婚礼呢？言隽不是不办，只是想打破传统，为她举办一场毕生难忘的浪漫婚礼。

香车宝马将最美丽的新娘送入华丽的中世纪城堡，往日熟悉的亲朋好友悉数出现在眼前，所有人都在看着他们。

司婳紧张地牵着婚纱，手指在发抖。

这一刻跟任何时候都不一样，现在的她比在国际大赛上面对无数观众时还要紧张。

父亲来到她面前。司婳心领神会，手捧着鲜花，挽住父亲的胳膊，找到令人安定的力量，道：“爸爸……”

璀璨的灯光下，父亲冲女儿点头，沉声鼓励道：“去吧，你会幸福的。”

他守了爱情一辈子，知道那个男人能让自己的女儿幸福，即便再不舍，也要亲自把女儿送到即将陪伴她一生的男人身边。

言隽早已经准备好，只为等待唯一的新娘。

在司仪神圣的祷告声中，真心相爱的人互相交换戒指，立下永恒不变的誓约。

在亲人朋友的见证下，言隽带着最真挚的爱意亲吻妻子的额头，道：“我会永远爱你，守护你！”

“你是我生命中最大的恩赐！”司婳主动踮脚。

在无数人的祝福下，一对新人亲密接吻。

“你觉得，爱情是什么？”

“月光。”

“啊？我听过一句歌词，爱情像太阳，温暖明亮。”

“我不一样。”

我对你的爱不是炙热的太阳，而是像月光，温柔坠落。

番外一
朝朝暮暮

司嫿怀孕了。

她是在婚礼当天被诊断出来的。

几乎从小被人夸到大的言隽第一次遭到全家人的训斥。

“嫿嫿都怀孕快两个月了，你还带着她到处跑，你这个丈夫是怎么当的？我孙媳妇儿和重孙要是出什么事，我饶不了你！”

听医生说司嫿因为劳累过度而胎心不稳的时候，言老太太对孙子耳提面命。

“奶奶，这件事不怪他，我们都没想到会这样。”司嫿坐在病床上，极力安抚老人的情绪。

“嫿嫿，你别替他解释。就算你没怀孕，遇到你身体不适的情况他也该早早注意。”反正言老太太是站在孙媳妇儿那头的。

两个人都不想跟老人家争执，顺着她点点头。言老太太就没再说什么，只是反复地叮嘱言隽好好照顾司嫿的身体。

除了言老太太，司嫿的父亲跟言隽的母亲分别在司嫿的病房里待了一会儿。

司父单独叫走言隽，道：“你跟我出来。”

“爸，你别……”她生怕父亲把言隽叫出去训一顿。

两个男人都示意她不必插手。

走廊角落，司父掏出烟盒和打火机，意识到是在医院，又放了回去。

“爸。”言隽恭敬地道。

司父沉声道：“当年婳婳妈妈怀着她的时候，我的事业正处于上升期，空有一颗关照老婆的心，却只是请人照顾。后来她妈妈有一次半夜难受，给我打电话，我却在外地出差回不来，现在想起来都觉得遗憾。”

再后来，他意识到妻女最重要，放弃了名利，却依旧无法挽回妻子的性命。这是他一辈子都无法放下的事。

“婳婳性格敏感，现在全心全意地依赖你，希望你莫要辜负她的信任。”司父眉头紧锁，得知女儿怀孕，内心百感交集。

“爸，请您放心，先前是我大意，之后会更加仔细地照顾婳婳的。工作和她之间我会尽量平衡，无法平衡的时候，一定是以婳婳为重。”他字字恳切，不敷衍也不说大话，坦坦荡荡的，更让人觉得可信。

司父点了点头，摆手让他回去：“去陪陪她吧！”

坐在病床上的司婳一直眼巴巴地望着门口，等言隽回来后迫不及待地问：“爸爸跟你说什么了？”

“让我好好照顾你。”

“刚才他们说的那些话，你没生气吧？”司婳暗暗观察他的反应。

“怎么会？”言隽垂眸，“其实我理解奶奶为什么反应那么大。”

言老太太是因为念念妈妈去世的事，有了心病。女人怀孕时身体较弱，半点儿马虎不得。言老太太就是怕小辈不懂，在这方面出事。

言隽坐在床边，用温暖的手掌轻轻抚摸司婳平坦的小腹，眼神柔和了许多：“你还真是给了我一个大惊喜。”

他们平常有做避孕措施，算算时间，应该是去瑞士那次……他贪心了一回，就中了。

这两天他忙着旅游，忙着准备婚礼，对司婳有所疏忽，才没发现异常。如果是平常，当言隽发现她贪吃贪睡时，肯定早就带她去做检查了。

司婳歪着脑袋，小声问道：“你不会……不喜欢吧？”

他们原本没打算这两年要孩子。

言隽愣了一下，显然没想到她会有这种顾虑，顿时哭笑不得：“你想到哪里去了？我高兴还来不及。”

这里面孕育着一个与他们血脉相连的小生命，他将在八个月后呱呱坠地，再大些时就会喊他们“爸爸”“妈妈”了。

这样的生活，言隽想想都觉得很美好。

因为突然来临的小生命，他们不得不终止蜜月旅行，提前回国。

司嫿有些惋惜："才玩了三天，唉。"

他们原本想玩小半个月呢。

"像之前那样旅行太累了，等你身体好些，我再带你去其他地方看看，好吗？"言隽温柔地道。

"我还要回去工作呢。"司嫿抬头望着天花板，默默地计算着剩余的休假时间。

言隽抬手摸摸她的头："嗯，等假期结束再回去上班。"

小两口没觉得这样的安排有什么不对。之后的几天，司嫿在家静养，吃得好睡得好，如期回到公司上班。

她怀孕两个月，还未显怀。刚开始同事并没有察觉到她的变化，直到一个生过孩子的同事发觉她突然爱吃酸的、穿着平底鞋，还特别注意饮食……

"司嫿，你是不是……怀孕了？"那位妈妈私下过来问她。

司嫿微微一愣，点头承认。

"那你可得多注意，像我们这样每天对着电脑不好。"

对方是生过孩子的，特意来提醒，司嫿报以友好的微笑，道："我会注意的，谢谢啊！"

这件事过去没两天，那位同事便经常来找她说话，谈的都是与孩子相关的话题。对方有经验，司嫿听得认真。但不知为何，对方突然转变话题，道："其实你也不缺钱，怎么不回家先把孩子生了再出来？你老公也支持你每天工作？"

"……"

当晚，在言隽替她涂抹防妊娠纹油时，司嫿要到了那个问题的答案。

她道："你那么支持我继续工作啊？我还以为你会劝我在家养身体。"

"支持啊，那是你想做的事。"他作为丈夫，要好好照顾妻子，不能限制她的行为。

不过，话说到这儿，他提醒道："记得劳逸结合，工作和身体，一定要以身体为主，不然……"

"不然怎样？"司嫿挑眉睨了他一眼。

言隽收敛笑容："不然我就不能确定自己还会不会放你去上班了。"

“我知道了！我保证，宝宝第一，工作第二！”她立马竖起三根手指保证道。

言隽拿手里的瓶子压下她的手臂，纠正道：“错，是你的身体第一。”

司婳笑了起来，抬手搂住他的脖子，贪婪地吸取他身体的香味。

转眼就六月了，言隽生日的前一天正是司婳做产检的日子。

他们之前来过医院，已经清楚大致的流程了，检查进行得十分顺利。就在他们离开医院时，一个抱着孩子的女人匆匆跑进来，幸亏言隽揽着司婳及时避开，司婳才没有被那个女人撞到。

女人下意识地回头，但在认出司婳后连忙转身，抱着孩子急急忙忙地进了医院。

“有没有事？”

司婳轻轻摇头：“没。”

言隽护着她上了车。

司婳在车里看着医院大门，眼前闪过刚才那个女人的身影，猜想对方多半是为了孩子才这么着急的。司婳感慨道：“刚才那个女人抱着孩子，急匆匆的，不知道是不是孩子病了。”

言隽微微张口，最终还是决定告诉她，道：“那是季樱。”

“季樱？”司婳满脸诧异。

司婳上次知道季樱的消息还是通过书谧，后来没再关注过季樱的消息。算起来，如果季樱的孩子平安降生，也该有三四个月大了。

“书家其他人对季樱不放心，书谧查了很久才知道季樱在跟书家大哥接触的同时还跟其他人有联系，对季樱肚子里的孩子生了疑心。书谧的大哥有些动摇，书家人想等孩子生下来后验 DNA（基因），如果孩子是书家的，就让她进门。结果，这个孩子不是。”

季樱其实有些本事，人也聪明，长得也不错。凭着这些，她努力一把，过上舒适的生活并不难。但她总在最关键的时刻贪心，将好牌打得稀烂。

司婳摇了摇头，道：“不说她了，反正跟我们没什么关系。”

“好。”言隽握着妻子的手，眼里透着温和的笑意。

别人家的事情与他无关，自己的妻子、孩子此刻正在身旁，便是他最大的幸福。

车子驶过一家蛋糕店，司婳忽然叫了一声，故作惊讶地望着言隽，道："明天是你的生日，有没有什么想要的生日礼物呀？"

"现在才问。婳婳，你好没诚意！"

"问清楚后，买礼物才能合你的心意。"

"我说什么都可以？"

他的眼神中尽是欺负她的坏心思，司婳干脆装糊涂，抱住他的手臂，闭上眼睛往他的肩上一靠，道："我好困，睡觉了。"

见她耍赖，言隽摇头，眼里尽是无奈。

生日当天，言隽请客，地点仍是去年的俱乐部。

今年，宋俊霖也过来了，说是为了替言隽庆生，其实还是来玩。

两年来，宋俊霖除了长得更帅了，其他跟之前没什么变化。他性格外向，很快就跟人混熟了。

作为场内最先见证言隽、司婳的爱情的人，宋俊霖道："我跟你们讲，隽哥的追妻方式绝了！当时他给了我好长一条购物清单，那单子的照片我现在还保存在手机相册里。还有，他俩从雪山上下来后在我家住了几天，我真是……"宋俊霖边说边摇头，夸张地捂着胸口，"有被虐到。"

"他们到底做了什么？"

"也没做什么，但隽哥那性子你们又不是不知道，温水煮青蛙，我在旁边瞅着都觉得酸。"明明司婳他们在别墅待的时间不长，宋俊霖偏偏记得很清楚，"对了，他还威胁我，把我当工具人。"

宋俊霖说话跟讲相声似的，大家听着都觉得好笑。

这时，人群中突然钻出一个小脑袋，两条麻花辫垂下来。随后，一个娇小可爱的身影从人群中挤出来，是个杏脸桃腮的女孩儿。她用甜甜的声音道："我哥哥威胁你吗？他是怎么威胁你的？"

宋俊霖当即愣在原地。

就在此时，言隽搂着司婳出现。宋俊霖机械性地转过头，问道："隽哥，我能追你妹吗？"

谁也没料到宋俊霖会在这场生日会上对言曦一见钟情。

天气逐渐变得炎热，到了七八月，司婳有时躺着睡觉都会不舒服。

她怀孕了，好像更怕热了，身上经常冒汗。言隽心疼得不行，又不敢将空调温度调太低，晚上便坐在床上用扇子给她扇风。

家里不再是他们两个人，还有专业的营养师制作三餐。经过细心调理，再加上天气变化，司婳的身体情况得到好转。

怀孕七个月时，司婳根据自己的实际情况减少了工作量，言隽几乎不再出差，每天都准时下班回家陪妻子。他偶尔也有抽不开身的时候，但一两天就会赶回来。

怀孕八个月时，司婳的肚子已经很明显了。她弯腰有些不便，言隽便再次任性地把公司丢给临时的负责人，给自己批了产假，每天守在老婆身边。

十一月，天气转寒，司婳已经怀孕九个月了。

一个宁静温馨的早晨，她从睡梦中醒来，突然发现——

羊水破了。

“言隽。”司婳还有些迷糊，伸手拽了拽言隽。

“怎么了宝贝？”言隽微眯着眼。

司婳摸着肚子：“我好像……要生了。”

三年后，星零路，裴域约言隽去酒吧。

言隽径直找到506包房，刷卡进门。房间里，裴域正拿着话筒高歌。

言隽进来半天，裴域才发现他，立即放下话筒：“你终于来了，喝酒喝酒。”

裴域平时不喝酒，遇到烦心事才想借酒消愁。至于他的烦心事，还得从他一年前跟书谧牵手成功说起。

裴域第一次明确地跟书谧告白是在言隽的生日会上。

被拒绝后的很长一段时间里，裴域都因此十分郁闷。

后来他找言隽喝了一次酒，想通了，既然无法放下就继续追求书谧，至少主动追求的时候，内心是积极向上、开心的。

裴域花了两年的时间打动了书谧，两个人决定在一起试试。

当时的裴域就像一个饿了许久的人得到了从天上掉下来的馅饼，整个人晕乎乎的，整天泡在蜜罐子里。

后来，他们在相处的过程中，矛盾逐渐显露。

裴域做事比较理想化，而书谧特别较真。他们常常因为看待问题的态度不同而产生争执。

他当然不想跟书谧吵架，但有时候实在生气，便会找言隽喝酒，因为这个人可靠，藏得住话。最重要的是，裴域非常想学言隽跟司婳的夫妻相处之道。在裴域的印象中，言隽和司婳似乎从未闹过矛盾，关系特别好。

“隽哥，你跟嫂子吵过架吗？”裴域突然很好奇。

“应该……”言隽习惯性地摸着指间的戒指，停顿片刻道，“算吵过。”

“应该算？”裴域疑惑地道。

言隽想起一年前发生的事……

那时，司婳准备创立自己的服装品牌，前期的准备工作繁多。遇到不顺心的事，她刚开始还能忍一忍，后来随便一根导火索就能让她爆发。

他见司婳夜以继日地忙碌，担心她承受不住，一直想劝她去睡觉。那时，司婳精神紧绷，卡在一个关键点上，听到暖心的问候也会觉得心烦。

当司婳指着大门让他出去的时候，他是真的生气了，如她所愿地转身离开。

他不过是去楼下接了杯水冷静冷静，回来时却见司婳蹲在门边红了眼眶。

那一刻，他慌极了。

“婳婳。”他轻轻地喊了她一声。

司婳立刻伸手抱住他，生怕他再离开：“对不起，我不是故意的，你可不可以不要生气？”

“我知道宝贝不是故意的，也没有跟你生气。”他抱住司婳，用温柔的声音安抚她，内心自责不已。

他撒了谎。

其实，被赶出去的那刻，他心里真的涌现过一种名为“怒”的情绪，很轻很淡。他很后悔，他的宝贝在外面受了委屈，是需要人哄的。

“是我自己没有处理好情绪，还把脾气发在你身上。”司婳的情绪慢慢平复，眼眶红红的，里面布满了血丝。

“我们是夫妻啊，你的开心和不开心都可以跟我分享，我帮你承担。”

“嗯。”她低声答应，吸了吸鼻子，认认真真地对他道，“以后我要是心情不好再发脾气，你能不能别走？你好好跟我说，我会冷静下来的。”

“我不走，放心吧。”他表示自己刚才只是去楼下接了杯水，司婳破涕为笑。

看见那抹笑容，言隽顿时觉得自己什么都能答应她。

言隽省略两个人和好的细节，展现了一场时长不达五分钟的“冷战”，这在裴域听来更像是秀恩爱。

但言隽的处事方式让裴域竖起大拇指，道：“隽哥，你脾气真好。你是不是懒得听嫂子唠叨，所以才从不跟嫂子吵架？”

“当然不是。”

如果嫌她吵，他可以直接离开。但他不能那样对司婳。

那天晚上，他望着司婳那双红红的眼睛，在心里发誓，以后他们无论因为什么事产生了矛盾，他都必须做到两点：“第一，我不能留下她一个人；第二，我不能凶她，否则她会没有安全感，以为我不爱她了。”

裴域本来是想向已婚男士“取经”，到最后却被喂了“狗粮”。他拿起酒瓶，递给言隽，道：“来，不醉不归。”

言隽拒绝道：“我不能陪你喝太多，今天是周末，要早点儿回家。”

言隽话音刚落，手机铃声响了。他接通电话，那头传来一道稚嫩的童声：“爸爸，快回来，妈妈想你了。”

明亮的大厅里，家政阿姨寸步不离地跟在三岁的小奶娃身旁，一边哄一边劝：“小祖宗，你可快点儿起来吧。”

耳边传来一阵脚步声，阿姨用余光扫到刚回家的男主人，下意识地张口要叫人。

言隽抬手阻止，阿姨心领神会，转身离开。

只见言思慕小朋友躺在地上，手脚张开划动，把身下那块地砖擦得干干净净。

言隽走到女儿身边蹲下，喊了声：“悄悄。”

悄悄是言思慕的小名。

言思慕刚出生时没有小名，后来他们慢慢发现女儿总是无法安静，声音又特别响亮，闹起来没完没了。奶奶找人算了一卦，回来就让他们给孩子起个小名。

言隽于是给女儿起名“悄悄”，希望她能文静些。

“爸爸！”言思慕的声音响亮清脆，也很稚嫩。

她伸出双臂，想让爸爸抱。

看着顽皮的女儿，言隽姿势不变，面带微笑地问：“躺在地上，悄悄是想帮周阿姨打扫卫生吗？”

孩子出生后，都要工作的父母照看不过来，就请了几位可靠的阿姨照顾孩子的饮食起居，周阿姨正是今日负责打扫卫生的人。

悄悄睁大眼睛，顿时从地上爬了起来，茶色的眸子十分灵动，小手跟扇子似的不断摆动：“悄悄不要打扫卫生。”

上次她偷懒，吃完零食后没将垃圾袋扔进垃圾桶里，被妈妈要求去扫地，可惨了。

“是吗？”言隽随意地扯女儿的衣袖，“我还以为悄悄舍得用漂亮衣服来扫地呢。”

“才没有！”她紧紧地护住身上这件漂亮的新衣服，生怕爸爸真的让她去扫地。

“好，既然悄悄说没有，那爸爸这次相信你。如果下次爸爸再看到你躺在地上，该怎么办呢？”言隽循循善诱。

“下次悄悄躺在地上，就没有新衣服穿！”悄悄自信地举起小手发誓，表示自己绝对不会再犯。

言隽轻轻地笑了，握了握女儿的手，问：“妈妈呢？”

“妈妈在……”悄悄指向阳台，笑弯了眼，凑到他耳边道，“打电话。”

司嫿坐在阳台的吊椅上，已经跟言曦打了近二十分钟的电话。

“嫂嫂，怎样才算喜欢一个人呢？”心思单纯的小姑娘终于长大了，春心萌动，有了心上人。她因此感到甜蜜，也开始为此苦恼：“那要怎么确定他喜不喜欢我呢？”

“想确定他是否真的喜欢你，别听他说了什么，看他做了什么。他是否了解你的喜好，是否在意你的情绪，是否会在乎你受了伤害和委屈。”

“嗯嗯。”

言曦把自家嫂嫂传授的经验铭记于心，迅速对自己目前的情感状况进行分析，止不住地倾诉起来。

不知何时，言隽已经来到司嫿身后，替她披上一件外套，细心地叮嘱道：“小心着凉。”

言曦听见哥哥的声音，这才注意到通话时长，匆匆挂了电话，不再打扰司嫿。

“你回来了。”司嫿收好手机，将身上的衣服裹紧了一些，扭头看了他一眼。

言隽弯下腰，凑到妻子的耳边，气氛自然暧昧起来：“刚才悄悄给我打电话，说妈妈想爸爸了。”

“什么？”司嫿表示：我没有！自从悄悄学会打电话后，一拿到手机或者 iPad 就给通讯录里的人打电话。她还特别聪明，看准了头像，只给熟人打电话。

司婳正跟言隽说着话，突然收到一条消息。她毫不避讳，当着言隽的面打开手机。

信息是助理发来的，其中包含姜鹭的名字。

“现在姜鹭的服装都由你们公司负责？”

“差不多。”司婳一边迅速打字回复，一边跟言隽道，“最近在给姜鹭设计他出席颁奖典礼的红毯服。”

当年，姜鹭复读了，下定决心好好学习，考进大学后读了表演专业。

在校期间，他被前来选角的导演看中，凭着那张少年感十足的脸出道，逐渐吸引了无数粉丝。只有极少数人知道，他那么努力地拼搏，是为了迅速追上一个女孩儿的脚步，跟她并肩。

司婳回复完信息才站起来，想起他今天出门前说晚上要跟裴域一起喝酒，问：“你今天不是要跟裴域一起喝酒吗？我怎么没闻到酒气？而且，你怎么回来得这么早？”

“你再闻闻。”言隽主动伸出手。

司婳拉住他的胳膊嗅了嗅，道：“好像有点儿。”

“尝尝。”言隽顺势低头，让她亲自检查舌尖的味道，“香吗？”

“香。”她对酒香越来越缺乏抵抗力了，尝尝味道，人都软了。

“那就再亲一会儿。”他顺势搂着司婳的腰，覆上她嫣红的唇。

言隽宽大的手掌放在司婳的腰间，衬得她的腰不盈一握。

孩子出生后，司婳一直坚持做产后恢复运动，身材维持得很好。

言隽越吻越深，手慢慢往上挪动，司婳用胳膊抵住他的胸膛，道：“不要了……”

言隽勉强得到满足，替她理好长发、衣领，问：“明天出去玩怎么样？”

“好啊，你去安排。”

“早就安排好了。”他抵住妻子的额头，脸上笑意更浓。

阳台上一片温馨，室内一片混乱。悄悄在宽敞的大厅里追着电动玩具车乱跑，整个房间都是孩子清脆的笑声。

“悄悄，跟你说不要在家里……”司婳拉开落地窗，道。

司婳还没说完，调皮的女儿一屁股摔到地上。她不怕疼，自己揉揉屁股站起来，半点儿没受到影响。

“管管你女儿。”司婳不想看到客厅里满地玩具的样子，对言隽道。

言隽亲自出马，言思慕小朋友终于消停了。她小小年纪，却很会察言观色，知道该从哪里入手，没过多久就跑过来牵住妈妈的手，故作神秘地道："妈妈，跟我来。"

"嗯？"司嫿不知道她又想搞什么名堂。

司嫿被女儿拖上楼，来到一扇蓝色的房门前。

言思慕轻轻地推开门，透过门缝看见了一个跟她差不多大的男孩儿。男孩儿穿着天蓝色的衬衫，干净的白色长裤，像个小绅士。他正站在床边慢条斯理地叠衣服，必须叠到自己认为满意的程度才行。

见到这一幕，司嫿深深叹气，推门走进去："斯年。"

听到自己的名字，小男孩儿放下手中的衣服，缓缓转身，极有礼貌地喊道："妈妈、悄悄。"

男孩儿的声音同样稚嫩，但他相较于悄悄，吐字更加清晰。

司嫿看了眼床头折叠整齐的衣服，问："刚才不是说要完成拼图吗，怎么又开始叠衣服了？"

言斯年指着书桌，淡定地解释道："拼完了。"

一张完整、准确的拼图摆在桌子中央。两百块碎片，三岁的言斯年只花了不到一个小时的时间就完成了。

"哇！"悄悄爬上凳子，两只软乎乎的小手鼓掌，道，"哥哥好厉害！"

司嫿微笑着称赞道："斯年很棒。"

司嫿三年前生下一对双胞胎，一男一女，一个安静懂事，乖得不像话；一个整日叽叽喳喳，每天在家里上蹿下跳。

令她头痛的是，言思慕太闹腾，超越"活泼"的范畴，而言斯年小小年纪已经有强迫症了。

前几天，司嫿开始教孩子做力所能及的小事，发现言斯年叠衣服时要反复修正至对称，司嫿只好叫他停下。

刚才，言斯年说需要安静的环境完成拼图，所以独自待在卧室没人打扰，结果完成拼图后又开始叠衣服。

"斯年，这衣服折叠好就可以了，不需要完全对称。"司嫿道。

悄悄从椅子上下来，脱了鞋爬到哥哥的大床上，平整的床单很快被弄得扭成一团。

言斯年绕着大床走了一圈，慢慢地把床单整理好，对妹妹没有半句怨言。

精力充沛的悄悄在床上蹦了两下，又跑去隔壁房间将玩具车跟遥控器抱来，放在哥哥房间的地上，直接把其中一个遥控器塞到哥哥的手里，热情地道："哥哥，我们一起玩车车。"

这是大伯送来的汽车模型，充电之后能用遥控器操纵行驶方向。

悄悄操控自己的玩具车去撞哥哥的玩具车，言斯年十分配合，会在她撞过来时故意躲避，也会时不时让她成功。

"我赢了！"悄悄很容易快乐，重复的追赶和碰撞就能让她乐此不疲。

司婳是亲眼看见闹腾的女儿把哥哥干净整齐的房间弄得一团乱的，偏偏房间的主人言斯年小朋友一声不吭。

司婳注意到时间，道："悄悄、斯年，到休息时间了哦。"

正在兴头上的悄悄并不愿意结束游戏，求妈妈放宽时间："再玩会儿。"

"哥哥需要休息。"司婳不为所动。

言斯年转过头来朝她微笑，不紧不慢地道："没关系的，妈妈，妹妹开心就好。"

司婳："……"

好家伙，她竟然忘了，儿子宠女儿比谁都厉害。

思来想去，司婳还是决定从哥哥这里入手。

她蹲在他面前，两只手握着他细小的胳膊，道："如果这样，悄悄以后就可能继续打破作息时间。你帮妹妹养成良好的习惯，可以吗？"

言斯年仔细思量片刻，点了点头，抱起玩具车和遥控器走到妹妹身边，轻声道："妹妹，睡觉了，我们明天再玩。"

悄悄不太乐意，站在那儿不动，司婳换了种说法："爸爸、妈妈打算明天出去玩，只有表现好的小朋友才能跟我们一起玩。"

"妈妈，我表现好，我好！"悄悄将手高高举起，赶忙捡起自己的东西撒腿跑回房间，躺到床上装睡，"妈妈我睡了。"

司婳揉揉额头，赶紧让阿姨带她去洗澡。

司婳回到儿子的房门口，道："斯年，你……"

只见言斯年正一点儿一点儿把房间里的东西摆回原位，扭头说："让爸爸帮我。"

斯年小小年纪就知道害羞了，只肯让爸爸帮他洗澡。

兄妹俩被带进不同的浴室，分别进了蓝色和粉色的小浴缸。

粉色的浴缸里浮着几只小鸭子，悄悄洗澡的时候喜欢在水里捉小鸭子；而蓝色的浴缸里什么都没有，鸭子被整齐地摆放在浴缸旁的置物架上。

第二天早晨，闹钟一响，言斯年就从被窝里出来了，自己穿好衣服后去洗脸、刷牙。之后，他又开始整理自己的小书包。

而这时，隔壁房间的悄悄正发出惨叫：“我不起床，要睡觉。”

他知道妹妹是起床困难户，但这不要紧，因为……瞌睡虫跑了，人就会清醒过来。

半个小时后，悄悄在阿姨的帮忙下完成洗漱，换上漂亮的衣服，把自己赖床的事忘得一干二净，背着书包跑到哥哥的房间，道：“哥哥，出门玩。”

悄悄今天穿着粉裙子，搭配南瓜裤，戴着一顶小黄帽，十分可爱。

当她发现哥哥今天穿着跟自己不同风格的衣服时，走过去拉着哥哥的手道：“哥哥跟悄悄穿一样的，好不好？”

妹妹开口，言斯年二话不说就从衣柜里拿出同款不同色的衣服换上。悄悄高兴极了，牵着哥哥的手不放，一见到家里的阿姨就显摆道：“我跟哥哥穿一样的衣服。”

装满水的杯子已经放在茶几上，两个孩子把自己的杯子装到书包里，言斯年又拿了一包纸巾。知道妹妹比较粗心，他先替妹妹把书包检查了一遍，确定东西都在，再拉上拉链。

从楼梯上走下来的司婳刚好看见这一幕，很是欣慰，两个孩子性格互补也不错。

“斯年、悄悄，准备出发！”

言斯年点头。

悄悄高高举起剪刀手：“好耶！”

他们今天要去的地方是水族馆。

悄悄很喜欢出门，对外面的一切事物充满热情，坐在车里也很不安分。而言斯年一上车就把自己早晨塞进书包里的小画本拿出来，捧在手里看。

有时候妹妹会干扰到他，比如，悄悄看见了什么稀奇的建筑或者吸引人的景色就会告诉哥哥，道：“哥哥快看！”

“很漂亮哦。”这时候，斯年总会放下书本，顺着她指的方向看过去，根据妹妹给的信息做出相应的回答，尽管那时候车已经开走了，他也没看见妹妹指的东西。

司婳无数次在言斯年的身上看见了言隽的影子，甚至开始怀疑言隽会不会也像儿子这样故意说好听的话附和她。

言隽哭笑不得："冤枉啊，我什么时候敷衍过你？"

"不是敷衍，就是……"

这类人的情商实在太高了，儿子这么小就懂得揣测别人的心思了，长大后还得了！

"这不是挺好的吗？以后不吃亏。"

"确实挺好的。"聪明孩子是自家的，当然好。

车到达目的地。

他们从停车场一路走出去，看见墙壁上画着各种海洋生物。悄悄指着自己认识的喊名字，不认识的有哥哥在旁边补充，如果兄妹俩都不认识，就需要爸爸、妈妈教。平时他们会在 iPad 上看儿童教育类的动画片，能从上面学到许多知识。

水族馆里的海洋生物多种多样，从检票进大门开始，悄悄就没消停过。经过鳄鱼区，悄悄隔着玻璃去摸，当众人都在议论鳄鱼的真假时，一直趴在石头上没动的鳄鱼突然下水，吓得悄悄猛地往后一退。

言隽伸手揽住女儿，他们都担心悄悄会被吓到，小姑娘却拍着胸脯，摆出一副特别认真的表情，道："咦，好吓人。"

看着女儿娇憨的模样，司婳实在忍不住了，掩着嘴唇大笑起来。

水族馆每隔一段时间会举办不同主题的展览，展览上会有美人鱼跳舞、海狮表演，等等。悄悄简直就是最佳气氛王，有她在的地方永远不会冷场。

但司婳发现，儿子只是乖乖地跟着，没有提出任何要求，也没有对什么东西感兴趣。

她牵着儿子的手，蹲下来问："斯年，不喜欢水族馆吗？"

言斯年侧头看着她的眼睛，嘴角露出笑，道："喜欢哦。"

一时间，连司婳都分不清真假。

两个孩子在看演出，司婳偷偷凑到言隽的耳边问："老公，你觉不觉得儿子太聪明了？我看他对这些都不是很感兴趣，问他，他又说喜欢。"

悄悄喜欢什么、不喜欢什么表现得很明显，斯年完全相反。

言隽侧首，在她的耳边非常肯定地回答道："他喜欢的。"

"你怎么知道？"

"前几天无意间看到他的小画册，里面都是海洋生物。"

"所以你才安排大家今天来水族馆？"

"嗯。"

因为发现了儿子的新爱好，所以言隽立即安排了这场亲子游。至于悄悄，他们几乎不用考虑这个问题，只要出门，去哪儿她都高兴。

下午，一家四口正准备离开水族馆，言隽突然接到一通电话。

听到"星零路"三个字，司婳猜到了什么。

言隽挂断电话后明确地告诉她："是裴域。"

"又叫你出去喝酒？"

"嗯……"

"最近频率有点儿高啊！"以前一两个月一次，最近每周一次。

"这次不太一样……"言隽抬起手揉了揉太阳穴，预计这次比较麻烦，因为裴域跟书谧分手了。

裴域被感情问题困扰多年，司婳微微叹气："那你现在要过去吗？"

"先送你跟孩子回家。"言隽单手揽住她的肩，手指收拢。

把妻子跟儿女平安送回家后，言隽才去了星零路的酒吧。

等他赶到时，裴域已经喝红了脸。

昨天，裴域试着跟书谧敞开聊了一次，谁知道真相令他无法接受。

他们之间存在的问题没有因为一次次争吵、和好而得到解决，问题依然在，还越来越多。

"她说分不清对我的感情是不是喜欢。那大概是不喜欢吧！是我一直缠着她，她才随口答应的。我就跟傻子一样。"

虽然不知道细节，但言隽从他断断续续的话中已经得知了大概的情况，安慰道："感情的事，不必强求。你该好好想想你跟她能否走到最后。也许，试着放下并不是什么坏事。"

酒吧的包间内愁云密布，言家的气氛却格外融洽。

司婳把今天外出游玩时拍的照片传到 iPad 上，悄悄跟斯年坐在沙发上看照片，两个小脑袋紧紧地挨在一起。司婳也在旁边，不过这时候，她的微博已经快被刷爆了。

司婳偶尔会在希望慈善基金会组织的活动上露面，创立的服装品牌也逐渐被大家熟知，大家都知道司婳是个“人生赢家”。但她自己从不在公共平台上发布与生活相关的信息，很神秘，但凡出来一点儿消息，就让人心痒痒。

今天他们一家去了水族馆，因为长相出众被人认出来了。对方拍了一些照片发到网上。

网友十分激动，都在讨论。司婳赶紧联系人撤热搜。

没过多久，柯佳云打来电话：“不得了啊，你们一家四口上热搜了。”

“我也没想到今天出去玩被人拍了。”

“悄悄和斯年呢？”

“白天在水族馆拍了很多照片，他俩在挑自己喜欢的。”

之后言隽会把部分照片洗出来，做成记录孩子的成长历程的相册。

“好久没看见他们了。”

柯佳云以前觉得小孩子闹腾，直到司婳生下这对龙凤胎，柯佳云的心态都变了。悄悄机灵活泼，斯年聪明懂事，柯佳云每次看见这两个孩子都恨不得把他们抱在怀里亲一口。

柯佳云满心欢喜地邀请他们一家来做客，道：“什么时候带他们来榕城玩？”

“等幼儿园放假后吧！”

有她这句话，柯佳云已经很满足了，道：“行，你们要是过来，我肯定好好招待。”

临近七月，幼儿园即将放假，司婳甚至腾出一周的时间，准备带着两个孩子去榕城见柯佳云，没承想捣蛋王悄悄在学校跟同学比赛，从台阶上往下跳时不小心伤了脚。

接到幼儿园老师的电话后，司婳连忙丢下手里的工作赶去幼儿园医务室领人，又把孩子带去医院做检查。

确定她只是扭了脚后，向来温柔的妈妈第一次对女儿发了脾气：“言思慕，平时我们有没有教你，不可以往高处攀爬，不可以从高处往下跳？”

平时不怕疼的悄悄第一次见到妈妈这么凶的模样，知道自己犯了大错，坐在床上不敢乱动、不敢说话，只是不断地抹眼泪。

“妈妈，你别生气了。”陪同妹妹来医院的言斯年紧紧地牵着妹妹的一只手，望着司婳，有些无措。他也是第一次遇见这种情况，说再多好听的话都改变不了妹妹因为顽皮而受了伤的事实。

“你别护着她，平时怎么说都不听，现在知道疼了！”司婳声色俱厉。

“妈妈，疼……”悄悄伸手，想要妈妈抱她。

司婳当然不会在这个时候抱她。

“妈妈坏。”妈妈变得好凶，也不抱着她对她笑，悄悄心里害怕极了。

“妈妈坏？妈妈教过你多少次，叫你不要乱跑乱跳，要注意安全，你……”见一对儿女互相依偎的可怜模样，司婳欲言又止，最后自己憋红了眼眶。

“妈妈，别哭。”言斯年又过来握住妈妈的手。他的手太小，用两只手都无法像爸爸平时牵妈妈那样把妈妈的手包裹住。

斯年想安慰妈妈，不想见到妈妈哭。

言隽终于赶到医院，一进门，见母子三人面对面，都红着眼眶。

“婳婳。”

言隽率先来到妻子身边，把她揽入怀中轻声安慰：“没事，没事了啊，我来了。”

他在路上时已经收到了女儿的检查结果，悬在心上的大石头落了一半。同时，他猜到司婳可能情绪不太好，没想到她已经哭了。

“你怎么才来？！我都要吓死了。”司婳紧紧地攥着他的衣服，手指收拢，仿佛找到了主心骨。

谁都不知道，当她在电话里听说女儿从台阶上跳下来时伤了脚的心情，像有人紧紧抓着她的心脏，让她喘不过气来。

有时候生命很脆弱，悄悄还那么小，她是真的害怕女儿出事。

“对不起，我来晚了。”言隽拥抱着妻子，正好看清坐在病床上的女儿跟站在床边的儿子。

两个孩子大约也被吓住了，不敢吭声。悄悄委屈巴巴地咬着嘴唇，一双与爸爸一样的眼睛里蓄满了泪水。她虽然不再放声大哭，抽泣声依然明显。

司婳听着心里慌，轻轻地推开言隽，道：“我没事了，刚才……凶了她，你先去看看她吧。”

回避女儿的视线，司婳转身去卫生间洗脸。言隽轻拍儿子的肩膀，示意他跟上。言斯年小跑到妈妈身边，伸出小手牵住妈妈，安静地跟在她身旁。

司婳站在洗手池边，用清水洗脸。随后，她重新整理好仪容，望着镜子叹了口气。

“妈妈，你别难过。”斯年试探性地扯了扯妈妈的衣摆。

旁边传来儿子稚嫩的安慰声。司婳缓缓蹲下，与他平视，轻声问道：“妈妈刚才是不是真的很凶，吓到你跟妹妹了？”

斯年连忙摇头：“妈妈不凶，是关心妹妹。”

“你在保护妹妹，做得很好。”虽然在气头上时，她让他不要替妹妹说话，但她是认可两个孩子之间的感情的。

“只是你妹妹太调皮，总是让自己受伤。斯年可不可以帮爸爸妈妈一个忙？以后爸爸妈妈不在身边的时候，你多看着点儿妹妹，好吗？”

“嗯嗯！我是哥哥，会保护妹妹的。”斯年郑重地点头。

“你也要好好保护自己。你跟妹妹无论谁受伤，爸爸妈妈都会很担心的。”

两个孩子出生只相差几分钟，他们家从来不宣扬什么哥哥必须让妹妹、必须照顾妹妹的说法，但这孩子天生就很体贴，跟他说过的话都会记得很清楚，司婳为此感到欣慰。

母子俩离开后，言隽大步走到女儿身旁：“悄悄。”

“爸爸。”她眼睛一眨，小嘴一撇，眼泪就这么滚了下来。

他大致看过女儿受伤的地方，四周泛红，伤口上已经擦了药，并不严重。但这个伤对一个孩子来说，也确实不好受。

“还疼吗？”他耐心地问女儿。

“疼。”悄悄缓缓地吐出一个字，带着哭腔，小手不断地抹眼泪。

言隽抽出纸巾替她擦掉鼻涕，继续道：“你妈妈也疼。”

“妈妈凶。”悄悄哑着嗓子反驳。

言隽顺着她的话问：“你觉得她在凶你，不心疼你了？”

“悄悄不听话，妈妈不喜欢悄悄。”悄悄边哭边擦眼泪，心里委屈，她从来没见过妈妈那副模样。

“刚才妈妈都哭了。”言隽拿开她的手，让她正视这个问题，“悄悄因为疼哭了，那你觉得妈妈是不是也很疼才会哭？”

悄悄仰起脑袋，泪眼婆娑，口齿不清地问：“妈妈也摔倒了吗？”

言隽指着心口的位置对女儿说：“因为妈妈很担心悄悄，所以这里难过，疼哭了。”

悄悄还不能理解心疼是什么感觉，只记得亲眼看见了妈妈掉眼泪，觉得妈妈肯定跟她一样疼。

见女儿停止哭泣，言隽知道自己的话她已经听进去了，引导着道：“爸爸再问你，你觉得从台阶上跳下来摔倒，这是对的吗？”

悄悄摇头。

“做了错事，应该怎么办呢？”言隽教她分辨对错。

“说对不起。”悄悄做错事后应该道歉，道歉就要说对不起。

“知错就改就是好孩子，等会儿妈妈回来了，你要说给她听。”言隽轻轻地用纸巾替女儿擦掉脸上的泪。

两边交代得差不多了，司婳牵着儿子回到病床前，跟言隽对上视线。对方冲她点头，让她安心。

“妈妈……”床上的悄悄伸手要抱，司婳赶紧过去按住她，“别乱动，会蹭到脚上的药。”

悄悄扭头看了眼爸爸，见爸爸默默地对她点头，小手放在妈妈的心口上，用软乎乎的童音说：“妈妈不疼。”

悄悄钩住司婳的小拇指，在她的耳边轻声道歉：“悄悄不跳了，妈妈，对不起！”

司婳侧坐着拥抱女儿，满眼疼惜：“妈妈也很抱歉，不该凶你。”

母女俩和好了，旁边的父子俩同时松了口气。

悄悄伤得不重，不用住院。言隽把她抱到车上，到家后又直接送她回自己的卧室，让人照看。

悄悄受伤之后不方便行走，只能坐在床上。言斯年特意拿来童话书，在妹妹旁边坐下，给她讲故事。故事书上的字斯年并不是全部认得，有时得看着拼音慢慢学。他很有耐心，每天变着法儿地哄妹妹开心，房间里时不时传出悄悄的笑声。

夜晚，孩子们都已经入睡了，夫妻俩才准备去休息。

独立的卧室造出二人世界，司婳坐在床上发呆，没看手机，也没做别的事。忽然，她眼前出现一抹亮丽的色彩，是两枝鲜花。司婳的目光被吸引过去。

言隽牵起她的手，把两枝花塞进她的手里：“别太担心了。”

从得知女儿受伤之后，司婳再也没露出笑脸。言隽知道她还在后怕，上楼时折了两枝花，却还是没能换来她的笑容。

“我没事。”眼前的花朵娇艳欲滴，还很新鲜，司婳把它们插进花瓶里。

她喜欢花，言隽就在院子里种了各种各样的花，室内的花瓶里永远插着真花，几年来从未间断。

言隽总能用各种温柔的细节填满她内心的不安，给她带来温暖与安全感。有他在身边时，她就可以放下一切，什么都不需要担心。

“我记得悄悄很小的时候就喜欢在沙发上爬，然后从上面跳下来。我当时就很怕她摔倒，后来还专门让人加宽了沙发……看着他们一天天长大，我突然发现真正的危险在我看不见的地方，我无法保证他们时时刻刻平安。我感觉自己做得不够好，今天对悄悄发了脾气，还在他们面前哭。我是妈妈，不该那么脆弱，可当时就是控制不住。”司婳觉得是不是自己平时对她太纵容，没让她长记性，她才会做出这么危险的行为。

“人有情绪是很正常的，你也是第一次当妈妈，不需要对自己要求那么高。”

他们都需要学习如何才能做好爸爸和妈妈。

司婳抬起头，问：“你知道吗？我第一次听到悄悄说我坏，真的怕她讨厌那样的妈妈。”

悄悄虽然是女孩儿，但并不娇气，平时很少掉眼泪，今天却被她骂哭了。那时她是真的心疼又生气，怕女儿不长记性。

“不会的，小孩子词汇匮乏，她只是觉得那时候的妈妈跟平时温柔的妈妈不一样。你心疼悄悄，悄悄也心疼妈妈，她最后跟你道歉，是发自内心的行为。”

所以女儿不是讨厌妈妈，是心疼妈妈。

因为女儿的事，司婳已经闷闷不乐一整天了，还好有这么一位温柔体贴的老公一直陪在她身边安慰她，让她豁然开朗。

她搂住言隽的脖子，坐在他的腿上，脑袋埋在他的颈部，深深地吸了口气道：“言隽，有你真好！”

“才知道吗？”言隽双手圈住她的腰，任她全身心地依赖自己。

她摇头：“一直都知道。”

“那现在可以给我一个笑脸了吗？”言隽道。

她扬起嘴角，扭头在言隽的脸颊上亲了一口。

“这算什么？”

她眨眨眼道：“谢礼。”

“宝贝，这样的谢礼还不够哦。”他忽然松手，倾身把她压倒。

夜色正浓。

因为悄悄的脚受伤了，他们原定去榕城的计划只能取消。八月份时柯佳云来过景城一趟，跟司婳一起带两个孩子去游乐园。

这时悄悄早已恢复，蹦蹦跳跳，像脱缰的野马，拉都拉不住。

当柯佳云笑着夸悄悄有活力时，司婳十分无奈，开始怀念一个月前乖乖地待在家里的女儿……

“你要是喜欢，赶紧结婚生一个。”

“快了。”柯佳云挑眉，眼里尽是喜色，“就上周，他跟我求婚了。”

司婳听到这个消息时很激动，为朋友感到开心：“你不早点儿告诉我？！”

当初柯佳云跟男朋友因为家世问题分开过两次，但他们谁也放不下对方。柯佳云不愿意接受父母的安排，男友也特别争气，靠自己的实力升职，得到了柯佳云父母的认可。经过这几年的磨合，两人终于修成正果。

司婳连连道贺：“记得请我喝喜酒。”

柯佳云爽朗地道：“当然，缺谁都不能缺你。”

司婳结婚之后有了自己的家庭，再加上创业繁忙，已经很久没有跟柯佳云面对面地相处了。这一天，他们玩得很累，也很愉快。

转眼，金秋九月，两个孩子重新回到幼儿园，司婳只想拍手叫好。

他们即将四岁，老师考虑到悄悄活拨好动，建议悄悄继续留在小班，而斯年去中班。

他们做父母的没什么意见，但也没有随意决定，而是先问了两个孩子。斯年坚持要留在妹妹身边，于是他们继续留在小班。这时，班上来了许多新同学，悄悄每天回家都念着不同的名字，说那些是自己认识的新朋友。很快，悄悄几乎把全班的小朋友都变成自己的“好朋友”，只有一个人是特例。

他们班上有个叫陈默的小男生每天早晨都会迟到，老师却从来不批评他。悄悄牢牢记得爸爸、妈妈和老师教过要遵守时间。遵守时间是什么呢？就是每天早晨不能赖床，就算想睡觉也必须早起，到幼儿园上课。那个陈默不守时，她不喜欢跟那样的人做朋友。

悄悄是班上最活跃的孩子，对朋友很大方，像个孩子王。久而久之，班主任周老师发现小朋友们有意排斥陈默，这不利于孩子身心健康地成长。于是，周老师找到悄悄，问她为什么不跟陈默玩。

悄悄义正词严地道："老师，陈默每天都迟到。"

"因为陈默家距离我们学校很远，他每天都要走路过来，要走很久。"

"他为什么不坐车呢？"

陈默的家庭条件不是很好，不像言家兄妹俩每天都有专车接送。而校车是为了方便大众，陈默家比较偏，他赶不上。这些话老师也不知道该怎么跟这个四岁的孩子说，只好告诉她："陈默家那边不方便开车，只能走路。"

"陈默每天都要走很远的路来上学。思慕，你跟其他小朋友玩的时候，也带他一起玩好吗？"

明白原因的悄悄使劲点头："陈默好可怜，要一起玩。"

她走路远了就会脚疼，而陈默每天都要走很远的路，岂不是好可怜？

悄悄回到小班，正是休息时间，小朋友们闹成一团。悄悄跑回自己的座位上，把早晨偷偷装进书包的小玩具摸出来，径直走到最后一排找到陈默，问："你要跟我们一起玩吗？"

陈默惊讶地抬头望着她，很意外。

悄悄看不懂他的表情，只知道交朋友要送见面礼。她有很多玩具，之前送了全班同学见面礼，唯独落下陈默，现在要补上。

前排的言斯年转头默默地盯着那两个人，在陈默摇头摆手拒绝后，亲眼看见自己的妹妹把玩具塞进陈默的桌子里，拉着陈默的手强行跟他交朋友……

冬季来临时，景城多雨。

某天上学时陈默很晚才到，脱掉雨衣、雨鞋后衣服还是有些湿。悄悄惊愕地张大嘴巴，见老师带陈默出去了，回来时外套已经换成了大人的衣服，把陈默整个儿都包裹起来。

"你的衣服呢？"

"脱了。"老师正在帮他把衣服烤干。

陈默暂时穿着老师给的外套，小小的身体被装进大棉服里，其他小朋友都在笑他。

陈默有些自卑，默默地把头低下，在本子上练字。

悄悄对弱者有种特别的保护欲，看不过其他小朋友笑话陈默，跑去办公室找老师，听到两个老师在说陈默的事："那孩子也是可怜，这么大的雨，还要走路来学校。”

“没办法啊，现在市区的房子那么贵，地段好的一般人都买不起。”

悄悄别的话听不懂，但“房子”两个字还是懂的，因为她家有好多漂亮的大房子。

悄悄把自己来这儿要衣服的目的忘得一干二净，跑回教室，拖着自己的板凳来到陈默的座位旁边，眨了眨漂亮的眼睛，问：“陈默，你喜欢房子吗？”

晚上，司嫿回到家，难得见女儿安安静静地坐在桌边写字、读英语。

英语课上教给孩子的都是一些简单词汇，悄悄现在已经熟背大部分颜色类单词和动物类单词了。

“妈妈，你考我。”悄悄主动把英语课本塞到妈妈的手里，看样子对自己十分有信心。

司嫿笑着拿起英语书随即抽选单词，悄悄全部回答正确。

“很不错。”司嫿毫不吝啬地竖起大拇指，夸奖女儿。

“妈妈，妈妈。”悄悄立即抛开书本，满眼期待地望着她，“100 分有奖励吗？”

在悄悄看来，全部正确就等于 100 分。她每次拿了 100 分，爸爸妈妈都会奖励她。

司嫿后知后觉，原来女儿是有求于她。她以为女儿是看中了什么玩具，便顺着女儿的话问：“悄悄想要什么奖励呢？”

“悄悄想要大房子。”她伸手在空中画了个大圆圈。

司嫿十分诧异，细问之后才知道是想送给一个家离学校很远的朋友。

小孩子不清楚一座房屋的价值，特别是悄悄，她只晓得自己的家里有很多漂亮的大房子，可以分给朋友。

“悄悄，房子是不可以随便送的。”要是女儿以后见着一个可怜的孩子就要送房子，那还得了！

“妈妈，陈默好可怜，走好远的路上学，衣服都湿了。”悄悄断断续续地道。

“每个人都有自己的家，陈默也要回家跟自己的爸爸妈妈住在一起啊！”司嫿努力说服女儿，悄悄还是因此有些闷闷不乐。

见女儿真的对这件事上心了，司嫿向幼儿园打听了陈默家的情况。

陈默今年已经五岁了。别的小朋友两三岁就开始上幼儿园，他晚了两年，要在小班打好基础。同时，司嫿了解到那个孩子勤奋又聪明，这才不过半学期就赶上了许多在小班念了一年的孩子。司嫿实在不好意思问其中是否包含她的女儿悄悄……

那个孩子确实可怜，五岁才被送来上学，每天要走很远的路来上学。而悄悄每天睡到最晚起床，有司机接送，还大方地给班上的每个同学送玩具当见面礼。

这样对比着看，司嫿突然明白悄悄为什么执意要帮助那个小孩儿了。悄悄过得太幸福了，心里充满爱，以为全世界都跟她想象中的一样美好。

司嫿以正规渠道对陈家做了调查。陈默是单亲家庭，跟母亲相依为命，虽然在城里有个小小的落脚地，生活条件却不尽如人意。

司嫿接管慈善基金会好几年，大型公益活动上都有她的身影，她见过也听说过许多贫困家庭的情况。从前他们关注并投入资金的地点大多在偏远贫穷的山区，她没想到城市里也有这么多活得艰难的家庭。

司嫿立即联系基金会的负责人，以会长的名义提出新的贫困学生资助计划。

第二年春季，由希望慈善基金会发起的“城市助学计划”正式启动，收获一片掌声。

同年秋季，几十户家庭的孩子在基金会的帮助下顺利入学。与此同时，司嫿也收到了柯佳云寄来的婚礼邀请函。

几个月前，柯佳云跟男友领证结婚，婚礼在国庆节期间举行。

司嫿提前一晚跟丈夫、孩子一起到达榕城，早早就来陪伴新娘。

婚礼将在中午举办。现在才早上九点半，柯佳云穿着婚纱，不方便到处走动，司嫿一直陪她解闷。

“斯年跟悄悄呢？”

司嫿轻笑道：“你知道的，悄悄坐不住。”

悄悄一看到会场就去那边凑热闹了，恐怕得逛完才会上来。言隽一直跟在两个孩子身后。

悄悄还是第一次参加婚礼，觉得十分新奇，都挪不开眼。

“气球。”她高高举起手，指着墙壁上的粉色气球。

斯年立刻明白她想要气球，但知道这不可以：“妹妹，这里的东西不能乱拿。”

悄悄虽然顽皮，但不会无理取闹，哥哥说不能拿她就不要：“悄悄不拿，只看。”

这时，一只动物图案的气球飘到她面前，一个穿着黑色西装的男人弯腰把气球绳递到悄悄手边，道：“喜欢吗？送给你。”

是熊猫头的气球！

悄悄惊喜地望着气球，但很快想起哥哥的话，摇头说：“不能随便拿。”

“这个不算，这是叔叔送给你的。”男人说话时仔细地盯着悄悄的脸，遗憾的是那双眼睛跟司嫿的眼睛一点儿都不像。

悄悄抿起嘴巴。平时爸爸、妈妈、老师都教她不要随便跟陌生人说话，她不认识这个叔叔，不能说太多话。

言斯年自然地挡在妹妹面前，礼貌地道谢并拒绝道：“谢谢叔叔，我们不需要气球。”

贺延霄保持着递出气球的姿势，才发现男孩儿的眉宇间隐隐有他母亲的影子。

言斯年敏锐地察觉到这个陌生叔叔看他们的眼神很奇怪，牵起妹妹的手转身就走，立刻看见了爸爸。

“爸爸。”他喊了一声。

悄悄跑到爸爸面前，不像刚才那般拘谨，直白地找爸爸要气球：“爸爸，买气球。”

言隽欣然答应：“回家给你们买。妈妈刚才给爸爸打电话了，现在我们去找妈妈好不好？”

“好！”两个孩子异口同声，十分乖巧。

临走前，言隽抬头看向不远处的那个男人。贺延霄缓缓起身，松开手里的气球，任它往空中飘荡。

两个男人的视线在空中交汇，时隔多年，锋芒犹在。

言隽并未停留太久，听到女儿活泼的声音，耐心地回答她的每一个问题。路过的人看见这样一位英俊的男士双手分别牵着模样出众的小孩儿，都羡慕他儿女双全。

言隽不便长时间留在新娘的休息室，把两个孩子送到司嫿身边后去了别处。

悄悄一出现，房间里的气氛活跃起来。柯佳云对两个孩子极其喜爱，故意逗他们，问：“柯阿姨今天漂亮吗？”

“漂亮！”悄悄拍拍手掌。

斯年今天穿着白色衬衣和黑色裤子，打着领结，像个小绅士，赞美道：“今天阿姨是最美丽的新娘。”

柯佳云笑得合不拢嘴。

这层楼上还有些宾客和小孩儿。不知是谁抱来一个小皮球，孩子们在走廊上玩了起来。

他们一不小心将皮球踢得太远了，悄悄追着球跑过去，又看见了在楼下遇见过的那个叔叔。叔叔替她拦下小皮球，悄悄终于拿到皮球，声音响亮地道：“谢谢叔叔。”

对方没有回应。

悄悄盯着叔叔，见他脸上冷冰冰的，问：“叔叔，你不开心吗？”

“不开心。”在孩子面前，贺延霄不用隐藏。

“为什么呀？”悄悄歪着脑袋，满眼写着疑惑。

贺延霄沉吟道：“因为，我弄丢了一个很重要的人。”

悄悄听不懂了。

“东西丢了要捡起来。”言斯年跑过来，道，“悄悄！不要乱走。”

“捡球。”悄悄天真地抱住小皮球。

贺延霄低下头，只见小男孩儿一脸警惕地望着他，明明眉眼像极了司婳，表情又跟父亲言隽如出一辙。

贺延霄不由得苦笑起来。那个男人真是好运，这对儿女的身上都有两人的影子。

两个小时后，婚礼正式开始。

激动人心的开场白后，大门被打开，一身洁白婚纱的新娘出现在众人面前，挽着父亲的手一步一步走过红毯。

观礼的司婳跟言隽站在一起，两人身前各自护着一个孩子，孩子的注意力都被新娘吸引了。

当看见新郎稳稳地牵住新娘的手时，司婳心中无比动容：“他们能走到一起真不容易。”

来参加婚礼时，司婳带着满满的诚意和丰厚的礼金，祝福朋友婚姻幸福，临走前柯佳云又送了她一份礼物：“前段时间做婚礼策划时，我家那位问我要以前的照片，我去整理的时候发现一些值得纪念的照片，顺便洗了出来。”

原来，柯佳云送了司婳一本薄薄的相册，里面装着司婳在大学时期为数不多的照片。

回程途中，斯年跟悄悄睡着了，言隽把司婳那十几张照片看了一遍又一遍。

司婳盯了他半晌，他的注意力一直在照片上，司婳很好奇："你在想什么？"

"在想……如果早点儿跟你重逢就好了。"

"每个时间段的心境都不一样，如果提前重逢，说不定那时候的你不会喜欢那时候的我。"

"不会。"他毫不犹豫地道，"哪个时间段的言隽都会喜欢上当时的司婳。"

"这么笃定？反正世上没有时光机，任凭你怎么说。"司婳嘴上说不信，心却已经怦怦怦地乱跳起来。

"婳婳不相信我？"

"才不是呢！我只是觉得能够遇见你已经很幸运很幸运了，不敢奢望更多。"她多怕自己贪心会夺走以后的福气。

"宝贝，你在我这里永远可以贪心。"他嘴角含笑，眼里满是柔情。

司婳朝他竖起食指，道："我倒是有一个心愿。"

"嗯？"言隽挑眉问。

温柔的目光落在两个熟睡的孩子身上，她倾身靠近言隽，握着他的手，眉心抵在指间诚挚地许愿道："想跟你朝朝暮暮，岁岁年年！"

番外二

他的公主

“钱很重要。”男人道。

“我有钱的。我一定努力存好多好多钱，把你买回去。”女人争取道。

“……”

樱花粉色的卧室充满了少女的气息，言曦抱着薄毯，纤瘦的身子陷入柔软的床垫中，在宽大的床上不安地滚动。

突然，一道不合时宜的电话铃声打破气氛，也捏碎了言曦的梦境。

言曦接电话时还没恢复清醒，喉咙里发出绵软的声音：“什么事呀？”

“小姐，你该准备出发去机场了。”

去机场！

三个关键字让言曦一个激灵坐了起来，糊里糊涂的脑子里灌入一道清凉的风。

她完全清醒了。

五分钟后，穿戴整齐的言曦拖着自己明黄色的小行李箱出门。

是的，顺利毕业并进入社会工作大半年的言曦终于能够单独出门了。

言家世交唐老大寿，言老太太年迈不方便乘飞机远行，家中两位哥哥事务繁忙，言曦便毛遂自荐，接下送寿礼的任务。

得到单独出门的机会，言曦很期待。结果，她从言家到景城机场有司机送，飞机落地榕城机场后，又有唐老派来的司机接……

这跟她想象中的完全不同。

言曦有些恼，倒不是跟谁生气，只是觉得心头憋着气，散不开。

她十四岁那年的暑假，哥哥和朋友计划出游，她也积极参与。那些哥哥姐姐都比她大八九岁，特别照顾她，愿意带着她一起玩。临近出发时，哥哥遇到急事走不开，她不想放弃，坚持跟裴域他们出游。可她运气不好，仅因一点儿疏忽就被坏人带走，出了事。

从那以后，全家人都小心翼翼地看着她，不让她单独出远门。她只能跟家人同行，连跟同学一起出去都不行。

多年来，言曦一直乖乖听话。但人总是会成长的，她慢慢地对自由心生向往。其实她想告诉奶奶、妈妈和哥哥们，自己已经长大了。

坐在温暖的车内，言曦无聊透顶，伸手在玻璃上乱画乱写。

车终于到了庄园，言曦一路被人护送进去，身边片刻没离人。

“小曦丫头，终于来了。”

“唐爷爷。”

越是上了年纪越渴望亲情，唐老对这个小辈稀罕得很，她一个真诚甜美的笑容都能逗得老人开怀大笑。

言曦将贺礼送过去，被唐老留在院子里品茶。不久，朱红色的扇形落地门被拉开，一道身材高大的黑色身影吸引了言曦的注意力。

男人俯身在唐老的耳边停留不过半分钟，随即直起身，站在唐老身旁一动不动。

他很高，眉眼冷峻，面部棱角分明，挺拔的身材像座巍峨的孤山。

两三年没见，言曦还是一眼认出那个人——迟墨。

“小曦，爷爷还有些事，你先自己玩。庄园随便逛，你想去哪里就让人给你带路。”

“好的，唐爷爷。”

言曦没让人带路，自己走到哪儿算哪儿。

几年时间，庄园的布局改了许多，唯一不变的是那片珍藏了许多花瓶的宝地。

许多大小不一、形状各异、花纹精致的花瓶摆在架子上，让人眼花缭乱。言曦仰头望着高处的藏品，心里痒痒的。

老毛病又犯了，她想抱走……

虽说唐老不会介意，可她每次来都抱走唐老的一个花瓶，是不是不太好啊？

经过一番激烈的思想斗争，言曦举起纤瘦的胳膊，准确无误地取下花瓶抱进怀里，动作一气呵成。

得到了宝贝，言曦十分爱惜地摩挲着瓶子，笑得眉眼弯弯，眸光灿烂。

她抱着花瓶返回，一转头，猝不及防地对上一张面无表情的脸。她吓了一跳，手里一滑，花瓶一下掉落在地，碎了。

言曦瞳孔放大，笑容消失，看看人，又低头看看碎了的花瓶，蹲在地上哀号："我的花瓶……"

她下意识地伸手去捡，忽然被迟墨挡住："别碰。"

"早知道就抱紧点儿了。"她把责任揽到自己的身上，没怪他人。

"对不起。"沉默寡言的迟墨把她的手推开，自己去捡碎片。

"不怪你，是我没有拿稳。"见他动手，言曦赶紧阻止，"你别用手捡，危险。"

"没事。"他这双皮糙肉厚的手早已历经风霜，怎么能跟小公主的手相提并论？是他不该突然出现，吓到了她。

"你抱着花瓶干什么？"迟墨一边捡碎片一边问，嗓音低沉。

"好看呀！"她坦然地道，"我就喜欢收藏漂亮的花瓶。"

清脆的女声传来，迟墨迟疑片刻，眸光闪烁。接着，他耳边传来一声惊呼，他那生出厚茧的手被一双肌肤白嫩柔滑的手包住。

"你流血啦！"

垂下视线，他看见自己的食指被划开一道口子，有血渗出来。

这种伤口对他来说不算什么，言曦却不放心，连忙从随身的挎包里掏出一堆东西，一次性消毒纸巾和一个粉色的小盒子。

迟墨暗道不妙，言曦已经捉住他的手，特别认真地替他擦拭伤口，嘀咕："都说很危险了。"

"我没关……"

他还没说完，一个带有粉色玉桂狗图案的创可贴已经贴在他的食指上了。言曦特意叮嘱道："要注意别让伤口感染。"

迟墨："……"他没这么娇弱，谢谢。

他很想立刻、马上把这个充满少女气息的创可贴撕下来，但在撞上小姑娘琉璃般澄澈的目光后，手突然僵硬起来，放任那个粉嫩的创可贴贴在手指上。

言曦打开盒子，仔细数了数剩余的创可贴数量，又取出两个创可贴递给迟墨，道：“我这次也没带多少，给你两个，要记得更换。”

“不用。”迟墨梗着脖子拒绝道。

言曦微微仰起下巴，抬头专注地望着他，一句话没说，那清澈的眼神就能让人缴械投降。

“给我。”迟墨从牙缝里挤出两个字。

“嗯嗯！”她高兴了，郑重其事地把两个创可贴放进迟墨的手中，眉眼弯弯。

第二天是唐老的寿辰。

从早晨开始就陆续有客人造访，庄园逐渐变得热闹起来。

言曦在宴会主场地找到柯佳云。得知言曦这次是一个人来的，柯佳云也觉得稀奇：“你先前不还抱怨说不能单独出门吗？”

“他们把我送到机场，又派人来接。”所以，言曦根本算不上是独自出门。

言曦小时候被拐的事柯佳云听说过，但柯佳云不是言家人，插不上话。

“你可以找可靠的朋友一起出去，跟家里人商量商量。”

“不行，奶奶说朋友也会有疏忽。”

其实真正不敢放手的人是言老太太。

言老太太就一个孙女，不放心。

“你不想跟家人一起，他们又不同意你跟朋友一起，不如……”柯佳云灵光一闪，“你找个保镖，寸步不离地跟着你，保护你，这样就很安全了。”

言曦眼睛发亮：“保镖是不是都听我的？”

“当然，你是老板，想去哪儿玩就去哪儿玩，他只需要负责你的安全。你家人担心的不就是你的安全吗？”

“佳云姐姐，你好聪明！”

“你就是被束缚得太久，困在里面了。”

正因如此，言家人和言曦本人都形成了一种思维定式，如果言曦不想办法迈出第一步，就会永远被困在原地。

保镖？言曦想了想，脑海中突然浮现一个人的身影。

“我想到了！”

她要找唐爷爷借迟墨，让迟墨带她出去玩！

言曦回到景城，身边多出一个男人，不知情的人吓了一大跳。

言曦大胆地提出旅游计划，用早就准备好的完美说辞说服了奶奶，总算成功了。

出发前，李嫂围着言曦念叨一通，好久才消停。

言曦本以为解脱了，转头却见李嫂开始摧残迟墨的耳朵，迟墨表情冷淡。

直到旅程真正开始，言曦才晓得迟墨不仅把李嫂的话牢牢记在心里，还都一一付诸实践。

这次出门，言曦早已做好旅游攻略，要去的是一个清幽的古镇。

飞机落地，他们打车直奔古镇，花了整整三个小时。

他们的落脚点是言曦在网上订的民宿，环境古朴素雅，清新养眼。两个人的房间紧挨着，距离很近。言曦是第一次住进这样的房间。

迟墨把行李箱拿进来，言曦迫不及待地想去外面，道：“迟墨，你饿了吗？我们出去吃饭吧！”

他们吃完饭就继续逛，一定很有趣。

言曦对外面陌生的风景好奇极了，出门前还特意带上了单反。哥哥喜欢摄影，她跟着学过一段时间。

言曦将单反挂在脖子上，肩上背着包。见状，迟墨主动接过相机。

“迟墨，你真好。”言曦原本不好意思麻烦他，但迟墨主动帮她分担，她就轻松多了。

这个人真的很好呢。

听见她的话，迟墨依旧沉默，但目光中流露出的情绪变多了。

走在古镇的石板路上，言曦就像只翩跹的蝴蝶，看见新奇的景象停一下，遇到有趣的事物都忍不住凑上去看看。

他们目前所在的地方算是古镇最繁华的区域，商业化程度高，但言曦对此还是十分感兴趣。她穿过大街小巷，一路上走走停停，买了不少稀奇玩意儿和零食。

一路这么逛下去，在这春风送暖的季节，言曦累出了一头汗。她终于停下，找了间装修合眼缘的饮料店坐下，挑选果汁。

言曦把饮料单摆在迟墨面前，询问："你要喝什么？"

"……"迟墨盯着那一堆奇怪的饮品名称，默默地收回视线，"不用。"

这些小女孩儿热衷的零食、奶茶在他的世界里几乎没有出现过。

"你别跟我客气，这家店是全国连锁的，饮料很好喝。"

饮料单是一张薄薄的纸，被言曦捻在指间，上下摆动时拍打着迟墨的手指，轻飘飘的，像羽毛刮过。

他猛地收回手，仍是冰冷的两个字："不用。"

"好吧。"言曦不再强求，给自己点了一杯常温的奇异果口味的饮料。

她抱着杯子喝，眼睛也没闲着，四处打转，发现留言墙上贴满了便笺，道："迟墨，你能帮我把那边的便笺拿过来吗？"

尽管迟墨是她请的保镖，她却早已把他当成朋友了，说话时都是询问、恳求的语气。

迟墨毫不迟疑，不过几秒钟，纸和笔都摆在言曦面前了。

言曦拿起笔，像小学生写字那样规规矩矩地留言：言曦到此一游。

俗、普通、毫无新意的一句话，她就是想写。这是她来过的证明。

言曦收起笔，忽然又觉得哪里不对，在便笺上添了两个字：迟墨。

为了保持美观，迟墨的名字被她放在前面。

"好啦，你去把它贴起来吧。"她懒得起身，干脆将东西交给迟墨。

迟墨看见了便笺上清晰的字迹，一向严肃的面孔上逐渐起了变化。

迟墨、言曦到此一游。

两个名字挨得很近，仿佛在她的笔下交缠。

言曦在古镇逛到下午才跟迟墨回民宿。

回来后，她才有心思欣赏自己的房间，复古的原木地板，阳台上的竹编花篮里摆着假花。言曦对着屋子拍了几张照，准备发给奶奶看。

见白色的窗帘十分飘逸，她伸手拉开，窗外出现一片竹林，看着清净舒适，仿佛有凝神静气之效。

暮色降临时，窗外风吹叶响，竹林摇曳的声音传进言曦的耳中。她往外瞄了一眼，不由得回想起电影里看过的恐怖画面。

不知是不是眼花，她仿佛看见一道白影从窗前飘过，吓得浑身发抖。

"迟墨！"

她逃跑似的夺门而出，急忙敲响隔壁的房门。门从里面打开，言曦立刻冲了进去，差点儿撞进迟墨的怀里。

“好可怕！”来不及尴尬、羞涩，言曦的内心已经被恐惧侵占。

见言曦一脸惊恐的模样，迟墨眉头紧锁，某些藏在内心深处的情绪浮现。他问：“出什么事了？”

言曦把自己刚才的经历告诉他。迟墨为了消除她内心的恐惧，带她重回卧室。她这才知道，刚才的白影可能是随风飘舞的窗纱。

言曦完全是自己吓自己。

迟墨得出结论：“只是心理作用。”

言曦鼓起腮帮，眼睛紧紧地盯着那处，攥住他的衣袖。

她这样，饶是心肠再硬的人也不禁柔软了几分。平时不会哄人的迟墨别扭地道：“别怕。”

他关上了窗户，再也没有白影飘过。

言曦忽然仰头看他，心里打着鼓，道：“还没吃晚饭，我们先去吃饭吧。”她不想现在一个人待在这里，不想一个人面对身后的竹林。

言曦的心思全部摆在脸上，迟墨也没点破，带她下楼。

很快她便将刚才的恐惧抛之脑后，开始寻找饭店。

吃惯了山珍海味的小公主走了十几分钟，最后走进一家面馆，在那里点了一碗豌豆小面……

她不知道对面的迟墨在听到她点的东西时唇角微颤，似乎不明白小公主为什么选了这个。他倒是无所谓，但不能委屈言曦。

“迟墨，你吃过这种面条吗？我朋友说这家店的东西特别好吃。”

原来她是特意找过来的。

看她手拿筷子跃跃欲试，迟墨没有质疑她的决定，只是在老板询问做多辣时，坚持把言曦的“重辣”改成“中辣”。

言曦吃得很爽，还回复了朋友，说她的眼光很不错。

吃饱喝足的言曦暂时把之前的事忘了，跟迟墨原路返回，散步消食。一路上，言曦左顾右盼，欣赏古镇的夜景。

将要抵达民宿时，言曦突然被路旁的商店吸引，准确地说是被橱窗里的冰激凌吸引。

这儿的冰激凌是花形的，放在杯子里。

言曦舔舔唇，忽然走不动路了。迟墨发觉她的意图，第一次阻止她道：“不准买。”

言曦瞪大眼，问：“为什么？”

迟墨淡定地道："李嫂叮嘱过。"

言曦惊呆了。钱是她自己的啊。

"我才是老板！"言曦气呼呼地摆出老板的架势，"你得听我的。"

然而，对方从头到脚将她打量一遍，眼里没有半分畏惧，盯着她的眼睛重复："不准吃。"

言曦难过了。她以前跟家人旅游时就是这样，现在请的保镖也不听她的话，早知道就不让迟墨听李嫂唠叨了。

迟墨不让买，言曦不肯走。在她傻站在门口时，一男一女两个小孩儿经过，男孩儿比女孩儿高出一个脑袋。小女孩儿站在冰柜前不动："哥哥，我想吃冰激凌。"

男孩儿不答应，小女孩儿也没气馁："哥哥，你就给我买一个嘛！"女孩儿抱着男孩儿的胳膊撒娇。

然后，言曦看到男孩儿从兜里掏出十块钱递给老板，妹妹得偿所愿，拿到一支冰激凌。

哦！原来这样也可以。

言曦心领神会，活学活用，抱住迟墨的胳膊撒娇。

迟墨浑身一震。

在他惊诧的目光中，言曦笑了起来，用澄澈的目光盯着他说："你就让我买一个嘛，迟墨哥哥！"小公主撒娇时，娇软的声音会变得更甜。

这个夜晚，言曦凭着强大的模仿能力获得一支冰激凌。

"迟墨，你真好。"她总是这样，从不吝啬赞美他人，甚至对经常帮助她的人带着崇拜之意。

迟墨扭头看她，觉得那个冰激凌十分扎眼，冷峻的脸庞上没有露出多余的表情。然后，他当着她的面径直刷卡进屋，关上房门。

言曦知道他在别扭什么，但不在意，反正冰激凌已经到手。她对着关闭的门做了个鬼脸，高高兴兴地回屋，抱着 iPad 一番操作，精选出九张图发了朋友圈。

下面很快就有了评论，她心情好，一一回复。

她原本连着店里的 Wi-Fi，正刷着评论，网突然断了。言曦放下平板，准备去拿手机，身体一动，忽然听见外面传来一阵竹林的摇曳声，顿时浑身起鸡皮疙瘩。

言曦僵硬地朝窗口望去，纱帘垂地，没有任何动静。

透过没有窗帘遮挡的窗户，言曦只看见一片漆黑。外面的风声越来越大，言曦忽然心跳加速，觉得双腿有点儿软……

她盯着窗户，眼前不断闪过恐怖片里的吓人场面，似乎亲眼看见有什么东西藏匿在黑暗中，随时可能冲破玻璃窗闯进来。

半分钟后，言曦站在隔壁门口，再也顾不得面子，跑去找此刻最能令自己依赖的人。

敲门没人应，她急忙找手机，却发现连手机都没带。

“迟墨！”可怜巴巴的言曦顾及旁边的住户，还不敢喊得太大声。

她一下一下地拍门，眼前骤然变得明亮，胳膊悬在空中，正对着男人的胸膛。迟墨身上只裹着一条浴巾，黑发湿淋淋的，清冷的脸庞显得格外禁欲。

房间对面传来动静，房门即将被打开，言曦毫无察觉，忽然就被他钩住腰带了进去。

住在对面房间的陌生人走出来，迟墨恰好关上了门。

迟墨把她吓了一大跳，仓皇间，她的手抓到什么东西。房门关上的那刻，她亲眼看见迟墨身上的浴巾被自己扯落，露出精壮的上半身。

刹那间，言曦感觉全身迅速升温。

“对……对不起……”

她下意识地闭紧双眼，低头道歉，捂住双眼不敢再看。

被扯落浴巾的迟墨看着面无表情，实际上双手已经紧握成拳，暴出青筋。他不是想发怒，而是在克制。

没听见动静的言曦试探性地挪开手，迟墨迅速喝止：“别睁眼。”

言曦无比听话，用手把大半张脸都挡住了。

言曦感觉眼前的人已经离开了，不知道自己该不该睁眼，问：“你好了吗，迟墨？”

没有人回答。

隔了一会儿，她又问：“迟墨？”

“过来吧！”他终于回答了，声音比平常还要生硬。

言曦心虚不已，掰着手指头数数，随后慢吞吞地朝站在屋中央的迟墨走过去，道：“对不起呀，迟墨，刚才我不是故意的。”

少女放低的声音格外软，让人忍不住心生怜惜。

迟墨闭了闭眼，拿她一点儿办法都没有。就像刚才，他刚淋湿头发，关掉喷头的瞬间听见一个小小的声音在叫他，便随手裹了条浴巾去开门。

“找我干什么？”

“我……”其实她无比清楚现在害怕是受心理因素影响，可就是控制不了情绪，“外面在刮风，声音好大，听着阴森森的，好恐怖。”

“所以……？”

“你什么时候睡觉？我可以在你的房间多待一会儿吗？”言曦笑了起来，至少等这阵风过了再回去。

“待一会儿后你就不怕了？”

“啊……”可除了拖延时间转移注意力，她还能怎么办呢？

她想了想，犹豫着道：“那我能不能……今天都跟你待在一起？”不等他回答，言曦竖起三根手指发誓，“我保证明天就换房间。”

这个房间里除了一张双人床，连沙发都没有。

迟墨问：“你要怎么跟我待在一起？”

这就尴尬了……

她脸上刚降下去的温度又升了起来。她刚才说的那些话……好暧昧啊！

“我……我……”她支支吾吾，随手指着椅子道，“我可以在那边玩，不会打扰你的。”她只要不一个人待着就行。

迟墨淡淡地看了她一会儿，终究没把她撵出去。言曦为能留在这儿感到雀跃。

夜色越深，潜藏在人内心的恐惧越会被放大。言曦老实地在椅子上坐着，没有打扰他，但一直在暗暗观察他。

迟墨：“……”

难道她以为不说话就能对他毫无干扰吗？

“上床睡觉。”

“啊？上床？”

“你一个人睡。”迟墨解释道。

言曦不愿意：“我在这儿将就一下就好了，你快休息吧，今天肯定累了。”

他们睡一张床肯定不妥，但她也绝对不会霸占别人的床。

迟墨大步向她走去。

言曦迅速抓紧椅子，道：“我就待在这儿，你不用管我。”

她才不想迟墨因她而失去舒适温暖的床。

“言曦。”迟墨再度出声。

她直接捂住耳朵：“听不见听不见，你别吵我，我要睡觉了。”

她假装自己要睡觉了，将眼睛闭上。

也许她是因为太累了，困意来得很快，竟然睡着了。

小公主就这样被人轻松地抱起来。但她并不安分，或许是没完全睡熟，有所感应，身体小弧度地扭动。

“迟墨……”

她似乎在喊他的名字。

迟墨顿住脚步，视线低垂，怀中的女孩儿面容恬静，光滑细腻的皮肤上连毛孔都不明显，这是一张完美无瑕的脸。

她毫无防备，脸蛋贴近他炙热的胸膛。迟墨平静的面容下早已掀起惊涛骇浪，他就抱着她站在原地，仿佛感受不到重量。

常年的训练使他变得麻木冰冷，但比冷漠更早种在心底的火花尚有一点猩红未灭，终有一日会蹿出来。

言曦是真的睡着了，不知道自己做了什么，只晓得身边的气息很熟悉，令她感到温暖安心，令她不由自主地靠近。

第二天，言曦发现自己躺在床上，爬起来后拉着迟墨道谢、道歉，两个人当天上午吃完早餐就搬去了别家民宿。

他们上午休息，下午才出门，把古镇中心区余下的地方逛完。

第三天，言曦拉着迟墨去了乡间。

层层叠叠的梯田从远处看更像一幅巨大的自然画卷，这里的一切对言曦来说都是新奇的，她穿着舒适的平底鞋，踩在干燥的泥土路上，十分欢快。稍微有些热了，她就放慢速度歇一歇，双手背在身后，像鱼儿摆尾一样上下扇动，东看看西瞧瞧。

她心情好，看什么都好。她沿着田野往前走，直到最后才发现前面没路了。他们要么原路返回，要么往上爬，从上面的小路穿回去。

他们来的时候不知道走了多远，原路返回这个想法直接被言曦否定了。她望着高高的田坎，抬抬手，抬抬脚，开始认真地思考要怎么爬上去。

就在这时，一双手突然掐在她的腰间，稳稳地托住她的身子往上一送。她回过神时，人已经站在田野上了。

其实田坎并不高，迟墨轻轻松松就把她送了上去。她能感受到宽厚有力的手掌放在腰间，他松开手后，被他碰过的区域一片滚烫。

剩下的田坎她都是在迟墨的帮助下上去的，而且她发现迟墨的身材和体能都很不错，他只需要一只手借力，轻轻松松就攀了上去。

“迟墨，你真的好厉害呀！”小公主弯起眼睛，又开始夸人了。

他们回到新民宿，都觉得今天的旅行很圆满。

新房间干净整洁，窗外不再是竹林，言曦也不再感到害怕。她像昨天一样导出照片，照片传输的过程中，她忍不住开始挠痒，伸手抓过的地方迅速变红。慢慢地，她发现胳膊、背甚至脚都开始痒了。

“迟墨！”她又像之前一样，第一时间跑去隔壁。

她将红成一片的手臂给迟墨看，迟墨立马带她去附近的诊所。

据医生诊断，言曦今天去野外被虫子爬了，皮肤过敏了。

这是一家以中医为主的诊所，老医生看过后，拿出一瓶蓝色的药膏和两盒口服西药，叮嘱他们道：“这两盒一天三次；一次各两颗，这瓶药膏抹在痒的位置。”

言曦拿了药，迫不及待地回去了。

房间里，迟墨接了杯温水送到她嘴边，她就水吞下药丸。

接下来就是上药。

她一次性拿两根棉签放在一起，这样擦拭的面积更大些。

她给手抹药的时候，腿突然特别痒，忍不住动了动腿。

迟墨走过去按住她的腿，道：“别蹭，别挠。”随后他直接抽出两根棉签给言曦的腿涂药膏。

冰凉的药膏抹在皮肤上舒服极了，言曦终于缓过来，看着耐心地帮她抹药的男人，内心感叹道：迟墨真的是个超级好的人呢，好想让他多留一段时间。

她不经意间吐露了内心的想法：“迟墨，你多陪我去几个地方吧，我一定给你发很多工资，比唐爷爷给你的还多。”

“是吗？你的钱能雇佣我多久？”见她一脸认真，迟墨忍不住……想逗她两句。

“我有钱。”言曦特别认真地靠过来，压低声音道，“悄悄告诉你，我存了好多零花钱。”

小公主的零花钱自然不是小数目，但那些特殊的字眼令他动容。

“为什么要存钱？”他脱口而出。

“不知道啊！”很多人问过这个问题，但她一直很迷糊，“我好像对谁做过承诺，要存钱。”

至于其他的，她记不起来了。

迟墨猛地抬头，目光锁定在那张清丽的脸上，随着时间长开的五官依稀能见曾经的模样。

他动了动唇，想说什么。

不等对方开口，言曦动了动肩膀。她不是故意的，是因为后背开始痒了。她怎么都够不着，无法用棉签上药，忍不住想用手指挠，被迟墨阻止：“不能挠。”

可言曦实在受不了，委屈巴巴地看着他，道：“迟墨，背后，痒。”

言曦一声声喊着他的名字，没人受得住。

外敷药是最快的止痒办法，言曦自己够不着，只能向迟墨求助。

迟墨暗自咬牙，道：“转过去。”

她刚才给手臂抹药，已经脱掉了外套，剩下一件薄毛衣。现在，她将毛衣从腰部往上卷，露出光洁的背。

他用沾着药膏的棉签在她的皮肤上轻轻涂抹。

“左边一点儿，痒。”言曦抓着衣服，指挥他。

药膏带来微微的冰凉感，随着她的提示，他一点点地涂抹。

背上痒的地方越来越多，她还得把衣服往上撩。迟墨指间的棉签猝然落地。

“迟墨，你快点儿。”她都快难受哭了，直到冰凉的触感重新落在肌肤上才得到缓和。

言曦重重地呼出一口气，将衣服拉下来，转过身，对眼前的男人道：“谢谢你。”她变回了安静乖巧的小姑娘，一脸真诚地向他道谢。

迟墨忽然觉得有必要给她加强某方面的教育，道：“你知不知道，刚才的情况向异性求助，是很危险的？”

“抹药，危险吗？”

“我说的是……人。”

她心思单纯，别人却不一定那样想。如果此刻跟在她身边的不是他，而是其他人，她也会毫无防备地依赖对方吗？

“可你是迟墨啊！”你是我从一开始就不由自主地信任的人。

迟墨眼底别样的情绪一闪而逝，看她时的眼神中有太多深意。

言曦天性乐观，上药后逐渐变得舒服，就趴在床上玩手机，赤手赤脚露在外面晃来晃去。

一个朋友发了朋友圈，她点赞。不过半分钟，朋友来电。她接通电话，一道男声从手机里传出来："言小曦。"

"宋俊霖！"言曦喊出他的名字。

宋俊霖是她之前在哥哥的生日宴上认识的朋友。他们刚认识时宋俊霖就问她要不要考虑跟他谈恋爱。她愣了好久才反应过来，摇头拒绝了他的提议。宋俊霖性格开朗，擅长交际，慢慢地跟言曦成了朋友。

对方笑了两声，道："看了你的朋友圈，你最近过得挺潇洒啊！"

"嘿嘿，我出来旅游了。"她说起来还有些自豪。

"我看到你发的照片了，还不错。"宋俊霖夸了她的照片，继续道，"你来宁城玩玩怎么样？下周我过生日，你顺便过来玩，我还能给你整一套攻略。"

宋俊霖也是经常往外跑的人，他推荐的游玩项目准没错。言曦瞬间来了兴趣，不假思索地道："好啊，下周去找你玩。不过我还要带一个朋友。"

"没问题，别说一个，就算你带十个来，哥也请得起！"宋俊霖对朋友从不小气。

宋俊霖说话幽默，逗得言曦握着手机"嗯嗯""嘻嘻"，笑容满面。

迟墨看着满心欢喜的她，皱了皱眉。

挂断电话后，言曦兴致勃勃地对迟墨道："迟墨，我已经选好下一站了，我们去宁城。"

"嗯。"他只需要跟在言曦身侧保护她的安全，去哪里都无所谓。

迟墨拎起手中的塑料袋，瞬间把言曦的注意力吸引过来，言曦问："咦，你手里拿的什么东西？"

"你晚餐没吃多少，饿了吗？"迟墨打开袋子。

看到食物，言曦赶紧翻身下床，跑到他面前接过袋子，里面放着四个包装好的食盒。

"啊，我好喜欢。"她迫不及待地把盒子取出来打开，一盒饭，一盒鸡排，两道菜，都是她喜欢吃的。

次日，言曦留在民宿休息，在西药和药膏的帮助下，皮肤不再痒了。第三天，言曦拉着迟墨早起爬山。

古镇里有座小山，很有名，天气好的时候，晨起可见朝阳，傍晚可赏晚霞，在山顶观景，画面一绝。

言曦看着身体娇小，体力还算不错，都是平时去健身房锻炼出来的。但时间长了，她逐渐体力不支："好累。"

言曦站在原地捶腿，却见旁边的人身形挺拔，精力无限。

她很好奇，问："迟墨，你不累吗？"

"还行。"

"啊，你到底是怎么锻炼的？力气又大，体能又好。"她真的羡慕。

见言曦有些懊恼，男人眼底隐隐透出一丝笑意，如溪水潺潺流动，特别温柔。

言曦哼了一声，突然搂住他的胳膊，手臂收紧，道："我就跟着你走好了。"

"跟着我走？"

"嗯嗯！"

"好。"迟墨任由身后的小姑娘拉着自己的胳膊，还会在她走不动的时候拉她一把。

前方有台阶，较高，迟墨伸出手。言曦抓住他后被他轻松地带上去，抱他胳膊的动作变成与他牵手。

言曦皮肤娇嫩，所以在触碰到他粗糙的手指时感觉被扎了一下。

"抱歉。"几乎是"逃"的姿态，迟墨迅速松开手，十指握成拳，将满手的茧藏起来。

言曦虽然反应迟钝，但也很细心，很快意识到自己条件反射性的动作伤害了别人。

再多言语都无用，她直接抓住迟墨的手。

在他错愕的目光中，言曦一根一根掰开他的手指，把自己的手放进去，还傻乎乎地蹭了蹭，用撒娇的口吻道："迟墨，你不能再松开我的手，我都走不动了。"

大胆直白的行为将迟墨心口的缝隙一点点修复，她唤他名字时的声音更娇，像温柔的风，和煦绵长。

他骨节分明的手指缓缓收拢。言曦的小手被他握在掌心，这一次，他抓得很紧，没有松开。言曦咧开嘴笑了，露出一排洁白整齐的牙齿，十分可爱。

行至半山腰，言曦弯腰按着膝盖喘气，腹部隐约有些不适，还有种异样的感觉。好不容易找到卫生间，言曦进去一看，惨了，来例假了，这多半是因为最近突然增加了运动量，提前了。

她没带卫生巾，只能多垫几层纸巾凑合。言曦不敢做大动作，走路的姿势有些别扭。来到外面，她低头避开迟墨的视线，道："迟墨，我可能没办法继续爬山了。"

见她下意识地捂住腹部，迟墨以为她肚子不舒服："肚子不舒服？"

她摇头，额上在冒虚汗。

迟墨仔细一看，察觉她脸色不对劲，问："哪儿不舒服？"

"是……"言曦有些难以启齿，不由得垂下脑袋，攥着手指低声解释道，"我……来例假了。"说完她觉得脸颊发烫，特别是感觉到迟墨正盯着自己后，更是羞涩。

啊啊啊，为什么一切来得这么突然？太尴尬了！

迟墨大约花了半分钟时间理解了言曦的特殊情况，迅速回过神来，脱掉外套系在言曦的腰间。他来到她身前，蹲下来，言简意赅地拍拍肩示意，道："上来。"

"啊？"

"背你。"

"不行，你会很累的。"

"我负责保护你的安全，身体健康也包括在内。"

半分钟后，言曦还是趴到了他的背上。

这个温暖的背，一如既往地带给人安全感，言曦趴在上面，手臂慢慢环住他的脖颈。笑意在她的眼底流淌，涉世未深的女孩儿还没有察觉到，自己的心境跟当初截然不同了。

回民宿的路上，言曦在商店里买了一大袋东西，回去后将衣服换了。

其间，迟墨第一次查了关于女生例假的知识：要注意休息，不吃冰凉辛辣的食物，需要保暖等。

言曦过了很久才从卫生间出来，恰逢迟墨抬头，两人的视线在空中撞上，她条件反射性地扭过头。她张了张嘴，又不知道该说什么，话卡在喉咙里。女孩子来例假是很正常的事，言曦也不知道自己为什么会变得这么别扭。

迟墨道："身体不舒服就好好休息。"他说完这句话就走了。

言曦鼓起腮帮，有些不悦，但没有察觉到自己为何不悦。

她抱着平板电脑和手机坐到床上，前几天的图还没修完，现在正好可以修。

她专注于一件事时就会忘记小腹的不适，甚至忘了自己刚才害羞的情绪。不知道过了多久，房门被人敲响。言曦下床开门，迟墨就站在门外。

在她惊讶的眼神中，迟墨将杯子递过来，道："喝了。"

"这是……"她凑近些，闻到了味道，是红糖水。

原来他是去帮她煮红糖水了。她心底就要熄灭的火苗瞬间复燃。

言曦连忙让路，叫他进来坐，自己捧着杯子站在他对面，道："迟墨，谢谢你呀！"

"这本来就是我的职责。"

言曦晃着脑袋，道："才不是呢，我知道你是真心对我好的，我也是真心感谢你的。"

如果他只是为了完成任务，根本不需要做这些。所以，她不会把这一切当成理所当然的事。

"真不知道该说你聪明还是傻。"

"你才傻！"抓住关键词的言曦睁大眼睛瞪他。

她的表情令迟墨敞开心扉，微微弯了一下嘴角。那个笑容转瞬即逝，却还是被一直盯着他的言曦捕捉到。她惊喜地道："迟墨，你刚才笑了！"

迟墨的笑容在她这里实在稀罕。

"我笑了吗？"他恢复平日面无表情的模样。

"笑了，好好看。"言曦放下杯子走过去，道，"迟墨，你再笑一笑，我可以帮你拍下来。"

"……"这倒不必。

"你再笑一笑。"言曦不死心，甚至想伸手把他的嘴角拉起来。

迟墨挺直背，坐着一动不动，淡定地回绝道："没什么好笑的。"

无论她怎么央求，他也没有再展露笑容。

期待落空，她不开心了，在他的耳边哼了两声，回到自己的座位上把红糖水喝完。

迟墨带着杯子离开，大约是下次还要用这个送过来。

休息一段时间后，小腹已经不痛了，言曦进了趟厕所，把刚才换掉的衣服拿到洗手池边开始放水冲洗。就在这时，她又听到敲门声，直接走过去开门。

迟墨递给她一个袋子，言曦伸手去接，被他发现她湿漉漉的手上还沾着泡沫。

"你在干什么？"迟墨很快发现她在用凉水。

"洗衣服啊！"言曦摊开手，抹掉泡沫，用食指钩住袋子。

迟墨皱眉，叮嘱道："不能碰冷水。"

"可我还是得洗了啊！"她总不能把衣服扔在那儿吧！

这次出门她没有带太多衣服，但带来的都是她喜欢的。如果在家，她可以直接将衣服扔掉，但附近没有她喜欢的衣服，她也不愿意将就，现在就舍不得将衣服丢了。

言曦打开袋子，把里面的东西取出来，是一盒暖宫贴。言曦很感动，迟墨做了这么多，几句轻飘飘的感谢根本无法回报他。这次，她打算好好想想怎么报答对方。

迟墨的话打断言曦的思绪，他道："别洗了。"她碰了冷水或许会身体不适。

"没关系，就几件，很快就洗完了。"她没有公主病。

染血的底裤已经被她扔了，她只需要洗两件上衣、一条裤子。

衣服不脏，她搓两下就行。

"去休息。"迟墨顿了一下，接着道，"我给你洗。"

"不不不。"言曦满脸写着不可思议，反应过来后连连摇头。

他的眼中泛起波澜，神色中平添几分柔和。他微微低头，面对身前的小公主，舌尖抵住后槽牙，低沉浑厚的嗓音中夹着细碎的笑，道："言曦，听话啊！"

卫生间里传出水声，言曦把自己藏进被子里。如果不是身体不允许，她此刻一定在被窝里疯狂打滚。她明明已经捂住耳朵了，依然能听见哗啦啦的水声，突然有点儿后悔没选一个更大的、隔音效果更好的民宿。

她只记得迟墨对她笑了一下，她就呆呆地放弃了洗衣服，十分听话。她好想销毁那段记忆，把害羞的情绪丢出去。

迟墨买回来的暖宫贴在她的腹部发热，她的心口也变得暖暖的，在多种复杂情绪的交织下，羞涩别扭的小公主终于沉沉睡去。

因为身体原因，言曦在民宿躺了两天，等身体恢复后又变得活蹦乱跳。

上次她没能爬到最高峰，有些遗憾，但得知邻市有座更高的山峰后，兴致勃勃地改道去了那边，但这次是坐缆车上山。

他们站在山巅看向远方，是祖国的大好河山，美得令人震撼，让人由心灵深处散发出敬畏感。但迟墨的注意力习惯性地落在旁边的言曦身上。

她的眼里都是风景，他的眼里唯有她一人。

这段时间，他们去各地旅行，沐浴过晨光，感受过正午暖阳，日落时享受晚风。这种休闲舒适的生活现状几乎让他忘记了自己的身份。此行，他只为守护她的安全，仅此而已。

从旅游景点回到住宿地，言曦开始购买去宁城的车票。她突然想起还有件重要的事没办："差点儿忘了，我该送什么礼物呢？"

言曦正苦恼着，眼前闪过一道人影。她立马跳起来把人拉住，道："迟墨，你来得正好，我想问你一个问题。"

"嗯？"

"我们不是要去宁城给朋友过生日吗？但我还没有准备生日礼物。你觉得我送什么比较好呢？"

对方毫不犹豫地告诉她："不知道。"

"就你一般会喜欢什么礼物，让我参考一下。"言曦平时只关注女孩子用的衣服、首饰等，对男性喜欢的东西几乎没有研究。

迟墨看向她，表情冷漠，道："没收过礼物，不知道。"

"……"言曦立即闭嘴了。

他没收过礼物？别人这么说她或许不信，但迟墨说的话，她觉得都是真的。

那她提出的问题岂不是很伤人？

言曦悄悄观察他的表情。他面无表情，站在那里一动不动，也不知道在想什么。

经过一番思考，她提前在某品牌的官方网站给宋俊霖买了个钱包，祝他财源滚滚。

解决这个问题后，言曦心情格外好，嘴里哼着愉快的曲调，眼角眉梢都带着笑意。

她的一举一动、一颦一笑都落入迟墨的眼中。他觉得言曦心情大好，估计是因为宁城的那个朋友。

"迟墨，你在想什么？"

"没事。"

无论如何，那都不是他该考虑的事。

他一直这么说服自己，让自己收起心中的千万种思绪。

次日，他们终于踏上去宁城的旅程。

两地之间距离不远，他们不需要坐飞机，言曦买了高铁票。下车后，她收到了宋俊霖发来的位置。

在到达宁城前，迟墨以为言曦只是简单地参加朋友的生日聚会，直到宋俊霖本人开跑车来到高铁站外接言曦，迟墨才意识到事情不简单。

车窗降下，戴着墨镜的宋俊霖出现，看见言曦后把墨镜拉下来一点儿，道："言小曦。"

"宋俊霖！"

两人认识时就能玩在一起，每次跟对方见面都感觉很欢乐。他们之间似乎自带一种"抛开烦恼、无忧无虑"的合拍磁场。可以说，他们虽然很少见面，却是很好的玩伴。

宋俊霖下车，摆出又酷又帅的姿势跟言曦打招呼，之后立刻注意到言曦身后那个身材高大的男人。那个男人隐隐带着一股压迫感，让人觉得不易接近。

"这就是你说的那位朋友？"

"对啊，他叫迟墨。"言曦退后一步，下意识地拉着男人的衣服跟宋俊霖道，"是我很好很好的朋友。"

她只在奶奶面前说迟墨是唐爷爷最信任的保镖，在其他人面前，一直称迟墨是自己的朋友。

"你好，我叫宋俊霖。"

"迟墨。"

两个男人互相打量，谁也没伸手去完成虚假的见面礼仪。可能只有言曦没发现他们之间气场不对，一心追问宋俊霖，宁城哪儿好玩。

"放心，我什么时候食言过？明天就带你出去玩，保证让言大小姐满意。"

"嗯嗯，我相信你。"

宋俊霖在吃喝玩乐方面很在行，比她经验丰富得多，再加上宁城是他熟悉的地方，言曦相信他肯定没错。然后她没注意到，在自己不经意地说出这句话的时候，迟墨的目光变了。

原来，她可以信任他，也可以信任别人。"我相信你"这四个字对她而言只是一句普通得不能再普通的话，没有特殊的含义。

之后的两天，宋俊霖每天一大早开车到酒店楼下接人。

迟墨寸步不离地跟在言曦身边，沉默寡言。宋俊霖跟迟墨仿佛是两个极端，一路上有说不完的话，时不时蹦出几个笑话，逗得言曦开怀大笑。

言曦清脆的笑声如银铃般悦耳，她能自然地对所有人展露笑容。只有在遍地陷阱的荆棘丛林，小公主才会需要英勇骑士的保护。终有一日，她会回到华丽的城堡，与王子在一起。

前方那两个人聊得很愉快，迟墨一点点地放慢脚步。头顶阳光灿烂，他的心情却降至冰点。

而此刻，他耳边忽然传来一道清亮的女声："迟墨，你走得好慢，快点儿。"

不知道什么时候，言曦转身跑了回来。他的手被她拉住，他不得不继续前行。

这两天，宋俊霖带言曦转遍了宁城几个值得去的景点，言曦又累又心情舒畅。

宋俊霖的生日宴在别墅举行，他邀请了一群年龄相仿的朋友。

别墅的后花园里坐满了男男女女，有的躺在草坪上晒太阳、吹风，有的坐在高脚凳上喝酒，有的围在一起玩游戏，从中午到晚上，热闹不断。

言曦虽然单纯，但天生适应那种圈子，再加上宋俊霖特别照顾她，没人敢欺负她。

抱臂站在木架旁的迟墨看了她许久，觉得心烦，想抽烟。

他从来没有当着言曦的面抽过烟，现在也不会。只是，他很想把那个小姑娘从人群中拽走，但没理由，也没资格，只能强迫自己压住冒出来的那点儿非分之想，克制地走到她面前道："暂时离开一下，有事打我电话，别乱跑。"

"好。"言曦举起挂在身前的手机，答应得爽快。

迟墨前脚刚走，一个穿着红裙、身材曼妙的女人跟了过去，等迟墨点燃烟，找准时机出击："这位帅哥，以前怎么没见过你，新来的？"

他们经常一起出去玩，形成一个圈子，或许没那么熟，但互相都认识。像迟墨这种存在感极强的男人，她如果见过，绝对不会忘记。

对于女人的搭讪，迟墨十分冷漠。他掐灭烟，忽视献殷勤的女人，径直走向聚餐的后花园。

让言曦离开自己的视线范围五分钟，已经是他的极限了。但他不知道，这五分钟里，后花园那边已经发生了不少事。

宋俊霖应付完这边的朋友又去了另一边，好不容易转到言曦身旁，发现她不太对劲。

“言小曦，你这是咋了？”宋俊霖对酒味不陌生，很快察觉出来，“你喝酒了？谁给你喝的？！”

他明明当众叮嘱过，不许为难言曦。谁不给他宋俊霖面子？

“是我玩游戏输了，嘿嘿。”她还傻乎乎地笑，看到周围挂着代表生日的英文单词，对宋俊霖祝贺道，“生日快乐啊，生日快乐，祝你生日快乐！”

“行行行，我收到你的祝福了。你这样也玩不了了，我还是带你去休息一会儿吧！”宋俊霖打算让厨房给她准备醒酒汤。

他伸手去拉言曦，言曦立刻挣脱他的手，坐在矮凳上不肯走：“不可以乱跑的。”

“啥啊？”宋俊霖没听懂，再次伸手去拉，忽然被人单手拦住。

突然消失又突然出现的迟墨有意无意地挥开宋俊霖的手臂，目光落在言曦的身上。

“言曦。”迟墨从来只喊她的名字。

“迟墨，你回来了！”小姑娘的眼睛里冒出两束光。

“喝酒了？”

“嗯，因为我玩游戏输了。”没人要灌她，是她自己玩游戏时抽中了酒，愿赌服输。

但也不是人人都是那么正直的。宋俊霖不在的时候，没人告诉言曦那杯递过来的酒度数不低。

迟墨眉头一皱，道：“过来，我带你回去。”

“哦。”她乖乖地伸出手，任由迟墨将自己拉起来。

她刚站起来的时候没站稳，撞到了迟墨的肩膀，被他稳稳扶住。

宋俊霖：“……”

这一幕让他好心酸，不过现在不是争斗的时候。

“别墅里有客房，你带她过去，有人会带你们上楼的。等会儿我再让人给她送醒酒汤。”

“不用。”他要带言曦回酒店。

“那可不行！言小曦喝醉了，你不能直接带她走。”这孤男寡女的，万一迟墨乘人之危怎么办？

眼看着二人差点儿争起来，言曦揉着眼睛，道：“困了。”

旁边正好有张高脚凳，她直接坐了上去，懒懒的，不想走动。

两个男人：“……”

这下他们确实没有再争的必要了。

迟墨同意留下，宋俊霖见好就收，又被其他人叫走。

“走吧，带你去睡觉。”迟墨再度伸手，言曦却没有像刚才那样回应。

她紧紧地盯着眼前的人，道：“我还有事没做完。”

“明天再说。”

“不行。”她在身上摸啊摸，什么都没有，终于想起了自己背着巴掌大的毛绒包，摸到拉链后将包打开。

“找到了！”她从包里掏出一个宝蓝色的小盒子，眉飞色舞地道，“这个！”

“什么？”

“礼物。”

“不是已经送过了？”他分明记得言曦来时就送了宋俊霖一个钱包，宋俊霖当时就把钱包揣在身上了。

有些人真幸运，连礼物都是双份的。

“没有送过呀！”她挠了挠脑袋，好似在认真地想，自顾自地点点头，“是送给迟墨的第一份礼物。”

“我的？”迟墨难以置信，几乎以为自己听错了。

“当然，我选了好久呢。”她说起来还有些得意。

“言曦……”一股浓烈的情绪在心中涌现，迟墨想说的话都卡在了喉间。

“我好困。”她打了个哈欠，困到上下眼皮打架，坐在高脚凳上向前面的迟墨伸出双手。

迟墨顺势抱住她，她的四肢像考拉一样缠了上来。

“言曦！”迟墨呼吸一顿，心脏被紧紧地牵引。

“我好困，迟墨。”闻到熟悉的气息，她仿佛找到了最安全的栖息地，双手搂住他的脖子，脑袋埋在他的肩头，酣然入梦。

从后花园到客房，迟墨抱着怀中的小公主走得稳稳当当的。

喝酒后犯困的小公主以依赖的姿势在他的怀中睡着，将他在心里建造的堡垒尽数摧毁。

进入客房，迟墨试图把她放下，言曦有所察觉，微微睁开眼，脑袋还依偎在他的颈边，道：“我告诉你一个秘密。”

她张口时，一股热气洒在他的颈窝，迟墨动作一顿，问：“什么？”

“我悄悄买了一个礼物。”她好像真的在跟人说悄悄话，故意压低了声音。

“是吗？”迟墨顺着她的话问。

“嗯嗯，我挑了好久呢。”她笑得天真烂漫，为自己选中一份不错的礼物感到得意。

“那要送给谁？”迟墨循循善诱，故意发问。

她果然用那娇软的声音念了他的名字：“迟墨。”

“为什么要送他礼物？”

“因为迟墨是我的好朋友啊！”

“是吗？”好朋友。

这个身份，也挺好，至少比朋友重一分。

“他说自己没有收过礼物，我好心疼。”小公主把他当成倾诉对象，趴在他的肩膀上问，“迟墨会喜欢我的礼物吗？”

“会。”迟墨不禁觉得好笑，这么娇弱的小姑娘，反过来心疼他。

但他可以确定，无论那里面装的是什么，哪怕是一根草，都会被他视为珍宝。

“那就好。”听到满意的答案，言曦终于心满意足，乖乖地爬到床中央睡觉。

她身上散发着淡淡的香味，红彤彤的脸蛋像两个诱人的果子。

迟墨俯身，情不自禁地靠近她。躺在床上的言曦毫无察觉，甚至因为感受到熟悉的气息，往这边蹭了一下，吓得迟墨猛地起身。

她真是半点儿防人之心都没有，难怪言家人把她看得这么紧。

迟墨站在床头，重新拿出那个宝蓝色的盒子，手指轻轻一按，盒盖被打开了，一块黑色带银边的手表映入眼帘。

她看着傻，偏偏又心细如尘。他从未奢望过收到礼物，更没想过送礼物的人会是她。迟墨将手表戴到腕上，干燥的手指在皮质表带上摩挲，这是他收到的第一份礼物……

日上三竿，宋俊霖的别墅里醉倒一片，有些人昨晚就被送回去了，有些则在客房留宿。

言曦醒后伸了个懒腰，顿时觉得神清气爽。她昨晚喝得不多，睡得又早，并没有因为喝酒而感到不适，刚出门就有人特意将她带到楼下餐厅去吃早餐。

“请问你知道我的朋友住在哪里吗？”

“男女客房是分开的，如果客人醒了，都会来这边用餐，言小姐不用担心。”

“哦哦。”

正好肚子饿了，言曦规规矩矩地坐在餐桌前，享用厨师准备的早点。

不一会儿又来了个穿着紫色长裙的女人，妆容精致。

言曦听到动静后抬头看了一眼，被女人捕捉到视线。女人特意在她旁边落座，主动搭讪：“小妹妹，是叫言曦吧？”

“嗯，你好。”她对这个女人有些印象，昨晚听那些人叫她“妮可”。

妮可是社交高手，在人群中谈笑风生，跟谁都能聊。

妮可移动椅子，单手搭在桌边，扭头笑着对言曦道：“昨晚那个大帅哥……是你的男朋友？”

“不是啊！”言曦摇了摇头，不急不缓地解释道，“他是我的朋友，好朋友。”

“好朋友？不是吧，妹妹？”妮可不着痕迹地打量她，心想这小姑娘段位还挺高，看着单纯无邪，在她面前玩这套，“昨晚我可看见你俩在那边……嗯？”

“什么？”言曦一头雾水。

妮可笑着把自己的手机递过去，道：“你瞧瞧，我可都看见了。”

在妮可的示意下，言曦拿起手机一看，屏幕上竟然是她双手双脚挂在迟墨身上，被迟墨抱在怀中的画面。

言曦按着脑袋仔细回想，头有点儿疼，昨晚的记忆隐约浮现：“昨天我喝了酒，他送我回房间。”

“哪有异性朋友之间这么亲密的？除非你是故意的。”

“不是，不是的。”言曦慌忙摆手，“我没有。”

“真不是男朋友？”妮可抬了抬手指，露出指尖鲜红的镶钻指甲，可惜食指的指甲上缺了两颗碎钻。

“不是男朋友……”她望着妮可的眼睛，说的都是实话。

妮可啧啧两声，将手臂环抱在胸前，笑道：“那我可要追了。”

银叉碰到瓷盘，言曦忽然起身，问：“你要追迟墨？”

“嗯。”妮可挑眉。

“可是……可是……”言曦也不知道该说什么，就是莫名地想要阻止对方，想告诉她迟墨是不会喜欢她的。这明明很不礼貌，但她竟然差点儿说出口。

“你不会想说，你不许吧？”妮可仿佛看穿了她的心思。

言曦鼓起腮帮。她不能说没礼貌的话，也不能撒谎，干脆不说话。

可当她认真地打量妮可时，发现她的颜值、身材都是美艳型的。好像谁说过，男人对这种女人没有抵抗力，也许迟墨真的会喜欢……

言曦一点儿都不懂掩饰，心里想什么都摆在脸上，鼓腮的动作在不知不觉间变成瘪嘴。妮可忽然觉得先前的判断不对，或许这真是个傻姑娘。

“你可别哭啊，我也不是横刀夺爱的人，你要是喜欢，我暂时不出手就是了。”

“我没有要哭。”言曦抬手摸了摸脸。

妮可笑了一声，道：“就你这样，你说不喜欢我都不信。”

“喜欢……”言曦当场怔住。

曾经有段时间，她努力去寻找那种名为“喜欢”的感觉，却没有遇到那个令她怦然心动的人，当她不再特意惦记的时候，忽然有人告诉她，她喜欢一个人。

“你不会真的不知道吧？你想想，要是换成别人，你能让人这么抱着你吗？”

言曦迅速眨眼，没回答，心里却有个坚定的声音道：不会。

她对迟墨的信任好像是发自内心的，比如，他们当初在马场外的树林相遇时，她让迟墨背了她。

“哎呀，原来是个反应迟钝的小妹妹。那你可得好好想想，毕竟帅哥还是很抢手的。”至少他昨晚吸引到她了，那种气质冷冽的男人可真是令人浑身充满征服欲。

不过，她知道自己胜算不大。她昨晚试过一次，还看到了迟墨抱着言曦的那一幕……

妮可一边用餐一边观察她的反应，越发觉得这小姑娘逗着有趣。

“妮可小姐，您预约的美甲师到了。”

“行，知道了。”

作为精致的女人，指甲上掉了颗钻她都不乐意出门了，直接约了美甲师上门。

妮可起身要走，忽然想起什么，回头拉着言曦道：“小妹妹，走，姐姐今天跟你聊聊。”

言曦迷迷糊糊地被她拉过去，在美甲师跟妮可的双重推荐下选了款式。美甲师先为她刷上指甲油，上色晕染，绘成朵朵桃花，中间的那枚指甲上还贴了小珍珠，莹白圆润。言曦越看越喜欢。

妮可笑她："瞧瞧，真香了不是？"

"嗯嗯，好好看。"言曦从不撒谎，也不怕别人调侃自己。

宋俊霖一进门就看到两个风格截然不同的女人凑在一起谈笑风生。

"可算找着人了。"宋俊霖一眼就发现言曦身上的不同之处，"这指甲……"

"好看吗？"言曦将手指微微张开，展示给他看。

"好看，好看得不得了！"宋俊霖当即吹起彩虹屁，"这颜色，这花，绝了！"

"宋少爷，你看出是什么花了吗？"妮可翘起手指，故意为难他。

"……"他一个大男人，哪儿有心思研究女孩子的指甲上画的是什么花啊？

"是小曦妹妹的桃花。"妮可抛出一记媚眼，别具深意。

"妮可，你可别把她带坏了。"

"宋少爷，你这可是冤枉我了。我不过是跟小曦妹妹讲讲学。"

两个女人心照不宣，相视一笑。

妮可冲她招手，示意她过去。言曦站起身，却不小心把自己绊倒，身体向前扑去。

"啊——"

恐惧的疼痛没有到来，宋俊霖冲过来替她挡了一下。求生欲令她双手紧紧攥住宋俊霖的衣袖，看上去像是扑进了他的怀里。

妮可露出看戏的表情，这要不是她亲眼所见，都不相信是巧合。她早就看出宋俊霖对言曦有意思，只可惜落花有意，流水无情。

奇妙的巧合让两人抱在一起，这该是多么暧昧唯美的一幕，然而当事人全无欣赏的心情。

原本是言曦抓着他借力，还没来得及松开手，反倒被宋俊霖拽住。

他道："别，别动，扶我一下。"

"你怎么了？"言曦惊讶地问道。

"我的腰……"宋俊霖龇牙咧嘴，"你刚才扑过来那下，我的腰闪了。"

言曦："……"

妮可："……"

美甲师："……"

宋俊霖：丢人。

最后，言曦扶着他出去，等家庭医生过来给他诊断。

“对不起。”言曦守在他旁边道歉。

宋俊霖躺在沙发上摆手：“没事没事，你可别把这件事说出去。”

他年纪轻轻闪着腰，说出去都丢人！

“放心，我肯定不会告诉别人的。”言曦立马认真地保证道。

直到医生替他做了检查，确定他没什么事后，言曦才离开。她一边走一边看时间，现在都十点多了，迟墨怎么还没来找她？

她心里正念叨着，那人应召似的出现在她面前，言曦赶紧追上去：“迟墨。”

看到他，她立即绽放笑容。

“咦，你戴上我送你的礼物啦！”她倍感惊喜地抓起迟墨的左手，托在自己的掌心反复看，“好好看哦，很适合你。”

她微笑时眸中星光璀璨，迟墨强迫自己移开视线，抽回手臂垂在身侧，道：“谢谢。”

他冷淡的反应让言曦有些不知所措：“你是不是不喜欢呀？”

迟墨实在受不了她期待的眼神，故作淡然地道：“我很喜欢，谢谢你的礼物。”

“你喜欢就好！”她无条件相信迟墨说的每一句话。他说喜欢就一定是喜欢。

迟墨不自觉地弯起唇角。言曦惊喜地张开嘴，喉咙里没发出声音，却被那个笑容迷得心脏怦怦乱跳。

这就是，心动的感觉吗？她有些不敢确定。

她偷偷地看了他一眼，对上他视线的那秒，言曦飞速转身，脸颊发烫。

对方并未察觉她的小心思，继续问道：“回酒店吗？”

“啊，可能要晚一天。刚才宋俊霖邀请我们在别墅多待一天，我想着咱们也没什么要紧事，就答应了。”

她原本打算在宋俊霖生日后离开，但今天不小心让宋俊霖闪了腰，对方挽留的时候，她便同意了。晚上这儿要放烟花，他们凑凑热闹也挺好。

“多留一天，可以吗？”言曦问道。

男人脸上的笑容瞬间消失得一干二净，他从喉咙里挤出三个字：“随便你。”

“嗯嗯。”

此刻，言曦的心思根本不在“留与走”的问题上。

直到晚上，她终于忍不住打电话向自己信任的人求助：“嫂嫂，怎样才算喜欢一个人呢？”

“你会不自觉地依赖他、信任他，见到他的时候……会心动哦。”

言曦听着司婳的话，脑子里不断回放这段时间与迟墨相处的画面。她因此感到甜蜜，也开始觉得苦恼，问：“那要怎么确定他喜不喜欢我呢？”

“想确定他是否真的喜欢你，别听他说了什么，看他做了什么。他是否了解你的喜好，在意你的情绪，看不得你受伤害和委屈。”

有些话言曦不能对长辈说，也不想告诉两位哥哥，只能跟嫂嫂说。

司婳的声音太温柔了，言曦止不住地倾诉道：“我……抱了他，想起来都会脸红，心跳加速。这就是恋爱的感觉吗？”

“小曦，其实你不需要特意去求证什么，喜欢与不喜欢，你的心会告诉你。”

言曦摸着胸口，道：“我知道了，跟他在一起的时候，我都好高兴，特别高兴。”

她只要见到迟墨就觉得特别安心，迟墨是除了家人，唯一给她安全感的人。别人都说迟墨冷冰冰的，可她觉得迟墨只是不爱说话，很温柔啊。虽然迟墨不常笑，但从来没有凶过她，还会在她累的时候背她回家，在她身体不舒服的时候替她准备好一切，会把她随口一提的事记在心里。

小姑娘抱着枕头，默默地想：我好喜欢他啊，可要怎么告诉他呢？

她在房间里无比纠结，沉浸在自己的世界中，直到一阵敲门声响起……

言曦起身，还没到门口，门就被推开了，一抹高挑的紫色身影映入眼帘。妮可提醒道：“你连门都没关。”

“啊，可能是没关好，忘了。”她当时只顾着打电话，没在意。

“问题不大。看群消息了没？烟花秀开始了，走吧！”妮可叫她去天台上看烟花秀。

“好！”

宋俊霖将烟花秀描述得很惊艳，言曦期待一天了。

言曦回去拿手机，妮可正准备拉她一起走，她拒绝了：“我还要去找迟墨。”

“行，你先去，我这边还有两个姐妹在磨蹭。”妮可摆手示意。

两人分开行动，言曦兴冲冲地跑去敲门：“迟墨，烟花秀要开始了，一起去看吧。”

迟墨神色恹恹，正欲开口，走廊上遥遥传来宋俊霖的呼唤声：“言小曦，你快点儿。”

“马上就来。”言曦扭头回了句，等她再看过来，迟墨已经换上一副冷面孔，道：“你自己去吧。”

“宋俊霖说很好看，是他请人定制的，很……”她热情地向迟墨推荐道。

但听到那个名字，迟墨的语气瞬间变差，他道：“我说了，不想去。”

“那……那好吧。”虽然有些遗憾，但她也不能强迫迟墨。

宋俊霖又在催她，言曦迟疑了两秒钟，快速跑过去。

看着她热情地奔向另一个人，迟墨搭在门上的手逐渐用力。他忽然关闭房门，眼不见为净。可即使这样，他仍然无法将刚才那幅画面抹去，心脏处迸发出的不甘与苦涩袭遍全身，逼得他难以呼吸。

如果他刚才没有去她的房间，或许就不会听到那些让人心碎的话。

她说，抱一下就脸红，心跳加速，产生了恋爱的感觉。

她说，跟那个人在一起很开心。

他原以为能保持理智，那份割舍不下的执念却悄然发生变化。他再也无法忽视那种愈演愈烈的情绪。

那种情绪名为：忌妒。

烟花绽放，美妙绝伦。大家拍照的拍照，摄影的摄影。

言曦举着相机认真录制，嘴角的笑容依旧灿烂。

她将最美丽的画面收进相机，迫不及待地跑下楼，轻车熟路地来到那间房外，敲响了门。

“迟墨，看我刚才拍到的烟花秀。”她献宝似的把相机递过去，对方却没接。

他真的不喜欢看烟花呀？她也不好勉强，收回相机挂在脖子上。

“迟墨，我还有个事想跟你说。”

“说吧。”

“嗯……就是，宁城已经玩过了，我还想去很多地方。你觉得哪里比较好？”这是她刚才在楼顶看烟花的时候想到的计划，她想去更多的地方，想把迟墨留在身边。

“你是要我一直跟着你到处游山玩水，是吗？”

“有你在的话，他们就不会担心我的安全了。”她还可以趁机跟迟墨培养感情，想想都觉得美妙。

“你觉得我很闲？”

他冰冷刺骨的声音令言曦十分错愕。

迟墨的神色格外冷漠，他道：“言曦，不是所有人都愿意每天陪你游山玩水的。”

一盆凉水浇灭了她心中燃烧的火焰，她张了张嘴，突然发不出声音：“迟墨……”

原本该被捧在手心的小公主此刻像被吓住的小白兔，男人的眼底迅速闪过一丝情绪，他强迫自己狠下心肠，明确地划分界限道：“唐老给我的任务时间只有一个月。”

他的话跟刺一样，扎得人疼极了。

手指攥着裙子，身体发抖，言曦被明明白白地告知，他们只是因为命令和金钱绑在了一起。

她突然慌了。难道迟墨从一开始就是因为她向唐爷爷提出的要求，才被迫跟了她一个月？难怪他看起来那么不开心。

原来，一切都是她一厢情愿。

“对不起。”她心口疼得难受，像被尖锐的爪子紧紧抓住，呼吸都变得困难，有一股巨大的羞耻感从心头涌了出来。言曦低下头，身体止不住地颤抖，牙齿咬到唇色发白。她道：“对不起，我……我把你还给唐爷爷。对不起，真的很对不起。”

言曦连声道歉，在眼泪掉落之前逃回房间，甚至不敢去看迟墨的眼睛。

她坐在地上，背抵着床，双手抱膝蜷缩起来，颤抖的手指不断收紧，想要抓住什么。她的泪珠一滴一滴往下掉，压抑的抽泣声越来越大。在接近夏日的温暖季节，她却感觉全身充满寒意。

夜里袭来的凉风吹散不久前溢满室内的温馨与甜蜜，此刻的她害怕得要命，痛得要命。

不是所有心动都能得偿所愿，她再傻，也该明白这个道理。只是那种陌生的感觉，第一次出现，就令她难过到不能自已。

作为保镖，迟墨尽职尽责，把她守护得很好，是她自己……是她自己贪心。

房门突然被人推开，言曦浑然不觉，直到那人一步步靠近。

迟墨来到她的房间，亲眼看见平时被众人捧在掌心的小公主像被遗弃的小狗一样蜷缩着身子坐在地上哭，高大的身影猛地一颤，引以为傲的理智在她的哭声面前溃不成军。在对言曦说出那些违心的话后，他无法理清思绪，胸腔那股不受控制的感情紧箍着他，他的牙齿紧咬着，心底泛起一阵刺痛。

“言曦。”他嗓音低哑，除了喊她的名字，竟然说不出一句话。

听见他的声音，言曦惊慌地转身，不想在他面前暴露狼狈的一面。

“对不起，我现在可能……”她努力抑制着抽泣，“可能不太方便跟你……跟你谈话。”

伴随着无法隐藏的抽泣声，她断断续续地道出决定，“你放心，明天……明天我就跟你回……回景城。”

只有这样，迟墨的任务才算圆满结束。

“我不是这个意思。”他试图解释。

言曦摇头：“前段时间真的感谢你，以后，不会再随便……打扰你了。”她更加用力地把脑袋垂下去，泪水打湿睫毛，贝齿咬住红唇，“我真的很抱歉，麻烦你这么久，对不起。”

从前被她忽略的细节现在一点儿一点儿呈现在她的脑海中，越来越清晰。迟墨是唐爷爷最得力的助手，哪里会缺她的雇佣金？分明就是她向唐爷爷提出要求，唐爷爷对迟墨下达命令，迟墨才被迫跟在她身边罢了。他那么厉害，替唐爷爷做事比陪着她这个小丫头强，她居然还想让人家长期留下，是她太自私了。

“言曦。”

见她把一切过错揽在自己的身上，迟墨的心头顿时涌现无限的悔意。

他单膝跪在地上，颤巍巍地伸出手，刚碰到言曦的胳膊，她就条件反射性地弹开，犹如一只惊弓之鸟。

这绝对不是他想看到的结果。

言曦往后退，仍然不肯抬头。她不敢再碰到他，也不想再碰到他，怕自己收不住那份心思。

“你不用管我，我只是……只是暂时有点儿难过，没关系的。我会跟奶奶说的，我已经长大了，可以单独出去。如果她还是不同意，我也可以再找一个人。”到那时，她一定谨记教训，分清雇佣关系，再也不会越雷池一步。

迟墨的眸中闪过鹰般犀利的光。她再找一个人后，会主动牵起那个人粗糙的双手，趴在那个人的背上，满心依赖地抱住那个人睡觉吗？

他无法想象。

从这一刻起，他彻底认输。就算她喜欢上别人也没关系，本该如此的。

“你还想去什么地方？我陪你去。”

“你是在可怜我吗，迟墨？”她摇头，呢喃，“不需要的。”

那样对她来说没有任何意义，而且她已经无法再像以前那样坦荡地与他相处了。

“是我心甘情愿的。”我心甘情愿留在你身边。

她原本相信他说的每一句话，可现在，无论听到什么，心里只有苦涩。她太傻了，傻到分不清真假。但她现在一闭上眼睛，耳边响起的全是他冷漠的声音。

她说过，迟墨其实是个温柔的人。哪怕到这一刻，她仍然这样认为。正因如此，迟墨极有可能对她心软，可那有什么用呢？那不过是再次逼迫他去做他不愿意做的事罢了。

“你可不可以让我一个人待会儿？我想自己安静一下。我会调节好情绪的。”她想告诉迟墨，她真的已经长大了，不是小孩儿了。所以，他不需要因为她感到为难。

“让你一个人待在这里哭吗？”迟墨不再随便碰她，两人相隔不过咫尺，“刚才那些话全都不是真心的，该说对不起的人是我。”

他不擅长对人吐露内心的真实想法，这时却不能再忍下去了。

他受不了小公主掉眼泪，无论从前还是现在。

言曦仍然不肯抬头给他一个眼神，只是不停地抽泣。

“别哭了。”迟墨从来没有像这一刻这么为难过，恨不得时光倒流，把说出那些违心话的自己狠狠地揍一顿，“我不知道要怎么哄你，但刚才的那些话都不是真的。”

手指松开又握紧，如此反复几次，他最终按捺不住，将她整个人抱起来。

“别哭了，小公主。”

身体突然腾空，言曦下意识地抱紧身前的人，更被他那句既无奈又宠溺的“小公主”惊到了。

她怔住了，只知道眨眼。

“我从来没觉得你是个麻烦，这段时间……我很高兴。”

“你骗人。”酸涩的情绪在心中翻涌，她把迟墨的衣袖使劲地攥在手里，揉出褶皱。

“嗯，刚才骗了你，对不起，我不该把自己的情绪施加在你的身上。”他无条件地接受言曦的责备，更直接表态，“我可以向你保证，只要你还需要我，我就不会离开。”

她松开他的衣袖，排斥地推了推男人坚硬的胸膛，道：“不要……不要你。”

“不要我也可以，我自己跟着你，行吗？”

“不要你跟。”她才不需要保镖，只是有了私心，又不敢对那个人讲。

“其他人打不过我。”迟墨垂下眼，在她的耳边道，“会被我打跑的。”

到那时，能留在小公主身边的就只有他一个。

哽咽的声音停顿一秒，言曦满脸错愕，不敢相信那句无赖的话是迟墨说的。

“你讨厌！”她吸着鼻子，斥责他时也带着浓浓的哭腔。

“嗯，我讨厌。”迟墨毫不犹豫地学她骂自己。

他能感受到言曦的身体已经不再抗拒自己了，便一只手抱住她的腿，另一只手揽着她的背。这股重量能让他感受到言曦的存在。

眼泪源源不断地落下来，言曦趴在他的肩头哭到打嗝。她哭累了，困得眼睛都睁不开，入梦时眼角仍挂着泪珠。

迟墨只听见她的哭声变小了，随之传来的是逐渐平稳的呼吸声。他扭头一看，发现刚才在他的怀中哭得上气不接下气的女孩儿已经睡着了。

他把她放回床上时，她那双细白的胳膊紧紧地环在他的颈间，毫无防备的他直接被她拉了下去……

他差点儿直接压下去了，急速将双手撑在她的身侧。他们面对面，气息交缠在一起，房间逐渐升温。

睡着的言曦忽然抽了一下鼻子，迟墨猛地反应过来，迅速与她拉开距离。直到确定她是真的睡着了，他才重新走到床边，不由自主地伸出手。他粗糙的手跟她白皙细腻的脸蛋形成鲜明的对比。

他收回手，取来毛巾替她把脸上的泪痕擦掉，动作小心翼翼的，生怕惊到梦中人。

待一切处理妥当，迟墨拿起言曦放在床头的相机，将里面的视频挨个播放了一遍。

烟花的确很美，只可惜不属于他。

将相机放回原地，迟墨低头凝视着言曦，寂静的房间响起一道极轻极浅的声音：“不是因为唐老的命令，也不是为了酬金，我……”

一切都是他……心甘情愿的。

隔天，言曦仍然起得很早，却不如往常精神，一直觉得胸口闷闷的，很不舒服。她照镜子的时候发现自己的脸色很难看，便给自己化好妆，之后又在房间里待了一会儿，打算晚点儿去跟宋俊霖和妮可道别。

言曦起身收拾自己的东西，把相机装好。她准备回景城，回去的路上应该没有值得她拍的人和风景了。

外面传来敲门声，她放下东西过去开门。看见外面的人后，她的心又狠狠地跳了一下，无处安放的手搭在门边，半天才吐出三个字：“是你啊。”

迟墨瞳孔微缩，手逐渐握紧。以前他出现时，言曦总会笑着喊他的名字。他按捺住心口翻涌的陌生情绪，尽量保持理智，将食物递过去，道：“给你拿了份早餐。”

“不用了，谢谢，我现在不是很饿。”准确地说，她没胃口，吃不下。

“还在生我的气吗？”跟在唐老身边多年，他被训练得连情绪怎么波动都忘了，可在被言曦拒绝的瞬间就慌了神。

言曦却摇头说：“没有。”

她从来没有生过迟墨的气，只是为自己刚发现又失去的东西感到难过。

但她的态度让迟墨更难受了。他没管这个，坚持道：“无论怎样，吃点儿东西好吗？”

言曦微微抿了一下唇，伸手接过早餐，道：“谢谢。”她连续道谢两次，礼貌又疏离。

言曦将盘子拿回房间，忽然想起什么，转身提醒道：“对了，你可以去准备一下，我跟宋俊霖打完招呼后就走。”

关于行程，她不再询问对方的意见。老板与雇员之间，就该这样交流。

下楼之前，言曦努力扯出笑容，不让旁人察觉端倪，只可惜演技太差，一眼就被人看穿。

“言小曦，你心情不好啊？”宋俊霖刚起床，还没来得及打理乱糟糟的头发。

“没有呀！”

“小妹妹，撒谎可不是好习惯。”妮可今日又换了身更妖艳、显身材的衣服，不知什么时候还重做了指甲。

言曦直接跟他们说明来意：“我要回景城了。”

“不是吧，这么快？”宋俊霖夸张地捂着心口，道，“这里即将碎成一万块。”

言曦果然被逗笑，这次是发自内心的。她道：“欢迎你们以后来景城找我玩。”

“你认识的帅哥多吗？”妮可问。

宋俊霖顿时哈哈大笑起来，道：“她有两个哥哥，堪称人间极品。”

“当真？那还不赶紧介绍介绍！小曦妹妹，帮姐姐牵个线吧！”妮可抛媚眼，道。

“可是我的哥哥都结婚了。”言曦忍俊不禁，盯着妮可的眼睛认真地道，“我已经有一个侄子，两个侄女了。”

妮可有些无语，感慨道：“果然帅哥都是别人家的。”妮可说这句话的时候，视线有意无意地落向言曦的后方，那个犹如守护神般的男人一直盯着言曦。

天下没有不散的筵席，话说得差不多了，宋俊霖也不再挽留，大大方方地伸出双手道：“来一个临别的拥抱！”

这是礼节性的拥抱，言曦没有拒绝。

她分别抱了妮可跟宋俊霖，然而某人眼中只有她跟宋俊霖拥抱的刺眼画面。

他们从别墅回到酒店，除了必要的指示，一句话没多说，都有心事。迟墨第一次知道言曦的行动力那么强，她刚说要走就把机票订好了，就在当天。

从宁城坐飞机去景城大约需要两个小时。下飞机后，言曦打算自己拿行李箱，还是被迟墨抢先一步。

算了，这是他的工作，言曦没有执意夺回箱子。

身边有人的时候，言曦的方位感会变差，再加上她潜意识里相信对方，以至跟迟墨上了一辆车很久后才发现这并不是回家的方向。

“你要带我去哪里？”

“别担心，只是晚点儿再送你回家。这是你熟悉的城市，你可以选自己喜欢的地方。”他们正好驶过可停靠区域，迟墨让司机停车，将选择权交给她，“给我一点儿时间，可以吗？”

他能料到，如果直接把言曦送回言家，她一定会以“任务完成”为由跟他拉开距离。到时候他没理由继续留下。

“嗯。”言曦点头同意了。

“想去哪里？”

“就在这里说好了。”

司机那么听他的话，显然是他特意安排的。果然，在她做出决定后，司机二话不说，打开车门离开。

“你想跟我说什么？”

“昨晚那些话，不是真的，我从来没觉得你是个麻烦。”

“谢谢你。”谢谢你没有把我当麻烦，无论你说的是真话还是为了哄我。

言曦继续道：“我小时候走丢过一次，所以家里人特别不放心，其实情况没有那么严重。”她弯了弯唇角，“这段时间，真的很感谢你。”

她这么有礼貌，迟墨更是深感无力，道：“要怎么做，你才能变回以前那样？”

言曦咬唇，正欲开口，手机铃声不合时宜地响起。

“不好意思，接个电话。”

她拉开车门往外走，边听边回道：“飞机准时落地，我快到家啦。”

宋俊霖还没说上两句，手机就被身边的妮可抢走了，她道：“小曦妹妹，烟花视频导出来后，记得发给我。”

“嗯嗯，我记得，到家之后就发给你。”

“爱你，比心，我会想你的！”

“我也会想你的！”

电话那头，妮可似乎在跟宋俊霖抢手机，发出一些奇怪的声音。言曦听见后，心情变好了一点儿，笑了起来。而追她出来的迟墨，脸黑到能滴出墨。

她对所有人笑，除了他。

她还会跟人用甜甜的语气撒娇，除了他。

言曦刚挂了电话，手腕就被迟墨握住。

迟墨把她拉到车上，关上车门，道：“你已经不信任我了，是吗？你打算从今往后都用这样疏离的态度对我，是吗？”

在言曦还未回神之际，一股压迫感铺天盖地地向她袭来。有那么一刻，她被那道冷厉的眼神震住，但她不害怕，因为他是迟墨。

“你在生气吗？”言曦后知后觉。

她没生气，对她说出那些话又反悔的迟墨反而生气了？

言曦道：“我没有怪你说那些话，你不用觉得伤害了我或者对不起我，真的。”

迟墨根本不想听她说这些话，直接问出在意的问题：“你打算跟我划清界限？”

“只是回归原位而已……”她回景城，他回榕城。

“回归原位……”迟墨低声重复这四个字，觉得好气又好笑。

“最开始……不是你说要把我买回去吗？”他托着言曦的下巴，迫使她抬头看着自己，终究没忍住喊出埋藏在心底深处的那个名字，“曦曦。”

曦曦。

这是她之前亲口告诉他的名字。

这个名字代表着那段从最初就将他钳制，让他既想逃脱又怎么都割舍不掉的记忆。

昏暗狭窄的小屋里躺着七八个孩子，有男有女，大的十几岁，小的五六岁。

为了防止意外情况发生，人贩子给他们喂了药。他们脑袋昏昏沉沉的，即便醒来也没有力气挣扎。而且，他们的双手都被绳子捆起来了。

他们有时候被关在屋子里，有时候被当成货物搬到车上，每到一个“目的地”，人数就会变少，因为有些孩子被卖掉了。

有人喜欢年纪小的，不记事，容易掌控。

有人喜欢身体结实的，好养活。

有人只要男孩儿。

好几个买家看中言曦那张出众的脸，又怕养不好，毕竟对那些人来说，脸蛋不如身体健康重要。就这样，只剩言曦跟一个十岁左右的小女孩儿被关在一起。

辗转几次后，她隐约听见那对人贩子夫妻商量着要给她们重新找买家，卖个好价钱。于是，她们又被装上车，去了别的地方。

这次的路途十分遥远，车差不多从早晨开到了天黑。

那对夫妻姓李，这次她们两个被暂时带回李家，关进柴房。

柴房里很脏，地面黑漆漆的，到处是灰尘，里面堆满了各种枯枝干草。到了晚上，那些人也不开灯，言曦总能听见老鼠吱吱叫。旁边的女孩儿吓得大哭，言曦也很害怕，但只能咬紧嘴唇忍耐着道："你别哭了，吵醒那些坏人就糟糕了。"

她们被抓来几天了，能哭能闹的时候已经过去了，如果再不听话就会挨打。那些人也很机灵，不会直接打脸，而是专挑令你最疼的地方下手。跟那种痛苦比起来，和老鼠同屋算得了什么？

月亮逐渐升起，月光从窗户口照射进来。借着月光，言曦在陌生的地方摸索，随后走到门边。毋庸置疑，门从外面被锁住了，她根本打不开。她又来到窗户边，窗户从里面可以打开，但窗口被竖木块钉死了，她只能伸出手。

除此之外，这儿没有别的出口。

言曦的眼泪直往下掉，她捂紧嘴巴不让自己发出声音，怕被惩罚。两个女孩儿在紧张与恐惧中度过一个晚上。

第二天清晨，木门被推开，阳光洒进来，言曦一下子惊醒了。她闻到了饭菜的香味。那些菜叶子和稀饭跟她从前吃的山珍海味比起来根本不值一提，但现在是唯一能让她们填饱肚子活下去的东西。

言曦猛地抬头，发现来的不是李家夫妻，而是一个个子很高、身材较瘦、皮肤有些黑的少年。他放下饭碗的时候，言曦注意到了他的手，十指上都长了茧。他应该常年干活。

少年看着冷冰冰的，另一个小女孩儿看他一眼都被吓得往后退。言曦悄悄地咽了口唾沫，仔细观察这个人。

少年放下碗筷后就离开了，一句话也没说。等他走了，两个女孩儿才敢拿起筷子，快速将饭菜往嘴里送。她们刚来的时候有人闹，故意打破碗不肯吃，结果就真的没东西吃了，最后饿得两眼发昏睡不着觉，哭着喊着求饭吃。

总之，在这些事情上耍脾气，受苦的只会是自己。

这一整天李家夫妻都没出现，来送饭的都是那个少年。言曦猜他多半是人贩子中的一员，可他长得一点儿都不像。在他回来收碗筷准备离开的时候，言曦忽然鼓起勇气喊了声："哥哥。"

女孩儿的声音又娇又轻，听起来软软的，像棉花糖，少年立刻顿住了。

“这是哪里？”她小心翼翼地问。

少年抬头，目光落在她的身上。他仅仅停了几秒便毫不犹豫地转身离开。言曦怀疑他是个哑巴，根本不会说话。

李家夫妻虽然吵闹，但很好摸清性格，这个少年从头到尾就一副表情，言曦根本无法揣测他的身份，或者说，坏到了什么程度。

中间这几天，她们偶尔会见到李家夫妻。每次那两人出现，她们都特别害怕会被卖到下一个地方。不知什么原因，夫妻俩好像一直没跟对方谈妥价格，因此她们一直被关在柴房里。

那个少年每天准时给她们送饭，言曦眼尖地发现他的胳膊上突然出现了两条红痕。

“哥哥，你受伤了？”她再次尝试跟少年交流，对方的视线在她身上停留的时间比上次长，但他仍未开口。

言曦失落地闭上眼。

难道除了被关在这里等着被人贩子转卖，她就真的一点儿办法都没有了吗？

当天晚上下了一夜的雨，半夜降温，她们被关在柴房里没有取暖的东西，冷得直哆嗦，只能抱团取暖。到第二天，言曦就开始发烧。

李家夫妻给她买了药，只是感冒药，并没有根据她的身体情况诊治，她吃了也不见好。

原本指名要买言曦的买家决定换成身体健康的女孩儿，言曦只能眼睁睁地看着那个十岁的小妹妹被带走，头痛欲裂。

李家夫妻一方面不舍得带她去医院，另一方面也怕暴露身份。

柴房湿冷，继续让言曦待下去只会让她病情加重，万一人没了，他们得不偿失。于是李家夫妻把言曦带进屋，绑了双脚，将她扔到一个干燥的房间里。

“小墨，这两天就让那丫头待在你的房里。”

少年没有吭声。从小到大的经验告诉他，那句话只是通知，他根本没有反驳的余地。

言曦到了晚上会咳嗽，少年李墨的房间跟李家夫妻的房间在房子两侧，隔得远，李家夫妻听不见。这才是他们打的好算盘。

夜幕降临，这里的人早早上床休息。李墨进了房间，径直走向硬木板床，掀开薄毯躺上去。面对未知的恐惧，言曦已经没有前两日那种特意试探李墨的心思，只觉得浑身难受。

她嗓子干，有一股火从心里烧出来，嘴巴起皮，连口水都没得咽。她借助双手爬起来，来到床边，道："哥哥。"

床上的少年蓦然睁开眼。

"水，想喝水，渴。"女孩儿嗓音沙哑，跟他前几天听见的声音完全不同。

言曦迟迟没得到回应，就要放弃时，李墨忽然翻身下床，去外面端了一碗凉水递给她。

久旱逢甘霖，言曦抱着碗，第一次那么狼狈地往嘴里灌水。

"谢谢哥哥。"她把碗里的水喝得一滴不剩。

李墨抬眸递出一个眼神，评价道："对一个关着你的坏人道谢，蠢。"

言曦动了动嘴，想说什么，最终没说出口。她知道李墨的身份，可除了在他面前乖巧一点儿还能怎么办？总不能不管不顾地把他臭骂一顿吧？到时候倒霉的绝对是她自己。

在李墨准备再次将她扔回角落时，一只小手忽然搭在了他的指间，她道："哥哥，我好像又发烧了。"

"……"

此后是接近半分钟的沉默。

李墨伸手摸她的额头，转身离开房间，没过一会儿端来一盆凉水，打湿毛巾搭在她的额上。瞥见她被捆绑的双脚，李墨直接拿来一把刀将绳子割断，丢到床底下。他顺道把她那张脏兮兮的小脸擦干净，待那张白皙的脸蛋露出来时，李墨不由得放轻动作，怕用力一点儿都会将她的皮肤擦红。

她长得这么好看啊！

难怪他听父母说，要用她的这张脸换个好价钱。如果不是身体娇弱，她绝对不会被留到现在。

李墨抬手的时候袖子往下缩，胳膊上被竹条抽打过的痕迹露出来。言曦才发现那些红痕不止她当时看见的两条。

大概是时间久了，那些痕迹比较淡，但她前几天看见的红痕依然明显。言曦轻轻碰了碰他的手臂，问："哥哥，你的手还疼吗？"

李墨一怔。他皮糙肉厚，挨打是家常便饭，从来没人问过他会不会疼，甚至他自己都没想过这个问题。

李墨收回搭在她额头上的毛巾，嗤笑一声，道："还有心思关心别人？”

听出他语气不爽，言曦闭上嘴巴，被李墨撵回角落。

等李墨上床之后，言曦盯着门口的方向在黑暗中站起来，扶着墙往前走。屋里冷不丁传来一道声音，他道：“奉劝你一句，大门被锁死了，外面天黑下暴雨，别想逃。”

这种条件下，她逃不掉，如果被发现，少不了被打一顿。

言曦站在原地不动。这时，窗外忽然一道电闪雷鸣，吓得她尖叫一声缩了回去。

打雷的时候，她小小的身体缩成一团，像可怜的流浪狗一样躲在阴暗的角落里。直到雷声停止，她才昏昏沉沉地睡了过去。

李墨在床上翻来覆去睡不着觉，最终掀开被子下床，走到小可怜跟前，站在那里犹豫半晌，俯身把她抱到床上。言曦猛地惊醒，一双惊慌的眼眸在微弱的灯光下望着他。

“不许说话，睡觉。”李墨掀开薄毯往她身上一扔，语气凶巴巴的。

他自己躺在外侧，给言曦留下足够的空间。言曦从毯子里露出脑袋，终于确认眼前的少年跟那对恶毒的夫妻不一样。或许，她还有自救的机会……

床板很硬，但比起冰凉的地面，她总算可以好好睡觉了。半夜，温度降下来。李墨生来体热，盖的毯子单薄，对言曦来说温度不够。她感觉冷，直往被窝里钻，迷迷糊糊地寻找热源，一把抱住身边的人。

忽然被抱住的李墨浑身僵硬，心跳骤然加速。他伸手推她，言曦皱起眉头松开，但没过多久又往这边靠过来。整个晚上李墨都没能睡好觉。

第二天，恢复些精力的小姑娘却盯着他说：“哥哥是好人。”

那一刻，李墨内心深受触动。

他从小跟父母生活在这个落后的山村里，没读过书，只是日复一日地劳作，像井底之蛙。

这些年，他见过几个被卖到这里给人当媳妇儿的女孩儿，还有些心智不成熟的儿童。没人教过他什么是对、什么是错，在这种环境下，他逐渐变得麻木，甚至不知道那种恶劣的行为违法。

李家夫妻是近一年才跨入“新行业”的。李墨第一次在自家见到小孩儿的时候也疑惑过，后来就知道父母带回来的那些人是要被卖掉的。慢慢地，他从那些被带回来的人口中听到各种各样的言论，开始意识到父母做的事大错特错。他迷茫，不知道要怎么改变现状。从小到大，他不听话就会挨打。他的父母做这种事，他似乎没有理由反抗。家里的三餐由他负责，送饭的工作落在他的头上，他会被人抱住大腿求救，也会被人骂得狗血淋头。总之，从来没有人觉得，他是好人。

李家夫妻俩又去外面“跑生意”了，言曦有足够的时间跟李墨单独相处。

“哥哥，你叫什么名字？”

“李墨。”

“我叫言曦。”

“是哪两个字？”

“一言为定的言，晨曦的曦。”她想起李墨没上过学，“有纸、笔吗？我可以写给你看。”

李墨蹙眉。他只认识一些简单的字，从来没学习过，房间里连纸笔都没有，干脆捡了一块石头给她：“写在地上。”

言曦拿石头一笔一画地写出“曦”字，见李墨看得认真，又慢慢写了一遍。

两个字并列，李墨顺口念道：“曦曦。”

他回头，见言曦两眼弯弯，冲他笑。那是李墨有生以来见过的最灿烂、最美丽的笑容，过目不忘。

后来，言曦再次问到他手上的痕迹，听说是他父母下的手，觉得难以置信：“他们居然下这么狠的手，难道你不是他们亲生的吗？”

“或许真的不是。”他以前没怀疑过，直到李家夫妻开始做人口贩卖的生意。

被打的时候，他猜测自己也是被买来的。只是他在这大山里待得太久太久了，无从验证，也没想过去抗争。

“如果哥哥你是被买来的，那我就把你买回去。”言曦义愤填膺。

李墨不由自主地弯起嘴角，但很快，笑容消失。

她是不是忘了，自己才是快被卖掉的那个？

“哥哥，悄悄告诉你，我家很有钱，不如咱们合作吧。你带我出去，我帮你查清真相，那时候你就不用再待在山里。外面有很多好吃的、好玩的，你还可以去上学。”

从他们的对话中，言曦探听出不少关于李墨的事。他从小到大生活在这里，经历的事并不复杂。他没读过书，也没经历过外面的美好，所以言曦想用这些去诱惑他。然而没等她策反李墨，下一任买主已经找到了。

好不容易浮现的希望破灭了，晚上，言曦缩在床上抱膝哭泣。李墨站在门口，听到那道细微的哭声，心脏像被一只手狠狠地揪了起来。

言曦的感冒还没全好，再加上心理作用，她反复发高烧。这时候的李家夫妻并不打算管她：“发个烧而已，死不了，明天来领她的人说了，不在意这件事。”

“哥哥，我好难受。”

李墨用了他知道的一切降温办法，她却没有像上次那样恢复健康。他抱着逐渐虚弱的小姑娘，心脏剧烈跳动，脑海中浮现出一个大胆的想法。

但很不巧，李家夫妻第二天并不打算出门，因为他们在等人过来将言曦领走。

李墨站在门口听到他们的笑声，手逐渐握紧。

趁他们不在卧室，李墨偷溜进去一趟，随后返回了自己的房间。

躺在床上的小姑娘脸色苍白。

李墨不知道他当时那种感觉叫怜惜，只是凭本能做事。

言曦微微睁着眼，看见李墨从一个像花瓶一样的罐子里取出钱。那是李墨所有的钱，零零散散的，加起来还不到一百元。

李墨把所有的零钱跟他刚才从父母房间里拿的两百元放在一起揣进兜里，来到言曦身边，道：“别哭，我带你去看病，送你回家。”

他第一次违背父母的指令，只因为对一个与众不同的小姑娘产生了怜悯心。

李家夫妻虽然有时候会打骂儿子，却也因为将他从小养在身边，没有防备过他，于是李墨很快找准机会带着言曦悄悄离开。

李墨体力好，熟悉山路，背着她抄小道，避开所有人。

言曦只记得那段路好远好远，一个人空手走路都会累，李墨却一直背着她，一刻也没想过把她扔下。

李墨怕她一觉不醒，有时候会跟她说话。

“哥哥，我一定会报答你的。”比她大不了多少的少年在她最需要帮助的时候为她撑起一片天，她趴在李墨的背上，哭得双眼模糊。

“要怎么报答我？”

“不知道。”言曦疲惫地闭上眼睛，“哥哥，你想要什么？”

“那就给我钱吧，钱很重要。”如果他有钱，就能带他心疼的小姑娘去看病，不用担心她被人带走。

经过这件事，李墨第一次体会到钱的重要性。

“我有钱。”言曦吸了吸鼻子，说出自己的心里话，“我一定要存好多好多钱，把你买回去。”

那时候她已经烧糊涂了，受多日来的影响，竟然也用了“买”字。

但李墨懂得她的心意。

二人即将到达山脚，当言曦以为自己终于脱离困境的时候，李家夫妻追来了，将他们拦在山脚。

李家夫妻发现两人不见后到处喊，找不到人，立刻觉得事情不妙。同样是熟悉山路的人，李家夫妻身体健康又没负重，速度自然更快，在最后关头追上了他们。

李墨转身就跑，但背着人，又已经走了几个小时了，早已体力不支。

“你个白眼狼，老子养你这么多年，你就是这么回报老子的？”李父抽起竹条就要打人。

怕言曦受伤，李墨把她放下来护在身前，扛下每一竹条。

李家夫妻边打边咒骂，言曦早已哭得不成样子，李墨却紧紧地护着她。

“别打了，别打哥哥。

“哥哥，你放开我吧。”

竹条从他的眼角划过，带出一条血痕，李墨紧咬牙关，就是不肯松手。他怕自己一放开言曦，言曦就会再次被带回那个地狱般的屋子，她已经经受不起折腾了。

“啊——”

哪怕李墨有意护着，竹条最终还是落到了言曦的脚上，瞬间出现一道深深的痕迹。

李墨低头在她的耳边道：“曦曦，等会儿跟我一起跑。”

竹条再次挥过来时，李墨突然伸手抓住竹条，咬碎了牙开始反击。他了解自己的父母，所以从没想过跟他们讲道理。他要保护言曦，只能靠力量取胜。

李墨的突然反击让李家夫妻措手不及，李墨看准时机拉着言曦往前跑，气急的李母顺手捡起路边的石头往前砸。娇弱的小姑娘第一次鼓起勇气保护了自己的恩人，鲜红的血从后脑勺顺着颈窝流淌。

…………

李墨再度醒来时发现自己躺在医院。他记得当时来了一群人，把他们全部带走了。

李墨见到了一个自称是言曦哥哥的年轻男人，从他们的穿衣打扮和言行举止来看，身份不简单。

贩卖人口的李家夫妻被送进监狱。言家人并没有为难李墨，原因是言曦在昏睡之前一直说他是好人，是自己的恩人。而且，经调查证明，李墨跟李家并无血缘关系。

据李家夫妻招供，李墨还是婴孩儿时就被他们买到山里，也是被拐卖的受害者。但因为时间太久远，李墨被拐卖时年龄又小，想寻找亲生父母无异于大海捞针。

李墨全力配合警方找回不少被李家夫妻卖出去的人，认错态度良好，又因常年生活在山里被蒙蔽了，加上是未成年，警方安排专人对其进行教育。

罪犯伏法，言曦被亲人找到。李墨亲眼看到护士二十四小时守在言曦的病床前，病房外还站着几个保镖时刻待命。第一次见识到这种场面的他突然明白，言曦不是娇弱的小姑娘，而是娇贵的小公主。

不慎遗落民间的小公主终于回到温馨华丽的城堡，李墨为她感到高兴。在他知道自己跟李家人没有血缘关系时，反倒松了口气，心里隐隐期待着小公主描述的新生活。

但他的愿望落空了。

苏醒后的小公主把他彻底遗忘了。

沉睡的记忆逐渐被唤醒，言曦双手抱住脑袋，头痛欲裂。

“我叫言曦。一言为定的言，晨曦的曦。

“我有钱。

“我一定要存好多好多钱，把你买回去。”

心里尘封的往事犹如千丝万缕的线交织在一起，编织出一个完整的故事。

言曦仰起脑袋，努力看清眼前这张模糊的脸。现在的迟墨跟曾经的少年逐渐重叠，最黑暗的过往即将冲破桎梏，打破她多年来的平静。

“言曦，别想了。”迟墨握住她纤细的手腕将她带到身前，拍着她的背安抚道，“忘记我也没关系。”

迟墨的眼神变了又变，眸中凝聚出一团化不开的浓墨。

他终究无法释怀。

原本，他打算一辈子都不再提起往事，却无法接受言曦刻意地疏远自己，再次将他从她的记忆中剔除。但这一切跟言曦的健康和快乐比起来似乎算不了什么，她要忘记，就忘记吧！

就在他说服自己放开那段记忆的时候，怀中的言曦忽然拽了一下他的衣服，喉咙里发出一道小小的声音。

“哥哥……”

她的声音是那样熟悉，迟墨震惊不已，呼吸一顿。

言曦慢慢地从那个温暖的怀抱中出来，目光细细地描绘他的容颜。

她想起来了。

她终于知道为什么在马场外的树林里“第一次”见到他时，就能那么自然安心地趴在他的背上了，因为当初的少年曾背着她行走在山间，几千米路，几个小时，毫无怨言。

她终于知道为什么会不自觉地依赖和信任他了，因为当初的少年在她最危险、最害怕的时候，不顾一切地守护她的安全。

原来那些莫名其妙的感觉，都是因果循环。

她用柔软的手指抚上迟墨眉间的那条疤痕，眼前闪过一个惊险的画面。

那时候迟墨可以逃跑，却为了保护她甘愿被坏人抽打。竹条挥下来，从他的眼角划过，那么惊险，他也只是紧咬牙关忍耐，没有把她交出去。

“这里，是不是很疼啊？”

“不疼。”

他们都是血肉身躯，他当年留下的疤痕到现在都没有完全消除，受伤的时候怎么可能不疼？

“对不起，我把你忘记了。”

医院的病历里都有记录，当年她持续发高烧，后脑又被砸伤，留下后遗症。这些年，家人从不在她面前提起那段往事，更不喜欢她去回忆。好像从醒来之后，她就再也没见过“李墨”。

“坏人被抓了，你去寻找过自己的亲生父母吗？”

“找不到的。”他在婴儿时期被带走，谁都不知道他会长成什么模样，连李家夫妻都不知道他到底是从哪里被抱来的。世界之大，不是所有人都那么幸运。

“那之后呢？”

“一次偶然的机缘，遇见了唐老。”

少年李墨因为惊人的耐心和爆发力被唐老看中，在通过层层考验后被留下。除了厉害的身手，他还需要不断学习更多的知识。唐老对他要求严格，他也不负所望，脱胎换骨，迎来一个全新的身份——迟墨。

其实，他早在马场相遇之前就知道言家跟唐老的渊源。可惜，他只能把一切埋藏在心底，变成独属于自己的回忆。

那些复杂的经历被迟墨用几句话带过，言曦想象不到他曾经的遭遇有多么曲折艰苦，但觉得心里很疼。

发生过的事情无法改变，言曦收起好奇心，不再提及他的伤心事，虔诚地望着他说："谢谢你。"

迟墨没能因为她的话感到高兴，面容苦涩僵硬。

"还是要那样吗？"就算她想起曾经的渊源，也不肯相信他是真心留下的，非要继续跟他保持礼貌疏离的态度吗？

言曦轻轻摇头："没有，我是发自内心地感谢你曾经保护了我。至于其他的……"言曦心虚地咬唇，一时不知道该怎么办才好。

她不是非要跟迟墨划清界限，只是……只是她对迟墨有了那种心思，现在知道他是自己的救命恩人，更不敢随意提起。

那个司机没再出现，迟墨亲自开车把言曦送回言家。时间已经晚了，言老太太让李嫂给他安排了一个房间。

分离多日，言老太太拉着孙女的手念叨，问她在外面吃得好不好，睡得好不好，玩得好不好。这些重复了数遍的普通问题承载着长辈对晚辈满满的关心。

"你平安回来，奶奶心里的石头算是落下了。"

"迟墨特别厉害，把我照顾得很好，绝对没有危险。"言曦站在老人身后为她捶背，三句不离对迟墨的夸赞。

言老太太轻轻点头，道："是，我也听你唐爷爷说过，那孩子能力不错。"

还有一句话她没告诉孙女。她曾觉得让迟墨去陪孙女是大材小用，甚至担心对方会因此对言曦产生怨言，直到唐老亲口道："迟墨生性冷漠，自我意识很强，如果不是他自己愿意，没人能强迫他。"哪怕是对他有再造之恩的唐老，也无法在这种事情上强制命令他。

待奶奶回自己的院子休息后，言曦在卧室跟司婳打电话，求嫂嫂帮她解惑："嫂嫂，他对我很好，但他本来就是一个好人啊，我有点儿分不清他对我好到底是不是因为喜欢我。"

迟墨就是当初救她于危难的少年李墨，那时的李墨对她也很好，甚至不顾自己的安危保护她。她分不清，迟墨给予她的好，到底属于哪种感情。

“小曦，其实很多事是当局者迷，如果你真的无法从行为上分辨，不妨大胆一点儿，付出实际行动，或许会有惊喜。”

动心的人总是比较敏感，容易产生一种“他对我好可能是喜欢我”的感觉，但又不敢完全确定。走到这一步，言曦主动出击也未尝不可，幸福是要靠自己争取的。

跟嫂子沟通良久，言曦总算有了思路。她太纠结迟墨目前对她的感情了，却忘了感情是可以培养的。迟墨对其他人冷冰冰的，但从来不排斥她，从这个方面来说，她是特别的、唯一的。或许迟墨真的喜欢她呢？她突然后悔这么快回来。

言曦拍拍脑门，对着镜子自言自语：“这笨脑子，怎么不早点儿想起来？迟墨也是大笨蛋，怎么不早点儿告诉我？”

当然，这些话她只敢悄悄说。

一番纠结后，言曦把那张微微泛红的脸埋进掌心，心如小鹿乱撞。终于，她对镜子里的自己加油鼓气，一鼓作气冲出房门。

几秒钟后，雄赳赳、气昂昂的言曦忽然跑回来，整理发型。

她刚才洗澡了，穿着宽松的兔耳睡衣和短裤。衣服的款式和颜色都好看，她能直接穿出去。言曦对着镜子拨弄了一阵头发，再次出门。

言曦轻车熟路地找到迟墨所在的客房，抬手敲门。她不敢太放肆，声音比较轻，正常情况下里面的人能听见。可她等了几分钟也没见人来，不禁沉沉地叹了口气，怀疑自己跟迟墨没缘分。如果真的有要紧事，她有各种办法联系迟墨，但现在是揣着别的心思来的，这会儿开始打退堂鼓。就在她转身准备离开时，房门开了，迟墨疑惑的声音传来：“言曦？”

言曦怔住。

“找我有事？”迟墨再度发问。

“也没什么大事……”她站在原地，紧张不已。

见她支支吾吾，二人站在门口也不方便说话，迟墨退开一步，让她进来说话。

“迟墨。”她终于又肯喊他的名字了。

“我……”她宽松的衣摆被她拧成皱巴巴的一团，言曦支支吾吾，来之前在脑子里准备的说辞忘得一干二净，“我……我……我睡不着。”

迟墨："嗯？那……你想怎么样？"

"我可以在你的房间里待一会儿吗？"她紧张地拧着衣摆，低下头念念有词，"我最近好像习惯了跟你待在一起，更容易入睡。"

"你干脆说想霸占我的床得了。"

"不是不是。"言曦红着脸摆手，"我才没有那样想。"

"嗯。"

她没那样想，又为什么脸红？迟墨没有戳穿她。

比起她的冷漠与疏离，他什么都能接受，就是不知道言曦到底要什么。

言曦在客房里东看看西看看。明明这里是她的家，她偏偏还做出一副对一切充满兴趣的模样，道："这个熏香盘真不错。你喜欢熏香吗？回头我可以找几根给你点上。"

"倒也不必……"他闻不惯那种香味。

其实她说睡不着是假的。她从早上到晚上都没休息好，早就犯困了，现在只是站着就忍不住打哈欠。

她困，真的困。

但是迟墨马上就要回榕城跟唐老复命了，她再不做什么，人就跑了。

"困了就回去睡吧。"迟墨坐在椅子上看她，姿态慵懒，眼底不再冷漠，少见地温和。

"迟墨。"言曦转过身来，机灵的目光在他的怀中打转，试探性地问道，"我能像前两天晚上那样睡吗？"

迟墨心里咯噔一声，差点儿从椅子上滑下来。

他疑惑又诧异。前天，言曦喝醉了；昨天，言曦情绪混乱；可今晚，她应该是理智、清醒的。

言曦绕到他身后，手指一下一下往他的肩上戳，小声追问道："可以吗？"

"嗯……"他一向难以拒绝言曦的要求。

得到同意后，言曦如愿爬到他的身上，双手搂住他的脖颈，躲开他的视线看向后方，脸上尽是得意的表情。

最近两个晚上她都是趴在迟墨的身上睡觉的，养成习惯了，而且这个姿势让她觉得特别亲近。

为了防止她摔倒，迟墨总是抱得很稳。

他感叹道："言曦，你还挺会折腾人。"

她小时候霸占他的床，还要借他的体温取暖，长大了更是变本加厉，要他抱着哄才肯睡觉。

言曦将脑袋枕在他的肩上后就没再说话。

想起她前两日迅速进入睡眠，迟墨下意识地以为她睡着了。也只有这个时候，他才敢对着空气问一句："你知不知道，这样做会让喜欢你的人很生气？"

如果他是宋俊霖，一定无法容忍自己喜欢的女孩儿跟其他男人这么亲近。理智上，他不应该纵容言曦。可耻的是，他心里竟然为此感到窃喜。

他告诫自己，就这一次，以后一定要约束自己的言行。

然而，就在这时，他的耳边传来一道轻巧的声音，透着疑惑："这样做为什么喜欢我的人会生气？"

他岂不是在说，他不喜欢她？

言曦被这套神奇的逻辑绕晕了。

迟墨表情凝固，言曦竟然没睡着，还把他的话听得清清楚楚。

"你亲近我，喜欢你的人会吃醋，懂吗？"

"哦，可是喜欢我的人那么多，我总不能因为他们吃醋就委屈自己吧？"难道迟墨比她想象中的还善良，竟然连跟自己没关系的人的感受也会考虑？

"你喜欢的那个人也会吃醋。"他违心地提醒道。

言曦蒙了："会吗？"

迟墨抱着她，还要吃自己的醋？言曦感觉自己陷入了一个怪圈。

等等，迟墨说的"你喜欢的那个人"是指谁？

"你说我喜欢谁？"

"……"迟墨有些厌烦。

他不想说话，很讨厌那个名字，很讨厌那个叫宋俊霖的人。

两人同时沉默下来，一个在忌妒，一个在思考。

半晌，沉寂的房间里忽然响起一道清脆的声音，清晰无比地钻进两人的耳朵。

"迟墨，你在吃醋吗？"

"……"

他没有否认。

回想起迟墨的种种行为，言曦疑惑的一切逐渐呈现出答案，她脱口而出："你喜欢我吗？"

这个直白的问题入侵了迟墨的所有感官，让他的一举一动都变得十分不自然。

他还是没有否认。

言曦基本确定心中的猜测，心口滚烫。耳边回荡着嫂嫂鼓励的声音，言曦主动搂紧他的脖颈，在他的耳边问："你喜欢我吗，迟墨哥哥？"

"喜欢……"迟墨声音喑哑，这句来自灵魂深处的告白，低沉到不像话。他自暴自弃地想：就这样吧，被发现了也好，就不用装下去了。

言曦瞳孔放大，笑容旋即绽放："你先放我下来。"

迟墨眉头紧蹙，不得已将她放下，待她站稳脚步，手臂才从她的身侧移开。

怀中失去重量，他整个人都变得轻飘飘的，还没来得及感受就被她拽着往前走。

言曦拉起他的手往外走，道："跟我来。"

二人上楼，来到言曦的专用储藏室前。言曦打开房门，里面整齐地摆放着各式各样的精美小花瓶。她随手抱住最底下的一个瓶口较粗的花瓶，把手伸进去，在里面摸啊摸，抓出一把裹成卷的钞票，献宝似的在迟墨的面前摊开道："你看。"

以前她不知道为什么喜欢花瓶，为什么要存钱，但还是凭直觉做了这些事。

她还喜欢把钱卷起来塞进花瓶里，装得不多，但觉得很有趣。这个小癖好她没告诉任何人。

直到真相被揭开，她恍然大悟，自己做的一切都跟迟墨有关。

"你做这些事……"眼前的一幕勾起迟墨的记忆，他不止一次听说过，言曦喜欢花瓶，喜欢存钱。

"因为你。"言曦坦白地说道，笑着拉起他的手，把那些钱放到他的掌心，"我已经存了很多很多钱了。"

凝视着那双布满星光的眼睛，迟墨心口猛地一颤，一个不可思议的答案呼之欲出。

言曦觉得那些钱碍眼，把它们全部扔回花瓶，将自己的小手放入迟墨的手心，蹭了又蹭，问："现在我还能把你买回家吗，哥哥？"

番外三
平行世界

在柯佳云的婚礼上，贺延霄喝了不少酒。

他凭贺家在榕城的地位参加了这场婚礼，一时间分不清自己的目的。他是因为柯家，还是因为执念？

当年，他因车祸双腿受伤，躺在医院休养，等到彻底恢复后对司婳绝口不提。哪怕身边有人无意说起那个名字，他也能面不改色地告诫自己要把她忘得彻彻底底。

他开始用工作麻痹自己，中途接触过不少合适的女人，却心如止水。有时候他会突然在某个频道上看到司婳的相关信息，比如，她出席了慈善活动，离开天娱创立了属于自己的服装品牌……

那个一直努力上进的女孩儿成长为成熟聪慧的知性女人，破茧的蝴蝶美丽又惊艳。

只可惜，她永远不会再属于他了。

一道紧急的刹车声响起，靠在后排冥想的贺延霄猛地睁开眼。

“贺总，不好意思，前面有个人横穿马路。”司机解释紧急停车的原因。

贺延霄看向窗外，一秒、两秒、三秒后突然反应过来。

外面天亮了？贺延霄抬手揉额头，余光瞥见衣袖，发现这跟他参加婚礼时穿的西服完全不同。

他周围的环境、手机上显示的时间以及驾驶座上的司机，一切都向他证明着一个不可思议的事实——

他，回到了刚认识司婳的那一年。

榕西大学。

“学姐，我已经到你的宿舍楼下了。”穿着一袭水绿色长裙的女孩儿站在宿舍楼下的楼梯边打电话，一只手压着斜挎包。

她将乌黑的长发扎起来，露出光洁饱满的额头，画着一对远山眉，五官精致，绝对的美人坯子。

“我马上下来。”

收到学姐的回复，司婳放下手机，站在原地等待。

低头盯着脚上的白色高跟鞋，司婳翘了翘脚尖。

进入大学后的日子跟她想象中的不太一样，她很需要赚钱，无法像其他人那样享受大学时光。

她原本去面试做家教，对方见她是个小女孩儿，不断压价，她只能作罢。

最近她一直在找合适的兼职，熟悉门路的学姐介绍她去当礼仪小姐，一天工资三百元，够她一周的饭钱。

没过一会儿，打扮成熟的学姐踩着高跟鞋从宿舍楼里出来，热情地挽起她的手，道：“走吧，可别迟到了。”

到达地点后，学姐熟练地跟人交涉，拿到两套改良旗袍跟司婳一起换上。

司婳一站就是好几个小时，穿着高跟鞋，腿都开始发抖，心想：这份钱可真不好赚。

好不容易熬到结束，司婳看到学姐神采奕奕地跟那些人周旋，心生佩服。司婳一心奔赴更衣室休息，越往里走越觉得不对劲，下意识地回头，发现之前跟她搭讪的男人跟在身后，顿时心生警惕。

来不及换下旗袍，司婳寻到机会匆忙转到另一条道上，但那人紧跟不舍。司婳的心都提到嗓子眼了，紧张之下，她加快速度往前走。

砰！她不知道撞到了什么，眨眼间发现自己落入了一个温暖的怀抱。

一阵馨香袭来，贺延霄伸手搂住怀中的女孩儿，欣喜若狂。

她真的……出现了。

经过反复确认，贺延霄终于相信自己回到了十几年前。他强迫自己消化这玄而又玄的事，整理时间线，跟之前一样出现在这里，上演了一出英雄救美的大戏。

贺延霄一通电话打过去，保安立即出现带走了那个心怀不轨的男人，随后迫不及待地打量身前的女孩儿。

这时的她清纯、稚嫩，还是那个在感情方面犹如白纸的司婳，撞进他的怀里都会脸红。

“先生，谢谢。”司婳从惊吓中回过神，连忙向眼前的陌生男士道谢。

对方直勾勾地盯着她，司婳下意识地抬头，撞进他深沉的目光中。

她不由得想起刚才闯入他怀中的画面，脸颊微烫。

贺延霄眉头一挑，将她的表情尽收眼底，故作淡然地道：“举手之劳。不过这里鱼龙混杂，你还是小心为妙。”

“我知道了，谢谢提醒。”她点头，一举一动乖得不行。

无论是劳累程度还是风险，司婳都确定自己不适合这份工作，好在只做了一天的临时工，决定以后不再来这边了。

过了一会儿，学姐打电话过来询问她的下落。

司婳称自己正在去更衣室的途中，放下手机后跟帮助自己的陌生先生道别。

按捺住想将她紧紧拥入怀中的冲动，贺延霄颔首，目送那道身影离开。当看见司婳回了一次头后，贺延霄备受鼓舞。

他们第一次见面，他不急着索要司婳的名字和联系方式，怕司婳把自己当成刚才那种心怀不轨的人。

再则，他有之前的记忆，拥有无数先机。

这次，他绝对不会在五年后把自己喜欢的女孩儿拱手相让。

晚上，司婳回到宿舍，拖着疲惫的身子打水洗漱、洗澡，之后才爬上床。

豪气大方的室友柯佳云说要请大家喝奶茶，司婳婉拒，说晚上喝了睡不着觉。

柯佳云怕她拒绝，直接下了单，道：“那给你选杯果汁吧？喝果汁没事，还解渴。”

来到新的城市，司婳无比庆幸遇到了柯佳云，还有隔壁宿舍的贺云汐。

贺云汐是司婳报到那天遇见的第一个同班同学。

贺云汐平时不住校，但她们联络频繁。贺云汐刚才还问她白天的兼职做得怎么样。

司婳省去陌生男人那段，只说这份工作比较辛苦。

她坐在床头，脑海中浮现出那对目光深沉的眼眸。

她当时心里不平静，竟然连好心人的名字都忘记询问了，恐怕他们以后很难再见了。

没过多久，外卖送进学校，室友拿上楼分给大家。司婳一边抱着果汁慢慢喝，一边在网上寻找新的兼职。

白天，司婳在学校按时上课。坐在她前排的贺云汐忽然转过头来道："婳婳，今天我哥刚好要来学校，说请我吃饭，你跟我一起去吧。"

"啊？你哥哥请你吃饭，我去做什么？"

"我跟我哥说你是我最好的朋友，他便想见见你。"贺云汐拱着手，期望她答应。

"不了，这多不好意思。"司婳连连摇头，想想都觉得尴尬。

"婳婳，你就跟我一起去嘛，你可是我最好的朋友。"贺云汐极力相邀。

磨了许久，司婳实在没法拒绝好友的请求，答应跟她一同前往。

司婳跟随贺云汐走进餐厅，看见站立在窗边的男人缓缓回头。

司婳很惊喜，贺云汐的哥哥竟然就是那天帮助她的男人。

"是你。"那人显然也认出她了。

贺延霄对司婳说出这么一句话后，眼神仿佛黏在了她的身上。

贺云汐对此充满兴趣，随即问道："哥，你认识她？"

"有过一面之缘。"贺延霄不着痕迹地打量着如今的司婳，眼神意味深长。

司婳颔首笑道："你好，我是云汐的朋友司婳。"

两个人交换姓名，提到了第一次偶遇的事。贺云汐听后惊喜地道："原来你俩早就见过，太有缘了吧。"

贺云汐笑着跟哥哥交换眼神。

今天她带司婳过来并非偶然，而是她哥哥前两天亲自找了她，说遇到一个与众不同的女生，发现是她的同班同学。她一问名字，发现那个女生就是她的好友司婳。

她当然愿意撮合哥哥跟朋友，于是出现了今天这一幕。

贺延霄将优先点餐权交给了两个女生。

司婳不好意思让人破费，只跟着看，但都是贺云汐勾选的菜品。随后菜单落到贺延霄手中，他勾选之后直接交给了服务生。

贺延霄主动问起她们的学业，贺云汐没接话，只有司婳跟贺延霄对谈。

菜陆续上桌，司婳意外发现其中大半是自己爱吃的……

贺云汐点了什么菜，司婳都知道，并不包含这些。所以，这些菜是贺延霄点的。

他们在食物方面的喜好竟如此相似？

司婳不由得对贺延霄多了一丝好感。

吃完饭后，贺延霄执意送她俩回学校。贺云汐故意走到旁边，反倒把司婳挤进中间，司婳的左边是朋友，右边……是朋友的哥哥。

长这么大，司婳还没像现在这样跟不熟悉的异性挨得这么近散步，感觉校园中来往的人纷纷向这边投来视线。

她实在受不了了，找借口跟贺云汐换位子，匆匆回到宿舍。

那天之后，她在学校遇见贺延霄的机会持续增多，再加上贺云汐有意无意地撮合他们，她渐渐明白了什么。

贺延霄已经接管公司了，那样一个大忙人时常往学校跑，次次都能跟她见着面，其中缘由不言而喻。

但怎么说呢？对于那种意图太明显的人，司婳反而不再悸动。她太敏感了，向来对那种目的性太强的人避而远之。

贺延霄给她发来短信，询问贺云汐的消息。

他们之前交换过联系方式，一直没聊过天。这次贺延霄来找她，说是联络不上贺云汐了，让她帮忙看看。

受人之托，司婳跑去隔壁寝室，只见贺云汐正戴着耳机打电脑游戏，没注意到手机。

“云汐，你哥哥找你。”

贺云汐取下耳机问她什么事，司婳顺手把手机递过去。

兄妹俩不知说了什么，贺云汐从床边的柜子里拿出一个袋子，道：“婳婳，我这边游戏开局了，走不开，能不能麻烦你把这个东西带给我哥？拜托了。”

司婳爽快地答应了。

司婳拎着袋子下楼，贺延霄早已在外等候了。他从她手中接过袋子，顺势道：“这个时间，一起吃个午饭？”

“不用啦，只是送个东西。”她微笑着拒绝道。

没等贺延霄开口，花坛里突然蹿出一只野猫，司嫿条件反射性地跳开，贺延霄已经以迅雷不及掩耳之势挡在了她面前。

司嫿瞪着眼睛，显然被吓到了。

刚才那只猫差点儿就直接冲过来了，这对过敏人士来说十分凶险，幸亏贺延霄三两下赶走了野猫。

司嫿抚平惊慌，重重地呼出一口气，道："还好，谢谢你，贺延霄。"

起初她叫他"贺先生"，他们碰面几次后，他要求她叫自己的名字。

其实贺延霄只比她大四岁，只因那身远超同龄人的成熟气质，让人觉得称一声"先生"更合适。

贺延霄撵走那只猫，回头叮嘱道："以后见到猫注意点儿。"

"嗯？"这她当然知道，不过贺延霄为什么会这么说？

"你不是对猫毛过敏吗？"贺延霄反问。

"你……你怎么知道？"司嫿惊讶，差点儿结巴。

贺延霄解释道："云汐说过。"

"这样啊！"司嫿跟贺云汐几乎每天见面，一时间也想不起自己有没有告诉贺云汐自己对猫毛过敏的事。也许自己无意间提到过。

司嫿不禁暗暗打量起身侧的贺延霄，发现他内心的细腻程度跟外表的冷漠程度形成了鲜明的对比。他刚才那般迅速的反应和关切的语气让她平静的心湖掀起一阵波澜。

那天，她答应跟贺延霄出去吃了一顿饭。

除了上课，司嫿在课余时间反复研究自己的设计稿，周末在做兼职，其实没多少时间跟朋友出去游玩。

贺云汐提起去景区观赏十月樱时，司嫿有些心动。

十月八重樱，一年开两度，非常珍贵且唯美。她把自己闷在学校和工作中这么久，偶尔也想出去透透气。

所以，当贺云汐再次问起时，她很快应下了。

晚上，柯佳云在宿舍提起周末逛街，喊司嫿一起。她想起之前拒绝了柯佳云的多次邀请，心里不好意思，干脆交代了赏樱计划："植物园的樱花开了，我看网上发出来的视频都很好看，你们要不要一起去？"

司嫿把十月樱的照片发在室友群里，柯佳云很快惊喜地叫了起来，决定跟司嫿一起去。

这是司嫿上大学后第一次跟朋友们出游，十分期待，但直到当天才知道贺延霄也在。

他们理应坐两辆车，但贺云汐拉着司婳不松手，让司婳跟他们兄妹俩一起坐。司婳的三个室友则上了另一辆车。

贺延霄本想借此机会跟司婳在轻松浪漫的环境下相处，拉近关系，如果顺利的话就找准时机向司婳表白。

结果，贺家的车刚停下，柯家的车也跟着停下了。柯佳云从车上下来，招呼司婳过去，道："婳婳，我们刚才搜了一下，停车场外面有家店可以租自行车，要不要骑自行车过去？"

司婳很惊喜，立刻应和道："好呀！"

但这对贺延霄来说有些艰难。他身体年轻，心里却住着一个三十几岁的灵魂。现在让他骑着自行车跟在一群小女生身后，总感觉很奇怪。

他单独走到司婳面前，提议道："我知道有个不错的地方，那边不方便骑车去，不如你跟我同路，让她们先骑车兜一圈。"

"啊……这……"司婳很犹豫。

室友平时都对她很好，她们好不容易一起出来，她哪儿好意思拒绝柯佳云的提议啊？至于贺延霄单独邀请她的意图，司婳也猜到了几分。

不是她自恋，贺延霄的行为和贺云汐经常在她耳畔念叨的那些话都让她无比确定，贺延霄想追她。

其实，贺延霄很符合司婳对男友的标准，她也不是那么排斥他。

但这会儿，柯佳云就站在前方热情地冲她招手，司婳陷入两难的境地。

贺延霄默默地盯着她，等她做出选择。

司婳抿唇，试探性地提议道："要不然我们先跟佳云她们骑自行车逛一圈，再去你说的那个地方？"

贺延霄的眼里闪过一抹暗光。他没让情绪外露，道："你跟她们去，回来后给我打电话。"

言外之意，他不打算骑着自行车跟在一群女生的屁股后面。

柯佳云已经租好了单车，把一辆白色的自行车推到司婳手边，问："婳婳，你骑这个怎么样？"

"都可以呀！"司婳性格随和，很好说话。

她双手扶着自行车，扭头看了眼贺延霄，略有歉意。但她最终还是在柯佳云的指挥下，跟姐妹们一起骑车走了。

见状，贺云汐无奈地摇头叹气。

前段时间她哥突然间变得成熟稳重，她猜测是季樱的离开让哥哥受到了刺激，总的来说是件好事。

只是之前那个意气风发的哥哥不见了，生生跟她以及司婳有了代沟。

哥哥不想骑车，婳婳又想骑车，谁也不妥协，这就没办法了。

宽敞平坦的道路上，几个女生骑着单车你追我赶。

柯佳云骑在前面，司婳追了一段距离，慢慢将车速降下来。用力太久会很累，她宁愿骑慢些，享受秋日暖阳和拂面微风。

道路两侧是成片的树木，地上繁花盛开，有种独属于秋季的美。

有些赏完景的人跟她们反向而行，司婳隐约听见有人说樱花林就在前方百米处，很好看。

歇了口气，她脚下加速，粉色的花海在眼前出现。

司婳迅速刹车，单脚落地。一阵凉风迎面吹来，白云浮动，天空澄澈，少女迎风闯入镜头，墨发飘扬，千万瓣樱花漫天飞舞为她做陪衬。

咔嚓！在樱花树下取景的男人按下快门，画面定格。

少女抬手捻起唇边的花瓣，眉眼温润的男人缓缓放下相机，两道视线不经意间在空中交会。

自行车停在路旁，少女驻足在樱花树下。鹅黄色的小开衫里藏着白色的小吊带，风起，少女抬手将拂过脸颊的发丝别在耳后，手指刮到耳环，一只小小的耳环无声坠落。

突然响起的手机铃声吸引了司婳的注意力，她接了电话。

柯佳云在电话里询问道："婳婳，怎么还没跟上来？你找得到路吗？我们等你半天了。"

"我沿着马路走的，马上就来。"踏上踏板，司婳骑着自行车继续前行。

树下，刚迈开脚步的男人遥望那道逐渐远去的身影，走到少女刚才停驻的地方，意外地发现了掉落在地的饰品。

那是一只粉色的樱花耳环。

一行人在樱花林待了两个小时。

贺延霄放下笔记本电脑，下车点燃一支烟，发信息让贺云汐尽快把司婳带回来。

一根烟燃尽，贺延霄迟迟没有等到司婳，有些心烦："车子能开上去吗？"

“抱歉贺总，景区工作人员说车辆禁止入内。”景区内只允许步行或骑单车。

此刻，司婳等人已经在指定地点归还了自行车，正有说有笑地朝这边走来。几个漂亮女孩儿像一道亮丽的风景线，而贺延霄的眼中唯有司婳一个人。

她身姿窈窕，举手投足明艳动人，哪怕在人群中也是焦点。

司婳一步一步走过来。

贺延霄眉目舒展，终于找回丢失多年的心动之感。

是这样的，故事的发展原本就该如此！等司婳来到他身边，他便再也不会松开她的手。

“玩好了？”贺延霄明显是问司婳。

“嗯，骑车转完一圈，还挺热的。”她骑车时出了汗，还车后又走过来，有些热。

司婳脱下身上的小开衫，里面是一件吊带。贺延霄的眼里蹿起一把火，旁人看不见，只有他知道自己心中有火，正熊熊燃烧。

几个年轻漂亮的女孩儿站在一起，吸引了路人的目光。

贺延霄突然皱眉，司婳注定是他的女朋友，那些男人的目光令他不适。

“把外套穿起来吧！”贺延霄恨不得立即给司婳穿上外套。

“啊？”听到这句话的时候，司婳正用手扇风。

“正在换季，最容易感冒，你这会儿觉得热，脱掉衣服，很容易受凉。”贺延霄早已想到完美的解释。

他不会再像曾经的自己那样，冷冰冰地命令人做事。

旁边的人听见他的话，发出调侃的声音。显然司婳也很受用，嘴角挂着浅浅的笑：“等会儿就穿。”

她还是有些热。不过，贺延霄的好意她接受。

明眼人都瞧得出司婳跟贺延霄之间奇妙的氛围，所以当贺延霄再次对司婳提出要带她去别处看风景时，其他人都自觉地退后，不再跟着瞎掺和。

贺延霄有意带她远离人群，两个人并肩而行，一路上安安静静的。

贺延霄对司婳有好感，这点已经表现得很明显了。

就目前而言，司婳也愿意给彼此一个机会，便道：“听云汐说你平时工作挺忙的。”

“是。”他坦率地道，随后想起之前的教训，特意添了一句，“不过，对你永远有时间。”

他把话说到这个地步，目的明确。司婳微抿嘴角，不知该怎么接话。

其实，她觉得他们之间的关系还没到那个程度。而且，这句话与贺延霄给人的感觉很不相符。

司婳有些尴尬，只能报以微笑。

“你之前说的地方在哪儿？我看这边好像没有樱花树了。”司婳环顾四周，他们走在幽静的小道间，旁边是一块很大的草地，有孩子奔跑着放风筝。

他们今天是来观赏十月樱的，贺延霄想带她去哪儿？林间小道固然清净，但也有弊端，蚊虫太多了。

司婳被咬了胳膊，实在忍不住，抬手挠痒痒，正好听到贺延霄问：“我能叫你婳婳吗？”

“可……可以。”名字只是称谓，很多人喊她婳婳，这并没有什么特别的意义。

“我们认识两个多月了，其实，早在第一次见面时，我就对你印象深刻。”贺延霄娓娓道来。

但他们越往前走，司婳被咬的地方越多，现在连腿也被咬了，很痒。

贺延霄在她耳边说的话她没听进去，实在受不了了，委婉地提议道：“那个……要不我们去旁边的草坪上走走？”

一句话把沉浸在情绪中的贺延霄拉了出来。

他已经知道司婳的家世背景了。

那个世界里，他带她去各种高级餐厅，但这对司婳来说并不稀奇。因此，他这次特意按照十八九岁的小女孩儿的心思，在外面布置了场地，希望给司婳一个惊喜。

地点就在前方几百米处，司婳却不愿意再往前走了。

贺延霄先前准备好的话突然被打断，他特意观察司婳的神情，见她秀眉微蹙，想来是不好意思直接给他答复。

也行，司婳性子慢，目前不接受他也在情理之中，反正他们还有大把时间，不急于一时。

他们走到草坪上，一个放风筝的小女孩儿没看见路，突然闯过来。司婳下意识地想去扶那个孩子，却被贺延霄搂住腰，一把拉开。

风筝线断了，小女孩儿跌倒在地。

“小心点儿，别被撞到。”司婳的耳边传来贺延霄关切的声音。

“我没事。”司婳站稳后不着痕迹地挣脱他的手，礼貌地向他道谢，“谢谢你。”

只是，那个丢了风筝的小女孩儿哭得厉害。

这时，贺延霄的手机铃声响了。接通前，他对司婳道：“接个电话，等我一下。”

司婳点头：“好的，你先去。”

周围有些吵闹，贺延霄只能不断走远。

断了线的风筝卡在树梢上，小女孩儿眼巴巴地望着风筝，不知该怎么办。司婳走过去轻声安慰道：“小朋友，别哭了。”

“我的风筝……”玩具丢了，小女孩儿很难过。

司婳记得刚才过来的时候见过有人在路边摆摊卖风筝，抬头寻找，还真的找到了。

她弯腰跟小女孩儿道：“姐姐送你一个新风筝好吗？”

“真……真的吗？”小女孩儿哭到打嗝。

“真的。不过，你可以先告诉姐姐，你的爸爸妈妈或者其他亲人在哪儿吗？”如果司婳直接带走孩子，她的亲人恐怕会着急。

“在……在那儿。”

顺着小女孩儿手指的方向，司婳看到一对年轻男女坐在草坪上。男人在给女人拍照，没注意到这边。

“这样，你先回去找爸爸妈妈，不要乱跑，姐姐拿到风筝后过来找你。”

小女孩儿很单纯，抹着眼泪点头，在司婳的注视下回到父母身边。

年轻女人发现女儿在哭泣，连忙抱着哄女儿，那位爸爸守在母女俩身边。

真好啊……

在这风和日丽的日子里，父母陪伴孩子出游。

喜欢风筝，向往自由，小时候的自己也是如此。

司婳转身走向风筝摊，同时给贺延霄发信息告知缘由。

景区的风筝价格翻倍，司婳想要成全那个小女孩儿，也不在意这几十块钱，爽快地买了一只彩色的风筝。

这时，路边传来呼救声，路人纷纷被吸引上前，却都保持着一段距离。

一位母亲慌慌张张地抱着孩子求救，说小孩儿边走路边吃零食，还未嚼碎就吞了下去，异物卡在喉咙里了。

这位母亲惊慌地大叫起来。

旁边的人不多，哪怕被吸引过来，也不敢随意动手。

这时，一位年轻男人穿过人群来到母子二人面前，道："附近没有医院，情况紧急，请先把孩子交给我试试。"

男人目光沉稳，令人信服。

惊慌失措的母亲像是抓住了一根救命稻草，连忙道："请你救救我的孩子。"

因为难受，孩子双手掐着自己的喉咙。年轻男人取下相机放在地上，单膝跪下，从身后抱住小孩儿让他抵在自己的大腿中间，双臂穿过腰间，在腹部前面握拳重叠，向上冲击。

见这情形，受到惊吓的母亲几乎站立不住。

司婳赶忙扶了她一把，同时目不转睛地盯着年轻男人和小孩儿。

"你干什么？我孩子正难受！"

孩子母亲见他冲击孩子的腹部，而孩子看起来快窒息的样子，着急地想要冲过去。

司婳赶紧把她拉住，道："这位妈妈别着急，他正在帮孩子排出异物。"

虽然她不会，但见过别人使用海姆立克急救法的视频，就是那样的。

此时，一颗圆豆子被小孩儿吐了出来，被呛得满脸通红的小孩儿放声大哭。

母亲抱着孩子，喜极而泣，语无伦次地对男人道谢，给他冠上了"医生"的名号。司婳却注意到男人从头到尾都没承认过自己是医生。

见孩子顺过那口气，司婳将目光投向男人，也不知怎么了，顺口问道："你是医生吗？"

男人没说话，将食指竖起来，贴在唇边。司婳瞬间意识到场合不对，冲他点头。

男人提醒那位手足无措的母亲赶紧带孩子去医院检查，孩子母亲连连道谢，抱着孩子飞快离开。

男人重新捡起相机，挂在脖子上。

"抱歉，刚才差点儿说错话。"

那位母亲明显胆小，或许听见什么风吹草动都会担心，倒不如让她误以为对方是医生。

"你没有说错。"男人微笑着解释道，"我不是医生。"

“刚才看你救人的手法，很娴熟。”

“因为是平常的急救措施，我特意学过。”他轻声笑道，“万一哪天能派上用场呢？”

“你很厉害呀！”司婳毫不吝啬地夸奖道。

那么多路人围观却无人施以援手，他不是医生，面对需要救人的危急情况还能临危不乱，这种人本就值得赞赏。

“你也做得很好。”

“我？”司婳没想到男人反过来夸她，明亮的眼睛里透着疑惑。

“要不是你拦住那位母亲，她或许会打断我的动作。”

异物堵着呼吸道是很危险的，如果时间太久，孩子容易窒息而亡。抢救孩子的每一分每一秒都很珍贵。

都是助人为乐，二人默契地相视一笑，不再多言。

余光扫过风筝，司婳想起自己对小女孩儿的承诺，道：“我还有事，先走了，再见。”

“等一下。”

闻声回头，司婳疑惑地望着他。

男人向她走来，站在她面前，手背翻转，一只粉色的樱花耳环静静地躺在他的掌心。

他问：“这只耳环，是你的吗？”

“你怎么……？”

她是在给柯佳云拍照时发现自己掉了一只耳环的，当时在附近找了两圈都没找到，没承想会被他捡到，他还亲手把东西送到她面前。

“是我掉的，谢谢。”司婳撩开头发，露出另一只耳朵上的耳环作为证明。

她接过耳环，握在手心，问：“你是在哪里捡到的？怎么知道这是我的？”

“我上午在樱花林取景，无意间拍到一张人像。”他打开相机，翻到那张无意间抓拍的照片展示给她看，“未经允许保留了这张照片，我很抱歉。”

司婳定睛一看，这是一张远景照。

风吹花落，她骑着单车，刚好驻足在镜头中央。

她的耳边传来男人温和礼貌的询问声：“原本当时就想征求你的同意，但你离开了，没想到我们还能再次遇见。我可以留下这张照片吗？”

“能把它发给我吗？”司婳已经被这张照片吸引了。

“当然。”男人颔首，与司婳交换了联系方式。

他们面对面添加好友，司婳准备输入备注时才想起到现在还不知道对方的名字，正欲开口，对方恰好道：“还没做自我介绍，你好，我叫言隽。”

“我叫司婳。”

两人各自把名字打在屏幕上，发送给对方。

“很高兴认识你，作为回报……”言隽微微撩开衣袖，从腕间脱下一个蓝色手环，道，“这个送你。”

怕她不收，言隽在递出时就解释道：“它能暂时防虫驱蚊。”

“不，不用了。”

“这个季节被蚊虫叮咬，容易留下痕迹，你手臂上的这些最好尽快处理。我马上就要离开，用不着这个，东西应该留给有需要的人。”

司婳穿着外套，没想到言隽会注意到这样的小细节，下意识地挡住手臂上泛红发痒的地方。

这时，一个小女孩儿突然跑到她面前喊姐姐。司婳低头一看，正是刚才丢了风筝的小女孩儿。

她正想去找这个小女孩儿，不料对方一家人已经朝这边走过来了。

“你过来了，这是你的风筝。”司婳把风筝递给小女孩儿。

“不好意思啊，孩子不懂事，她说有人给她买了风筝，我们好奇，这才找了过来。”女人拿出手机，继续道，“小姑娘，谢谢你的好意，这风筝多少钱？我转给你。”

“没关系，只是一只风筝，就当有缘送给小朋友了。”司婳态度温和，没收钱。

那家人连声道谢，对小女孩儿道：“快谢谢哥哥、姐姐 。”

颜值出众的两人站在一起，被路人默认为一对。

“谢谢哥哥、姐姐。”小女孩儿把手伸进自己的小背包，从里面掏出两根棒棒糖，把自己最喜欢的零食送给他们以示感谢。

为了让小女孩儿安心地收下风筝，司婳接受了小女孩儿的棒棒糖。拿到了棒棒糖的言隽在小女孩儿面前蹲下，温声道：“小朋友，谢谢你的礼物！”

好温柔的男人……司婳的目光不由自主地停留在他的身上。

一家人挥手向他们道别。

司婳抬头，见言隽举着手环，就像刚才她把风筝送给小女孩儿那样，眉眼带笑地道："只是一只手环，就当有缘，送给……小朋友了。"

与言隽道别后，司婳目送他远去，摩挲着腕间的蓝色驱蚊手环。

这时，贺延霄打电话过来，问："婳婳，你在哪儿？"

"在刚才来的时候那条路外面，有个卖风筝的摊位。"

"你真的去给那个小女孩儿买风筝了？"刚才他看到了司婳发送的信息。

"对啊，她的风筝卡在树上了，拿不下来。"

"她缠着你要风筝？"

"你怎么会这么想？"

"抱歉，只是走的时候看见她在哭。"

他以为司婳是被小女孩儿缠上才会答应买风筝的，小女孩儿跌倒、风筝断线本来就跟他们没关系。

他听贺云汐讲过，司婳在学校从不乱花钱，一直十分节俭，何必花钱哄一个陌生小女孩儿？

司婳表情微敛，嘴角的笑意不太真切，道："我们回去吧。"

"时间还早，之前说要带你去的地方就在前面。"

"累了。"司婳垂下视线，摸着手环，手臂上痒的地方有些难以忍受。

言隽已经走远了，刚上车就接到一通来自景城的电话，裴域兴致勃勃地问："隽哥，什么时候回来？我们已经定好下一个旅游行程了，发给你看看？"

"不用了，这次我不参与。"

"怎么，有其他计划？"

"暂时会在榕城待一段时间。"他果断地回复道。

"榕城这么好玩？"裴域蒙了，言隽昨天还说已经订了回程的机票，今天就变卦了。

"也许是。"言隽摊开手，留有余温的棒棒糖卡在指间，脸上露出笑意。

从景区回到学校后，司婳第二天就去了医务室。

一夜过去，她手臂上的红疙瘩还没消。她还因为挠痒在胳膊上抓出指痕。

于是，她去了医务室，想拿些外搽的药膏。

言隽说得没错，景区的蚊子确实很毒，司婳抹了两三天药膏，胳膊才逐渐恢复原貌。摸着水嫩的皮肤，司婳松了口气，把没用完的药膏抹在胳膊上。

她下午有堂古典音乐鉴赏选修课，全寝室只有她一个人选了。

司婳选它不为别的，就为拿学分，很多人没抢到。司婳那天的电脑网速快、她的运气好，成为全寝室唯一的幸运儿。

选修课的大教室在一楼，司婳来得早，还有许多空位。她直接坐到后排靠墙的位置上。

她刚坐下，耳边传来一道温和的男声："你好，可以坐你旁边吗？"

这个声音……司婳抬起头，一个意料之外的人闯入视线。

"言隽？！"

言隽冲她微微一笑，把书放在桌上，在她旁边的位置上坐下。司婳注意到他的书跟自己的一样，道："你也是来上选修课的？"

"是啊！"

"以前怎么没见过你？"像言隽这种长得帅的男生，她不应该没印象啊！

"帮朋友上课。"言隽解释道。

司婳懂了。选修课的老师不太管你怎么学，但有时候会突然点名，大家托人上课答到很常见。

教室的人陆续增多，有些同学悄悄往这边看，大约是因为坐在一起的两人颜值太高。

"上次你说自己不是医生，原来还是学生。"言隽出现在这里，司婳默认他是榕西大学的学生。

言隽看起来年轻，但身上有着十八岁少年没有的气质，司婳不太好意思贸然问他年龄。

言隽笑道："是学生。"

"对了，上次那张图我这两天修过，要不要重新发给你看看？"

"好啊！"谁不喜欢美美的照片呢？

言隽前几天发给她的是原图，现在精修过的图片质感更佳。

"好漂亮啊！"司婳放大图片仔细看了看，十分喜欢，把它设成手机桌面壁纸，以示对它的喜爱程度。

老师走进教室，开始上课。许多同学听得昏昏欲睡，司婳却饶有兴致。老师讲到了柴可夫斯基的《天鹅湖》，司婳曾了解过这方面的知识，现在听老师再讲一遍，像是温习。

她看向旁边的人，言隽一只手搭在书本上，另一只手轻触桌面，仿佛听得很认真。

余光捕捉到司婳的视线，言隽忽然回头，司婳吓了一跳，有种被人抓到偷看的尴尬感。

司婳僵硬地坐好，故意问："老师刚才讲什么了？"

"《天鹅湖》。"

"哦哦。"

"有兴趣吗？"

她当然不能说实话，干脆乱扯一通："我觉得它的曲子很优美、浪漫。"

"喜欢？"言隽看着她，问。

"还不错。不过比起《天鹅湖》，我更喜欢《胡桃夹子》的感染力，配合芭蕾舞剧观赏更佳。"

言隽微微颔首，道："那场舞剧我看过，场景、特效令人惊艳，音乐更是灵魂。"

好的作品令人难以忘怀，他到现在仍然对故事情节记忆犹新。两人从音乐延伸到舞剧，不知怎么就聊了起来。

台上的老师已经讲到另一位音乐家。司婳竖起一只耳朵听着老师的声音，这边仍然兴致勃勃地跟言隽聊其他作曲家："你知道捷克音乐家德沃夏克吗？"

"他的音乐也听过一些，钢琴独奏的《幽默曲》，旋律通俗易懂，给人一种轻快明媚的感觉。"

"嗯嗯！我有段时间很喜欢他的曲子，列表循环。"

遇到爱好相同的人，他们聊起来简直没完没了。旁边的同学纷纷投来目光，司婳默默地低下头，竖起食指比出噤声的手势。

好在他们坐在靠后的位置，不然肯定会成为老师的眼中钉。

撑到下课，司婳开始犯困。铃声一响，同学们纷纷离开教室。

司婳坐在最里面，等旁边的人陆续离开，哦，与她座位相连的言隽还坐在那里稳如泰山。

"不走吗？"

"要走。"言隽抱起书本站起来，司婳跟着起身。

两人一前一后走出教室，离开教学楼后还是同一个方向。大约是在课堂上相谈甚欢，他们莫名地保持着一致的步伐，直到岔路口，司婳停下道：“那个，我要去图书馆。”

所以，他们得说再见了。

不料言隽跟她一起转身走向另一条道，道：“正巧，我也要去借两本书。”

他看起来对学校环境并不陌生，司婳完全没有怀疑他不是本校学生。两人同行，继续聊音乐，直到图书馆门口才安静下来。

榕西大学的图书馆藏书丰富，司婳这次主要想借与服装设计相关的书带回去研究。他们进门之后保持安静，分别去往不同的方向。

种类繁多的专业书籍让人看得眼花缭乱，司婳沿着圆形书架转悠，在中层找到一本书名熟悉的书。她记得有篇帖子推荐过这本书。

司婳踮脚去取，手指距离那本书就差一个巴掌的距离。

就差一点点了……

一条属于男人的胳膊从她的头顶越过，轻而易举地取下那本书，递到她面前。他问：“是要这本吗？”

“言隽？”他们竟然又遇到了。

言隽手里拿着两本书，站在她身旁。两人靠得很近，她隐约闻到一股清香，淡淡的，沁人心脾。

“我已经挑好了，准备下楼，正好看到你。”他淡定地解释，掂了掂手里的书，问，“对了，你要的是这本吗？”

“没错，是这本，谢谢你啊！”

“还有什么想要的吗？我帮你拿。”

“不用啦，这本书够我看一阵了。”这毕竟是专业书，不是她看一遍就能全部记住的。

两人都挑好了书，同行下楼。司婳拿出借阅证，却见言隽愣在原地，他道：“我好像没带借阅证。”

司婳迟疑片刻，扬了扬自己的借阅证，道：“用我的吧，你把书给我。”

“谢谢，一定准时归还！”言隽坦然地将书交到她手中，笑道。

二人离开图书馆，这次不再同路，真正告别。言隽扬起手中的书，道：“还书的时候我会告诉你的。”

“嗯嗯，不着急的，你慢慢看。”虽然他们只有两面之缘，但她相信言隽是个值得相信的人。

除了上课和周末做兼职，司婳开始画图投稿，赚取报酬。

某些商家会在各平台征集原创的服装设计图，那些日常服装跟她所学的设计方向不一样，她还需要时间去适应新风格。

听说这件事后，贺云汐劝她："我哥不是说帮你找了一个很好的兼职吗？你何必把自己搞得这么累？"

"我知道，也非常感谢你哥哥的好意，不过我已经签订合同了。"

前几天，贺延霄提出帮她介绍兼职，但那时她已经跟一家人签了家教合同。对方十分慷慨，体谅她是个缺钱的大学生，提前支付了一个月的薪水，她于情于理都不能毁约。

"唉，好吧。"怪就怪他哥哥说刚认识不久不能太激进，岂料司婳已经答应别人了。

司婳把精力都放在赚钱上，贺延霄好几次约她出去吃饭都被婉拒。他刚接手公司，十分忙碌，跟司婳见面的机会很少。

司婳感觉自己的水平有所提升后试着投稿给商家，五张过了一张。她没有因此气馁，因为能过就说明有长进。

拿到报酬的那天，司婳难得点了杯奶茶鼓励自己，还发了朋友圈，陆续收到不少点赞和评论。随后，贺延霄打来电话："刚出差回来，看到你发的朋友圈，请你吃饭庆祝一下怎么样？"

这段时间贺延霄经常给她发信息，她看到也会礼貌地回复对方，仅此而已。她已经连续拒绝他几次了，再加上贺云汐从旁说好话，司婳应下这次邀约。

这次的食物比较特别，甚至可以说是出乎司婳的意料。

"今天的菜喜欢吗？你晚上视力不好，我特意让人做的富含维生素 A 的食物。"贺延霄摆手示意，这桌菜都是为她准备的，十分用心。

"你知道？"司婳很诧异。

贺延霄将茶杯推到她面前，道："关于你的事，我都有留意。"

司婳猜他大约又是听贺云汐说的，的确有心。

司婳用餐时细嚼慢咽，餐桌礼仪很好。贺延霄暗暗打量她，感叹自己以前真糊涂，竟然连她这么明显的行为习惯都没注意到。

"听云汐说你几乎把休息时间都用在画图上，是不是很累啊？"

"其实还好，蛮有成就感的。"她真心喜欢设计服装，现在成功地开拓了一个新领域，虽然辛苦，但也觉得很值。

“上次给你介绍兼职，你拒绝了。”贺延霄抬眸，视线落在对面容颜姣好的女孩儿身上，“以后你的设计稿可以投给我，我全要。”

司婳夹菜的动作一顿，她抬头问：“你好像不需要这个吧？”

“不想让你那么辛苦。”他明确地说出自己甘愿吃亏的原因。

司婳微抿唇角，道：“天下没有不劳而获的道理。贺延霄，谢谢你的好意。”

贺延霄这摆明是告诉她，要送钱给她花。

的确，她很想以此赚钱，但更希望有人真正认可她的设计方案，而不是白白给她送钱。

晚餐过后，贺延霄还想带她去其他地方玩，司婳以忙碌为由拒绝。

贺延霄亲自把司婳送回学校，道别时差点儿拥抱她：“婳婳，是不是最近没来看你，我们之间有些生疏了？”

“没有啊！你是云汐的哥哥，也是我的朋友，一直都是。”但他们的关系仅此而已。

听出弦外之音，贺延霄的目光瞬间变冷，垂在身侧的手暗暗握成拳。那个世界的司婳就很介意他因为工作而冷落她，一定是他这次离开太久，他们之间疏远了。

“回去吧，有事随时联系我。”

司婳颔首，转身走进宿舍楼。不出意外，她大概再也不会联系贺延霄了。

走到楼道，司婳忽然收到言隽发来的信息，说要还书。他还问：“有个好消息想告诉你，方便语音吗？”

司婳有些好奇，回复“可以”。

对方很快打来电话，说：“看到你的朋友圈了，恭喜，你的努力没有白费。”

“谢谢呀！”听见被称赞，司婳有种被认可的感觉，嘴角浮现笑容，“你要说的好消息是什么？”

“我知道一个服装品牌最近在对外征集设计稿，我看过你之前在朋友圈发的一些图，感觉你的设计风格很适合这个品牌。你可以投稿试试。”

司婳在网上搜索言隽说的品牌名，虽然不是国际大牌，但对于她这种学生来说，还很遥远。

言隽在电话里不断地给她介绍相关信息，她听得越来越心动，问：

“我可以吗？”

“能不能行只有试过才知道。这是一个机会，你要试试看吗？”

她举棋不定，凭那五分之一成功率的水平能行吗？

“这样吧，你最近什么时候有时间？我们见面说。”

“明天下午可以吗？下午没课。”

“好，明天下午见。如果方便的话，你最好带上一些设计稿。”

“嗯嗯，我知道了，谢谢你。”这句道谢是真诚的。

这段时间，她跟言隽在网上偶尔会互相分享一些东西，她发现言隽堪比百科全书，什么都知道。或许是她格局太小，知识面不够广，心里对言隽十分佩服。逐渐地，她遇到一些难题后也会向他询问解决方案。

她好像……真的遇到了传说中的……知己。

司婳把手机按在胸口，长舒一口气，温和的眉目间充满期待，赶紧跑回宿舍整理自己的设计稿。

挂断电话后，言隽又从手机里调出另一个联系人。

言隽请专业人士看过司婳的设计稿，对方称司婳的设计或许还不是很成熟，但很有灵气，希望有人慧眼识英才，早点儿挖掘出她的才能。像这种没有资历、没有名气的大学生投出的稿件或许很快就会被淹没，但他想给司婳一个机会。

第二天下午，两人约在外面的咖啡厅见面。

言隽为她详细介绍了本次设计稿征集大赛的主题和流程。司婳好奇地盯着他，问：“怎么感觉你比我还懂？”

“我只是把文字复述了一遍，你别太高估我。”言隽微微一笑，打开笔记本电脑，“你看看这些，是他们往期主打的风格，虽然设计方案在不断创新，但万变不离其宗。”

每个服装品牌都有自己的主打风格，再怎么创新，也含有相似的元素。

其实司婳昨晚就查过这个品牌的资料，的确跟她的设计风格有些相似，于是更加期待了。

看完资料后，言隽转头问她：“你接受视频交流吗？我认识一个朋友，是这方面的专业人士，她可以全面地帮你答疑解惑。”

司婳受宠若惊。

整个下午，两人都待在咖啡馆的角落，身影逐渐靠近，胳膊几乎贴在一起，一个耐心引导，一个虚心请教、认真倾听。对方讲述的一些知识让她耳目一新。

他们聊到下午六点半，顺便在商场吃了晚饭，离开时却发现外面在刮风下雨。两人不得不回去寻找卖伞的地方。

“我以前很不喜欢下雨天。”每次看到雨，她都觉得惆怅。

“现在呢？”他问。

司婳轻声一笑：“现在也是。”

言隽当即查看天气，提醒道：“榕城最近多雨，出门记得带伞。”

大雨淋湿整座城市，贺延霄站在三十层高的办公室里眺望远处。

那个世界的他因为遗憾，总忍不住回忆过往，那些久远的经历因此被他牢牢地刻在心里。

如果他记得没错，那个世界里，大概就这几天，他会去学校替贺云汐办事，还会在那里遇见被雨淋湿的司婳。他们在一起之后，他听司婳说了，那时的她跟父亲吵了一架，心情不好，而他守了司婳许久，还鼓励她坚持自己的梦想，司婳因此逐渐对他动心。

如今重来一次，他一定要比之前做得好！

周五，司婳终于把最新的设计稿以邮件的方式投出去，随后面对屏幕打了个哈欠，坐在椅子上伸了个懒腰。

马上要去上音乐鉴赏课，她想睡觉已经来不及了。学期过半，老师会点名，她不敢抱着侥幸心理逃课。

司婳在课堂上撑着脑袋昏昏欲睡，正好补了一个小时的觉。课后，同学们陆续离开，司婳揉着眼睛打哈欠，忽然感觉旁边的同学又回来了。她侧头瞄了眼，疲惫的双眼瞪大：“言隽！”

“知道你会在这里上选修课就过来了，想问问你关于设计的事。”今天就是截稿日，两人都特别上心。

“已经通过邮箱发送了。对不起啊，赶着来上课，忘记给你发信息了。”

“没关系，你完成了就好。”

窗外传来哗啦啦的雨声，外面又开始下雨了。上课前还是阴天，司婳就没带伞：“我没带伞。”

言隽举起手中那把银灰色的雨伞，道：“还好我的雨伞够大。”这把伞能遮住两个人。

刚要离开，司婳忽然接到一通意料之外的来电：“爸……”

言隽立即起身，指着教室门口小声道：“我在外面等你。”

过了好一会儿，迟迟不见司婳出来，他走进教室一看，只见司婳趴在桌上，肩头一耸一耸的，明显在哭。

他赶忙走过去，问：“怎么哭了？出什么事了吗？”

司婳眼眶微红，眼泪默默地往下掉，也没发出声音。言隽递出纸巾，道：“不哭了好不好？有什么事可以告诉我。”

司婳咬着唇，道：“跟我爸吵了一架，他不支持我学设计。”

“你喜欢设计对吗？”

“嗯。”因为专业选择，她无数次跟父亲产生分歧，要是她不喜欢设计专业，就不会违背父亲的意愿跑来遥远的榕城了。

“你很勇敢，正在坚持自己喜欢做的事，这是没有错的。”

“可他为什么就是不相信我能做好呢？”

为什么连父亲都不相信她能做好呢？这让她感觉十分挫败。

“带着情绪聊天容易产生矛盾，或许你们只是没有沟通好。等你们都冷静下来，你可以尝试面对面认认真真地告诉他你的想法。”

“没用的，我爸爸特别古板！”他俩根本没法儿好好坐下来聊天。

言隽一听这话就知道司婳也钻了牛角尖。这种时候不适合劝人，言隽又抽出一张干净的纸巾，道：“别着急，我们出去吃点儿东西好不好？”

“为什么要吃东西？”她正难受，傻乎乎地问了这么一句。

“你前几天在商场时不是说过，那家店的食物很好吃吗？上次没去，我们今天可以去。”

“我不想吃东西，想看电影。”司婳擦了擦眼睛。

有人顺着她，她不自觉地暴露了小脾气，现在就想在电影院待着。

“那我带你去看电影。”言隽哄小孩儿般的耐心语气用在心思细腻的司婳身上，特别合适。

司婳吸了吸鼻子，乖巧地点头。

两人同撑一把伞，言隽护着她从教学楼侧面的门离开，这个方向距离校门更近。

而贺延霄守在司婳回宿舍的必经之路上，迟迟没有等到司婳出现。他不禁怀疑自己的记忆是否出现了偏差……

言隽和司婳在路上买好了电影票。片子是司婳随机选的，言隽毫无异议。他们选了最近的场次，提前了十几分钟抵达电影院。

司婳没什么精神，看起来对电影并不期待，言隽在她面前招招手，道："我们去那边买点儿东西。"

司婳乖乖地跟在他旁边，看着言隽买下一大桶爆米花。他问："想喝什么饮料？"

她默默地摇头，言隽直接拿了两瓶常温的瓶装饮料，方便携带、存放。

带着饮料、爆米花，二人一起检了票，前往影厅。

言隽手里拎着塑料袋，上楼梯时胳膊忽然被抓住。他动作一僵，看向旁边的司婳，听见她小声道："我有夜盲症，在暗处看不太清楚。"

"我知道了。"言隽换一只手扶着司婳的胳膊，另一只手护在她身后，"跟着我走。"

影厅内灯光昏暗，司婳虽然看不清脚下，也不至于什么都看不见，被人这么护着还是头一遭。司婳偷偷打量他稍显模糊的侧脸，心中十分悸动，但又分辨不清自己的心事。

来到对应的位置坐下，言隽将爆米花摆在二人中间，将其中一瓶饮料递给她。司婳接过饮料，靠在椅背上，望着屏幕不说话。

电影开场没多久她就开始打哈欠，眼睛慢慢睁不开了。偌大的影厅里回响着台词和背景音效，观众都很安静。

电影过半，司婳靠在言隽的肩上安然入睡，手里仍抱着饮料瓶。

言隽伸出手，小心翼翼地取走她搁在膝盖上的饮料瓶放好。尽管他已经尽量放轻动作了，司婳仍察觉到了，微微抬起头。

"没事，睡吧。"言隽在她的耳边轻声道，随后将手搭在座椅的扶手上，让她方便靠过来。他温柔的声音像一道和煦的风吹入她的耳中，司婳重新闭上眼。

言隽的视线在司婳恬静的脸上停留许久才移回大屏幕上，电影剩下的内容他也看不进去了。快到结局时，司婳似乎有感应，缓缓地睁开眼。

意识逐渐回笼，她这才注意到自己此刻的姿势。她前几天熬夜画稿，加起来都没睡多久，困得很。可她明明是靠着椅子睡的，怎么靠到了言隽的肩膀上？现在她该怎么办？她是假装无事发生，继续看电影，还是装死到底？

在她犹豫不决的时候，工作人员已经打开影厅的灯，四周变得明亮。

“醒了吗？”

司婳的耳边传来一股热气，脸一下变红。她赶紧抬头，坐直了，放在膝盖上的手微微颤抖：“不好意思，睡着了。”

“是不是这几天画稿子太累了？”

“嗯。”

“电影结束了，我们先走吧。”

“嗯。”

下楼梯时，言隽主动把手伸过来让她抓住。走到门口时，司婳立即放开他的手，道：“我想去洗手间。”

“好，我在这边等你。”

司婳小跑进洗手间，双手接水，将沾了水的手贴在脸颊上。镜子里的人耳根发烫。

前面有人排队，司婳打开手机看时间，发现手机竟然没电关机了。大约五分钟后，司婳离开洗手间去找言隽，却见两个女生站在言隽面前。

她停下脚步，皱了一下眉，目光落在那三人的身上。

被索要联系方式的言隽往后退了几步，与那两个女生拉开距离，说了声抱歉，转头一眼就看见了站在不远处的司婳，径直朝她走过去，道：“走吧。”

司婳没多问，离开时朝那两个女生的方向看了一眼。

司婳带言隽去了自己一直惦记的那家餐厅用餐。服务生为两人分别添加一杯茶水，司婳双手托着下巴，目光落在言隽的身上。

言隽气质温和，司婳跟他待在一起时有种岁月静好的感觉，觉得很安心。

司婳抿了下唇，道：“你会不会觉得我很奇怪，大老远从学校跑来电影院，又坐在那里睡觉？”

“每个人心情不好的时候都有自己发泄的方式，如果这是你缓解情绪的方式，我觉得很不错。”她这样总比躲起来哭好。

“就是难为你陪我浪费了两个小时。”她一个人是不会去看电影的，也不知道当时怎么就稀里糊涂地提出了那样的要求。

言隽抽出一张纸巾擦拭桌面上的水，轻声笑道：“不是还看了场电影吗？”

司婳换了个姿势，托腮问道：“电影后面讲了什么？我太困了，一点儿印象都没有。”

言隽愣住了。这真是个好问题，可惜他也没能一心二用。

言隽找了个理由暂时离开座位，趁机查了别人的观影笔记，大致了解剧情后再回去告诉司婳。司婳对他的讲解深信不疑：“你看得好认真，我们的两张电影票总算没有完全被浪费。”

“那时候，你为什么会想去看电影？”

“因为电影院里既安静又热闹。”

大家坐在一起安静地观影，都知道身旁有他人存在。她喜欢那种氛围，感觉自己没有那么孤单。

“夜盲症是怎么回事？”

“从小就有。”

“到了晚上是不是很不方便？”

“其实还好，现在到处都有灯。只是有些光线暗的地方，我看不清。”但她也可以借助手机的手电筒照明。

至于刚才，她的第一反应为什么不是找手机，而是抓住言隽的胳膊呢？大约是因为言隽的身上自带安全感吧！司婳这样告诉自己。

商场的过道边摆放着几台娃娃机，司婳路过时多看了两眼，言隽便拉着她购买了游戏币，道：“试试这个。”

“我从小到大都没夹起来过。”司婳下意识地摇头。

言隽直接把游戏币塞进她的手里，道：“概率问题，我们玩一会儿再走。”

游戏币都送到手边了，那她就玩吧！

司婳对自己的技术和运气不抱希望，结果也真的如她所料，一个都没抓到。言隽也是如此，一个都没抓到。司婳没忍住笑出声，嘲笑道：“你在夹什么？比我的技术还差。”言隽操纵爪子，连玩偶都没碰到。

“再试一下这个。”言隽把她拉到另一台剪刀娃娃机前。两台机器的机制不同，他们只需要操控机器刀片割断绳子就能获得玩偶。

“这个也好难。”司婳弯腰凑到玻璃窗前仔细观察。

绳子不粗，经常被割的那条绳子上，痕迹已经很明显了，不知被割了多少回。

“没关系，试试而已。”言隽投入游戏币，操控机器，“喜欢哪个？”

“白色耳朵的那个。”司婳虽然没抱希望，但还是选择了自己喜欢的那个。

动手的是言隽，司婳也没闲着，紧紧地盯着那根绳子，指挥言隽。

“再前进一点点。”

“多了多了。”

“言隽，你快点儿，马上到时间了……”

经验逐渐增多的言隽操作逐渐熟练，司婳则目不转睛地盯着里面，问：“对准了吗？”

“应该吧。”话音刚落，刀片碰到绳子，无事发生。

“唉，我就说不行。”不是司婳悲观，是这种游戏机本来就是骗钱的。

“你来试试。”言隽把位置让给她，手里还剩几枚游戏币。

事情发展到这一步，司婳将死马当活马医，想着把最后几枚游戏币用完了事。

投币之后，她尝试了两回都碰到了线，绳子依然没断。

“只剩一次机会了。”言隽的手里躺着最后两枚游戏币，司婳握着遥控杆，心跳不由自主地加快。

“我有点儿紧张。”握着遥控杆的手握紧了又松开，松开了又握紧，司婳明知抓不到，每次还是特别认真。

“要开始了。”言隽说完将最后两枚游戏币投了进去。

司婳聚精会神地移动切割刀片，时间一点一滴地流逝，她绷着脸，抿紧嘴唇，有些犹豫，直到手背上忽然一暖。他将手覆盖在她的手上，按了下去。

在司婳眨眼的瞬间，刀片割下，绳子断裂，白色的熊在半空中坠落。

她不可思议地睁大眼，一把抓住言隽的手，欣喜不已：“啊啊啊啊，断了！”

目光落到两人交握的手上，言隽脸上的笑意更深了，他道：“你成功了，很棒。”

司婳想拿出手机拍照，突然想起手机关机了，只能向言隽求助：“你能用手机帮我拍两张照片吗？我的手机没电了。”

“好啊，你想怎么拍？”

“就拍它。”司婳满心欢喜地抱着娃娃，让言隽帮忙拍了几张不露脸的照片，“这还是我第一次从娃娃机里得到玩偶。”

“我就说你可以的。”言隽把手机递给她看，照片正是司婳想要的角度。

“准确地说，还是你厉害，绳子是你弄断的。”她记得很清楚，自己当时很紧张，握着遥控杆的手在摇晃。千钧一发之际，言隽选中位置，帮她按下按钮，成功切断了绳子。

“所以，一个娃娃要怎么分？”她虽然这么问，却将玩偶紧紧地抱在怀里，根本不想撒手。

言隽看穿了她的小心思，却没道破，抬手揉了揉玩偶那对毛茸茸的耳朵，温声道：“把我的那一份送给你就好了。”

“那我就不客气了。”她眼睛弯弯，甜甜地笑了。

言隽收回手，直起腰板，眼神一片柔和：“你终于笑了。”

她下午哭过一场，看完电影、吃过晚饭后，看起来心情平复了，但也没笑。现在，他终于见到她发自内心地感到快乐了。

回学校的路上，司婳抱着玩偶熊不撒手，从来没亲手夹到娃娃的柯佳云表示羡慕。

司婳捏着熊耳朵笑了笑，柯佳云忽然想起什么，道：“对了，之前贺云汐过来找你，说你电话打不通，让你回寝室后联系她。”

“哦哦，我的手机没电了。”司婳赶忙放下玩偶，拿出充电器给手机充电。

她刚开机就收到几条未接来电的提示，有柯佳云的、贺云汐的，还有贺延霄的。

她直接打给贺云汐：“云汐，你找我是有什么事吗？”

“你终于接电话了！不是我找你，是我哥想找你。”

司婳沉默片刻，拿着手机走到阳台上，道：“不好意思，之前手机没电关机了，贺延霄找我有事吗？”

“你直接给我哥打电话问吧。”

“云汐，我觉得我跟你哥哥还是保持距离比较好。”有些话她不好直说，但觉得大家应该都听得懂。

“婳婳，你跟我哥怎么了？”贺云汐这才意识到情况不对。

“没什么，大家只是朋友而已。”司婳再次把他们的关系定义为朋友。

毕竟贺延霄是贺云汐的哥哥，司婳也不想把关系闹得太僵。

屏幕上弹出几条来自言隽的消息，是照片。司婳把他发来的照片一一保存，挑了张色调顺眼的发到朋友圈。

贺延霄终于等来关于司婳的消息，却发现她正抱着熊对着镜头比剪刀手。哪怕看不见脸，贺延霄也能断定，她绝对没有在跟父亲吵架后满心失落，狼狈地淋雨。

难道他记错了？

毕竟那件事情过去那么多年，他也无法确定准确的时间，更不可能直接向司婳求证。

贺云汐发来消息问他："哥，你最近跟婳婳怎么了？前几天你们不还一起吃饭了吗？"

是啊，前几天他们还在一起吃饭，司婳现在却明确地表示不愿跟他进一步发展。他开始反思，到底是哪个环节出了问题？

他明明拥有很多先机，反倒没有达到曾经的效果，难道是因为太主动了？云汐说过，司婳在学校几乎不跟异性来往，十分腼腆，或许他不该表现得那么激进。

贺延霄将桌边的长盒子取过来，打开盒子看了眼里面那幅画，余光扫到右下角的"Susan"，又把那幅画好好收起来放进盒子里。

他已经知道司婳跟 Susan 的关系了，想把自己花高价买来的画送给她做礼物。此时司婳并未向任何人提到自己的家世，等他找个合适的时机送上这幅画，司婳只会觉得他们心有灵犀。

一周后，司婳投给商家的设计稿收到回复。她检查了两三遍，确认自己没看错，对方还留下了私人联系方式。

这次她也只过了一份设计稿，但报酬相比上次丰厚了许多，大概一周后打款。司婳尽量保持淡定，冷静地跟对方交谈，实际上满心激动。她第一时间把这个好消息分享给言隽："我收到回复的邮件了！"

"恭喜，我就知道你一定可以。"他的话里带着浓浓的喜悦与信任。

司婳握着手机激动不已，道："你简直是我的大恩人！"

"那你打算怎么感谢你的恩人？"他顺势道。

司婳立刻接话："我请你吃饭，可以吗？"

对方笑道："我的荣幸。"

言隽那边传来车子的鸣笛声，司婳猜测道："你在外面吗？"

"对。"他继续道，"我一会儿去图书馆，你要过来吗？"

司婳扫了眼课表，道："可以。"

这段时间，言隽好像经常去图书馆看书，大概是喜欢那里的氛围。司婳收起上次借来的那本专业书，想着正好还回去，再挑两本新的来看。

言隽比她先到，发来他现在所在的楼层。

榕西大学的图书馆是全国大学图书馆中出了名的占地面积广，不仅设有公共读书区，还有小分区。言隽选的地方靠窗，座位前后都有遮挡物，不会太引人注意。

司婳坐到言隽对面，见桌上摆着一个用透明盒子装的小蛋糕，巴掌大，粉白双色分层，表面铺着一层可食用的玫瑰花瓣。

没等她问，言隽已经伸手把蛋糕推到她面前，道："给你带了一个小蛋糕。"

"干吗突然送我小蛋糕？"

"给你的小奖励。你的设计稿过了，庆祝一下是应该的。"这是属于言隽的仪式感。他指着蛋糕，问："现在要尝尝吗？"

"在这里吃蛋糕，合适吗？"司婳偷偷打量四周。

看穿她的小心思，言隽挑眉，十指交叉托起下巴，身体微微前倾，故意压低嗓音配合她道："偷偷吃一点儿？"

司婳眼睛一亮，弯起唇角："好主意。"

言隽从袋子里取出一把叉子递给她。

揭开透明的保护罩，香甜的蛋糕露了出来，司婳戳了边角的一小块放进嘴里，道："好甜。"

蛋糕里藏着夹心，甜而不腻，奶油细腻爽口，醇香浓郁。

她心情好，吃什么都香。

"你也试试看。"她把蛋糕推到言隽面前，眼里亮晶晶的，想把自己喜欢的东西分享给他。

言隽轻轻摇头，解释道："来的时候不小心把多余的叉子弄掉了。"

西式小蛋糕一般配两把叉子，掉了一把，等于只剩下司婳手中那把了。

司婳收回目光，看看蛋糕，又看看手里的叉子，迅速瞄了眼坐在对面的言隽，为难得很。

一个人吃独食可不好。她刚才只是咬过蛋糕，并没有直接碰到叉子，要不要让言隽尝尝？可那样会不会很没礼貌？

司婳的小动作被言隽看在眼里，他嘴角弧度不变，刻意压低嗓音问："很好吃吗？"

司婳心里一紧，不经大脑思考的话脱口而出："你……要尝尝吗？我刚才没有咬到叉子……"

"好啊！"

他再次倾身向前，坦然的目光落在她的身上，惊得司婳握着叉子的手开始发抖。

这……这是什么意思？他要自己喂他？

叉子挤进柔软的蛋糕里，挑出一小口。司婳将蛋糕递出去，言隽目光低垂，笑容在嘴角绽放："逗你的，你吃吧，这是给你的奖励。"

"哦……"

压在心头的重量忽然消失，司婳迅速收回叉子，松了口气。

刚才她在做什么啊？羞死了。

混有玫瑰花瓣的奶油送入口中，这次司婳完全含住叉子。细腻的奶油沾在嘴角，司婳无意识地舔了舔，芳香弥漫舌尖。她没注意到，对面低头看书的言隽凸出的喉结迅速滚动了几下。

说好只吃一点儿的，但没过多久，蛋糕不见了大半。司婳猛地想起什么，道："啊，刚才我居然忘了拍照！"

那么漂亮的蛋糕，她怎么就光顾着吃了呢？

"没关系，下次给你买更好看的。"看得出她很喜欢，言隽默默地把那家店加入收藏。

"不对。"司婳歪着脑袋回想最近发生的事，不禁嘀咕，"怎么感觉我在占你的便宜？"

"只是一个小蛋糕。朋友之间送些小礼物不是很正常吗？"他不急不缓地把这一切行为归入合理范围。

"可我还没有送过你礼物。"

"你不是说要请我吃饭吗？一顿饭的钱可以买几份小蛋糕了。"

"嗯嗯！"司婳被这一连串理由说服，"你有什么喜欢吃的或者喜欢的店，都可以告诉我。"

"好，回头我找找地方，不会跟你客气的。"

"千万别客气！"她现在是真心想感谢眼前这个男人的。

很快，司婳把桌面收拾干净，将装蛋糕的盒子和叉子全部塞进袋子。

"我刚才进来的时候把上次借的书还了，得重新找两本书。"司婳站起身，顺便拎起袋子准备找垃圾桶扔掉。

"需要帮忙吗？"言隽抬头问道。

"不用不用，我可以的。"

"好，去吧。"言隽没有急着表现。

他温和缓慢地靠近她，润物细无声，能明显感觉到司婳在面对他时逐渐放下了戒心。

司婳找到两本有意思的专业书，回来时见言隽握着笔在本子上写字，他整洁的书面文字让人看着很舒心。重点是，他手上的那支笔，是钢笔。

“你也喜欢用钢笔吗？”她很喜欢钢笔，见言隽使用，十分惊喜。

“从小就比较喜欢，用钢笔写字很有感觉。”言隽停下笔看她，注意到司婳说的是“也”。

司婳整个下午心情极好，遇到有趣的话题，像个话匣子一样道：“小时候有人送过我一支钢笔，为此我开始好好练字，觉得只有一手漂亮的字才配得上那支宝贵的钢笔。”

“我倒是很好奇是谁送的钢笔，给你带来这么大的影响力。”

“是个陌生人。”那段往事司婳印象深刻，“其实是件‘糗’事。我小时候跟爸妈出去旅游，晚上睡觉醒来时发现爸妈不见了，就在那儿哭，有个哥哥陪我在那儿等了好久，最后送了我一支钢笔。”

“原来……”言隽顿住，缓缓地道，“是这样。”

“他大概是看我可怜吧。”现在回想起来，司婳也觉得不可思议。

言隽若有所思，低声纠正道：“不是可怜，是可爱。”

听说司婳将设计稿授权给商家，得到了报酬，其他室友都跟打了鸡血一样打算试试。有了这笔收入，再加上每个月做家教赚的酬金，司婳足够维持生活，甚至还有结余。

一周后，酬金入账，司婳跟言隽提起答谢宴。

言隽在电话那头告诉她：“前几天有点儿忙。”说到最后，他才问，“下午来图书馆吗？”

“好啊！”

二人约好时间，决定下午两点半一起去图书馆。

还剩半个多小时，司婳下床，特意换了身衣服。

“婳婳，你最近很不对劲。”正一边吃薯片一边追剧的柯佳云侧过身，将手臂搭在椅子上，紧紧地盯着司婳，问，“你……是不是谈恋爱了？”

“没有啊！”

“你现在不是周末才做兼职吗？这会儿要出门？”

“只是去图书馆看书。”司婳一边解释一边拿起木梳梳头发。

“哦。”柯佳云咬碎最后一片薯片，将包装袋扔进垃圾桶，取出纸巾擦拭手指，忽然问道，“他是哪个系的？”

“金融系。”司婳还没反应过来，条件反射性地回答了问题。

“哈哈哈哈。”柯佳云大笑起来，没想到随口一问，还真问出了重磅消息。

司婳不得已，将自己跟言隽认识的经过简单地说了一下。柯佳云兴趣更浓：“金融系，到底是谁啊？有没有照片？我超级好奇，你快给我看看。”

“给你偷偷看一眼。”

女孩子既想将秘密深深地藏起来，又特别想跟亲近的好友分享。

言隽的照片不多，司婳只存过一张，柯佳云只看了一眼就惊呼神仙颜值，颇为激动。

等热情散去，柯佳云理智回笼：“不过金融系有这号人物吗？我怎么一点儿印象都没有？”

“他说自己是金融系的。”她之前见言隽手里拿着经济学的书，顺口一问，对方称自己是金融系的。司婳从未怀疑过。

柯佳云皱起眉，总觉得哪里不对：“我认识一个金融系的朋友，帮你问问。”

柯佳云联系朋友，对方却说金融系没有叫“言隽”的人。柯佳云很诧异，把这个消息告诉司婳，问：“不会是骗你的吧？”

司婳怔住，毫不犹豫地反驳道：“不，他不是那种人。”

去图书馆的路上，司婳一直想着柯佳云刚才说的话。

他们第一次见面是在景区，她目睹言隽救人的全过程，他善良正义。

他们第二次见面是在古典音乐鉴赏选修课上，他说替朋友上课，司婳发现他博学多才。

他熟悉校园环境，还经常去图书馆学习，这段时间帮了她许多忙，这种温柔又充满智慧的男人，天生令人信服。

他怎么会骗她呢？她还是愿意相信言隽。

进图书馆前，司婳已经想明白了，这么纠结做什么？她直接问他就好了。

十分钟前言隽发来消息说是“老位置”。司婳上楼，轻车熟路地找到言隽。言隽难得地没有端坐在椅子上看书，双臂搭在桌子上，脸枕着手臂，睡得很安静。

那个瞬间，她按着胸口，里面那种奇妙的激动之感快要忍不住钻出来了。

两分钟后，司婳坐在椅子上，心虚地盯着手机屏幕。

啊啊啊！表面不动声色的司婳，内心在叫嚣。

就在刚才，她趁言隽睡着了，偷拍了一张照片。

阳光透过窗户洒进来，投射出一道金色的光芒。司婳把书本竖起来挡住阳光，放轻动作，尽量避免发出声音。

将两本书贡献出去后，司婳单手托腮，歪着脑袋看他。她专注地用眼神描绘他精致的五官，把每一寸容颜牢牢地刻在脑海里，绘制成一幅动人的画。

她要……把这个男人画下来！

不知道想到了什么，司婳嘴角的弧度越来越深，清亮的眸中饱含笑意，连她自己都没意识到。

闭目小憩的言隽忽然睁开眼，视线直勾勾地撞上她的，她逃无可逃。

司婳迅速眨眼睛，道："你……你醒了。"

"抱歉，睡着了。"言隽轻轻地按了按眉角。

"你看起来有点儿疲惫。"

"嗯，最近事情比较多。"他这几天回了趟景城，刚赶回来，想见她一面，所以约她在图书馆见面，没想到自己会睡着。

"是学校的事吗？"她试探性地问道。

言隽轻轻摇头："不是，是家里的事，已经处理好了。"

他很坦诚，对她的每一个问题都没有隐瞒，这让司婳放松许多。她问："还没问过你，你是金融系哪个班的？"

"其实，我好像没有告诉过你，我不是你们学校的。"

跟柯佳云的消息对上了，难怪他们没在学校听说过这号人。

"你之前怎么不告诉我？"

"你没问。"

"那……之前你说帮朋友上课，还说自己没带借阅证。"

"榕西大学的借阅证可以外办，代课也是真的。"只不过那人不是他的朋友，而是他特意去找的上鉴赏课的人。

"好吧。"这理由让她无可挑剔，"那你是哪个学校的？"

"我在景城念书，现在正在公司实习。"

"景城？"司婳原本以为他们不同校也该同城，惊讶地道，"你的意思是，你在景城念书，来榕城实习？"

“算是吧！”不过，实习是他安排的一个理由。

“你是榕城人吗？”

“景城人。”

言隽一一作答。

司婳悄悄咬紧牙，十分纠结。她知道的事情越多，心里越慌。

她突然之间发现相交甚好的朋友其实距离自己很远，不知道什么时候就会离开。他们的交集还会持续多久？

司婳的目光逐渐变得黯淡，言隽误以为她生气了，心底有些不安，问：“婳婳，你生气了吗？”

沉浸在自己的思路中，司婳没有立即回应。

言隽忙不迭地将椅子上的方形纸袋放到桌上，纸袋上的商标跟之前那个小蛋糕上的一样，里面装着什么不言而喻。

他打开袋子，从中取出一款点缀着橙色花朵的蛋糕送到她面前，道：“是我的错，拿它给你赔罪好不好？”

司婳猛地回神，盯着蛋糕，没敢看对方的眼睛，轻轻地摇头道：“我没有生气呀！”

确实是她误会了，言隽从没说过他是榕西大学的学生。只是她突然间得知真相，不知道他什么时候就会离开，有点儿失落。

想起他刚才慌张地道歉的样子，司婳打趣道：“你是被我吓到了吗？”

他直言道：“怕你生气。”

“我的脾气很好。”司婳将蛋糕放进嘴里，却怎么也尝不出上次那种蜜糖般的甜味。

转眼已到十二月中旬，言隽迟迟没有定下吃饭地点，司婳去找柯佳云求助。

考虑到司婳的经济情况，柯佳云打开手机，翻出收藏的视频道：“市区新开的一家中式小酒馆，不仅味道极佳，场地也布置得特别好，晚上还有人在里面弹琴，好多人去打卡。”

很快，司婳查到柯佳云推荐的店“一醉小酒馆”。店里的菜品卖相不错，人均消费两三百元，很适合现在的司婳。

司婳把这条消息转发给言隽，时间定在周日晚上，就在三天后。

网红小酒馆名不虚传，门两侧有藤蔓垂下，石头堆砌的水池烟雾缭绕、仙气飘飘。

从晚上六点到九点，每到整点都会有人上台演奏两首乐曲。舞台上摆着不同的古典乐器，乐手们弹奏出的旋律婉转悠扬，大家在这里用餐喝酒，格外有情调。

“欢迎大家光顾我们一醉小酒馆，今晚我们为客人准备了特别福利。如果有谁主动上台弹奏这些乐器，只要演奏出一首超过三分钟的完整曲子，我们都将为其送上大礼包，并且会在所有表演者中抽取一位免单！”

此话一出，众人纷纷鼓掌。

这个活动并不是第一次举办，司婳翻到菜单背面才知道，原来从开店以来，每周六及周日的晚上八点都会有献曲赠礼、抽奖免单的活动。

“婳婳，没有喜欢的吗？”言隽见她盯着菜单看了几分钟，问。

“不是，我在想这菜单上的名字都很好听，却不知道具体是什么菜式。”这家中式小酒馆，无论菜名还是酒名都古色古香，但就是……她看不懂。

服务生在旁边为其介绍，并推荐店里最畅销的酒：“这页上的三款是我们本期的主打酒，酒精度数不高，味道很好，客人可以试试。”

司婳原本没想喝酒，又觉得来小酒馆不喝酒好像缺了什么，在服务生的极力推荐下，两人选择了一壶酒精度数较低的，就当试试味道。

中式小酒馆送上来的酒不是一杯，而是一壶，像极了古代。

菜还没上，酒先到位。司婳被酒壶的外观吸引，拿手机拍了两张照。言隽纵容地笑道：“可以先尝尝味道。”

现在两人相处轻松，不需要时时刻刻守着礼仪规矩。

司婳抱着酒壶，正准备开动，对面的言隽忽然道：“婳婳，我出去接个电话，很快回来。”

“好哦。”她随意地摆摆手。

言隽离开后，她打开酒壶，酒香扑鼻。

她跟朋友去过酒吧，但平时不怎么喝酒，更分不清味道度数，倒了小半杯尝试，味道香醇。

好喝！

店里的工作人员说过这酒不醉人，司婳接连倒了两杯，意犹未尽。但她克制住自己，想等言隽回来后一起喝。

“我回来了。”言隽坐到她对面，放下手机。

“这个酒好好喝。”司婳把酒壶放到他面前，酒香扑鼻，言隽却皱了一下眉。

他倒了小半杯尝试，觉得不太对劲，随即唤来服务生：“这酒的度数，确定是我们刚才点的那款吗？”

一经查证，对方连连道歉：“不好意思，可能是店里客人多，送错了。”

司婳错把高度数的酒当成了低度数的酒，因为不了解，所以分辨不出味道。

“婳婳，现在感觉怎么样？”他不确定司婳是否会喝酒，再一看，司婳的脸蛋已经泛红了。

“感觉挺好的呀！”她摸着脸蛋，轻轻按压。除了脸色变红，她表面上看不出醉态。

店主亲自过来赔礼道歉，送上两壶酒，并保证这次绝对没错。对方态度良好，他们就没太计较。

这时，前方传来悠扬的乐曲声，客人纷纷望去。一位穿着汉服的女孩儿坐在舞台中央，手里抱着琵琶。那女孩儿的同伴在下面为她加油打气。

表演者玉手纤纤，眉心的花钿衬得她容颜秀丽，无论服饰还是音乐都令人赞不绝口，几乎所有人都被台上的表演吸引了。

“好好听的曲子。”

“的确很不错。”

言隽明明是附和她，司婳听见后，这话就变了味儿。

司婳收回视线，却见言隽侧身而坐，目光落在舞台中央，流连忘返。她暗暗地咬紧了牙齿，一杯接一杯地往酒杯里倒酒，把酒当饮料喝。

一曲毕，场下响起连绵不绝的掌声。不知是谁先吼出“再来一曲”，客人们跟着起哄，台上的汉服女孩儿备受鼓舞，答应众人再奏一曲。

“很喜欢这酒吗？”

“解渴。”司婳心里燥热，想把那股劲儿压下去。

“酒怎么解渴？别喝多了。”言隽按下她的酒杯。

“我就喝。”平时温软乖巧的司婳突然使起小性子。

“婳婳，你是不是醉了？”言隽起身在她那边的椅子上坐下，有些担忧。

此时，舞台上的琵琶声再次响起。她看着言隽转身，也不知道哪儿来的劲儿，抓住他的胳膊强行把他拉过来，秀眉紧蹙，凶巴巴地道：“你别看了行吗？”

“什么？”一时间，言隽还没琢磨出她这句话的意思。

被那双眼睛盯着，司婳嚣张的气势瞬间消失，她抓着言隽的衣袖，结结巴巴地道："我……我也会弹琵琶。"

小酒馆内宾客如云，大家喝着小酒听着乐曲，跟亲朋好友们坐在一起谈笑风生。

言隽用了半分钟去消化那两句话的意思，她是让自己不要看别人弹琵琶，看她，是……这样吗？

言隽不太确定司婳内心的想法，唯一能肯定的是，她真的醉了，变得跟平时不太一样。

"没有要看别人。你不是口渴吗？我去给你拿水好不好？"胳膊被她抓得紧，言隽试图抽出手，又不能对她用太大的劲儿。

"不要。"司婳摇着脑袋，毫不犹豫地拒绝道。

言隽只能挨着司婳坐好。

司婳缓缓地松开手，又去拿酒。言隽按住酒壶不让她再动。正好菜上齐了，吸引了司婳的注意力。

透明玻璃罩在黑色的圆盘上，被摆到桌上后再揭开，干冰制造的白雾退散，露出橙红鲜美的骨肉。旁边的白盘上铺着一层葱绿色的蔬菜，熏过的香肉切成颗粒摆盘。

桌上的菜让人看着很有食欲，司婳吃了几口肉，又把手伸到酒壶前，眼看着将要触碰到了，言隽忽然拿开酒壶，道："不能再喝了，婳婳。"

他把酒壶放在边上，不让司婳再碰。

司婳有些生气，道："小气鬼！"随后端着碗挪远了些，自个儿默默地坐着吃饭。

言隽忍俊不禁。

吃饱喝足后，司婳没忘记自己的使命，特意跑去前台把账结了，扭过头来对他说："我请你吃饭了。"

前台背后是一面酒柜，上面摆着各式各样的酒壶。司婳伸手指着，店员热情地询问她需要哪种酒。

"抱歉，我们暂时不需要，谢谢。"言隽向店员表明自己的意思，拉着司婳离开。

她仍有些不舍，频频回头，言隽都看不下去了，问："你是小酒鬼吗？"

"我不是！"那句话不知刺痛了司婳的哪根神经，她反驳道，"不是小酒鬼！我，不喝酒。"

“好，不喝酒。”于是，他轻轻松松地达到了目的。

附近不方便打车，他们需要往前面走一段路。

在一家光线明亮的商店外，司婳忽然停住脚步。言隽顺着她的目光望去，左侧是一家蛋糕店，商标很熟悉。

“想买蛋糕了？”这就是他给司婳买过两次小蛋糕的连锁店。

言隽牵着她的手往店里走，司婳的目标很明确，她别的不看，只看与他买过的蛋糕相似的款。

“要这个。”她指着一款红色的慕斯蛋糕，蛋糕表面铺着石榴籽。

女孩子果然喜欢颜值高的东西，工作人员把新鲜的蛋糕从玻璃柜中取出来，言隽爽快地付款，回头见司婳皱着眉道：“又欠你一顿饭了。”

他不禁抬手摸了摸她的脑袋，道：“送你的，不用请吃饭。”

“要请的，礼尚往来。”她边说边点头，表情十分认真。

言隽算是明白了，现在跟她争论再多，她都只会按照自己的想法行事。

他们刚吃过饭，言隽特意让工作人员把蛋糕打包。结果他们出了店门没走几步，司婳就把蛋糕要过去吃了。

蛋糕混着石榴籽一起被她放进嘴里，她嚼了几下，忽然“啊”了一声。

言隽转头，见她紧皱着眉，道：“舌头，疼。”

“我看看。”

言隽低头，司婳自然地张开嘴，微微吐出舌头。

无声的诱惑。

酒精作用下的司婳有些反应迟钝，他却很清醒，特别清醒，没有什么时候比这一刻更清醒。他知道，自己心动了。

微妙的气氛笼罩着两人，言隽一点点靠近她……就在暧昧将要升级的时刻，司婳忽然退后，用手捂住鼻子打了个喷嚏。

言隽：“……”

氛围瞬间被打破。

言隽把她送回学校，手中拎着剩下大半的小蛋糕。

女生宿舍外的路灯今晚没开，他不放心司婳一个人上去，让司婳打电话给室友。对方听完缘由，表示马上下楼。

来接司婳的人是柯佳云。

她接到朋友，目光自然落在旁边的言隽身上。那张脸的确让人惊艳，如果这人不是司嫱的暧昧对象，或许她会单纯地欣赏对方，但……

“你们去喝酒了？”柯佳云问的是言隽。

“抱歉，嫱嫱在小酒馆误喝了高浓度的酒。”言隽解释道。

“我没喝醉。”旁边的司嫱立即反驳。

言隽将手中的纸袋交给司嫱，叮嘱道：“拿好小蛋糕，回去的时候注意点儿。”

之后，他又拜托柯佳云：“前面的路光线不太好，她晚上看不清路，希望你能多注意些。麻烦了，谢谢你。”

言隽跟司嫱道别，司嫱好像不乐意，言隽就耐心地哄她。

旁边的柯佳云一边感觉自己瓦数高，特别亮，一边在心里感慨：这个男人好温柔，说话的声音也好听，难怪司嫱会沦陷。

回寝室的路上，柯佳云挽着司嫱的胳膊，谨防她看不清路摔倒。

司嫱看起来跟平时没什么两样，就是脑子有点儿迷糊。从楼下到宿舍，柯佳云逗她说了好多话，笑得乐不可支：“嫱嫱，你喝酒之后傻乎乎的，也不怕被人骗。”

“他不会骗我的。”司嫱知道跟自己喝酒的人是谁。

柯佳云也明白，正要开口，住在隔壁寝室的贺云汐忽然打开门出来，见到她们后问：“嫱嫱、佳云，你们刚回来？”

“云汐，晚上好。”司嫱礼貌地跟她打招呼。

贺云汐微怔。

她第一次听见司嫱用这么软的声音说话，难道司嫱的心情很好？

贺云汐看向柯佳云，委婉地道：“那个……我有事想跟嫱嫱聊。”

柯佳云也没理由拦，点头，转身先回宿舍。

贺云汐把司嫱拉到走廊边，试探性地问：“嫱嫱，元旦一起出去玩怎么样？”

“元旦？”

“对啊，还有一个星期就是元旦节了，咱们一起出去玩吧！”贺云汐挽着她的胳膊道，“我看过了，那天不是周末，你不用做兼职，下午也没课，咱们去玩。”

司嫱的耳边一直回响着“元旦一起出去玩”这句话，又是朋友邀请的，她稀里糊涂地点头答应了。

“太好了！”贺云汐高兴极了，眼里是胜利的喜悦。

回到自己的寝室，贺云汐迫不及待地把这个好消息告诉贺延霄，心想：说不定元旦节过后，她跟司婳就不只是朋友了。

司婳推开寝室大门，被里面传出的一声惊呼吓住了。

“什么，手受伤了？这关键时刻，手受伤，是怎么搞的？

“现在怎么办？她没事吧？

“起码要休养一个月？

“算了算了，人没事就好，我再想想办法。”

司婳站在门口，怔怔地看着柯佳云拿着手机在宿舍里走来走去。

学校安排各系文艺部组织表演节目，他们系准备的是一支古典舞，当时文艺部有个女生主动举手说自己会弹琵琶。

这年头，弹琵琶的比弹古筝的还要珍稀，大家当即决定让她弹奏曲子为舞蹈伴奏。

节目已经报上去了，离表演还有十来天，那个女生的手突然受伤了。

现在，柯佳云满脑子都是琵琶，嘴里一直念叨着，忽然听见一道软软的声音道：“我会弹琵琶。”

柯佳云回头望向说话的司婳，怀疑自己听错了：“婳婳，你刚才说什么？你真的会弹琵琶？”

“会啊！”司婳单手撑着脑袋，认真地在柯佳云面前背诵关于琵琶的资料。

柯佳云差点儿就给她跪下了：“谢天谢地，有救了！”

言隽的临时住所距离榕西大学不远，他步行，很快就到了。言隽刚回住所，裴域就打来电话问：“隽哥，你元旦回来不？”

“有事。”他言简意赅地道。

“你都在榕城待多久了，那边是有挖不完的宝藏还是咋了？”

言隽笑道：“是发现了一个很不错的宝藏。”

他一步步靠近藏宝地，终于把那个珍贵的宝盒捧在手心，现在忍不住想要打开那个宝盒。

下周是元旦节，正是他表白的好时机。

言隽来到桌边，打开那个包装精致的盒子，里面装着一条精美的定制款项链。这是他为司婳准备的礼物。

但经过今晚，他很犹豫要不要将这份礼物送出去。

他看得出来，司嫿不占人便宜，如果收下了礼物，会用另一种方式将东西还回来。

这条项链虽然是私人定制的，查不出价格，却不一定能唬住司嫿，那个女孩儿比他想象中更聪明。而且他旁敲侧击后，发现她对珠宝也有所了解。

她说："一般来说，我接触到实物就能分清是什么材质的。"

"那别人送你珠宝后，你自己就能分辨出真假？"他故意开玩笑道。

"那是！"司嫿笑着点头，看着十分机灵。

言隽顺势试探着问道："验出是真的就收下？"

她一本正经地道："不收，还不起。"

言隽："……"

他说什么也不能败在钱多上！

送钢笔是他的第二选择，但不是最佳选择。

之后，他发现司嫿的手腕上多了条红色手绳，上面挂着铜钱。当他问起时，司嫿很随意地解释道："买东西送的，简简单单的，还挺好看。"

结果次日，她手腕上的红绳没了。

"怎么不见了？"言隽关切地问。

"昨天去上课，小媛说喜欢，我便送给她了。"小媛是她做家教要教的学生。

言隽扫了一眼她的手腕，垂眸深思。

当天，他买了一大包红色的线，夜里对着手机视频反复学习。

经过六个小时，笨拙的男人终于编织出一条令他满意的红色手绳。

元旦节前三天，司嫿又完成一份设计稿提交上去。

贺云汐来找她，问她想看哪部电影，司嫿才知道自己喝醉之后不仅主动提出弹琵琶，还答应了贺云汐的邀约。

事已至此，司嫿也不好意思驳回，拿着手机认认真真地挑了一部电影。

贺云汐表示可以。反正她哥哥说了，司嫿选什么就是什么。

接下来，她们要选场次和座位。司嫿犹豫片刻，目光从屏幕上移开，望着贺云汐道："我还有点儿事，能不能等一下再确定时间？"

"行。"贺云汐以为她要忙什么设计稿，也没追问，反正司嫿已经答应元旦节跟她出门了。

其实，司婳还真没关注过元旦节。她这周就待在学校，宿舍、教学楼、训练室、图书馆四点一线，哪儿有精力关注别的？要不是贺云汐提起，她恐怕要到当天才想得起来。

现在她已经知道了，不禁有些犯愁。

元旦节，言隽会来找她玩吗？

她已经答应贺云汐了，怎么办？

不对，云汐只是邀请她一起看电影，才两个小时，或许她还能挤出好几个小时去做别的事。

司婳不断给自己找借口，默算了好久，却发现……手机里没有任何关于元旦节的信息。

“婳婳，大后天是元旦节，咱们部门还是很人性化的，放大家休息一天，该玩的玩，该约会的约会。”柯佳云推门进来，又提到元旦节。

司婳趴在床边，心不在焉。

盯着面若桃花的少女，柯佳云“啧”了一声，轻松地从她的嘴里套出原因，并建议她试探言隽。

“你就说有男的要约你一起过元旦节，但你拿不定主意，看他是什么反应。他要是喜欢你，肯定会让你别去。”

“其他男的约我过元旦节，我拿不定主意，为什么要问他？”司婳觉得这不合逻辑。

柯佳云简直想跳起来捶她的头：“你傻啊？！这种问题根本不需要逻辑，就是要看他的反应。按你说的，那人很聪明，你这么问了，他的态度就很明确了。”

“这不好吧……”司婳很犹豫。就在这时，她的手机忽然振动了一下，她拿起来一看，目光移向柯佳云，嘴角微颤：“他来电话了……”

说什么来什么，这通电话司婳接得极其不自然，一直支支吾吾的。

柯佳云在旁边无声地提醒：约会，约会！

“婳婳，你有在听吗？”对面的人好像在催她回应。

司婳紧盯着柯佳云，结结巴巴地道：“约……约……约会吗？”

电话挂断的第一秒，司婳把自己的脸埋进枕头里，掀开被子将自己从头遮到尾，连脑袋都不肯露。

“哈哈哈……”床边的柯佳云已经笑得直不起腰了。

司婳蒙着被子，闷得脸蛋通红，就是不肯面对。

手机再次振动，司婳浑身一颤，把手机摸过来一看……

是工作上的事，她的设计稿过了。

她立刻从床上爬起来坐好，迫不及待地编辑信息，正要发送时才注意到这是跟言隽的对话框。她是想把这份喜悦分享给言隽的，可刚才的事……她害羞了。

司婳犹豫了几分钟，却突然收到对方发来的信息：“婳婳，我在你们宿舍楼下，下来吗？”

啊？他在……宿舍楼下？

他让她下去，为什么？

那几秒钟的工夫，该想的、不该想的，司婳全部想到了。

半分钟后，司婳手忙脚乱地拿起眉笔和口红化妆，匆匆下楼。就在即将跨出宿舍大门时，她忽然减速，挺胸抬头，摆正仪态，拎着挎包，迈出非常有气质的步伐。

路过的女同学不禁回头多看她两眼，殊不知当事人心里七上八下的，脑子里混乱一片，下意识地寻找那道熟悉的身影，却见发生在电影院的那幕重新上演，年轻靓丽的女孩儿围在言隽身边，这次是三个。

越往前走，司婳反倒越冷静。

没等她走到言隽跟前，那三个女孩儿已经走了。同时，言隽看见了迎面走来的司婳。

她一袭粉色长款大衣，白色长靴，身姿窈窕。

“不好意思，久等了。”她克制着表情。

“没关系，是我来早了。”他是该提前一点儿约她的，不过当时实在是……迫不及待。

“刚才你在这儿……聊天呢？”遇见了跟上回一样的事，但司婳这次问出口了。

那一瞬间，言隽脸上的笑容更加灿烂了。他特意向她解释：“没有，她们只是问路。”

“哦，我还以为你又交了新朋友呢。”司婳傲娇地道，眼神飘忽不定，就是不敢直视言隽的眼睛。

“怎么会？朋友也不是随便交的。”

“是吗？好像之前我们认识的时候，也就聊了两句。”然后他们就发展成了现在这样。

“你不一样。”

哪里不一样？她没好意思问。

他们站在路边惹人注意，默契地选择去图书馆。

“你来找我干吗？”

“有个礼物想送给你。”

她刚才见言隽双手空空，没带东西，不知道他把礼物藏在哪里了，有些期待地问：“是什么？”

言隽向她伸出一只手，手心朝上：“把手给我。”

啊……这个动作太暧昧了吧！他们要牵手吗？

司婳的心怦怦直跳，她缓缓地伸出右手，在距离对方的手指还剩一厘米时停下，没有直接放进去。

司婳的手指纤细白净，像不可多得的艺术品，浅粉色的指甲圆润可爱，在灯光下泛着一层薄薄的光。

一根红色的手绳滑入她的腕间，言隽将红绳松紧收到合适的位置，把中间的红色珠子拨到手背面，为她戴好红绳。

“为什么突然送我这个？”

司婳的目光落在手腕上，那抹鲜艳的红色夺人眼球。那只托着她手腕的大手触碰她的肌肤时，她的心像被柔软的羽毛挠过一样，又酥又麻。

“前几天看你戴红色手绳，觉得很漂亮，不过这个……”他勾起唇角，话锋一转，“婳婳如果收下了，就不能再送给别人了。”

“我才不会把别人送给我的礼物转赠给其他人呢。”司婳的声音不自觉地变化，娇娇软软，甜到人的心坎上。

她心想：言隽送的礼物跟在外面买东西时拿的赠品当然不一样。

“原本是想过两天再送给你的。”言隽微微抬眸，盯着司婳的脸，“但是刚才你跟我说了那句话，我觉得不能再等了。”

他总不能等女孩子向他表明心意。

“我刚才说的什么……？”她猛地收回手，掩住唇。

对方直勾勾地盯着她，脸上布满笑意。司婳突然反应过来，他说的是——约会。

这时候，言隽身体微微前倾，非常真诚地询问道：“所以，我现在可以用这个小礼物争取跟婳婳一起过元旦节的机会吗？”

司婳轻眨着眼睛，几乎忘记自己想说什么了。

他假装什么都不知道，拿着一份小礼物来约她，一点儿都没让她尴尬。

司婳爱不释手地抚摸着小礼物，轻轻点头："但是我之前答应一个朋友，要陪她去看电影。"

"朋友？"

"是女生！上次在小酒馆喝了酒，然后我就答应了……"她着重强调道，"只答应陪她看电影，我那天从下午到晚上都没事。"

答应过的事情她不会爽约，但她也有私心，希望那个特殊的日子能跟自己喜欢的人待在一起。

"好，到时候你告诉我时间，我来安排。"是他慢了一步，他不会强迫司婳违背跟朋友的约定。

司婳高兴地点头，拿出手机看时间，道："然后就是……我下午还有两节课，不能在图书馆待太久。"

"我知道。我记得你的课程表，等你下课了再来接你。"

"嗯，好……"司婳下意识地握着手腕上那根红绳，不舍得松开，脸颊微微发烫。

教室里，贺云汐抱着书坐到司婳旁边的位置上，让司婳确定电影的场次。

贺云汐的计划从下午安排到晚上，司婳只能道歉："不好意思啊，我那天还有其他事，只能陪你看场电影。如果场次早点儿，咱们就吃顿午饭。"

"其他事？什么事？"贺云汐心中顿时警铃大作。

"约了其他朋友。"她没撒谎，现在跟言隽仍是朋友关系。

"是佳云她们吗？"司婳平时就跟宿舍的人在一起。

"不是。"

"那是谁？"

贺云汐逼问的姿态令司婳感到不适，司婳薄唇微抿，是拒绝回答的表情。

贺云汐要说什么，又想起哥哥对她的叮嘱。哥哥说司婳性格温顺但敏感，让她多注意一些。她最初跟司婳交朋友时没在意这些，但自从哥哥对司婳一见钟情后，交代了她不少事，她反倒变得束手束脚。

"这样吧，咱们不逛街，吃了晚饭再去看电影，行吗？"

司婳仍然摇头。

如果这样，她下午去见言隽还要算着时间，肯定不好。

“云汐，我下午陪你，晚上去见我朋友。中午我们一起吃饭，之后逛会儿街，然后去看电影，这样行吗？”到时候她就可以跟言隽一起吃晚饭，之后还能相处几个小时。

贺云汐露出苦笑，没有直接答应，显然对这样的安排不是很赞同。

司婳也很无奈，从中午到下午应该也能陪贺云汐四五个小时，不算爽约了。

“我再考虑考虑。”贺云汐换了个位置，方便联系贺延霄。

这时候，坐在司婳后面的柯佳云拿笔戳她的背，道：“婳婳，你们刚才在说什么？你元旦节还要跟她出去啊？”

“对啊，之前答应过她，不过只是答应跟她一起看场电影。”

“哦，那还行。”两个小时而已。

说到贺云汐，柯佳云特意瞄了她两眼，拉着司婳道：“贺云汐她哥还挺厉害的，我经常听我爸夸他，说他是青年才俊、商界奇才，总之就是很会做生意。说起来，开学那阵，你不是跟她哥接触过吗？”

柯佳云的笔在指间打转。

“只是联系过一段时间。”她跟贺延霄就是一起吃了几顿饭。

“说真的，我觉得她哥看起来太成熟了，特别是看你的眼神有点儿奇怪。可能大佬的世界我们不懂吧。”

“别说啦，反正现在我跟他没什么关系。”司婳对贺延霄的事不感兴趣。

贺延霄的确很奇怪，一会儿让她觉得他细心妥帖，处处跟她契合，一会儿又让她觉得他们之间三观相差很大。再则，她已经有喜欢的人了，还关注别人做什么？

一堂课后，贺云汐又来找她商定时间，最终确定在下午五点。

电影差不多七点结束，司婳去找言隽还来得及。

贺云汐松了口气。她刚才联系了哥哥，对方说只要司婳到场就行。她真没想到哥哥会为了爱情不辞辛苦地从国外赶回来。看来哥哥是真的把季樱放下了。

下课后，司婳没有跟柯佳云她们一起回宿舍，把书交给室友带回寝室，直接去了校门口。

言隽递来一个粉色的纸袋，里面放着一盒吃的。司婳瞄了几眼道：

“我最近好像吃了不少蛋糕，会不会长胖？”

“是我自己做的点心，控制过糖分，你别担心。”

“你还会做点心？”司婳惊喜地道。

“嗯，还会做很多菜，你要试试吗？”

“今天？”

“如果你愿意的话，我们现在就可以去买菜。”

买菜做饭，那她岂不是要去言隽居住的地方？

就在司婳迟疑的时候，言隽主动道：“给你信任的朋友发定位，让她们知道你的行踪，保持联系。”

“我不是在怀疑这个。”

“我知道，不过这样对你的安全更有保障。”

她笑了笑，轻轻地点了点头。

她跟在言隽身后，看他熟练地挑选食材，觉得有些新奇。这个男人怎么挑个菜都这么赏心悦目？

最后，言隽按司婳的喜好买好食材。司婳跟着言隽回家才发现他就住在距离学校不远的地方。这个小区环境很好，进门需要业主打卡，安全系数较高。

进门后，司婳仔细地观察他住的地方，客厅光线明亮，家里干净整洁，装修风格简约，挺符合他的气质。

言隽从鞋柜里取出一双全新的蓝色拖鞋，道：“你穿这个，是新的。”

他住在这里，不比在景城，没什么朋友造访，工作相关的事他会在外面处理。严格说来，司婳是第一个被他请来这儿的人。

“晚饭可能还要一个多小时，你在客厅里玩一会儿，饿了就先把袋子里的蛋糕拿出来吃。”

“我给你帮忙啊！”

“不用了，今天你第一次过来，去玩吧！”言隽看她的眼神格外温柔，“家里的东西你都可以看，不用太拘谨。”

“你这语气，跟哄小朋友一样。”

“你不是小朋友吗？”

“我成年了好不好？”

“成年的小朋友。”言隽轻轻一笑，把东西放下，准备做饭。

司婳懒得跟他争，哼了两声，跑去吃蛋糕。她很有良心，没有吃独食，端着放了点心的盘子来到厨房，用勺子舀起软糯的蛋糕递到言隽嘴边。

他低头，一口吃掉。

司婳第二次递过去，言隽也吃了。

第三次的时候，言隽对她轻轻摇头："下午给你做的时候吃过了，我不饿，剩下的都归你。"

"那你不早说？还吃了我两口！"司婳故意道。

"那真是抱歉了，下次还给你。"他嘴上说着抱歉，眼底的笑意比以往浓。

司婳难为情地瞪了他一眼，只留给他一道背影。

手机连上无线网后，司婳看到柯佳云发来的消息。柯佳云问她约会进行得怎么样了。

刚才司婳按言隽说的把地址发给了柯佳云，这会儿及时给她汇报情况。这个家的样子跟司婳想象中有些相似，很符合言隽给人的感觉。她又把之前拍下的蛋糕的照片发给柯佳云，对方回复"666"，并祝司婳约会愉快。

吃完东西，司婳在客厅里逛了一圈。不为别的，她想通过这些加深对言隽的了解。以及，她已经思考一下午了，该送言隽什么礼物呢？

司婳偷偷跑去厨房门口，看了眼正在里面做饭的言隽。他挽着袖子，手腕处空空的。

司婳摸着手腕上的红绳，计上心头。

后来，她还是进了厨房，言隽不让她碰食材，她就偶尔帮忙递东西。

两人共同完成的晚餐格外丰盛，司婳真正见识到言隽的厨艺，忍不住赞叹："你好厉害！"

言隽做的菜色香味俱全，说是大厨手艺也不为过。

"那你下次想吃什么就告诉我，我给你做。"

"你是在鼓励我蹭吃蹭喝吗？"

"我很欢迎。"他甚至连家门钥匙都想交给她。

晚饭后就七点半了。这天气不适合出门，他们干脆选了部浪漫治愈的电影播放。剧情不错，司婳窝在沙发上看得津津有味，一直看到结尾。

言隽亲自把她送回学校，两人在宿舍楼下告别。

"接下来两天可能比较忙，如果你发信息，我没有及时回复的话，就是在工作。有事给我打电话。"

"知道了。"

“回去吧。”他不禁抬手，摸到了司婳柔软的乌发。

这是有意识的动作。

司婳微微低头，没有排斥。

元旦节当天，司婳中午跟贺云汐到外面吃饭，结束时已经差不多下午一点半了。

她们去了市区，在商场里逛了几个小时。

“云汐，我们是不是该去电影院了？”

“等会儿啊，婳婳。”贺云汐走到一旁试图联系贺延霄，对方处于关机状态。

电影将要开场，贺云汐不得不先取票。

已经开始检票了，贺云汐才接到贺延霄的电话。他说飞机受天气影响延误了，现在刚落地。

这场电影贺延霄来不及看了。贺云汐扶着额头，一脸无奈。

今天是元旦节，贺延霄从机场赶过来，路上堵车。

电影过半时，贺云汐才收到哥哥发来的短信，说他已经到电影院了。

兄妹俩对好时间，打算等电影结束后让司婳跟贺延霄见个面，殊不知司婳也在用手机给言隽发信息。

言隽说待会儿会在电影院的休息区等她。

司婳把手机放好，抬头望着大屏幕，第一次希望电影能尽快跳到大结局。

电影结束了，观众陆续离开，司婳提前告知贺云汐：“我朋友就在外面等我。”

正低头看手机的贺云汐一时没听清，随意地点头。就在司婳准备跟贺云汐告别时，贺云汐忽然挽住她的手，道：“婳婳，他来了。”

“什么？”

没等司婳反应过来，贺延霄已经出现在两人面前。

贺延霄手里捧着一个长方形的盒子，凭英俊的脸庞和成熟的气质吸引了很多人的注意力。

司婳被贺云汐推到贺延霄面前，贺云汐道：“好了，我的任务完成了，接下来你们谈。”

为了不打扰他们，贺云汐说完就走。

不知道为什么，司婳很想逃。

看出她的意图，贺延霄一步步走向她，说："婳婳，好久不见。"

"哈哈……"她尴尬地笑道，"贺先生，工作要紧。"

他们见不见都无所谓。

"方便换个地方聊天吗？"他实在不想在这里被人围观。

"不好意思，朋友在外面等我，我还有事，恐怕没时间，贺先生再见。"

"等等！"贺延霄突然将长盒递过去，"这是我为你准备的一份礼物。"

"无功不受禄，谢谢你的好意。"

"你看看它再说，你一定会喜欢的。"贺延霄当着她的面打开盒子，司婳一眼认出那幅画。

见她神色动容，贺延霄顺势将画塞进她的手中。那是 Susan 的画，司婳非但不会扔，还会紧紧地抱住它，怕它被毁。

也就在这时，贺延霄低下头，用最温柔的声音对她道："婳婳，跟我在一起吧。"

既然司婳不愿意跟他离开，他就在这里表明心意："这些日子没怎么联系你，主要是担心不能给你足够的空间。我尊重你的爱好，你跟我在一起不用再为生活费操心，有足够的时间去做自己想做的事。"

贺延霄想提供之前的司婳想要，而他没能给予的一切，以至忽略了眼前的女孩儿不是跟他相处过三年的司婳，而是最初那个无比纯粹的司婳。

司婳既惊愕又疑惑，完全没想到贺延霄会突然跟她说这些。在她的记忆中，两个人的关系似乎没这么密切。

"对不起，贺先生，你可能是误会了。"司婳把画放回盒中。

旁边传来议论声，一个穿着长款米色大衣的年轻男人手捧一束娇艳的玫瑰花朝着司婳走去。

那一刻，贺延霄死死地盯着那个人，浑身散发出寒意。

贺延霄不敢相信，那个人居然也……出现了。不仅如此，贺延霄还亲眼看见言隽朝司婳伸出了手，亲昵地喊着她的名字："婳婳，过来。"

四周的人、声音在贺延霄的眼中、耳边迅速消失，世界变得灰暗，仅剩一道影子逐渐变得清晰。

那人如他记忆中一般，唇边挂着淡淡的笑，常以温和的面貌示人，少有人能抗拒那份温柔。

偏偏是这个年轻男人，让拥有前世记忆的贺延霄不寒而栗。

这不可能！本该在五年后出现的言隽怎么会在此刻出现在他跟司婳面前？

然而，那亲昵的称呼彰显着两人非同一般的关系，毫不犹豫地拒绝了他的司婳转眼间跑到言隽身旁。

司婳对他警惕，对言隽信赖。

贺延霄觉得自己的世界轰然坍塌。他仿佛陷入了一个云谲波诡的梦，一切脱离掌控，毫无规律可循。

言隽单手抱着花，低头在她的耳边询问道："熟人吗？"

"是我朋友的哥哥。"司婳轻声解释。

二个人自然地靠近，这一幕令贺延霄忌妒得发狂。

"婳婳。"胸腔剧烈地起伏着，贺延霄将手握成拳，往前迈出一步。

言隽将她挡在身后，问："这位先生，请问还有事吗？"

"我要找的人是她，跟你有什么关系？"贺延霄对言隽并不陌生。

失去司婳的那几年，他查过关于言隽的各种资料，无论如何都无法把眼前的人当成二十岁出头的青年。

他紧绷着脸，言隽却从容地把司婳揽在身边，道："你吓到她了。"

四周暗流涌动，路人议论纷纷，猜测即将上演一出大戏。

"我们走吧。"司婳抬手挽着言隽的胳膊，余光瞥见不少人举起手机。

她不想在公众场合制造闹剧。

贺延霄不动，躲在一旁的贺云汐再也忍不住，出来道："哥。"

她发现哥哥在见到那个陌生男人之后情绪顷刻转变，仿佛变了个人。难道哥哥是因为告白失败受到了打击？贺云汐没时间深究。

贺延霄是榕城炙手可热的成功人士，如果闹出负面新闻，对公司极其不利。无论如何，她都不能眼睁睁地看着哥哥在公众场合做出与身份不符的事。

"婳婳，这就是你说的朋友吗？"贺云汐扯出笑容，打量司婳旁边的男人，那束娇艳欲滴的红玫瑰引人遐思。

"是。"司婳坦然地道，清亮的眼神中透着别样的坚定，"既然你哥哥亲自来接你，那就祝你们节日愉快，我跟我朋友先走了。"

司婳大概猜到了贺云汐今日邀约的目的，但无法接受贺延霄的礼物和心意，便称贺延霄是来接妹妹的，算是为他们留点儿脸面。

那一刻，贺延霄很不甘心。

那个世界里，司婳跟言隽名分已定，他只能眼睁睁地看着那两人携手接受祝福。

这个世界里，司婳跟言隽还只是朋友，凭什么他不能去争、去抢？

“哥，你清醒点儿，就算你现在追上去，婳婳肯跟你走吗？”他只会闹出笑话。

是的，大庭广众之下，他抢不走。

最根本的原因在于，司婳又一次对言隽动心，放弃了他。

贺延霄不记得自己是怎么被贺云汐拉出电影院的。

喧闹的街头，扑面而来的寒意吹散他狂热的执念。他生怕自己会因为过于主动而改变原定的时间线，克制自己，一直跟司婳保持距离。他一直以为他还有一年半的时间，司婳总会成为他的女朋友的。

谁知言隽出现了。

贺延霄的心中浮现一个大胆的猜想。或许不止他一个人“回来”了，或许那个人也是带着记忆而来的。

他勃勃的野心仅仅沉寂几秒，前世种种如坚韧的野草，春风一吹就开始肆意生长。

街角的灯光亮起，四周气氛欢乐，原本满心期待跟对方见面的两人心情变得微妙。

司婳不知道怎么开口，目光追随着那束玫瑰花，暗暗抿唇，心想：这难道不是送给我的吗？他怎么到现在还不吭声？

寒风一吹，司婳条件反射性地缩脖子。一条温暖的围巾忽然包住她的脖颈，他道：“不是提醒过你，最近几天降温，要注意保暖吗？”

“嗯，离开寝室的时候忘记拿了。”

言隽让她拿花，又亲自将围巾替她围好，避免风寒入侵。

“你把围巾给我，你也冷了怎么办？”司婳握住柔软的围巾，道。

“本来就是为你准备的。”

围巾并不是他的常备物，他之前听司婳说出门时总忘记戴围巾，风吹的时候才惊觉冷。他干脆养成习惯随身携带围巾，既能自己用，又能应对司婳的不时之需。

“那这个也是为我准备的吗？”她扬起手里的玫瑰花。

包裹成束的玫瑰花像一团火，将一颗心烧得滚烫。

“是想送给我喜欢的女孩儿的，你要收吗？”他终于点明心思。

手指在花瓣丛中掠过，司婳微垂着眸，把整束玫瑰递出去。

言隽错愕，喉间涌上一股涩味：“婳婳……”

“你帮我拿着。”她轻轻眨眼，浓密的睫毛像灵动的蝴蝶。

她说的是“帮我拿着”，这代表玫瑰花已经成了她的所有物。

言隽七上八下的心终于沉稳落地，他顿时笑逐颜开，浓浓的情意在眼中散开。

“你送了我这么多东西，我也想送个小礼物给你。”司婳将手伸进兜里，叫他伸出手。

言隽依言照做。下一秒，他感觉有个东西在手腕处摩擦，低头一看，一条跟他亲手编织的红绳一模一样的手绳出现在他的腕间。

司婳的右手跟言隽的左手交错在一起，两条红绳交织缠绵，将两颗心紧紧地绑在一起。

一大一小、不同温度的两只手不知什么时候握在一起，十指紧扣，密不可分。

晚饭在言隽预订的餐厅内解决。他们点了双人套餐，餐厅送上了节日礼品。

“等会儿跟我回家吗？”

“啊？”

“别乱想，晚上我会在宿舍门禁前送你回去。不过在这之前，我想带你去看些东西。”

言隽这么说，引得司婳十分好奇。

她再次进入言隽的私人领域，心境大不相同。

进门时，言隽忽然拉住她的手，在门口留下指纹信息，道：“这里的密码经常更换，等会儿我直接给你拿钥匙。”

“你不怕我悄悄进屋搬走值钱的宝贝吗？”

“最值钱的宝贝不是在这里吗？”言隽握紧她的手，分明是指她。

司婳觉得心突然被击中，脸上浮现一片云彩。

她别开脸，嘴角止不住地往上翘，只听见心怦怦跳动的声音。她一直知道他很会哄人，却没想到他简简单单的一句话都能让她心思飘浮，整个人像踩在棉花或柔软的云层上，身体开始失重。

她落入言隽的怀抱，被他遮挡住眼睛，只能凭感觉向前方挪步。

言隽垂下手，没等她睁眼，道：“元旦快乐。”

缓缓地睁开眼，司婳才发现眼前的环境大变样。

暖色地灯从门口延伸，一圈一圈，彩线连接着气球，墙壁上映出两道高低不一、紧密相依的影子。

他亲手把自己的家变成浪漫小屋，当成赠予她的惊喜礼物。

“在确定关系之前，我希望你能知道更多关于我的事。”他把自己的信息做成一份严谨的资料，递到司嫿面前，“言隽，景城人，从小在景城长大。”

司嫿一页一页翻看，言隽耐心地等待。

“明年毕业之前我会一直留在榕城，在那之后……我不能违心地向你保证会一直陪在你身边。如果我们在一起，或许会经历异地恋，但我会尽可能地向你靠近。”

手里的资料翻了过半，伴随着耳边落下的声音，司嫿的心中积压着一股气，情绪开始变得低落。她忍不住低声道：“其实你现在可以不跟我说这些。”

“但是你会在心里猜测，对不对？”言隽托起司嫿那张精致的脸，让她勇敢地看着自己的眼睛。

司嫿在榕城上大学，除了大四能去外地实习，至少要在学校待三年。她那么聪明，不可能没考虑过两人之间的距离问题。

“我告诉你这些不是为了吓跑你，而是希望你知道我对你完全坦诚，跟你在一起不是贪图一时之乐。”他不能因为贪图短暂的欢愉，让自己喜欢的女孩儿陷入不安的情绪中。

“你跟我说这些，就不怕我后悔吗？”司嫿问。

“那证明我做得还不够好，应该更加努力，让嫿嫿安心。”时间可以证明一切，他一点儿都不惧怕。

司嫿收起资料，抬头望着他问：“无论我做什么选择，你都会尊重我的意思，对吗？”

“是。”言隽给予肯定的答案，但在那之后又忍不住表露自己的私念，“但我私心希望你能答应。”

“你不是要给我足够的安全感吗？”

“因为今天，我心慌了。”贺延霄的出现让他心慌了。

那个男人望着司嫿的眼神，他到现在仍记得清清楚楚，所以那一刻他下意识地将司嫿挡在身后。更准确地说，他甚至想把司嫿藏起来。冥冥之中有道声音告诉他，远离贺延霄。

“我不喜欢他。”

“我知道。”

“我喜欢你。”

“我……知道。”

正因为清楚她的心意，言隽才敢准备这场告白。他唯一无法确定的是，她是否愿意接受一段可能会异地几年的恋情。

司婳示意他低头，搂住他的肩，心意逐渐变得坚定，道：“我想……跟你试试。”司婳忽然转头，唇瓣差点儿从他的耳边擦过。

她轻轻的一句话在言隽的心里刮起飓风。

“婳婳。”他伸手搂住司婳的腰，修长的手指爬上她的后背，将她拥入怀中，让她听清自己的心跳声。

“我很高兴。”他忍不住说。

“我也是。”扔掉理智，司婳像只温顺的猫，全身心松懈下来，依偎在他身边。

那种溢满胸膛的甜蜜与幸福感从他们的眼睛里冒出来，从他们的嘴巴里发出声来，在他们全身上下的每个部位不断扩散。他们靠得很近，两道呼吸声交织在一起，人逐渐变得心猿意马。

司婳突然道：“一直想跟你说一句话。”

“什么？”

“你身上好香……”淡淡的清香萦绕鼻尖，她怎么闻都不腻。

这样的话，她原本羞于说出口，现在却不同了。

“要抱紧一点儿吗？”言隽顺水推舟。

“要。”她毫无抵抗力。

他将她搂得更紧，两道气息交缠在一起。

不知什么时候，言隽低下头，伸手抚摸她温热的脸庞，炙热的目光流连在她的唇边。

他问：“可以吗？”

他那富有磁性的嗓音字字句句都在勾人，带着别样的情趣。

她没回应，喉间溢出一声极轻的笑。

言隽俯身，手臂从她的身侧穿过，宽大的手掌托着她骨骼分明的脊背。

言隽的手指每动一下，司婳都能感受到。

他们的鼻尖触碰到一起，轻轻一动便引发无数战栗，加重的呼吸落在脸颊以及唇畔。

刚开始，他们都觉得陌生，但言隽经过慢慢摸索，无师自通，从小心翼翼地试探到掌握主动权并没有隔太长的时间。敏感的女孩儿一步一步迈进他亲手编织的情网，沉溺其中，再难脱身。

后来，司婳有些喘不过气，身体的力量逐渐被抽离，几乎站不住脚。

言隽离开她的唇，道："宝贝，呼吸。"

听见他的话，司婳羞得面红耳赤，弯腰想从他的臂弯下逃走，但还未迈出一步就被他拉回去。

他故意逗她，低头贴贴她温暖的脸蛋。耳鬓厮磨间，胸膛仿佛蹿过一道酥酥麻麻的电流，司婳只得到短暂的歇息，唇又被吻住。

从刚开始的好奇、期待、羞涩，到现在双唇发麻，司婳忍不住了，伸手挡住"敌人"的进攻。直到他亲口保证"不继续亲了"，司婳才安心地待在对方温暖的怀抱中。

言隽把她抱到沙发上，看她仍然伸手挡在唇边，立刻道歉："宝贝对不起，控制不住。"

司婳没好气地盯着他，眼中透着幽怨："你自己说说亲了多久？"

"下次计时。"他当真拿起手机。

"不准！"司婳抢夺手机，手臂反被他禁锢住，连声惊呼，心想：那个温和守礼的男人怎么变得这么无赖？

"言隽。"她委屈地喊他的名字。

言隽飘荡的心瞬间被她拉回原地，他道："好了，不逗你了，你说怎么样就怎么样好不好？"

他握着司婳的手，放在唇边亲了一口，随后变回温和无害的模样，道："让我看看。"

她微微抬起下巴，让他检查。但当他靠得更近时，司婳往后一缩，双手掩住嘴唇。

言隽哭笑不得："我好不容易在你心里累积起的信誉度被清零了吗？"

这句话逗得司婳发笑。

言隽不再碰她，保持着安全距离，道："真的不喜欢吗？我以后尽量克制。"

她摇头，靠在他的身上，吸取让她快速恢复精力的那缕淡淡的清香。

"一次不能太久。"不然到最后她完全没力气了。

"宝贝，虽然我懂你的意思，但你以后最好别跟我说这句话。"

"为什么？"

“因为我会怀疑你在质疑我其他方面的能力。”

司婳：“……”

这天晚上，司婳满载而归，左手一束花，右手一大袋零食。

她把零食往桌上一搁，招呼室友来拿：“桌上的零食都是给你们买的，想吃什么自己选。”

还在被窝里的室友猛地掀开床帘，目光锁定诱人的零食，十分惊喜：“婳婳，你暴富啦？”

司婳摇了摇头，道：“是因为有喜事。”

这些东西都是言隽带她去买的，说要贿赂室友，也让大家沾沾喜气。

这时，室友注意到司婳手里的红玫瑰，瞬间了然，异口同声地“哦”了一声，尾音拉得很长。

从那天起，言隽几乎每天都会来学校送东西。他记得司婳的上课时间，不过多地打扰她。不过司婳最近很忙，要跟文艺部那些表演舞蹈的同学一起练习。

此外，她还面临一个难题——贺云汐。

跟言隽在一起后，司婳当着贺云汐的面承认了跟言隽的恋爱关系，与贺云汐的关系不如以前好了。

贺云汐替哥哥打抱不平，但又没办法强迫司婳跟哥哥在一起。真正令她苦恼的是，哥哥最近整个人变得冷漠且严肃，气质阴郁，还开始信鬼神，把一些算命的请到家里，谈论什么前世今生。贺云汐甚至不敢把司婳正跟言隽谈恋爱的事告诉哥哥。

表演当天，操场上人山人海。

司婳换上了同系学姐亲手制作的旗袍，学姐道：“婳婳，穿着我送你的战袍，加油啊！”

“一定。”她不敢保证结果，只能说自己会拼尽全力去争取。

活动即将开始，司婳接到一通电话，跟学姐们报备后悄悄从侧门出去。

在不远处，她见到了言隽。

“婳婳。”言隽一眼就发现了她，仔细地打量她这身清雅如兰的装扮，眼睛一亮。于是，他递出手中的盒子，道：“送你一份小礼物，祝你顺利。”

“又是礼物？”司婳经常收到小礼物，都很喜欢，“我一会儿就要进去跟她们站在一起表演，现在可以拆吗？”

“就是让你现在拆的。”言隽道。

在言隽的注视下，司婳打开盒子，里面安静地躺着一根玉兰花簪，通体是白色的，隐隐透着绿。

“前几天你说你学姐要将这件旗袍给你穿，所以我想到了这个，希望你能喜欢。”

司婳没说喜不喜欢，直接把玉簪插入发间，用实际行动表明自己内心有多欢喜。

言隽竭力压抑着将她揽入怀中亲吻的冲动，祝她成功。

终于轮到服装设计系表演了。

穿着统一舞裙的妙龄少女们走到舞台中央，长袖挥舞，摆出完美的队形。

优雅的琵琶声响起，舞者开始表演。她们动作整齐划一，与琵琶曲的节奏十分相符。乐曲即将到达高潮时，舞者们同时弯腰，画面定格一秒。在弦声忽然扬高时，舞者们向两侧散开，藏在她们背后的高人终于出现。

司婳穿着旗袍，一根简约素雅的玉簪斜插在发间，雅而不俗的气质惊艳全场。

坐在后面的人看不见她的模样，但光是她映在屏幕上的身影就足够引起震动。当然，她的一颦一笑也被一个藏在暗处的人捕捉到了。

表演结束后，校方选出三个系分别颁奖。司婳他们系的节目被选中，司婳作为代表上台领奖。同系的学生都在欢呼，柯佳云更是忍不住站起来鼓掌。

贺云汐跟着鼓掌，目光扫过身侧的人，却发现他突然往外走。

“哥！”贺云汐不放心，追着那道身影出去。

司婳把得到的奖状交给队里的学姐，大家对这个突然冒出来的神仙般的人十分好奇，都围上来跟司婳搭话。

司婳渐渐累了，道：“学姐，我还有别的事，可以先离开吗？”

“好，随时保持联系。”

“嗯嗯，好的。”

她迫不及待地想见那个人。

离开温暖的室内，司婳裹紧羽绒外套。

夜里的寒风无孔不入，她的双耳被冻红，脚脖子阵阵发凉。

她准备给言隽打电话，手机却忽然被人夺走。司婳惊愕地抬头，贺延霄那张冰冷的脸猝不及防地冲进她的视线。

“聊聊？”

司婳拗不过他，只能点头。

她发现贺延霄对自己的态度越来越奇怪，明明到目前为止他们也没接触过几次，即使他对自己有好感，也不该到生出执念的地步。难道是他上次在电影院被拒绝，丢了颜面，心里不平？

“贺先生，你还有什么话就在这儿一次性说完吧。”

“哼，这就改口了？”

“只是觉得这样的称呼更合适。”

贺延霄浑身充斥着成熟男人的魄力，那仿佛被岁月沉淀过的气质会让人忽视他的年龄。

“刚开始我们也相处得很好。”贺延霄开门见山，“为什么这么快变卦？”

“的确，最初我对你是抱着感恩之心的，又发现你跟我之间有许多共同点，我以为那就是默契……但后来，你跟我说的那些话让我明白，我们不合适。”

贺延霄不懂，非要她说得清楚明了。

司婳干脆把话说开：“就拿最近的事举例吧，那天你想送我 Susan 的画，要我跟你在一起，这对我来说真的很突然。”

“Susan 是你最喜欢的画家。”

“是的，我不否认这一点。”她也觉得贺延霄的确用了心。

但他没问过这是否是她想要的东西。

“你喜欢的东西，我都可以给你送来。”

“你觉得一个人的心意是通过他赠送物品的价格来体现的吗？”贺延霄表达喜欢的方式从某种意义上来说没有错，但她无法认同，“贺延霄，我真的不太明白，明明我们已经很久没联系了，你为什么觉得我会答应你？”

“我以为，你只是不喜欢太激进的方式。”

“我是不喜欢目的性太强的行为。”

“行！”贺延霄嗤笑一声，“他靠近你是循序渐进，我喜欢你就是目的性太强。司婳，你这个理由恐怕站不住脚。”

言隽的出现让他心里警铃大作，他查探一番才知道两人早就开始接触了。言隽频繁出现，反倒抢先一步夺走了她的注意力。言隽的目的那么明显，她还不是接受了言隽？

司婳缓缓地摇头，又说到两人在支持她设计上的不同方式，再次表明她跟贺延霄三观不合。

贺延霄不服气，道：“一辈子那么长，你凭什么觉得你们能走到最后？”他竟然不知道自己如今倾注的关心与努力反倒成了司婳排斥他的理由，这让他倍感无力。

“你是什么意思？”司婳下意识地蹙眉。

“我可以等，等到你后悔的那天。”

这份带着执念的深情偏偏是司婳无法理解的，她问：“贺延霄，你为什么会喜欢我呢？我只是一个普通的大学生，可能拥有一张还不错的脸，但你身边应该不缺容貌姣好的女人。除此之外，我实在想不通自己哪里让你放不下！”

脾气？才华？可那些贺延霄都不曾了解过，又为何会喜欢？

在司婳的记忆里，他们真的没见过几面，也没什么共同回忆及深厚感情。

“我们明明……”话卡在喉间，贺延霄无论如何都说不下去了。

这段时间以来，他发疯般请来好多所谓的高人探究其中的奥秘，却越发觉得现在像一场虚无缥缈的梦。到最后，连他自己都辨不清真假了。

“贺延霄，很抱歉拒绝了你，希望你能找到真正适合你且与你互相喜欢的另一半。”

现在的司婳还年轻，眉眼温和，带着青春与稚嫩的气息。那双眼睛平和、安静。

贺延霄紧握拳头，问：“我再问一句，为什么是他？”

“还记得那次去景区赏樱花吗？”司婳陷入回忆，“那天你邀请我漫步闲谈，那条小径虽然清幽安静，却有很多蚊虫。你可能没发现我被蚊虫叮咬了，也可能不在意这些细节，但他注意到了。”

他还用有趣的方式令她安心地收下驱蚊手环。

比起虚头巴脑的话，她更在意细节。

电话铃声响起，司婳接了电话，跟对方简单交谈几句后准备离开，道：“贺延霄，我要走了，谢谢你喜欢我，也希望你早点儿放下。”

虽然无法理解贺延霄那份突如其来又显得猛烈的感情，但她依然尊重别人的心意，只是没办法接受。

她毫不犹豫地转身，贺延霄伸出的手落空。

刚下楼梯，司婳就看到了那抹熟悉的身影。言隽倚靠在墙边。

“言隽。”司婳加快脚步，匆匆跑到他身边。

言隽用宽厚的双手裹住她的双手，眉头微蹙：“手怎么这么凉？”

“可能外面有点儿冷。”

“可能？”言隽失笑，“冷不冷你自己不知道吗？”

这个小笨蛋，真迷糊！

他将她的手塞进兜里焐热，离开时不着痕迹地回头望了一眼，藏在楼道间的影子无所遁形。

“这个周末，你有想去的地方吗？”

“我的家教课……”

“跟家长商量一下，无论是老师还是学生，都该有个轻松的假日。”

司婳联系了学生家长，言明自己想要请假，对方通情达理，答应了司婳的请求。

就这样，司婳腾出假期，和言隽一起将榕城出名的景点玩了个遍。

之后，司婳回归校园生活，同时开始为期末考试做准备。

一学期结束了，司婳没有立即收拾行李回家，暂时留在榕城继续为小孩儿辅导功课，打算过阵子再回去。

快到除夕了，她不得不跟言隽道别。

她要回宁城乡下，言隽要回景城，他们十天半个月见不着面。

在一起的时候没感觉，刚分开就开始想念，他们只能通过电话联系，听着对方的声音安抚心头泛滥的思念之情。

揣着这样欣喜又酸涩的心情，司婳回到家中，果然又跟父亲吵架了。

“我跟我爸又吵了一架。”在电话里，司婳对言隽倾诉，遗憾自己没办法安心过年。

她心情不好，甚至想赶紧收拾东西回学校，跟父亲拉开距离才能避免争执。

“有什么事都可以告诉我，心里有什么话都可以跟我说。”安抚她烦躁的心情后，言隽循循善诱，帮她分析矛盾点，教她用什么样的方式去跟父亲交流。

“婳婳，你的爸爸是你的亲人，哪怕你离开了，他心里始终会挂念你。一味地逃避是没有用的，不如尝试跟他沟通，一次不成功就两次，你自己也说过，你爸爸不是不爱你，只是在那件事情上太固执，这并不是无法化解的。”

“别担心，我会一直陪你的。”

在寒冷孤寂的夜晚，那道蕴含着无限安全感的声音穿透十万八千里路落在她的耳边，像一只无形的大手托起沉重的庇护伞，在头顶为她撑起一片天。她乘着一叶扁舟奔赴梦想的海洋，直到船舶上的引路人出现，她漂泊无依的心灵才终于找到归宿。

挂断电话后，司婳睡得很好。这是司婳偷改志愿以来，第一次在家中睡了个好觉。

她做了一个美梦，梦境里有句话一直在她的耳边盘旋，梦醒后依然无比清晰地在司婳的脑海中放大。

那句话是他说过的。

他说：“别担心，有我在。”

开学前两天，司婳收拾东西提前返校，而言隽迟迟未归。

她有些气，他已经推迟回来两天了。

开学后的第一个周末，她期盼已久的男朋友终于匆匆归来。

两人在言隽的家里见了面，司婳克制住想跑上前拥抱他的冲动，站在门口。言隽主动来到她面前，脸上带着熟悉的笑容，问：“想我了吗？”

“不想。”她别开头，故意不看他。

“可我很想婳婳啊！”他说这话时，眼底有浓浓的笑意。

他又一次送上亲手制作的小蛋糕赔罪，司婳很没出息地被食物诱惑，吃了两大口。

“嘴边沾到了。”言隽提醒她。

司婳连忙抬手去抹，这下非但没有擦干净，还把奶油拉成了一条细线，逗得言隽大笑不止。他伸出手，指腹蹭过她的嘴角，抹掉奶油。他盯着指尖的东西，忽然道：“我自己做的蛋糕，都还没尝过味道。”

“给你就是了。”司婳十分不客气地把吃剩的蛋糕递过去，言隽伸手接过。

下一秒，蛋糕被搁在旁边的桌上。

“我觉得，这里可能会更甜。”话音刚落，他倾身夺走司婳口中的甜味。

长达五分钟的拥吻倾注了他全部的思念，最后，司婳只能软趴趴地窝在他的怀里喘气。

“宝贝，我是不是应该带你多锻炼身体？”

司婳不想回答他的问题，连眼皮都懒得掀。

时间还早，司婳暂时留在言隽的家中，躺在他的床上补觉。

言隽轻手轻脚地走到床边，俯身注视那张安静的睡颜，轻叹道：“以后可怎么办啊？”

这才两个星期没见，他对她的思念已经泛滥成灾了。

司婳一个人在这边，除了一两个朋友，别无依靠。司婳敏感，容易委屈，他怎么放心得下？

司婳已经完全适应了大学的生活，她设计的衣服也被越来越多的商家选中。再加上有个无微不至的男朋友，她的生活质量得到显著提高。不用再为钱发愁，司婳逐渐回归一个大学生本该有的样子，经常跟柯佳云等人参加校园活动、朋友聚会。

因为贺延霄的事，她跟贺云汐相处尴尬，在日常生活中渐行渐远。尽管她们每天上课时都会见面，却已经到了无话可说的地步。

这样有趣的校园生活是司婳曾经向往的，她有能交心的朋友、贴心的恋人，专心学习，期望早日叩响梦想的大门。

然而这份快乐停止在六月，言隽即将离开榕城的那天……

他们都明白，这次离开后，言隽很可能在那边定下工作，他们十天半个月不见面会变成常有的事。

“我保证一有时间就过来看你，好不好？”

“那……怎样才算有时间呢？”

这个承诺虚无缥缈，无法令人信服。她知道言隽不会骗人，可人进入社会后会变得身不由己。

具体的时间，言隽也无法告诉她。他这次回去，除了要处理毕业的事，还得进公司。

之前公司由大哥掌管，他已经偷闲许多年了。他从小过着优渥的生活，必须肩负起相应的责任。

言隽第一次对某件事、某个人感到无奈。

那两天，司婳心情低落，连上专业课都走神。柯佳云得知原因，也不知道该怎么劝，因为异地恋真的……挺难的。

“突然有点儿后悔当时劝你追求喜欢的人了。”如果他们当时没在一起，现在就不需要为分离而忧伤。

“佳云，这个跟你没关系，而且我没事。”

“你看你，总说没事，那这两天是谁半夜睡不着觉一直看手机？”

“……”

“要不你让他留下来？”

司婳摇头。她是很不舍、很难过，但从来没想过要言隽为她留下。每个人都有自己想做的事，她怎么能开口叫言隽为她停留？

她的沉默落在柯佳云眼里变成另一种含义，柯佳云道：“说不定他真的就为你留下了。”

“那怎么行？”司婳一脸正色。

“你不想他留下吗？这几天，你满脸写着不开心，我以为你巴不得他留在这里呢。”

司婳不知道自己现在是什么状态，更不知道会被别人曲解成另一种意思。言隽不会误会她在使小性子，逼他就范吧？

“佳云，你帮我把书带回去，我有事出去一趟，可能晚些回来。”司婳把课本塞到柯佳云的手里，匆匆向校门口跑去。

去言隽家的路她已经非常熟悉了，她这半年常来，能自己开门进去。

言隽的家里陆续多出属于女孩儿的东西，都是她留下的痕迹。客厅里常备的水果是她钟爱的，家中的杯子是成对的，厨房的墙上还贴着一张她喜欢与不喜欢的食物标记表。房间走廊的墙壁上挂着她时不时突发奇想画的画，都被言隽用画框好好保存着。

他对她有多喜欢、多用心，可见一斑。

推开家门，言隽如往常一样放下东西就去厨房，隐约闻到一阵饭菜香。

穿着围裙的司婳站在厨房，正拿着锅铲炒菜，动作有力。

他刚进厨房司婳就察觉到了，扭头冲他笑，道：“你回来啦。”

她不小心碰到了煲汤的锅，被烫得下意识地一缩。言隽赶紧上前，让她去客厅休息，自己完成了剩余的工作。

做好的菜被一一摆到桌上，司婳讪讪地笑道："虽然我做的菜没有你做的好吃，但还是能吃的。"

"辛苦了。"

"辛苦的人是你，我做饭的次数屈指可数。"往日都是言隽照顾她。

"谢谢宝贝。"他换了种方式感谢她。

司婳今天的行为有些反常，她这两天分明情绪低落。

言隽不动声色地观察她的一举一动，没发现哪里不对。但她越是这样，他越担心。

"婳婳。"

"等一下，能不能让我先说？"

"好。"

"我这几天是不是让你为难了？"她重重地叹了口气，"我只是……有点儿舍不得你，但内心真的希望你能按照自己的人生计划继续向前。"

"我知道。"他一直明白司婳是个怎样的女孩儿。

"跟男朋友分开，伤心在所难免，我要是一点儿都不伤心就怪了。"她故作轻松地笑了一下，道，"但你不用因此而担心我，我们都长大了，有很多事情要去完成。"

言隽了然，将她拥入怀中，下颚轻轻地抵在她的头顶上。他道："婳婳，我给你的承诺都是真心实意的，我会用实际行动证明自己。"

"我相信你。"司婳搂住他的腰，控制住即将夺眶而出的泪水，道，"我会努力向你靠近的。"

我会努力向你靠近，就像你当初对我说的那句话一样。

言隽回景城那天，司婳亲自送他去了机场。

她望着那道逐渐远去的背影，怅然若失。

刚开始那段时间，她很不适应。没人再给她准备美食，没人变着法儿地做点心逗她开心，他们常去的图书馆里仿佛只剩下她一个人。

习惯是很可怕的，唯有时间能化解。

她会失落，但生活仍在继续。她用了好长一段时间才适应他不在身边的日子。慢慢地，他们习惯了用手机通话、视频，分享日常生活，司婳的脸上重新展露笑容。

言隽来榕城成了她一直期待的惊喜。

言隽不在她眼前，又时刻守在她身边，她在生活中遇到的难题大多能在他那里得到答案。年轻的司嫿受到庇护，在成长的路上高歌猛进。

他们在这段恋情中共同成长。

大四毕业那年，司嫿从柯佳云口中得知贺延霄要结婚了，结婚对象是榕城某个房地产开发商的千金，两人门当户对，天作之合。

听闻这个消息，司嫿一笑而过。她对贺延霄的记忆已经很模糊了，但想到贺延霄是她同学的哥哥，便由衷地道："那真是恭喜他了。"

"嫿嫿，东西收拾好了吗？"

一道熟悉的声音吸引了司嫿的注意力，她心心念念的男朋友特意跑来榕城陪她毕业。

"有点儿多。"她陆陆续续搜出好多东西。

"交给我就行了。"言隽完全不嫌麻烦。

"哎哟，这有男朋友的人就是不一样。"柯佳云调侃道。

下一秒，家里派来的管家就到了，指挥人帮柯佳云搬东西。

"哎哟，这有管家的人就是不一样。"司嫿用同样的语气说话，逗笑了两人。

柯佳云跟着管家先走，在楼下遇到刚才谈论过的贺延霄，忍不住多看了两眼。

家里不缺人，贺延霄还是亲自来学校接妹妹，大概是兄妹感情深厚。

贺延霄不经意地抬头，跟柯佳云的视线对上，随后沉静地移开。再后来，他看到了司嫿。

司嫿脸上的笑容是他不曾见过的明媚。

贺延霄还记得自己当初信誓旦旦，称他们之间距离太远无法长久。言隽离开榕城的那年，贺延霄一直关注着司嫿的动向，却发现那两人的关系依旧密不可分。他们明明隔得那么远，言隽却仿佛从未离开过。似乎司嫿需要他的时候，他永远在。

司嫿从未对这段感情失去信心，言隽也没让她失望。而贺延霄就像一个旁观者，再次亲眼看见她奔向另一个人，任由那些不甘被时光磨平。

贺延霄如梦初醒。

司嫿的东西被暂时搬到言隽在榕城的房子里。

他们好久没有牵手逛超市，难得找回平常的温馨。两人合作完成一顿晚餐，一边吃一边聊着近况，吃完一起散步，再回家，像生活在一起很久的情侣一样默契。

快休息的时候，言隽终于忍不住问出憋在心里一天的问题：“接下来怎么办？决定好了吗？”

“我就想看你会忍到什么时候问我。”司婳笑了，朝他勾勾手指，“你过来。”

待他俯身靠近，她在他的耳边轻轻说了一句话。言隽的眼角眉梢都舒展了。

她说：“我在景城那边的入职申请通过了。”

“怎么不早点儿告诉我？”

“我也不知道行不行，怕你期望落空。不过现在确定了。”

话音刚落，她被言隽抱了个满怀，他道：“宝贝，你可太会给我惊喜了。”

司婳咧嘴笑，攀在他的身上，往他的脸颊上亲了一口。

“啊——”她突然被抱到床上，细密的吻从额头到鼻尖，一直往下。

室内的温度不断升高，她弓起身体，探索那份未知的甜蜜。

白纸被渲染出浓烈的色彩，他带她一起进入从未开拓过的领地。她在一汪深水中不断沉沦。

几年的经验让她习惯了言隽的耐力，但他今晚坚持的时间依旧超出她的预料。言隽体谅她是第一次，收敛了许多。她气喘吁吁，累得眼睛都睁不开了，小声道：“如果我没有通过，去不了景城怎么办？”

“那也没关系，我已经想到了更好的主意。”

“什么？”她的声音有些迷糊。

她的手指被他捉住，指尖被套进一个东西。

昏昏欲睡的司婳蓦然睁开眼，感受得真真切切。

他温热的气息盘旋在她的耳边，她戴着戒指的手被他的大手牵住。二人十指相扣，他将她的手放到嘴边，落下一个虔诚的吻，缱绻的声音中情意满满。

他说：“宝宝，我们结婚！”